诗经译注

向熹 译注

2016年·北京

图书在版编目(CIP)数据

诗经译注/向熹译注.—北京:商务印书馆,2013(2016.6重印)
ISBN 978-7-100-08810-7

Ⅰ. ①诗… Ⅱ. ①向… Ⅲ. ①古体诗—中国—春秋时代 ②诗经—译文 ③诗经—注释 Ⅳ. ①I222.2

中国版本图书馆 CIP 数据核字(2011)第 264053 号

所有权利保留。
未经许可,不得以任何方式使用。

诗 经 译 注

向熹 译注

商 务 印 书 馆 出 版
(北京王府井大街36号 邮政编码100710)
商 务 印 书 馆 发 行
北京市松源印刷有限公司印刷
ISBN 978-7-100-08810-7

2013年3月第1版　　　开本787×960 1/16
2016年6月北京第2次印刷　印张35¼
定价:88.00元

前　言

一、《诗经》是中国历史上第一部诗歌总集。收录了从西周初期(公元前11世纪)到春秋中叶(公元前6世纪)约500年间的305篇诗。这305篇诗,先秦只称《诗》或《诗三百》,汉代以后成为儒家经典,才叫做《诗经》。

《诗经》305篇分为《风》《雅》《颂》三大类。在先秦,它们都是乐歌。

《风》诗也叫《国风》,共160篇,大都是各地民歌。音乐上体现了地方曲调,包括十五《国风》。就是:

《周南》11篇,今河南陕县以南,汝、汉、长江一带,河南、湖北之间的民歌。

《召南》14篇,在"周南"之西,包括今河南西部、陕西南部和长江中上游一带民歌。

《邶风》19篇,今河南北部及河北南部一带民歌。

《鄘风》10篇,今河南新乡一带民歌。

《卫风》10篇,今河南淇县一带民歌。

《王风》10篇,今河南洛阳一带民歌。

《郑风》21篇,今河南新郑一带民歌。

《齐风》11篇,今山东临淄一带民歌。

《魏风》7篇,今山西南部一带民歌。

《唐风》12篇,今山西中部太原以南至汾水流域一带民歌。

《秦风》10篇,今陕西西部至甘肃南部一带民歌。

《陈风》10篇,今河南淮阳(陈州)一带民歌。

《桧风》4篇,今河南密县一带民歌。

《曹风》4篇,今山东定陶一带民歌。

《豳风》7篇,今陕西邠县、旬邑一带民歌。这里是西周故国,《豳风》可能流传更早。

可以看出,《国风》160篇产生的地域,东起山东,西达陇东,北抵河北,南临江汉,包括了整个黄河中下游广大地区。

《国风》内容丰富多彩。有的反映了古代人民的劳动生活,有的描写了古代不同地区的风俗习惯,有的揭露了当时社会的黑暗,表达了对剥削者的厌恶,有的表达了对战争和繁重徭役的不满,有的抒发了对亲人和朋友的思念,有的表现了爱国主义的热情。更多的是有关婚姻恋情的歌谣,描述了古代青年男女对幸福生活的追求,批判了歧视、压迫妇女的陋习,这是《诗经》最为精彩的部分。

《雅》诗105篇,分《小雅》《大雅》两部分,都是朝廷乐歌。两者的区别,《毛诗序》认为是内容的不同:"政有小大,故有《小雅》焉,有《大雅》焉。"古人或认为是风格的不同:"《大雅》则宏远而疏朗,弘大体以明责。《小雅》则躁急而局促,多忧伤而怨诽。"而清惠周惕《诗说》认为是音乐的不同:"大小二《雅》,当以音乐别之,不以政之大小论也,如律有大、小二吕。"《小雅》74篇,是西周后期的诗。《大雅》31篇,大部分是西周前期的诗,小部分是西周后期的诗。《雅》诗内容是多方面的,有的记述宴会或祭祀活动,有的反映王朝发生的重大事件,有的批评朝政得失,有的斥责奸佞小人,有的表示祝福,有的抒发怨愤,有的叙述历史、歌颂古圣先贤等。《小雅》中《黄鸟》《我行其野》《谷风》《蓼莪》,《大雅》中的《泂酌》等诗,篇幅都较短,风格颇像民间歌谣,有的学者称之为"西周民风"。特别值得注意的是《雅》诗中已有中国"大一统"的思想。《小雅·北山》:"溥天之下,莫非王土,率土之滨,莫非王臣。"意思是普天下的土地和人民都统一于周王朝,不容分裂。尽管周代诸侯分封,各自为政,中国"大一统"还是理想,但到秦始皇灭六国、废封建,分全国为36郡,都由皇帝直接统治,中国"大一统"就成为现实,并且一直屹立于世界的东方。

《颂》诗40篇,分为《周颂》《鲁颂》《商颂》三大类,都是庙堂祭祀乐歌。《周颂》31篇是西周初期的诗,内容大都是祭祀天地山河及歌颂周朝先公先王。其中《昊天有成命》《武》《赍》《桓》《酌》《般》是武王伐纣胜利回朝祭祀文王时所制《大武舞歌》中的一至六章,时代最早;《执竞》则是昭王初年祭祀武、成、康三王的乐歌,时代较晚。《载芟》《良耜》两篇和《小雅》里的《楚茨》《信南山》《甫田》《大田》等六篇,内容多记农事,后又称之为"农事诗"。《鲁颂》4篇是公元前7世纪鲁国贵族歌颂鲁僖公的诗。魏源《诗古微》卷六《鲁颂韩诗发微》:"僖四年,《经》书:公会齐侯、宋公等侵蔡,蔡溃,遂伐楚,次于陉。此中原攘楚第一举。故鲁僖、宋襄归,侈厥绩,各作颂诗,荐之宗庙。"《商颂》5篇,古文经学家认为是商朝贵族祭祀先公先王的乐歌,今文经学家则以为是公元前8世纪至前7世纪宋国贵族歌颂宋襄公伐楚的诗。两说迄无定论。从语言上看,后说似较可信。

二、305篇产生的地域纵横数千里,时间上下五百年,其作者是些什么人?又是怎样编集成书的?《诗三百》的来源大约有三种情况:

第一,采自民间。周代帝王为了考察风俗的好坏,政治的得失,设立采诗的官员,定期到各地采集诗歌,献给太师(乐官),配上乐曲,再献给天子。《左传·襄公十四年》师旷引《夏书》曰:"遒人以木铎徇于路。"杜预注:"徇于路,求歌谣之言。"《礼记·王制》:"天子五年一巡守(狩)……命太师陈诗以观民风。"《汉书·食货志》:"孟春之月,群居者将散,行人振木铎徇于路以采诗,献之太师,比其音律,以闻于天子。故曰:王者不窥牖户而知天下。"又《汉书·艺文志》:"诵其言谓之诗,咏其声谓之歌。故古有采诗之官,王者所以观风俗,知得失,自考正也。"此外《孔丛子·巡狩篇》、何休《公羊传解诂》（宣公十四年）、《郑志·答张逸问》、左思《三都赋序》也都有关于"采诗"的记载，看来是可信的。《国风》160篇可能大都采自民间。

第二，献自公卿。周代有公卿列士向天子献诗的制度。《国语·周语上》："故天子听政，使公卿至于列士献诗，瞽献曲，史献书，师箴，瞍赋，朦诵……而后王斟酌焉。"又《诗·大雅·卷阿》："矢诗不多，维以遂歌。"《毛传》："明王使公卿献诗以陈其志，遂为工诗之歌焉。"公卿所献的诗，内容不外颂美和讽谏两类。

第三，诗人自作。305篇中，一些政治讽谏诗大都出于公卿大夫之手。祭祀诗以及记述游猎、出兵或宫室落成之类的诗往往为巫觋或史官所作，还有一些作者是小官吏、贵族妇女和其他身份的人。305篇中，标有作者名字的只有35篇。其中25篇作者名字见于《诗序》，即《绿衣》《燕燕》《日月》《终风》（卫庄姜作）、《柏舟》（共姜作）、《河广》（宋襄公作）、《渭阳》（秦康公作）、《七月》（周公作）、《小弁》（太子宜臼之傅作）、《何人斯》（苏公作）、《大东》（谭大夫作）、《宾之初筵》（卫武公作）、《公刘》《泂酌》《卷阿》（召康公作）、《民劳》《荡》《常武》（召穆公作）、《板》《瞻卬》《召旻》（凡伯作）、《云汉》（任叔作）、《韩奕》《江汉》（尹吉甫作）、《駉》（史克作）。有4篇作者名字同时见于《诗序》和诗本文，即《节南山》（家父作）、《巷伯》（寺人孟子作）、《崧高》《烝民》（尹吉甫作）。有4篇作者名字同时见于《诗序》和先秦其他典籍，即《载驰》（许穆夫人作）又见于《左传·闵公元年》，《鸱鸮》（周公作）又见于《书·金縢》，《桑柔》（芮良夫作）又见于《左传·文公七年》，《抑》（卫武公作）又见于《国语·楚语上》。《诗序》近古，当有所据，但亦未必完全可信。如《小雅·常棣·序》但云："闵管蔡之失道，故作《常棣》焉。"《国语·周语中》："周文公之诗曰：'兄弟阋于墙，外御其侮。'"韦昭注："文公之诗者，周公旦之所作《常棣》之诗是也，所以闵管蔡而亲兄弟，此二句其四章也。"又《左传·僖公二十四年》："召穆公思周德之不类，故纠合宗族于成周而作诗,曰:'常棣之华,鄂不韡韡。凡今之人,莫如兄弟。'其四章曰:'兄弟阋于墙,外御其侮。'如是则兄弟虽有小忿,不废懿亲。……扦御侮者,莫如亲亲。故以亲屏周。召穆公亦云。"杜预注:"周公作诗,召公歌之,故言亦云。"则此诗为周公旦所作。另外《鲁颂·閟宫》八章有"奚斯所作"之句,《毛传》:"有大夫公子奚斯者作是庙也。"而《文选·班孟坚·两都赋序》"奚斯颂鲁"注引《薛君章句》:"是诗公子奚斯所作也。"奚斯是作庙还是作诗,汉代人已经有了不同的看法。

公元前6世纪,305篇诗开始编辑成书。《左传·襄公二十九年》(公元前544年)载吴公子季札到鲁国访问,被招待观看周乐。乐工演奏了《周南》《召南》《邶》《鄘》《卫》《王》《郑》《齐》《豳》《秦》《魏》《唐》《陈》《桧》《小雅》《大雅》《颂》。几乎包括了今本《诗经》的全部内容。《左传》还说:"自《桧》以下无讥焉。"也许当时还演奏了《曹风》。可见至迟在公元前544年,《诗三百》已经编定,而且规模和现在的《诗经》相差无几。编辑的人大约是当时的乐官。有些诗数章同义叠咏,为了符合音乐演奏的需要,显然还经过乐官的改写。司马迁认为《诗经》是孔子删定的。《史记·孔子世家》:"古者诗三千馀篇,及至孔子,去其重,取可施于礼义……三百五篇,孔子皆弦歌之,以求合韶武雅颂之音。"事实上,孔子生于鲁襄公二十二年(公元前551年),吴季札访鲁时,孔子还不满八岁,他不可能删诗,《诗三百》也不是他编定的。但《论语·子罕》:"子曰:'吾自卫反鲁,然后乐正,《雅》《颂》各得其所。'"孔子晚年对《诗三百》的文字、乐曲做过整理、订正的工作是完全可能的。

三、春秋时期,《诗三百》几乎成为社会政治生活的教科书。《左传·僖公二十七年》:"《诗》《书》义之府也,礼乐德之则也。"当时外交场合赋诗言志,成为时尚。据清赵翼《陔馀丛考》统计,《左传》引《诗》227条,其中列国公卿所引为101条(内逸诗5条),左丘明自引及转述孔子之言所引《诗》48条(内逸诗3条)。

《国语》引《诗》31条(内有1条不在三百篇之内)。断章取义是当时引《诗》的共同特点。孔子十分重视《诗》的学习,强调学《诗》的实用目的。说:"不学《诗》,无以言。"(《论语·季氏》)又说:"小子何莫学乎诗,诗可以兴(启发联想),可以观(考见得失),可以群(和而不同),可以怨(怨而不怒)。迩之事父,远之事君,多识于鸟兽草木之名。"(《论语·阳货》)战国时期,诸子著作中引《诗》的风气也很盛行。《孟子》《荀子》等儒家著作固然引《诗》很多,《墨子》《庄子》《晏子春秋》等非儒家著作也不止一次引《诗》,当时《诗三百》的影响已大大超出了儒家的范围。

秦始皇焚《诗》《书》,弃礼义,《诗三百》受到毁灭性的打击。但数十年后秦朝灭亡,汉朝建立,武帝独尊儒术,作为儒家重要典籍的《诗三百》上升到了"经"的地位。"经也者,恒久之至道,不刊之鸿教也。"(《文心雕龙·宗经》)两千年来,《诗经》一直被奉为诗歌创作的圭臬,在我国文学史上具有崇高的地位。屈原继承了《诗经》中个人抒情发愤的创作风格。"《国风》好色而不淫,《小雅》怨诽而不乱,若《离骚》者可谓兼之矣。"(《史记·屈原列传》)《诗经》以四言为主,普遍应用比兴以及借代、夸饰、拟人、谐音、对偶、排比、设问、衬垫、咏叹、悬想、顶针、变文、互词等多种修辞手法,许多篇章描写生动,言简意赅,朴素优美,音节和谐,对我国诗歌创作起了很好的示范作用。"比者,以彼物比此物也。""兴者,先言他物以引起所咏之事也。"(朱熹《集传》)"比兴"一词后来简直成为我国形象思维以及有所寄托的艺术表现形式的代称。后世诗人对《诗经》无比崇敬,大力倡导继承"风雅"的优良传统。李白慨叹"大雅久不作,吾衰竟谁陈"(《古风》五十九首之一),杜甫要"别裁伪体亲风雅,转益多师是汝师"(《戏为六绝句》之六),白居易称赞张籍"风雅比兴外,未尝著空文"(《读张籍古乐府》)。自隋唐至清,《诗经》成为科举考试的必考科目,影响极大。

四、汉代传《诗》的有鲁、齐、韩、毛四家。鲁人申公,也叫申培公,相传为荀卿弟子浮丘伯门人,治《诗》,为诂训传,称《鲁诗》;齐人辕固生传《诗》,号《齐诗》,喜引谶纬,以阴阳灾异推论时政;燕人韩婴亦传《诗》,称《韩诗》。鲁、齐、韩统称"三家诗",为今文诗。鲁人毛亨作《诂训传》,传于赵人毛苌,号曰《毛诗》。《毛诗》晚出,为古文诗。《毛诗诂训传》不仅305篇都有注,而且每诗之首都有"小序",解释诗的主题。首篇《关雎》有一篇长序,除讲《关雎》的主题,还对诗的性质、作用、"六义"的内容、《风》《雅》《颂》的特点和区别进行了概括的论述,叫做"大序"。《毛诗序》以为《诗三百》大都是美刺时政,反映礼乐的兴废,可以说正是继承和发挥了孔子的诗学思想。东汉大学者郑众、贾逵、马融、郑玄都治《毛诗》。郑玄为《毛诗诂训传》作笺,补充和订正《毛传》,使之得到广泛的传播。魏晋以后,"三家诗"先后亡佚,只有《韩诗外传》至今尚存。唐孔颖达等撰《五经正义》,《诗》取毛、郑,进一步疏释了《传》《笺》。从此《毛诗》确立了经典的地位,长为后世所尊尚。毛氏是儒家学者,他把《诗》看作宣扬儒家思想的工具,认为诗的作用不外"美"、"刺"两途,往往用儒家观点比附某些历史事实去解释诗义,有时不免歪曲诗的本来面貌。但《毛传》着重训释词义,言简意赅,言而有据,绝大部分内容至今还是正确的。陈奂称赞《毛传》"文简而义赡,语正而道精,洵乎为小学之津梁,群书之钤键",并非虚语。宋代开创了《诗经》研究的新局面。或疑《序》(欧阳修),或尊《序》(吕祖谦),或删《序》(苏辙),各有千秋。朱熹著《诗集传》,废除《诗序》,依诗说诗,既有继承,又多创新,简明扼要,实事求是,在《诗经》学史上更是树立了新的里程碑。清代是《诗经》研究的鼎盛时期,出现了许多很有成就的学者。《诗经》内容丰富,可以为不同学术研究提供方方面面的真实史料。自汉至清,注释、研究《诗经》的著作多达500多种,民国至今又有100种以上,内容涉及历史、考古、地理、经济、文学、文化、思想、民俗、语言、文字、名物、简牍等方面,可谓洋洋大观。随着时代的发展,对《诗经》的认识不断深入,研究的范围更为广泛,研究的新成果一定还会不断涌现出来。

五、随着我国经济发展,人们在充分享受现代生活的同时,对阅读古代经典作品的兴趣也广泛浓厚起来。这本《诗经》译注就是为了满足读者的需要而再次出版的,也算为普及、弘扬祖国传统文化做一点事情。本书每篇除原诗之外,还包括题解、韵读、今译、注释四项内容。

题解:放在原诗前面,介绍诗的主题。古往今来,学者们对《诗经》305篇主题的认识见仁见智,分歧很大,许多诗的主题往往众说纷纭,莫衷一是。我们确定主题,主要根据诗的内容,也参考并引用前修时贤的意见。务求明白晓畅,正确简洁,不作分析考证。

韵读:《诗经》305篇绝大多数韵律整齐(《周颂》有8篇无韵),随着时代的演变,许多诗现在不押韵了。"韵读"按照《诗经》时代的之、职、蒸、幽、觉、冬、宵、药、侯、屋、东、鱼、铎、阳、支、锡、耕、歌、月、寒、脂、质、真、微、物、文、缉、侵、叶、谈三十韵部,将每一首诗的韵脚及其所属韵部一一标出,表明《诗经》里的诗原本韵律和谐而优美,都是可以歌唱的,有便于读者欣赏。

今译:这是本书的主要内容。《诗经》句式整齐,韵律和谐,不同于散文,今译应当保持这一特点。译文基本采用七言句式,押大体相同的韵。直译为主,力求紧扣原文。有时不得不改变原诗的结构以就韵脚。有些事物名称无法对译,就采用意译。原诗虚词不少,无法译出的往往略去,以免到处都是"的、吗、呢、呀",力求诗的译文带有较强的民歌风味。有一点必须向尊敬的读者表明,《诗经》是千古名著,其语言妙处,必须细读原文,才能领会,这一点"今译"是永远达不到的。

注释:这是今译的补充。加注的通常有三种情况:某些诗句各家说法不一,须要表明今译的依据;古代名物词语不易理解,须略加解释;存在某些异文,须要标明，难认的字还要注音。两千年来，注释、研究《诗经》的书汗牛充栋。汉代的《毛诗》《郑笺》、唐孔颖达《毛诗正义》（简称《正义》）、宋代欧阳修《诗本义》、苏辙《诗集传》、吕祖谦《吕氏家塾读诗记》（简称《诗记》）、朱熹《诗集传》（简称《集传》）、严粲《诗缉》、清王夫之《诗经稗疏》（简称《稗疏》）、姚际恒《诗经通论》、方玉润《诗经原始》、陈奂《诗毛氏传疏》（简称《传疏》）、马瑞辰《毛诗传笺通释》（简称《通释》）、胡承珙《毛诗後笺》（简称《後笺》）、王先谦《诗三家义集疏》（简称《集疏》）、吴闓生《诗义会通》（简称《会通》），等等，都是很有价值的参考书。当代出版的许多译注或研究《诗经》的著作，青出于蓝者亦复不少，如屈万里《诗经诠释》、陈子展《诗经直解》（简称《直解》）、程俊英《诗经注析》等。对于前修时贤的诸多见解，我们的原则是：择善而从，不存门户之见。注释直接引用原文，以示信而有征，并便读者查考。

　　本书初版于1995年，收集在许嘉璐先生主编的《文白对照十三经》里，单行本内容略有修订和补充。高等教育出版社所出精装本，曾在德国莱比锡举行的世界图书评比中，获2010年"世界最美的书"荣誉称号。惜印数有限，发行未广。今由商务印书馆重新校订出版，希望得到广大读者欢迎；缺点错误，在所难免，敬请批评指正，十分感谢。

目 录

国　风

周南	1	关雎	2
	2	葛覃	4
	3	卷耳	5
	4	樛木	6
	5	螽斯	8
	6	桃夭	9
	7	兔罝	10
	8	芣苢	11
	9	汉广	12
	10	汝坟	14
	11	麟之趾	15
召南	12	鹊巢	17
	13	采蘩	18
	14	草虫	19
	15	采蘋	21
	16	甘棠	22
	17	行露	23
	18	羔羊	24
	19	殷其靁	25
	20	摽有梅	26
	21	小星	27
	22	江有汜	28
	23	野有死麕	29
	24	何彼襛矣	30
	25	驺虞	31
邶风	26	柏舟	33
	27	绿衣	35
	28	燕燕	36
	29	日月	38
	30	终风	40
	31	击鼓	41
	32	凯风	43
	33	雄雉	44
	34	匏有苦叶	45
	35	谷风	47
	36	式微	50
	37	旄丘	51
	38	简兮	52
	39	泉水	53
	40	北门	55
	41	北风	57
	42	静女	58
	43	新台	59
	44	二子乘舟	60
鄘风	45	柏舟	62

	46	墙有茨	63		77	叔于田	108
	47	君子偕老	65		78	大叔于田	109
	48	桑中	66		79	清人	111
	49	鹑之奔奔	68		80	羔裘	112
	50	定之方中	69		81	遵大路	113
	51	蝃蝀	70		82	女曰鸡鸣	114
	52	相鼠	71		83	有女同车	115
	53	干旄	72		84	山有扶苏	116
	54	载驰	74		85	萚兮	117
					86	狡童	118
卫风	55	淇奥	76		87	褰裳	119
	56	考槃	78		88	丰	120
	57	硕人	79		89	东门之墠	121
	58	氓	81		90	风雨	122
	59	竹竿	84		91	子衿	123
	60	芄兰	85		92	扬之水	124
	61	河广	87		93	出其东门	125
	62	伯兮	88		94	野有蔓草	126
	63	有狐	89		95	溱洧	127
	64	木瓜	90				
				齐风	96	鸡鸣	130
王风	65	黍离	92		97	还	131
	66	君子于役	94		98	著	132
	67	君子阳阳	95		99	东方之日	133
	68	扬之水	96		100	东方未明	134
	69	中谷有蓷	97		101	南山	135
	70	兔爰	99		102	甫田	137
	71	葛藟	100		103	卢令	138
	72	采葛	101		104	敝笱	139
	73	大车	102		105	载驱	140
	74	丘中有麻	103		106	猗嗟	141
郑风	75	缁衣	105	魏风	107	葛屦	144
	76	将仲子	106		108	汾沮洳	145

	109 园有桃	147		136 宛丘	186
	110 陟岵	148		137 东门之枌	187
	111 十亩之间	150		138 衡门	188
	112 伐檀	150		139 东门之池	189
	113 硕鼠	152		140 东门之杨	191
				141 墓门	192
唐风	114 蟋蟀	154		142 防有鹊巢	193
	115 山有枢	156		143 月出	194
	116 扬之水	157		144 株林	195
	117 椒聊	159		145 泽陂	196
	118 绸缪	160			
	119 杕杜	161	桧风	146 羔裘	198
	120 羔裘	163		147 素冠	199
	121 鸨羽	163		148 隰有苌楚	200
	122 无衣	165		149 匪风	201
	123 有杕之杜	166			
	124 葛生	167	曹风	150 蜉蝣	203
	125 采苓	168		151 候人	204
				152 鸤鸠	205
秦风	126 车邻	171		153 下泉	207
	127 驷驖	172			
	128 小戎	173	豳风	154 七月	209
	129 蒹葭	176		155 鸱鸮	214
	130 终南	177		156 东山	216
	131 黄鸟	178		157 破斧	219
	132 晨风	181		158 伐柯	220
	133 无衣	182		159 九罭	221
	134 渭阳	183		160 狼跋	222
	135 权舆	184			

小　雅

161　鹿鸣　　　　225
162　四牡　　　　226
163　皇皇者华　　228
164　常棣　　　　230
165　伐木　　　　232
166　天保　　　　234
167　采薇　　　　237
168　出车　　　　240
169　杕杜　　　　243
170　鱼丽　　　　244
171　南有嘉鱼　　246
172　南山有台　　247
173　蓼萧　　　　249
174　湛露　　　　251
175　彤弓　　　　252
176　菁菁者莪　　253
177　六月　　　　255
178　采芑　　　　258
179　车攻　　　　260
180　吉日　　　　263
181　鸿雁　　　　264
182　庭燎　　　　266
183　沔水　　　　267
184　鹤鸣　　　　269
185　祈父　　　　270

186　白驹　　　　271
187　黄鸟　　　　273
188　我行其野　　274
189　斯干　　　　276
190　无羊　　　　279
191　节南山　　　281
192　正月　　　　285
193　十月之交　　290
194　雨无正　　　294
195　小旻　　　　297
196　小宛　　　　300
197　小弁　　　　302
198　巧言　　　　306
199　何人斯　　　309
200　巷伯　　　　312
201　谷风　　　　314
202　蓼莪　　　　315
203　大东　　　　318
204　四月　　　　321
205　北山　　　　323
206　无将大车　　325

16

207	小明	327		237	绵	388
208	鼓钟	329		238	棫朴	392
209	楚茨	331		239	旱麓	394
210	信南山	335		240	思齐	396
211	甫田	337		241	皇矣	397
212	大田	340		242	灵台	403
213	瞻彼洛矣	342		243	下武	404
214	裳裳者华	343		244	文王有声	406
215	桑扈	345		245	生民	409
216	鸳鸯	346		246	行苇	413
217	頍弁	348		247	既醉	415
218	车舝	350		248	凫鹥	417
219	青蝇	352		249	假乐	419
220	宾之初筵	353		250	公刘	421
221	鱼藻	358		251	泂酌	425
222	采菽	359		252	卷阿	426
223	角弓	361		253	民劳	429
224	菀柳	364		254	板	432
225	都人士	365		255	荡	436
226	采绿	367		256	抑	440
227	黍苗	369		257	桑柔	446
228	隰桑	370		258	云汉	452
229	白华	372		259	崧高	457
230	绵蛮	374		260	烝民	460
231	瓠叶	375		261	韩奕	464
232	渐渐之石	377		262	江汉	468
233	苕之华	378		263	常武	471
234	何草不黄	379		264	瞻卬	474
				265	召旻	478

大　雅

235	文王	382
236	大明	385

周　颂

266　清庙　　　482
267　维天之命　483
268　维清　　　484
269　烈文　　　484
270　天作　　　486
271　昊天有成命　487
272　我将　　　488
273　时迈　　　489
274　执竞　　　490
275　思文　　　491
276　臣工　　　492
277　噫嘻　　　493
278　振鹭　　　494
279　丰年　　　495
280　有瞽　　　496
281　潜　　　　497
282　雝　　　　498
283　载见　　　500
284　有客　　　501
285　武　　　　502
286　闵予小子　503
287　访落　　　504
288　敬之　　　505
289　小毖　　　507
290　载芟　　　508

291　良耜　　　510
292　丝衣　　　511
293　酌　　　　512
294　桓　　　　513
295　赉　　　　515
296　般　　　　516

鲁　颂

297　駉　　　　518
298　有駜　　　520
299　泮水　　　522
300　閟宫　　　526

商　颂

301　那　　　　534
302　烈祖　　　535
303　玄鸟　　　537
304　长发　　　539
305　殷武　　　543

国　风

也单称风,是采自各地的民间歌谣。朱熹《诗集传》:"国者,诸侯所封之域;风者,民俗歌谣之诗也。"包括周南、召南、邶、鄘、卫、王、郑、齐、魏、唐、秦、陈、桧、曹、豳十五国风,共计一百六十篇。大部分是东周(公元前770—前256)的诗,小部分是西周(公元前1046—前771)后期的诗。

周 南

西周初期,周公姬旦和召公姬奭分陕(今河南陕县)而治。周公旦居东都洛邑,统治东方诸侯。《周南》当是周公统治下的南方地区的民歌,范围包括洛阳以南,直到江汉一带地区。意为南国之诗,或以为用南国乐调写的诗。共计十一篇。

1 关雎

贵族青年爱慕、追求采荇菜的姑娘,并想象迎娶她的热烈场面。男女婚姻,人伦之始。毛诗以为此诗"淑女"指太姒,"君子"指周文王,圣主配贤妃,足为天下后世楷模,故列之于"三百篇"之首。五章,二十句。

1　关关雎鸠[1],在河之洲。
　　窈窕淑女,君子好逑[2]。
2　参差荇菜,左右流之[3]。
　　窈窕淑女,寤寐求之。
3　求之不得,寤寐思服[4]。
　　悠哉悠哉[5],辗转反侧。

4 参差荇菜,左右采之。
  窈窕淑女,琴瑟友之[6]。
5 参差荇菜,左右芼之[7]。
  窈窕淑女,钟鼓乐之[8]。

韵读 1.鸠、洲、逑,幽部。 2.求、流,幽部。 3.得、服、侧,职部。 4.采、友,之部。 5.芼,宵部;乐,药部。宵药通韵。

今译 1 鱼鹰关关不停唱,落在黄河沙洲上。
  漂亮娴雅好姑娘,正是君子好对象。
2 长短不齐水荇菜,左边右边随水流。
  漂亮娴雅好姑娘,睡着睡醒都追求。
3 追求姑娘追不上,睡着睡醒把她想。
  思绪绵绵夜何长,翻来覆去增惆怅。
4 长短不一水荇菜,左边采来右边采。
  漂亮娴雅好姑娘,弹琴鼓瑟去求爱。
5 水中荇菜短或长,左边右边摸取忙。
  漂亮娴雅好姑娘,钟鼓迎来心欢畅。

注释 [1]《毛传》:"关关,和声也。"王先谦《集疏》引《禽经》:"雎(jū),雎鸠,鱼鹰。" [2]《毛传》:"窈窕,幽闲也。逑,匹也。"《正义》:"幽闲贞专之善女,宜为君子之好匹。" [3]《集传》:"荇菜,接余也,根生水底,茎如钗股,上青下白,叶紫赤,圆径寸余,浮在水面。"姚际恒《诗经通论》:"此处正以荇菜喻其左右无方,随水而流,未即得也。" [4]《毛传》:"服,思之也。" [5]《毛传》:"悠,思也。"钱锺书《管锥编》:"悠作长远解,亦无不可。何夜之长,其人则远,正复顺理成章。" [6]《集传》:"友者,亲爱之意。" [7]于省吾《诗义解结》:"古文作芼……今作摸。" [8]《集传》:"此窈窕之淑女,既得之,则当亲爱而娱乐之矣。"

3

2 葛覃

妇女准备回娘家探望父母,吩咐保姆准备衣服。三章,一二章叠咏。十八句。

1 葛之覃兮,施于中谷,维叶萋萋[1]。
  黄鸟于飞,集于灌木,其鸣喈喈[2]。
2 葛之覃兮,施于中谷,维叶莫莫[3]。
  是刈是濩,为絺为绤,服之无斁[4]。
3 言告师氏[5],言告言归:"薄污我私,
  薄澣我衣[6]。害澣害否?归宁父母[7]。"

韵 读 1.谷、木,屋部。萋、喈,脂部;飞,微部。脂微合韵。 2.莫、濩、绤、斁,铎部。谷,屋部,与上章遥韵。 3.归、衣,微部。否、母,之部。

今 译 1 葛麻藤儿细又长,蔓延在那谷中央,叶儿青青生长旺。
  黄莺鸟儿往来飞,落在丛丛灌木上,唧唧喳喳把歌唱。
2 葛麻藤儿细又长,蔓延在那谷中央,叶儿繁茂色苍苍。
  割呀煮呀绩又纺,织成絺绤做衣裳,穿着不厌心舒畅。
3 告诉我家女保姆,我要回家走一趟:"我的内衣要揉搓,
  我的罩衫须洗浆。哪件洗来哪件藏?收拾回家看爹娘。"

注 释 [1]《毛传》:"葛,所以为絺绤。施(yì),移也。中谷,谷中也。萋萋,茂盛貌。"《通释》:"覃(tán),本延移之称,引申为长之称,延亦长也。" [2]《毛传》:"喈喈(jiē jiē),和声之远闻也。"王引之《经传释词》:"聿、于一声之转。'黄鸟于飞',黄鸟聿飞也。" [3]《集传》:"莫莫,茂密貌。" [4]《毛传》:"濩(huò),煮之也。精曰絺(chī),粗曰

4

绤(xì)。斁(yì),厌也。"[5]《集传》:"言,辞也。师,女师也。"闻一多《风诗类钞》:"师氏,保姆也。"[6]《集传》:"污,烦挼之以去其污,犹治乱而曰乱也。澣则濯之而已。"《传疏》:"薄,辞也。"姚际恒《诗经通论》:"私,衵(nì,又 yì)服。衣,蒙服,非礼衣,礼衣不澣也。"[7]《毛传》:"害,何也。"陈奂《传疏》:"何者本字,害者假借字。"《集传》:"宁,安也,谓问安也。"

3　卷耳

妻子思念远行在外的丈夫,想象他登山时马病仆疲、借酒浇愁的种种情况。四章,二三章叠咏。十六句。

1　采采卷耳,不盈顷筐[1]。
　　嗟我怀人,寘彼周行[2]。
2　陟彼崔嵬,我马虺隤[3]。
　　我姑酌彼金罍,维以不永怀[4]。
3　陟彼高冈,我马玄黄[5]。
　　我姑酌彼兕觥[6],维以不永伤。
4　陟彼砠矣[7],我马瘏矣,
　　我仆痡矣[8],云何吁矣[9]!

韵读　1.筐、行,阳部。 2.嵬、隤、罍、怀,微部。 3.冈、黄、觥、伤,阳部。 4.砠、瘏、痡、吁,鱼部。

今 译 1　采呀采呀采卷耳,不满浅浅一竹筐。
　　　　　一心想着远行人,篮儿放在大路上。
　　　 2　登上那座土石山,马儿疲病腿发酸。
　　　　　我且斟酒满金樽,以免心里长挂牵。
　　　 3　登上那座高山冈,马儿得病毛发黄。
　　　　　我且斟酒满金樽,以免心里长忧伤。
　　　 4　登上那座土石山,马儿疲病站立难,
　　　　　仆人累倒走不动,啥时忧伤才算完!

注　释　[1]《集传》:"采采,非一采也。"王夫之《诗经稗疏》:"卷耳,湖湘人谓之鼠耳,清明前采之,春以和米粉作餐。"马瑞辰《通释》:"顷筐,盖即今筲箕之类,后高而前低,故曰顷筐。"[2]《毛传》:"怀,思。"《集传》:"周行,大道也。"[3]《毛传》:"崔嵬,土山之戴石者。虺隤(huī tuí),病也。"[4]《集传》:"罍,酒器。刻为云雷之象,以黄金饰之。"《传疏》:"维,辞也。维与惟通。凡全《诗》多用维字为发声者,仿此。"《毛传》:"永,长也。"[5]孔颖达《正义》:"玄黄者,病之变色。"[6]《毛传》:"兕觥,角爵也。"《集传》:"兕,野牛,一角,青色,重千斤。觥,爵也。以兕角为爵也。"[7]《毛传》:"土山戴石曰砠(jū)。"[8]《集传》:"瘏(tú),马病不能进也。"《正义》:"痡(pū),人疲不能行之病。"[9]《毛传》:"吁(xū),忧也。"《传疏》:"云为语词,凡全《诗》云字或在句首,或在句中、句末,多用为语词,无实义。"

4　樛木

祝君子快乐幸福。三章叠咏,十二句。

1　南有樛木,葛藟累之[1]。
　　乐只君子,福履绥之[2]。
2　南有樛木,葛藟荒之[3]。
　　乐只君子,福履将之[4]。
3　南有樛木,葛藟萦之[5]。
　　乐只君子,福履成之[6]。

韵读　1.累、绥,微部。 2.荒、将,阳部。 3.萦、成,耕部。

今译　1　南山有树枝条弯,葡萄藤儿往上攀。
　　　　　祝愿君子多快乐,天降福禄保平安。
　　　　2　南山有棵弯弯树,葡萄藤儿遮盖住。
　　　　　祝愿君子多快乐,天降福禄来扶助。
　　　　3　南山有树弯枝条,葡萄藤儿来缠绕。
　　　　　祝愿君子多快乐,天降福禄成就高。

注释　[1]《集传》:"南,南山也。木下曲曰樛(jiū)。"《通释》:"窃疑葛藟(lěi)为藟之别名,以其似葛,故称葛藟。……盖亦野葡萄之类。"《释文》:"累(léi),缠绕也。" [2]《传疏》:"只,词也。……凡只,或在句中,或在句末,皆为语词。"《毛传》:"履,禄;绥,安也。"《通释》:"履与禄双声,故履得训禄,即以履为禄之假借也。" [3]《毛传》:"荒,奄也。"《传疏》:"奄与掩通。" [4]《郑笺》:"将犹扶助也。" [5]《毛传》:"萦,旋也。" [6]《毛传》:"成,就也。"明顾起元说:"成,言自始至终,自大至小,其福无不成就。"(见《钦定诗经传说汇纂》)

7

5 螽斯

祝福人多子多孙,兴旺发达。三章叠咏,十二句。

1 螽斯羽,诜诜兮[1]。
  宜尔子孙,振振兮[2]。
2 螽斯羽,薨薨兮[3]。
  宜尔子孙,绳绳兮[4]。
3 螽斯羽,揖揖兮[5]。
  宜尔子孙,蛰蛰兮[6]。

韵 读 1.诜、振,文部。 2.薨、绳,蒸部。 3.揖、蛰,缉部。

今 译 1 蚱蜢飞来展翅膀,成群结队落地上。
       祝你儿孙多满堂,热热闹闹真兴旺。
     2 蚱蜢飞来翅膀张,铺天盖地嗡嗡响。
       祝你儿孙多满堂,延绵不断万年长。
     3 蚱蜢飞来展翅膀,密密麻麻聚一方。
       祝你儿孙多满堂,和睦团结心欢畅。

注 释 [1]《正义》:"此言螽斯,《七月》言斯螽,文虽颠倒,其实一也。"严粲《诗缉》:"螽蝗生子最多,信宿即群飞,因飞而见其多,故以羽言之。"《毛传》:"诜诜(shēn shēn),众多也。" [2]《集传》:"振振(zhēn zhēn),盛貌。"《通释》:"谓众盛也。" [3]《集传》:"薨薨(hōng hōng),群飞声。" [4]《集传》:"绳绳,不绝貌。" [5]《毛传》:"揖揖(jí jí),会聚也。"《通释》:"揖盖集之假借。" [6]何楷《诗经世本古义》:"蛰蛰(zhē zhē)者,安静而各得其所也。"

6 桃夭

祝贺女子出嫁,家庭和睦,生活幸福,三章叠咏,十二句。

1　桃之夭夭,灼灼其华[1]。
　　之子于归,宜其室家[2]。
2　桃之夭夭,有蕡其实[3]。
　　之子于归,宜其家室。
3　桃之夭夭,其叶蓁蓁[4]。
　　之子于归,宜其家人。

韵　读　1.华、家,鱼部。 2.实、室,质部。 3.蓁、人,真部。

今　译　1　桃树夭夭真茂盛,鲜明红艳正开花。
　　　　　　这个女子要出嫁,和顺全家乐无涯。
　　　　2　桃树夭夭已长高,结满红白大肥桃。
　　　　　　这个女子要出嫁,和顺全家生活好。
　　　　3　桃树夭夭已长成,枝繁叶茂绿青青。
　　　　　　这个女子要出嫁,和顺家人多吉庆。

注　释　[1]《集传》:"夭夭,少好之貌。"《毛传》:"灼灼(zhuó zhuó),华之盛也。"严粲《诗缉》:"灼灼,鲜明貌。"华:古"花"字。姚际恒《诗经通论》:"桃花色最艳,故以取喻女子,开千古词赋咏美人之祖。"[2]《集传》:"之子,是子也。此指嫁者而言也。妇人谓嫁曰归。"《通释》:"宜与仪通。《尔雅》:'宜,善也。'凡《诗》云宜其室家,宜其家人者,皆谓善处其室家与家人耳。"《正义》:"室家,谓夫妇也。"[3]于省吾《诗经新证》:"蕡,古斑字。有蕡其实,即有斑其实。桃实将熟,红白相间,其实斑然。"[4]《毛传》:"蓁蓁,至盛貌。"

7　兔罝

赞美武士有才华,能捍卫国家,成为公侯的心腹。三章叠咏,十二句。

1　肃肃兔罝,椓之丁丁[1]。
　　赳赳武夫,公侯干城[2]。
2　肃肃兔罝,施于中逵[3]。
　　赳赳武夫,公侯好仇[4]。
3　肃肃兔罝,施于中林。
　　赳赳武夫,公侯腹心[5]。

韵　读　1.罝、夫,鱼部。丁、城,耕部。　2.罝、夫,鱼部。逵、仇,幽部。　3.罝、夫,鱼部。林、心,侵部。

今　译　1　细细密密结兔网,叮叮当当打地桩。
　　　　　武士勇猛雄赳赳,保卫公侯是屏障。

10

2　细细密密结兔网,安在三岔路口上。
　　武士勇猛雄赳赳,他是公侯好伴当。

3　细细密密结兔网,安在林间小路上。
　　武士勇猛雄赳赳,他是公侯心腹将。

注　释　[1]《毛诗》:"兔罝(jū),兔罟也。丁丁(zhēng zhēng),椓杙声也。"《通释》:"肃肃,盖缩缩之假借。"闻一多《诗经新义》:"肃当读为缩,缩犹密也。"[2]《毛传》:"赳赳,武貌。"《礼记·王制》:"王者之制禄爵,公、侯、伯、子、男五等。"《集传》:"干,盾也。干城,皆所以捍外而卫内者。"[3]《毛传》:"逵(kuí),九达之道。"[4]《传疏》:"仇,匹也。"黄焯《诗说》:"此诗之好仇,犹言良弼贤佐耳。"[5]顾广誉《学诗详说》:"可为公侯之腹心,谓机密之事,可与谋虑,言勇而有智也。"

8　芣苢

劳动妇女采集车前子时唱的歌,洋溢着欢乐的劳动热情。三章叠咏,十二句。

1　采采芣苢,薄言采之[1]。
　　采采芣苢,薄言有之[2]。

2　采采芣苢,薄言掇之[3]。
　　采采芣苢,薄言捋之。

3　采采芣苢,薄言袺之[4]。
　　采采芣苢,薄言襭之[5]。

韵读 1. 苢、采、苢、有,之部。 2. 苢、苢、之部。掇、捋,月部。 3. 苢、苢,之部。袺、襭,质部。

今译 1 车前子儿采呀采,快快把它采下来。
车前子儿采又采,快快把它取下来。

2 车前子儿采呀采,快快把它捡起来。
车前子儿采又采,快快把它捋下来。

3 车前子儿采呀采,快用衣襟揣起来。
车前子儿采又采,快用衣襟兜回来。

注释 [1]《毛传》:"采采,非一采也。芣苢(fóuyǐ),马舄。马舄,车前也,宜怀妊焉。"闻一多《匡斋尺牍》:"薄言即薄而,实际上也就等于薄薄然,用今语说,就是急急忙忙的、赶忙的或赶快的。" [2]王念孙《广雅疏证》卷一上:"《诗》之用词,不嫌于复,有亦取也。" [3]《毛传》:"掇(duó),拾也。" [4]《集传》:"袺(jié),以衣贮之而执其衽也。" [5]朱骏声《说文通训定声》:"兜而扱于带间曰襭(xié),手执之曰袺。"

9 汉广

南国男子思慕一位女郎,江汉茫茫,欲渡无方,聊兴遐想。三章叠咏,二十四句。

1 南有乔木,不可休息[1]。
汉有游女,不可求思[2]。
汉之广矣,不可泳思。

12

江之永矣,不可方思[3]。
2 翘翘错薪,言刈其楚[4]。
之子于归,言秣其马[5]。
汉之广矣,不可泳思。
江之永矣,不可方思。
3 翘翘错薪,言刈其蒌[6]。
之子于归,言秣其驹[7]。
汉之广矣,不可泳思。
江之永矣,不可方思。

韵读 1.休、求,幽部。广、泳、永、方,阳部。 2.楚、马,鱼部;广、泳、永、方,阳部。 3.蒌、驹,侯部。广、泳、永、方,阳部。

今译 1 有棵高树在南方,不可靠它来乘凉。
汉水上面有游女,无法追求心彷徨。
汉水奔流太宽广,不能游到对岸上。
长江浩瀚水流长,划船渡过没指望。
2 野地杂草多又高,我在草中割荆条。
这位姑娘要出嫁,我把马儿快喂饱。
汉水奔流太宽广,不能游到对岸上。
长江浩瀚水流长,划船渡过没指望。
3 野地杂草多又高,我在草中割蒌蒿。
这位姑娘要出嫁,我把马驹快喂饱。
汉水奔流太宽广,不能游到对岸上。
长江浩瀚水流长,划船渡过没指望。

注释 [1]《毛传》:"南方之木美。乔,上竦也。"《韩诗外传》卷一"休息"引作"休思"。《正义》:"疑经休息二字作休思也。"[2]《集传》:"江汉之俗,其女好游,汉魏以后犹然。"《毛传》:"思,辞也。"[3]《诗集传》:"永,长也。方,桴也。"《通释》:"方本并船之名,因而并竹木亦谓之方,凡船以及用船以渡通谓之方。"《传疏》:"按《传》以南方之木美,兴汉上之女贞。上竦之木不可休,兴出游之女不可求。汉广不可泳,江永不可方,亦因见江汉而起兴也。"[4]《毛传》:"错,杂也。"《正义》:"翘翘,高貌。"王引之《经义述闻》卷五:"翘翘与错薪连言,则翘翘为众多之貌。"《集传》:"楚,木名,荆属。"[5]《毛传》:"秣(mò),养也。"《集传》:"秣,饲也。"[6]《集传》:"蒌(lóu),蒌蒿也。叶似艾,青白色,长数寸,生水泽中。"[7]《毛传》:"五尺以上曰驹。"《集传》:"驹,马之小者。"魏源《诗古微·周南答问》:"三百篇言取妻者,皆以析薪取兴。盖古者嫁娶必以燎炬为烛,故《南山》之析薪,《车舝》之析柞,《绸缪》之束薪,《豳风》之伐柯,皆与此错薪、刈楚同兴。秣马秣驹,即婚礼亲迎御轮之礼。"

10 汝坟

丈夫行役在外,妻子在砍柴时思念他,并想象丈夫回来时的愉快心情,庆幸丈夫没有遗弃她。三章,一二章叠咏。十二句。

1 遵彼汝坟,伐其条枚[1]。
  未见君子,惄如调饥[2]。
2 遵彼汝坟,伐其条肄[3]。
  既见君子,不我遐弃[4]。
3 鲂鱼赪尾,王室如燬[5]。
  虽则如燬,父母孔迩[6]。

韵 读　1.枚,微部;饥,脂部。脂微合韵。　2.肄、弃,质部。　3.尾、燬、燬,微部;迩,脂部。脂微合韵。

今 译　
1　沿着汝水堤岸边,砍下树枝留树干。
　　没有见到君子面,忧思好像饿早饭。
2　沿着汝水岸边堤,砍下树上再生枝。
　　已经见到君子面,幸亏没把我抛弃。
3　鲂鱼红尾因辛劳,王事紧急如火烧。
　　虽则紧急如火烧,父母在近怎可抛。

注 释　[1]《毛传》:"汝,水名也。坟,大防也。枝曰条,干曰枚。"《正义》:"大木不可伐其干,取条而已。枚,细者,可以全伐之也。"[2]《郑笺》:"惄(nì),思也。未见君子之时,如朝饥之思食。"[3]《毛传》:"肄,余也,斩而复生曰肄。"《传疏》:"肄者,蘖、枿之假借字。"[4]《正义》:"不我遐弃,犹云不遐弃我。古人之语多倒,诗之此类众矣。"[5]《毛传》:"赪(chēng),赤也。鱼劳则尾赤。燬,火也。"闻一多《诗选与校笺》:"鱼,象征廋语,此处喻男。"[6]《通释》:"言虽畏王室而远从役,独不念父母之甚迩乎?"

11　麟之趾

赞美公侯子孙兴盛,品德优良。三章叠咏,九句。

1　麟之趾,振振公子[1]。于嗟麟兮[2]!
2　麟之定,振振公姓[3]。于嗟麟兮!

3　麟之角[4],振振公族。于嗟麟兮!

韵　读　1.趾、子,之部。麟,真部。与二、三章遥韵。 2.定、姓,耕部。 3.角、族,屋部。

今　译　1　麒麟蹄儿不乱踢,诚实忠厚好公子。就像麒麟有仁义!
2　麒麟额头不撞人,诚实忠厚好公孙。就像麒麟多温顺!
3　麒麟角儿不乱触,诚实忠厚好公族。就像麒麟多威武!

注　释　[1]《毛传》:"趾,足也。振振(zhēn zhēn),信厚貌。"《传疏》:"公子,公之子也。" [2]《毛传》:"于嗟,叹辞。"《传疏》:"叹美之词也。" [3]《集传》:"定,额也。公姓,公孙也,姓之为言生也。"王引之《经义述闻》卷五:"公姓、公族,皆谓子孙也。" [4]严粲《诗缉》:"有足者宜踢。唯麟之足可以踢而不踢。有额者宜抵,唯麟之额可以抵而不抵。有角者宜触,唯麟之角可以触而不触。"

召 南

西周初年,召公奭居西都镐京,统治西方诸侯。《召南》当是召公统治下的南方地区的民歌。范围包括今河南西南部、陕西南部及今四川一带。共计十四篇。

12　鹊巢

歌颂贵族女子出嫁。"鸠居鹊巢",比喻新娘住进男家。三章叠咏,十二句。

1　维鹊有巢,维鸠居之[1]。
　　之子于归,百两御之[2]。
2　维鹊有巢,维鸠方之[3]。
　　之子于归,百两将之[4]。
3　维鹊有巢,维鸠盈之[5]。
　　之子于归,百两成之[6]。

韵　读　1.居、御,鱼部。 2.方、将,阳部。 3.盈、成,耕部。

今　译　1　喜鹊筑巢在树桠,八哥居住乐开花。

17

这个女子要出嫁,百辆车儿迎接她。

2 喜鹊筑巢在树上,八哥占有喜洋洋。
这个女子要出嫁,百辆车儿送新娘。

3 喜鹊筑巢树林里,八哥住满心欢喜。
这个女子要出嫁,车队迎来成婚礼。

注 释 [1]《通释》:"鹊即干鹊,今喜鹊也。"《诗缉》引李氏说:"鸠,今乃鸤鸲也。鸤鸲,今之八哥。"[2]《郑笺》:"御(yà),迎也。"[3]《毛传》:"方,有之也。"[4]《毛传》:"将,送也。"[5]《毛传》:"盈,满也。"《郑笺》:"满者,言众媵侄娣之多。"[6]《集传》:"成,成其礼也。"

13 采蘩

写贵族妇女采蘩供奉祭事。三章,一二章叠咏。十二句。

1 于以采蘩?于沼于沚[1]。
  于以用之?公侯之事[2]。
2 于以采蘩?于涧之中[3]。
  于以用之?公侯之宫[4]。
3 被之僮僮,夙夜在公[5]。
  被之祁祁,薄言还归。

韵 读 1.沚、事,之部。 2.中、宫,冬部。 3.僮、公,东部。祁,脂部;归,微部。脂微合韵。

18

今 译　1　什么地方采白蒿？就在池沼和小岛。
　　　　　把它用在啥地方？公侯祭祀离不了。
　　　　2　要采白蒿到哪方？就在山间溪水旁。
　　　　　什么地方要用它？公侯宗庙祭祀忙。
　　　　3　女子发髻美又高,早晚为公忙采蒿。
　　　　　女子发髻艳又俏,赶快回家天晚了。

注　释　[1]《正义》:"言夫人往何处采此蘩菜乎？于沼池,于渚沚之旁采之也。"《集传》:"蘩,白蒿也。"杨树达《词诠》:"以,通'台',何,何处。"[2]《集传》:"事,祭事也。"[3]《毛传》:"山夹水曰涧。"[4]《毛传》:"宫,庙也。"[5]《毛传》:"被,首饰也。"《集传》:"夙,早也。公,公所也。"《经义述闻》卷五:"僮僮(tóng tóng)、祁祁,皆是形容首饰之盛。"

14　草虫

女子怀念远出的丈夫,并想象他回家团聚时的喜悦。三章叠咏,二十一句。

1　喓喓草虫,趯趯阜螽[1]。
　　未见君子,忧心忡忡[2]。
　　亦既见止,亦既觏止,我心则降[3]。
2　陟彼南山,言采其蕨,
　　未见君子,忧心惙惙[4]。

亦既见止,亦既觏止,我心则说[5]。
3 陟彼南山,言采其薇[6]。
未见君子,我心伤悲。
亦既见止,亦既觏止,我心则夷[7]。

韵　读　1. 虫、螽、忡、降,冬部。子、止、止,之部。 2. 蕨、惙、说,月部。子、止、止,之部。
3. 薇、悲,微部;夷,脂部。脂微合韵。子、止、止,之部。

今　译　1　秋天草虫喓喓叫,野地蚂蚱乱蹦跳。
好久不见君子面,日思夜想多心焦。
一旦已经相见了,一旦已经团聚了,放下心来无烦躁。
2　登上高高南山坡,手采蕨菜把夫盼。
好久不见君子面,日思夜想心不安。
一旦已经相见了,一旦已经团聚了,我的心里真喜欢。
3　登在高高南山上,手采薇菜把夫想。
好久不见君子面,日思夜想心悲伤。
一旦已经相见了,一旦已经团聚了,我的心里真欢畅。

注　释　[1]《毛传》:"喓喓(yāo yāo),声也。趯趯(tì tì),跃也。"《集传》:"草虫,蝗属,奇音青色。"阜螽:蚱蜢、蚂蚱。[2]《毛传》:"忡忡(chōng chōng),犹冲冲也。"[3]《毛传》:"止,辞也。觏,遇。降,下也。"《郑笺》:"既觏,谓已婚也。"[4]《毛传》:"惙惙(chuò chuò),忧也。"[5]陈奂《传疏》:"说,悦,古今字。"[6]严粲《诗缉》引项氏说:"薇(wēi),今之野豌豆苗,蜀人谓之巢菜。"[7]《通释》:"夷悦以双声为义。……我心则夷,对上'我心伤悲'言,犹云'我心则悦'也。"

20

15　采蘋

女子出嫁前采集蘋藻，以供祭祀，向祖宗告别。三章叠咏，十二句。

1　于以采蘋[1]？南涧之滨。
　　于以采藻？于彼行潦[2]。
2　于以盛之？维筐及筥[3]。
　　于以湘之？维锜及釜[4]。
3　于以奠之？宗室牖下[5]。
　　谁其尸之？有齐季女[6]。

韵读　1.蘋、滨，真部。藻、潦，宵部。　2.筥、釜，鱼部。　3.下、女，鱼部。

今译　1　要采大萍去哪方？就在南山小溪旁。
　　　什么地方采水藻？就在河沟流水凼。
　　2　要装蘋藻用什么？方的筐子圆的箩。
　　　烹煮蘋藻用什么？没脚釜儿三脚锅。
　　3　什么地方摆祭品？就在宗庙天窗下。
　　　什么人儿来主祭？恭敬虔诚女娇娃。

注释　[1]蘋：浮萍，也叫四叶菜。《毛传》："蘋，大萍也。"　[2]《毛传》："藻，聚藻也。"《传疏》："行犹流也。行潦，山涧之流潦也。"　[3]《毛传》："方曰筐，圆曰筥(jǔ)。"　[4]《毛传》："湘，亨(烹)也。锜(qí)，釜属。有足曰锜，无足曰釜。"《传疏》："湘读为鬺，假借字也。"　[5]《集传》："奠(diàn)，置也。"《毛传》："宗室，大宗之庙也。大夫、士祭于宗庙，奠于牖下。"《集传》："牖下，室西南隅，所谓奥也。"　[6]《毛传》："尸，主。

齐(zhāi),敬;季,少也。"

16 甘棠

相传西周召伯听政于甘棠树下,人民怀念他,写了这首诗。三章叠咏,九句。

1　蔽芾甘棠,勿翦勿伐[1],召伯所茇[2]。
2　蔽芾甘棠,勿翦勿败[3],召伯所憩。
3　蔽芾甘棠,勿翦勿拜,召伯所说[4]。

韵　读　1.伐、茇,月部。 2.败、憩,月部。 3.拜、说,月部。

今　译　1　高大茂盛甘棠树,不要剪来莫砍伐,召伯曾经住树下。
　　　　　2　高大茂盛甘棠树,不要剪来不要劈,召伯曾在树下息。
　　　　　3　高大茂盛甘棠树,不要剪来不要拔,召伯树下曾歇马。

注　释　[1]《集传》:"蔽芾,盛貌。翦,剪其枝叶也。伐,伐其条干也。"[2]《郑笺》:"茇(bá),草舍也。"召伯:名虎,亦称召穆公,周宣王大臣。[3]《诗缉》:"败,谓残毁之。"[4]《郑笺》:"拜之言拔也。"《毛传》:"说(shuì),舍也。"

17　行露

女子拒绝一个已有妻室的男人强娶为妾。三章,后二章叠咏。十五句。

1　厌浥行露[1],岂不夙夜?谓行多露[2]。
2　谁谓雀无角[3]?何以穿我屋?谁谓女无家?
　　何以速我狱[4]?虽速我狱,室家不足[5]。
3　谁谓鼠无牙?何以穿我墉?谁谓女无家?
　　何以速我讼?虽速我讼,亦不女从。

韵　读　1.露、夜、露,铎部。 2.角、屋、狱、狱、足,屋部。 3.牙、家,鱼部。墉、讼、讼、从,东部。

今　译　1　路上露水湿漉漉,难道不想赶早路?就怕露多湿衣裤。
2　谁说麻雀没长角?凭啥穿我屋上茅?谁说你没娶老婆?
　　为啥叫我去坐牢?就是叫我去坐牢,逼我成婚做不到。
3　谁说老鼠没长牙?凭啥打穿我家墙?谁说你没娶婆娘?
　　为啥叫我上公堂?就是到了公堂上,要我从你是妄想。

注　释　[1]《毛传》:"厌浥,湿意也。"[2]《集传》:"我岂不欲早夜而行乎?畏多露之沾濡而不敢尔。"《通释》:"谓,疑畏之假借。"[3]毛奇龄《续诗传鸟名》:"角者,鸟喙之锐出者也。"[4]《集传》:"速,召致也。"王先谦《集疏》:"'速我狱者',言疾致我于狱。"[5]《桧风·隰有苌楚·正义》:"谓男处妻之室,女安夫之家,夫妇二人共为室家,故谓夫妇室家之道为室家也。"

18　羔羊

官僚们锦衣玉食,无所事事。三章叠咏,十二句。

1　羔羊之皮,素丝五纰[1]。
　　退食自公,委蛇委蛇[2]。
2　羔羊之革,素丝五緎[3]。
　　委蛇委蛇,自公退食。
3　羔羊之缝,素丝五总[4]。
　　委蛇委蛇,退食自公。

韵读　1.皮、纰、蛇,歌部。 2.革、緎、食,职部。 3.缝、总、公,东部。

今译　1　羔羊裘袄身上穿,衣上白丝交互连。
　　　　 酒醉饭饱出公门,摇摇摆摆多悠闲。
　　2　羔羊裘袄穿身上,白丝交互缝衣裳。
　　　　摇摇摆摆出公门,酒醉饭饱心舒畅。
　　3　身上穿着羔裘袄,白丝密密交互绕。
　　　　摇摇摆摆回家去,酒醉饭饱就下朝。

注释　[1]《集传》:"小曰羔,大曰羊。皮所以为裘,大夫燕居之服。"《传疏》:"五,古文作X,当为交午之午。"《诗缉》:"纰(tuó),缝也。" [2]《集传》:"自公,从公门而出也。"《郑笺》:"委蛇(wēi yí),委曲自得之貌。" [3]《毛传》:"革犹皮也。緎(yù),缝也。"《通释》:"皮,言其表也……革,言其里也。" [4]《集传》:"缝,缝皮合之以为裘也。"《毛传》:"总,数(shuò)也。"《传疏》:"此《传》数字当读数(shuò)罟之数。"闻一多《诗经通义》:"束丝曰纵,亦曰总,犹鱼网曰罢,亦曰緅,皆交午成文之状也。"

19 殷其靁

妻子热切地盼望丈夫早日归来。三章叠咏,十八句。

1. 殷其靁,在南山之阳[1]。
   何斯违斯?莫敢或遑[2]。
   振振君子[3],归哉归哉!
2. 殷其靁,在南山之侧。
   何斯违斯?莫敢遑息。
   振振君子,归哉归哉!
3. 殷其靁,在南山之下[4]。
   何斯违斯?莫或遑处。
   振振君子,归哉归哉!

韵 读 1.靁、违、归、归,微部。阳、遑,阳部。子、哉,之部。 2.靁、违、归、归,微部。侧、息,职部。子、哉,之部。 3.靁、违、归、归,微部。下、处,鱼部。子、哉,之部。

今 译 1 雷声隆隆不停响,就在南山南坡上,
   为啥这时离家乡?不敢稍有闲时光。
   诚实忠厚好君子,快快回来莫彷徨!

2　雷声隆隆响连天,就在南山山那边。
　　为啥这时离家园? 不敢休息求安闲。
　　诚实忠厚好君子,快快回来莫迟延!

3　雷声隆隆响不已,就在南山山脚底。
　　为啥这时离家去? 不敢住下求休息。
　　诚实忠厚好君子,快快回来莫延迟!

注　释　[1]《毛传》:"殷,雷声也。山南曰阳。"《传疏》:"靁,古雷字。"[2]《诗缉》:"何为此时违去此所乎?"《传疏》:"或,有也。言不敢有暇也。"[3]《毛传》:"振振,信厚也。"[4]《郑笺》:"下,谓山足。"《后笺》:"细绎经文,三章皆言(雷)在而屡易其地,正以雷之无定在,兴君子之不遑宁居。"

20　摽有梅

少女有感于青春易逝,希望早日和追求她的男士结合。三章叠咏,十二句。

1　摽有梅,其实七兮[1]。
　　求我庶士,迨其吉兮[2]。

2　摽有梅,其实三兮[3]。
　　求我庶士,迨其今兮[4]。

3　摽有梅,顷筐塈之[5]。
　　求我庶士,迨其谓之[6]!

26

韵 读 1.梅、士,之部。七、吉,质部。 2.梅、士,之部。三、今,侵部。 3.梅、士,之部。墍、谓,物部。

今 译
1 梅子熟了落下地,树上十成还有七。
 追求我的小伙子,要想成婚趁吉日。
2 梅子熟了落纷纷,还有三成树上存。
 追求我的小伙子,趁着今日就成婚。
3 树上梅子落如雨,拿只浅筐来拾取。
 追求我的小伙子,现在就和你会聚!

注 释 [1]《毛传》:"摽,落也。盛极则隋(堕)落者梅也,尚在树者七。"《传疏》:"梅媒声同,故诗人见梅而起兴。" [2]《集传》:"迨,及。吉,吉日也。" [3]《集传》:"梅在树者三,则落者又多矣。" [4]《集传》:"今,今日也,盖不待吉矣。" [5]《毛传》:"墍(xì),取也。" [6]《毛传》:"三十之男,二十之女,礼未备则不待礼会而行之。"段玉裁《诗经小学》:"毛意,谓,会也。"

21 小星

小官吏要连夜出差,埋怨自己命运不好。二章叠咏,十句。

1 嘒彼小星,三五在东[1]。
 肃肃宵征,夙夜在公。寔命不同[2]!
2 嘒彼小星,维参与昴[3]。
 肃肃宵征,抱衾与裯[4]。寔命不犹!

韵 读 1.星、征,耕部。东、公、同,东部。 2.星、征,耕部。昴、裯、犹,幽部。

今 译
1 小小星儿闪微光,三三五五在东方。
急急忙忙赶夜路,早晚都为公事忙。这是命运不一样!

2 小小星儿闪微光,参星昴星挂天上。
急急忙忙赶夜路,抛开被子与床帐。命不如人暗惆怅!

注 释 [1]《集传》:"嘒(huì),微貌。三五,言其稀,盖初昏或将旦时也。"[2]《毛传》:"肃肃,疾貌。宵,夜。征,行。寔(shí),是也。"[3]《集传》:"参(shēn)、昴(mǎo),西方二宿之名。"[4]闻一多《诗经新义》:"抱当读为抛。"《毛传》:"衾(qīn),被也。"《郑笺》:"裯(chóu),床帐也。"

22 江有汜

丈夫另有新欢,妻子幻想他回心转意,终于失望。三章叠咏,十二句。

1 江有汜[1]。之子归,不我以[2]。
不我以,其后也悔。
2 江有渚[3]。之子归,不我与。
不我与,其后也处[4]。
3 江有沱[5]。之子归,不我过[6]。
不我过,其啸也歌[7]!

28

韵 读 1.汜、以、以、悔,之部。 2.渚、与、与、处,鱼部。 3.沱、过、过、歌,歌部。

今 译 1 长江水流有分支。新人嫁来旧人离,不再用我把我弃。
不再用我把我弃,以后懊悔来不及。

2 长江水中有小渚。新人嫁来我心苦,不愿和我在一处。
不愿和我在一处,以后还要跟我住。

3 长江支流有沱江。新人嫁来我心慌,不到我处来看望。
不到我处来看望,长啸高歌遣悲伤!

注 释 [1]《毛传》:"决复入曰汜(sì)。"闻一多《诗经新义》:"案妇人盖以水喻其夫,以水道自喻。而以水之旁枝出不循正道者,喻夫之情爱别有所属。"[2]《郑笺》:"妇人谓嫁曰归。"《传疏》:"不我以,不用我。"[3]《毛传》:"渚,小洲也。水岐成渚。"[4]《集疏》:"与,偕也。……言今不偕我居,其后必悔而偕我居也。"[5]《郑笺》:"岷山道江,东别为沱。"[6]《集传》:"过,谓过我而与俱也。"[7]《集传》:"啸,蹙口出声以舒愤懑之气。"

23 野有死麕

男青年带着猎物去追求一位漂亮姑娘,姑娘也爱他,约她到家中幽会。三章,十一句。

1 野有死麕[1],白茅包之。
有女怀春,吉士诱之[2]。

29

2 林有朴樕[3],野有死鹿。
白茅纯束,有女如玉。

3 舒而脱脱兮,无感我帨兮[4],无使尨也吠[5]。

韵 读 1.麕、春,文部。包、诱,幽部。 2.樕、鹿、束、玉,屋部。 3.脱、帨、吠,月部。

今 译 1 野地有只死獐子,丝茅草儿来包扎。
有位姑娘怀春情,小伙挑逗追求她。

2 林中小树丛丛长,有只死鹿在地上。
丝茅草儿捆扎好,送给如玉好姑娘。

3 轻手轻脚悄悄到,莫动佩巾莫急躁,莫让狗儿汪汪叫。

注 释 [1]《集传》:"麕(jūn),獐也,鹿属。" [2]《集传》:"当春而有怀也。"《集疏》:"吉士犹言善士,男子之美称。"牟庭《诗切》:"诱之即诮(挑)之,此古义也。" [3]《毛传》:"朴樕(pú sù),小木也。"《后笺》:"《诗》于昏礼每言析薪,古者昏礼或本有薪刍之馈耳。" [4]《毛传》:"舒,徐也。脱脱,舒迟也。感,动也。帨,佩巾也。"《传疏》:"感,古撼字。" [5]《毛传》:"尨(máng),狗也。"

24 何彼襛矣

贵族女子出嫁,车马服饰非常美盛。三章,十二句。

1　何彼襛矣？唐棣之华[1]。
　　曷不肃雝[2]？王姬之车。
2　何彼襛矣？华如桃李。
　　平王之孙，齐侯之子[3]。
3　其钓维何？维丝伊缗[4]。
　　齐侯之子，平王之孙。

韵　读　1.华、车，鱼部。 2.矣、李、子，之部。 3.缗、孙，文部。

今　译　1　多么美盛又漂亮，就像唐棣花开放。
　　　　　怎不严肃又和美，王姬出嫁乘车辆。
　　　　2　多么美盛又漂亮，就像桃李花一样。
　　　　　她是平王外孙女，齐侯闺女好姑娘。
　　　　3　钓鱼要用什么绳？长丝两股做钓纶。
　　　　　她是齐侯亲闺女，天子平王亲外孙。

注　释　[1]《集传》："襛(nóng)，盛也，犹曰戎戎也。"唐棣：也作棠棣，一种小乔木，花或白或红，果实如李。华：古花字。[2]《毛传》："肃，敬；雝，和。" [3]《集传》："或曰：平王，即平王宜臼。齐侯，即襄公诸儿。" [4]缗：钓鱼的绳。《集传》："伊亦维也。缗(mín)，纶也。丝之合而为纶，犹男女之合而为婚也。"

25　驺虞

赞美猎人本领高强。二章叠咏，六句。

1 彼茁者葭,壹发五豝[1]。

　　于嗟乎驺虞[2]!

2 彼茁者蓬,壹发五豵[3]。

　　于嗟乎驺虞!

韵 读 1.葭、豝、乎、虞,鱼部。 2.蓬、豵,东部。乎、虞,鱼部。

今 译 1 芦苇一片密又茂,五只母猪都射倒。

　　　　　哎呀呀,猎人真正本领好!

　　　2 蓬蒿一片密丛丛,五只小猪都射中。

　　　　　哎呀呀,猎人真正是英雄。

注 释 [1]《毛传》:"葭(jiā),芦也。豕牝曰豝(bā)。"《集传》:"茁(zhuó),生出壮盛之貌。"戴震《诗经补注》:"《驺虞》,言春蒐之礼也。除田豕也。" [2]许慎《五经异义》载《韩》《鲁》说:"驺虞,天子掌鸟兽之官。" [3]《毛传》:"蓬,草名也。"《集传》:"一岁曰豵(zōng),亦小豕也。"

32

邶 风

邶,周代诸侯国名。在今河南淇县以北至河北南部一带。周武王灭商后,封纣王子武庚于此。后武庚叛乱被杀,邶并入卫国。《邶风》即邶地民歌,包括《柏舟》等十九篇,多数是东周作品。

26 柏舟

妇女诉说自己不得丈夫宠爱,备受群小欺侮的痛苦和忧伤。五章,三十句。

1 汎彼柏舟,亦汎其流[1]。
   耿耿不寐,如有隐忧[2]。
   微我无酒,以敖以游[3]。
2 我心匪鉴。不可以茹[4]。
   亦有兄弟,不可以据。
   薄言往愬[5],逢彼之怒。
3 我心匪石,不可转也。
   我心匪席,不可卷也。
   威仪棣棣,不可选也[6]。

4 忧心悄悄,愠于群小[7]。
　　觏闵既多,受侮不少。
　　静言思之,寤辟有摽[8]!

5 日居月诸,胡迭而微[9]?
　　心之忧矣,如匪浣衣。
　　静言思之,不能奋飞。

韵　读 1.舟、流、忧、酒、游,幽部。 2.茹、据、怒,鱼部;愬、怒,铎部。鱼铎通韵。 3.石、席,铎部。转、卷、选,寒部。 4.悄、小、少、摽,宵部。 5.微、衣、飞,微部。

今　译 1 河中浮有柏木船,随水漂流漫无边。
　　　　　睁着眼儿难入眠,几多烦恼积心间。
　　　　　不是浇愁无美酒,也非无处可游玩。

　　　　2 我心不是照物镜,不可什么都容纳。
　　　　　也有哥哥有弟弟,可是不能依靠他。
　　　　　赶回娘家去诉苦,他们发怒把我骂。

　　　　3 我心不是小石块,不可任意打转转。
　　　　　我心不是草席片,哪能随便把它卷。
　　　　　仪容端正品行好,岂能任人乱挑拣。

　　　　4 心事重重多烦闷,群小怨我把我恨。
　　　　　横遭忧患苦已多,累受欺凌怨更深。
　　　　　静下心来细思量,梦醒捶胸愁难申!

　　　　5 太阳月亮挂天边,为啥轮流都昏暗?
　　　　　我的心里多忧烦,好比脏衣没洗换。
　　　　　静下心来细思念,不能展翅翔云汉。

注　释 [1]段玉裁《说文注》:"上汎,谓泛泛,浮貌也。下汎,当作泛,浮也。" [2]《集传》:"耿

34

耿,小明,忧之貌也。"《经义述闻》卷五:"如读为而,惟有隐忧是以不寐,非谓若有隐忧也。"隐:通"殷",大,深。[3]《集传》:"微,犹非也。敖:通"遨",游逛。[4]匪:非,不是。《集传》:"鉴,镜。"《诗缉》:"鉴虽明,而不择妍丑,皆纳其影,我心有知善恶,善则从之,恶则拒之,不能混杂而容纳之。"[5]王夫之《稗疏》:"薄言往愬者,心知其不可据而勉往也。"《集传》:"愬,告也。"[6]《集传》:"棣棣,富而闲习之貌。选,简择也……威仪无一不善,又不可得而简择取舍。"[7]《毛传》:"悄悄,忧貌。"《集传》:"群小,众妾也。言见怒于众妾也。"[8]辟:通"擗",以手捶胸。有摽:相当于"摽摽",捶胸的样子。[9]居、诸:助词,无实义。范家相《诗渖》:"言日月至明,胡常有时而微,不照见我之忧思也。"

27　绿衣

妻子亡故,丈夫看着她缝制的衣裳,倍增伤感。与《唐风·葛生》同为我国悼亡诗之祖。四章,前二章、后二章各为叠咏。十六句。

1　绿兮衣兮,绿衣黄里。
　　心之忧矣,曷维其已!
2　绿兮衣兮,绿衣黄裳[1]。
　　心之忧矣,曷维其亡[2]!
3　绿兮丝兮,女所治兮[3]。
　　我思古人,俾无讹兮[4]。
4　絺兮绤兮,凄其以风[5]。
　　我思古人,实获我心[6]。

韵 读　1.里、已,之部。　2.裳、亡,阳部。　3.丝、治、讹,之部。　4.风、心,侵部。

今 译　1　身上穿着绿上衣,绿色衣面黄色里。
　　　　　心里忧伤多烦闷,哪年哪月能停止!
　　　2　绿色上衣穿身上,绿衣连着黄色裳。
　　　　　心里烦闷多忧伤,哪年哪月才能忘!
　　　3　绿色丝线绿色衣,绿衣是你亲手制。
　　　　　想起过世好妻子,使我小心无过失。
　　　4　粗细葛布做衣裳,穿著透风增清凉。
　　　　　想起过世娇妻美,称心如意永难忘。

注 释　[1]《毛传》:"上曰衣,下曰裳。"[2]《集传》:"亡之为言忘也。"[3]女:同"汝",指亡妻。《集传》:"治,调理而织之也。"[4]闻一多《风诗类钞》:"此古人即故人。"《毛传》:"俾、使。讹,过也。"[5]绨(chī):细葛布。绤(xì):粗葛布。凄其:相当于"凄凄",寒凉的样子。[6]《集传》:"真能先得我心之所求也。"

28　燕燕

卫君送别远嫁的妹妹。清王士禛《分甘余话》谓此诗"宜为万古送别之祖"。四章,前三章叠咏。二十四句。

　　1　燕燕于飞,差池其羽[1]。
　　　　之子于归,远送于野[2]。

瞻望弗及,泣涕如雨。

2 燕燕于飞,颉之颃之[3]。
之子于归,远于将之[4]。
瞻望弗及,伫立以泣[5]。

3 燕燕于飞,下上其音[6]。
之子于归,远送于南。
瞻望弗及,实劳我心。

4 仲氏任只,其心塞渊[7]。
终温且惠,淑慎其身。
先君之思,以勖寡人[8]。

韵 读 1.飞、归,微部。羽、野、雨,鱼部。 2.飞、归,微部。颃、将,阳部。及、泣,缉部。
3.飞、归,微部。音、南、心,侵部。 4.渊、身、人,真部。

今 译 1 双双燕子翩翩飞,参差不齐展双翅。
这个姑娘要出嫁,远远送到田野里。
抬头远望望不见,热泪如雨下不已。

2 双双燕子翩翩翔,忽而下来忽而上。
这个姑娘要出嫁,远远送她离家乡。
抬头远望望不见,久久站立泪满眶。

3 双双燕子飞翩翩,上上下下叫声连。
这个姑娘要出嫁,远远送到城南边。
抬头远望望不见,实使我心添忧烦。

4 二妹为人可信任,心地诚实见识深。
性格温和又贤惠,小心谨慎善修身。
"要把先君常思念",劝勉寡人记在心。

37

注 释 [1]《集传》:"燕,鳦也。谓之燕燕者,重言之也。"《通释》:"差池二字叠韵,义与参差同,皆不齐之貌。"[2]于归:出嫁。[3]《毛传》:"飞而上曰颉(xié),飞而下曰颃(háng)。"[4]《郑笺》:"将亦送也。"[5]《毛传》:"伫(zhù)立,久立也。"[6]《集传》:"鸣而上曰上音,鸣而下曰下音。"[7]仲氏:兄弟姊妹中排行第二的,此指妹妹。《郑笺》:"任者,以恩相亲信也。"《正义》:"其心诚实而深渊也。"[8]《毛传》:"勖(xù),勉也。"寡人:卫君自谓。

29　日月

女子怨恨丈夫遗弃自己。四章,前三章叠咏,二十四句。

1　日居月诸[1],照临下土。
　　乃如之人兮,逝不古处[2]。
　　胡能有定？宁不我顾[3]。

2　日居月诸,下土是冒。
　　乃如之人兮,逝不相好。
　　胡能有定？宁不我报。

3　日居月诸,出自东方。
　　乃如之人兮,德音无良[4]。
　　胡能有定？俾也可忘。

4　日居月诸,东方自出。
　　父兮母兮,畜我不卒[5]。
　　胡能有定？报我不述[6]。

韵 读　1.土、处、顾,鱼部。 2.冒、好、报,幽部。 3.方、良、忘,阳部。 4.出、卒、述,物部。

今 译　1　天边太阳和月亮,光辉普照大地上。
　　　　　可是还有这种人,不念旧情变心肠。
　　　　　心里怎么能安定?为啥不把我来想。

　　　　2　太阳月亮挂九霄,大地普遍得照耀。
　　　　　可是还有这种人,不肯继续和我好。
　　　　　心里怎么能安定?为啥不把音讯捎。

　　　　3　天边太阳和月亮,光辉出来自东方。
　　　　　可是还有这种人,言语甜蜜心不良。
　　　　　心里怎么能安定?叫我忧念怎能忘。

　　　　4　天边太阳和月亮,出自东方照大地。
　　　　　叫声爹爹叫声娘,丈夫爱我不到底。
　　　　　心里怎么能安定?对我蛮横不讲理。

注 释　[1]居、诸:语气词。[2]王引之《经传释词》卷六:"乃如,亦转语词也。"《郑笺》:"之人,是人也。"《集传》:"逝,发语辞。"《通释》:"古者,故之省借。凡以故旧相处谓之故。故之言固也。故处与二章相好同义。"[3]《集传》:"胡、宁皆何也。"《郑笺》:"曾不顾念我之言。"[4]《集传》:"德音,美其辞。无良,丑其行。"[5]《通释》:"畜我不卒,谓好我不终,即首二章所云逝不古处,逝不相好也。"[6]《集传》:"述,循也。言不循义理也。"

30　终风

女子怨叹自己受丈夫轻薄狂暴而得不到真正的爱情。四章,十六句。

1　终风且暴,顾我则笑[1]。
　　谑浪笑敖,中心是悼[2]。
2　终风且霾,惠然肯来[3]。
　　莫往莫来,悠悠我思[4]。
3　终风且曀,不日有曀[5]。
　　寤言不寐,愿言则嚏[6]。
4　曀曀其阴,虺虺其雷[7]。
　　寤言不寐,愿言则怀[8]。

韵　读　1.暴、悼,药部;笑、敖,宵部。宵药通韵。　2.霾、来、来、思,之部。　3.曀、曀、嚏,质部。
　　　　4.雷、怀,微部。

今　译　1　风既狂来雨又暴,看见我来嘻嘻笑。
　　　　　调戏放荡瞎胡闹,心里悲伤多烦恼。
　　　2　大风既起尘土扬,有时心顺来我旁。
　　　　　如今不来又不往,思绪绵绵怎能忘。
　　　3　风既刮来云又起,太阳刚露乌云蔽。
　　　　　躺在床上睡不着,愿他思念打喷嚏。
　　　4　满天乌云日色暗,虺虺雷声震天边。
　　　　　躺在床上睡不着,愿他悔悟把我念。

注释 [1]暴:通"瀑"。《说文·水部》:"瀑,疾雨也。《诗》曰:终风且瀑。"《经传释词》:"终,犹既也。则,而也。" [2]谑(xuè):调戏。浪:放荡。敖:傲慢。《集传》:"悼,伤也。" [3]《说文·雨部》:"霾(mái),风雨土也。"《毛传》:"言时有顺心也。"屈万里《诠释》:"惠然,和顺貌。" [4]《集传》:"悠悠,思之长也。"《集疏》:"望其来而不来,故思之悠悠然。" [5]《说文·日部》:"曀(yì),天阴沉也。"《郑笺》:"有,又也。" [6]《诗缉》:"愿其嚏(tì)而知己念之也。" [7]《集传》:"曀曀,阴貌。"《毛传》:"暴若震雷之声虺虺然,"虺:古"雷"字。 [8]《诗缉》:"愿汝思怀我而悔悟也。"

31 击鼓

公元前720年,卫国公子州吁联合宋、陈、蔡三国伐郑。战后一部分士兵留在国外,长期不得归家,满怀忧愤,写了这首诗。五章,二十句。

1 击鼓其镗,踊跃用兵[1]。
　土国城漕[2],我独南行。
2 从孙子仲,平陈与宋[3]。
　不我以归,忧心有忡。
3 爰居爰处,爰丧其马[4]。
　于以求之?于林之下。
4 死生契阔[5],与子成说。
　执子之手,与子偕老。
5 于嗟阔兮,不我活兮[6]!
　于嗟洵兮[7],不我信兮!

韵 读 1.镗、兵、行,阳部。 2.仲、宋、忡,冬部。 3.处、马、下,鱼部。 4.阔、说,月部。手、老,幽部。 5.阔、活,月部。洵、信,真部。

今 译 1 擂起战鼓响咚咚,战士踊跃舞刀枪。
别人修路筑漕城,我独远行去南方。

2 跟着统帅孙子仲,联合友邦陈与宋。
不能让我同回家,满怀忧愁难自控。

3 哪儿停下哪儿住,哪儿丢失那些马。
哪儿能够找到它?在那深深丛林下。

4 誓同死生志如金,你我约言记在心。
紧紧握住你的手,白头偕老永不分。

5 啊哟道路太遥远,不能相会在一堂!
啊哟离别太久长,约言难守我心伤!

注 释 [1]《集传》:"镗(tāng),击鼓声也。兵,谓戈戟之类。"踊跃:情绪热烈,争先恐后的样子。[2]《郑笺》:"或役土功于国,或修理漕城。"漕:卫邑名,在今河南滑县东南白马城。[3]《集传》:"孙,氏;子仲,字。时军帅也。"范家相《诗渖》引姜炳章说:"平陈与宋者,连合陈宋之谓。"[4]《郑笺》:"今于何居乎?于何处乎?于何丧其马乎?"《集传》:"军士散居,无复纪律。"[5]闻一多《诗经通义》:"死生契阔,犹言生则同居,死则同穴,永不分离也。"《尔雅·释诂》:"阔,远也。"[6]《通释》:"活,当读为'曷其有佸'之佸。《毛传》:'佸,会也。'"[7]《毛传》:"洵,远。"牟庭《诗切》:"不我信,谓使我'偕老'之言不验信也。"

32　凯风

儿子歌颂母亲并自责不能给她以安慰。四章,一二章叠咏。十六句。

1　凯风自南,吹彼棘心[1]。
　　棘心夭夭,母氏劬劳[2]。
2　凯风自南,吹彼棘薪[3]。
　　母氏圣善[4],我无令人。
3　爰有寒泉,在浚之下[5]。
　　有子七人,母氏劳苦。
4　睍睆黄鸟[6],载好其音。
　　有子七人,莫慰母心[7]。

韵读 1.南、心,侵部。夭、劳,宵部。 2.薪、人,真部。 3.下、苦,鱼部。 4.音、心,侵部。

今译 1　和风吹来自南郊,吹得枣树发嫩苗。
　　　　枣树嫩苗渐美茂,母亲实在太辛劳。
　　　2　和风吹来自南郊,枣树长成当柴烧。
　　　　母亲通达明事理,可惜儿女都不肖。
　　　3　什么地方有寒泉?就在浚邑城下边。
　　　　虽然儿子有七个,母亲仍然苦难言。
　　　4　羽毛美丽小黄鹂,歌喉婉转好声音。
　　　　虽然儿子有七个,无人安慰慈母心。

注　释　[1]《毛传》:"南风谓之凯风。"《正义》引李巡说:"南风长养万物,万物喜乐,故曰凯风。"《集疏》:"棘、小枣丛生者。……凯风,喻母。棘,子自喻。丛生心赤,兴众子赤心奉母。"[2]夭夭:柔嫩美盛的样子。《毛传》:"劬劳,病苦也。"[3]《集传》:"棘可以为薪则成矣,然非美材,故以兴子之壮大而无善也。"[4]《集疏》:"圣善,言通于事理,有美德也。"《郑笺》:"令,善也。"[5]《太平御览》卷一百九十三引《郡国志》:"水冬夏常冷,故曰寒泉。"浚:卫邑名,在今河南省濮阳县南。[6]《郑笺》:"睍睆(xiàn huàn),以兴颜色悦也。"[7]《传疏》:"后二章以寒泉之益于浚,黄鸟之好其音,喻七子不能愉其母,泉鸟之不如也。"

33　雄雉

妻子思念远出的丈夫。四章,十六句。

1　雄雉于飞,泄泄其羽[1]。
　　我之怀矣,自诒伊阻[2]。
2　雄雉于飞,下上其音。
　　展矣君子,实劳我心[3]。
3　瞻彼日月,悠悠我思[4]。
　　道之云远,曷云能来?[5]
4　百尔君子[6],不知德行。
　　不忮不求[7],何用不臧?

韵　读　1.羽、阻,鱼部。　2.音、心,侵部。　3.思、来,之部。　4.行、臧,阳部。

今 译　1　雄性野鸡飞山中,双翅拍动颇从容。
　　　　　心中想念我夫君,自寻苦恼心悲痛。
　　　　2　雄性野鸡翩翩飞,叫声忽高又忽低。
　　　　　夫君真诚可信任,冥思苦想心里急。
　　　　3　遥望日月在天边,我心无限长思念。
　　　　　夫君离去路途遥,啥时能够回家园?
　　　　4　天下君子有通病,不懂道德和品行。
　　　　　不害人来不贪求,还有啥事做不成?

注　释　[1]《诗经通义》:"雄雉,喻夫也。"《集传》:"泄泄(yì yì),飞之缓也。"[2]《毛传》:"诒,遗。"《郑笺》:"伊当作繄,繄犹是也。"《集疏》:"韩曰:阻,忧也。"[3]《毛传》:"展,诚也。"《传疏》:"实当作寔。寔,是也。"[4]《通释》:"以日月之迭往迭来,兴君子之久役不来。"[5]王引之《释词》:"云,语中助词也。……言道之远,何能来也。"[6]《集传》:"百,犹凡也。"[7]《集传》:"忮(zhì),害。求,贪。"《集疏》:"何用不臧,犹言无往而不利。"

34　匏有苦叶

女子在济水岸边等待男友到来,并产生种种遐想。四章,十六句。

1　匏有苦叶,济有深涉[1]。
　　深则厉,浅则揭[2]。
2　有瀰济盈,有鷕雉鸣[3]。

济盈不濡轨[4],雉鸣求其牡。

3 雝雝鸣雁[5],旭日始旦。
士如归妻,迨冰未泮[6]。

4 招招舟子,人涉卬否[7]。
人涉卬否,卬须我友[8]。

韵 读　1.叶、涉,叶部。厉、揭,月部。 2.盈、鸣,耕部。轨、牡,之部。 3.雁、旦、泮,寒部。
4.子、否、否、友,之部。

今 译　1 葫芦已熟叶已枯,济水深处有津渡。
水深葫芦系腰间,水浅背上挑葫芦。

2 茫茫一片济水流,野鸡雝雝叫不休。
水满不会湿车轴,野鸡鸣叫把偶求。

3 天上大雁叫雝雝,东方朝阳冉冉升。
阿哥有心娶妻子,要趁冬天冰未融。

4 船夫弯腰摇小舟,别人过河我停留。
别人过河我停留,我要等我男朋友。

注 释　[1]闻一多《诗经通义》:"叶子枯了,葫芦也干了,可以摘来作腰舟用了。"《郑笺》:"瓠叶苦而渡处深也。" [2]《诗经通义》:"名词带谓之厉,动词带亦谓之厉。揭即揭荷之揭。言水深则带匏于身以防溺,水浅则荷于背上可也。" [3]《集传》:"㳽(mǐ),水满貌。"《毛传》:"雝(yǎo),雌雉声也。" [4]王引之《经义述闻》卷五:"轨者,轴之两端。" [5]《毛传》:"雝雝,雁声和也。"古代婚礼用雁。女子听到雁叫声,联想起自己的婚事。 [6]《毛传》:"泮,散也。"《集疏》:"古之人霜降而迎女,冰泮而杀止。"《传疏》:"妇人谓嫁曰归。归妻,犹取妻。" [7]《诗经通义》:"招招,谓舟子鼓楫时身体屈申动摇之貌也。"《毛传》:"卬(áng),我也。……人皆涉,我友未至,我独待之而不涉。" [8]陈子展《直解》:"最后一章始正面透露主题,诗何为而作?作者为何等人?愚谓此倒叙法,此画龙点睛法,构想甚奇,神乎技矣。"

35　谷风

女子诉说丈夫喜新厌旧,自己遭到虐待和遗弃,心情痛苦。与《卫风·氓》都是千古有名的弃妇诗。六章,四十八句。

1　习习谷风[1],以阴以雨。
　　黾勉同心,不宜有怒。
　　采葑采菲,无以下体[2]。
　　德音莫违,及尔同死。

2　行道迟迟,中心有违[3]。
　　不远伊迩,薄送我畿[4]。
　　谁谓荼苦[5]?其甘如荠。
　　宴尔新昏[6],如兄如弟。

3　泾以渭浊,湜湜其沚[7]。
　　宴尔新昏,不我屑以[8]。
　　毋逝我梁,毋发我笱[9]。
　　我躬不阅,遑恤我后[10]。

4　就其深矣,方之舟之。
　　就其浅矣,泳之游之[11]。
　　何有何亡?黾勉求之。
　　凡民有丧,匍匐救之[12]。

5　不我能慉[13],反以我为雠。
　　既阻我德,贾用不售[14]。
　　昔育恐育鞠[15],及尔颠覆。

47

既生既育[16]，比予于毒。

6　我有旨蓄，亦以御冬[17]。
　　宴尔新昏，以我御穷。
　　有洸有溃，既诒我肄[18]。
　　不念昔者，伊余来塈[19]。

韵　读　1.风、心，侵部。雨、怒，鱼部。菲、违，微部。体、死，脂部。 2.迟、迩、荠、弟，脂部；违、畿，微部。脂微合韵。 3.沚、以，之部。笱、后，侯部。 4.舟、游、求、救，幽部。 5.雠、售，幽部。鞫、覆、育、毒，觉部。 6.冬、穷，冬部。肄，质部；溃、塈，物部。质物合韵。

今　译　1　东风拂面暖如春，又有雨来又有阴。
　　　　　　夫妻同心共努力，不应怒骂伤我心。
　　　　　　收采萝卜大头菜，岂能要叶不要根。
　　　　　　美好话儿莫违背，和你同死永不分。
　　　　2　走在路上脚步迟，心中徘徊不忍离。
　　　　　　不肯远送近也好，勉强送我到门里。
　　　　　　谁说苦菜味道苦？我说苦菜甜似荠。
　　　　　　你们快乐结新婚，相亲相爱像兄弟。
　　　　3　泾水入渭水才浑，水面虽浑水底清。
　　　　　　你们快乐结新婚，不肯和我相亲近。
　　　　　　不要走拢我鱼梁，我的鱼篓莫乱扔。
　　　　　　如今我身不见容，哪有空闲顾后人。
　　　　4　好比过河水太深，就撑筏子就划船。
　　　　　　如果河中水尚浅，游泳可到对岸边。
　　　　　　家里啥有啥缺乏？努力寻求不迟延。
　　　　　　左邻右舍有灾难，全力以赴去救援。
　　　　5　你不能够对我好，看成仇敌把我恼。

我的情意你拒绝,好比货物卖不掉。
往日恐慌又潦倒,你我患难在一道。
生活如今已变好,把我看成大毒草。

6　我有美味腌干菜,可以用来抵寒冬。
你们快乐结新婚,拿我旧人挡困穷。
态度横暴常怒骂,不断逼我做苦工。
不念当初恩爱时,只有忌恨在心中。

注　释　[1]《毛传》:"习习,和舒貌。东风谓之谷风。"以:又。[2]《郑笺》:"此二菜者,蔓菁与葍之类也。"《稗疏》:"无以下体者,不可以其茎叶之恶而不采其根也。"陈启源《稽古编》:"'德音无良'、'德音莫违',此二'德音'谓夫妇间晤语之言也。"[3]《毛传》:"迟迟,舒行貌。"《集传》:"违,相背也。"[4]《毛传》:"畿,门内也。"[5]《毛传》:"荼,苦菜也。"[6]《集传》:"宴,乐也。"[7]泾水清,女子自比;渭水浊,比喻新婚者。《集传》:"湜湜(shí shí),水清貌。"沚:《说文》《玉篇》引作"止"。《通释》:"喻己之色虽衰而德则盛。"[8]《通释》:"以犹与也。不我屑以,谓不我肯与。"[9]《毛传》:"梁,鱼梁。"陈奂《传疏》:"逝,之也。之,至也。"《集传》:"笱(gǒu),以竹为器,而承梁之空以取鱼也。"《释文》引《韩诗》:"发,乱也。"[10]《毛传》:"阅,容也。"《郑笺》:"遑,暇。恤,忧也。"[11]《集传》:"方,桴。舟,船也。潜水曰泳,浮水曰游。"[12]《郑笺》:"匍匐,言尽力也。"《集传》:"又周睦其邻里乡党。"[13]《通释》:"惧与雠对,当读如畜好之畜。"马瑞辰《通释》:"不我慉,即不我好也。"[14]《集传》:"阻,却。"《郑笺》:"如卖物之不售。"[15]育:当作"有",又。《毛传》:"鞠,穷也。"[16]《郑笺》:"生,谓财业也。育,谓长老也。"[17]《郑笺》:"蓄聚美菜者,以御冬月乏无时也。"[18]《集传》:"洸洸(guāng guāng),武貌。溃溃,怒色也。肄,劳。"诒:留给。[19]于省吾《诗经新证》:"墍、忌音近古通。"

36　式微

人民苦于劳役,对国君表示不满和怨愤。二章叠咏、八句。

1　式微式微[1],胡不归?
　　微君之故,胡为乎中露[2]?
2　式微式微,胡不归?
　　微君之躬,胡为乎泥中[3]?

韵读　1.微、归,微部。故,鱼部;露,铎部。鱼铎通韵。 2.微、归,微部。躬、中,冬部。

今译　1　日已黄昏天色暗,为啥还不回家园?
　　　　　如果不为君王事,怎会露中受辛酸。
　　　　2　日已黄昏天色暗,为啥还不回家园?
　　　　　如果不为君王身,怎会泥中受熬煎?

注释　[1]《郑笺》:"式,发声也。"式微:天色将暮。[2]《集传》:"微,犹非也。中露,露中。"
　　　　[3]《集传》:"泥中,言有陷溺之难而不见拯救也。"

37 旄丘

流亡到卫国的黎国人盼望卫国贵族发兵救援,结果一无所得,大失所望。四章,十六句。

1 旄丘之葛兮,何诞之节兮[1]?
  叔兮伯兮[2],何多日也!

2 何其处也?必有与也。
  何其久也?必有以也[3]。

3 狐裘蒙戎,匪车不东[4]。
  叔兮伯兮,靡所与同[5]。

4 琐兮尾兮,流离之子[6]。
  叔兮伯兮,褎如充耳[7]。

韵 读 1.葛,月部;节、日,质部。月质合韵。 2.处、与,鱼部。久、以,之部。 3.戎,冬部;东、同,东部。冬东合韵。 4.子、耳,之部。

今 译 1 葛藤长在高丘上,枝节为啥这么长?
  叫声叔叔和伯伯,为啥多日不相帮!

2 为啥安心在家住?定有盟国在一处。
  为啥拖延这么久?其中一定有缘故。

3 狐皮袍子毛蓬松,他们车子不向东。
  叫声叔叔和伯伯,心情不和我们同。

4 细小卑微真可怜,四处飘零人离散。
  叫声叔叔和伯伯,塞住耳朵听不见!

注　释　[1]《毛传》:"前高后低曰旄丘。"《通释》:"何诞之节,犹云何延其节也。延训长。" [2]《郑笺》:"叔伯,字也。呼卫之诸臣。" [3]《集传》:"与,与国也。以,他故也。" [4]《集传》:"蒙戎,乱貌,言弊也。"《传疏》:"匪,彼也。彼车不东,言彼大夫之车不东来也。" [5]《集传》:"叔兮伯兮不与我同心,虽往告之而不肯来耳。" [6]《集传》:"琐,细。尾,末也。流离,漂散也。" [7]《毛传》:"褎(yòu),盛服也。"《郑笺》:"充耳,塞耳也。"

38　简兮

舞师表演万舞,女子对他表示赞美和爱慕。四章,十八句。

1　简兮简兮,方将万舞[1]。
　　日之方中,在前上处。
2　硕人俣俣,公庭万舞[2]。
　　有力如虎,执辔如组[3]。
3　左手执籥,右手秉翟[4]。
　　赫如渥赭[5],公言"锡爵"。
4　山有榛,隰有苓[6]。
　　云谁之思? 西方美人。
　　彼美人兮,西方之人兮!

韵　读　1.舞、处,鱼部。 2.俣、舞、虎、组,鱼部。 3.籥、翟、爵,药部。 4.榛、苓、人、人、人,真部。

今 译　1　鼓声咚咚响不停,文武大舞将举行。
　　　　　时方正午日当顶,舞师前排来站定。
　　　　2　舞师魁伟好身材,公庭万舞跳起来。
　　　　　最有力气像猛虎,手执缰绳如丝带。
　　　　3　左手握着三孔箫,右手拿着野鸡毛。
　　　　　脸色红润似涂丹,公爷赐酒兴致高。
　　　　4　山上长有榛子树,甘草生在洼地旁。
　　　　　要问我在把谁想,漂亮人儿住西方。
　　　　　漂亮人儿真难忘,他是西方少年郎!

注　释　[1]闻一多《风诗类钞》:"简简,鼓声。未奏舞前,必先鸣鼓以警众。"《通释》:"'方将'二字连文,方犹云将也。万舞,盖对小舞言,故为大舞,实文、武二舞之总名。"[2]《毛传》:"俣俣(yǔ yǔ),容貌大也。"《正义》:"于祭祀之时,亲在宗庙公庭而万舞。"[3]段玉裁《说文注》:"执辔如组,非谓如组之柔,谓如织组之经纬成文,御众缕而不乱,自始至终秩然,能御众者如之也。"[4]《集传》:"执羽秉翟,文舞也。籥(yuè),如笛而六孔,或曰三孔。翟(dí),雉羽也。"[5]《毛传》:"赫,赤貌。"《郑笺》:"硕人容色赫然,如厚傅丹。"赭(zhě):红土,红色的颜料。[6]《传疏》:"下湿曰隰(xí)。"《集传》:"苓,一名大苦,叶似地黄,今甘草也。"

39　泉水

出嫁的卫国女子思念故国父母而不能回去,十分苦闷。清何楷、魏源以为此诗和《竹竿》《载驰》都是许穆夫人自伤不能救卫之作。四章,二十四句。

1 毖彼泉水,亦流于淇[1]。
  有怀于卫,靡日不思。
  娈彼诸姬[2],聊与之谋。

2 出宿于泲,饮饯于祢[3]。
  女子有行,远父母兄弟。
  问我诸姑,遂及伯姊[4]。

3 出宿于干,饮饯于言[5]。
  载脂载舝,还车言迈[6]。
  遄臻于卫,不瑕有害[7]。

4 我思肥泉,兹之永叹[8]。
  思须与漕,我心悠悠[9]。
  驾言出游,以写我忧[10]。

韵 读　1.淇、思、姬、谋,之部。 2.泲、祢、弟、姊,脂部。 3.干、言,寒部。舝、迈、卫、害,月部。
　　　4.泉、叹,寒部。漕、悠、游、忧,幽部。

今 译　1 泉水汩汩流不息,一直流到淇水里。
　　　 故乡卫国常怀念,每日无不添忧思。
　　　 同行姐妹多娇美,且和她们共商议。

　　　2 当年出行宿泲地,饮酒饯别在祢邑。
　　　 女子出嫁到外国,远离父母和兄弟。
　　　 问候我家诸姑姑,同时问及大姊姊。

　　　3 如今回去宿干邑,饮酒饯别言邑外。
　　　 安好轴键上好油,掉转车头赶快开。
　　　 快快回到卫国去,看来不该有危害。

　　　4 我今日夜思肥泉,忧思不已长悲叹。
　　　 想起故国须与漕,心中愁苦恨绵绵。

驾起车儿去游玩,好把忧愁来排遣。

注　释　[1]《毛传》:"泉水始出悉然流也。淇,水名也。"《通释》:"诗意以泉水之得流于淇,兴己之欲归于卫。"悉(bì):通"泌",泉水涌流的样子。[2]《毛传》:"娈(luán),好貌。诸姬,同姓之女。"[3]《郑笺》:"泲(zǐ)、祢(nǐ)者,所嫁国适卫地名。"《集传》:"皆自卫来时所经之处也。"[4]《毛传》:"父之姊妹称姑。"《传疏》:"此卫女思归而追念及未嫁时耳。"[5]《集传》:"干、言,地名。适卫所经之地也。脂,以脂膏涂其辖使滑泽也。牵,车轴也,不驾则脱之,设之而后行也。"牵:同"辖",车键。[6]《传疏》:"载者,发语词也。"《集传》:"还(xuán),回旋也。旋其嫁来之车也。"[7]《毛传》:"遄,疾。臻,至。"《通释》:"瑕、遐古通用。遐之言胡。胡、无一声之转。……不遐犹云不无,疑之之词也。"[8]《集疏》:"兹之永叹者,盖女之父母既没,或葬肥泉之侧,故思其地则益之长叹也。"[9]《毛传》:"须、漕,卫邑也。"《集传》:"悠悠,思之长也。"[10]《毛传》:"写,除也。"

40　北门

官吏诉说生活贫穷,工作繁重,内外交困,进退两难,十分苦闷。章末都用叠句,有一唱三叹之妙。三章,二十一句。

1　出自北门,忧心殷殷。
　　终窭且贫[1],莫知我艰。
　　已焉哉! 天实为之,谓之何哉[2]!

2　王事适我,政事一埤益我[3]。
　　我入自外,室人交遍谪我。[4]

已焉哉！天实为之,谓之何哉！

3 王事敦我,政事一埤遗我[5]。

我入自外,室人交遍摧我[6]。

已焉哉！天实为之,谓之何哉！

韵读 1.门、殷、贫、艰,文部。为、何,歌部。 2.适、益、谪,锡部。为、何,歌部。 3.敦,文部;遗、摧,微部。微文通韵。为、何,歌部。

今译 1 迈步走出北门边,忧思重重苦难言。
生活寒伦又穷酸,谁人知道我艰难。
算了吧！老天有意这样做,叫我又能怎么办！

2 王家差事推给我,政事全都加给我。
从外回家脚未落,家人都来责备我。
算了吧！老天有意这样做,叫我还能怎么说！

3 王家差事催迫我,政事全都留给我。
从外回家脚未落,家人都来讽刺我。
算了吧！老天有意这样做,叫我还能怎么说！

注释 [1]《集传》:"殷殷,忧也。窭(jù)者,贫而无以为礼也。" [2]《通释》:"按谓,犹奈也。谓之何哉,犹云奈之何哉。" [3]《通释》:"适,当为擿之省借……擿我,犹投我也。"《集传》:"一,犹皆也。"《说文·土部》:"埤,增也。" [4]《毛传》:"谪(zhé),责也。" [5]《释文》引《韩诗》:"敦,迫。"《毛传》:"遗,加也。" [6]《郑笺》:"摧者,刺讥之言。"

41 北风

国政暴虐,诗人不堪忍受,招呼朋友一起逃亡。三章叠咏,十八句。

1 北风其凉,雨雪其雱[1]。
   惠而好我,携手同行[2]。
   其虚其邪,既亟只且[3]!
2 北风其喈,雨雪其霏[4]。
   惠而好我,携手同归。
   其虚其邪,既亟只且!
3 莫赤匪狐,莫黑匪乌[5]。
   惠而好我,携手同车[6]。
   其虚其邪,既亟只且!

韵　读　1.凉、雱、行,阳部。邪、且,鱼部。　2.喈,脂部;霏、归,微部。脂微合韵。邪、且,鱼部。
　　　　3.狐、乌、车、邪、且,鱼部。

今　译　1　北风吹来阵阵凉,大雪纷纷满天扬。
　　　　　朋友相爱和我好,携手一道奔他乡。
　　　　　岂能从容再迟缓,形势危急祸将降!
　　　　2　北风呼呼透骨寒,纷纷扬扬雪满天。
　　　　　朋友相爱和我好,携手一道回家园。
　　　　　岂能从容再迟缓,形势危急有灾难!
　　　　3　没有狐狸色不红,乌鸦都是黑颜色。

57

朋友相爱和我好,携着手儿同上车。
岂能从容再迟缓,形势危急留不得!

注　释　[1]《通释》:"古以谷风、凯风喻仁爱,因以凄风、凉风喻暴虐。"《集传》:"雱(pāng),雪盛也。"[2]《毛传》:"惠,爱。"《郑笺》:"与我相携持同道而去,疾时政也。"[3]《集传》:"虚,宽貌。邪,一作徐,缓也。亟,急也。只且(jū),语助词。"《集疏》:"犹言事已急矣,尚不速行而为此徐徐之态乎。"[4]《集传》:"喈(jiē),疾声也。霏(fēi),雨雪分散之状。"《通释》:"喈当作湝。……盖水寒曰湝,风寒亦为湝,其喈犹其凉也。"[5]《正义》:"狐色皆赤,乌色皆黑,以喻卫之君臣皆恶也。"[6]《集传》:"同车,则贵者亦去矣。"

42　静女

男青年和女友幽会,互赠礼物。三章,一二章叠咏。十二句。

1　静女其姝,俟我於城隅[1]。
　　爱而不见[2],搔首踟蹰。
2　静女其娈,贻我彤管[3]。
　　彤管有炜[4],说怿女美。
3　自牧归荑[5],洵美且异。
　　匪女之为美[6],美人之贻。

韵　读　1.姝、隅、蹰,侯部。 2.娈、管,寒部。炜,微部;美,脂部。脂微合韵。 3.荑、美,脂部。异,职部;贻,之部。之职通韵。

今 译　1　姑娘文静又漂亮,等待我在城楼上。
　　　　　心里爱他看不见,手抓头皮心发慌。
　　　　2　姑娘文静真美丽,送我红色管一支。
　　　　　红色管子多鲜明,我爱红管更爱你。
　　　　3　野外归来送白茅,实在漂亮又奇妙。
　　　　　不是白茅多奇妙,美人赠送价值高。

注 释　[1]《集传》:"静者,闲雅之意。"《集疏》:"韩曰:姝姝(shū shū)然,美也。"《通释》:"城隅即城角也。"[2]《集传》:"不见者,期而不至也。"踟蹰:犹豫不进。[3]《集传》:"娈,好貌。"欧阳修《诗本义》:"古者铖笔皆有管,乐器亦有管,不知此彤管为何物也。但彤是色之美者,盖男女相悦,用此美色之管相遗,以通情结好耳。"[4]《毛传》:"炜(wěi),赤貌。"[5]《集传》:"牧,外野也。归亦贻也。荑(tí),茅之始生者。"[6]《集传》:"女,指荑而言也。"

43　新台

卫宣公强占儿媳为妻,人民痛恨这种丑恶行为。艺术地描写丑恶,有上乘的讽刺技巧。三章,一二章叠咏。十二句。

　　1　新台有泚,河水㳽㳽[1]。
　　　　燕婉之求,籧篨不鲜[2]。
　　2　新台有洒,河水浼浼[3]。
　　　　燕婉之求,籧篨不殄[4]。

3 鱼网之设,鸿则离之。
  燕婉之求,得此戚施[5]。

韵 读　1.泚,脂部;鲜,寒部。脂寒合韵。 2.洒、浼、殄,文部。 3.离、施,歌部。

今 译　1 新台富丽又鲜明,河水上涨与岸平。
　　　　 本求温柔美少年,遇个鸡胸丑妖精。
　　　 2 新台高峻又宽敞,河水平静无波浪。
　　　　 本求温柔美少年,遇个鸡胸丑模样。
　　　 3 为打鱼儿把网张,偏偏野雁来碰上。
　　　　 本求温柔美少年,遇个蛤蟆真心伤。

注 释　[1]《毛传》:"泚(cǐ),鲜明貌。瀰瀰(mí mí),盛貌。"按新台故址在今河南省鄄城县黄河北岸。[2]《集疏》:"韩曰:燕婉,好貌。"《集传》:"蘧篨(qú chú):不能俯,疾之丑者也。盖篨本竹席之名,人或编以为囷,其状如人之臃肿而不能俯者,故又因以名此疾也。"[3]《毛传》:"洒(cuǐ),高峻也。"《集传》:"浼浼(měi měi),平也。"[4]《郑笺》:"殄(tiǎn),当作腆。腆,善也。"[5]《太平御览》九四九《虫豸部六》引《薛君章句》:"戚施,蟾蜍,喻丑恶。"

44　二子乘舟

担心少年乘舟远行的安全。二章叠咏,八句。

1　二子乘舟,泛泛其景[1]。
　　愿言思子,中心养养[2]。
2　二子乘舟,泛泛其逝[3]。
　　愿言思子,不瑕有害[4]?

韵 读　1.景、养,阳部。 2.逝、害,月部。

今 译　1　两个孩子乘小船,漂呀漂呀到遥远。
　　　　常把孩子来思念,愁绪绵绵心不安。
　　　2　两个孩子乘小船,漂向远方看不见。
　　　　常把孩子来思念,会不会有啥灾难?

注 释　[1]《新序·节士》:"宣公之子,伋也,寿也,朔也。伋,前母子也。寿与朔,后母子也。寿之母与朔谋,欲杀太子伋而立寿也,使人与伋乘舟于河中,将沉而杀之。寿知不能止也,固与之同舟,舟人不能杀。"《广雅·释训》:"泛泛,浮也。"王引之《经义述闻》卷五:"景读如憬。……憬,远貌。"[2]《毛传》:"愿,每也。养养然,忧不知所定。"[3]《毛传》:"逝,往也。"[4]《通释》:"不瑕,犹云不无,疑之之辞也。"

鄘 风

鄘,也作庸。周代诸侯国名。今河南新乡西南的鄘城即古鄘国。周武王灭商后,分商京师之地为三,以管叔、蔡叔、霍叔为三监,蔡叔(一说管叔)居鄘。《鄘风》即鄘地民歌,包括《柏舟》《墙有茨》等十篇。多数是东周作品。春秋时人认为《邶风》《鄘风》也都是卫诗。

45 柏舟

姑娘要求婚姻自由,忠于爱情,埋怨父母不体谅她。二章叠咏,十四句。

1 泛彼柏舟,在彼中河。
   髧彼两髦,实维我仪[1]。
   之死矢靡它[2]！母也天只,不谅人只[3]！
2 泛彼柏舟,在彼河侧。
   髧彼两髦,实维我特[4]。
   之死矢靡慝[5]！母也天只,不谅人只！

韵　读　1.河、仪、它,歌部。天、人,真部。　2.侧、特、慝,职部。天、人,真部。

今　译　1　随波漂流柏木船,在那黄河水中间。

　　　　　　垂发齐眉美少年,正是我的另一半。

　　　　　　发誓到死不变心！尊声母亲和父亲,怎不体谅相信人！

　　　　2　柏木舟儿正漂荡,在那黄河水一旁。

　　　　　　垂发齐眉美少年,正是我的好对象。

　　　　　　发誓到死不变心！尊声母亲和父亲,怎不体谅相信人！

注　释　[1]《集传》:"髧(dàn),发垂貌。"《毛传》:"髦(máo)者,发至眉,子事父母之饰。仪,匹也。"[2]《集传》:"之,至。矢,誓。靡,无。……虽至于死,誓无它心。"[3]《毛传》:"天,谓父也。谅,信也。"[4]《毛传》:"特,匹也。"[5]《通释》:"慝(tè)当为忒之同音假借。……靡慝,犹靡它也。"

46　墙有茨

讽刺卫国统治者荒淫无耻。陈子展云:"诗之为刺,较之蒺藜尤为尖锐。"三章叠咏,十八句。

1　墙有茨,不可扫也[1]。

　　中冓之言[2],不可道也。

　　所可道也[3],言之丑也！

2　墙有茨,不可襄也[4]。

　　中冓之言,不可详也[5]。

所可详也,言之长也!
3 墙有茨,不可束也。
中冓之言,不可读也[6]。
所可读也,言之辱也!

韵 读 1.扫、道、道、丑,幽部。 2.襄、详、详、长,阳部。 3.束、读、读、辱,屋部。

今 译 1 墙上爬满蒺藜草,不可把它扫除掉。
宫廷里面秘密话,不能公开不能道。
要是公开往外道,实在丑恶太糟糕!
2 蒺藜草儿爬满墙,不可把它清除光。
宫廷里面秘密话,不可一一详细讲。
要是一一详细讲,说来实在话太长!
3 墙上蒺藜多无数,不可把它束缚住。
宫廷里面秘密话,不可反复来宣读,
要是反复来宣读,说来实在是耻辱!

注 释 [1]《毛传》:"茨(cí),蒺藜也。欲扫去之,反伤墙也。"[2]《传疏》:"中冓与墙对称,墙为宫墙,则中冓当为宫中之室。"[3]《经传释词》卷九:"所,犹若也。"[4]《毛传》:"襄,除也。"[5]《集传》:"详,详言之也。"[6]《集传》:"读,诵言也。"胡承珙《後笺》:"盖道者约言之,详者多言之,读者反复言之。"

47 君子偕老

委婉地讽刺卫宣姜品德不好。"诗中极力渲染她的服饰、尊严、美丽,衬托出她'国母'的地位,目的是讽刺她的地位和丑陋的行为很不相称,这是用丽辞写丑行的艺术手法。"(程俊英)三章,二十四句。

1 君子偕老,副笄六珈[1],
 委委佗佗,如山如河;象服是宜[2]。
 子之不淑,云如之何[3]!
2 玼兮玼兮,其之翟也[4]。
 鬒发如云,不屑髢也[5]。
 玉之瑱也,象之揥也[6],扬且之晳也[7]。
 胡然而天也,胡然而帝也[8]!
3 瑳兮瑳兮,其之展也[9]。
 蒙彼绉絺,是绁袢也[10]。
 子之清扬,扬且之颜也[11]。
 展如之人兮,邦之媛也[12]!

韵　读　1.珈、佗、河、宜、何,歌部。 2.翟,药部;髢(鬄)、揥、晳、帝,锡部。药锡合韵。瑱、天,真部。 3.展、袢、颜、媛,寒部。

今　译　1 君子终生好伴侣,髻上玉饰多漂亮。
 仪态雍容又大方,山样庄重河样广,彩袍穿来合身量。
 你的遭遇太不幸,又能对你怎么样!
2 色彩鲜明又美丽,身穿礼服画野鸡。

65

满头乌丝柔如云,不戴假发也适宜。

玉制耳瑱垂两旁,发插玉簪象牙箆,额角方正又白皙。

多么漂亮似天神,多么尊贵像上帝!

3　色彩鲜明多华艳,绉纱衣服身上穿。

细葛单衣罩外边,内是素色短袖衫。

你的眉目多清秀,额头方正好容颜。

这般人儿真难得,国色天香是名媛!

注释　[1]《集传》:"君子,夫也。偕老,言偕生而偕死也。"《毛传》:"副者,后夫人之首饰,编发为之。笄(jī),衡簪也。珈,笄饰之最盛者,所以别尊卑。"闻一多《类钞》:"笄上垂珠为饰曰珈,其数有六,故曰六珈。"[2]《集传》:"委委佗佗,雍容自得之貌。象服,法度之服。"[3]《集疏》:"言今子与公为淫乱而有不善之行,虽有此小君之盛服,则奈之何哉!显刺之也。"[4]《毛传》:"玼,鲜盛貌。"《集传》:"翟(dí)衣,祭服。刻绘为翟雉之形而彩画之以为饰也。"[5]《毛传》:"鬒(zhěn),黑发也。"《传疏》:"髢,假他人发为之。"《集疏》:"三家诗作鬄。"[6]《集传》:"瑱(tiàn),塞耳也。"《毛传》:"揥(tì),所以摘发也。"[7]《集传》:"扬,眉上广也。且,语助辞。晢,白也。"《说文·白部》:"晢,人色白也。从白,析声。"[8]《传疏》:"古而、如通用。"[9]《集传》:"瑳(cuō),亦鲜盛貌。展衣者,以礼见于君及见宾之服也。"[10]孔颖达《正义》:"绤者,以葛为之。精曰绨,粗曰绤,其精尤细靡者绉也。"绁袢(xiè fán):内衣,衬衫。[11]《集传》:"清,视清明也。颜,颜角丰满也。"[12]《毛传》:"展,诚也。"美女为媛。姚际恒《诗经通论》:"邦之媛,犹后世言国色。"

48　桑中

男子和情人幽会,依依送别。三章叠咏,二十一句。

1 爰采唐矣,沬之乡矣[1]。

　云谁之思？美孟姜矣[2]。

　期我乎桑中,要我乎上宫,送我乎淇之上矣[3]。

2 爰采麦矣,沬之北矣[4]。

　云谁之思？美孟弋矣[5]。

　期我乎桑中,要我乎上宫,送我乎淇之上矣。

3 爰采葑矣,沬之东矣。

　云谁之思？美孟庸矣[6]。

　期我乎桑中,要我乎上宫,送我乎淇之上矣。

韵读 1.唐、乡、姜、上,阳部。中、宫,冬部。上,与下二三章遥韵。 2.麦、北、弋,职部。中、宫,冬部。 3.葑、东、庸,东部。中、宫,冬部。

今译 1 要采蒙菜去哪方,就在卫国沬邑乡。

　心中想念哪一个？漂亮姜家大姑娘。

　约我桑中去相会,邀我楼里诉衷肠,送我送到淇水上。

2 什么地方去采麦,就在沬邑北城外。

　心中想念哪一个？弋家姑娘最可爱。

　约我桑中去相会,邀我楼里诉衷肠,送我送到淇水上。

3 什么地方采芜菁,就在卫国沬邑东。

　心中想念哪一个？漂亮姑娘她姓庸。

　约我桑中去相会,邀我楼里诉衷肠,送我送到淇水上。

注释 [1]《毛传》:"唐,蒙。菜名。"闻一多《诗经新义》:"爰,於焉之合音,犹言在何处也。"沬(mèi):卫邑名,在今河南淇县南。[2]《毛传》:"姜,姓也。"《集传》:"孟,长也。姜,齐女,言贵族也。"[3]《集传》:"桑中、上宫、淇上,又沬乡之中小地名也。"《通释》:

"桑中为地名,则上宫宜为室名……古者宫室通称,此上宫亦即楼耳。"郭沫若《释祖妣》:"桑中即桑林所在之地,上宫即祀桑林之祠,士女于此合欢。"《传疏》:"淇之上,即淇水口也。从濮阳之南遂至黎阳淇口也。"[4]《集疏》:"沫乡为朝歌,则沫北即朝歌以北,《诗》所谓邶也。"[5]《毛传》:"弋(yì),姓也。"《集传》:"弋,《春秋》或作姒,盖杞女夏侯氏之后。"[6]《毛传》:"庸,姓也。"《集疏》:"庸在沫东,居此之人,取旧邑之称以为族。若晋韩赵魏氏之比。"

49 鹑之奔奔

卫宣公霸占儿媳为妻,宣姜又与公子顽通奸,国人以为禽兽不如。二章叠咏,八句。

1 鹑之奔奔,鹊之彊彊[1]。
　人之无良,我以为兄[2]。
2 鹊之彊彊,鹑之奔奔。
　人之无良,我以为君。

韵　读　1.彊、良、兄,阳部。 2.彊、良,阳部。奔、君,文部。

今　译　1　鹑鹑雌雄同飞翔,喜鹊双双飞天上。
　　　　　　这人实在不善良,我们把他当兄长。
　　　　2　喜鹊飞翔两不分,鹑鹑雌雄也相亲。
　　　　　　这人实在不善良,我们把他当国君。

注 释　[1]《郑笺》:"奔奔,彊彊(jiāng jiāng),言其居有常匹,飞则相随之貌。" [2]《传疏》:"我,国人也。"

50　定之方中

赞扬卫文公建设楚丘,中兴卫国。三章,二十一句。

1　定之方中,作于楚宫[1],
　　揆之以日,作于楚室[2]。
　　树之榛栗,椅桐梓漆[3],爰伐琴瑟。
2　升彼虚矣,以望楚矣。
　　望楚与堂,景山与京[4],
　　降观于桑。卜云其吉,终焉允臧[5]。
3　灵雨既零,命彼倌人[6]:
　　星言夙驾,说于桑田[7]。
　　匪直也人,秉心塞渊[8]。骙牡三千[9]。

韵 读　1.中、宫,冬部。日、室、栗、漆、瑟,质部。 2.虚、楚,鱼部。堂、京、桑、臧,阳部。 3.零、人、田、人、渊、千,真部。

今 译　1　十月定星正南方,建设楚丘造庙堂。
　　　　测量日影定方位,又在楚丘建住房。

周围栽种榛和栗,梓漆椅桐遍城乡,砍制琴瑟派用场。

2 登上那座大土山,楚丘地势仔细看。

望望楚丘与堂邑,远眺大山和高峦,

又下山来看桑田。龟甲占卜说吉利,终究这里最美善。

3 春天好雨刚下完,吩咐那个小马倌。

天晴早早驾车马,天晚停歇在桑田。

那人行事多正直,心地诚实见识远。高大良马有三千。

注 释 [1]《集传》:"定,北方之宿,营室星也。此星昏而正中,夏正十月也。于是时可以营制宫室,故谓之营室。"《毛传》:"楚宫:楚丘之宫也。"《郑笺》:"楚宫,谓宗庙也。"[2]《毛传》:"揆,度也。度日出日入以知东西。"《郑笺》:"楚室,居室也。" [3]《集传》:"椅(yī),梓实桐皮(即山桐子)。桐,梧桐也。梓,楸之疏理白色而生子者。"[4]《集传》:"堂,楚丘之旁邑也。京,高丘也。景,测景以正方面也。"《集疏》:"此诗景当读为憬。《泮水》传:'憬,远行貌。'与上升望,下降观相属为义。"[5]《毛传》:"允,信。臧,善也。"[6]《毛传》:"零,落也。倌人,主驾者。"[7]《通释》:"星者姓之假借,古晴字正作姓。"《集传》:"说(shuì),舍止也。" [8]匪:通"彼"。《郑笺》:"塞,充实也。渊,深也。"[9]《毛传》:"马七尺以上曰骈。"

51 蝃蝀

讽刺女子自找对象,不遵父母之命。一二章记事,末章直加指斥。三章,十二句。

1 蝃蝀在东[1],莫之敢指。

女子有行[2],远父母兄弟。

2　朝隮于西,崇朝其雨[3]。
　　女子有行,远兄弟父母。

3　乃如之人也,怀昏姻也[4],
　　大无信也,不知命也[5]!

韵　读　1.指、弟,脂部。 2.雨,鱼部;母、之部。之鱼合韵。 3.人、姻、信、命,真部。

今　译　1　东方出现美人虹,没人胆敢把它指。
　　　　这个女子要嫁人,远离父母和兄弟。

2　清晨彩虹出西边,阴雨连绵一早晨。
　　这个女子要嫁人,远离兄弟父母亲。

3　竟然还有这种人,不顾正道坏婚姻。
　　行为大大不诚信,父母之命不挂心!

注　释　[1]《毛传》:"蝃蝀(dì dōng),虹也。"《释名·释天》:"虹,又曰美人。阴阳不和,昏姻错乱,淫风流行,男美于女,女美于男,互相奔随之时,则此气盛。" [2]《集疏》:"行,嫁也。奔而曰有行者,先奔而后嫁。" [3]杨树达《小学述林》卷一:"隮亦谓虹。知古义虹为通称。细分之,则见于东方者谓之蝃蝀,见于西方者谓之隮也。"《毛传》:"崇,终也。从旦至食时为终朝。" [4]《集疏》:"怀,盖坏之借字……怀昏姻,言败坏昏姻之正道也。" [5]闻一多《类钞》:"无信,不守媒妁之言。"《郑笺》:"不知昏姻当待父母之命。"

52　相鼠

讽刺卫国统治者不知礼义,老鼠不如,应当早死。三章叠咏,十二句。

1　相鼠有皮，人而无仪[1]；
　　人而无仪，不死何为！

2　相鼠有齿，人而无止[2]；
　　人而无止，不死何俟！

3　相鼠有体[3]，人而无礼；
　　人而无礼，胡不遄死[4]！

韵读 1.皮、仪、仪、为，歌部。 2.齿、止、止、俟，之部。 3.体、礼、礼、死，脂部。

今译 1　瞧那耗子还有皮，这人没有好容仪。
　　这人没有好容仪，不死又有啥意义！

2　瞧那耗子有牙齿，这人没有好行止。
　　这人没有好行止，还不早死等何时！

3　瞧那耗子有身体，这人不知守义礼。
　　这人不知守义礼，为啥还不赶快死！

注释 [1]《毛传》："相，视也。"《郑笺》："仪，威仪也。" [2]《郑笺》："止，容止。"《孝经》曰："容止可观。"《通释》："容止，即礼也。" [3]《集疏》："首、二章皮、齿指一端，此举全体言之。" [4]《毛传》："遄(chuán)，速也。"

53　干旄

赞美卫文公招贤纳士，复兴卫国。三章叠咏，十八句。

1 孑孑干旄,在浚之郊[1]。
　素丝纰之,良马四之[2]。
　彼姝者子,何以畀之[3]?
2 孑孑干旟,在浚之都[4]。
　素丝组之,良马五之。
　彼姝者子,何以予之?
3 孑孑干旌[5],在浚之城。
　素丝祝之[6],良马六之。
　彼姝者子,何以告之?

韵 读 1.旄、郊,宵部。纰,脂部;四、畀,质部。脂质通韵。 2.旟、都、组、五、予,鱼部。
3.旌、城,耕部。祝、六、告,觉部。

今 译 1 竿上旄旗高高飘,竖在浚邑城近郊。
　　旄旗花边白丝绣,良马四匹把车套。
　　那位温顺贤良士,送他什么把他招?
2 竿上高高飘旟旗,竖在浚邑近郊地。
　　旟旗绣边用白丝,驾车良马有五匹。
　　那位温顺贤良士,送他什么好东西?
3 竿上高高飘旌旄,旌旗树在浚邑城。
　　旌旗花边丝绣成,良马六匹驾车行。
　　那位温顺贤良士,说些什么给他听?

注 释 [1]《集传》:"孑孑,特出之貌。干旄,以旄牛尾注入旗竿之首,而建之车后也。浚,卫邑名。" [2]纰(pí):在衣冠或旗帜上绣缝花边。《毛传》:"纰,所以织组也。"孔广森《经学卮言》:"四之、五之、六之,不当以辔为解,乃聘贤者用马为礼,转益其庶且多

73

也。"[3]《毛传》:"姝(shū),顺貌。畀(bì),予也。"[4]旟(yú):画有鸟隼振翅疾飞图案的旗。《毛传》:"鸟隼曰旟。"《传疏》:"周制,乡遂之外置都鄙,都为畿疆之境名。"[5]旌:用五色羽毛装饰的旗。《毛传》:"析羽为旌。"[6]《毛传》:"祝,织也。"

54 载驰

公元前660年,狄人攻破卫国,杀死卫懿公,卫人立戴公于漕。过一月戴公死。文公立。戴公和文公的妹妹许穆夫人悲痛祖国遭此浩劫,奔赴漕邑吊唁,并向许国大夫说明救卫主张。四章,二十八句。

1 载驰载驱,归唁卫侯[1]。
 驱马悠悠,言至于漕[2]。
 大夫跋涉,我心则忧[3]。
2 既不我嘉,不能旋反[4]。
 视尔不臧,我思不远[5]。
 既不我嘉,不能旋济。
 视尔不臧,我思不閟[6]。
3 陟彼阿丘,言采其蝱[7]。
 女子善怀,亦各有行。
 许人尤之,众稚且狂[8]。
4 我行其野,芃芃其麦[9]。
 控于大邦,谁因谁极[10]?
 大夫君子,无我有尤。

74

百尔所思,不如我所之[11]！

韵　读　1. 驱、侯,侯部。悠、漕、忧,幽部。 2. 反、远,寒部。济,脂部;闷,质部。脂质通韵。3. 嵒、行、狂,阳部。 4. 麦、极,职部。子、尤、思、之,之部。

今　译　
1　催马赶车奔驰急,慰问卫侯回卫地。
　　赶着马儿远远行,我回故土到漕邑。
　　大夫跋山涉水来,心烦意乱愁不已。

2　大家全不赞成我,我也不能就回返。
　　我看你们无良策,我的计谋不深远?
　　大家全不赞成我,也不渡河回家园。
　　我看你们无良策,我的想法很周全。

3　登上那座土山冈,手采贝母不停忙。
　　女子多愁又善感,也都各自有主张。
　　许国大夫埋怨我,既很幼稚又猖狂。

4　漫步祖国田野上,片片小麦生长旺。
　　投诉大国去求救,谁可依靠谁来帮?
　　许国大夫众官长,不要责备我荒唐。
　　你们计策有百条,不如我去跑一趟!

注　释　[1]《毛传》:"载,辞也。吊失国曰唁(yàn)。"[2]《毛传》:"悠悠,远貌。漕,卫东邑。"[3]《集传》:"许之大夫有奔走跋涉而来者,夫人知其必将以不可归之义来告,故心以为忧也。"[4]《集传》:"嘉、臧,皆善也。"旋:回,还。[5]《风诗类钞》:"思,亦谋也。"[6]《集传》:"济,渡也。闷(bì):与秘同,密也。……我之思虑岂不周密乎?"[7]《毛传》:"偏高曰阿丘。蝱(méng),贝母也。"[8]闻一多《类钞》:"尤,怨也。"王引之《经义述闻》卷五:"众当读为终,终犹既也。"[9]《集传》:"芃芃(péng péng),麦盛长貌。"[10]《集传》:"控,持而告之也。极,至也。"《通释》:"因,谓因人之力。"极,至,来相助也。[11]《集疏》:"之,往也。……虽百尔之所思,不如我所往之为是也。"

75

卫 风

卫,周代诸侯国名。开国君主是周武王弟康叔。周公平定武庚叛乱,把原属邶、鄘的地区都划给卫国,都朝歌(今河南省淇县朝歌城),卫成为当时的诸侯大国。公元前660年,卫被狄人击败,文公徙居楚丘。从此卫变成小国。《卫风》是卫地民歌,包括《淇奥》等十篇。其实《邶风》《鄘风》也都是卫国境内的诗。

55 淇奥

赞美卫武公勤政修身,有才有德。比兴并用,情景并茂。三章叠咏,二十七句。

1 瞻彼淇奥,绿竹猗猗[1]。
有匪君子[2],如切如磋,如琢如磨[3]。
瑟兮僴兮,赫兮咺兮[4]。
有匪君子,终不可谖兮[5]。

2 瞻彼淇奥,绿竹青青。
有匪君子,充耳琇莹,会弁如星[6]。
瑟兮僴兮,赫兮咺兮。
有匪君子,终不可谖兮。

3 瞻彼淇奥,绿竹如箦[7]。

有匪君子,如金如锡,如圭如璧[8]。

宽兮绰兮,猗重较兮[9]。

善戏谑兮,不为虐兮[10]。

韵 读 1.猗、磋、磨,歌部。侗、咺、谖,寒部。 2.青、莹、星,耕部。侗、咺、谖,寒部。 3.箦、锡、璧,锡部。绰、较、谑、虐,药部。

今 译 1 瞧那淇水河湾坡,绿竹丛生好婀娜。

君子风流多文采,好比象骨精切磋,又像玉石细琢磨。

仪态庄重心地宽,相貌堂堂胸境阔。

君子文采多灿烂,永远不忘记心窝。

2 瞧那淇水小河湾,绿竹丛生好翠青。

君子文采多灿烂,耳悬玉瑱真晶莹,帽上美玉亮如星。

仪态庄重心宽明,器宇轩昂好名声。

君子文采多灿烂,永远不忘记得清。

3 瞧那淇水河湾里,绿竹丛生好茂密。

君子文采多风流,才学精美似金锡,品德高洁如圭璧。

心胸开阔又温和,从容登车把身倚。

谈笑幽默又风趣,不会粗暴有礼仪。

注 释 [1]《集传》:"绿,色也,淇上多竹,汉世犹然,所谓淇园之竹是也。猗猗,始生柔弱而美盛也。"《传疏》:"淇奥(yù),谓淇水曲处也。……诗以绿竹之美盛,喻武公之质美德盛。" [2]匪:通"斐",有文采的样子。《集传》:"君子,指武公也。"按徐干《中论·虚道》:"昔卫武公年过九十,犹夙夜不怠,思闻训道。命其群臣曰'无谓我老耄而舍我,必朝夕交戒。'又作《抑》诗以自儆也。卫人诵其德,为赋《淇奥》。" [3]《毛传》:"治骨曰切,象曰磋,玉曰琢,石曰磨。"《传疏》:"切磋琢磨,皆治器之名。" [4]《毛传》:"瑟,矜庄貌。侗(xiàn),宽大也。赫,有明德赫赫然。"《集传》:"咺(xuǎn),宣著貌。"

77

[5]《毛传》:"谖,忘也。" [6]《集传》:"以玉饰皮弁之缝中,如星之明也。" [7]《毛传》:"簀,积也。" [8]《正义》:"武公器德已百炼成精如金锡;道业既就,琢磨如圭璧。" [9]《集疏》:"《韩》绰亦作婥。云柔貌也。"《集传》:"重较,卿士之车也。较,两輢上出轼者,谓车两傍也。" [10]《通释》:"虐之言剧,谓甚也。"

56 考槃

贤士隐居山间,自得其乐。三章叠咏,十二句。

1 考槃在涧,硕人之宽[1]。
  独寐寤言,永矢弗谖[2]。
2 考槃在阿,硕人之薖[3]。
  独寐寤歌,永矢弗过[4]。
3 考槃在陆,硕人之轴[5]。
  独寐寤宿,永矢弗告[6]。

韵　读　1.涧、宽、言、谖,寒部。 2.阿、薖、歌、过,歌部。 3.陆、轴、宿、告,觉部。

今　译　1　自得其乐在山涧,大德君子胸襟宽。
　　　　　　独自睡醒独自言,发誓永远记心间。
　　　　2　自得其乐山腰中,大德君子宽心胸。
　　　　　　独自睡醒独自歌,发誓不和人过从。
　　　　3　自得其乐高原上,大德君子自来往。

独自睡醒独自躺,发誓永远不张扬。

注释 [1]《毛传》:"考,成。檠,乐也。"《集疏》:"硕人谓贤者,虽处陋狭,心自宽绰也。"[2]《诗缉》:"既寐而寤,既寤而言,皆独自耳。"《郑笺》:"矢,誓。谖,忘也。"[3]《毛传》:"莐(kè),宽大貌。"[4]《集疏》:"弗过,谓不与人相过也。"[5]《集传》:"轴,盘桓不行之意。"[6]欧阳修《诗本义》:"自得其乐,不可妄以语人也。"

57 硕人

赞美卫庄公夫人庄姜的高贵漂亮以及她出嫁时的盛况。姚际恒《诗经通论》:"千古颂美人者,无出其右,是为绝唱。"四章,二十八句。

1 硕人其颀,衣锦褧衣[1]。
  齐侯之子[2],卫侯之妻,
  东宫之妹,邢侯之姨,谭公维私[3]。

2 手如柔荑[4],肤如凝脂;
  领如蝤蛴,齿如瓠犀[5],螓首蛾眉[6]。
  巧笑倩兮,美目盼兮[7]!

3 硕人敖敖,说于农郊[8]。
  四牡有骄,朱幩镳镳,翟茀以朝[9]。
  大夫夙退,无使君劳。

4 河水洋洋,北流活活,
  施罛濊濊,鳣鲔发发[10]。

79

葭菼揭揭,庶姜孽孽,庶士有朅[11]。

韵 读　1.颀、衣,微部。妻、姨、私,脂部。　2.荑、脂、蛴、犀、眉,脂部。倩,耕部;盼,文部。耕文合韵。　3.敖、郊、骄、镳、朝,劳,宵部。　4.活、濊、鲅、揭、孽、朅,月部。

今 译　1　美人修长真美丽,身披锦缎罩纱衣。
　　　　她是齐侯小女儿,卫国庄公结发妻。
　　　　东宫太子亲妹妹,邢国国君小姨子,谭公乃是她妹婿。
　　　2　手臂好比柔嫩荑,肤色洁白似凝脂。
　　　　颈项漂亮胜蝤蛴,齿比瓠瓜子儿齐,前额方正眉毛细。
　　　　启齿一笑酒窝现,回眸流盼令人迷。
　　　3　美人修长容颜好,停车休息在城郊。
　　　　四匹马儿壮又高,马衔上面红绡飘。乘坐翟车去上朝。
　　　　大夫早些退朝去,莫让君王太辛劳。
　　　4　河水洋洋闪银光,汹涌奔流向北方。
　　　　撒网落水霍霍响,鳣鱼鲔鱼蹦跳忙,芦苇秆儿高又长。
　　　　陪嫁姑娘多漂亮,随从武士意气扬。

注 释　[1]《毛传》:"颀,长貌。"《集疏》:"古人硕、美二字为赞美男女之统词。故男亦称美,女亦称硕。"《集传》:"锦,文衣也。褧(jiǒng),襌(dān)也。锦衣而加褧焉,为其文之太著也。"[2]《礼·丧服传》:"凡言子者,可以兼男女。"[3]《毛传》:"东宫,齐太子也。姊妹之夫曰私。"邢:国名,在今河北邢台县。谭:国名,在今山东历城县。[4]《集传》:"茅之始生曰荑,言柔而白也。"[5]《正义》:"(蝤蛴)以在木中白而长,故以比颈。"《集传》:"瓠犀,瓠中之子,方正洁白而比次整齐也。"[6]《毛传》:"螓(qín)首,颡广而方。"《集传》:"蛾,蚕蛾也,其眉细而长。"[7]《毛传》:"倩(qiàn),好口辅。"《论语·八佾》马融注:"盼,目动貌。"[8]《集传》:"敖敖,长貌。说(shuì),舍也。农郊,近郊也。"[9]《毛传》:"骄,壮貌。"《集传》:"幩(fén):镳饰也。镳镳,盛也。翟,翟车也。夫人以翟羽饰车。茀,蔽也。妇人之车,前后设蔽。"[10]《集传》:"活活(guō guō),流貌。罛(gū),鱼罟也。濊濊(huò huò),罟入水声也。"《尔雅·释鱼》郭注:"鳣

(zhān),大鱼……今江东呼为黄鱼。"鲔(wěi):小的鲟鱼。《风诗类钞》:"发发(bó bó),鱼掉尾声。"[11]《毛传》:"揭揭,长也。庶士,齐大夫送女者。"《集传》:"孽孽,盛饰也。"吴闿生《诗义会通》:"朅(qiè),武壮貌。"

58 氓

女子诉说她与"氓"恋爱、结婚、受虐待、遭遗弃的过程,悔恨交织,最后决心跟他决绝。全用赋体,开后世叙事诗的先河。六章,六十句。

1 氓之蚩蚩,抱布贸丝[1]。
  匪来贸丝,来即我谋[2]。
  送子涉淇[3],至于顿丘。
  匪我愆期[4],子无良媒。
  将子无怒[5],秋以为期。

2 乘彼垝垣,以望复关[6]。
  不见复关,泣涕涟涟。
  既见复关,载笑载言。
  尔卜尔筮,体无咎言[7]。
  以尔车来,以我贿迁[8]。

3 桑之未落,其叶沃若[9]。
  于嗟鸠兮,无食桑葚。
  于嗟女兮,无与士耽[10]。
  士之耽兮,犹可说也[11]。

女之耽兮,不可说也!

4　桑之落矣,其黄而陨。
自我徂尔,三岁食贫。
淇水汤汤,渐车帷裳[12]。
女也不爽,士贰其行。
士也罔极[13],二三其德。

5　三岁为妇,靡室劳矣[14]。
夙兴夜寐,靡有朝矣[15]。
言既遂矣,至于暴矣。
兄弟不知,咥其笑矣[16]。
静言思之,躬自悼矣。

6　及尔偕老,老使我怨。
淇则有岸,隰则有泮[17]。
总角之宴,言笑晏晏[18]。
信誓旦旦,不思其反[19]。
反是不思,亦已焉哉!

韵　读　1.蚩、丝、丝、谋、淇、丘、期、谋、期,之部。 2.垣、关、关、涟、关、言、言、迁,寒部。
3.落、若、铎部。葚、耽,侵部。说、说,月部。 4.陨、贫,文部。汤、裳、爽、行,阳部。
极、德,职部。 5.劳、朝、笑,宵部;暴、悼,药部。宵药通韵。 6.怨、岸、泮、宴、晏、旦、
反,寒部。思、哉,之部。

今　译　1　农民样子挺老实,抱着布匹来买丝。
其实不是来买丝,就我商谈婚姻事。
送你淌过淇水去,一直到达顿丘地。
延误吉期非我愿,你无媒人把亲提。
请你不要发脾气,秋天重选结婚日。

82

2 　登上那垛坏墙垣,为盼情郎望复关。
　　复关不见情郎到,心烦意乱泪涟涟。
　　终见复关情郎来,又笑又说心里欢。
　　你占卜呀你问卦,卦辞没有不祥言。
　　驾着你的车儿来,把我财物一起搬。

3 　桑树还未凋落时,叶儿新鲜又柔嫩。
　　啊呀斑鸠你听真,不要贪嘴吃桑葚。
　　啊呀漂亮姑娘们,结交男子莫过分。
　　男子要和女子混,一朝甩去不费劲。
　　要是女子恋男人,受了玩弄难脱身。

4 　天寒地冻桑树凋,叶儿枯黄纷纷飘。
　　自从嫁到你家去,三年吃苦受煎熬。
　　淇水奔流浪滔滔,沾湿车帷令人焦。
　　我做妻子无过失,男人行为不可靠。
　　男人反复无定准,三心二意太糟糕。

5 　三年做你结发妻,家务繁忙没休息。
　　每天起早睡觉迟,辛辛苦苦无止期。
　　家业已成称心意,粗暴对我把我弃。
　　兄弟不知个中情,见我回家笑相讥。
　　静下心来想仔细,独自悲伤独自泣。

6 　和你白头共到老,谁知到老心生怨。
　　淇水洋洋还有岸,洼地茫茫总有边。
　　回忆童年真欢乐,有说有笑情绵绵。
　　山盟海誓多诚恳,不想一朝把心变。
　　违反誓言你不念,一切从此就算完!

注　释　[1]《毛传》:"氓(méng),民也。蚩蚩,敦厚之貌。"《毛传》:"布,币也。"《通释》:"布与丝对称,宜为布帛之布。"[2]《郑笺》:"匪,非。即,就也。"[3]《通释》:"氓为盲昧无知之称。诗当与男子不相识之初,则称氓。约与婚姻,则称子。子者,男子美称也。嫁则称士。士者,夫也。"[4]《毛传》:"愆,过也。"[5]《毛传》:"将(qiāng),愿也。"[6]《毛传》:"垝(guǐ),毁也。"《集传》:"复关,男子之所居也,不敢言其人,故托言之耳。"[7]《毛传》:"龟曰卜,蓍曰筮。体,卦兆之体。"《郑笺》:"兆卦之繇无凶咎之辞。"[8]《毛传》:"贿,财。"[9]《集传》:"沃若,润泽貌。"[10]《传疏》:"凡乐过其节谓之耽。"[11]《郑笺》:"说,解也。"[12]《集传》:"渐(jiān),渍。帷裳,车饰,亦名童容,妇人之车则有之。"[13]《毛传》:"极,中也。"[14]《集传》:"不以室家之务为劳。"[15]《诗缉》:"无有一朝不然者。"[16]《集传》:"咥(xì),笑貌。"[17]《集传》:"泮(pàn),涯也。"[18]《集疏》:"总角者,童女直结其发,聚之为两角。"《集传》:"宴,乐也。"《毛传》:"晏晏,和柔也。"[19]《集传》:"曾不思其反复以至于此也。"

59 竹竿

卫国女子远嫁别国,不能回故乡探望,心中烦闷。四章,十六句。

1 籊籊竹竿[1],以钓于淇。
　岂不尔思?远莫致之。

2 泉源在左[2],淇水在右。
　女子有行,远兄弟父母[3]。

3 淇水在右,泉源在左。
　巧笑之瑳,佩玉之傩[4]。

4 淇水悠悠,桧楫松舟[5]。

驾言出游,以写我忧。

韵 读 1.淇、思、之,之部。 2.右、母,之部。 3.左、瑳、傩,歌部。 4.悠、舟、游、忧,幽部。

今 译 1 细细竹竿尖又长,用来垂钓淇水旁。
难道我不想念你?路途遥远难回乡。

2 百泉水源在左边,淇水却向右边流。
姑娘出嫁别故园,远离亲人心里忧。

3 淇水奔流向右边,百泉源头却在左。
嫣然一笑白齿露,佩玉叮当多婀娜。

4 淇水悠悠不停流,桧木作桨松作舟。
聊驾车儿出外游,除我心中思乡愁。

注 释 [1]《毛传》:"籊籊(tì tì),长而杀也。" [2]《毛传》:"泉源,小水之源;淇水,大水也。"《集传》:"泉源,即百泉也。"《传疏》:"水以北为左,南为右。泉源在朝歌北,故曰在左。" [3]一本作"远父母兄弟",据唐石经改。[4]《集传》:"瑳,鲜白色,笑而见齿,其色瑳然,犹所谓粲然皆笑也。"《诗缉》:"腰身裦傩也。" [5]《集传》:"楫(jí),所以行舟也。"

60 芄兰

贵族子弟虚有其表,实际上幼稚无能,以赞叹为嘲谑。二章叠咏,十二句。

1 芄兰之支,童子佩觿[1]。
　　虽则佩觿,能不我知[2]。
　　容兮遂兮,垂带悸兮[3]。
2 芄兰之叶,童子佩韘[4]。
　　虽则佩韘,能不我甲[5]。
　　容兮遂兮,垂带悸兮。

韵　读　1.支、觿、觿、知,支部。遂,物部;悸,质部。质物合韵。 2.叶、韘、韘、甲,叶部。遂,物部;悸,质部。质物合韵。

今　译　1 芄兰枝上荚儿肥,童子佩带象牙锥。
　　虽然锥儿佩身上,不能和我配成双,
　　摇摇摆摆装模样,衣带颤动到处逛。
2 芄兰叶儿嫩又鲜,童子佩带玉指圈。
　　虽然圈儿佩在身,不能和我相亲近。
　　摇摇摆摆装好人,衣带颤动到处混。

注　释　[1]《集疏》:"芄(wán)兰,草,一名萝摩。"闻一多《风诗类钞》:"支,叉也,指芄兰的荚实。"《集传》"觿(xī),锥也。以象骨为之,所以解结,成人之佩,非童子之饰也。" [2]《尔雅·释诂》:"知,匹也。"《通释》:"能即乃也,乃犹而也。不我知,谓不与我相匹合。" [3]《集传》:"容、遂,舒缓放肆之貌。"《风诗类钞》:"悸本训惊动,借以形容男子走路衣带动摇之貌。" [4]《后笺》"韘(shè),即今之扳指,而制微不同。" [5]《毛传》:"甲,狎也。"

61　河广

宋国人侨居卫国,思念家乡。二章叠咏,八句。

1　谁谓河广？一苇杭之[1]。
　　谁谓宋远？跂予望之[2]。
2　谁谓河广？曾不容刀[3]。
　　谁谓宋远？曾不崇朝[4]。

韵　读　1.广、杭、望,阳部。 2.刀、朝,宵部。

今　译　1　谁说黄河水面宽？一根芦苇渡对岸。
　　　　　　谁说宋国路途远？踮起脚跟能望见。
　　　　　2　谁说黄河水面广？不容小船荡双桨。
　　　　　　谁说宋国路途远？到达不用一早上。

注　释　[1]《毛传》:"杭,渡也。"[2]《通释》:"《通俗文》:'举踵曰企。'此诗跂即'企'之假借。"[3]《郑笺》:"不容刀,亦喻狭。小船曰刀。"[4]《郑笺》:"崇,终也。行不终朝亦喻近。"

87

62 伯兮

贵族女子想念远征的丈夫。四章，十六句。

1 伯兮朅兮,邦之桀兮[1]！
  伯也执殳,为王前驱[2]。
2 自伯之东,首如飞蓬[3]。
  岂无膏沐？谁适为容[4]？
3 其雨其雨,杲杲出日[5]。
  愿言思伯,甘心首疾[6]。
4 焉得谖草？言树之背[7]。
  愿言思伯,使我心痗[8]。

韵 读 1.朅、桀,月部。殳、驱,侯部。 2.东、蓬、容,东部。 3.日、疾,质部。 4.背,职部；痗,之部。之职通韵。

今 译 1 哥哥英勇又坚强,保卫国家是栋梁！
       夫君手拿丈二殳,为王出征打头仗。
     2 自从夫君去征东,披头散发如飞蓬。
       难道没有洗发膏？只是为谁来美容？
     3 下雨下雨天天望,偏偏又出红太阳。
       日日夜夜把君想,心甘情愿头发胀。
     4 哪儿能得忘忧草？把它种在后院中,
       日日夜夜把君想,心中苦闷生病痛。

注 释　[1]《集传》:"伯,妇人目其夫之字。朅(qiè),武貌。"《郑笺》:"桀,英桀,言贤也。"[2]《毛传》:"殳(shū),长丈二而无刃。"《集疏》:"其执殳先驱者,当为中士。"[3]之:往。《正义》:"东行伐郑也。"《集传》:"蓬,草名,其华似柳絮,聚而飞,如乱发也。"[4]《传疏》:"容,谓容饰也。"[5]《集传》:"其者,冀其将然之辞。"《通释》:"日出神木之上,故日出谓之杲杲(gǎo gǎo)。"[6]《郑笺》:"愿,念也。"《集传》:"宁甘心于首疾也。"[7]《毛传》:"谖草可以忘忧。背,北堂也。"《传疏》:"北堂正指北堂阶下。"[8]《毛传》:"痗(mèi),病也。"

63　有狐

妻子怀念在外的丈夫,担心他无衣无裳。三章叠咏,十二句。

1　有狐绥绥,在彼淇梁[1]。
　　心之忧矣,之子无裳。
2　有狐绥绥,在彼淇厉[2]。
　　心之忧矣,之子无带。
3　有狐绥绥,在彼淇侧。
　　心之忧矣,之子无服。

韵 读　1.梁、裳,阳部。 2.厉、带,月部。 3.侧、服,职部。

今 译　1　有只狐狸缓缓行,在那淇水堤坝上。
　　　　我的心里多忧愁,那人身上无衣裳。

2 有只狐狸缓缓行,在那淇水浅滩外,
  我的心里多忧烦,那人腰间无衣带。

3 有只狐狸行迟缓,在那淇水岸一边。
  我的心里多忧烦,那人没有衣服穿。

注　释　[1]《通释》:"绥绥为徐行貌。"《毛传》:"石绝水曰梁。"[2]《后笺》:"其浅水处亦可名厉。实则此厉当为濑(lài)之假借。"

64　木瓜

男女互相赠答以定情。三章叠咏,十二句。

1 投我以木瓜,报之以琼琚[1]。
  匪报也,永以为好也!
2 投我以木桃,报之以琼瑶[2]。
  匪报也,永以为好也!
3 投我以木李,报之以琼玖[3]。
  匪报也,永以为好也!

韵　读　1.瓜、琚,鱼部。报、好,幽部。 2.桃、瑶,宵部。报、好,幽部。 3.李、玖,之部。报、好,幽部。

90

今　译　1　赠我大木瓜,美玉报答她。

　　　　　　不单为报答,相爱永无他!

　　　　2　赠我大木桃,美玉作回报。

　　　　　　不单为回报,表示永相好!

　　　　3　赠我大木李,美玉作回礼。

　　　　　　不单为回礼,永远爱着你!

注　释　[1]《毛传》:"琼,玉之美者。琚,佩玉。"[2]《毛传》:"琼瑶,美玉。"[3]《说文·玉部》:"玖,石之次玉,黑色。"《集传》:"玖,亦玉名。"

王 风

周平王宜臼(公元前770—前720)东迁洛邑(也称王城,今河南洛阳市),势力衰落,名义上是王,实际地位与列国相等。《王风》是东周洛邑一带的民歌。包括《黍离》等十篇,都是东周的作品。

65 黍离

大夫来到故都镐京,见遍地禾黍,心里感到悲哀难过。《诗序》:"《黍离》,闵宗周也。周大夫行役至于宗周,过故宗庙宫室,尽为禾黍,闵周室之颠覆,彷徨不忍去,而作是诗也。"方玉润誉为"凭吊诗中绝唱"。三章叠咏,三十句。

1 彼黍离离,彼稷之苗[1]。
  行迈靡靡,中心摇摇[2]。
  知我者,谓我心忧;
  不知我者,谓我何求。
  悠悠苍天[3],此何人哉!
2 彼黍离离,彼稷之穗。
  行迈靡靡,中心如醉。
  知我者,谓我心忧;

不知我者,谓我何求。
悠悠苍天,此何人哉!

3 　彼黍离离,彼稷之实[4],
行迈靡靡,中心如噎[5]。
知我者,谓我心忧;
不知我者,谓我何求。
悠悠苍天,此何人哉!

韵　读　1.离、靡,歌部。苗、摇,宵部。忧、求,幽部。天、人,真部。 2.离、靡,歌部。穗,质部;醉,物部。质物合韵。忧、求,幽部。天、人,真部。 3.离、靡,歌部。实、噎,质部。忧、求,幽部。天、人,真部。

今　译　1　黍子行行多茂密,高粱苗儿也整齐。
慢慢悠悠向前走,精神恍惚多郁抑。
有人关心了解我,说我心里多忧愁。
有人不知我心苦,说我还有啥要求。
高高在上天老爷,究是谁人把我咒!

2　黍子行行多下垂,高粱茂密渐抽穗。
慢慢悠悠往前走,心烦意乱像酒醉。
有人关心了解我,说我心里多忧愁。
有人不知我心苦,说我还有啥要求。
高高在上天老爷,究是谁人把我咒!

3　黍子行行多茂盛,高粱满实已长成。
慢慢悠悠向前行,心如噎住难出声。
有人关心了解我,说我心里多忧愁。
有人不知我心苦,说我还有啥要求。
高高在上天老爷,究是谁人把我咒!

注　释　[1]《通释》："黍秀舒散。离离者，状其有行列也。"程瑶田《九谷考》："黍，今之黄米；稷，今之高粱。" [2]《毛传》："迈，行。靡靡，犹迟迟也。"《集传》："摇摇，无所定也。" [3]《毛传》："悠悠，远意。" [4] 严粲《诗缉》："苗、穗、实，取协韵而已。" [5]《正义》："噎(yē)者，咽喉闭塞之名。而言中心如噎，如知忧深不能喘息如噎之然。"杨树达《小学述林》卷一："此谓忧郁之至不能息，有如饭之塞喉也。"

66　君子于役

日近黄昏，妻子想念她久役在外的丈夫。二章叠咏，十六句。

1　君子于役[1]，不知其期。曷至哉[2]？
　　鸡栖于埘[3]。日之夕矣，羊牛下来[4]。
　　君子于役，如之何勿思？
2　君子于役，不日不月。曷其有佸[5]？
　　鸡栖于桀[6]。日之夕矣，羊牛下括[7]。
　　君子于役，苟无饥渴？

韵　读　1.期、哉、埘、矣、来、思，之部。　2.月、佸、桀、括、渴，月部。

今　译　1　夫君出差去远地，不知何日是归期。究竟啥时回家里？
　　　　鸡儿栖息在鸡埘，已近黄昏日落时，牛羊下坡进圈急。
　　　　丈夫出差去远地，叫我如何不相思？

2　夫君出差去远方,归期无定苦日长。啥时才能聚一堂?
　　鸡儿栖息在木桩,已近黄昏无阳光,牛羊下坡进圈忙。
　　丈夫出差去远方,能不饥渴缺水粮?

注释　[1]《集疏》:"所称君子,妻谓其夫。"[2]《郑笺》:"何时当来至哉?"《诗经考文》:"古本作'曷其至哉'。"[3]《毛传》:"凿墙而栖曰埘(shí)。"[4]《郑笺》:"言畜产出入尚使有期节,至于行役者乃反不也。"[5]《毛传》:"佸(huó),会也。"[6]《毛传》:"鸡栖于杙(yì)为桀。"鸡栖的木架。[7]《毛传》:"括,至也。"

67　君子阳阳

舞师招呼他的朋友共同歌舞游乐。二章叠咏,八句。

1　君子阳阳,左执簧[1],
　　右招我由房。其乐只且[2]!
2　君子陶陶,左执翿[3],
　　右招我由敖。其乐只且!

韵读　1.阳、簧、房,阳部。且,鱼部,与二章遥韵。 2.陶、翿,幽部;敖,宵部。幽宵合韵。

今译　1　君子得意喜洋洋,左手拿着大笙簧,
　　　　右手招我去游逛。尽情歌舞真欢畅。
　　　2　君子得意乐陶陶,左手拿着野鸡毛,

右手招我去游遨。尽情歌舞真逍遥。

注　释　[1]《集传》:"阳阳,得志之貌。"《毛传》:"簧,笙也。"[2]《通释》:"由敖,犹游遨也。由房与由敖亦当同义,皆谓相招为游戏耳。"只且(jū):语气词。[3]《毛传》:"陶陶,和乐貌。"《说文·羽部》:"翿(dào),翳也,所以舞也。"

68　扬之水

周平王东迁洛邑,派兵戍守申、许、吕几个小国,防备楚国侵略。久不换防,戍卒怨恨,盼望早日回去。三章叠咏,十八句。

1　扬之水,不流束薪[1]。
　　彼其之子,不与我戍申[2]。
　　怀哉怀哉!曷月予还归哉?
2　扬之水,不流束楚[3]。
　　彼其之子,不与我戍甫[4]。
　　怀哉怀哉!曷月予还归哉?
3　杨之水,不流束蒲。
　　彼其之子,不与我戍许[5]。
　　怀哉怀哉!曷月予还归哉?

韵　读　1.薪、申,真部。怀、归,微部。　2.楚、甫,鱼部。怀、归,微部。　3.蒲、许,鱼部。怀、归,微部。

今 译　1　悠悠河水向东流,一捆柴草漂不走。
　　　　　想起家中那个人,不能同把申地守。
　　　　　日思夜想无时休,啥时回家能自由?
　　　　2　悠悠河水流向东,一捆黄荆漂不动。
　　　　　想起家中那个人,我戍甫地不相逢。
　　　　　日思夜想情难控,啥时我能回家中?
　　　　3　悠悠河水流不已,一捆蒲草漂不起。
　　　　　想起家中那个人,不能同我守许地,
　　　　　日思夜想愁无比,啥时我能回故里?

注 释　[1]《集传》:"扬,悠扬,水缓流之貌。"闻一多《诗经通义》:"析薪、束薪盖上世婚礼中实有之仪式,非泛泛举譬也。"[2]《集传》:"彼其之子,戍人指其室家而言也。戍,屯兵以守也。"《毛传》:"申,姜姓之国,平王之舅。"在今河南唐河县。[3]《说文·林部》:"楚,丛木,一名荆也。"[4]甫:古国名,即吕,在今河南南阳县。[5]许:古国名,也作"鄦",在今河南许昌市。

69　中谷有蓷

荒年饥馑,妻子被丈夫遗弃,走投无路,悲叹哭泣。三章叠咏,十八句。

1　中谷有蓷,暵其干矣[1]。
　　有女仳离,嘅其叹矣[2],

嘅其叹矣,遇人之艰难矣。

2　中谷有蓷,暵其脩矣[3]。

有女仳离,条其歗矣[4]。

条其歗矣,遇人之不淑矣[5]。

3　中谷有蓷,暵其湿矣[6]。

有女仳离,啜其泣矣[7]。

啜其泣矣,何嗟及矣。

韵　读　1.干、叹、叹、难,寒部。 2.脩,幽部;歗、歗、淑,觉部。幽觉通韵。 3.湿、泣、泣、及,缉部。

今　译　1　益母草生山谷间,天旱不雨渐蔫干。

有个女子遭离弃,唉声长叹心里烦。

唉声长叹心里烦。嫁个男人太艰难!

2　山谷里生益母草,天旱不雨渐枯槁。

有个女子遭离弃,唉声长叹心烦恼。

唉声长叹心烦恼。嫁个男人太不好!

3　益母草生山谷里,天旱不雨渐枯死。

有个女子被离弃,愁苦无诉暗抽泣。

愁苦无诉暗抽泣,纵然悲叹来不及!

注　释　[1]《集传》:"蓷……即今益母草也。"《毛传》:"暵(hàn),菸(yū)貌。" [2]《毛传》:"仳(pǐ)别也。"《郑笺》:"与其君子别离,慨然而叹。" [3]《传疏》:"乾肉谓之脯,亦谓之脩,因之凡乾皆曰脩矣。" [4]《集传》:"条条然,歗(xiào)貌。歗,蹙口出声也。"条:长也。 [5]《集传》:"古者谓死丧饥馑,皆曰不淑。" [6]王念孙《广雅疏证》卷二上:"湿,当读为曘(qī),曘亦且乾也。" [7]《集传》:"啜(chuò),泣貌。"姚际恒《诗经通论》:"乾、脩、湿由浅及深,叹、歗、泣亦然。"

70 兔爰

没落贵族悲叹今不如昔,命运太苦,百无聊赖,产生厌世思想。三章叠咏,二十一句。

1 有兔爰爰,雉离于罗[1]。
  我生之初,尚无为[2];
  我生之后,逢此百罹[3]。尚寐无吪[4]!

2 有兔爰爰,雉离于罦[5]。
  我生之初,尚无造[6];
  我生之后,逢此百忧。尚寐无觉!

3 有兔爰爰,雉离于罿[7]。
  我生之初,尚无庸[8];
  我生之后,逢此百凶。尚寐无聪[9]!

韵 读 1.罗、为、罹、吪,歌部。 2.罦、造、忧,幽部;觉,觉部。幽觉通韵。 3.罿、庸、凶、聪,东部。

今 译
1 兔子行动不着急,野鸡落进罗网里。
  当初父母生我时,没有战争无劳役。
  偏偏在我出生后,百种忧患都遇齐。但愿长眠身不起!

2 兔子行动不慌忙,野鸡不幸落进网。
  当初父母生我时,没有事故没灾殃。
  偏偏在我出生后,百种忧患都碰上。但愿长眠眼不张!

3 兔子行动多悠闲,野鸡落网遭了难。

99

当初父母生我时,没有劳役无忧患。

偏偏在我出生后,凶险齐生不得安。但愿长眠听不见!

注 释 [1]《毛传》:"爱爱,缓意。"《通释》:"狡兔以喻小人。雉,耿介之鸟,以喻君子。有兔爱爱,以喻小人之放纵。雉罹于罗,以喻君子之获罪。"[2]《郑笺》:"庶几乎无所为,谓军役之事也。"[3]《毛传》:"瞿,忧。"[4]《毛传》:"吪(é),动也。"[5]罦(fú):一种装有机关的网,用于掩捕鸟兽。[6]《集传》:"造,亦为也。"[7]《正义》:"《韩诗》云,施罗于车上曰罿(tóng)。"[8]《郑笺》:"庸,劳也。"[9]《毛传》:"聪,闻也。"

71　葛藟

流浪者埋怨得不到同情和帮助。以物有所托,反衬自己无依无靠。三章叠咏,十八句。

1　绵绵葛藟,在河之浒[1]。
　　终远兄弟[2],谓他人父,
　　谓他人父,亦莫我顾[3]。
2　绵绵葛藟,在河之涘[4]。
　　终远兄弟,谓他人母,
　　谓他人母,亦莫我有[5]。
3　绵绵葛藟,在河之漘[6]。
　　终远兄弟,谓他人昆[7]。
　　谓他人昆,亦莫我闻[8]。

韵读 1.浒、父、父、顾,鱼部。 2.涘、母、母、有,之部。 3.漘、昆、昆、闻,文部。

今译 1 连绵不断野葡萄,蔓延生长在河滨。
远离兄弟别亲人,却把他人叫父亲。
就把他人叫父亲,无人对我肯关心。

2 连绵不断野葡萄,蔓延生长在河旁。
远离兄弟别亲人,却把他人叫亲娘。
就把他人叫亲娘,无人亲我无人帮。

3 连绵不断野葡萄,蔓延生长河岸边。
远离兄弟别亲人,对着他人把哥喊。
就把他人当哥喊,无人过问无人怜。

注释 [1]《毛传》:"绵绵,长不绝之貌。水厓曰浒。"《通释》:"窃疑葛藟……盖亦野葡萄之类。"[2]《郑笺》:"兄弟,犹言族亲也。"[3]《郑笺》:"亦无眷顾我之意。"[4]《毛传》:"涘(sì),厓也。"[5]王引之《经义述闻》卷五:"友,谓相亲友也。"高亨《今注》:"有,借为'佑',助也。"[6]漘:水岸边。《集传》:"夷上洒下曰漘,漘之为言脣也。"[7]《毛传》:"昆,兄也。"[8]《经义述闻》卷五:"闻犹问也,谓相恤问也。"

72 采葛

思念情人,度日如年。成语"一日三秋"出此。三章叠咏,九句。

1 彼采葛兮[1]。一日不见,如三月兮。
2 彼采萧兮[2]。一日不见,如三秋兮[3]。
3 彼采艾兮[4]。一日不见,如三岁兮!

韵 读 1.葛、月,月部。 2.萧、秋,幽部。 3.艾、岁,月部。

今 译
1 姑娘采葛在山上,一日不见心里慌,就像相隔三月长。
2 姑娘采蒿在山丘,一日不见心里忧,就像相隔已三秋。
3 姑娘采艾在山间,一日不见心不安,就像相隔已三年!

注 释 [1]《毛传》:"葛所以为𫄨绤也。"[2]《周礼·甸师》:"祭祀,供萧茅。"郑玄注:"萧,香蒿也。"[3]《正义》:"年有四时,时皆三月。三秋。谓九月也。"[4]《集传》:"艾,蒿属。干之可灸,故采之。"

73 大车

少女热恋情人而有所顾虑,她表明自己的决心。三章,前二章叠咏。十二句。

1 大车槛槛,毳衣如菼[1]。
  岂不尔思?畏子不敢[2]。
2 大车啍啍,毳衣如璊[3]。
  岂不尔思?畏子不奔[4]。

3 榖则异室,死则同穴[5]。
　　谓予不信,有如皦日[6]!

韵读 1.槛、菼、敢,谈部。 2.啍、璊、奔,文部。 3.室、穴、日,质部。

今译 1 大车槛槛行驶急,身着淡青绣毛衣。
　　难道我不想念你?怕你不敢有顾忌。
2 大车驶过响啍啍,身穿毛衣色如璊。
　　难道我不把你想?怕你不愿来私奔。
3 活着分离不同房,但求死后同穴藏。
　　倘我说话不诚信,上天有此红太阳!

注释 [1]《毛传》:"大车,大夫之车。槛槛,车行声也。毳衣,大夫之服。菼(tǎn),芦之初生者也。"[2]《郑笺》:"子者,称所尊敬之辞。"[3]《毛传》:"啍啍(tūn tūn),重迟之貌。"《集传》:"璊(mén),玉赤色,五色备则有赤。"[4]闻一多《类钞》:"私赴曰奔。"[5]《毛传》:"榖,生也。"《郑笺》:"穴,谓冢圹中也。"[6]吴昌滢《经词衍释》:"如犹此也。"《毛传》:"皦,白也。"《集传》:"谓予不信,有如皦日,约誓之辞也。"

74　丘中有麻

女子盼望情人来会,担心有人把他留下。三章叠咏,十二句。

1 丘中有麻,彼留子嗟[1]。
　　彼留子嗟,将其来施施[2]。

103

2　丘中有麦,彼留子国[3]。

　　彼留子国,将其来食[4]。

3　丘中有李,彼留之子[5]。

　　彼留之子,贻我佩玖[6]。

韵　读　1.麻、嗟、嗟、施,歌部。　2.麦、国、国、食,职部。　3.李、子、子、玖,之部。

今　译　1　山丘上面有大麻,谁把子嗟来留下?

　　　　　谁把子嗟来留下,愿他相会来我家。

　　　　2　小麦生长在山丘,谁人把那子国留?

　　　　　谁人把那子国留,快来饮食情意投。

　　　　3　山丘上面长有李,谁人留下小伙子?

　　　　　谁人留下小伙子,赠我佩玉黑宝石。

注　释　[1]《集传》:"子嗟,男子之字也。"姚际恒《通论》:"留字是留住之留。"[2]《集传》:"将,愿也。"《颜氏家训·书证》:"河北《毛诗》,皆云施施,江南旧本,悉皆为施。"闻一多《风诗类钞》:"古书说'天施地生',又说'阳施阴化',就是这施字的正解。"[3]《集传》:"子国,亦男子字也。"[4]《集传》:"来食,就我而食也。"闻一多《诗经通义》:"古谓性的行为曰食。"[5]《集传》:"之子,并指前二人也。"[6]玖:比玉稍次的黑色美石。

郑 风

周宣王(公元前827—前782)封其弟姬友于郑(今陕西华县),是为郑桓公(公元前806—前771)。幽王(公元前781—前771)时,桓公任王朝司徒。犬戎侵周,杀死幽王和桓公。桓公的儿子武公建国于东方,仍称郑,都新郑(今河南新郑县),疆土包括今河南中部一带。《郑风》即郑地民歌,共二十一篇,都是东周初至春秋时期的作品。

75 缁衣

郑武公爱贤,贤者朝服破旧,武公重做新衣送给他。三章叠咏,十八句。

1 缁衣之宜兮[1];敝,予又改为兮。
  适子之馆兮[2];还,予授子之粲兮[3]。

2 缁衣之好兮;敝,予又改造兮。
  适子之馆兮;还,予授子之粲兮。

3 缁衣之席兮[4];敝,予又改作兮。
  适子之馆兮;还,予授子之粲兮[5]。

韵　读　1.宜、为,歌部。馆、粲,寒部。　2.好、造,幽部。馆、粲,寒部。　3.席、作,铎部。馆、粲,寒部。

今　译　1　黑色官服真合适,破了我再来缝制。
　　　　　　就到你的客舍去,回头我送你新衣。
　　　　2　黑色官服真美好,破了我再来制造。
　　　　　　就到你的客舍去,回头我送你新袍。
　　　　3　黑色官服宽又长,破了我再制新装。
　　　　　　就到你的客舍去,回头送你新衣裳。

注　释　[1]缁(zī):黑色。《传疏》:"朝服以缁布为衣,故谓之缁衣。"《集传》:"宜,称。"[2]《毛传》:"适,之。馆,舍。"《尔雅·释诂上》:"之,往也。"《说文·食部》:"馆,客舍也。"[3]闻一多《风诗类钞》:"粲,新也,谓新衣。"[4]《毛传》:"席,大也。"[5]清陈继揆《读诗臆补》:"《缁衣》《伐檀》等编,长短杂奏,为后世杂言之祖。"

76　将仲子

少女拒绝情人前来幽会。她害怕家人反对和舆论指责。三章叠咏,二十四句。

1　将仲子兮,无逾我里[1],无折我树杞[2]。
　　岂敢爱之?畏我父母。
　　仲可怀也,父母之言,亦可畏也。

2　将仲子兮,无逾我墙,无折我树桑。

岂敢爱之？畏我诸兄。

仲可怀也，诸兄之言，亦可畏也。

3 将仲子兮，无逾我园，无折我树檀。

岂敢爱之？畏人之多言。

仲可怀也，人之多言，亦可畏也。[3]

韵　读　1.子、里、杞、母，之部。怀、畏，微部。 2.墙、桑、兄，阳部。怀、畏，微部。 3.园、檀、言，寒部。怀、畏，微部。

今　译　1　希望二哥听我言，不要翻过我家院，院中杞树莫压断。

压断杞树岂足惜，就怕爹妈把我怨。

心里常把二哥念，只是爹妈埋怨多，令人害怕心不安。

2　希望二哥听我讲，不要翻过我家墙，不要压断墙边桑。

压断桑树岂足惜，就怕哥哥言语伤。

心里常把二哥想，只是哥哥要张扬，令人害怕心发慌。

3　希望二哥听我言，不要翻过我家园，不要压断园中檀。

压断檀树岂足惜，就怕旁人多闲言。

心里常把二哥念，只是旁人闲言多，令人害怕心发颤。

注　释　[1]《集传》："将（qiāng），请也。仲子，男子之字也。"《正义》："谓无逾我里居之垣墙。" [2]《毛传》："折，言伤害也。"《正义》引《诗义疏》："杞，柳属也。" [3]袁枚《诗经译注》："语语是拒，实乃招之，语真情苦。"

77 叔于田

赞美青年猎手仁爱、英俊而勇武,没有人比得上。三章叠咏,十五句。

1 叔于田,巷无居人[1]。
  岂无居人?不如叔也,洵美且仁[2]。
2 叔于狩[3],巷无饮酒。
  岂无饮酒?不如叔也,洵美且好。
3 叔适野,巷无服马[4]。
  岂无服马?不如叔也,洵美且武[5]。

韵 读 1.田、人、人、仁,真部。 2.狩、酒、酒、好,幽部。 3.野、马、马、武,鱼部。

今 译 1 三哥打猎出了门,巷里空空没有人。
  难道真的没有人?不如三哥为人好,真是英俊又慈仁。
2 三哥出门去猎兽,巷里没有人饮酒。
  难道真没人饮酒?不如三哥本事优,真是英俊好猎手。
3 三哥打猎到郊野,巷里没人驾车马。
  难道真的无人驾?不如三哥本事大,真是威武又潇洒。

注 释 [1]崔述《读风偶识》:"仲与叔,皆男子之字。"《毛传》:"田,取禽也。巷,里塗也。"王先谦《集疏》:"古者居必同里,里门之内,家门之外,则巷道也。"吴闿生《会通》:"田,猎也。" [2]《郑笺》:"洵,信也。言叔信美好而又仁。" [3]《毛传》:"冬猎曰狩。"《通释》:"狩又为田猎之通称。于狩,犹于田也。" [4]适:往,到。《郑笺》:"服马,犹乘马也。" [5]《集疏》:"武者,谓有武容。"每章有夸张、设问、回答,中心只是"不如"二字,文笔极奇。

78　大叔于田

赞美青年猎人勇猛而精于射御。与《叔于田》同一母题。但前诗是借田生论,此篇为正写于田,完整地描绘了初猎、猎中、猎毕的过程。三章叠咏,三十句。

1　叔于田,乘乘马[1]。
　　执辔如组,两骖如舞[2]。
　　叔在薮,火烈具举[3]。
　　袒裼暴虎,献于公所[4]。
　　"将叔无狃[5],戒其伤女!"

2　叔于田,乘乘黄。
　　两服上襄,两骖雁行[6]。
　　叔在薮,火烈具扬。
　　叔善射忌,又良御忌,
　　抑磬控忌,抑纵送忌[7]。

3　叔于田,乘乘鸨[8]。
　　两服齐首,两骖如手,
　　叔在薮,火烈具阜[9]。
　　叔马慢忌,叔发罕忌[10],
　　抑释掤忌,抑鬯弓忌[11]。

韵　读　1.马、组、舞、举、虎、所、女,鱼部。 2.黄、襄、行、扬,阳部。射,铎部;御,鱼部。鱼铎通韵。控、送,东部。 3.鸨、首、手、阜,幽部。慢、罕,寒部。掤、弓,蒸部。

109

今译　1　三哥打猎出发早,四马驾车大又高。
　　　　　手执缰绳如织布,骖马飞奔像舞蹈。
　　　　　三哥打猎在草地,齐举火把赶兽跑。
　　　　　赤膊空拳打老虎,献给君王充厨庖。
　　　　　希望三哥别大意,防它伤你把你咬。
　　　2　三哥打猎把路上,驾车四匹马儿黄。
　　　　　中间两马最优良,两边骖马似雁行。
　　　　　三哥打猎在草场,熊熊火把齐飞扬。
　　　　　三哥射箭技术强,驾车驶马也擅长。
　　　　　忽而勒辔急刹车,忽而纵马奔前方。
　　　3　三哥打猎在野地,四匹花马跑不已。
　　　　　中间两马头相齐,两旁骖马像手臂。
　　　　　三哥打猎在草地,熊熊烈火齐升起。
　　　　　三哥控马慢慢走,田猎将罢发箭稀。
　　　　　解下箭筒装上箭,弓儿装进弓袋里。

注释　[1]乘(shèng)马:一车四马。[2]辔:马缰绳。《郑笺》:"如组者,如组织之为也。"骖(cān):四马驾车,外边的两匹马叫骖。[3]《正义》:"薮(sǒu),泽,亦禽兽之所藏。"《郑笺》:"列人持火俱举,言众同心。"[4]《毛传》:"袒裼(tǎn xī),肉袒也。暴虎,空手以搏之。"《郑笺》:"献于公所,进于君也。"[5]《毛传》:"狃,习也。"[6]《集传》:"衡下夹辕两马曰服。襄,驾也。马之上者为上驾,犹言上驷也。雁行者,骖少次服后,如雁行也。"[7]《集传》:"忌、抑,皆语助词。"磬控:把马勒住。纵送:纵马奔驰。[8]《毛传》:"骊白杂毛曰鸨(bǎo)。"[9]《毛传》:"阜,盛也。"[10]《郑笺》:"田事且毕,则其马行迟,发矢希。"[11]《集传》:"释,开。掤(bīng),矢筒盖。"《正义》:"鬯(chàng)者,盛弓之器。鬯弓,谓韬弓而纳之鬯中,故曰鬯弓,谓藏之也。"

79　清人

讽刺郑国将军高克,统军无方,虽马壮、器精,而嬉戏散漫,无所事事。《左传·闵公二年》:"郑人恶高克,使帅师次于河上,久而弗召,师溃而归,高克奔陈。郑人为之赋《清人》。"三章,前二章叠咏。十二句。

1　清人在彭,驷介旁旁[1]。
　　二矛重英,河上乎翱翔[2]。
2　清人在消,驷介麃麃[3]。
　　二矛重乔[4],河上乎逍遥。
3　清人在轴,驷介陶陶[5]。
　　左旋右抽,中军作好[6]。

韵　读　1.彭、旁、英、翔,阳部。 2.消、麃、乔、遥,宵部。 3.轴,觉部;陶、抽、好,幽部。幽觉通韵。

今　译　1　清人彭地来驻防,四马披甲真健壮。
　　　　两矛上饰两层缨,逍遥自在黄河旁。
　　　2　清人驻防来到消,四马披甲气势豪。
　　　　两矛缀上野鸡毛,黄河岸上好逍遥。
　　　3　清人驻守在轴地,四马披甲奔驰急。
　　　　左手挥旗右抽刀,将军表演好神气。

注　释　[1]清:郑邑名,在今河南中牟县西南。《集传》:"彭,河上地名。驷介,四马而被甲也。"《释文》引王肃说:"旁旁(bēng bēng),强也。" [2]《郑笺》:"二矛,酋矛、夷矛也。"《集传》:"英,以朱羽为矛饰也。翱翔,游戏之貌。"[3]《毛传》:"消,河上地也。麃麃(biāo biāo),武貌。"[4]《传疏》:"乔亦饰也……谓以鹬羽饰矛也。"[5]《毛传》:"轴,河上地也。陶陶,驱驰之貌。"[6]《通释》:"左旋右抽,谓将之左右手也。旋车曰旋,旌旗之指麾亦曰旋。"《集传》:"抽,拔刃也。"《郑笺》:"中军,谓将也。"《通释》:"将在军中作容好之事耳。""翱翔"、"逍遥"、"作好"都是形容高克军中的游乐,散漫,无所事事。

80 羔裘

赞美郑国大夫,勇武、正直而有节操,是国家杰出人才。三章叠咏,十二句。

1　羔裘如濡,洵直且侯[1]。
　　彼其之子,舍命不渝[2]。
2　羔裘豹饰,孔武有力[3]。
　　彼其之子,邦之司直[4]。
3　羔裘晏兮,三英粲兮[5]!
　　彼其之子,邦之彦兮[6]!

韵　读　1.濡、侯、渝,侯部。 2.饰、力、直,职部。 3.晏、粲、彦,寒部。

今　译　1　羔羊皮袄润如膏,行为正直品德好。
　　　　　他是那样一个人,舍身忘命守善道。
　　　　2　羔裘袖口豹皮镶,非常勇武有力量。

他是那样一个人,国家司直好名望。

3　羔羊皮袄美无比,三行缨饰多艳丽。
他是那样一个人,国家贤俊数第一。

注　释　[1]《集传》:"羔裘,大夫服也。如濡,润泽也。洵,信。直,顺。侯,美也。"[2]《郑笺》:"舍,犹处也……是子处命不变,谓死守善道、见危授命之军。"[3]《毛传》:"豹饰,缘以豹皮也。"《集传》:"孔,甚也。"[4]闻一多《风诗类钞》:"司直,主正人过失之官。"[5]《毛传》:"晏,鲜盛貌。"《集传》:"三英,裘饰也。粲,光明也。"三英:羔裘上的三行缨饰。[6]《毛传》:"彦,士之美称。"

81　遵大路

女子哀求情人不要遗弃她。吴闿生云:"语重心长,东野'欲别牵郎衣'祖此。"二章叠咏,八句。

1　遵大路兮,掺执子之袪兮[1]。
无我恶兮,不寁故也[2]!
2　遵大路兮,掺执子之手兮。
无我魗兮,不寁好也[3]!

韵　读　1.路、恶,铎部。袪、故,鱼部。　2.手、魗、好,幽部。

今　译　1　沿着大路走向前,拉住哥儿袖口边。

千万不要讨厌我,旧情不能一时断!

2　沿着大路走忙忙,拉住哥儿手不放。

千万不要嫌我丑,旧好不能一时忘!

注释　[1]《毛传》:"掺(shǎn),擥。袪(qū),袂也。"《通释》:"掺疑为操字之讹。"[2]《集传》:"袪(jiē),速。故,旧。……故旧不可以遽绝也。"《通释》:"袪字训速……谓君不宜速去其故交旧好也。"[3]《集传》:"魗与丑同,欲其不以己为魗而弃之也。好,情好也。"

82　女曰鸡鸣

叙述年轻夫妇早起、射猎、烹调、饮酒、奏乐、赠送杂佩的恩爱情景。通篇用对话联句形式"脱口如生,传神之笔。"(吴闿生)三章,十八句。

1　女曰:"鸡鸣。"士曰:"昧旦[1]。"

"子兴视夜。""明星有烂[2]。"

"将翱将翔,弋凫与雁[3]。"

2　"弋言加之,与子宜之。

宜言饮酒,与子偕老[4]。"

琴瑟在御[5],莫不静好。

3　"知子之来之,杂佩以赠之。

知子之顺之,杂佩以问之。

知子之好之,杂佩以报之[6]。"

韵　读　1.旦、烂、雁,寒部。 2.加、宜,歌部。酒、老、好,幽部。 3.来,之部;赠,蒸部。之蒸通韵。顺、问,文部。好、报,幽部。

今　译　1　妻子说道"鸡叫了",丈夫却说:"天没亮"。
　　　　　　"起来看是啥时光","启明星儿正辉煌。"
　　　　　　"快快出去走一趟,野鸭大雁齐射上。"
　　　　2　"野鸭大雁都射到,为你精心做佳肴。
　　　　　　做成佳肴好饮酒,和你白头同到老。"
　　　　　　琴瑟悠扬双双奏,无不安静又美好。
　　　　3　"知你待我多殷勤,赠你杂佩表寸心。
　　　　　　知你待我多柔顺,送你杂佩来慰问。
　　　　　　知你深深对我好,送你杂佩作回报。"

注　释　[1]《集传》:"昧旦,天欲旦晦明未辨之际也。"[2]子:妻子对丈夫的称呼。《集传》:"明星,启明之星。"《郑笺》:"明星尚烂烂然。"[3]翱翔:鸟在空中回旋地飞,比喻人自由自在地行走。弋(yì):用带绳的箭射鸟。凫(fú):野鸭。[4]《集传》:"加,中也。"《毛传》:"宜,肴也。"这里是烹调菜肴。以上四句女词。[5]御:用,演奏。[6]子:丈夫对妻子的称呼。王引之《经义述闻》卷五:"来,读为劳来之来。《尔雅》云:'来,勤也。'"《毛传》:"杂佩者,珩、璜、琚、瑀、冲牙之类。"《传疏》:"集诸玉石以为佩,谓之杂佩。"以上六句男词。

83　有女同车

贵族青年赞美女郎容貌漂亮,品德美好。二章叠咏,十二句。

115

1 有女同车,颜如舜华[1]。
　将翱将翔,佩玉琼琚[2]。
　彼美孟姜,洵美且都[3]。
2 有女同行,颜如舜英[4]。
　将翱将翔,佩玉将将[5]。
　彼美孟姜,德音不忘[6]。

韵 读 1.车、华、琚、都,鱼部。翔、姜,阳部。 2.行、英、翔、将、姜、忘,阳部。

今 译 1 姑娘与我同车逛,脸如木槿花一样。
　　　步履轻盈像飞翔,美玉佩戴在身上。
　　　那位姜家大姑娘,真是漂亮又大方。
2 姑娘与我同路逛,脸如木槿花一样。
　　　步履轻盈像飞翔,身上佩玉响叮当。
　　　那位姜家大姑娘,品德高尚不能忘。

注 释 [1]《集传》:"舜,木槿也。"舜华:木槿花。[2]翱翔:鸟在空中回旋地飞,比喻女子步履轻盈。琼:赤玉,引申为美玉。琚:一种佩玉。[3]《集传》:"都,闲雅也。" [4]《毛传》:"英犹华也。" [5]《释文》:"将将(qiāng qiāng),佩玉声。" [6]德音:此指好的品德。

84　山有扶苏

女子和她的情人开玩笑,说她没有见到美男子,却见到一个狂男孩。二章叠咏,八句。

1　山有扶苏,隰有荷华[1]。
　　不见子都,乃见狂且[2]。
2　山有乔松,隰有游龙[3]。
　　不见子充[4],乃见狡童[5]。

韵　读　1.苏、华、都、且,鱼部。 2.松、龙、充、童,东部。

今　译　1　高山上面有大树,荷花长在低洼地。
　　不见子都美男子,见个狂妄笨东西。
2　高山上面有青松,荭草长在洼地中。
　　不见子充美男子,见个狡猾小顽童。

注　释　[1]扶苏:枝叶四布的大树。隰(xí):低湿的地方。[2]《毛传》:"子都,世之美好者也。"狂,狂人也。且(jū),辞也。"《通释》:"狂且,谓狂行拙钝之人。"[3]《集传》:"游,枝叶放纵貌。龙,荭草也。"[4]《集传》:"子充,犹子都也。"[5]《集传》:"狡童,狡狯之小儿也。"《正义》:"狡童,谓姣好之童。"

85　萚兮

男女同游,女的要求男的领唱。二章叠咏,八句。

1　萚兮萚兮[1],风其吹女。

117

叔兮伯兮,倡予和女[2]。

2 萚兮萚兮,风其漂女[3]。

叔兮伯兮,倡予要女[4]。

韵　读　1.萚、伯,铎部。吹、和,歌部。　2.萚、伯,铎部。漂、要,宵部。

今　译　1　树上叶儿落下地,风儿不断来吹起。

叫声二哥和大哥,你来领唱我和你。

2　树上叶儿落地上,风儿吹你齐飞扬。

叫声二哥和大哥,你来领唱我帮腔。

注　释　[1]《集传》:"萚(tuò),木槁而将落者也。"[2]《集传》:"叔、伯,男子之字也。"倡:领唱。[3]漂:通"飘",飞扬。[4]《传疏》:"要亦和也。"闻一多《类钞》:"要,会也。歌者以声相会合,即和。"

86　狡童

女子失恋,寝食不安。二章叠咏,八句。

1　彼狡童兮[1],不与我言兮。

维子之故[2],使我不能餐兮。

2　彼狡童兮,不与我食兮。

118

维子之故,使我不能息兮[3]。

韵 读 1.言、餐,寒部。 2.食、息,职部。

今 译 1 那个漂亮小伙子,不肯和我来说话。
一切都是因为你,使我饭也吃不下。
2 那个漂亮小伙子,不肯和我同吃饭。
一切都是因为你,使我觉也睡不安。

注 释 [1]《正义》:"言彼姣好之幼童兮。"[2]王引之《经传释词》:"惟,以也。"[3]《集传》:"息,安也。"

87 褰裳

情侣之间闹别扭。女的告诫男的不要变心。二章叠咏,十句。

1 子惠思我,褰裳涉溱[1]。
子不我思,岂无他人?狂童之狂也且[2]!
2 子惠思我,褰裳涉洧[3]。
子不我思,岂无他士[4]?狂童之狂也且!

韵 读 1.溱、人,真部。狂,阳部,与下章遥韵。 2.洧、思、士,之部。

119

今 译　1　你真爱我想念我,撩衣涉水过溱河。
　　　　　要是你不想念我,岂无别的好小伙?小子狂妄真恼火!
　　　　2　你若真的喜爱我,撩衣涉水过洧河。
　　　　　要是你不把我想,岂无别的好小伙?小子狂妄真恼火!

注　释　[1]《毛传》:"惠,爱也。"褰(qiān):撩起(衣裳)。古制衣裳相连,上为衣,下为裳。溱(zhēn):河流名,出今河南密县,东北流与洧水合。[2]也且(jū):语气词连用。[3]洧(wěi):水名,出今河南登封县,东流合溱水为双洎河。[4]《集传》:"士,未娶者之称。"

88　丰

女子后悔没随未婚夫同行,希望他再来接她。四章,前二章叠咏,后二章换词叠咏,十四句。

1　子之丰兮,俟我乎巷兮[1]。悔予不送兮!
2　子之昌兮[2],俟我乎堂兮。悔予不将兮[3]!
3　衣锦褧衣,裳锦褧裳[4]。
　　叔兮伯兮[5],驾予与行。
4　裳锦褧裳,衣锦褧衣。
　　叔兮伯兮,驾予与归。

韵　读　1.丰、巷、送,东部。 2.昌、堂、将,阳部。 3.裳、行,阳部。 4.衣、归,微部。

今 译　1　你有丰润好面容,迎亲等我弄堂中。后悔我没把你送!

　　　　2　你的体魄多健壮,迎亲等我在堂上。后悔我没跟你往!

　　　　3　身穿锦缎衣和裳,麻纱罩衫披在上。
　　　　　 叫声二哥和大哥,驾车接我一同往。

　　　　4　身穿锦缎裳和衣,麻布单衫上面披。
　　　　　 叫声二哥和大哥,驾车接我回家去。

注 释　[1]《郑笺》:"子,谓亲迎者。"《毛传》:"丰,丰满也。巷,门外也。"[2]《毛传》:"昌,盛壮貌。"[3]《郑笺》:"将,亦送也。"[4]褧(jiǒng)衣:用麻纱做的单罩衣。[5]《毛传》:"叔、伯,迎己者。"

89　东门之墠

男女相思而不得见,十分烦恼。二章叠咏,八句。

　　1　东门之墠,茹藘在阪[1]。
　　　 其室则迩,其人甚远[2]。
　　2　东门之栗,有践家室[3]。
　　　 岂不尔思?子不我即[4]。

韵 读　1.墠、阪、远,寒部。 2.栗、室、即,质部。

今 译　1　东门之外有广场,茜草生在山坡上。

121

两家房屋很接近，人儿却像在远方。

2 东门外面一株栗，人家排列好整齐。
难道我不想念你，你不找我我心急。

注　释　[1]埠(shàn)：经过清除平整的土地。《释文》："茹藘(rú lú)，茅蒐，茜草也。"阪(bǎn)：山坡。《集传》："陂者曰阪。"[2]以上四句男词。[3]《集传》："践，行列貌。"[4]《毛传》："即，就也。"以上四句女词。

90　风雨

一个风雨交加的早晨，妻子见到久别的丈夫，格外高兴。三章叠咏，十二句。

1 风雨凄凄，鸡鸣喈喈[1]。
  既见君子，云胡不夷[2]？
2 风雨潇潇，鸡鸣胶胶[3]。
  既见君子，云胡不瘳[4]？
3 风雨如晦[5]，鸡鸣不已。
  既见君子，云胡不喜？

韵　读　1.凄、喈、夷，脂部。 2.潇、胶、瘳，幽部。 3.晦、已、子、喜，之部。

今　译　1 风吹雨打冷凄凄，雄鸡喔喔高声啼。
终于见到君子面，叫我如何不欢喜？

2 风吹雨打声潇潇,雄鸡喔喔不断叫。
终于见到君子面,叫我如何病不好?

3 凄风冷雨天地暗,雄鸡声声叫不完。
终于见到君子面,叫我如何不喜欢?

注 释 [1]《传疏》:"凄凄,寒凉之意。"《集传》:"喈喈,鸡鸣之声。"[2]君子:妻子称丈夫。《毛传》:"胡,何。夷,说(悦)也。"[3]《毛传》:"潇潇,暴疾也。膠膠,犹喈喈也。"[4]《集传》:"瘳(chōu),病愈也。"[5]如:而。晦:昏暗。

91 子衿

女子思念情人,十分着急。三章,不完全叠咏,十二句。

1 青青子衿,悠悠我心[1]。
纵我不往,子宁不嗣音[2]?

2 青青子佩[3],悠悠我思。
纵我不往,子宁不来?

3 挑兮达兮,在城阙兮[4]。
一日不见,如三月兮[5]!

韵 读 1.衿、心、音,侵部。 2.佩、思、来,之部。 3.达、阙、月,月部。

今 译 1 你的衣领颜色青,我的心里乱纷纷。

就算我没去找你,怎不继续通音信?
2　你的佩玉丝带青,我的思绪乱纷纷。
就算我没去找你,怎不再来我家门?
3　走来走去心不安,城门楼上把你盼。
一日不见你的面,如隔三月九十天!

注　释　[1]《颜氏家训·书证》:"古者斜领下连于衿,故谓领为衿(jīn)。"《集传》:"悠悠,思之长也。"[2]《集传》:"嗣音,继续其声问也。"[3]《集传》:"青青,组绶之色。佩,佩玉也。"[4]挑达(tāo tà):走来走去的样子。《毛传》:"挑达,往来相见貌。"闻一多《风诗类钞》:"城阙,是青年们常幽会的地方。"[5]旧以此诗为刺诗。《诗序》:"《子衿》,刺学校废也。"《毛传》:"青衿,青领也,学子之所服。"后世因称学生为"青衿"、"青衿子",明清时也称秀才为"青衿"。纪晓岚《阅微草堂笔记》:"身列青衿,败检酿命。"自注:"科举时称秀才为青衿。"

92　扬之水

男子叮嘱妻子或情人不要听信谗言。二章叠咏,十二句。

1　扬之水,不流束楚[1]。
终鲜兄弟,维予与女[2]。
无信人之言,人实迋女[3]。
2　扬之水,不流束薪。
终鲜兄弟,维予二人。

无信人之言，人实不信。

韵 读 1. 楚、女、女，鱼部。 2. 薪、人、信，真部。

今 译 1 悠悠河水东流去，一捆荆条漂不起。
没有哥哥没有弟，只有你我长相依。
不要轻信别人话，他们都在欺骗你。
2 悠悠河水东流去，不能漂起一捆薪。
没有哥哥没有弟，只有你我两个人。
不要轻信别人话，他们实在不可信。

注 释 [1]扬：悠扬。楚：一种落叶小乔木，又名荆，即牡荆。[2]王引之《述闻》："终，犹既也。"《郑笺》："鲜，寡也。"《集传》："予、女，男女自相谓也。"[3]迋(guàng)：通"诳"，欺骗。

93　出其东门

男子表示对妻子忠贞不贰，不为如云如荼的美女而动心。二章叠咏，十二句。

1 出其东门，有女如云[1]。
虽则如云，匪我思存。
缟衣綦巾，聊乐我员[2]。
2 出其闉闍，有女如荼[3]。

125

虽则如荼,匪我思且[4]。

缟衣茹藘,聊可与娱[5]。

韵　读　1.门、云、云、存、巾、员,文部。 2.闍、荼、荼、且、藘、娱,鱼部。

今　译　1　漫步走出城东门,漂亮姑娘多如云。

虽然姑娘多如云,不是我的心上人。

只有白衣青巾女,让我快乐又相亲。

2　漫步走出瓮城门,美女多如白茅花。

虽然美女多如花,不是我心所牵挂。

只有白衣红巾女,和她一起乐无涯。

注　释　[1]《集疏》:"郑城西南门为溱洧二水所经,故以东门为游人所集。"《毛传》:"如云,众多也。"[2]《集传》:"缟(gǎo),白色。綦(qí),苍艾色。缟衣綦巾,女服之贫陋者。"《正义》:"云、员古今字,助句辞也。"[3]《说文·门部》:"闉阇(yīn dū),城曲重门也。"《集传》:"荼,茅华,轻白可爱者也。"[4]《释文》:"且音徂,《尔雅》云:存也。"[5]《集传》:"茹藘可以染绛,故以名衣服之色。"此处代称红色佩巾。《毛传》:"娱,乐也。"

94　野有蔓草

男子和女子春天在野外相会,感到很满足。欧阳修《诗本义》:"男女婚娶失时,邂逅相遇于田野间。"朱熹《集传》:"男女相遇于野田草露之间,故赋其所在以起兴"。二章叠咏,十二句。

1 野有蔓草,零露漙兮[1]。
　有美一人,清扬婉兮[2]。
　邂逅相遇[3],适我愿兮。
2 野有蔓草,零露瀼瀼[4]。
　有美一人,婉如清扬。
　邂逅相遇,与子偕臧[5]。

韵 读 1.漙、婉、愿,寒部。 2.瀼、扬、臧,阳部。

今 译 1 野地蔓草多又长,团团露水落草上。
　　有个漂亮好姑娘,眉清目秀好模样。
　　不期路上碰见她,合我心愿真舒畅。
　　2 野地蔓草绿成片,露落叶上湿难干。
　　有个漂亮好姑娘,眉清目秀多娇艳。
　　不期路上碰见她,我你两人都遂愿。

注 释 [1]蔓草:爬蔓(wàn)的草。《毛传》:"漙漙然盛多也。"《郑笺》:"蔓草而有露,谓仲春之月,草始生,霜为露也。" [2]《毛传》:"眉目之间婉然美也。" [3]《毛传》:"邂逅(xiè hòu),不期而遇。" [4]《集传》:"瀼瀼(ráng ráng),亦露多貌。" [5]《集传》:"偕臧,言各得其所欲也。"

95　溱洧

三月上巳,郑国青年男女在溱水洧水上春游。彼此调笑,互赠芍药。朱熹《诗集传》:"郑国之俗,三月上巳之辰,采兰水上以袚除不祥……于是士女相与戏谑,且以勺药相赠而结恩情之厚也。"二章叠咏,二十四句。

1 溱与洧,方涣涣兮[1]。
　士与女,方秉蕳兮[2]。
　女曰:"观乎?"士曰:"既且[3]。"
　"且往观乎!洧之外,洵訏且乐[4]。"
　维士与女,伊其相谑,赠之以勺药[5]。

2 溱与洧,浏其清矣[6]。
　士与女,殷其盈矣[7]。
　女曰:"观乎?"士曰:"既且。"
　"且往观乎!洧之外,洵訏且乐。"
　维士与女,伊其将谑[8],赠之以勺药。

韵　读　1.涣、蕳,寒部。乎、且、乎,鱼部。乐、谑、药,药部。　2.清、盈,耕部。乎、且,乎,鱼部。乐、谑、药,药部。

今　译　1 溱水洧水向东方,春水涣涣正上扬。
　　　　小伙姑娘来春游,手握兰草求吉祥。
　　　　姑娘说道看看去,小伙回说已经逛。
　　　　"再去看看又何妨!瞧那洧水河滩外,实在宽广又舒畅。"
　　　　小伙姑娘来春游,尽情嬉笑喜洋洋,互赠芍药情意长。

　　　2 溱水洧水向东方,三月春水多清凉。
　　　　小伙姑娘来春游,熙熙攘攘满河旁。
　　　　姑娘说道看看去?小伙回说已经逛。
　　　　"再去看看又何妨!瞧那洧水河滩外,实在宽广又舒畅。"
　　　　小伙姑娘来春游,尽情嬉笑喜洋洋,互赠芍药情意长。

注　释　[1]《毛传》:"溱、洧,郑两水名。"《集传》:"涣涣,春水盛貌。"[2]《毛传》:"萮,兰也。"[3]《郑笺》:"既,已也。士曰已观矣。"[4]《毛传》:"訏(xū),大也。"《郑笺》:"言其土地信宽大又乐也。"[5]《郑笺》:"伊,因也,士与女往观,因相戏谑。"《集传》:"勺药,亦香草也。三月开花,芳色可爱。"[6]《说文·水部》:"浏,流清貌。"[7]《毛传》:"殷,众也。"[8]《集传》:"将当作相,声之误也。"《通释》:"将谑,犹相谑也。"

齐 风

齐,周代诸侯国名,姜姓,周武王(公元前1046—前1042)封大臣吕望(即姜太公)于此。疆土包括今山东中部和北部。春秋时,齐桓公任管仲为相,国势强大。《齐风》即齐地民歌,共十一篇。大约是东周初年到春秋时期的作品。

96 鸡鸣

妻子催促丈夫早些上朝,丈夫赖着不肯起来。通篇用对话形式,与《郑风·女曰鸡鸣》极为类似。三章不完全叠咏,十二句。

1 "鸡既鸣矣,朝既盈矣[1]。"
  "匪鸡则鸣[2],苍蝇之声。"
2 "东方明矣,朝既昌矣[3]。"
  "匪东方则明,月出之光。"
3 "虫飞薨薨,甘与子同梦[4]。"
  "会且归矣,无庶予子憎[5]!"

韵 读 1.鸣、盈、鸣、声,耕部。 2.明、昌、明、光,阳部。 3.薨、梦、憎,蒸部。

今译　1　"公鸡已经在打鸣,朝里已经人满庭。"
　　　　"不是公鸡在打鸣,那是苍蝇嗡嗡声。"
　　　2　"东方天色已放亮,朝里已经人满堂。"
　　　　"不是东方天放亮,是那晚上出月光。"
　　　3　"虫儿乱飞闹纷纷,和你同梦我甘心。"
　　　　"会朝人士将回去,但愿不把我你恨!"

注释　[1]《集传》:"会朝之臣已盈矣。"以上二句妻言,下二句夫言。[2]杨树达《词诠》:"则,陪从连词,与之同。"[3]《集传》:"昌,盛也。"以上二句妻言,下二句夫言。[4]同梦:同床共睡。以上二句夫言。[5]《诗缉》:"无庶,犹庶无。古人辞急倒用也。"姚际恒《通论》:"无庶予子憎,谓庶几无使人憎予与子也。是倒字句法。"以上二句妻言。

97　还

两位猎人在山间相遇,互相赞美。每句都用"兮"字,或以为骚赋之祖。三章叠咏,十二句。

1　子之还兮,遭我乎峱之间兮[1],
　　并驱从两肩兮,揖我谓我儇兮[2]。

2　子之茂兮[3],遭我乎峱之道兮。
　　并驱从两牡兮,揖我谓我好兮。

3　子之昌兮,遭我乎峱之阳兮[4]。

并驱从两狼兮,揖我谓我臧兮[5]。

韵　读　1.还、间、肩、儇,寒部。　2.茂、道、牡、好,幽部。　3.昌、阳、狼、臧,阳部。

今　译　1　你真敏捷技艺娴,与我相遇峱山间。
　　　　　并驾追赶两大兽,拱手夸我多灵便。
　　　　2　你的身材真美好,与我相遇峱山道。
　　　　　并驾追赶两雄兽,拱手夸我技艺高。
　　　　3　你的身体真健壮,与我相遇峱山阳。
　　　　　并驾追赶两条狼,拱手夸我技艺强。

注　释　[1]《毛传》:"还(xuán),便捷之貌。"峱(náo):山名,在今山东临淄县南。[2]《毛传》:"从,逐也。兽三岁曰肩。儇(xuán),利也。"《传疏》:"利犹闲也,闲于驰逐也。"[3]《毛传》:"茂,美也。"[4]《郑笺》:"昌,佼好貌。"《集传》:"山南曰阳。"[5]《后笺》:"《陆疏》云,狼猛捷,自是难获之兽。此所以互相夸誉,以为戏乐。"

98　著

新娘于迎亲时看到盛装的新郎。杂用六言、七言,句末都用语气词"乎而",句法奇特。三章叠咏,九句。

1　俟我於著乎而。
　　充耳以素乎而[1],尚之以琼华乎而[2]。

132

2 俟我於庭乎而。
　充耳以青乎而，尚之以琼莹乎而。

3 俟我於堂乎而。
　充耳以黄乎而，尚之以琼英乎而。

韵读 1.著、素、华，鱼部。 2.庭、青、莹，耕部。 3.堂、黄、英，阳部。

今译 1 新郎等我门屏间。充耳白丝垂帽边，帽上宝石光闪闪。
2 新郎等我在院庭。帽旁充耳丝线青，帽上宝石亮晶晶。
3 新郎等我在堂上。充耳黄丝垂帽旁，帽上宝石真漂亮。

注释 [1]《毛传》："俟，待也。门屏之间曰著(zhù)。"《集传》："充耳，以纩悬，所谓紞(dǎn)也。"乎而：语气词连用。[2]《集传》："尚，加也。"姚际恒《诗经通论》："琼，赤玉，贵者用之。华、莹、英，取协韵，以赞其玉之色泽也。"

99　东方之日

女子追求男子，形影不离。二章叠咏，十句。

1 东方之日兮[1]。彼姝者子，在我室兮[2]。
　在我室兮，履我即兮[3]。
2 东方之月兮。彼姝者子，在我闼兮[4]。

133

在我闼兮,履我发兮[5]。

韵　读　1.日、室、室、即,质部。 2.月、闼、闼、发,月部。

今　译　1　太阳升起在东方。有位姑娘真漂亮,进我家门入我房。

进我家门入我房,踩在我的膝头上。

2　月亮升在东方天。有位姑娘真娇艳,来到我家门里边。

来到我家门里边,踩在我的脚跟前。

注　释　[1]《通释》:"古人喻人颜色之美,多取譬于日月。" [2]《郑笺》:"有姝姝美好之子,来在我室。" [3]履:踏着,踩着。《通释》:"履,当如朱子《集传》读为践履之履。"即:通"膝"。杨树达《小学述林》卷六:"古人席地而坐,安坐则膝在身前,故行者得践坐者之膝也。" [4]《毛传》:"闼(tà),门内也。" [5]发:足,脚。杨树达《积微居小学述林》:"履我发者,谓践我足也。"

100　东方未明

小官吏日夜忙于公事,又怀疑他的妻子,心绪不宁。三章,前二章叠咏、三章变调,十二句。

1　东方未明,颠倒衣裳。

颠之倒之,自公召之。

2　东方未晞[1],颠倒裳衣。

倒之颠之,自公令之。

3 折柳樊圃,狂夫瞿瞿[2]。
不能辰夜,不夙则莫[3]。

韵　读　1.明、裳,阳部。倒、召,宵部。　2.晞、衣,微部。颠、令,真部。　3.圃、瞿,鱼部。夜、莫,铎部。

今　译　1 东方尚暗天未亮,颠三倒四穿衣裳。
　　　　 颠三倒四穿衣裳,公家召他心里慌。
　　　2 东方未亮天尚暗,颠三倒四把衣穿。
　　　　 颠三倒四把衣穿,公家有令把他传。
　　　3 折下柳条围菜园,狂夫疑心瞪眼看。
　　　　 白天黑夜分不清,不是太早就太晚。

注　释　[1]《毛传》:"晞,明之始升。"《传疏》:"未晞,犹未明也。"[2]《集传》:"瞿瞿(jù jù),惊顾之貌。"闻一多《风诗类钞》:"折柳枝以为园圃之藩篱,所以防范其妻者也。瞿瞿,瞪视貌。……妇人称夫曰狂夫。"[3]辰:通"晨"。不能辰夜,分不清昼夜。《毛传》:"夙,早。莫,晚也。"

101　南山

揭露齐襄公和文姜兄妹通奸的丑行,也指责鲁桓公不敢约束妻子的无能。四章,前二章叠咏,后二章叠咏,二十四句。

1 南山崔崔,雄狐绥绥[1]。
　鲁道有荡,齐子由归[2]。
　既曰归止,曷又怀止[3]?
2 葛屦五两,冠緌双止[4]。
　鲁道有荡,齐子庸止[5]。
　既曰庸止,曷又从止[6]?
3 艺麻如之何?衡从其亩[7]。
　取妻如之何?必告父母。
　既曰告止,曷又鞠止[8]?
4 析薪如之何?匪斧不克。
　取妻如之何?匪媒不得。
　既曰得止,曷又极止[9]!

韵　读　1.崔、绥、归、归、怀,微部。　2.两、双、荡,阳部。庸、庸、从,东部。　3.亩、母,之部。告、鞠,觉部。　4.克、得、得、极,职部。

今　译　1　南山高大又峻险,雄狐徘徊山坡前。
　　　　　鲁国道路多平坦,齐女出嫁经此间。
　　　　　既然已经出嫁了,为啥还把她怀念?
　　　　2　葛鞋成对并排放,帽上带子结成双。
　　　　　鲁国道路多平坦,齐女出嫁由此往。
　　　　　既然已经出嫁了,为啥还要勾搭上?
　　　　3　要问大麻怎么种?或横或直开成垄。
　　　　　要问娶妻怎么办?禀告父母要谦恭,
　　　　　既然已经禀告了,为啥让她太放纵?
　　　　4　要问怎样砍柴薪?没有斧头就不能。
　　　　　要问娶妻怎么办?没有媒人娶不成。

既然已经娶到了,为啥让她胡乱行!

注释 [1]《毛传》:"南山,齐南山也。崔崔,高大也。"《集传》:"狐,邪媚之兽。绥绥,求匹之貌。"《通释》:"绥绥为舒行貌。"[2]《传疏》:"鲁道,自齐适鲁之道。"《毛传》:"荡,平易也。齐子,文姜也。"《郑笺》:"妇人谓嫁曰归。"[3]《毛传》:"怀,思也。"[4]王夫之《稗疏》:"此五字当与伍通,行列也。言陈屦者必两为一列也。"《集传》:"两,二屦也。"《通释》引《内则·正义》:"结缨颔下以固冠,结之余者散而下垂,谓之绥(ruí)。"[5]《集传》:"庸,用也,用此道以嫁于鲁也。"[6]《集传》:"从,相从也。"[7]《集传》:"欲种地者,必先纵横耕治其田亩。"[8]《毛传》:"鞠,穷也。"《集传》:"又曷为使之得穷其欲而至此哉?"[9]方玉润《诗经原始》:"(鲁桓公)又曷从其入齐,至今得穷其所欲而无止极,自取杀身祸乎?"

102　甫田

想念远方的人,十分苦恼,几时不见,那个少年当已长大成人。三章,前二章叠咏,后一章变调,十二句。

1　无田甫田,维莠骄骄[1]。
　　无思远人,劳心忉忉[2]!
2　无田甫田,维莠桀桀[3]。
　　无思远人,劳心怛怛[4]!
3　婉兮娈兮,总角丱兮[5]。
　　未几见兮,突而弁兮[6]。

韵　读　1.田、人,真部。骄、忉,宵部。 2.田、人,真部。桀、怛,月部。 3.娈、丱、见、弁,寒部。

今　译　1　千万不要耕大田,杂草丛生高又密。
　　　　　不要想念远方人,心里忧伤太压抑!
　　　　2　千万不要耕大田,杂草丛生密又深。
　　　　　不要想念远方人,心里忧伤太烦闷!
　　　　3　少年美丽又温顺,发结两角多天真。
　　　　　没过好久再相见,突然戴冠成大人。

注　释　[1]《毛传》:"甫,大也。"《正义》:"上田谓垦耕,下田谓土地。"《集传》:"莠,害苗之草也。"骄骄:高而茂盛的样子。[2]《毛传》:"忉忉(dāo dāo),忧劳也。"[3]《毛传》:"桀桀,犹骄骄也。"[4]《毛传》:"怛怛(dá dá),犹忉忉也。"[5]《集传》:"婉娈,少好貌。丱(guàn),两角貌。"[6]弁(biàn):冠。古代男子二十而冠,表示成年开始。

103　卢令

赞美猎人仁爱、健壮、有才华。三章叠咏,六句。

1　卢令令[1],其人美且仁。
2　卢重环,其人美且鬈[2]。
3　卢重鋂,其人美且偲[3]。

韵　读　1.令、仁,真部。 2.环、鬈,寒部。 3.鋂、偲,之部。

138

今 译　1　猎狗颈上铃儿响,那人漂亮好心肠。
　　　　2　猎狗颈上子母环,那人漂亮又壮健。
　　　　3　猎狗颈上套双环,那人漂亮多才干。

注 释　[1]《毛传》:"卢,田犬。令令(líng líng),缨环声。"[2]《毛传》:"重环,子母环也。"《郑笺》:"鬈(quán),读当为权。权,勇壮也。"[3]重锊(méi):一个大环套两个小环。《毛传》:"锊,一环贯二也。偲(cāi),才也。"《郑笺》:"才,多才也。"

104　敝笱

讽刺鲁桓公纵任文姜和齐襄公通奸,让她带着大批侍从回齐国去。三章叠咏,十二句。

1　敝笱在梁[1],其鱼鲂鳏。
　　齐子归止,其从如云[2]。
2　敝笱在梁,其鱼鲂鱮。
　　齐子归止,其从如雨。
3　敝笱在梁,其鱼唯唯[3]。
　　齐子归止,其从如水[4]。

韵 读　1.鳏、云,文部。 2.鱮、雨,鱼部。 3.唯、水,微部。

今 译　1　破鱼篓儿在鱼梁,鳊鱼草鱼出又进。

齐女归宁回齐国,她的随从多如云。

2　破鱼篓儿在鱼梁,鳊鱼鲢鱼来又去,
　　齐女归宁回齐国,她的随从多如雨。

3　破鱼篓儿搁鱼梁,鱼儿出入摆摆尾。
　　齐女归宁回齐国,她的随从多如水。

注　释　[1]敝笱(gǒu):破鱼篓。梁:鱼梁,拦鱼的石坝。[2]齐子:指文姜。止:语气词。方玉润《诗经原始》:"非叹仆从之盛,正以笑公从妇归宁,故仆从加盛,如此其极也。"[3]《郑笺》:"唯唯,行相随顺之貌。"[4]《集传》:"如水,亦多也。"

105　载驱

讽刺文姜与齐襄公淫乱,招摇过市,肆无忌惮。四章叠咏,十六句。

1　载驱薄薄,簟茀朱鞹[1]。
　　鲁道有荡,齐子发夕[2]。

2　四骊济济,垂辔沵沵[3]。
　　鲁道有荡,齐子岂弟[4]。

3　汶水汤汤,行人彭彭[5]。
　　鲁道有荡,齐子翱翔[6]。

4　汶水滔滔,行人儦儦[7]。
　　鲁道有荡,齐子游敖[8]。

韵 读 1.薄、鞹、夕，铎部。 2.济、沵、弟，脂部。 3.汤、彭、荡、翔，阳部。 4.滔，幽部；儦、敖，宵部。幽宵合韵。

今 译
1. 驱马奔驰响田田，车儿红革花竹帘。
   鲁国道路多平坦，齐女起程早晚见。
2. 四匹黑马多健壮，缰绳垂下软又光。
   鲁国道路多平坦，齐女起程喜洋洋。
3. 汶水奔流浩荡荡，行人熙攘往来忙。
   鲁国道路多平坦，齐女一路好游逛。
4. 汶水奔流浪滔滔，行人熙攘多如潮。
   鲁国道路多平坦，齐女一路好逍遥。

注 释 [1]载：语首助词。驱：赶着车马疾行。《毛传》："薄薄，疾驱声也。簟(diàn)，方文席也。车之蔽曰茀。"《集传》："鞹，兽皮之去毛者，盖车革质而朱漆也。"[2]于省吾《诗经新证》："齐子发夕，言齐子旦夕于鲁道之上，意谓显而易见也。"黄焯《毛郑平议》："《诗》云'发夕'，则如今言朝朝暮暮尔。"[3]《集传》："骊，黑色马也。济济，美貌。沵沵(nǐ nǐ)，柔貌。"[4]《集传》："岂弟，乐易也。言无忌惮羞愧之意也。"[5]汶水：源出山东莱芜县，经泰安、汶上入济水(今入运河)。《毛传》："汤汤(shāng shāng)，大貌。彭彭(bāng bāng)，多貌。"[6]翱翔：鸟回旋地飞，比喻人自由自在地走。[7]《毛传》："儦儦(biāo biāo)，众貌。"[8]《传疏》："游敖，犹敖游也。……与翱翔同义。"

106　猗嗟

赞美鲁庄公，外貌英俊，射技高超。三章叠咏，十八句。

1　猗嗟昌兮,颀而长兮[1]。
　　抑若扬兮[2],美目扬兮[3]。
　　巧趋跄兮[4],射则臧兮。
2　猗嗟名兮[5],美目清兮。
　　仪既成兮[6],终日射侯。
　　不出正兮[7]。展我甥兮!
3　猗嗟娈兮,清扬婉兮。
　　舞则选兮,射则贯兮[8]。
　　四矢反兮[9],以御乱兮。

韵　读　1.昌、长、扬、扬、跄、臧,阳部。 2.名、清、成、正、甥,耕部。 3.娈、婉、选、贯、反、乱,寒部。

今　译　1　哎哟这人真健壮,身材高大又修长。
　　　　前额方正容颜好,双目有神多漂亮。
　　　　进退奔走多灵巧,射技实在太精良。
　　2　哎哟这人真精神,双目美丽又清明。
　　　　一切礼仪已完成,终日射靶不曾停。
　　　　箭无虚发中靶心,真是我的好外甥!
　　3　哎哟这人真英俊,双目清澈又明亮。
　　　　舞姿端正节奏强,箭发穿靶不空放。
　　　　四矢同中靶中央,抵御外患有力量。

注　释　[1]《毛传》:"猗嗟,叹辞。昌,盛也。颀,长貌。"《通释》:"猗者,美之之词。嗟者,语词也。" [2]《毛传》:"抑,美色。扬,广扬。"《正义》:"扬是颡之别名,抑为扬之貌。"《通释》:"扬当读如'扬休'之扬,谓美貌也。" [3]《集传》:"扬,目之动也。"《集疏》:

"瞻视清明,其目自美。"朱守亮《诗经评释》:"谓眉清目秀,容光焕发也。"[4]《集传》:"跄(qiāng),趋翼如也。"[5]《通释》:"名、明古通用,名当读明,明亦昌盛之义。"[6]《集传》:"仪既成,言终其事而礼无违也。"[7]《集传》:"正,设的于侯中而射之者也。"[8]《毛传》:"选,齐。贯,中也。"《正义》:"言其善舞,齐于乐节也。"[9]《集传》:"四矢,射礼每发四矢。反,复也,中皆得其故处也。"

魏 风

周诸侯国名,姬姓,故城在今山西芮城县。东周惠王十六年(公元前661年)为晋献公所灭。《魏风》是魏国境内民歌,共七篇,大都产生于魏亡以前,内容上《伐檀》《硕鼠》讽刺统治阶级最为有名。

107　葛屦

女奴缝好衣裳请贵妇人穿,她却傲慢作态,令人讨厌。二章,十一句。

1　纠纠葛屦,可以履霜[1]。
　　掺掺女手[2],可以缝裳。
　　要之襋之,好人服之[3]。
2　好人提提,宛然左辟[4],佩其象揥[5]。
　　维是褊心,是以为刺[6]。

韵　读　1.霜、裳,阳部。襋、服,职部。　2.提,支部;辟、揥、刺,锡部。支锡通韵。

今　译　1　葛麻鞋儿绳缠帮,哪可穿来踩寒霜?

纤纤细细女子手,哪能辛苦缝衣裳?

缝好腰带上好领,请求美人试新装。

2　美人不理似安详,扭转身来闪一旁,象牙簪儿戴头上。

因为她的心太狭,所以写诗刺一场。

注　释　[1]严粲《诗缉》:"纠,三合绳,亦绕缠之意。葛屦(jù)既弊,而以绳纠缠之。纠而复纠,行于霜雪寒冱之地,言其苦也。"[2]《毛传》:"掺掺(shān shān),犹纤纤也。"[3]《集传》:"要,裳要。襋(jí),衣领。"姚际恒《诗经通论》:"好人犹美人,指夫人也。"[4]《集传》:"提提,安舒之意。"《毛传》:"宛然,避貌。"《类钞》:"宛然,屈身躲闪貌。"左辟:向左避开。[5]《集传》:"揥(tì)所以摘发,用象为之,贵者之饰也。"[6]褊(biǎn)心:心胸狭隘,气量太小。

108　汾沮洳

赞美一个自食其力的贤者无比美好,远远超过贵族子弟。三章叠咏,十八句。

1　彼汾沮洳,言采其莫[1]。
　　彼其之子,美无度[2]。
　　美无度,殊异乎公路[3]。
2　彼汾一方,言采其桑。
　　彼其之子,美如英[4]。
　　美如英,殊异乎公行[5]。
3　彼汾一曲,言采其藚[6]。

彼其之子,美如玉。

美如玉,殊异乎公族[7]。

韵 读 1.洳,鱼部;莫、度、度、路,铎部。鱼铎通韵。 2.方、桑、英、英、行,阳部。 3.曲、藚、玉、玉、族,屋部。

今 译 1　在那汾河低湿地,采来酸迷装筐里。

我瞧那个采菜人,潇洒漂亮没法比。

潇洒漂亮没法比,他跟公路很不一。

2　在那汾河另一方,采来桑叶装进筐。

我瞧那个采桑人,漂亮更比花儿强。

漂亮更比花儿强,他跟公行不一样。

3　在那汾河水湾边,采来泽泻多新鲜。

我瞧那个采菜人,美如琼玉光艳艳。

美如琼玉光艳艳,他跟公族不一般。

注 释 [1]汾:水名,在今山西省,西南流入黄河。《集传》:"沮洳(jū rú),水浸处下湿之地。"《正义》引陆玑疏:"莫……五方通谓之酸迷,冀州人谓之干绛,河汾之间谓之莫。" [2]《集疏》:"之子,指采菜之贤者。"《集传》:"无度,言不可以尺寸量也。" [3]《传疏》:"殊亦异也,乎犹于也。"《集传》:"公路者,掌公之路车,晋以卿大夫之庶子为之。"路车:古代诸侯坐的车。 [4]《集传》:"英,华也。" [5]《通释》:"公行(háng),掌戎车,主从行。" [6]《毛传》:"藚(xù),水舄也。" [7]《集传》:"公族,掌公之宗族,晋以卿大夫之适(嫡)子为之。"

146

109 园有桃

诗人忧心国事,无人理解,悲愁苦闷,无可奈何。二章叠咏,二十四句。

1 园有桃,其实之殽[1]。
　 心之忧矣,我歌且谣[2]。
　 不我知者[3],谓"我士也骄"[4]:
　 "彼人是哉,子曰何其[5]?"
　 心之忧矣,其谁知之?
　 其谁知之?盖亦勿思!

2 园有棘[6],其实之食,
　 心之忧矣,聊以行国[7]。
　 不我知者,谓我"士也罔极"[8]:
　 "彼人是哉,子曰何其?"
　 心之忧矣,其谁知之?
　 其谁知之?盖亦勿思!

韵　读　1.桃、殽、谣、骄,宵部。哉、其、矣、之、之、思,之部。 2.棘、食、国、极,职部。哉、其、矣、之、之、思,之部。

今　译　1 果园里面有树桃,摘下桃儿当佳肴。
　　　　　　我的心里多忧愁,唱支歌儿且逍遥。
　　　　　　有人对我不了解,说我做人太骄傲:
　　　　　　"国家政策很正确,你说还要怎么搞?"

147

我的心里多忧愁,又有谁人能知道?

　　又有谁人能知道? 只好一切莫思考!

2　果园里面有树枣,摘下枣儿可吃饱,

　　我的心里多忧愁,百无聊赖四处跑。

　　有人对我不了解,说我做人不地道:

　　"国家政策很正确,你说还要怎么搞?"

　　我的心里多忧愁,又有谁人能知道?

　　又有谁人能知道? 只好一切莫思考!

注　释　[1]《集传》:"榖,食也。"[2]《毛传》:"曲合乐曰歌,徒歌曰谣。"[3]"不我知者"一本作"不知我者"。下章同。[4]《通释》:"我士,即诗人自谓也。"[5]《郑笺》:"彼人,谓君也。"《集传》:"其,语辞。"《通释》:"子曰何其,谓子忧之何乎?"[6]《毛传》:"棘,枣也。"[7]闻一多《类钞》:"行国,周行于国邑中。"[8]《集传》:"极,至也,罔极,言其心纵恣无所至极。"

110　陟岵

　　服役在外的青年,登高远眺,想念父母兄长对他的叮嘱。以想象与回忆融会而造诗境,是本诗特点。三章叠咏,二十一句。

1　陟彼岵兮[1],瞻望父兮。

　　父曰:"嗟予子! 行役夙夜无已,

　　上慎旃哉[2]! 犹来无止[3]。"

2 陟彼屺兮[4],瞻望母兮。

母曰:"嗟予季[5]！行役夙夜无寐。

上慎旃哉！犹来无弃[6]。"

3 陟彼冈兮,瞻望兄兮。

兄曰:"嗟予弟！行役夙夜必偕[7]。

上慎旃哉！犹来无死。"

韵　读　1.岵、父,鱼部。子、已、哉、止,之部。 2.屺、母,之部。季、弃,质部;寐,物部。质、物合韵。 3.冈、兄,阳部。弟、偕、死,脂部。

今　译　1 登上高高光山头,遥望蓝天想父亲。

父亲呼儿细叮咛:服役日夜无止停,

千万留心保性命！快快回家速起程。

2 登上高高青山岗,遥望蓝天想亲娘。

娘叫幺儿听端详:服役日夜睡不香。

千万留心保安康！快快回来不要忘。

3 登上那座高山坡,远望蓝天想哥哥。

哥叫弟弟听我说:服役日夜同劳作,

千万留心莫出错！回来跳出死亡窝。

注　释　[1]《毛传》:"山无草木曰岵(hù)。" [2]《集传》:"上,犹尚也。"《毛传》:"旃(zhān),之。"尚:语气副词,表示命令或希望。 [3]《毛传》:"犹,可也。"《集传》:"犹可以来归,无止于彼而不来也。" [4]《毛传》:"山有草木曰屺(qǐ)。" [5]《毛传》:"季,少子也。" [6]姚际恒《诗经通论》:"无弃,谓无弃我而不归也。" [7]《集传》:"必偕,言与其侪同作同止,不得自如也。"

111　十亩之间

女子采桑完毕,招呼同伴一道归去。二章叠咏,六句。

1　十亩之间兮[1],桑者闲闲兮,行与子还兮[2]。
2　十亩之外兮,桑者泄泄兮,行与子逝兮[3]。

韵　读　1.间、闲、还,寒部。 2.外、泄、逝,月部。

今　译　1　十亩青青桑树间,采桑女儿多悠闲,行吧咱们回家园。
　　　　2　十亩青青桑树坡,采桑女儿人数多,行吧咱们往村落。

注　释　[1]《通释》:"古者民各受公田十亩,又庐舍各二亩半,环庐舍种桑麻杂菜。……凡田十二亩半,诗但言十亩者,举成数耳。"　[2]姚际恒《通论》:"桑者为妇人古称,采桑皆妇人,无称男子者。"《集传》:"闲闲,往来者自得之貌。行,犹将也。还,犹归也。"　[3]《毛传》:"泄泄(yì yì),多人之貌。"《集传》:"逝,往也。"

112　伐檀

讽刺剥削者不劳而获,憎恨他们的寄生生活。三章叠咏,二十七句。

1　坎坎伐檀兮,置之河之干兮。河水清且涟猗[1]。

不稼不穑,胡取禾三百廛兮[2]?

不狩不猎,胡瞻尔庭有县貆兮[3]?

彼君子兮,不素餐兮[4]!

2　坎坎伐辐兮[5],置之河之侧兮。河水清且直猗[6]。

不稼不穑,胡取禾三百亿兮?

不狩不猎,胡瞻尔庭有县特兮[7]?

彼君子兮,不素食兮!

3　坎坎伐轮兮,置之河之漘兮。河水清且沦猗[8]。

不稼不穑。胡取禾三百囷兮[9]?

不狩不猎,胡瞻尔庭有县鹑兮[10]?

彼君子兮,不素飧兮[11]!

韵　读　1.檀、干、涟、廛、貆、餐,寒部。 2.辐、侧、直、穑、亿、特、食,职部。 3.轮、漘、沦、囷、鹑、飧,文部。

今　译　1　丁丁当当砍树檀,把它放在黄河岸,河水清澈起波澜。

春不种地秋不收,为啥取粮三百万?

不打猎来不出狩,为啥庭院挂猪獾?

那些有德君子们,从不白白吃闲饭!

2　砍制车辐响丁当,把它放在河岸旁,河水清澈无波浪。

春不种地秋不收,为啥取粮三百仓?

不打猎来不出狩,为啥大兽挂屋梁?

那些有德君子们,从不白白把饭尝!

3　叮当砍树制车轮,把它放在河水滨,河水清澈起波纹。

春不种地秋不收,为啥取粮三百囷?

不打猎来不出狩,为啥庭院挂鹰隼?

151

那些有德君子们，从不白吃岂当真！

注　释　[1]《毛传》："坎坎，伐檀声。干，厓也。风行水成纹曰涟。"《集传》："猗，与'兮'同，语词也。"六朝以后，"涟猗"凝炼成复合词，表示轻微的水波，并写成"涟漪。"如左思《吴都赋》："濯明月于涟漪。"[2]《毛传》："种之曰稼，敛之曰穑。一夫之居曰廛。"《正义》："谓一夫之田百亩也。"[3]《郑笺》："胡，何也。貉子曰貆（huán）。"[4]《毛传》："素，空也。"[5]《集传》："辐，车辐也，伐木以为辐也。"[6]苏辙《诗集传》："水平则流直。"[7]《毛传》："兽三岁曰特。"[8]《毛传》："漘（chún），厓也。小风水成文，转如轮也。"[9]《正义》："方者为仓，故圆者为囷（qūn）。"[10]于省吾《诗经新证》："此与《四月》篇'匪鹑匪鸢'，鹑皆雕之假字。"[11]《毛传》："熟食曰飧（sūn）。"

113　硕鼠

农民控诉地主残酷剥削，好比贪得无厌的大老鼠，幻想一个美好的社会。三章叠咏，二十四句。

1　硕鼠硕鼠[1]，无食我黍！
　　三岁贯女[2]，莫我肯顾。
　　逝将去女[3]，适彼乐土。
　　乐土乐土[4]，爰得我所。

2　硕鼠硕鼠，无食我麦！
　　三岁贯女，莫我肯德[5]。
　　逝将去女，适彼乐国。
　　乐国乐国，爰得我直[6]。

3 硕鼠硕鼠,无食我苗!
三岁贯女,莫我肯劳。
逝将去女,适彼乐郊。
乐郊乐郊,谁之永号[7]!

韵 读 1.鼠、黍、女、顾、女、土、土、所,鱼部。 2.鼠、女、女,鱼部。麦、德、国、国、直,职部。
3.鼠、女、女,鱼部。苗、劳、郊、郊、号,宵部。

今 译 1 大老鼠啊大老鼠,千万莫吃我黄黍!
三年小心服侍你,无人肯把我照顾。
发誓就要离开你,去那遥远新乐土。
新乐土啊新乐土,哪儿有我好住所!

2 大老鼠啊大老鼠,千万莫吃我麦子!
三年小心服侍你,我的恩德谁记起。
发誓就要离开你,去那遥远快乐地。
快乐地啊快乐地,我的位置在哪里!

3 大老鼠啊大老鼠,千万莫吃我禾苗!
三年小心服侍你,无人肯把我慰劳。
发誓就要离开你,去那遥远新乐郊。
新乐郊啊新乐郊,谁人还会长哀叫!

注 释 [1]《郑笺》:"硕,大也。大鼠大鼠者,斥其君也。" [2]《毛传》:"贯,事也。"《集传》:"三岁,言其久也。" [3]杨树达《小学述林》卷一:"此诗本表示决绝之辞。三家作誓,用本字也。《毛诗》作逝,用假字也。" [4]"乐土乐土",《韩诗》作"适彼乐土"。下两章"乐国乐国","乐郊乐郊",《韩诗》作"适彼乐国"、"适彼乐郊"。胡承珙《后笺》:"今谓古人叠句乃长言嗟叹之意。只叠乐土二字,尤其悲歌促节,不必改《毛》从《韩》。" [5]《集传》:"德,归恩也。" [6]王引之《经义述闻》卷五:"直,当读为职,职亦所也。" [7]《集传》:"永号,长呼也。"《通释》:"永号,犹咏叹也。……谁之永号,犹云谁其永号。"

153

唐 风

唐,周代诸侯国名。周成王(公元前1042—前1021)封其弟姬叔虞于唐。其子燮父,因境内有晋水,改国名为晋,包括今山西汾水流域一带地方。《唐风》实即晋国民歌,共十二篇,都是春秋前期的作品,大约产生于公元前8世纪到公元前6世纪二百年间。

114　蟋蟀

光阴易逝,应及时行乐。但不能荒废本职工作,要有警觉,能自控,有节制。三章叠咏,二十四句。

1　蟋蟀在堂,岁聿其莫[1]。
　　今我不乐,日月其除[2]。
　　无已大康,职思其居[3]。
　　好乐无荒,良士瞿瞿[4]。

2　蟋蟀在堂,岁聿其逝。
　　今我不乐,日月其迈[5]。
　　无已大康,职思其外[6]。

好乐无荒,良士蹶蹶[7]。

3 蟋蟀在堂,役车其休。

今我不乐,日月其慆[8]。

无已大康,职思其忧[9]。

好乐无荒,良士休休[10]!

韵 读 1.唐、康、荒,阳部。莫,铎部;除、居、瞿,鱼部。鱼铎通韵。 2.堂、康、荒,阳部。逝、迈、外、蹶,月部。 3.堂、康、荒,阳部。休、慆、忧、休,幽部。

今 译 1 蟋蟀已在堂屋角,一年又快过完了。

如今行乐不及时,岁月流逝人易老。

不要过分求安乐,本职工作须做好。

娱乐不要荒正业,贤士谨慎不骄傲。

2 蟋蟀已在堂屋中,岁月匆匆近寒冬。

如今行乐不及时,时光流逝快如风。

不要过分求安乐,分外事情也用功。

娱乐不要荒正业,贤士勤敏能自控。

3 蟋蟀已在堂屋里,出差大车将休息。

如今行乐不及时,岁月流逝不停止。

不要过分求安乐,还应考虑忧心事。

娱乐不要荒正业,贤士安闲有节制!

注 释 [1]《集传》:"聿,遂。莫,晚。"《集疏》:"韩说曰:'聿,辞也。'" [2]《毛传》:"除,去也。" [3]《传疏》:"已者,甚之词也。"《集传》:"大康,过于乐也。……盖亦顾念其职之所居者。" [4]《毛传》:"瞿瞿(jù jù)然顾礼义也。"《集传》:"瞿瞿,却顾之貌。" [5]《集传》:"逝、迈,皆去也。" [6]苏辙《诗集传》:"既思其职,又思其职之外。" [7]《毛传》:"蹶蹶(guì guì),动而敏于事也。"闻一多《类钞》:"蹶蹶,惊起貌。" [8]《毛传》:"慆,过也。" [9]《郑笺》:"忧者,谓邻国侵伐之忧。" [10]《集传》:"休休,安闲之貌。乐而有节,不至于淫,所以安也。"

115　山有枢

讽刺贵族不能及时行乐,死后一切化为乌有。三章叠咏,二十四句。

1　山有枢[1],隰有榆。
　　子有衣裳,弗曳弗娄[2]。
　　子有车马,弗驰弗驱。
　　宛其死矣,他人是愉[3]。

2　山有栲,隰有杻[4]。
　　子有廷内[5],弗洒弗埽。
　　子有钟鼓,弗鼓弗考[6]。
　　宛其死矣,他人是保[7]。

3　山有漆,隰有栗。
　　子有酒食,何不日鼓瑟?
　　且以喜乐,且以永日[8]。
　　宛其死矣,他人入室。

韵读　1.枢、榆、娄、驱、愉,侯部。　2.栲、杻、埽、考、保,幽部。　3.漆、栗、瑟、日、室,质部。

今译　1　山坡上面有刺榆,洼地中间白榆长。

你有上衣和下裳,不穿不戴箱里装。

你有车子又有马,不驾不骑放一旁。

一朝不幸离人世,别人享受心舒畅。

2　山上长有臭椿树,菩提树在低洼处。

你有庭院和房屋,不洒水来不扫除。

你家有钟又有鼓,不敲不打等于无。

一朝不幸离人世,别人占有心舒服。

3　山坡上面有树漆,低洼地里生榛栗。

你有美酒和佳肴,怎不日日奏乐器?

且用它来寻欢喜,且用它来度时日。

一朝不幸离人世,别人得意进你室。

注　释　[1]《集传》:"枢(shū),荎也,今刺榆也。"陈藏器《本草拾遗》:"《诗》之枢,即刺榆;《诗》之榆,即大榆,白榆。"[2]曳(yè):拖。娄(lǘ):牵拉,用手把衣服拢着提起来。《正义》:"曳、娄俱是着衣之事。"[3]《毛传》:"宛,死貌。愉,乐也。"《通释》:"宛即苑之假借。《淮南子·俶真训》'形苑而神壮',高注:'苑,枯病也。'"[4]《毛传》:"栲(kǎo),山樗。杻(niǔ),檍也。"《传疏》:"山樗与樗不同。……叶如栎木,皮厚数寸,可为车辐,或谓之栲栎。"[5]王引之《经义述闻》卷五:"廷与庭通。庭谓中庭,内谓堂与室也。"[6]《毛传》:"考,击也。"[7]《集传》:"保,居有也。"[8]《集传》:"永,长也。……饮食作乐,可以永长此日也。"

116　扬之水

公元前745年,晋昭侯封叔父成师于曲沃(在今山西闻喜县东),号桓叔。公元前738

157

年,晋昭侯五年,大夫潘义与桓叔密谋发动政变。一位随桓叔去曲沃的贵族写了这首诗,揭发政变的情况。三章,前二章叠咏,末章变调。十六句。

1 扬之水,白石凿凿[1]。
  素衣朱襮,从子于沃[2]。
  既见君子[3],云何不乐?
2 扬之水,白石皓皓[4]。
  素衣朱绣,从子于鹄[5]。
  既见君子,云何其忧[6]?
3 扬之水,白石粼粼[7]。
  我闻有命,不敢以告人[8]!

韵 读 1.凿、襮、沃、乐,药部。 2.皓、忧,幽部;绣(繡)、鹄,觉部。幽觉通韵。 3.粼、命、人,真部。

今 译 1 悠悠河水流不停,水中白石更鲜明。
  白色衣服红绣领,随你同到曲沃城。
  桓叔已经得拜见,心中怎不乐盈盈?
2 悠悠河水流不息,水中白石洁无比。
  红色绣领白色衣,随你同到曲沃邑。
  桓叔已经得拜见,心中还有啥郁抑?
3 悠悠河水流不停,水中白石真晶莹。
  我已听得政变令,不敢向人说真情!

注 释 [1]扬之水:悠扬缓慢的流水。《通释》:"此诗'扬之水',盖以喻晋昭微弱不能制桓叔,而转封沃以使之强大,则有如以水之激石,不能伤石而益使之鲜洁。故以'白石凿凿'喻沃之强盛耳。" [2]《毛传》:"襮(bó),领也。诸侯绣黼。"《集传》:"子,指桓叔也。沃,曲沃也。" [3]《郑笺》"君子,谓桓叔。" [4]《毛传》:"皓皓,洁白也。" [5]《集传》:"朱绣即朱襮也。"《毛传》:"鹄(hú),曲沃邑也。" [6]《毛传》:"云无忧也。"

[7]《集传》:"粼粼,水清石见之貌。"[8]方玉润《诗经原始》:"闻其事已成,将有成命也。"《诗缉》:"言不敢告人者,乃所以告昭公。"

117 椒聊

赞美女子身高体壮,能多生孩子。二章叠咏,十二句。

1 椒聊之实,蕃衍盈升[1]。
 彼其之子,硕大无朋[2]。
 椒聊且,远条且[3]。
2 椒聊之实,蕃衍盈匊[4]。
 彼其之子,硕大且笃[5]。
 椒聊且,远条且。

韵 读 1.升、朋,蒸部。聊、条,幽部。 2.匊、笃,觉部。聊、条,幽部。

今 译 1 花椒子儿结树上,子实繁盛满升装。
 那个女子福气好,身高体大世无双。
 花椒子儿一串串,香气阵阵向上扬。
2 花椒子儿结树巅,盛满一把好繁衍。
 那个女子福气好,身材高大又壮健。
 花椒子儿一串串,香气阵阵散满天。

注 释 [1]《毛传》:"椒聊,椒也。"《集传》:"椒之蕃盛,则采之盈升矣。"严粲《诗缉》:"蕃,茂也。衍,广也"。[2]《郑笺》:"硕,谓状貌佼好也。"《毛传》:"朋,比也。" [3]《毛传》:"条,长也。"《郑笺》:"椒之气日益远长。"且(jū):语气词。[4]《毛传》:"两手曰匊(jū)。" [5]《毛传》:"笃,厚也。"

118 绸缪

新婚夫妇初遇,充满欢庆喜乐的气氛。为"后世闹新房歌曲之祖"(陈子展)。三章叠咏,十八句。

1 绸缪束薪,三星在天[1]。
　今夕何夕?见此良人[2]。
　子兮子兮!如此良人何[3]?

2 绸缪束刍,三星在隅[4]。
　今夕何夕?见此邂逅[5]。
　子兮子兮!如此邂逅何[6]?

3 绸缪束楚,三星在户[7]。
　今夕何夕?见此粲者[8]。
　子兮子兮!如此粲者何[9]?

韵 读 1.薪、天、人、人,真部。 2.刍、隅、逅、逅,侯部。 3.楚、户、者、者,鱼部。

今 译 1 柴草一把密密缠,三星上升在东方。

今晚是个啥时间？见我良人心欢畅。

哎哟哟，哎哟哟，我把良人怎么样？

2 饲草一把密密缠，三星移向东南天。

今晚是个啥时间？爱人相会心里甜。

哎哟哟，哎哟哟，我把爱人怎么办？

3 黄荆密密缠一捆，三星低低照进门。

今晚是个啥时辰？能够见到这美人。

哎哟哟，哎哟哟，我把美人怎么亲？

注 释　[1]《毛传》："绸缪，犹缠绵也。三星，参也。在天，谓始见东方也。"《通释》："诗人多以薪喻昏姻。"三星：天空中明亮而接近的三颗星。有参宿三星、心宿三星、河鼓三星等。首章"三星在天"，指参宿三星；二章"三星在隅"，指心宿三星；末章"三星在户"，指河鼓三星。[2]《集传》："良人，夫称也。"[3]《毛传》："子兮者，嗟兹也。"《正义》："如何，犹奈何。"以上一章，托为新妇之词。[4]刍：喂牲口的草料。《毛传》："隅，东南隅也。"《集传》："昏见之星至此，则夜久矣。"[5]《后笺》："邂逅，会合之意。……凡君臣、朋友、男女之会合皆可言之。《传》云'解悦之貌'，即因会合而心解意悦耳。"[6]以上二章，托为夫妇二人之词。[7]《集传》："户必南出，昏见之星至此，则夜分矣。"[8]《集传》："粲，美也。"《通释》："见此粲者，见其女也。"[9]以上三章托为新郎之词。

119　杕杜

孤独的流浪者得不到帮助，十分伤感。二章叠咏，十八句。

1　有杕之杜,其叶湑湑[1]。

独行踽踽[2],岂无他人？不如我同父[3]。

嗟行之人,胡不比焉[4]？人无兄弟,胡不佽焉[5]？

2　有杕之杜,其叶菁菁[6]。

独行睘睘[7],岂无他人？不如我同姓[8]。

嗟行之人,胡不比焉？人无兄弟,胡不佽焉？

韵　读　1.杜、湑、踽、父,鱼部。比、弟、佽,脂部。　2.菁、睘、姓,耕部。比、弟、佽,脂部。

今　译　1　高高一株棠梨树,树上叶儿密密布。

只身行走多孤苦。岂是路上没别人？不如同胞亲手足。

可叹路上来往人,为啥不肯近我处？人家无兄又无弟,为啥不肯相帮助？

2　一株棠树枝干长,叶儿青青生长旺。

只身行走多凄凉。岂是路上没别人？不如骨肉亲兄长。

可叹路上来往人,为啥不肯近我旁？人家无兄又无弟,为啥不肯来相帮？

注　释　[1]《毛传》:"杕(dì),特貌。杜,赤棠也。"《集传》:"湑湑(xǔ xǔ),盛貌。"[2]《毛传》:"踽踽(jǔ jǔ),无所亲也。"[3]《集传》:"同父,兄弟也。"[4]俞樾《群经平议》:"盖言彼涂之人,胡亲比之有。"[5]《毛传》:"佽(cī),助也。"闻一多《类钞》:"比、佽,皆相亲爱之意。"[6]《毛传》:"菁菁(jīng jīng),叶盛也。"[7]《毛传》:"睘睘(qióng qióng),无所依也。"[8]《通释》:"女生曰姓……同姓,盖谓同母生者。"

120　羔裘

讽刺统治者不爱护体恤别人。二章叠咏，八句。

1　羔裘豹祛，自我人居居[1]。
　　岂无他人？维子之故。
2　羔裘豹褎，自我人究究[2]。
　　岂无他人？维子之好。

韵　读　1.祛、居、故，鱼部。　2.褎、究、好，幽部。

今　译　1　豹毛袖口羔皮裘，骄横待我几时休？
　　难道就没别的人，只有你我是故旧？
2　羔裘袖口饰豹毛，待我恶劣气难消。
　　难道就没别的人，非要同你相处好？

注　释　[1]《集传》："羔裘，君纯羔，大夫以羔饰。祛(qū)，袂(mèi)也。"《毛传》："自，用也。居居，怀恶不相亲比之貌。"袂：袖口、袖子。[2]《尔雅·释训》："居居、究究，恶也。"郝懿行《义疏》："此居居犹倨倨，不逊之意。……究、居声转为义。"

121　鸨羽

农民哀叹官府差役没完没了，无法耕种以供养父母。三章叠咏，二十一句。

1 肃肃鸨羽,集于苞栩[1]。

王事靡盬[2],不能蓺稷黍,父母何怙[3]?

悠悠苍天,曷其有所[4]?

2 肃肃鸨翼,集于苞棘。

王事靡盬,不能蓺黍稷,父母何食?

悠悠苍天,曷其有极[5]?

3 肃肃鸨行[6],集于苞桑。

王事靡盬,不能蓺稻粱[7],父母何尝?

悠悠苍天,曷其有常[8]?

韵 读 1.羽、栩、盬、黍、怙、所,鱼部。 2.翼、棘、稷、食、极,职部。 3.行、桑、粱、尝、常,阳部。

今 译 1 鸨鸟沙沙振翅膀,落在丛生柞栎树。

王室差事没个完,不能种植稷和黍,父母靠谁来照顾?

苍天在上睁睁眼,何时让我有住处?

2 鸨鸟沙沙振羽翼,落在枣树丛林里。

王室差事没个完,不能种植黍和稷,父母哪里有粮吃?

苍天在上睁睁眼,服役几时是尽期?

3 鸨鸟沙沙飞成行,落在丛生桑树上。

王室差事没个完,不能种植稻和粱,父母吃饭哪来粮?

苍天在上睁睁眼,几时生活能正常?

注 释 [1]《毛传》:"肃肃,鸨羽声也。鸨之性不树止。"《集传》:"鸨,鸟名,似雁而大,无后趾。苞,丛生也。栩(xǔ),柞栎也。"[2]王引之《经义述闻》卷五:"盬(gǔ)者,息也。"[3]《郑笺》:"蓺,树也。"稷:穀子,实为小米。《毛传》:"怙,恃也。"[4]《郑笺》:"曷,何也。何时我得其所哉?"[5]《郑笺》:"极,已也。"[6]苏辙《诗集传》:"行,列也。"《通释》:"鸨行(háng),犹雁行也。雁之飞有行列,而鸨似之。"[7]《集传》:"粱,粟类

164

也,有数色。"[8]《集传》:"常,复其常也。"

122 无衣

曲沃武公派大夫送宝器给周釐王,请求赐给他诸侯命服,正式封他为晋侯。二章叠咏,六句。

1 岂曰无衣七兮[1]?不如子之衣,安且吉兮!
2 岂曰无衣六兮[2]?不如子之衣,安且燠兮[3]!

韵 读 1.七、吉,质部。 2.六、燠,觉部。

今 译 1 岂无七命衣和裳?跟你赐的比不上,你的舒适又漂亮!
2 岂无六命裳和衣?跟你赐的没法比,你的暖和又安逸!

注 释 [1]《毛传》:"侯伯之礼七命,冕服七章。"《集传》:"侯伯七命,其车骑衣服皆以七为节。"[2]《毛传》:"天子之卿六命,车旗衣服以六为节。"《集传》:"天子之卿六命,变七言六者谦也。不敢必当诸侯之命,比于天子之卿亦幸矣。"[3]《毛传》:"燠(yù),暖也。"

123　有杕之杜

女子爱慕一位男子,希望和他相好。二章叠咏,十二句。

1　有杕之杜,生于道左[1]。
　　彼君子兮,噬肯适我[2]?
　　中心好之,曷饮食之[3]?
2　有杕之杜,生于道周[4]。
　　彼君子兮,噬肯来游[5]?
　　中心好之,曷饮食之?

韵　读　1.左、我,歌部。好,幽部;食,职部。均与下章遥韵。 2.周、游,幽部。

今　译　1　一棵棠梨高参天,独自长在路东边。
　　　　那个青年美男子,可肯来和我相伴?
　　　　心里实在爱恋他,啥时能与共缠绵?
　　2　一树棠梨高参天,独自长在路右边。
　　　　那个青年美男子,可肯来和我游览?
　　　　心里实在爱恋他,啥时能与共缱绻?

注　释　[1]有杕(dì):相当于"杕杕",高耸挺立的样子。《郑笺》:"道左,道东也。" [2]《集传》:"噬(shì),发语词。"《郑笺》:"肯,可。适,之也。" [3]闻一多《诗选与校笺》:"饮食是性交的象征廋语。" [4]《释文》:"周,《韩诗》作右。"《通释》:"'道周'与'道左'相对成文……右、周古音同部,周即右之假借。" [5]《毛传》:"游,观也。"

124　葛生

妻子悼念亡夫。言短情长,无限悲伤。与《邶风·绿衣》同为我国悼亡诗之祖。五章,前三章叠咏,后二章变调叠咏,二十句。

1　葛生蒙楚,蔹蔓于野[1]。
　　予美亡此[2],谁与？独处[3]。

2　葛生蒙棘,蔹蔓于域[4]。
　　予美亡此,谁与？独息。

3　角枕粲兮,锦衾烂兮[5]。
　　予美亡此,谁与？独旦[6]。

4　夏之日,冬之夜。
　　百岁之后,归于其居[7]。

5　冬之夜,夏之日。
　　百岁之后,归于其室[8]。

韵读　1.楚、野、与、处,鱼部。 2.棘、域、息,职部。 3.粲、烂、旦,寒部。 4.夜,铎部;居,鱼部。鱼铎通韵。 5.日、室,质部。

今译　1　葛藤爬满黄荆树,蔹草蔓延荒野处。
　　　　　我的夫君离我去,谁人相伴独自住。

　　　　2　葛藤爬满枣树巅,蔹草蔓延墓地边。
　　　　　我的夫君离我去,独守空房谁相怜。

3 角镶枕头多灿烂,锦缎被儿亮晶晶。
　　我的夫君离我去,谁人相伴到天明。
4 夏季炎热度日难,冬夜漫漫大地寒。
　　但愿一朝我死后,回到墓里共安眠。
5 冬季寒冷夜漫漫,夏日炎热苦昼长。
　　但愿一朝我死后,回到墓里长依傍。

注释　[1]《集传》:"蔹(liǎn),草名,似括楼,叶盛而细。"《通释》:"蒙楚、蒙棘、蔓野、蔓域,盖以喻妇人失其所依。"蒙,覆盖。[2]《集传》:"予美,妇人指其夫也。"《通释》:"亡此,犹云去此,又如俗云不在此耳。"[3]《诗缉》:"我其谁与乎?处独而已。茕然无所依矣!"[4]《毛传》:"域,营域也。"《通释》:"营域或作茔域,古为葬地之称。《说文》:'茔,墓地也。'是也。"[5]《集传》:"粲、烂,华美鲜明之貌。"闻一多《类钞》:"角枕、锦衾,皆敛死者所用。"[6]《诗缉》:"独旦,独宿至旦也。"[7]《郑笺》:"居,坟墓也。"[8]《郑笺》:"室犹冢圹。"

125　采苓

劝人不要听信谗言。谗言不可信,进谗言者亦没有好下场。三章叠咏,二十四句。

1 采苓采苓,首阳之巅[1]。
　　人之为言,苟亦无信[2]。
　　舍旃舍旃,苟亦无然[3]。
　　人之为言,胡得焉?

2 采苦采苦[4],首阳之下。

人之为言,苟亦无与[5]。

舍旃舍旃,苟亦无然。

人之为言,胡得焉?

3 采葑采葑[6],首阳之东。

人之为言,苟亦无从。

舍旃舍旃,苟亦无然。

人之为言,胡得焉!

韵 读 1.苓、巅、信,真部。言、旃、然、言、焉,寒部。 2.苦、下、与,鱼部。言、旃、然、言、焉,寒部。 3.葑、东、从,东部。言、旃、然、言、焉,寒部。

今 译 1 采甘草啊采甘草,在那首阳高山顶。

有人专爱说假话,千万不要胡乱听。

抛弃谣言别理睬,一切假话莫答应。

有人专爱说假话,到头自己陷困境!

2 采苦菜啊采苦菜,在那首阳山脚跟。

有人专爱说假话,千万不要乱听信。

抛弃谣言别理睬,一切假话莫当真。

有人专爱说假话,到头徒自招怨恨。

3 采蔓菁啊采蔓菁,一直采到首阳东。

有人专爱说假话,千万不能乱听从。

抛弃谣言别理睬,一切假话毫无用。

有人专爱说假话,到头希望全落空!

注 释 [1]《通释》:"苓为甘草,而《尔雅》为大苦,则甘者名苦矣。"首阳:山名。在今山西永济县南。 [2]《传疏》:"古为、伪、讹三字同。《毛诗》本作为,读作伪也。为言,即讹言。"

《毛传》:"苟,诚也。"[3]《释文》:"舍,音捨。"《集传》:"旃(zhān),之也。姑舍置之,而无遽以为然。"[4]《集传》:"苦,苦菜,生山田及泽中。"[5]《集传》:"与,许也。"[6]《毛传》:"葑,菜名也。"

秦　风

秦,周代诸侯国名。周孝王(公元前891—前886)时,封伯益的后裔非子为附庸,予以秦邑(今甘肃张家川东)。东周初,平王封秦襄公为诸侯,秦国开始建立。春秋时秦为大国,拥有今陕西全境之地。《秦风》是秦地民歌,共十篇,大都是东周初到春秋时期的作品。

126　车邻

赞美秦君既有威仪而又平易近人,能与臣下同乐。三章,后二章叠咏。十六句。

1　有车邻邻,有马白颠[1]。
　　未见君子,寺人之令[2]。
2　阪有漆,隰有栗[3]。
　　既见君子,并坐鼓瑟。
　　今者不乐,逝者其耋[4]。
3　阪有桑,隰有杨。
　　既见君子,并坐鼓簧[5]。
　　今者不乐,逝者其亡!

韵 读 1. 邻、颠、令,真部。 2. 漆、栗、瑟、耋,质部。 3. 桑、杨、簧、亡,阳部。

今 译 1 车儿辚辚响不停,白额马儿齐嘶鸣。
还未见到君子时,先叫侍臣传命令。
2 漆树生在山坡前,洼地栗树长成片。
我今见到君子面,同坐奏乐弹丝弦。
今日行乐不及时,时到八十已晚年。
3 山坡上面有柔桑,低洼地带长白杨。
我今见到君子面,同坐奏乐吹笙簧。
今日行乐不及时,他日死去多凄凉!

注 释 [1]《毛传》:"邻邻,众车声也。"《集传》:"白颠,额有白毛,今谓之的颡。"[2]《毛传》:"寺人,内小臣也。令,使也。"《集疏》:"寺、侍古字通。……寺人即侍臣,盖近侍之通称,不必泥历代寺人为说。"[3]《毛传》:"陂者曰阪,下湿曰隰(xí)。"[4]《毛传》:"耋,老也,八十曰耋(dié)。"焦循《毛诗补疏》:"逝,谓年岁之逝,言时易去而老也。"俞樾《平议》:"逝者对今者言。今者谓此日,逝者谓他日也。"[5]《毛传》:"簧,笙也。"

127　驷驖

写秦国君臣打猎的情况。从出发、猎兽到归来,次序井然。三章,十二句。

1　驷驖孔阜,六辔在手[1]。
　　公之媚子,从公于狩[2]。

2 奉时辰牡[3],辰牡孔硕。

　　公曰"左之",舍拔则获[4]。

3 游于北国,四马既闲[5]。

　　輶车鸾镳[6],载猃歇骄[7]。

韵　读　1.阜、手、狩,幽部。 2.硕、获,铎部。 3.园、闲,寒部。镳、骄,宵部。

今　译　1　四匹黑马多肥大,六条缰绳手里拿。

　　　　　秦公左右宠爱臣,冬天随君把猎打。

　　　　2　献上这些应时兽,应时野兽真肥硕。

　　　　　君王下令向左射,箭发野兽就擒获。

　　　　3　猎罢一行游北园,四匹马儿多悠闲。

　　　　　车儿轻快铃儿响,猎犬休息载车间。

注　释　[1]《集传》:"驷驖(tiě),四马皆黑色如铁也。孔,甚也。阜,肥大也。"《郑笺》:"四马六辔。"[2]《集传》:"媚子,所亲爱之人也。"《传疏》:"冬猎曰狩。"[3]《毛传》:"时,是。辰,时也。冬献狼,夏献麋,春秋献鹿豕群兽。"[4]《郑笺》:"左之者,从禽之左射之也。"《毛传》:"拔,矢末也。"闻一多《类钞》:"拔,枝。枝,矢末衔弦处……放矢则枝离弦,故曰舍枝。"[5]《集传》:"闲,调习也。"[6]《毛传》:"輶(yóu),轻也。"《郑笺》:"轻车,驱道之车也,置鸾于镳(biāo),异于乘车也。"《诗缉》:"镳,马衔外铁也。"[7]《毛传》:"猃(xiǎn)、歇骄,田犬也。长喙曰猃,短喙曰歇骄。"

128　小戎

秦国妇女思念远征西戎的丈夫,并想象其军容壮盛。一章主要写车,二章主要写马,三章主要写兵器。三章,三十句。

1 小戎俴收[1],五楘梁辀[2]。
　游环胁驱[3],阴靷鋈续[4]。
　文茵畅毂,驾我骐馵[5]。
　言念君子,温其如玉。
　在其板屋,乱我心曲[6]。

2 四牡孔阜,六辔在手,
　骐骝是中,騧骊是骖[7]。
　龙盾之合,鋈以觼軜[8]。
　言念君子,温其在邑[9]。
　方何为期?胡然我念之[10]?

3 俴驷孔群,厹矛鋈錞[11],
　蒙伐有苑[12]。虎韔镂膺[13],
　交韔二弓,竹闭绲縢[14]。
　言念君子,载寝载兴。
　厌厌良人,秩秩德音[15]。

韵　读　1.收、辀,幽部。驱,侯部;续、毂、馵、玉、屋、曲,屋部。侯屋合韵。 2.阜、手,幽部。中,冬部;骖,侵部。冬侵合韵。合、軜、邑,缉部。期、之,之部。 3.群、錞,文部;苑,寒部。文寒合韵。膺、弓、縢、兴,蒸部;音,侵部。蒸侵合韵。

今　译　1　小巧兵车浅车厢,五道皮条缠辕上。
　　　　游动环儿控骖马,银环皮条系稳当。
　　　　虎皮垫褥车轴长,驾上花马真雄壮。
　　　　想起我的好夫君,温和如玉多贤良。
　　　　住在西戎木板房,心乱如麻情难忘。

　　　2　四匹马儿高又大,六条缰绳拿手间。

青马红马在中间,黄马黑马驾两边。

画龙盾牌合一处,缰绳套住白铜环。

想起我的好夫君,性情温和住边关。

哪年哪月是归期,叫我如何不思念?

3 披甲四马多协调,三棱矛杆白铜包。

杂色盾牌画羽毛,虎皮弓袋雕花巧。

两弓交叉放袋中,竹制弓柲绳缠牢。

想起我的好夫君,起卧不宁思如潮。

温和安静好夫君,名声美好德行高。

注　释　[1]《毛传》:"小戎,兵车也。伐(jiàn),浅。收,轸也。"《传疏》:"车广六尺六寸,舆深四尺四寸。其四面束舆之木谓之轸(zhěn),《诗》则谓之收。收,聚也,谓聚众材而收之也。"[2]《集传》:"五,五束也。……辀形穹隆上曲如屋之梁,又以皮革五处束之,其文章历录然也。"阮元《考工记车制图解》:"革,……在辀谓之鞪(mù)。又辀者,由辕驾马者也。"[3]《传疏》:"设环流于服马背上,是谓之游环。"《正义》:"胁驱者,以一皮条,上系于衡,后系于轸……骖马欲入,则此皮约之,所以止入也。"[4]阴:车轼前面的横板。靷(yǐn):拉车的皮带,前端系在马颈的皮套上,后端系在车轴上。《郑笺》:"鋈(wò)续,白金饰续靷之环。"《传疏》:"靷环所以系靷,是曰续。"[5]《集传》:"文茵,车中所坐虎皮褥也。畅,长也。毂者,车轮之中、外持辐内受轴者也。"骐(qí):有青黑色纹理的马。馵(zhù):左后脚白色的马。[6]《集传》:"君子,妇人目其夫也。西戎之俗以板为屋。"《郑笺》:"心曲,心之委曲也。忧则心乱也。"[7]《毛传》:"黄马黑喙曰騧(guā)。"《郑笺》:"赤身黑鬣曰骝(liú)中,中服也。骖,两骓也。"[8]《集传》:"画龙于盾,合而载之,以为车上之卫。"《毛传》:"钠(nà),骖内辔也。"《传疏》:"觼(jué)者,所以贯骖内辔之环也。鋈觼,以白金饰觼也。"[9]《毛传》:"在敌邑也。"[10]《集传》:"方,将也。"[11]《毛传》:"伐(jiàn)驷,四介马也。"《郑笺》:"介,甲也。孔群者,言和调也。"《集传》:"厹(qiú)矛,三隅矛也。鋈錞(duì),以白金沃矛之下端平底者也。"[12]《集传》:"蒙,杂也。伐,中干也,盾之别名。苑,文貌。画杂羽之文于盾上也。"[13]《集传》:"虎韔(chàng),以虎皮为弓室也。"《诗缉》:"镂饰弓室之膺。弓以后为臂,则前为膺,故弓室之前亦为膺耳。"[14]《毛传》:"交韔,交二弓于韔中也。"《集传》:"闭,弓檠也。《仪礼》作柲。绳(gǔn),绳。縢,约也。"[15]《毛传》:"厌厌,安静也。秩秩,有知也。"

175

129　蒹葭

诗人追求他的意中人,秋水茫茫,可望而不可即。为"三百篇"中抒情诗之杰作。三章叠咏,二十四句。

1　蒹葭苍苍[1],白露为霜。
　　所谓伊人[2],在水一方。
　　溯洄从之[3],道阻且长。
　　溯游从之[4],宛在水中央。

2　蒹葭萋萋,白露未晞[5],
　　所谓伊人,在水之湄[6]。
　　溯洄从之,道阻且跻[7]。
　　溯游从之,宛在水中坻[8]。

3　蒹葭采采[9],白露未已。
　　所谓伊人,在水之涘[10]。
　　溯洄从之,道阻且右[11]。
　　溯游从之,宛在水中沚[12]。

韵　读　1.苍、霜、方、长、央,阳部。　2.萋、湄、坻,脂部;晞,微部。脂微合韵。　3.采、已、涘、右、沚,之部。

今　译　1　水边芦荻郁苍苍,秋寒白露凝成霜。
　　　　　　心中想念那个人,就在河水那一方。
　　　　　　逆着水流去寻访,道路险阻又漫长。
　　　　　　顺着水流去寻访,仿佛她在水中央。

176

2 水边芦荻生长繁,露水珠儿湿未干。
   心中想念那个人,就在黄河水岸边。
   逆着水流去寻访,道路险阻难登攀。
   顺着水流去寻访,仿佛她在小河滩。

3 水边芦荻生长密,露水未干易湿衣。
   心中想念那个人,就在黄河那边堤。
   逆着水流去寻觅,道路迂回行难抵,
   顺着水流去寻觅,仿佛她在小洲里。

注释　[1]《毛传》:"苍苍,盛也。"《传疏》:"蒹葭(jiān jiā),即萑(huán)苇之未秀者。"[2]《集传》:"伊人,犹言彼人也。"[3]《毛传》:"逆流而上曰溯洄。"[4]《毛传》:"顺流而下曰溯游。"[5]《毛传》:"晞(xī),干也。"[6]《正义》:"湄(méi)是水岸。"[7]《毛传》:"跻,升也。"[8]《毛传》:"坻(chí),小渚也。"[9]《集传》:"采采,言其盛而可采也。"[10]《毛传》:"涘(sì),厓也。"[11]《诗缉》:"今乃出其右,是迂回难至也。"[12]《毛传》:"小渚曰沚。"

130　终南

赞美秦君相貌不凡,祝他长寿。二章叠咏,十二句。

1 终南何有?有条有梅[1]。
   君子至止,锦衣狐裘[2]。
   颜如渥丹,其君也哉[3]!

2 终南何有,有纪有堂[4]。
君子至止,黻衣绣裳[5]。
佩玉将将,寿考不忘[6]!

韵 读 1.有、梅、止、裘、哉,之部。 2.堂、裳、将、忘,阳部。

今 译 1 终南山上有什么,既有山楸又有楠。
君王受封来此山,锦衣狐裘身上穿。
脸色红润像涂丹,君王气度真不凡!

2 终南山上有什么,既有枸杞又有棠。
君王受封来山上,穿着五彩绣衣裳。
身上佩玉声锵锵,祝君大寿万年长!

注 释 [1]《毛传》:"条,槄(tāo)。梅,楠(nán)也。"《集传》:"条,山楸也。皮叶白,色亦白,材理好,可为车板。"[2]《传疏》:"《玉藻》:'君衣狐白裘,锦衣以裼之。'锦衣狐裘,诸侯之服也。"[3]《郑笺》:"颜色如厚渍之丹,言赤而泽也。"《传疏》:"其君也哉,仪貌尊严也。"渥(wò):涂抹。[4]王引之《经义述闻》卷五:"纪读为杞,堂读为棠。条、梅、杞、棠皆木名也。"[5]《毛传》:"黑与青,谓之黻(fú);五色备,谓之绣。"[6]王引之《经义述闻》卷五:"亡犹已也,作忘者,假借字耳。"

131 黄鸟

公元前621年,秦穆公任好死。以177人殉葬,其中包括人民尊重的子车氏三兄弟。秦人写了这首诗哀悼他们,向统治者的暴行提出了强烈的抗议。《诗序》:"《黄鸟》哀三良也。国人刺穆公以人从死,而作是诗也。"事见《左传·文公六年》。"恻怆悲号,哀辞之祖。"(清陈继揆)三章叠咏,三十六句。

1　交交黄鸟[1],止于棘。
　　谁从穆公[2]? 子车奄息[3]。
　　维此奄息,百夫之特[4]。
　　临其穴,惴惴其慄[5]。
　　彼苍者天! 歼我良人。
　　如可赎兮,人百其身[6]。

2　交交黄鸟,止于桑。
　　谁从穆公? 子车仲行[7]。
　　维此仲行,百夫之防[8]。
　　临其穴,惴惴其慄。
　　彼苍者天! 歼我良人。
　　如可赎兮,人百其身。

3　交交黄鸟,止于楚。
　　谁从穆公? 子车鍼虎。
　　维此鍼虎,百夫之御[9]。
　　临其穴,惴惴其慄。
　　彼苍者天! 歼我良人。
　　如可赎兮,人百其身。

韵　读　1.棘、息、息、特,职部。穴、慄,质部。天、人、身,真部。　2.桑、行、行、防,阳部。穴、慄,质部。天、人、身,真部。　3.楚、虎、虎、御,鱼部。穴、慄,质部。天、人、身,真部。

今　译　1　黄鸟交交叫声急,都在酸枣树上栖。

179

谁为穆公殉葬死？子车兄弟叫奄息。
就是这位好奄息，才德能跟百人敌。
走近墓穴将活埋，心惊胆寒身战栗。
青天老爷睁睁眼，杀我贤人怎不理！
他的性命若能赎，宁死百次来相抵。

2 黄鸟交交声凄凉，飞来停在桑树上。
谁为穆公去殉葬？子车兄弟叫仲行。
就是这位好仲行，才德更比百人强。
走近墓穴将活埋，浑身颤抖心发慌。
青天老爷睁睁眼，杀我贤人怎不挡！
他的性命若能赎，宁死百次来抵偿。

3 黄鸟交交声凄楚，飞来停在黄荆树，
谁从穆公去殉葬？子车兄弟叫针虎。
就是这位好针虎，百人他也能对付，
走近墓穴将活埋，浑身哆嗦魂魄无，
青天老爷睁睁眼，杀我贤人怎不顾！
他的性命若能赎，死上百次也愿赴。

注 释　[1]《通释》："交交，通作咬咬，谓鸟声也。"[2]《集传》："从穆公，从死也。"王应麟《诗地理考》："《括地志》秦穆公冢在岐州雍县东南二里，三良冢在雍县一里故城内。"[3]《毛传》："子车，氏；奄息，名。"[4]《通释》："《柏舟》诗'实维我特'，《传》：'特，匹也。'匹之言敌也。"[5]《集传》："惴惴，惧貌。"[6]《郑笺》："人皆百其身，谓一身百死犹为之，惜善人之甚。"[7]《郑笺》："仲行，字也。"[8]《毛传》："防，比也。"[9]《毛传》："御，当也。"

132 晨风

妻子想念丈夫,埋怨他把自己忘了。三章叠咏,十八句。

1 鴥彼晨风,郁彼北林[1]。
   未见君子,忧心钦钦[2]。
   如何如何?忘我实多!

2 山有苞栎,隰有六驳[3]。
   未见君子,忧心靡乐。
   如何如何?忘我实多!

3 山有苞棣,隰有树檖[4]。
   未见君子,忧心如醉。
   如何如何?忘我实多!

韵 读 1.风、林、钦,侵部,何、多,歌部。 2.栎、驳、乐,药部。何、多,歌部。 3.棣,质部;檖、醉,物部。质物合韵。何、多,歌部。

今 译 1 鹯子展翅疾如箭,飞进北山密林间。
   没有见到君子面,心里忧愁夜难眠。
   怎么办啊怎么办?把我忘却不思念!

2 山有丛丛橡子树,洼地长满梓榆木。
   没有见到君子面,心里忧愁快乐无。
   怎么办啊怎么办?把我忘却向谁诉!

3 郁李丛丛生山上,低洼地里山梨长。

没有见到君子面,心如醉酒多忧伤。
怎么办啊怎么办？把我忘却不应当！

注 释　[1]《毛传》:"駥(yù),疾飞貌。晨风,鹯也。"《集传》:"郁,茂盛貌。"[2]《集传》:"钦钦,忧而不息之貌。"[3]栎(lì):栎树,橡子树。《释文》:"陆玑疏云:'驳马,梓榆也。'"朱熹《诗集传》作"驳"。[4]《毛传》:"棣(dì):木也。"《正义》引陆玑疏:"樕(suì),一名赤罗,一名山梨,今人谓之杨樕。实如梨,但小耳。"

133　无衣

秦军战歌。团结一致,同仇敌忾,慷慨从军,义无反顾。为后世边塞诗之祖。朱熹《集传》:"秦人之俗,大抵尚气概,先勇力,忘生轻死,故其见于诗如此。"三章叠咏,十二句。

1　岂曰无衣？与子同袍。
　　王于兴师,修我戈矛,与子同仇[1]。
2　岂曰无衣？与子同泽[2]。
　　王于兴师,修我矛戟,与子偕作[3]。
3　岂曰无衣？与子同裳。
　　王于兴师,修我甲兵,与子偕行[4]。

韵 读　1.袍、矛、仇,幽部。　2.泽、戟、作,铎部。　3.裳、兵、行,阳部。

今 译　1　谁说没有衣服穿？你我共同披战袍。

国王兴兵要作战,修好我们戈和矛,同仇敌忾赴战壕。

2 谁说没有衣服穿?你我共同穿汗衫。

国王兴兵要作战,修好我们矛和戟,并肩携手齐向前。

3 谁说没有衣服穿?你我共同穿战裙。

国王兴兵排战阵,修好我们甲和兵,同心协力杀敌人。

注释 [1]《毛传》:"戈长六尺六寸,矛长二丈。"《集疏》:"西戎杀幽王,是于周室诸侯为不共戴天之仇,秦民敌王所忾,故曰同仇也。"《诗缉》:"同其怨仇。" [2]《郑笺》:"泽,亵衣,近污垢。" [3]《集传》:"戟(jǐ),车戟也,长丈六尺。"《毛传》:"作,起也。" [4]《传疏》:"言奉王命而偕往征之也。"

134 渭阳

秦穆公的儿子秦康公在渭水北岸送别舅父公子重耳。《诗序》:"《渭阳》,康公念母也。康公之母,晋献公之女。文公遭骊姬之难,未反而秦姬卒。穆公纳文公,康公时为太子,赠送文公于渭之阳,念母之不见也,我见舅氏,如母存焉。及其即位,思而作是诗也。"二章叠咏,八句。

1 我送舅氏,曰至渭阳[1]。

何以赠之?路车乘黄[2]。

2 我送舅氏,悠悠我思[3]。

何以赠之?琼瑰玉佩[4]。

韵读 1.阳、黄,阳部。 2.思、之、佩,之部。

今译　1　我送舅父回家乡,直到渭水北岸旁。
　　　　　拿啥礼物赠给他?四匹黄马车一辆。
　　　2　我送舅父回家园,思绪无限长绵绵。
　　　　　拿啥礼物赠给他?宝石佩玉一大串。

注释　[1]杨树达《词诠》:"曰,语首助词,无义。"《传疏》:"水北曰阳。渭阳在渭水北,送舅氏至渭阳,不渡渭也。"[2]《集传》:"路车,诸侯之车也。乘黄,四马皆黄也。"[3]《正义》:"悠悠我思,念母也。因送舅氏而念母,为念母而作诗。"[4]《毛传》:"琼瑰,石而次玉。"《诗缉》:"曹氏曰:玉佩,珩、璜、琚、瑀之属。"

135　权舆

没落贵族哀叹今不如昔。二章叠咏,八句。

　　1　於我乎,夏屋渠渠[1]。
　　　　今也每食无馀。于嗟乎!不承权舆[2]。
　　2　於我乎,每食四簋[3]。
　　　　今也每食不饱。于嗟乎!不承权舆。

韵读　1.渠、馀、乎、舆,鱼部。　2.簋、饱,幽部。乎、舆,鱼部。

今译　1　想起从前我伤心,高楼大厦深院庭。

184

如今每顿无余剩。唉呀呀,当初排场难继承!

2　想起从前我烦恼,每餐四盘尽佳肴。

如今饭也吃不饱。唉呀呀,哪有当初生活好!

注　释　[1]杨树达《词诠》:"於(wū),叹词,读与乌同。"《集传》:"夏,大也。渠渠,深广貌。"闻一多《类钞》:"渠渠,高竦貌。"[2]于嗟乎:叹词。《毛传》:"承,继也。权舆,始也。"《通释》:"凡草之始生通曰'权舆',《大戴礼》'孟春百草权舆'是也。因而人之始事亦曰权舆。"[3]《毛传》:"四簋(guǐ),黍、稷、稻、粱。"《释文》:"内方外圆曰簋,以盛黍稷。外方内圆曰簠(fǔ),用贮稻粱,皆容一斗二升。"

陈 风

陈,周代诸侯国名,妫姓,周武王(公元前1046—前1043)封舜的后人妫满于此。包括河南省东南部和安徽亳县一带。《陈风》是陈国民歌,共十篇,多数与恋爱婚姻有关,时代以东周为主。

136　宛丘

经常观看舞师的表演,心中爱慕而不敢抱有希望。三章,后二章叠咏。十二句。

1　子之汤兮,宛丘之上兮[1]。
　　洵有情兮[2],而无望兮。
2　坎其击鼓[3],宛丘之下。
　　无冬无夏[4],值其鹭羽[5]。
3　坎其击缶[6],宛丘之道。
　　无冬无夏,值其鹭翿[7]。

韵　读　1.汤、上、望,阳部。 2.鼓、下、夏、羽,鱼部。 3.缶、道、翿,幽部。

今 译　1　你的舞蹈真漂亮,在那宛丘坡地上。
　　　　　朝思暮想情难忘,可惜结交没希望。
　　　2　咚咚不断把鼓击,在那宛丘坡下地。
　　　　　寒冬炎夏舞不息,洁白鹭羽拿手里。
　　　3　咚咚不断把盆敲,载歌载舞宛丘道。
　　　　　寒冬炎夏不停跳,洁白鹭羽手中摇。

注 释　[1]《毛传》:"汤,荡也。"余冠英《诗经选》:"汤、荡古通用。荡是摇摆,形容舞姿。"《水经注·渠水》:"宛丘在陈城南道东。"[2]《毛传》:"洵,信也。"[3]《毛传》:"坎坎,击鼓声。"[4]《正义》:"无问冬,无问夏。"[5]《毛传》:"值,持也。鹭鸟之羽可以为翳也。"《郑笺》:"翳,舞者所持以指麾。"[6]《正义》:"缶是瓦器,可以节乐,若今击瓯。又可以盛水盛酒,即今之瓦盆也。"[7]《毛传》:"翿(dào),翳也。"翿是古代用羽毛制的一种舞具。《诗序》以为刺诗:"《宛丘》,刺幽公也。淫荒昏乱,游荡无度焉。"

137　东门之枌

在一个阳光明媚的好日子里,青年男女聚会歌舞游乐,并赠送信物以结情好。三章,十二句。

　　1　东门之枌[1],宛丘之栩。
　　　　子仲之子,婆娑其下[2]。
　　2　穀旦于差[3],南方之原,
　　　　不绩其麻,市也婆娑。

3 穀旦于逝[4]，越以鬷迈[5]。

视尔如荍[6]，贻我握椒。

韵 读 1. 枌、下，鱼部。 2. 差、麻、娑，歌部；原，寒部。歌寒通韵。 3. 逝、迈，月部。荍、椒，幽部。

今 译 1 东门城外有白榆，宛丘上面长柞树。

子仲家里好姑娘，树林之下翩翩舞。

2 挑选一个好晴天，同到南边大平原。

不绩麻来不纺线，闹市里面舞翩翩。

3 趁着吉日一起行，男女结伴上山坡。

看你漂亮似锦葵，花椒一把送给我。

注 释 [1]《毛传》："枌(fén)，白榆也。" [2]《集传》："子仲之子，子仲氏之女也。"《毛传》："婆娑，舞也。" [3]欧阳修《诗本义》："穀旦者，善旦也，犹今言吉日耳。"《郑笺》："差，择也。" [4]《毛传》："逝，往。"谢枋得《诗传注疏》："期以良日同往聚会之地也。" [5]《传疏》："此云'越以'，皆合二字为发语之词。"《集传》："鬷(zōng)，众。迈，行也。" [6]《集传》："荍(qiáo)，芘苤(pí fú)也，又名荆葵，紫色。椒，芬芳之物也。"

138　衡门

没落贵族以安贫乐道自慰。三章，二、三章叠咏，十二句。

1　衡门之下,可以栖迟[1]。
　　泌之洋洋,可以乐饥[2]。
2　岂其食鱼,必河之鲂?
　　岂其取妻,必齐之姜[3]?
3　岂其食鱼,必河之鲤?
　　岂其取妻,必宋之子[4]?

韵　读　1.迟、饥,脂部。 2.鲂、姜,阳部。 3.鲤、子,之部。

今　译　1　横根木头当做门,屋虽简陋可住人。
　　　　　　泌丘泉水大又深,可以充饥解忧闷。
　　　　　2　难道人们想吃鱼,定要黄河团头鲂?
　　　　　　难道人们娶老婆,定要齐国姜姑娘?
　　　　　3　难道人们想吃鱼,定要黄河大肥鲤?
　　　　　　难道人们娶老婆,定要宋国子姓女?

注　释　[1]《毛传》:"衡门,横木为门,言浅陋也。栖迟,游息也。" [2]《毛传》:"泌,泉水也。洋洋,广大也。"《通释》:"泌本泉水疾流之貌,因名其泉水为泌矣。"《郑笺》:"饥者见之,可饮以疗饥。" [3]《集传》:"姜,齐姓。" [4]《郑笺》:"宋,子姓。"《集传》:"子,宋姓。"

139　东门之池

男子爱慕一位女郎,想和她对歌、谈心。三章叠咏,十二句。

1　东门之池,可以沤麻[1]。
　　彼美淑姬。可与晤歌[2]。
2　东门之池,可以沤纻[3]。
　　彼美淑姬。可与晤语。
3　东门之池,可以沤菅[4]。
　　彼美淑姬。可与晤言。

韵 读　1.池、麻、歌,歌部。 2.纻、语,鱼部。 3.菅、言,寒部。

今 译　1　城东门外护城河,河水可以沤麻葛。
　　　　　一位美丽好姑娘,可以和她来对歌。
　　　　2　城东门外护城河,河水可以沤苎麻。
　　　　　一位美丽好姑娘,可以和她来谈话。
　　　　3　城东门外护城河,河水可以沤菅茅。
　　　　　一位美丽好姑娘,可以和她把话聊。

注 释　[1]《毛传》:"池,城池也。"《集传》:"沤,渍也,治麻者必先以水渍之。"[2]《正义》:"美女而谓之姬者,以黄帝姓姬,炎帝姓姜,二姓之后,子孙昌盛,其家之女,美者尤多,遂以姬、姜为妇人之美称。"《郑笺》:"晤犹对也。"[3]苏辙《诗集传》:"纻(zhù),麻属。"[4]《释文》:"茅已沤为菅(jiān)。"

190

140　东门之杨

男女幽会,一方负约未至。二章叠咏,八句。

1　东门之杨,其叶牂牂[1]。
　　昏以为期,明星煌煌[2]。
2　东门之杨,其叶肺肺[3]。
　　昏以为期,明星晢晢[4]。

韵读　1.杨、牂、煌,阳部。 2.肺、晢,月部。

今译　1　城东门外有白杨,枝繁叶茂生长旺。
　　　　　约定黄昏来相会,启明高照人渺茫。
　　　　2　城东门外有白杨,枝繁叶茂郁葱葱。
　　　　　约定黄昏来相会,启明高挂人无踪。

注释　[1]《毛传》:"牂牂(zāng zāng)然,盛貌。"[2]《集传》:"明星,启明也。煌煌,大明貌。"[3]《毛传》:"肺肺(pèi pèi),犹牂牂也。"闻一多《类钞》:"牂牂,肺肺,皆风在叶中之声。"[4]《毛传》:"晢晢(zhé zhé),犹煌煌也。"

141　墓门

陈桓公生病时,陈佗杀太子免。桓公死后,佗自立为君,陈国大乱,国人离散。后来蔡国出兵杀死陈佗,祸乱才算平定(事见《左传·桓公五年》)。这首诗讽刺陈桓公不能早日除掉坏人,以致酿成大祸。《诗序》:"《墓门》,刺陈佗也。陈佗无良师傅,以至于不义,恶加于万民焉。"二章叠咏,十二句。

1　墓门有棘,斧以斯之[1]。
　　夫也不良,国人知之。
　　知而不已,谁昔然矣[2]!
2　墓门有梅,有鸮萃止[3]。
　　夫也不良,歌以讯(谇)之[4]。
　　讯予不顾,颠倒思予[5]。

韵　读　1.斯、知,支部。已、矣,之部。　2.萃、讯(谇),物部。顾、予,鱼部。

今　译　1　墓门前面有酸枣,拿起斧头来砍倒。
　　　　　　这人实在太糟糕,全国人民都知道。
　　　　　　知道也不去掉他,从前谁人这样搞!
　　　　2　墓门外边有株楠,鸮鸟飞来停树间。
　　　　　　那人实在讨人嫌,唱支歌儿来讽谏。
　　　　　　讽谏也不愿意听,祸到临头把我念。

注　释　[1]《毛传》:"墓门,墓道之门。"《通释》:"墓门,盖陈之城门。"《毛传》:"斯,析也。"
　　　　　　[2]《郑笺》:"已犹去也。"苏辙《诗集传》:"夫,陈佗也。佗之不良,国人莫不知之者。

知而不之去,昔者谁为此乎?"[3]《毛传》:"梅,柟(楠)也。鸮(xiāo),恶声之鸟也。萃,集也。"[4]《毛传》:"讯(谇),告也。"《释文》:"讯,字又作谇。"戴震《毛郑诗考证》:"讯乃谇字转写之讹。"按安徽阜阳出土汉简《诗经》正作"谇"。[5]《传疏》:"颠倒,乱也。"

142　防有鹊巢

男子担心有人离间自己的爱人,非常不安。《诗序》:"《防有鹊巢》,忧谗贼也。宣公多信谗,君子忧惧焉。"二章叠咏,八句。

1　防有鹊巢,邛有旨苕[1]。
　　谁侜予美?心焉忉忉[2]!
2　中唐有甓[3],邛有旨鷊[4]。
　　谁侜予美?心焉惕惕[5]!

韵　读　1.巢、苕、忉,宵部 2.甓、鷊、惕,锡部。

今　译　1　堤上喜鹊来筑窝,苕草长在土山坡。
　　　　　　谁在欺蒙我爱人,担惊受怕烦恼多!
　　　　　2　院中通道铺方砖,绶草长在土丘边。
　　　　　　谁在欺蒙我爱人,担惊受怕多心烦!

注　释　[1]《集传》:"防,人所筑以捍水者。"邛(qióng):土丘。苕(tiáo):紫云英,野蚕豆。

[2]《毛传》:"佛(zhōu)张,诳也。"《广韵·尤韵》:"倜,壅蔽也。"《集传》:"忉忉,忧貌。"[3]《集传》:"庙中路谓之唐。"《通释》:"甓(pì)为砖,亦得为瓦称。"[4]《毛传》:"鹝(yì),绶草也。"绶草:也叫盘龙参,茎直立,夏天开紫红色小花,排列为扭捩形的穗状花序。[5]《毛传》:"惕惕,犹忉忉也。"

143　月出

月夜想念俏丽婀娜的女郎,心情烦闷,无以自解。三章叠咏,十二句。

1　月出皎兮,佼人僚兮[1],
　　舒窈纠兮[2],劳心悄兮[3]!
2　月出皓兮,佼人懰兮[4],
　　舒忧受兮,劳心慅兮[5]!
3　月出照兮,佼人燎兮[6],
　　舒夭绍兮,劳心惨兮[7]!

韵　读　1.皎、僚、悄,宵部;纠,幽部。幽宵合韵。 2.皓、懰、受、慅,幽部。 3.照、燎、绍、惨(懆),宵部。

今　译　1　月儿出来多洁皎,美人月下样儿俏。
　　　　　　行动轻盈体态妙,心里想她增烦恼!
　　　　2　月儿出来银光耀,美人月下多娇娆。
　　　　　　行动轻盈体态妙,心里想她增急躁!

194

3　月儿出来银光照,美人月下多姣好。

行动轻盈体态妙,心里想她受煎熬!

注　释　[1]《毛传》:"皎,月光也。僚(liǎo),好貌。"《释文》:"僚,本亦作嫽。" [2]《毛传》:"舒,迟也。窈纠,舒之姿也。"《通释》:"窈纠,犹窈窕,皆叠韵,与下忧(yōu)受、夭绍同为形容美好之词,非舒迟之义。" [3]《毛传》:"悄,忧也。"《郑笺》:"思而不见则忧。" [4]《诗缉》:"皓,月光之白也。"《集传》:"懰(liǔ),好貌。" [5]《释文》:"慅(cǎo),忧也。" [6]《集传》:"燎,明也。" [7]《集传》:"惨当作懆,忧也。"

144　株林

陈灵公与大夫孔宁、仪行父都跟大夫夏御叔的妻子夏姬私通,常一道去夏家鬼混。后来灵公被夏姬的儿子征舒杀死,孔宁、仪行父逃亡他国。此诗揭露讽刺了陈灵公君臣的丑恶行径。《诗序》:"《株林》,刺灵公也。淫乎夏姬,驰驱而往,朝夕不休息焉。"二章,八句。

1　胡为乎株林?从夏南[1]。

匪适株林,从夏南。

2　驾我乘马,说于株野[2]。

乘我乘驹[3],朝食于株。

韵　读　1.林、南、林、南,侵部。 2.马、野,鱼部。驹、株,侯部。

今　译　1　他为什么去株林?想跟夏南散散心。

原来他到株林去,就是要把夏南寻!

2 我的四马齐驾起,株邑郊外好休息。

驾上四匹马驹子,早餐要在株邑吃。

注 释 [1]《毛传》:"株林,夏氏邑也。夏南,夏征舒也。"按株邑在今河南省西华县夏亭镇北。《通释》:"株为邑名,林则野之别称。"《集传》:"盖淫乎夏姬,不可言也,故以从其子言之。"[2]《集传》:"说(shuì),舍也。"《通释》:"野外谓之林,野与林对文则异,散文则通,株林犹株野也。"[3]《郑笺》:"马六尺以下曰驹。"

145 泽陂

青年爱上一位漂亮的姑娘,忧思伤感,夜不成眠。三章叠咏,十八句。

1 彼泽之陂,有蒲与荷[1]。
有美一人,伤如之何[2]!
寤寐无为[3],涕泗滂沱[4]。

2 彼泽之陂,有蒲与蕳[5]。
有美一人,硕大且卷[6]。
寤寐无为,中心悁悁[7]。

3 彼泽之陂,有蒲菡萏[8]。
有美一人,硕大且俨[9]。
寤寐无为,辗转伏枕。

韵 读 1.陂、荷、何、为、沱,歌部。 2.蕳、卷、悁,寒部。 3.萏、俨,谈部;枕,侵部。侵谈合韵。

今 译　1　在那池塘水岸边,蒲草荷叶生长繁。
　　　　　那里有个美人儿,思念如何能见面!
　　　　　躺在床上睡不着,心中难过泪涟涟。
　　　　2　在那池塘水岸坡,蒲草莲蓬生长多。
　　　　　那里有个美人儿,身高体大又婀娜。
　　　　　躺在床上睡不着,心中想念多难过。
　　　　3　池塘边上水岸长,荷花蒲草生长旺。
　　　　　那里有个美人儿,身高体大又端庄。
　　　　　躺在床上睡不着,翻来覆去增忧伤。

注　释　[1]《毛传》:"陂(bēi),泽障也。"《正义》:"泽障、谓泽畔障水之岸。"《郑笺》:"蒲以喻所说男之性,荷以喻所说女之容体也。"[2]《郑笺》:"伤,思也。我思此美人,当如之何得而见之。"[3]闻一多《风诗类钞》:"为,成也。寤寐无为,言不能成寐。"[4]《毛传》:"自目曰涕,自鼻曰泗。"《正义》:"目涕鼻泗,一时俱下,滂沱(pāng tuó)然也。"[5]《郑笺》:"菅(jiān)当作莲。莲,芙蕖实也。"[6]《毛传》:"卷,好貌。"[7]《毛传》:"悁悁(yuān yuān),犹悒悒也。"《集疏》:"悁悁,盖悲哀不舒之意。"[8]《集传》:"菡萏,荷华也。"[9]《集传》:"俨(yǎn),矜庄貌。"

桧 风

桧(guì),也作"郐",周代诸侯国名。妘(yún)姓,祝融氏之后。周武王封之济、洛、河、颍之间为桧子。疆土包括今河南密县、新郑、荥阳等地。周平王二年(公元前769年)为郑武公所灭。《桧风》为桧地民歌,共四首。都是桧国灭亡前后即西周末东周初的作品,格调低沉。

146 羔裘

怀念一位穿着羔皮袍和狐皮袍的官员,心里感到忧伤。三章叠咏,十二句。

1 羔裘逍遥,狐裘以朝[1]。
  岂不尔思?劳心忉忉!
2 羔裘翱翔,狐裘在堂[2]。
  岂不尔思?我心忧伤!
3 羔裘如膏,日出有曜[3]。
  岂不尔思?中心是悼[4]!

韵读 1.遥、朝、忉,宵部。 2.翔、堂、伤,阳部。 3.膏,宵部;曜、悼,药部。宵药通韵。

今 译　1　穿上羔裘好逍遥,穿上狐裘好上朝。

难道我不想念你? 心中无奈徒烦恼!

　　　　2　穿上羔裘好遨游,公堂上面穿狐裘。

难道我不想念你? 心中无奈徒忧愁!

　　　　3　羔裘润滑像油膏,太阳出来光华曜。

难道我不想念你? 心中悲伤受煎熬!

注　释　[1]《毛传》:"羔裘以逍遥,狐裘以适朝。"[2]《郑笺》:"翱翔,犹逍遥也。"《毛传》:"堂,公堂也。"[3]《毛传》:"日出照曜,然后见其如膏。"苏辙《诗集传》:"如膏,言光泽也。"[4]《郑笺》:"悼犹哀伤也。"

147　素冠

妻子见到亡夫遗容干瘦,痛不欲生。三章叠咏,九句。

1　庶见素冠兮[1],棘人栾栾兮[2],劳心慱慱兮[3]!
2　庶见素衣兮,我心伤悲兮,聊与子同归兮。
3　庶见素韠兮,我心蕴结兮[4],聊与子如一兮。

韵　读　1.冠、栾、慱,寒部。 2.衣、悲、归,微部。 3.韠、结、一,质部。

今 译　1　幸而见你戴白冠,瘦骨伶仃容颜变,满怀忧伤心不安!

199

2 幸而见你穿白衫,心怀忧伤苦难言,但愿随你归黄泉。

3 幸而见你白蔽膝,愁肠百结心郁抑,但愿生死在一起。

注释 [1]《毛传》:"庶,幸也。"《传疏》:"素冠,白布冠也。" [2]《毛传》:"栾栾,瘠貌。"《通释》:"栾栾既为瘠貌,则棘即为瘠可知。惠氏以棘为古瘠字是也。……《诗》棘人之栾栾,言羸瘠也,正训棘为瘠。" [3]《毛传》:"怑怑(tuán tuán),忧劳也。" [4]《集传》:"韠(bì),蔽膝也,以韦为之。蕴(yùn)结,思之不解也。"

148 隰有苌楚

没落贵族哀叹人生痛苦,不如无知无家的草木。三章叠咏,十二句。

1 隰有苌楚,猗傩其枝[1]。
  夭之沃沃,乐子之无知[2]。

2 隰有苌楚,猗傩其华。
  夭之沃沃,乐子之无家[3]。

3 隰有苌楚,猗傩其实[4]。
  夭之沃沃,乐子之无室[5]。

韵读 1.枝、知,支部。 2.华、家,鱼部。 3.实、室,质部。

今译 1 低湿地里有羊桃,枝儿婀娜叶儿俏。
  枝叶柔嫩光泽好,羡你无知无烦恼。

2 低湿地里有羊桃,花儿娇艳正开放。
　　花蕾初绽光泽好,羡你无家少忧伤。

3 低湿地里有羊桃,果儿累累满枝头。
　　果实肥大光泽好,羡你无妻少忧愁。

注　释　[1]《正义》:"苌(cháng)楚,郭璞曰:今羊桃也。"《毛传》:"猗傩(ē nuó),柔顺也。"
[2]《集传》:"夭,少好貌。沃沃,光泽貌。子,指苌楚也。……政烦赋重,人不堪其苦,叹其不如草木之无知而无忧也。"[3]《集传》:"无家,言无累也。"[4]《后笺》:"华、实皆附于枝,枝既柔顺,则华实亦必从风而靡,虽概称猗傩不妨。"[5]《集传》:"无室,犹无家也。"

149　匪风

风起尘扬,流落东方的人思念故土,倍增忧伤。三章,一二章叠咏,末章变调。十二句。

1 匪风发兮,匪车偈兮[1]。
　　顾瞻周道,中心怛兮[2]!

2 匪风飘兮,匪车嘌兮[3]。
　　顾瞻周道,中心吊兮[4]!

3 谁能亨鱼?溉之釜鬵[5]。
　　谁将西归?怀之好音[6]。

韵　读　1.发、偈、怛,月部。2.飘、嘌、吊,宵部。 3.鬵、音,侵部。

今 译　1　大风刮来尘土扬,车儿快快奔前方。
　　　　　回过头来望大路,满怀凄凉增悲伤!
　　　　2　大风刮来沙尘飘,车儿颠簸奔前跑。
　　　　　回过头来望大路,满怀凄凉多烦恼!
　　　　3　哪个能把鱼儿烹?我把锅儿洗干净。
　　　　　哪个要回西方去?托他捎信报太平。

注　释　[1]《集传》:"发,飘扬貌。偈(jié),疾驱貌。"王引之《经传释词》:"言彼风之动发发然,彼车之驱偈偈然。"[2]《通释》:"凡《诗》周道,皆谓大路。"《毛传》:"怛(dá),伤也。"[3]《毛传》:"嘌嘌(piāo piāo),无节度也。"《传疏》:"无节度者,是亦疾驱之意。"《集传》:"嘌,漂摇不安之貌。"[4]《毛传》:"吊,伤也。"[5]《毛传》:"溉,涤也。鬵(xín),釜属。"[6]《毛传》:"怀,归也。"《诗缉》:"好音,犹好语也。"

曹 风

曹,周代诸侯国名,在今山东西南定陶、菏泽、曹县一带。周武王(公元前1046—前1043)封其弟叔振铎于此,都陶丘(今定陶县)。《曹风》是曹国境内民歌,共四篇,大都是东周和春秋时期的作品。

150 蜉蝣

哀叹人生短促,有如朝生暮死的蜉蝣。三章叠咏,十二句。

1 蜉蝣之羽,衣裳楚楚[1]。
  心之忧矣,於我归处[2]。
2 蜉蝣之翼,采采衣服[3]。
  心之忧矣,於我归息。
3 蜉蝣掘阅[4],麻衣如雪。
  心之忧矣,於我归说[5]。

韵 读 1.羽、楚、处,鱼部。 2.翼、服、息,职部。 3.阅、雪、说,月部。

今 译　1　蜉蝣翅膀薄又轻,衣裳华丽真鲜明。
　　　　　我的心里多忧愁,可怜何处是归程!
　　　　2　蜉蝣展翅翩翩舞,华丽鲜明好衣服。
　　　　　我的心里多忧愁,可怜何处是归宿。
　　　　3　蜉蝣穿洞向外飞,双翅洁白似麻衣。
　　　　　我的心里多忧戚,可怜归宿在哪里?

注 释　[1]《毛传》:"蜉蝣,渠略也。朝生夕死,犹有羽翼以自修饰。楚楚,鲜明貌。"闻一多《风诗类钞》:"蜉蝣之羽,衣裳楚楚,犹言楚楚的衣服,有如蜉蝣之羽。"[2]《郑笺》:"君当于何依归乎?"《集疏》:"归处,犹依止也。"[3]《集传》:"采采,华饰也。"[4]《正义》:"蜉蝣之虫,初掘地而出,皆鲜说(悦)也。"[5]《集传》:"说(shuì),舍息也。"

151　候人

讽刺统治者远弃君子,任用小人。四章,前三章叠咏,末章变调。十六句。

1　彼候人兮,何戈与祋[1]。
　　彼其之子,三百赤芾[2]。
2　维鹈在梁,不濡其翼[3]。
　　彼其之子,不称其服。
3　维鹈在梁,不濡其咮[4]。
　　彼其之子,不遂其媾[5]。

4　荟兮蔚兮,南山朝隮[6]。
　　婉兮娈兮,季女斯饥[7]。

韵读　1.袯、芾,月部。　2.翼、服,职部。　3.咮、媾,侯部。　4.隮、饥,脂部。

今译　1　那位候人守边庭,肩扛戈殳长短兵。
　　　　　那些暴发新贵族,红色蔽膝三百名。
　　　2　鹈鹕停在鱼梁里,河水不曾湿两翼。
　　　　　那些新贵不做事,哪配穿上大夫衣?
　　　3　鹈鹕停在鱼梁间,河水不曾湿嘴唇。
　　　　　那些新贵不做事,哪有资格受宠恩。
　　　4　云兴雾集密层层,南山清晨彩虹升。
　　　　　温柔美丽青春女,饥肠辘辘心难宁。

注释　[1]《毛传》:"候人,道路送迎宾客者。何,揭。殳(duì),殳(shū)也。"《通释》:"殳即杖,以积竹为之。"[2]《集传》:"之子,指小人。"《毛传》:"大夫以上,赤芾乘轩。"芾:通"绂",古代官服上的皮制蔽膝。[3]濡(rú):浸湿,打湿。[4]《毛传》:"咮(zhòu),喙也。"《传疏》:"喙者,口也。"[5]《集传》:"遂,称(chèn)。媾,宠也。遂之为称,犹今人谓遂意为称意。"[6]《毛传》:"荟(huì),蔚(wèi),云兴貌。南山,曹南山也。"隮(jī):出现在西方的虹。[7]《毛传》:"婉,少貌。娈,好貌。"

152　鸤鸠

赞美统治者言行一致,服饰美盛,仪态无差,堪为四国人民之长。四章叠咏,二十四句。

1 鸤鸠在桑[1],其子七兮。
  淑人君子,其仪一兮[2]。
  其仪一兮,心如结兮[3]。
2 鸤鸠在桑,其子在梅。
  淑人君子,其带伊丝[4]。
  其带伊丝,其弁伊骐[5]。
3 鸤鸠在桑,其子在棘。
  淑人君子,其仪不忒[6]。
  其仪不忒,正是四国[7]。
4 鸤鸠在桑,其子在榛。
  淑人君子,正是国人。
  正是国人,胡不万年[8]!

韵 读 1.七、一、一、结,质部。 2.梅、丝、丝、骐,之部。 3.棘、忒、国,职部。 4.榛、人、人、年,真部。

今 译 1 布谷筑巢桑林里,孵下雏鸟数有七。
  那位君子品德好,坚守礼义言行一。
  坚守礼义言行一,心如磐石不可移。
2 布谷桑间来筑巢,雏鸟飞上梅树梢。
  那位君子仪容好,丝织大带系在腰。
  丝织大带系在腰,彩玉装饰皮礼帽。
3 布谷筑巢桑树间,雏鸟飞上酸枣巅。
  那位君子心良善,言行端正无过愆。
  言行端正无过愆,领导四国有威权。
4 布谷筑巢桑树上,雏鸟学飞榛树旁。
  那位君子心善良,能做国人好官长。

能做国人好官长,祝他万寿永无疆!

注 释 [1]《集传》:"鸤鸠,秸鞠也,亦名戴胜,今之布谷也。"[2]《后笺》:"仪一,谓执义如一。"[3]《毛传》:"言执义一则用心固。"《集传》:"如结,如物之固结而不散也。"[4]《郑笺》:"谓大带也。大带用素丝,有杂色饰焉。"[5]《毛传》:"弁,皮弁也。"《郑笺》:"骐当作璂(qí),以玉为之。"《正义》:"皮弁(biàn)之逢中,每贯结五彩玉以为饰,谓之綦。"[6]《说文·心部》段玉裁注:"凡人有过失改常谓之忒(tè)。"[7]正:领导,做……官长。[8]《集传》:"胡不万年,愿其寿考之词也。"

153 下泉

公元前521年,周景王死,太子寿先卒,王子猛立。王子朝作乱,攻杀猛,尹氏立王子朝。王子丏居狄泉(即下泉,今洛阳东)。连年内战,人民生活痛苦。后来晋文公派大夫荀跞攻王子朝而立王子丏于成周,就是敬王。这首诗是曹国人对荀跞的赞美,大约作于敬王入周(公元前516年)以后。四章,前三章叠咏,末章变调。十六句。

1　洌彼下泉,浸彼苞稂[1]。
　　忾我寤叹,念彼周京[2]。

2　洌彼下泉,浸彼苞萧[3]。
　　忾我寤叹,念彼京周[4]。

3　洌彼下泉,浸彼苞蓍[5]。
　　忾我寤叹,念彼京师。

4　芃芃黍苗,阴雨膏之[6]。
　　四国有王[7],郇伯劳之[8]。

韵 读 1.泉、叹,寒部。粮、京,阳部。 2.泉、叹,寒部。萧、周,幽部。 3.泉、叹,寒部。蓍、师,脂部。 4.苗、膏、劳,宵部。

今 译　1　地下泉水冷如冰,浸得杂草难出生。
　　　　　夜不成寐长叹息,一心想念周王城。
　　　　2　地下泉水冰样凉,浸得蒿草难生长。
　　　　　夜不成寐长叹息,镐京时时缠心上。
　　　　3　地下泉水透骨寒,浸得蓍草生长难。
　　　　　夜不成寐长叹息,京师时时心上缠。
　　　　4　蓬勃一片黍子苗,雨水滋润长得高。
　　　　　天下有王谁人保,全靠郇伯来操劳。

注 释　[1]《毛传》:"洌(liè),寒也。下泉,泉下流也。"洌当作冽。《诗缉》:"洌旁三点者,从水也,清也,洁也。旁二点者,从冰也,寒也。"《集传》:"苞,草丛生也。稂,童梁,莠属也。" [2]《郑笺》:"忾(kài),叹息之意。寤,觉也。"《集传》:"周京,天子所居也。" [3]《毛传》:"萧,蒿也。" [4]《集传》:"京周,犹周京也。" [5]《毛传》:"蓍(shī),草也。" [6]《毛传》:"芃芃(péng péng),美貌。"《正义》:"此苗所以得盛者,由上天以阴雨膏泽之故也。"苏辙《诗集传》:"芃芃,盛也。" [7]《郑笺》:"有王,谓朝聘于天子也。" [8]《集疏》:"经云郇(xún)伯,而《齐》作荀伯者,或《齐诗》本作荀。"闻一多《风诗类钞》:"四方诸侯之所以有王者,以郇伯勤劳之故也。"

豳风

豳,古邑名,也作邠,故城在今陕西旬邑县西。周族祖先后稷之孙公刘由邰(今陕西武功县西南)迁居于此。《豳风》是豳地一带民歌,共七篇,都产生于西周,是《国风》中最早的诗。方玉润《诗经原始》:"《豳》仅《七月》一篇,所言皆农桑稼穑之事,非躬亲陇亩久于其道者,不能言之亲切有味也如是。周公生长世胄,位居冢宰,岂暇为此?且公刘世远,亦难代言。此必古有其诗,自公始陈王前,俾知稼穑艰难并王业所自始,而后人遂以为公作也。至《鸱鸮》《东山》二诗,乃为公作。《伐柯》《破斧》《九罭》《狼跋》则又众人为公而作之诗。以其无所系属,故并附《七月》后而统名之曰《豳》,凡以为公故也。"

154　七月

我国最古最杰出的农事诗。具体记述了三千年前豳地农民一年的劳动过程和生活情况,反映了当时社会的阶级矛盾,有非常高的史料价值。《诗序》:"《七月》,陈王业也。周王遭变,故陈后稷先公风化之所由,致王业之艰难也。"吴闿生《诗义会通》称之为"六籍中之至文。"八章,八十八句。

1　七月流火,九月授衣[1]。
　　一之日觱发,二之日栗烈[2]。

209

无衣无褐,何以卒岁[3]?

三之日于耜,四之日举趾[4]。

同我妇子,馌彼南亩,田畯至喜[5]。

2 七月流火,九月授衣。

春日载阳,有鸣仓庚[6]。

女执懿筐,遵彼微行[7],爰求柔桑。

春日迟迟,采蘩祁祁[8]。

女心伤悲,殆及公子同归[9]。

3 七月流火,八月萑苇。

蚕月条桑[10],取彼斧斨,

以伐远扬[11],猗彼女桑[12]。

七月鸣鵙[13],八月载绩。

载玄载黄,我朱孔阳[14],为公子裳。

4 四月秀葽,五月鸣蜩[15]。

八月其获,十月陨萚[16]。

一之日于貉[17],取彼狐狸,为公子裘。

二之日其同,载缵武功[18]。

言私其豵,献豜于公[19]。

5 五月斯螽动股,六月莎鸡振羽[20]。

七月在野,八月在宇[21],

九月在户,十月蟋蟀入我床下。

穹窒熏鼠,塞向墐户[22]。

嗟我妇子,曰为改岁[23],入此室处。

6 六月食郁及薁,七月亨葵及菽[24]。

八月剥枣[25],十月获稻。

为此春酒,以介眉寿[26]。

210

七月食瓜,八月断壶[27]。

九月叔苴,采荼薪樗[28],食我农夫。

7 九月筑场圃,十月纳禾稼[29]:

黍稷重穋,禾麻菽麦[30]。

嗟我农夫!我稼既同,上入执宫功[31]:

昼尔于茅,宵尔索绹[32];

亟其乘屋[33],其始播百谷。

8 二之日凿冰冲冲,三之日纳于凌阴[34]。

四之日其蚤[35],献羔祭韭。

九月肃霜,十月涤场[36]。

朋酒斯飨[37],曰杀羔羊。

跻彼公堂,称彼兕觥[38]:"万寿无疆[39]!"

韵 读 1.火、衣,微部。发、烈、褐、岁,月部。耜、趾、子、亩、喜,之部。 2.火、衣,微部。阳、庚、筐、行、桑,阳部。迟、祁,脂部。悲、归,微部。 3.火、苇,微部。桑、斨、扬、桑,阳部。鵙、绩,锡部。黄、阳、裳,阳部。 4.蒌,宵部;蜩,幽部。宵幽合韵。获、貉、貉,铎部。狸、裘,之部。同、功、豵、公,东部。 5.股、羽、野、宇、户、下、鼠、户、处,鱼部。 6.郁、薁,觉部。枣、稻、酒、寿,幽部。瓜、壶、苴、樗、夫,鱼部。 7.圃、稼,鱼部。穋,觉部;麦,职部。觉职合韵。同、功,东部。茅、绹,幽部。屋、谷,屋部。 8.冲,冬部;阴,侵部。冬侵合韵。蚤、韭,幽部。霜、场、飨、羊、堂、觥、疆,阳部。

今 译 1 七月火星向西移,九月开始发冬衣。

冬月北风呼呼吹,腊月严寒苦相逼。

粗布衣服全没有,年关怎过心着急。

正月开始修农具,二月举足把田犁。

老婆孩子一同去,把饭送到田间吃,田官见了心欢喜。

2 七月火星移西方,九月开始发衣裳。

春天太阳暖洋洋,树上黄莺声声唱。

211

姑娘手中提深筐,走在屋边小路旁,采摘园中柔嫩桑。

春天日子逐渐长,采蒿人多排成行。

姑娘心里暗悲伤,害怕公子把人抢。

3 七月火星移西方,八月芦苇收割忙。

三月桑树生长旺,拿上斧头扛起斯。

枝条太长要砍光,攀拢短枝采嫩桑。

七月伯劳不断叫,八月开始把麻纺。

既染赤黑又染黄,我的红丝最明亮,拿给公子做衣裳。

4 四月远志开花了,五月蝉儿咿呀叫。

八月开镰收黍稻,十月树叶纷纷掉。

冬月开始打貉子,剥取狐狸好皮毛,要给公子做裘袍。

腊月里来大会合,继续打猎齐讲武。

留下小猪归自己,大猪供献到公府。

5 五月蚂蚱动双肢,六月莎鸡振羽翼。

七月蟋蟀鸣野地,八月移到屋檐底,

九月进入房门里,十月蟋蟀床下栖。

堵塞地洞熏老鼠,封住北窗门涂泥。

可怜老婆和孩子,眼看年关就要过,搬进屋中住一起。

6 郁李葡萄六月吃,七月煮豆烹葵苗。

八月里来打红枣,十月收割田中稻。

春酒冬天酿造好,祝贺老人年寿高。

七月甜瓜能生啖,八月葫芦可做瓢,九月麻子仔细挑。

采摘苦菜劈柴烧,给我农夫做菜肴。

7 九月筑好打谷场,十月粮食收进仓。

黍子高粱早晚稻,粟麻豆麦同时装。

叹我农夫苦难当,刚把庄稼收割光,又要进宫去修房。

白天外出割茅草,搓绳还得靠晚上。

急把房屋修盖好,春播百谷又得忙。

8　腊月凿冰冲冲响,正月送入窨里藏。

二月取冰早祭忙,韭菜羔羊齐献上。

九月秋高天气凉,十月清扫打谷场。

美酒两壶共品尝,宰杀肥美小羔羊。

大家齐步登公堂,双手端起兕角杯,祝愿万寿永无疆!

注　释　[1]《集传》:"七月,夏之七月也。流,下也。火,大火,心星也。"每年夏历五月,黄昏时心星当正南方,处于正中和最高的位置。过了六月就偏西向下了,这就叫做"流"。《毛传》:"九月霜始降,妇功成,可以授冬衣矣。"[2]《毛传》:"一之日,周正月也。觱(bì)发,风寒也。栗烈,寒气也。"《正义》:"一之日,二之日,犹言一月之日,二月之日。"[3]《传疏》:"《说文》曰:'褐,一曰粗布。'"《郑笺》:"卒,终也。"[4]《毛传》:"三之日,夏正月也。于耜,始修耒耜也。四之日,周四月也。民无不举足而耕矣。"[5]《集传》:"馌(yè),饷田也。田畯(jùn),田大夫,劝农之官也。"[6]《集传》:"载,始也。阳,温和也。仓庚,黄鹂也。"[7]《毛传》:"懿筐,深筐也。微行(háng),墙下径也。"《传疏》:"微行,小道。"[8]《毛传》:"迟迟,舒迟也。蘩,白蒿也,所以生蚕。祁祁,众多也。"[9]陈子展《直解》:"女子自知得为公子所占有,恐为公子强暴侵陵而伤悲耳。"[10]《集传》:"萑(huán)苇,即蒹葭也。"《集传》:"蚕月,治蚕之月。"指农历三月。俞樾《群经平议》卷九:"条桑,言桑叶茂盛也。"[11]《传疏》:"斧孔曰銎(qiōng),方孔者则曰斨(qiāng)也。"《毛传》:"远,远枝也。扬,条扬也。"[12]《集传》:"取叶存条曰猗(yī)。"《后笺》:"盖女桑枝弱,不伐其条,但牵引使曲而采之。"[13]《毛传》:"䴗(jú),伯劳也。"[14]《毛传》:"玄,黑而有赤也。"《集传》:"朱,赤色。阳,明也。"[15]《毛传》:"不荣而实曰秀。葽,葽草也。"《集传》:"蜩(tiáo),蝉也。"[16]《毛传》:"获,禾可获也。"《传疏》:"陨萚(tuò),谓草木坠落也。"[17]《郑笺》:"于貉(hè),往搏貉以自为裘也。"[18]《通释》:"同之言会合也,谓冬田大合众也。"《毛传》:"缵(zuǎn),继功事也。"[19]《毛传》:"豕一岁曰豵(zōng),三岁曰豜(jiān)。大兽公之,小兽私之。"[20]斯螽(zhōng):蚱蜢,蚂蚱。《集传》:"动股,始跃而以股鸣也。"黄中松《诗疑辨证》:"莎(suō)鸡即纺织娘,其鸣如机急织之声。"[21]《集传》:"宇,檐下也。"[22]《毛传》:"穹,穷。室,塞也。"《毛传》:"向,北出牖也。墐,涂也。"[23]黄焯《诗疏平议》:"改岁,犹今俗云过年耳。"[24]郁:郁李,酸甜可食。薁(yù):野葡萄。《集传》:"葵,菜名。菽,豆也。"[25]《毛传》:"剥,击也。"

213

[26]《通释》:"周制盖以冬酿,经春始成,因名春酒。"《郑笺》:"介,助也。"《集传》:"介眉寿者,颂祷之辞也。"[27]《毛传》:"壶,瓠也。"[28]《毛传》:"叔,拾。苴(jū),麻子也。"《集传》:"荼,苦菜也。"《传疏》:"樗(chū),今俗之臭椿。"[29]《毛传》:"春夏为圃,秋冬为场。"《郑笺》:"纳,内也。治于场而内之囷仓也。"[30]《毛传》:"后熟曰重(tóng),先熟曰穋(lù)。"《传疏》:"禾者,今之小米。"[31]上:通"尚",还要。《郑笺》:"既同,言已聚也。……可以上入都邑之宅,治宫中之事矣。"[32]《郑笺》:"女当昼日往取茅归,夜作绞索,以待时用。"王引之《经义述闻》卷五:"索者,纠绳之名。绹(táo)即绳也。索绹犹言纠绳。"[33]《郑笺》:"亟,急。乘,治也。"[34]《传疏》:"《韩诗》云:冲冲,声也。"《毛传》:"凌阴,冰室也。"[35]《集传》:"蚤,蚤朝也。"[36]王国维《观堂集林》:"肃霜犹言肃爽。"《释文》:"涤,扫也。"[37]《毛传》:"两樽曰朋。"《传疏》:"《说文》:'飨,乡人饮酒也。'"[38]《毛传》:"公堂,学校也。"《集传》:"跻(jī),升也。称,举也。"《传疏》:"兕觥(gōng),角爵也。"[39]徐中舒《豳风说》:"万寿连言,乃万年眉寿之省称。"

155　鸱鸮

　　一只母鸟诉说雏鸟被猫头鹰抓走,它仍不断筑巢,抵御外侮,辛劳疲病,处境险恶。其实是诗人在诉说自己的穷困和苦闷。这是一首禽言诗,全诗都用兴法。《诗序》:"《鸱鸮》,周公救乱也。成王未知周公之志,公乃为诗以遗王,名之曰《鸱鸮》焉。"《书·金縢》亦载此事,以《鸱鸮》为周公所作。四章,二十句。

1　鸱鸮鸱鸮:既取我子,无毁我室[1]!
　　恩斯勤斯,鬻子之闵斯[2]!
2　迨天之未阴雨[3],彻彼桑土,绸缪牖户[4]。
　　今女下民,或敢侮予。
3　予手拮据,予所捋荼[5]。

予所蓄租,予口卒瘏[6]。曰予未有室家。

4　予羽谯谯,予尾翛翛。
　　予室翘翘[7],风雨所漂摇。予维音哓哓[8]!

韵读　1.勤、闵,文部。 2.雨、土、户、予,鱼部。 3.据、荼、租、瘏、家,鱼部。 4.谯、摇、哓,宵部;翛,幽部。幽宵合韵。

今译　1　猫头鹰啊猫头鹰,已经抓去我孩子,不要再毁我家庭!
　　一家恩爱感情深,我的孩子我心疼!

2　趁着老天没阴雨,到处剥取桑树根,缚好窗子缠好门。
　　如今你们树下人,谁人敢来欺我身!

3　我的双手常发麻,我为铺巢采芦花,我还贮存茅草渣。
　　我的嘴巴已累病,我还无处可安家。

4　我的羽毛渐稀少,我的尾巴尽枯焦。
　　我的窝儿危又高,风吹雨打直飘摇,把我吓得尖声叫!

注释　[1]《集传》:"鸱鸮(chī xiāo),鸺鹠(xiū liú),恶鸟,攫鸟子而食者也。"《郑笺》:"室犹巢也。"[2]《毛传》:"恩,爱也。鬻(yù),稚。闵,忧。"[3]《毛传》:"迨,及。彻,剥。桑土,桑根也。"《通释》:"盖彻取桑根之皮。"[4]《郑笺》:"绸缪(móu),犹缠绵也。"《集传》:"牖(yǒu),巢之通风处。户,其出入处也。"[5]《传疏》引《玉篇》:"拮据(jié jū),手病也。"《集传》:"荼,萑苕(huán tiáo),可藉巢者也。"[6]俞樾《群经平议》卷九:"租当为苴。……言予所持之荼,予所蓄聚之苴。"苴:茅草。《通释》:"卒瘏与拮据相对成文,卒当读为顇,字通作悴。卒、瘏皆为病。"[7]《毛传》:"谯谯(qiáo qiáo),杀也。翛翛(xiāo xiāo),敝也。翘翘(qiáo qiáo),危也。"[8]《毛传》:"哓哓(xiāo xiāo),惧也。"《郑笺》:"音哓哓然,恐惧告诉之意。"

156　东山

东征战士班师时回忆出征的艰辛,并想象家中的凄凉和重逢妻子的喜悦。《诗序》:"《东山》,周公东征也。周公东征,三年而归,劳归士,大夫美之,故作是诗也。"朱熹《诗序辩说》:"此周公劳归士之辞,非大夫美之而作也。"四章,每章前四句叠咏。四十八句。

1　我徂东山,慆慆不归[1]。
　　我来自东,零雨其濛[2]。
　　我东曰归,我心西悲。
　　制彼裳衣,勿士行枚[3]。
　　蜎蜎者蠋,烝在桑野[4]。
　　敦彼独宿[5],亦在车下。

2　我徂东山,慆慆不归。
　　我来自东,零雨其濛。
　　果臝之实,亦施于宇[6]。
　　伊威在室,蟏蛸在户[7]。
　　町畽鹿场,熠耀宵行[8]。
　　不可畏也,伊可怀也[9]!

3　我徂东山,慆慆不归。
　　我来自东,零雨其濛。
　　鹳鸣于垤[10],妇叹于室。
　　洒埽穹窒[11],我征聿至。
　　有敦瓜苦,烝在栗薪[12]。
　　自我不见,于今三年。

4 我徂东山,慆慆不归。
    我来自东,零雨其濛。
    仓庚于飞,熠耀其羽[13]。
    之子于归,皇驳其马[14]。
    亲结其缡[15],九十其仪[16]。
    其新孔嘉,其归如之何[17]?

韵 读 1.山,寒部;归,微部。各与二、三、四章遥韵。东、濛,东部。归、悲、衣、枚,微部。野、下,鱼部。蜀,屋部;宿、觉部。屋觉合韵。 2.东、濛,东部。实、室,质部。宇、户,鱼部。场、行,阳部。畏、怀,微部。 3.东、濛,东部。垤、室、窒、至,质部。薪、年,真部。 4.东、濛,东部。飞、归,微部。羽、马,鱼部。缡、仪、嘉、何,歌部。

今 译 1 昔我出征去东山,年深月久不能还。
    今日我从东方来,细雨濛濛天色暗。
    我从东方回家园,放眼西望心烦乱。
    平民衣服缝制好,不再衔枚上前线。
    树上桑虫体儿弯,久久呆在桑野间。
    兵士孤身缩成团,夜晚睡在车下面。

2 昔我出征去东山,年深月久不能还。
    今日我从东方来,细雨濛濛天色暗。
    瓜蒌果实结成串,藤儿爬满屋檐边。
    屋中地虱到处爬,蜘蛛结网在门前。
    宅旁田地鹿儿践,鬼火夜间处处闪。
    莫道荒凉不可怕,越是荒凉越怀念!

3 昔我出征去东山,年深月久不能还。
    今日我从东方来,细雨濛濛天色暗。
    土堆上面鹳鸟叫,房中妻子声声叹。

217

打扫房屋塞鼠洞,丈夫快要回家园。

瓠瓜实儿溜溜圆,久久放在劈柴边。

自从你我不相见,至今已过整三年。

4　昔我出征去东山,年深月久不能还。

今日我从东方来,细雨濛濛天色暗。

黄莺宛转双双飞,羽毛鲜艳又明亮。

当年妻子出嫁时,迎亲马儿白又黄。

娘把佩巾亲系上,婚礼仪式九十项。

新婚宴尔恩爱长,久别重逢当怎样?

注　释　[1]阎若璩《四书释地》:"东山,即蒙山,亦即《诗》之东山也。"《集传》:"东山,所征之地也。慆慆(tāo tāo),言久也。"[2]《集传》:"零,落。濛,雨貌。"[3]《集传》:"裳衣,平居之服也。郑氏曰:士,事也。行,陈也。枚如箸,衔之,有缅结项中,以止语也。"[4]《毛传》:"蠋(zhú,一说音 shǔ),桑虫也。"《集传》:"蜎蜎(yuān yuān),动貌。"《郑笺》:"久在桑野,有似劳苦者。"[5]《郑笺》:"敦敦(duī duī)然独宿于车下。"[6]《集传》:"果蠃(luǒ),栝楼也。施(yí),延也。蔓生延施于宇下也。"[7]李时珍《本草纲目》:"伊威,俗名湿生虫,曰地鸡、地虱者,象形。"《集传》:"蟏蛸(xiāo shāo),小蜘蛛也。"[8]《集传》:"町畽(tǐng tuǎn),舍旁隙地也。"《毛传》:"熠耀(yì yào),燐也。"《正义》:"燐者,鬼火之名。"宵行:夜间流动。[9]《郑笺》:"伊当作緊,繄犹是也。怀,思也。"[10]《毛传》:"垤(dié),蚁冢也。"[11]《郑笺》:"穹,穷。室,塞。穹窒鼠穴也。"[12]有敦(tuán):相当于"敦敦",圆圆的。《郑笺》:"古者声栗裂同也。"[13]《郑笺》:"熠耀其羽,羽鲜明也。"[14]《毛传》:"黄白曰皇,骊白曰驳。"[15]《毛传》:"缡,妇人之袆也。母戒女,施巾结帨。"[16]《集传》:"九其仪,十其仪,言其仪之多也。"[17]《郑笺》:"嘉,善也。其新来时甚嘉,至今则久矣,不知其如何也。"

157 破斧

东征战士记述战争的艰苦,赞美周公的功德,庆幸自己得以生还。《诗序》:"《破斧》,美周公也。周大夫以恶四国焉。"方玉润《诗经原始》:"《破斧》,美周公伐罪救民也。"三章叠咏,十八句。

1 既破我斧,又缺我斨[1]。
 周公东征,四国是皇[2]。
 哀我人斯,亦孔之将[3]!

2 既破我斧,又缺我锜[4]。
 周公东征,四国是吪[5]。
 哀我人斯,亦孔之嘉[6]!

3 既破我斧,又缺我銶[7]。
 周公东征,四国是遒[8]。
 哀我人斯,亦孔之休[9]!

韵 读 1.斨、皇、将,阳部。 2.锜、吪、嘉,歌部。 3.銶、遒、休,幽部。

今 译 1 我的大斧已砍破,方孔铜斧也损伤。
 周公出征去东方,匡正四国军威旺。
 可怜我们这些人,十分命大未阵亡!

2 我的大斧已砍破,三齿锄头也折断。
 周公出征去东边,感化四国天下安。
 可怜我们这些人,十分命好能生还!

3 我的大斧已砍破,我的铁锹也缺了。

周公出征去东方,平定四国安王朝。

可怜我们这些人,能回家乡真美好!

注　释　[1]《集传》:"隋(椭)銎(qióng)曰斧,方銎曰斨(qiāng),征伐之用也。"銎:斧子上安柄的孔。[2]《毛传》:"四国,管、蔡、商、奄也。皇,匡也。"[3]《毛传》:"将,大也。"[4]《集疏》引陈乔枞说:"然则锜(qī)之为物,盖如釜而有三刃……今世所用锄犹有三齿、五齿者,盖即是物。"[5]《毛传》:"吪(é),化也。"[6]《郑笺》:"嘉,善也。"[7]《后笺》:"銶亦釜类,盖起土之物……畚锹不殊。"[8]《毛传》:"遒(qiú),固也。"《传疏》引《鲁语》韦注:"固,安也。"[9]《毛传》:"休,美也。"

158　伐柯

婚姻必须通过媒人,遵循礼法。后世称做媒为"伐柯"、"作伐",即出此诗。二章叠咏,八句。

1　伐柯如何? 匪斧不克[1]。
　　取妻如何? 匪媒不得。
2　伐柯伐柯,其则不远[2]。
　　我觏之子,笾豆有践[3]。

韵　读　1.克、得,职部。 2.远、践,寒部。

今　译　1　要砍斧把怎么样? 没有斧头不可能。

220

要娶妻子怎么样？没有媒人不得成。

2　砍斧把啊砍斧把，斧把法则在眼前，
　　我今遇见这个人，酒菜整齐摆满案。

注　释　[1]《毛传》："柯，斧柄也。"《郑笺》："伐柯之道，唯斧乃能之，以类求其类也。"　[2]《郑笺》："则，法也。伐柯者必用柯，其大小长短近取法于柯，所谓不远求也。"　[3]《郑笺》："觏，见也。"《集传》："之子，指其妻而言也。笾，竹豆也。豆，木豆也。践，行列之貌。"

159　九罭

周公东征胜利，将回镐京，东都人挽留他。明·丰坊《诗说》："周公归于周，鲁人欲留之不可得，作是诗。"四章，二三章叠咏。十二句。

1　九罭之鱼，鳟鲂[1]。我觏之子，衮衣绣裳[2]。
2　鸿飞遵渚[3]。公归无所，於女信处[4]。
3　鸿飞遵陆[5]。公归不复，於女信宿。
4　是以有衮衣兮。无以我公归兮[6]，无使我心悲兮！

韵　读　1.鲂、裳，阳部。　2.渚、所、处，鱼部。　3.陆、复、宿，觉部。　4.衣、归、悲，微部。

今　译　1　细眼网儿捞鳟鲂。我看那人不寻常，画龙上衣绣花裳。
　　　　2　天鹅沿着小洲翔。公若回去没地方，住此两夜莫着忙。

221

3　天鹅沿着陆地旋。公若回去不再还,住此两夜不算晚。

4　藏起周公绣龙衣,莫让周公回西去,不要使我心悲戚!

注　释　[1]《毛传》:"九罭(yù),缪(zōng)罟,小鱼之网也。"鳟(zūn):赤眼鳟。鲂:鳊鱼,团头鲂。都是较大的鱼。[2]《集传》:"我,东人自我也。之子,指周公也。"《毛传》:"衮(gǔn)衣,卷龙也。"《正义》:"画龙于衣,谓之衮。"[3]《郑笺》:"鸿,大鸟也,不宜与凫鹥之属飞而循渚。"渚:小洲。[4]《毛传》:"再宿曰信。"《传疏》:"女犹尔也。尔,此也。" [5]《毛传》:"陆非鸿所宜止。" [6]闻一多《风诗类钞》:"有,藏之也。"以:使,让。

160　狼跋

赞美周公处变不惊,宽厚大度。《诗序》:"《狼跋》,美周公也。周公摄政,远则四国流言,近则王不知,周大夫美其不失其圣也。"二章叠咏,八句。

1　狼跋其胡,载疐其尾[1]。
　　公孙硕肤[2],赤舄几几[3]。
2　狼疐其尾,载跋其胡。
　　公孙硕肤,德音不瑕[4]。

韵　读　1.胡、肤,鱼部。尾,微部;几,脂部。脂微合韵。　2.胡、肤、瑕,鱼部。

今　译　1　老狼向前踩胡子,后退又把尾巴绊。
　　周公谦逊身体胖,红色靴子真好看。

222

2 老狼后退绊尾巴,前进又把胡子踏。

   周公谦逊身体胖,名声美好无疵瑕。

注 释　[1]《毛传》:"跋,躐。疐(zhì),跲(jiá)也。老狼有胡,进则躐其胡,退则跲其尾,进退有难。"胡':旧以为颔下悬肉,其实就是胡须、胡子。跲:绊住。[2]《集传》:"公,周公也。孙(xùn),让。"《通释》:"硕肤者,心广体胖之象。"[3]《毛传》:"赤舄,人君之盛屦也。"《广雅·释训》:"几几(jī jī),盛也。"[4]《集传》:"德音,犹令闻也。瑕,疵病也。"

小　雅

　　《雅》是周代朝廷贵族用的乐歌。包括《小雅》和《大雅》两部分。《小雅》七十四篇，大部分是西周（公元前1027—前771）作品，也有东周（公元前770—前545）的作品。以厉、宣、幽时期为最多。内容包括祭祀、宴飨、讽刺、歌颂、戒勉、纪事、抒情等方面，在一定程度上反映了周代社会的现实。苏辙《诗集传》："《小雅》言政事之得失，《大雅》言道德之存亡。"诗的作者多数是上层贵族，少数是劳动人民。其中《黄鸟》《我行其野》《谷风》《蓼莪》《都人士》《采绿》《隰桑》《绵蛮》《瓠叶》《渐渐之石》《苕之华》《何草不黄》十二篇，风格上和《国风》相近。龚橙《诗本谊》以为"西周民风"。

161 鹿鸣

周王宴会群臣宾客,饮酒奏乐,赞扬客人德行好,希望客人快乐尽兴。《诗序》:"《鹿鸣》,燕群臣嘉宾也。既饮食之,又实币帛筐篚以将其厚意,然后忠臣嘉宾得尽其心矣。"朱熹《集传》:"此燕飨宾客之诗也。"三章,二十四句。

1 呦呦鹿鸣[1],食野之苹[2]。
　　我有嘉宾,鼓瑟吹笙[3]。
　　吹笙鼓簧[4],承筐是将[5]。
　　人之好我,示我周行[6]。

2 呦呦鹿鸣,食野之蒿。
　　我有嘉宾,德音孔昭[7]。
　　视民不恌[8],君子是则是傚[9]。
　　我有旨酒,嘉宾式燕以敖[10]。

3 呦呦鹿鸣,食野之芩[11]。
　　我有嘉宾,鼓瑟鼓琴。
　　鼓瑟鼓琴,和乐且湛[12]。
　　我有旨酒,以燕乐嘉宾之心[13]。

韵 读　1.鸣、苹、笙,耕部。簧、将、行,阳部。 2.蒿、昭、恌、傚、敖,宵部。 3.芩、琴、琴、湛、心,侵部。

今 译　1　鹿儿呼伴呦呦叫,同在野地吃艾蒿。
　　　　我有满座好客人,鼓瑟吹笙来相邀。

席间吹笙又鼓簧，献上礼品满竹筐。

　　　客人忠心爱护我，为我指明大方向。

2　鹿儿呼伴呦呦叫，同在野地吃青蒿。

　　　我有满座好客人，品德优秀名声高。

　　　教民宽厚别轻佻，君子学习又仿效。

　　　我有美酒和佳肴，贵客欢饮共逍遥。

3　鹿儿呼伴呦呦叫，同在野地吃野蒿。

　　　我有满座好客人，鼓瑟弹琴来相招。

　　　席间鼓瑟又弹琴，宾主和乐兴更高。

　　　我有美酒敬一杯，贵客欢饮乐陶陶。

注　释　[1]《集传》："呦呦(yōu)，声之和也。"[2]《郑笺》："苹，藾萧。"[3]瑟：一种弦乐器，像琴，二十五弦。《集疏》："《鲁》说曰：笙长四寸，十三簧，像凤之身也。"[4]《毛传》："簧，笙也，吹笙而鼓簧矣。"[5]《毛传》："筐，篚属，所以行币帛也。"《郑笺》："承，犹奉也。"《集传》："将，行也。奉筐而行币帛。"[6]姚际恒《诗经通论》："周行，大路也。……犹云指我途路耳。"[7]《诗缉》："嘉宾教益于我，皆有德之言，甚昭明矣。"[8]《毛传》："佻(tiāo)，愉(tōu)也。"《郑笺》："视，古示字也。"[9]《毛传》："是则是傚，言可法傚也。"[10]《毛传》："敖，游也。"[11]《释文》引《说文》："芩(qín)，蒿也。"[12]《毛传》："湛(dān)，乐之久。"陈子展："乐之久，犹今言尽兴也。"[13]《通释》："燕乐，犹上言'式燕以敖'耳。"

162　四牡

出使官员自述奔波之苦，不能回家供养父母。勤劳王事为忠为公，将父将母为孝为私，诗中忠孝两陈,先公而后私,主次分明。后用于国君慰劳使臣。《左传·襄公四年》:"《四牡》,君所以劳使臣也。"《诗序》:"《四牡》,劳使臣之来也。"五章,二十五句。

1　四牡騑騑[1],周道倭迟[2]。
　　岂不怀归?王事靡盬,我心伤悲[3]。

2　四牡騑騑,啴啴骆马[4]。
　　岂不怀归?王事靡盬,不遑启处[5]。

3　翩翩者鵻[6],载飞载下,集于苞栩[7]。
　　王事靡盬,不遑将父[8]。

4　翩翩者鵻,载飞载止,集于苞杞[9]。
　　王事靡盬,不遑将母。

5　驾彼四骆,载骤骎骎[10]。
　　岂不怀归?是用作歌,将母来谂[11]。

韵　读　1. 騑、归、悲,微部;迟,脂部。脂微合韵。 2. 騑、归,微部。马、盬、处,鱼部。 3. 下、栩、盬、父,鱼部。 4. 止、杞、母,之部。 5. 骎、谂,侵部。

今　译　1　四匹马儿跑得慌,大路弯曲远又长。
　　难道不想回家乡?王家差事没有完,我的心里多悲伤。

2　四匹马儿快如飞,黑鬃白马直喘气。
　　难道不想回家去?王家差事没有完,哪有闲暇得休息。

3　鸽子鸟儿翩翩飞,时上时下任翱翔,落在丛生栎树上。
　　王家差事没有完,老父无暇来奉养。

4　鸽子鸟儿翩翩飞,时而飞来时而止,落在丛生杞树枝。
　　王家差事没有完,老母无暇来奉侍。

5　四匹白马驾车忙,马儿快快奔前方。

227

难道不想回家乡？因此作了这首歌，深深怀念老亲娘。

注 释 [1]《毛传》："骓骓(fēi fēi)，行不止之貌。" [2]《毛传》："逶(wēi)迟，历远之貌。"即大路弯曲遥远。[3]《毛传》："思归者，私恩也；靡盬(gǔ)者，公义也；伤悲者，情思也。"《郑笺》："无私恩，非孝子；无公义，非忠臣也。"王引之《经义述闻》卷五："盬者，息也。王事靡盬，王事靡有止息也。" [4]《毛传》："啴啴(tān tān)，喘息之貌。白马黑鬣曰骆。" [5]《毛传》："遑，暇。启，跪。处，居也。"《诗缉》引项氏说："古者席地，故有跪有坐，跪即起身，居则坐也。" [6]《集传》："翩翩，飞貌。雏(zhuī)，夫不也，今鹁鸠也。"王闿运《补笺》："雏，祝鸠，今鸽也。" [7]《诗缉》："栩(xǔ)，柞也、栎也、杼也。" [8]《毛传》："将，养也。" [9]《毛传》："杞，枸檵也。" [10]《释文》引《字林》："骎骎(qīn qīn)，马行疾也。"《诗缉》："走马曰驰，不驰而步疾曰骎。" [11]《毛传》："谂(shěn)，念也。"

163 皇皇者华

使臣奔走四方，广泛访问，征求意见。《诗序》："《皇皇者华》，君遣使臣也。"陈子展《直解》："《皇皇者华》与《四牡》同是使臣在途自咏之作。后乃作为乐章，一用之于君劳使臣之来，一用之于君遣使臣之往。"五章，二十句。

1 皇皇者华[1]，于彼原隰[2]。
  駪駪征夫[3]，每怀靡及[4]。

2 我马维驹[5]，六辔如濡[6]。
  载驰载驱，周爰咨诹[7]。

3 我马维骐[8]，六辔如丝。
  载驰载驱，周爰咨谋。

4　我马维骆,六辔沃若[9]。

　　载驰载驱,周爰咨度。

5　我马维骃[10],六辔既均。

　　载驰载驱,周爰咨询[11]。

韵读　1.华、夫,鱼部。隰、及,缉部。 2.驹、濡、驱、诹,侯部。 3.骐、丝、谋,之部。 4.骆、若、度,铎部。 5.骃、均、询,真部。

今译　1　花儿朵朵真漂亮,平原洼地尽开放。

　　使臣一行奔走忙,纵有私怀顾不上。

2　我的马儿高六尺,六条缰绳多光泽。

　　驾着车儿快快跑,四处访问求良策。

3　我的马儿黑又青,缰绳如丝多洁净。

　　驾着车儿快快跑,四处访问不愿停。

4　我的白马鬃毛黑,六条缰绳多光滑。

　　驾着车儿快快跑,四处访问细调查。

5　我的马儿名叫骃,六条缰绳多均匀。

　　赶着车儿快快跑,四处访问细征询。

注释　[1]《传疏》:"皇,古煌字……煌煌,华(花)色明也。" [2]《毛传》:"高平曰原,下湿曰隰(xí)。" [3]《集传》:"骁骁(shēn shēn),众多疾行之貌。征夫,使臣与其属也。" [4]《毛传》:"每,虽。"《郑笺》:"《春秋外传》曰:怀私为每怀也。" [5]《释文》:"驹,本亦作骄。"马高六尺为骄。 [6]《郑笺》:"如濡,言鲜泽也。" [7]《集传》:"周,偏。爰,于也。"《诗缉》:"诹(zōu)、谋、度、询皆访问之意。" [8]骐:有青黑色花纹的马。 [9]《集传》:"沃若,犹如濡也。" [10]《毛传》:"阴白杂毛曰骃(yīn)。" [11]林义光《诗经通解》:"询与谋不同,凡谋则合他人与己之意,询则专听采他人之言,故必他人亲历之事,己所不知者,乃可言询也。"

164　常棣

贵族兄弟宴会的乐歌。兄弟最亲,危难中只有兄弟最可信赖。兄弟和睦,则合家欢乐幸福。《诗序》:"《常棣》,燕兄弟也。闵管蔡之失道,故作《常棣》焉。"陈子展《直解》:"《常棣》最先歌唱兄弟友爱,此《诗三百》中名篇杰作之一。"八章,三十二句。

1　常棣之华[1],鄂不韡韡[2]。
　　凡今之人,莫如兄弟。
2　死丧之威,兄弟孔怀[3]。
　　原隰裒矣,兄弟求矣[4]。
3　脊令在原[5],兄弟急难。
　　每有良朋[6],况也永叹[7]!
4　兄弟阋于墙[8],外御其务[9]。
　　每有良朋,烝也无戎[10]。
5　丧乱既平,既安且宁;
　　虽有兄弟,不如友生[11]。
6　傧尔笾豆[12],饮酒之饫[13]。
　　兄弟既具[14],和乐且孺[15]。
7　妻子好合[16],如鼓瑟琴。
　　兄弟既翕[17],和乐且湛[18]。
8　宜尔室家[19],乐尔妻帑[20]。
　　是究是图,亶其然乎[21]!

韵　读　1.韡,微部;弟,脂部,脂微合韵。 2.威、怀,微部。裒、求,幽部。 3.原、难、叹,寒部。4.无韵。 5.平、宁、生,耕部。 6.豆、饫(醹)、具、孺,侯部。 7.合、翕,缉部。琴、湛,侵部。8.家、帑、图、乎,鱼部。

今 译　1　常棣开花色彩新,花萼花蒂不可分。
　　　　　　如今世上一般人,关系最数兄弟亲。

　　　　2　世间死丧很可怕,惟有兄弟最记挂。
　　　　　　尸骨聚葬野地里,兄弟也会来寻他。

　　　　3　鹡鸰鸟儿平原啼,好比兄弟救难急。
　　　　　　虽有至交好朋友,徒增长叹终无益。

　　　　4　兄弟争吵在内堂,外患来了同抵挡。
　　　　　　虽有至交好朋友,事到临头难相帮。

　　　　5　死丧祸乱已平定,全家生活已安宁。
　　　　　　纵然兄弟在一起,不如朋友有感情。

　　　　6　笾豆佳肴都摆出,欢宴饮酒饱且足。
　　　　　　一家兄弟都来齐,和睦欢乐又舒服。

　　　　7　夫妻结合恩爱深,和谐如奏瑟琴音。
　　　　　　兄弟尽都来聚会,和睦欢乐笑吟吟。

　　　　8　你家生活安排好,妻子儿女喜洋洋。
　　　　　　认真探求仔细想,诚然如此可应当?

注 释　[1]《毛传》:"常棣,棣也。"《正义》引郭璞说:"今关西有棣树,子如樱桃可食是也。"[2]《毛传》:"韡韡(wěi wěi),光明也。"《郑笺》:"承华者曰鄂。"[3]《毛传》:"威,畏。怀,思。"[4]《集传》:"裒(póu),聚也。……至于积尸裒聚于原野之间,亦惟兄弟为相求也。"[5]《毛传》:"脊令,雝渠也。飞则鸣,行则摇,不能自舍耳。"[6]《郑笺》:"每有,虽也。"[7]《毛传》:"况,兹(滋)。永,长也。"[8]《传疏》:"《说文》:'阋(xì),恒讼也。'……讼,争也。"[9]《毛传》:"务,侮也。"禦,《正义》本作"御"。[10]《郑笺》:"久也犹无相助己者。"[11]生,人。《通释》:"按生,语辞,唐人诗太瘦生,及凡诗何似生、怎么生、可怜生之类,皆以生为语助词。实此诗及《伐木》诗倡之也。"[12]《毛传》:"傧,陈。"[13]《集传》:"饫(yù),餍。"王先谦《集疏》:"《韩》,'饫'作'醧'。……以古音读之,'醧'与'豆'、'具'、'孺'韵正协。"[14]《集传》:

"具,俱也。"[15]俞樾《群经平议》:"孺当读为愉。孺从需声,愉从俞声,两声相近。"[16]《郑笺》:"好合,志意合也。"[17]《毛传》:"翕(xī),合也。"《正义》:"兄弟既会聚矣。"[18]《释文》:"《韩诗》云:湛(dān),乐之甚也。"[19]"室家",一本作"家室"。[20]《毛传》:"帑,子也。"《集疏》:"《齐》说曰:古者谓子孙曰帑。"[21]《毛传》:"亶(dǎn),信也。"《郑笺》:"女深谋之,信其如此。"

165　伐木

贵族宴请朋友、亲戚、兄弟的乐歌。朋友不可不求,亲戚兄弟要盛情款待。《诗序》:"《伐木》,燕朋友故旧也。自天子至于庶人,未有不须友以成者。亲亲以睦,友贤不弃,不遗故旧,则民德归厚矣。"三章,三十六句。

1　伐木丁丁[1],鸟鸣嘤嘤[2]。
　　出自幽谷,迁于乔木[3]。
　　嘤其鸣矣,求其友声。
　　相彼鸟矣,犹求友声;
　　矧伊人矣[4],不求友生?
　　神之听之,终和且平[5]。
2　伐木许许[6],酾酒有藇[7]。
　　既有肥羜[8],以速诸父[9]。
　　宁适不来?微我弗顾[10]。
　　於粲洒埽[11],陈馈八簋[12]。
　　既有肥牡,以速诸舅[13]。

232

宁适不来？微我有咎[14]。

3 伐木于阪，酾酒有衍[15]。
笾豆有践[16]，兄弟无远。
民之失德，乾糇以愆[17]。
有酒湑我[18]，无酒酤我。
坎坎鼓我[19]，蹲蹲舞我[20]。
迨我暇矣，饮此湑矣。

韵 读 1.丁、嘤，耕部。谷、木，屋部。鸣、声、声、生、听、平，耕部。 2.许、芋、羜、父、顾，鱼部。埽、簋、牡、舅、咎，幽部。 3.阪、衍、践、远、愆，寒部。湑、酤、鼓、舞、暇、湑，鱼部。

今 译 1 众人砍树响丁丁，鸟儿鸣叫声嘤嘤。
鸟儿飞出自深谷，一直飞到高树停。
鸟儿为啥嘤嘤叫，是为寻求朋友声。
看那鸟儿是飞禽，尚求朋友不住鸣，
何况我们是人类，不求朋友怎能成？
人间友爱神灵听，定将为你降和平。

2 众人砍树呼呼响，美酒滤来扑鼻香。
既有肥嫩小羔羊，快请伯叔来品尝。
宁可偶然他不来，非我照顾欠周详。
干干净净扫厅堂，八盆佳肴摆席上。
既有肥嫩小羔羊，快请舅父来品尝。
宁可偶然他不来，非我有错欠思量。

3 众人砍树山坡前，美酒筛来香又甜。
笾豆佳肴依次摆，兄弟之间莫疏远。
人们失德少恩义，饭菜小事成过愆。
有酒给我用清酒，无酒买来也不嫌。

233

我来击鼓声坎坎,我来跳舞姿态妍。

趁我今朝闲暇时,饮此清酒笑满面。

注　释　[1]《毛传》:"丁丁(zhēng zhēng),伐木声。"[2]《集传》:"嘤嘤(yīng yīng),鸟声之和也。"[3]《毛传》:"幽,深。乔,高也。"[4]《毛传》:"矧(shěn),况也。"[5]《传疏》:"此诗曰'终和且平',《那》曰'既和且平',是终与既同也。"[6]《集传》:"许许(hǔ hǔ),众人用力之声。"[7]《毛传》:"以筐曰酾(shī),以薮曰湑。壻(xù),美貌。"[8]《毛传》:"羜(zhù),未成羊也。"《正义》引郭璞曰:"今俗呼五月羔为羜是也。"[9]《集传》:"速,召也。诸父,朋友之同姓而尊者也。"[10]《毛传》:"微,无也。"《郑笺》:"宁召之适自不来,无使言我不顾念也。"[11]《集传》:"於(wū),叹辞。粲,鲜明貌。"[12]《毛传》:"圆曰簋(guǐ),天子八簋。"[13]《正义》:"肥羜之牡。""牡"与"羜"为互文。《集传》:"诸舅,朋友之异姓而尊者也。"[14]《毛传》:"咎,过也。"[15]《传疏》:"衍,谓多溢之美也。"[16]《郑笺》:"践,陈列貌。"[17]《集传》:"乾餱(hóu),食之薄者也。愆(qiān),过也。"[18]《传疏》:"渗去其滓汁者谓之湑(xǔ)。"[19]《集疏》:"坎坎者,击鼓之声,与舞之节奏相应。"[20]《毛传》:"蹲蹲(cún cún),舞貌。"

166　天保

　　臣下祝颂君上多福多寿。《诗序》:"天保,下报上也。君能下下以成其政,臣能归美以报其上焉。"严粲《诗缉》:"诗人祝君,必本于德……有是德乃有是福,归美之中有责难者焉。否则全篇皆容悦之词矣。"后世以"九如"为祝寿之辞,始此。六章,三十六句。

1　天保定尔[1],亦孔之固。
　　俾尔单厚[2],何福不除[3]?
　　俾尔多益,以莫不庶。

234

2 天保定尔,俾尔戬穀[4]。

　　罄无不宜[5],受天百禄。

　　降尔遐福[6],维日不足。

3 天保定尔,以莫不兴。

　　如山如阜,如冈如陵。

　　如川之方至,以莫不增。

4 吉蠲为饎[7],是用孝享[8]。

　　禴祠烝尝[9],于公先王[10]。

　　君曰:"卜尔[11],万寿无疆!"

5 神之吊矣[12],诒尔多福[13]。

　　民之质矣,日用饮食[14]。

　　群黎百姓[15],遍为尔德[16]。

6 如月之恒,如日之升[17]。

　　如南山之寿,不骞不崩[18]。

　　如松柏之茂,无不尔或承[19]。

韵　读　1.固、除,鱼部;庶、铎,铎部。鱼铎通韵。 2.穀、禄、足,屋部。 3.兴、陵、增,蒸部。
4.享、尝、王、疆,阳部。 5.福、食、德,职部。 6.恒、升、崩、承,蒸部。寿、茂,幽部。

今　译　1 老天爷,保佑你,皇权巩固永不移。

　　　　　　使你国家能强大,哪样幸福不赐给?

　　　　　　使你福气日益多,物产丰富样样齐。

　　　　2 老天爷,保佑你,让你不断增福禄。

　　　　　　万事安排都适宜,接受老天百种福。

　　　　　　大福大禄降给你,每天还恐给不足。

　　　　3 老天爷,保佑你,事事处处都兴旺。

　　　　　　就像大山大土丘,就像峻岭和高岗,

235

就像江河洪水涌,没有一样不增长。

4　美好清洁设酒浆,祭享祖先齐献上。
　　春夏秋冬按时祭,祭祀先公与先王。
　　先公先王传话说,赐你万寿永无疆。

5　祖宗神灵已光临,送你幸福多如林。
　　人民朴实无虚伪,每日吃饱就安心。
　　无论贵族或平民,都受教化感君恩。

6　你像上弦月渐明,你像朝阳常东升。
　　你像南山寿命长,永不亏损永不崩。
　　你像松柏长茂盛,福禄代代有继承。

注　释　[1]《郑笺》:"保,安。"《传疏》:"通篇十'尔'字,皆指君上也。"[2]《毛传》:"俾,使。"《通释》:"单、厚同义,皆为大也。"[3]《通释》:"除、余古通用。……余、予古今字,余通为予我之予,即可通为赐予之予。"[4]《毛传》:"戬(jiǎn),福。榖,禄。"[5]《毛传》:"罄,尽也。"[6]《郑笺》:"遐,远也。"[7]《毛传》:"吉,善。蠲(juān),絜也。饎(chì),酒食也。"[8]《毛传》:"享,献也。"《传疏》:"《尔雅》:'享,孝也。'是孝亦享也。"[9]《毛传》:"春曰祠,夏曰禴(yuè),秋曰尝,冬曰烝。"[10]《郑笺》:"公,先公,谓后稷至诸盩(chóu)。"[11]《毛传》:"君,先君也。卜,予也。"[12]《毛传》:"吊,至也。"[13]《毛传》:"诒,遗也。"[14]《集传》:"质,实也。言其质实无伪,日用饮食而已。"[15]《毛传》:"百姓,百官族姓也。"《郑笺》:"黎,众也。"[16]《通释》:"为当读如'式讹尔心'之讹。讹,化也。"[17]《毛传》:"恒(gēng),弦。升,出也。"《郑笺》:"月上弦而始盈,日始出而就明。"[18]《毛传》:"骞(qiān),亏。"[19]《郑笺》:"或之言有也。如松柏之枝叶常茂盛,青青相承,无衰落也。"

167　采薇

战士在返乡途中回忆久戍边防不归的愁苦,疆场奔走战斗的辛劳,庆幸生还而产生的哀伤。《诗序》:"《采薇》,遣戍卒也。"陈子展《直解》:"《采薇》,描述边防军士服役思归,爱国恋家,情绪矛盾苦闷之作。"六章,四十八句。

1　采薇采薇[1],薇亦作止[2]。
　　曰归曰归,岁亦莫止[3]。
　　靡室靡家,狁之故[4]。
　　不遑启居[5],狁之故。

2　采薇采薇,薇亦柔止。
　　曰归曰归,心亦忧止。
　　忧心烈烈[6],载饥载渴。
　　我戍未定,靡使归聘[7]。

3　采薇采薇,薇亦刚止[8]。
　　曰归曰归,岁亦阳止[9]。
　　王事靡盬,不遑启处。
　　忧心孔疚[10],我行不来[11]。

4　彼尔维何? 维常之华[12]。
　　彼路斯何[13]? 君子之车[14]。
　　戎车既驾,四牡业业[15]。
　　岂敢定居? 一月三捷。

5　驾彼四牡,四牡骙骙[16]。
　　君子所依,小人所腓[17]。

四牡翼翼,象弭鱼服[18]。

岂不日戒?狁孔棘[19]。

6　昔我往矣,杨柳依依。

今我来思,雨雪霏霏[20]。

行道迟迟,载渴载饥。

我心伤悲,莫知我哀!

韵　读　1.薇、归,微部。作、莫,铎部。家、故、居、故,鱼部。　2.薇、归,微部。柔、忧,幽部。烈、渴,月部。定、聘,耕部。　3.薇、归,微部。刚、阳,阳部。盬、处,鱼部。疚、来,之部。　4.华、车,鱼部。业、捷,叶部。　5.骙,脂部;依、腓,微部。脂微合韵。翼、服、戒、棘,职部。　6.依、霏,微部。迟、饥,脂部。悲、哀,微部。

今　译　1　采薇菜呀采薇菜,薇菜开始出嫩芽。

说回家呀说回家,又到年底成空话。

抛妻别子远离家,为是狁要来打。

坐下休息都无暇,要跟狁去厮杀。

2　采薇菜呀采薇菜,薇菜柔嫩未长高。

说回家啊说回家,心里愁苦增伤悼。

忧心如焚无处诉,又饥又渴苦难熬。

边防驻地不固定,书信无人往回捎。

3　采薇菜呀采薇菜,薇菜已老硬难吞。

说回家呀说回家,又到十月小阳春。

王家差事没个完,要想歇息无时辰。

满怀忧愁多痛苦,担心不能返家门。

4　鲜明美盛那是啥?那是棠棣开的花。

高大华丽啥东西?那是将军乘车马。

兵车已经套好辕,四匹公马高又大。

当兵哪敢求安居,一月三次胜仗打。

5　驾着四马上前方,四匹公马壮又强。

将军端坐有倚靠,战士依它好隐藏。

四匹公马多齐整,手持雕弓佩箭囊。

怎敢天天不警戒,狎狁入侵甚猖狂。

6　当年出发是初春,杨柳依依叶正新。

如今回家岁已暮,大雪满天落纷纷。

走在路上多迟缓,饥渴交加实难忍。

满怀悲哀多愁苦,无人知道我酸辛。

注　释　[1]薇(wēi):一种豆科植物,即野豌豆。[2]《毛传》:"作,生也。"[3]《郑笺》:"莫,晚也。"[4]《毛传》:"狎狁(xiǎn yǔn),北狄也。"《郑笺》:"北狄,今匈奴也。"[5]《郑笺》:"启,跪也。"严粲《诗缉》:"古者席地,有跪有坐,跪即起身,居则坐也。"[6]《诗缉》:"如火烈烈,言内热也。"[7]《毛传》:"聘,问也。"《正义》:"无人使归问家安否,所以忧也。"[8]《诗缉》:"曹氏曰:薇刚,则老硬不可食矣。"[9]《郑笺》:"十月为阳。"[10]《毛传》:"疚,病。"[11]《郑笺》:"来犹反也。"[12]《毛传》:"尔,华盛貌。"《郑笺》:"此言彼尔者乃常棣之华,以兴将率(帅)车马服饰之盛。"[13]《集传》:"路,戎车也。"[14]《郑笺》:"君子,谓将率(帅)。"[15]《毛传》:"业业然,壮也。"[16]《毛传》:"骙骙(kuí kuí),强也。"[17]《集传》:"依,犹乘也。"何楷《诗经世本古义》:"此腓(féi)当是厞(fèi)字。……言戍卒亦藉是车以自隐蔽也。"[18]《集传》:"翼翼,行列整治之状。"《通释》:"弭(mǐ)者,弓之别名。象弭,犹象辂之类,特以象牙为饰,非全以象牙为弓也。"《正义》:"鱼服,以鱼皮为矢服。"《后笺》:"按今刀鞘诸饰,多以其皮为之,斑驳如沙石,最坚致,世所称沙鱼是也。"[19]《郑笺》:"戒,警勒军事也。孔,甚。棘,急也。"[20]《集传》:"霏霏(fēi fēi),雪盛貌。"王夫之《姜斋诗话》:"(四句)以乐景写哀,以哀景写乐,一倍增其哀乐。"方玉润《诗经原始》谓"(四句)绝世文情,千古常新"。

168　出车

　　凯旋将士记述奉命出征、筑城朔方,征伐狎狁、西戎,胜利归来。《诗序》:"《出车》,劳还率也。"孔颖达《正义》:"谓文王所遣伐狎狁西戎之将帅……于其反也,述其行事之苦以慰劳之。"陈子展《直解》:"《出车》,南仲奉命为将,北攘狎狁,西伐西戎,随征军士描述此一战役本末而作。"前三章写出征,严肃紧张,文字刚劲。后三章写归来,写景抒情,语气温婉。六章,四十八句。

1　我出我车,于彼牧矣[1]。
　　自天子所,谓我来矣[2]。
　　召彼仆夫[3],谓之载矣。
　　王事多难,维其棘矣[4]。

2　我出我车,于彼郊矣[5]。
　　设此旐矣,建彼旄矣[6]。
　　彼旟旐斯,胡不旆旆[7]?
　　忧心悄悄,仆夫况瘁[8]。

3　王命南仲[9]:往城于方[10]。
　　出车彭彭,旂旐央央[11]。
　　天子命我,城彼朔方[12]。
　　赫赫南仲,狎狁于襄[13]。

4　昔我往矣,黍稷方华。
　　今我来思,雨雪载途[14]。
　　王事多难,不遑启居。
　　岂不怀归?畏此简书[15]。

5　喓喓草虫,趯趯阜螽[16]。

未见君子,忧心忡忡,
既见君子,我心则降。
赫赫南仲,薄伐西戎[17]。

6 春日迟迟,卉木萋萋[18]。
仓庚喈喈,采蘩祁祁。
执讯获丑[19],薄言还归。
赫赫南仲,狁于夷[20]。

韵 读 1.牧、棘,职部;来、载,之部。之职通韵。 2.郊、旐、旄,宵部。旆,月部;瘁,物部。月物合韵。 3.方、彭、央、方、襄,阳部。 4.华、涂、居、书,鱼部。 5.虫、螽、忡、降、忡、戎,冬部。 6.迟、萋、喈、祁、夷,脂部;归,微部。脂微合韵。

今 译 1 开出我的战车,到那城外荒郊。
天子传来命令,叫我赶快来到。
召集那些车夫,快把物资装好。
国家正多灾难,形势紧急糟糕。

2 开出我的战车,来到郊外地方。
设立龟蛇军旗,旄尾插在杆上。
鹰隼旗、龟蛇旗,无不随风飘扬。
我的忧愁难已,车夫心焦面黄。

3 天子命令南仲,筑城前去北方。
兵车声势浩荡,旌旗鲜艳辉煌。
天子给我下令,筑城在那北方。
南仲威风凛凛,狁定然灭亡。

4 昔日出发时光,黍稷抽穗花扬。
如今我回家乡,雪花堆满道上。
国家正多灾难,无暇坐下安处,

241

难道不想回家?怕这告急文书。

5 草虫喓喓地叫,蚱蜢趯趯地跳。
没有见到君子,忧愁苦闷难消。
如今已见君子,放松不再心焦。
南仲威风凛凛,又把西戎征讨。

6 春天日子很长,草木生长茂畅。
黄莺叫声嘹亮,采蘩来来往往。
抓间谍,审俘虏,胜利回归家乡。
南仲威风凛凛,狁彻底扫荡。

注 释 [1]《毛传》:"出车就马于牧地。"《集传》:"牧,郊外也。"[2]《通释》:"《广雅》:'谓,使也。'谓我来,即使我来,下文谓之载,即使之载也。"[3]《毛传》:"仆夫,御夫也。"[4]《郑笺》:"棘,急也。"[5]《集传》:"郊在牧内,盖前军已至牧,而后军犹在郊也。"[6]《毛传》:"龟蛇曰旐(zhào)。"《集传》:"建,立也。旐,注旐于旗干之首也。"[7]《毛传》:"鸟隼曰旟(yǔ)。"《集传》:"旆旆(pèi pèi),飞扬之貌。"[8]《集传》:"悄悄,忧貌。"《通释》:"况瘁皆为病,与疹瘁、尽瘁同义。"[9]《集传》:"南仲,此时大将也。"王国维《鬼方昆夷狁考》:"南仲自是宣王时人,《出车》亦宣王时诗也。"[10]《毛传》:"方,朔方,近狁之国也。"[11]《集传》:"彭彭(bāng bāng),众盛貌。"《毛传》:"交龙为旂。央央,鲜明也。"[12]《毛传》:"朔方,北方也。"[13]《集传》:"赫赫,威名光显也。"《毛传》:"襄,除也。"[14]《诗缉》:"归而在道,雪落释为塗泥。"[15]姚际恒《经诗通论》:"简书,天子策命也。"[16]《郑笺》:"草虫鸣,阜螽跳而从之,天性也。"[17]《正义》:"南仲以平狁将移伐西戎,是晚秋之时也。"[18]《毛传》:"卉(huì),草也。"《正义》:"草之与木,已萋萋然茂美。"[19]《通释》:"醜为众贼……讯为军中通讯问之人,盖谍者之类。"[20]《毛传》:"夷,平也。"

169　杕杜

　　丈夫久役在外，妻子怀念他，想象他快要归来，并求神问卜，得到吉兆。陈子展《直解》："此与后世诗人所谓'闺思'、'闺怨'之作同类。"四章，一二章叠咏。二十八句。

1　有杕之杜[1]，有睆其实[2]。
　　王事靡盬，继嗣我日[3]。
　　日月阳止[4]，女心伤止，征夫遑止[5]。

2　有杕之杜，其叶萋萋。
　　王事靡盬，我心伤悲。
　　卉木萋止，女心悲止，征夫归止[6]。

3　陟彼北山，言采其杞[7]。
　　王事靡盬，忧我父母。
　　檀车幝幝[8]，四牡痯痯[9]，征夫不远。

4　匪载匪来[10]，忧心孔疚[11]。
　　期逝不至，而多为恤[12]。
　　卜筮偕止，会言近止[13]，征夫迩止。

韵　读　1. 杜、盬，鱼部。实、日，质部。阳、伤、遑，阳部。 2. 杜、盬，鱼部。萋、萋，脂部；悲、悲，微部。脂微合韵。 3. 杞、母，之部。幝、痯、远，寒部。 4. 来、疚，之部。至、恤，质部。偕、迩，脂部。

今　译　1　棠梨树儿直又高，果实累累挂枝上。
　　　　　　王家差事没个完，服役日期老延长。
　　　　　　已到十月近年终，妻子思郎增悲伤。征人如今忙不忙？

243

2　甘棠树儿直又长,叶儿茂盛生长旺。

　　王家差事没个完,我的心里多悲伤。

　　草木生长真茂盛,妻子思郎愁断肠。征人何时返家乡?

3　登上北山望远方,手采枸杞心想郎。

　　王家差事没个完,父母思儿增忧伤。

　　檀车破旧难行走,马儿疲病路难上。征人归期长不长?

4　人未归来车未装,越思越想越心伤。

　　归期已过人不到,千忧百虑九回肠。

　　卜卦占蓍一起做,都说归期已在望。征人快要近家乡?

注　释　[1]有杕(dì):相当于"杕杕",高耸挺立的样子。[2]《毛传》:"睆(huàn),实貌。"《传疏》:"有睆其实,喻子孙众多也。其叶萋萋,喻室家盛也。皆天性之事。今役夫在外,不得尽天性,是杕杜之不如也。"[3]《郑笺》:"嗣,续也。"《诗缉》:"我征行役,以日继日,无有休息之时。"[4]《郑笺》:"十月为阳。"[5]《郑笺》:"遑,暇。"[6]《集传》:"归止,可以归也。"[7]《郑笺》:"杞非常菜也,而升北山采之,托有事以望君子。"[8]《毛传》:"檀车,役车也。幝幝(chǎn chǎn),敝貌。"[9]《毛传》:"痯痯(guǎn guǎn),罢(疲)貌。"[10]《诗缉》:"既而车则不装载,人则不来归。"[11]《郑笺》:"疚,病也。"[12]《毛传》:"逝,往。恤,忧也。"[13]《集传》:"偕,俱。会,合也。……故且卜且筮(shì),相袭俱作,合言于繇而皆曰近矣。"何楷《诗经世本古义》:"灼龟曰卜,揲蓍曰筮。"

170　鱼丽

贵族宴会的乐歌。感谢主人酒肴丰富,既多又美。《诗序》:"《鱼丽》,美万物盛多,能备礼也。"《仪礼·乡饮酒礼》《燕礼》都歌此诗。六章,前三章叠咏,后三章叠咏。十八句。

1　鱼丽于罶[1],鲿鲨[2]。
　　君子有酒,旨且多[3]。
2　鱼丽于罶,鲂鳢[4]。
　　君子有酒,多且旨。
3　鱼丽于罶,鰋鲤[5]。
　　君子有酒,旨且有。
4　物其多矣,维其嘉矣。
5　物其旨矣,维其偕矣。
6　物其有矣[6],维其时矣[7]。

韵　读　1.罶、酒,幽部。鲨、多,歌部。 2.罶、酒,幽部。鳢、旨,脂部。 3.罶、酒,幽部。鲤、有,之部。 4.多、嘉,歌部。 5.旨、偕,脂部。 6.有、时,之部。

今　译　1　鱼儿落进鱼篓里,黄鲿鲨鱼装满篓。
　　　　　　君子有酒酿得好,味道香醇又量多。
　　　　2　鱼儿落进鱼篓里,鳊鱼草鱼真不少。
　　　　　　君子有酒酿得好,量多而且有味道。
　　　　3　鱼儿落进鱼篓里,鲇鱼鲤鱼真丰富。
　　　　　　君子有酒酿得好,味道优美又量足。
　　　　4　美酒佳肴花色多,味道醇美真不错。
　　　　5　美酒佳肴味道鲜,花色多样品种全。
　　　　6　美酒佳肴真不少,都是时鲜味道好。

注　释　[1]《集疏》引《大司寇》注:"丽,附也。"《集传》:"罶(liǔ),以曲薄为笱,而承梁之空者也。"[2]《正义》引陆玑疏:"鲿(chánɡ),一名黄颊鱼是也。"《集传》:"鲨,鮀也,鱼狭而小,常张口吹沙,故又名吹鲨。"[3]《通释》:"旨且多、多且旨、旨且有,自专指酒言之。"[4]鳢(lǐ):草鱼,一说黑鱼。[5]《毛传》:"鰋(yǎn),鲇也。"[6]戴震《毛郑诗考证》:"有犹备也。义进于多。……曰偕、曰有,皆备也。多贵其美,美贵其备,备贵其时。酒之备,谓诸酒;物之备,谓水陆之羞。"[7]《郑笺》:"鱼既有,又得其时。"《诗缉》:"适当其时。"

171　南有嘉鱼

贵族宴会的乐歌。酒菜丰美,客人开怀畅饮,皆大欢喜。《诗序》:"《南有嘉鱼》,乐与贤也。太平之君子至诚,乐与贤者共之也。"四章叠咏。十六句。

1　南有嘉鱼,烝然罩罩[1]。
　　君子有酒,嘉宾式燕以乐[2]。
2　南有嘉鱼,烝然汕汕。
　　君子有酒,嘉宾式燕以衎[3]。
3　南有樛木,甘瓠累之[4]。
　　君子有酒,嘉宾式燕绥之[5]。
4　翩翩者鵻[6],烝然来思。
　　君子有酒,嘉宾式燕又思[7]。

韵　读　1.罩、乐,药部。　2.汕、衎,寒部。　3.累、绥,微部。　4.来、又,之部。

今　译　1　南方江汉有好鱼,成群结队水中游。

　　　　主人设宴有美酒,贵客畅饮乐无忧。
　2　南方江汉有好鱼,游来游去在水中。
　　　　主人设宴有美酒,贵客畅饮乐融融。
　3　南方有树枝儿弯,葫芦藤儿把它缠。
　　　　主人设宴有美酒,贵客畅饮乐且安。
　4　翩翩飞来鹎鸠鸟,成群结队集树巅。
　　　　主人设宴有美酒,贵宾举杯不断劝。

注释　[1]《毛传》:"江汉之间,鱼所产也。"《释文》:"烝,王(肃),众也。"《通释》:"罩罩、汕汕,盖皆众鱼游水之貌。"[2]燕:通"宴",宴饮。[3]《毛传》:"衎(kàn),乐也。"[4]樛(jiū)木:向下弯曲的树。《集传》引东莱吕氏曰:"瓠(hù)有甘有苦,甘瓠则可食者也。"《毛传》:"累,蔓也。"[5]《郑笺》:"绥,安也。"[6]隹(zhuī):鹎鸠,一种短尾的鸟。[7]《郑笺》:"又,复也。"

172　南山有台

　　歌颂统治者德高长寿,是国家的基石和光荣,能长保子孙后代。姚际恒《诗经通论》:"此臣工颂天子之诗。"五章叠咏。三十句。

　1　南山有台[1],北山有莱[2]。
　　　　乐只君子,邦家之基。乐只君子,万寿无期。
　2　南山有桑,北山有杨。
　　　　乐只君子,邦家之光。乐只君子,万寿无疆。

3 南山有杞[3],北山有李。

乐只君子,民之父母。乐只君子,德音不已。

4 南山有栲,北山有杻[4]。

乐只君子,遐不眉寿[5]。乐只君子,德音是茂[6]。

5 南山有枸[7],北山有楰[8]。

乐只君子,遐不黄耇[9]。乐只君子,保艾尔后[10]。

韵 读 1.台、莱、子、基、子、期,之部。 2.桑、杨、光、疆,阳部。 3.杞、李、子、母、子、已,之部。 4.栲、杻、寿、茂,幽部。 5.枸、楰、耇、后,侯部。

今 译 1 南山有莎草,北山长野藜。

君子真快乐,国家好基石。君子真快乐,万寿永无期。

2 南山有树桑,北山长白杨。

君子真快乐,为国增荣光。君子真快乐,万寿永无疆。

3 南山有杞木,北山长李树。

君子真快乐,爱民如父母。君子真快乐,美名永记住。

4 南山有山樗,北山檍树长。

君子真快乐,福寿永无疆。君子真快乐,美名四方扬。

5 南山有拐枣,北山长苦楸。

君子真快乐,黄发有高寿。君子真快乐,子孙长保佑。

注 释 [1]《集传》:"合(臺),夫须,即莎草也。"[2]《毛传》:"莱,草也。"《郑笺》:"兴者,山之有草木以自覆盖,成其高大,喻人君有贤臣以自尊显。"[3]《释文》引《草木疏》:"其树如樗,一名狗骨。"[4]《毛传》:"栲(kǎo),山樗。杻(niǔ),檍也。"[5]《集传》:"遐,何通。"《传疏》:"《方言》:'眉,老也。东齐曰眉。'或三家诗有眉为老者矣。"[6]《郑笺》:"茂,盛也。"[7]《正义》引《诗义疏》:"枸(jǔ)树高大似白杨,有子著枝端,大如指,长数寸,啖之甘美如饴。"[8]《毛传》:"楰(yú),鼠梓。"《正义》引《诗义疏》:"山楸之异者,今人谓之苦楸也。"[9]《毛传》:"黄,黄发也。耇,老。"[10]《毛传》:"艾,养。"《尔雅·释诂》:"艾,长也。"

173 蓼萧

诸侯歌颂周天子,祝他令德长寿,万福俱集。《诗序》:"《蓼萧》,泽及四海也。"吴闿生《诗义会通》:"据词当是诸侯颂美天子之作。"四章叠咏。二十四句。

1. 蓼彼萧斯,零露湑兮[1]。
   既见君子,我心写兮[2]。
   燕笑语兮[3],是以有誉处兮[4]。

2. 蓼彼萧斯,零露瀼瀼[5]。
   既见君子,为龙为光[6]。
   其德不爽,寿考不忘[7]。

3. 蓼彼萧斯,零露泥泥[8]。
   既见君子,孔燕岂弟[9]。
   宜兄宜弟,令德寿岂[10]。

4. 蓼彼萧斯,零露浓浓[11]。
   既见君子,鞗革冲冲[12]。
   和鸾雍雍,万福攸同[13]。

韵 读 1.湑、写、语、处,鱼部。 2.瀼、光、爽、忘,阳部。 3.泥、弟、弟,脂部;岂,微部。脂微合韵。 4.浓、冲,冬部。雍、同,东部。

今　译　1　香蒿长得高又长,露落叶上最清凉。
　　　　　　如今有幸见君子,我的心情真舒畅。
　　　　　　举杯饮酒又谈笑,快乐相处喜洋洋。

　　　　2　香蒿长得高又长,露珠晶莹落叶上。
　　　　　　如今有幸见君子,受宠沾荣脸有光。
　　　　　　君子盛德无差失,祝君长寿永无疆。

　　　　3　香蒿长得高又长,露落叶上水沾衣。
　　　　　　如今有幸见君子,心情安详又欢喜。
　　　　　　宜做兄长宜做弟,美德高寿乐无已。

　　　　4　香蒿长得高又长,露落叶上水汪汪。
　　　　　　如今有幸见君子,金饰马勒闪闪亮。
　　　　　　车儿铃儿丁当响,福禄聚集你身上。

注　释　[1]《毛传》:"蓼(lù),长大貌。萧,蒿也。湑湑然。萧上露貌。"[2]《郑笺》:"既见君子者,远国之君朝见于天子也。"《毛传》:"输写其心也。"[3]《集传》:"燕,谓宴饮也。"[4]苏辙《诗集传》:"誉、豫通。凡《诗》之誉皆言乐也。"[5]《毛传》:"瀼瀼(ráng ráng),露蕃貌。"[6]《毛传》:"龙,宠也。"《郑笺》:"为宠为光,言天子恩泽光耀被及己也。"[7]《毛传》:"爽,差也。"王引之《经义述闻》卷五:"亡犹已也。作忘者假借字耳。"[8]《毛传》:"泥泥,露濡也。"[9]《毛传》:"岂(kǎi),乐。弟,易也。"《郑笺》:"孔,甚。燕,安也。"[10]《集传》:"寿岂(kǎi),寿而且乐也。"[11]《毛传》:"浓浓,厚貌。"[12]陈启源《毛诗稽古编》:"鞗革,辔也。以丝曰辔,以革曰鞗。鞗之有余而垂者曰革。……革末以金饰之。"《毛传》:"冲冲,垂饰貌。"[13]《集传》:"和、鸾皆铃也。在轼曰和,在镳曰鸾,皆诸侯车马之饰也。攸,所。同,聚也。"雍雍:铃声和谐。

174　湛露

周天子夜宴同姓诸侯的乐歌。《诗序》:"《湛露》,天子燕诸侯也。"《左传·文公四年》:"昔诸侯朝正于王,王宴乐之,于是乎赋《湛露》,则天子当阳,诸侯用命也。"四章叠咏。十六句。

1　湛湛露斯,匪阳不晞[1]。
　　厌厌夜饮[2],不醉无归。
2　湛湛露斯,在彼丰草[3]。
　　厌厌夜饮,在宗载考[4]。
3　湛湛露斯,在彼杞棘[5]。
　　显允君子[6],莫不令德。
4　其桐其椅,其实离离[7]。
　　岂弟君子,莫不令仪[8]。

韵　读　1.晞、归,微部。　2.草、考,幽部。　3.棘、德,职部。　4.椅、离、仪,歌部。

今　译　1　浓浓露珠沾草间,不是太阳晒不干。
　　　　　夜间饮酒多安闲,酒不喝醉人不还。
　　　　2　浓浓露珠亮光闪,沾在丰茂野草间,
　　　　　夜间饮酒多喜欢,宗庙成礼钟声连。
　　　　3　浓浓露珠晶晶亮,降在枸杞酸枣上。
　　　　　君子光明又诚信,无不美好有德望。
　　　　4　桐树椅树长得高,果实累累弯枝腰。
　　　　　君子快乐又平易,无不端庄有礼貌。

注　释　[1]《毛传》:"湛湛(zhàn zhàn),露茂盛貌。阳,日也。晞(xī),干也。"顾炎武《毛诗补正》:"《湛露》之诗只是燕乐之意,取此为兴耳。"[2]《毛传》:"厌厌(yān yān),安也。夜饮,私燕也。"《释文》:"厌厌,《韩诗》作愔愔,和悦之貌。"[3]《郑笺》:"丰草,喻同姓诸侯也。"[4]《郑笺》:"考,成也。夜饮之礼在宗室,同姓诸侯则成之。"[5]《郑笺》:"杞也棘也异类,喻庶姓诸侯也。"[6]《集传》:"显,明。允,信也。"[7]椅(yī):即山桐子,落叶乔木。《毛传》:"离离,垂也。"[8]《集传》:"令仪,言醉而不丧其威仪。"

175　彤弓

周天子以彤弓赏赐有功诸侯。《诗序》:"《彤弓》,天子锡有功诸侯也。"《左传·文公四年》:"诸侯敌王所忾(kài)而献其功,王于是乎赐之彤弓一,彤矢百,玈弓矢千。"三章叠咏。十八句。

1　彤弓弨兮[1],受言藏之。
　　我有嘉宾,中心贶之[2]。
　　钟鼓既设,一朝飨之[3]。
2　彤弓弨兮,受言载之[4]。
　　我有嘉宾,中心喜之。
　　钟鼓既设,一朝右之[5]。
3　彤弓弨兮,受言櫜之[6]。
　　我有嘉宾,中心好之。
　　钟鼓既设,一朝醻之[7]。

韵 读 1.藏、贶、飨,阳部。 2.载、喜、右,之部。 3.櫜、好、酬,幽部。

今 译 1 朱红漆弓弦儿松,请君接受把它藏。
我有许多好宾客,衷心诚意来赞扬。
钟鼓都已陈设好,同日开宴行庆赏。

2 朱红漆弓弦儿松,请君接受载车间。
我有许多好宾客,心中实在很喜欢。
钟鼓都已陈设好,同日开宴把酒劝。

3 朱红漆弓弦儿松,请君接受置囊中。
我有许多好宾客,心中喜爱乐融融。
钟鼓都已陈设好,同日开宴频举盅。

注 释 [1]《毛传》:"彤(tóng)弓,朱弓也。弨(chāo),弛貌。" [2]《通释》:"贶(kuàng),古通作况。……《广韵》:'况,善也。'中心况之,正谓中心善之。" [3]《郑笺》:"大饮宴曰飨。"姚际恒《诗经通论》:"一朝飨之,谓既锡彤弓之日即飨之,同在一朝也。" [4]《郑笺》:"出载之车也。" [5]《毛传》:"右,劝也。" [6]《毛传》:"櫜(gāo),韬也。"把弓装进弓袋里。[7]酬,同"酬"。《郑笺》:"饮酒之礼,主人献宾,宾酢主人,主人又饮而酌宾,谓之酬。酬犹厚也,劝也。"

176 菁菁者莪

见到君子十分高兴,感谢他的培育和赏赐。《诗序》:"《菁菁者莪》,乐育材也。君子能长育人材,则天下喜乐之矣。"《郑笺》:"'乐育材'者,歌乐人君教学国人、秀士、选士、俊士、造士、进士,养之以渐至于官之。"后世以"菁莪"为育材的代称。四章叠咏。十六句。

1 菁菁者莪,在彼中阿[1]。
  既见君子[2],乐且有仪。

2 菁菁者莪,在彼中沚[3]。
  既见君子,我心则喜。

3 菁菁者莪,在彼中陵。
  既见君子,锡我百朋[4]。

4 泛泛杨舟,载沉载浮[5]。
  既见君子,我心则休[6]。

韵 读 1.莪、阿、仪,歌部。 2.沚、子、喜,之部。 3.陵、朋,蒸部。 4.舟、浮、休,幽部。

今 译 1 抱娘蒿儿密又齐,长在高高山窝里。
  如今见了君子面,实在快乐有威仪。

2 抱娘蒿儿密又长,丛丛长在沙洲上。
  如今见了君子面,我的心里真欢畅。

3 抱娘蒿儿密又鲜,丛丛长在土山边。
  如今见了君子面,有幸赐我百串钱。

4 杨木舟儿水上漂,时沉时浮随波摇。
  如今见了君子面,我的心中乐陶陶。

注 释 [1]《毛传》:"菁菁(jīng jīng),盛貌。莪,萝蒿。君子能长育人材,如莪之长莪菁菁然。"李时珍《本草纲目》卷十五:"莪蒿,萝蒿……抱根丛生,故曰抱娘。"《集传》:"大陵曰阿。……或曰:以菁菁者莪比君子容貌威仪之盛也。"[2]《集疏》:"君子,谓在上者。"[3]《尔雅·释水》:"水中可居者曰洲,小洲曰渚,小渚曰沚。"[4]《郑笺》:"古者货贝,五贝为朋。锡我百朋,得禄多,言得意。"[5]黄震《黄氏日钞》:"载沉载浮者,

254

言舟泛泛水中,或上或下,不定之貌。"[6]王引之《经义述闻》卷五:"我心则休,休亦喜也,语之转耳。"

177　六月

　　猃狁入侵,形势危急。周宣王命大臣尹吉甫率师出征猃狁,胜利归来,接受赏赐。《诗序》:"《六月》,宣王北伐也。"六章,四十八句。

1　六月栖栖,戎车既饬[1]。
　　四牡骙骙[2],载是常服[3]。
　　猃狁孔炽,我是用急[4]。
　　王于出征,以匡王国[5]。

2　比物四骊[6],闲之维则[7]。
　　维此六月,既成我服[8]。
　　我服既成,于三十里[9]。
　　王于出征,以佐天子。

3　四牡修广,其大有颙[10]。
　　薄伐猃狁,以奏肤公[11]。
　　有严有翼,共武之服[12]。
　　共武之服,以定王国。

4　猃狁匪茹[13],整居焦穫[14],
　　侵镐及方[15],至于泾阳[16]。
　　织文鸟章[17],白旆央央[18]。

元戎十乘,以先启行[19]。

5　戎车既安,如轾如轩[20]。
　　四牡既佶,既佶且闲[21]。
　　薄伐玁狁,至于大原[22]。
　　文武吉甫,万邦为宪[23]。

6　吉甫燕喜,既多受祉[24]。
　　来归自镐,我行永久。
　　饮御诸友,炰鳖脍鲤[25]。
　　侯谁在矣,张仲孝友[26]。

韵　读　1.栖、骙,脂部。饬、服、炽、国,职部;急,缉部。职缉合韵。 2.则、服,职部。成、征,耕部。里、子,之部。 3.颙、公,东部。翼、服、服,职部。 4.茹,鱼部;穮,铎部。鱼铎通韵。方、阳、章、央、行,阳部。 5.安、轩、闲、原、宪,寒部。 6.喜、祉、久、友、鲤、矣、友,之部。

今　译　1　六月里来人心惶,修整兵车战备忙。
　　　　四匹马儿真肥壮,旌旗军服载车上。
　　　　玁狁入侵太猖狂,我军形势很紧张。
　　　　王命出兵去征讨,匡救王朝保家邦。

　　　2　四匹黑马齐力量,练习战阵有规章。
　　　　在这盛夏六月里,已经备好我戎装。
　　　　我的戎装已备好,日行卅里赴疆场。
　　　　王命出兵去征讨,辅佐天子保国防。

　　　3　四匹马儿高又长,身高体大气轩昂。
　　　　赶快前去打玁狁,建立大功理应当。
　　　　将帅威严又恭敬,供职车旅守边防。
　　　　供职军旅守边防,保卫国家安我王。

4　狎狁猖狂不自量,集结焦穫搞扩张。
　　侵占镐地和朔方,一直深入到泾阳。
　　我军旌旗绣鹰隼,白绸飘带映日光。
　　大型兵车有十辆,当先开路上战场。

5　兵车开动很安全,或低或高都自然。
　　四匹马儿最壮健,既很健壮又习娴。
　　努力齐心打狎狁,长驱直入到大原。
　　文武双全尹吉甫,万国榜样人人羡。

6　吉甫宴饮喜洋洋,接受赏赐有多样。
　　凯旋归来自镐地,路上行军太久长。
　　饮酒举杯敬朋友,蒸鳖烧鲤味道香。
　　座上客人还有谁?张仲孝友美名扬。

注　释　[1]《集传》:"栖栖,犹皇皇,不安之貌。戎车,兵车也。饬,整也。"[2]《集传》:"骙骙(kuí kuí),强貌。"[3]《毛传》:"日月为常。服,戎服也。"[4]《毛传》:"炽,盛也。"《盐铁论·徭役篇》引作"我是用戒"。[5]《通释》:"匡亦救也。"[6]《释文》:"比,齐同也。"物:指马。《集传》:"比物,齐其力也。"[7]《毛传》:"则,法也。"《集传》:"闲,调息也。"[8]《集传》:"服,戎服也。"[9]《郑笺》:"日行三十里可以舍息。"[10]《毛传》:"修,长。广,大也。颙(yóng),大貌。"[11]《毛传》:"奏,为。肤,大。公,功也。"[12]《毛传》:"严,威严也。翼,敬也。"《集传》:"共,与供同。服,事也。言将帅皆严敬以恭武事也。"[13]《郑笺》:"匪,非。茹,度也。"[14]《毛传》:"焦、穫(hù),周地,接于狎狁者。"在今陕西泾阳县西北。[15]《集传》:"镐(hào),刘向以为千里之镐,则非镐京之镐矣。方,疑即朔方也。"[16]《郑笺》:"来侵至泾水之北。"[17]《集传》:"织,帜同。鸟章,鸟隼之章也。"[18]《毛传》:"白旆,继旐者也。央央,鲜明貌。"[19]《集传》:"元,大也。戎,戎车也。启,开。行,道也。"[20]《集传》:"轾(zhì),车之覆而前者。轩,车之却而后也。"如:或。[21]《集传》:"佶(jí),壮健貌。"[22]吴闿生《诗义会通》:"大(tài)原,后魏原州,地在今平凉。"[23]《毛传》:"吉甫,尹吉甫也。有文有武。宪,法也。"[24]《毛传》:"祉,福也。"《诗缉》:"即王之赏赐也。"[25]《毛传》:"御,进也。"炰(páo)鳖:清蒸团鱼。脍鲤:细切鲤鱼。[26]《郑笺》:"张仲,吉甫之友,其性孝友。"

178 采芑

记述周宣王大臣方叔征讨荆蛮,赞美军容显盛,荆蛮畏服。《诗序》:"《采芑》,宣王南征也。"朱熹《集传》:"宣王之时,荆蛮背叛,王命方叔南征。"四章,前二章叠咏。四十八句。

1 薄言采芑[1],于彼新田,于此菑亩[2]。
   方叔莅止[3],其车三千,师干之试[4]。
   方叔率止,乘其四骐[5],四骐翼翼[6]。
   路车有奭[7],簟茀鱼服[8],钩膺鞗革[9]。

2 薄言采芑,于彼新田,于此中乡。
   方叔莅止,其车三千,旂旐央央[10]。
   方叔率止,约軧错衡[11],八鸾玱玱[12]。
   服其命服[13],朱芾斯皇[14],有玱葱珩[15]。

3 鴥彼飞隼,其飞戾天[16],亦集爰止。
   方叔莅止,其车三千,师干之试。
   方叔率止,钲人伐鼓[17],陈师鞫旅。
   显允方叔[18],伐鼓渊渊,振旅阗阗[19]。

4 蠢尔蛮荆[20],大邦为雠。
   方叔元老,克壮其犹[21]。
   方叔率止,执讯获丑[22]。
   戎车啴啴,啴啴焞焞,如霆如雷[23]。
   显允方叔,征伐猃狁,蛮荆来威[24]。

韵 读 1.芑、亩、止、止、骐,之部。田、千,真部。试、翼、奭、服、革,职部。 2.芑、止、止,之部;

服,职部。之职通韵。田、千,真部。乡、央、衡、玱、皇、珩,阳部。 3. 天、千,真部。止、止、止,之部;试,职部。之职通韵。鼓、旅,鱼部。渊、阗,真部。 4. 雏、老、犹、馘,幽部。焞、犹,文部。雷、威,微部。

今 译　1　急急忙忙采苦菜,熟地都已采摘完,又到这块新垦田。

大将方叔亲来到,检阅兵车有三千。

战士扞敌勤操练,大将方叔亲率领,驾着骐马行在前。

四匹骐马真壮健,朱漆战车红艳艳。

鲛皮箭袋花竹帘,铜饰带钩缰绳连。

2　采摘苦菜急忙忙,熟地都已采摘光,又到这块地中央。

大将方叔亲来到,检阅战车三千辆。

龟蛇龙旗齐飘扬,方叔率领奔前方。

车毂缠革辕饰文,八个鸾铃响叮当。

将军穿上大礼服,朱黄蔽膝闪闪亮,青色佩玉声玱玱。

3　鹞子展翅疾如箭,高飞直上九重天,忽而停落在地边。

大将方叔亲来到,检阅战车有三千,战士扞敌把武练。

大将方叔亲率领,敲钲擂鼓声相连,集合队伍宣誓言。

方叔英明有威信,擂鼓进军响渊渊,鸣金班师声阗阗。

4　荆州蛮子蠢无边,敢与大国结仇怨。

方叔本是元老臣,雄才大略计谋远。

大将方叔率大军,捉拿间谍俘敌顽。

战车开动声啴啴,啴啴焞焞起尘烟,势如雷霆声震天。

方叔英明有威严,北征狁犹得凯旋,蛮荆闻风心胆寒。

注　释　[1]《正义》引陆玑疏:"芑(qǐ)似苦菜也。"[2]《毛传》:"田,一岁曰菑(zī),二岁曰新田,三岁曰畲(yú)。"[3]《集传》:"莅(lì),临也。"[4]《集传》:"师,众。干,扞。试,肄习也。"[5]骐:有青黑花纹的马。[6]《郑笺》:"翼翼,壮健貌。"[7]《毛传》:"奭(shì),赤貌。"《集传》:"路车,戎车也。"[8]《集传》:"簟茀,以方文竹簟为车蔽也。"

《郑笺》:"鱼服,矢服(箙)也。"[9]吴闿生《诗义会通》:"钩膺,樊缨,马带也。"鞗革:革制的缰绳,末端以金为饰。[10]《郑笺》:"交龙为旂,龟蛇为旐(zhào)。"[11]《毛传》:"约,束。軝(qí),长毂之軝也。朱而约之。错衡,文衡也。",軝,车毂两端有皮革装饰的部分。[12]《毛传》:"玱玱(qiāng qiāng),声也。"[13]《郑笺》:"命服者,命为将,王命之服也。"[14]《集传》:"朱芾(fú),黄朱之芾也。皇犹煌煌也。"[15]《集传》:"玱,玉声。葱,苍色如葱者也。珩(héng),佩首横玉也。"[16]鴥(yù):疾飞的样子。《集传》:"隼,鹞属,急疾之鸟也。"《毛传》:"戾,至也。"[17]《毛传》:"钲(zhēng)以静之,鼓以动之。鞠,告也。"《郑笺》:"钲也鼓也,各有人焉。言钲人伐鼓,互言尔。……陈师告旅亦互言之。"[18]《传疏》:"言有显德者,方叔也。"[19]《毛传》:"渊渊,鼓声也。入曰振旅。"《集传》:"阗阗,亦鼓声也。"[20]《集传》:"蠢者,动而无知之貌。蛮荆,荆州之蛮也。"[21]《集传》:"元,大。犹,谋也。言方叔虽老而谋则壮也。"[22]讯:间谍。馘,馘类,对敌人的蔑称。[23]何楷《诗经世本古义》:"啴啴(tān tān)焞焞(tūn tūn),如霆如雷,皆车声也。"[24]《集传》:"是以蛮荆闻其名而皆来畏服也。"《通释》:"威,犹畏也。"

179 车攻

记述周宣王与诸侯会猎东都获得成功。《诗序》:"《车攻》,宣王复古也。宣王能内修政事,外攘夷狄,复文武之竟土。修车马,备器械,复会诸侯于东都,因田猎而选车徒焉。"八章,三十二句。

1 我车既攻,我马既同[1]。
   四牡庞庞[2],驾言徂东[3]。
2 田车既好,四牡孔阜[4]。
   东有甫草[5],驾言行狩。

3 之子于苗,选徒嚣嚣[6]。
　　建旐设旄[7],搏兽于敖[8]。

4 驾彼四牡,四牡奕奕[9]。
　　赤芾金舄[10],会同有绎[11]。

5 决拾既佽[12],弓矢既调[13]。
　　射夫既同[14],助我举柴[15]。

6 四黄既驾,两骖不猗[16]。
　　不失其驰,舍矢如破[17]。

7 萧萧马鸣,悠悠旆旌[18]。
　　徒御不惊,大庖不盈[19]。

8 之子于征[20],有闻无声[21]。
　　允矣君子,展也大成[22]。

韵　读　1.攻、同、庞、东,东部。 2.好、阜、草、狩,幽部。 3.苗、嚣、旄、敖,宵部。 4.奕、舄、绎,铎部。 5.佽,脂部;柴,支部,支脂合韵。 6.驾、猗、驰、破,歌部。 7.鸣、旌、惊、盈,耕部。 8.征、声、成,耕部。

今　译　1　我的车儿已坚固,马儿整齐一个样。
　　　　　四匹马儿高又壮,驾着车儿往东方。

2 猎车准备状况佳,四匹马儿高又大。
　　东都甫田多茂草,驾车前去把猎打。

3 天子打猎在夏天,清点人数声喧喧,
　　龟蛇旗立旄旗设,射禽逐兽到敖山。

4 诸侯驾着四匹马,四马高大又和谐。
　　红色蔽膝金头鞋,络绎不绝来会猎。

5 扳指袖套已备齐,弓箭调理也适宜。
　　猎罢射手聚一起,收拾猎物莫丢弃。

261

6　四匹黄马把车驾,两旁骖马无偏差。
　　往来驰驱合规矩,箭儿离弦不虚发。

7　战马嘶鸣声萧萧,旌旗迎风悠悠飘。
　　车夫机警军容肃,满厨野物充佳肴。

8　猎罢归来缓缓行,虽有传闻寂无声。
　　周家天子真圣明,会猎的确大有成。

注　释

[1]《毛传》:"攻,坚。同,齐也。宗庙齐毫,尚纯也。戎事齐力,尚强也。田猎齐足,尚疾也。"[2]《毛传》:"庞庞(lóng lóng),充实也。"《传疏》:"充实者,强盛之意。"[3]《集传》:"东,东都洛邑也。"[4]《集传》:"阜,盛大也。"[5]《郑笺》:"甫草,甫田之草也,郑有甫田。"按甫田在今河南中牟县西。[6]《毛传》:"夏猎曰苗。"《集传》:"选,数也。嚣嚣(xiāo xiāo),声众盛也。"[7]旐(zhào):古代一种画有龟蛇图案的旗。旄(máo):旗杆头上用旄牛尾做装饰的旗。[8]《郑笺》:"敖,郑地,今近荥阳。"[9]《诗缉》:"奕奕,大也。"[10]《集传》:"赤芾(fú),诸侯之服。金舄(xì),赤舄而加金饰,亦诸侯之服。"[11]会同:诸侯朝见天子。《正义》:"会、同,对文则别,散文则通。会者交会,同者同聚。"《集传》:"绎,陈列联属之貌也。"[12]《集传》:"决,以象骨为之,著于右手大指,所以钩弦开体。拾,以皮为之,著于左臂以遂弦,故亦名遂。"于省吾《诗经新证》:"佽、齐古通。决拾既佽,犹言决拾既具,决拾既备。"[13]《郑笺》:"谓弓强弱与矢轻重相得。"[14]《传疏》:"射夫,谓会同之诸侯也。同,犹合也,既同,言已合耦也。"[15]《集传》:"柴,《说文》作掌,谓积禽也。"[16]《集传》:"猗(yǐ),偏倚不正也。"[17]王引之《经传释词》:"如破,而破也。"[18]《集传》:"萧萧、悠悠,皆闲暇之貌。"[19]《正义》:"徒行挽辇者与车上御马者,岂不警戒乎?言警戒也。君之大庖所获之禽,不充满乎?言充满也。"[20]《传疏》:"征,行也,犹归也。言田猎毕而归也。"[21]《集传》:"闻师之行而不闻其声,言至肃也。"[22]《郑笺》:"允,信。展,诚。"《传疏》:"言信矣君子,诚能成其大功也。"

180 吉日

　　周宣王在西都狩猎,择吉日,选车马,追赶禽兽,猎后宴会诸侯。《诗序》:"《吉日》,美宣王田也。"陈奂《传疏》:"昭三年《左传》:郑伯如楚,子产相。楚子享之,赋《吉日》。既享,子产乃具田备。案此《吉日》为出田之证。《车攻》会诸侯而遂田猎,《吉日》则专美宣王田也。一在东都,一在西周。"四章,二十四句。

1　吉日维戊[1],既伯既祷[2]。
　　田车既好,四牡孔阜。
　　升彼大阜,从其群丑[3]。

2　吉日庚午,既差我马[4]。
　　兽之所同[5],麀鹿麌麌[6]。
　　漆沮之从,天子之所[7]。

3　瞻彼中原,其祁孔有[8]。
　　儦儦俟俟,或群或友[9]。
　　悉率左右,以燕天子[10]。

4　既张我弓,既挟我矢[11]。
　　发彼小豝[12],殪此大兕[13]。
　　以御宾客,且以酌醴[14]。

韵　读　1.戊、祷、好、阜、阜、丑,幽部。 2.午、马、麌、所,鱼部。同、从,东部。 3.有、俟、友、右、子,之部。 4.矢、兕、醴,脂部。

今　译　1　吉日良时是戊辰,祭祀马祖祈祷频。
　　　　　　田车已经修整好,四马高大有精神,

驱车登上大土丘,往来奔驰赶兽群。

2 吉日庚午时辰良,挑选马儿多壮强。
查看野兽聚居处,鹿儿成群来又往。
便从漆水沮水旁,赶到天子狩猎场。

3 瞧那无边大平原,地广物丰样样全。
野兽或跑或慢行,三三两两随处见。
左边右边尽赶出,为让天子心喜欢。

4 我的弓儿已拉满,我的箭儿握在手。
射死那条小野猪,击毙这头大野牛。
做成佳肴献宾客,用来佐餐酌甜酒。

注释 [1]《郑笺》:"戊,刚日也。"《集传》:"是日也,其戊辰与?"天干之奇数为刚日,偶数为柔日,外事以刚日,内事以柔日。田猎外事也,故以刚日进行之。[2]《毛传》:"伯,马祖也。"[3]《郑笺》:"醜,众也。……从禽兽之群众也。"[4]《集传》:"庚午,亦刚日也。"《毛传》:"差,择也。"[5]《郑笺》:"同,犹聚也。"[6]《毛传》:"鹿牝曰麀(yōu)。麌麌(yǔ yǔ),众多也。"[7]《毛传》:"从漆沮驱禽而致天子之所。"漆、沮(jū):古水名,在今陕西省境内。[8]《传疏》:"祁与顾同,都训大。……原田之中,其地广大,物又甚有。"有:富有,多。[9]《毛传》:"趋则儦儦(biāo biāo),行则俟俟(sì sì)。兽三曰群,二曰友。"[10]《毛传》:"驱禽之左右,以安待天子。"[11]《诗缉》:"方持弦矢曰挟。"[12]《集传》:"发,发矢也。豕牝曰豝(bā)。"[13]《毛传》:"殪(yì),壹发而死。"《集传》:"兕(sì),野牛也。"[14]《郑笺》:"宾客,谓诸侯也。"《集传》:"御,进也。醴,酒名。《周礼》五齐,二曰醴齐。注曰:醴成而滓汁相将,如今甜酒也。"

181 鸿雁

流民悲叹自己辛苦劳累,得不到同情。《诗序》:"《鸿雁》,美宣王也,万民离散,不安其居,而能劳来还定,安集之,至于矜寡无不得其所焉。"朱熹《集传》:"流民以鸿雁哀鸣自比而作此歌也。"三章叠咏,十八句。

1 鸿雁于飞,肃肃其羽[1]。
   之子于征[2],劬劳于野。
   爰及矜人,哀此鳏寡[3]。
2 鸿雁于飞,集于中泽[4]。
   之子于垣,百堵皆作[5]。
   虽则劬劳,其究安宅[6]。
3 鸿雁于飞,哀鸣嗷嗷[7]。
   维此哲人,谓我劬劳。
   维彼愚人,谓我宣骄[8]。

韵 读 1.羽、野、寡,鱼部。 2.泽、作、宅,铎部。 3.嗷、劳、骄,宵部。

今 译 1 天鹅大雁飞上天,翅膀沙沙不断扇。
    流民离家去远行,千辛万苦在荒原。
    救救这些穷苦汉,鳏寡孤独真可怜。
  2 天鹅大雁在飞翔,飞来落在湖中央。
    流民离家去筑墙,筑起城墙百堵长。
    虽然辛勤多劳苦,终能安居在哪方?
  3 天鹅大雁飞九霄,阵阵哀鸣声嗷嗷。
    只有这些明理人,说我勤苦太辛劳。
    惟独那些糊涂汉,说我逞强又骄傲。

注 释 [1]《集传》:"大曰鸿,小曰雁。肃肃,羽声也。" [2]《集传》:"之子,流民自相谓也。征,行也。" [3]《集疏》:"矜人,即《吕览·贵因篇》所谓苦民,总谓鳏寡孤独之人。"曾运乾《毛诗说》:"此文倒语,顺文当为'哀此鳏寡,爰及矜人',倒文以取韵也。" [4]《集

265

传》:"鸿雁集于中泽,以兴已之得其所止而筑室以居。"[5]《毛传》:"一丈为版,五版为堵。"王夫之《稗疏》:"国已毁灭,则城郭颓圮,百堵之作,其为筑城明矣。"[6]王夫之《诗广传》:"周之民其欲究安此宅也,不亦难乎?"[7]后世以"哀鸿"称灾民,成语"哀鸿遍野",俱本此。[8]王引之《经义述闻》卷五:"宣骄与劬劳相对为文,劬亦劳也,宣亦骄也。……宣骄犹言骄奢,非谓宣示其骄也。"

182　庭燎

赞美宣王勤政,天未亮,诸侯即来上朝。《诗序》:"《庭燎》美宣王也。因以箴之。"三家《诗》以为宣王中年怠政,早朝晏起。姜后脱簪待罪,宣王纳谏改过,早朝晏退,遂成中兴之主。三章叠咏,十五句。

1　夜如何其?夜未央[1],庭燎之光[2]。
　　君子至止,鸾声将将[3]。
2　夜如何其?夜未艾[4],庭燎晢晢[5]。
　　君子至止,鸾声哕哕[6]。
3　夜如何其?夜乡晨[7],庭燎有辉[8]。
　　君子至止,言观其旂。

韵　读　1.央、光、将,阳部。 2.艾、晢、哕,月部。 3.辉、旂、晨,文部。

今　译　1　夜间天色怎么样?长夜未尽天不亮,庭中烛光正辉煌。
　　　　　诸侯早朝快来到,车上鸾铃响叮当。
　　　　2　夜间天色怎么样?长夜未尽天未明,烛光煌煌照中庭。

266

诸侯早朝快来到,车上鸾铃响不停。

3 夜间天色怎么样?长夜将尽天将旦,庭中烛光杂白烟。
诸侯早朝快来到,已见旌旗迎风展。

注　释　[1]《集传》:"其(jī),语辞。"王引之《经义述闻》卷六:"夜未央者,夜未已也。"[2]《传疏》:"庭燎,大烛。大烛别于凡烛谓之燎。燎设于庭,谓之庭燎。"[3]《毛传》:"将将(qiāng qiāng),鸾镳声也。"[4]《集传》:"艾,尽也。"[5]《毛传》:"晢晢(zhé zhé,又 zhì zhì),明也。"[6]《集传》:"哕哕(huì huì),近而闻其徐行声有节也。"[7]《郑笺》:"晨,明也。"《集传》:"乡晨,近晓也。"《传疏》:"乡者,今之向字。"[8]《集传》:"煇,火气也。天欲明而见其烟光相杂也。既至而观其旂,则辨色矣。"王夫之《诗绎》:"庭燎有煇,乡晨之景莫妙于此,晨色渐明,赤光杂烟而腾旐,但以有煇二字写之。"

183　沔水

周室衰乱,谗毁相倾,诗人忧虑,希望朋友小心警惕,免遭祸殃。《诗序》:"《沔水》,规宣王也。"三章,二十二句。朱熹《诗集传》:"疑当作三章,章八句。卒章脱前两句耳。"

1　沔彼流水,朝宗于海[1]。
　　鴥彼飞隼[2],载飞载止。
　　嗟我兄弟,邦人诸友,
　　莫肯念乱,谁无父母?

2　沔彼流水,其流汤汤[3]。
　　鴥彼飞隼,载飞载扬。
　　念彼不迹[4],载起载行[5]。

心之忧矣，不可弭忘[6]。

3 鴥彼飞隼，率彼中陵[7]。

民之讹言，宁莫之惩[8]？

我友敬矣[9]，谗言其兴？

韵 读 1.海、止、友、母，之部。 2.汤、扬、行、忘，阳部。 3.宁、惩、兴，蒸部。

今 译 1 漫漫水流向东方，百川汇聚入海洋。

鹞子展翅疾又急，时而停落时而翔。

可叹同姓诸兄弟，还有朋友和同乡。

没人肯把祸乱想，试问谁人无爹娘？

2 漫漫水流向东方，浩浩荡荡涌波浪。

鹰隼展翅疾又急，时而低飞时上翔。

想起歪门邪道事，行坐不安心里慌。

满怀惆怅多忧伤，不可消除无法忘。

3 鹞子展翅疾又轻，掠过平地向山陵。

民间谣言纷纷起，为啥没人使它停？

望我朋友要警惕，谗言可是乘间兴。

注 释 [1]《毛传》："沔(miǎn)，水流满也。"《郑笺》："诸侯春见天子曰朝，夏见曰宗。"喻水流必会归于海。[2]"鴥彼飞隼"见178《采芑》注[16]。[3]《郑笺》："汤汤(shāng shāng)，波流盛貌。"[4]《毛传》："不迹(蹟)，不循道也。"[5]《集传》："言忧念之深，不惶宁处也。"[6]《毛传》："弭，止也。"[7]《郑笺》："率，循也。"[8]《郑笺》："讹，伪也。"《毛传》："惩，止也。"[9]《释名·释言语》："敬，警也，恒自肃警也。"

184　鹤鸣

　　劝告统治者要任用在野的贤人。通篇都用比兴,为我国招隐诗之祖。《诗序》:"《鹤鸣》,诲宣王也。"《毛传》:"举贤用滞,则可以治国。"《传疏》:"诗全篇皆兴也,鹤、鱼、檀、石,皆以喻贤人。"二章,十八句。

1　鹤鸣于九皋[1],声闻于野[2]。
　　鱼潜在渊,或在于渚[3]。
　　乐彼之园,爰有树檀,其下维萚[4]。
　　它山之石,可以为错[5]。

2　鹤鸣于九皋,声闻于天。
　　鱼在于渚,或潜在渊。
　　乐彼之园,爰有树檀,其下维榖[6]。
　　它山之石,可以攻玉。

韵　读　1. 野、渚,鱼部。园、檀,寒部。萚、石、错,铎部。　2. 天、渊,真部。园、檀,寒部。榖、玉,屋部。

今　译　1　鹤叫沼泽九曲湾,声音嘹亮传上天。
　　鱼儿潜藏在深渊,有的游到浅滩前。
　　我爱那个好林园,园中生长有香檀,还有枣树在下边。
　　别的山上有美石,可做琢玉金刚钻。

2　鹤叫沼泽九曲湾,声音嘹亮传上天。
　　鱼儿游至浅水滩,有的潜藏在深渊。
　　我爱那个好林园,园中生长有香檀,还有楮树在下边。

别的山上有美石，可以琢玉显璀璨。

注释 [1]《释文》引《韩诗》："九皋，九折之泽。"《集传》："皋，泽中水溢出所为坎，从外数至九，喻深远也。" [2]《毛传》："言身隐而名著也。" [3]《正义》："以鱼之出没，喻贤者之进退。"渊，水深处。渚，洲旁浅水滩。 [4]王引之《经义述闻》卷六："萚，疑当读为檡(zhái)，……盖檀可以为轮为辐，檡亦可以为决，榖亦可以为布为纸，皆适于用者也。" [5]《郑笺》："它山，喻异国。"错，《说文·厂部》作"厝"。段玉裁注："厝石，如今之金刚钻之类，非厉石也。" [6]《正义》引陆玑疏："幽州人谓之榖桑，荆扬人谓之榖，中州人谓之楮(chǔ)……捣以为纸，谓之榖皮纸。"《集传》："榖，一名楮，恶木也。"

185　祈父

王都卫士斥责司马失职，不顾人民疾苦，使自己转战疆场，居无定所，不能侍养老母。《诗序》："《祈父》，刺宣王也。"《郑笺》："刺其用祈父不得其人也。官非其人则职废。祈父之职掌六军之事，有九伐之法。"三章叠咏，十二句。

1　祈父！予王之爪牙[1]。
　　胡转予于恤[2]，靡所止居？
2　祈父！予王之爪士[3]。
　　胡转予于恤，靡所厎止[4]？
3　祈父！亶不聪[5]！
　　胡转予于恤，有母之尸饔[6]！

韵读 1.父、牙、居，鱼都。 2.士、事，之部。 3.聪、饔，东部。

270

今 译　1　大司马呀大司马,我是天王爪牙臣。
　　　　　为啥陷我忧患中,没有住处可安身。
　　　　2　大司马呀大司马,我是天王侍卫兵。
　　　　　为啥陷我忧患中,没完没了不得宁。
　　　　3　大司马呀大司马,真是糊涂耳不聪。
　　　　　为啥陷我忧患中,家有老母失侍奉!

注 释　[1]《毛传》:"祈父,司马也。职掌封圻之兵甲。"《郑笺》:"祈、圻、畿同。我乃王之爪牙。"《正义》:"鸟用爪,兽用牙,以防卫己身。此人自谓王之爪牙,以鸟兽为喻也。"[2]《毛传》:"恤,忧也。"《郑笺》:"转,移也。"[3]《通释》:"爪士犹言虎士,《周官》'虎贲氏属有虎士八百人,即此。"[4]《毛传》:"厎(zhǐ),至也。"[5]《毛传》:"亶,诚也。"林义光《诗经通解》:"不聪,谓不闻人民疾苦。"[6]《通释》:"按《白虎通义》曰:尸之言失也,陈也。……尸饔,即谓失饔,谓奉养不能具也。"

186　白驹

客人即将离去,主人盛情挽留,希望他别走,别后要常通音问。四章叠咏,二十四句。

1　皎皎白驹[1],食我场苗。
　　絷之维之[2],以永今朝[3]。
　　所谓伊人,于焉逍遥[4]。
2　皎皎白驹,食我场藿[5]。

絷之维之,以永今夕。

所谓伊人,于焉嘉客[6]。

3 皎皎白驹,贲然来思[7]。

尔公尔侯,逸豫无期[8]。

慎尔优游,勉尔遁思[9]。

4 皎皎白驹,在彼空谷。

生刍一束[10],其人如玉。

毋金玉尔音,而有遐心[11]?

韵 读 1.苗、朝、遥,宵部。 2.藿、夕、客,铎部。 3.思、期、思,之部。 4.谷、束、玉,屋部。音、心,侵部。

今 译 1 白色马驹雪白毛,在我场里吃豆苗。

绊住马足牵住缰,延长欢乐度今朝。

我所说的那个人,就在这里暂逍遥。

2 白色马驹白如雪,在我场里吃豆叶。

绊住马足牵住缰,延长欢乐在今夜。

我所说的那个人,这里做客多欢悦。

3 白色马驹白无比,风驰电掣到这里。

宜为公来宜为侯,安闲快乐无尽期。

优游生活要谨慎,切莫避世图安逸。

4 白色马驹白如银,在那山谷里面奔。

鲜草一束准备好,客人如玉已光临。

别后音讯休吝惜,莫存疏我远我心。

注 释 [1]《释文》:"皎皎,洁白也。"《集传》:"驹,马之未壮者。" [2]《集传》:"絷(zhí),绊其足。维,系其靷也。" [3]《郑笺》:"永,久也。……爱之欲留之。" [4]《集传》:"伊人,指贤者也,逍遥,游息也。"曾运乾《毛诗说》:"于焉,犹于是也。"[5]《毛传》:"藿,犹苗也。"[6]《尔雅·释诂》:"嘉,乐也。"《集传》:"嘉客,犹逍遥也。"[7]《通释》:"贲(bì)然,盖状马来疾行之貌。"《正义》:"此'来思'、'遁思'二'思'字皆语助,不为义也。"[8]胡承珙《后笺》:"谓尔宜为公也,尔宜为侯也,何为逸乐无期以反也。"[9]勉:通"免",打消。《集传》:"遁思,犹言去意也。"[10]《诗缉》:"生刍,新刈之草,所谓青刍也。"[11]《郑笺》:"毋爱女声音,而有远我之心。"《集疏》:"金玉者,珍重爱惜之意,恐其别去之后,不通音问。"

187　黄鸟

贵族男子流落他国,不得安居,决心回家乡去。三章叠咏,二十一句。

1　黄鸟黄鸟,无集于榖[1],无啄我粟。
　　此邦之人,不我肯榖[2]。
　　言旋言归,复我邦族[3]。

2　黄鸟黄鸟,无集于桑,无啄我粱。
　　此邦之人,不可与明[4]。
　　言旋言归,复我诸兄。

3　黄鸟黄鸟,无集于栩,无啄我黍[5]。
　　此邦之人,不可与处[6]。
　　言旋言归,复我诸父。

韵　读　1.榖、粟、榖、族,屋部。　2.桑、粱、明、兄,阳部。　3.栩、黍、处、父,鱼部。

今　译　1　黄雀鸟呀黄雀鸟,不要落在楮树枝,不要啄我小黄米。

这个国家里的人,待我不好无情义。

快回去呀快回去,回到故乡家庭里。

2　黄雀鸟呀黄雀鸟,不要落在桑树上,不要啄我红高粱。

这个国家里的人,道理信用全不讲。

快回去呀快回去,回到故乡兄长旁。

3　黄雀鸟呀黄雀鸟,不要降落在柞树,不要啄我田中黍。

这个国家里的人,不能和他共居住。

快回去呀快回去,回到故乡投伯叔。

注　释　[1]姚际恒《诗经通论》:"黄鸟,黄雀也,非黄莺,莺不啄粟。"榖,楮树。[2]《毛传》:"榖,善也。"《郑笺》:"不肯以善道与我。"[3]《郑笺》:"复,反也。"[4]《郑笺》:"明当为盟,信也。"[5]栩(xǔ):柞树,麻栗树。黍:黍子,黄米。[6]《毛传》:"处,居也。"

188　我行其野

女子出嫁异国遭遗弃,回到娘家,谴责丈夫喜新厌旧。朱熹以为"民适异国,依其婚姻,而不见收恤,故作是诗。"则诗为入赘男子所作。三章叠咏,十八句。

1　我行其野,蔽芾其樗[1]。

昏姻之故,言就尔居。

尔不我畜,复我邦家[2]。

2　我行其野,言采其蓫[3]。
　　昏姻之故,言就尔宿。
　　尔不我畜,言归思复[4]。

3　我行其野,言采其葍[5]。
　　不思旧姻,求尔新特[6]。
　　成不以富,亦只以异[7]。

韵　读　1.野、樗、故、居、家,鱼部。　2.蓫、宿、畜、复,觉部。　3.葍、特、富、异,职部。

今　译　1　旷野地里我走路,枝繁叶茂臭椿树。
　　　　　　只是因为婚姻故,前来你家同你住。
　　　　　　你今翻脸不爱我,回到家乡依父母。

2　旷野地里我独行,手采羊蹄心难平。
　　只是因为婚姻故,和你同床结恩情。
　　你今翻脸不相认,回到故乡另谋生。

3　我在旷野独彷徨,手采葍菜心悲伤。
　　不念旧人恩情重,另求新欢理不当。
　　其实不因她富有,见异思迁太荒唐。

注　释　[1]《毛传》:"樗(chū),恶木也。"《正义》引王肃云:"行遇恶木,言己适人遇恶人也。"蔽芾:茂盛的样子。[2]畜:通"慉"。好,爱。《易林·巽之豫》:"黄鸟采蓄,既嫁不答,念吾父兄,思复邦国。"[3]《毛传》:"蓫(zhú),恶菜也。"《正义》引陆玑疏:"今人谓之羊蹄。"[4]《诗缉》:"我归则复其旧矣。"[5]《集传》:"葍(fú),葍,恶菜也。"[6]《毛传》:"新特,外昏也。"[7]《集传》:"成,《论语》作诚。言尔之不思旧姻而求新匹也,虽实不以彼之富而厌我之贫,亦只以其新而异于故耳。"

189　斯干

歌颂周宣王宫室落成,安居美梦,能生贵男淑女。《诗序》:"《斯干》,宣王考室也。"《汉书·列向传》:"宣王贤而中兴,更为俭宫室,小寝庙。诗人美之,《斯干》之诗是也。"九章,五十三句。

1　秩秩斯干[1],幽幽南山[2]。
　　如竹苞矣,如松茂矣[3]。
　　兄及弟矣,式相好矣,无相犹矣[4]。

2　似续妣祖[5],筑室百堵,西南其户[6]。
　　爰居爰处,爰笑爰语[7]。

3　约之阁阁,椓之橐橐[8]。
　　风雨攸除,鸟鼠攸去。君子攸芋[9]。

4　如跂斯翼[10],如矢斯棘[11],
　　如鸟斯革[12],如翚斯飞[13]。君子攸跻[14]。

5　殖殖其庭,有觉其楹[15]。
　　哙哙其正,哕哕其冥[16]。君子攸宁。

6　下莞上簟[17],乃安斯寝。
　　乃寝乃兴,乃占我梦。吉梦维何?
　　维熊维罴,维虺维蛇[18]。

7　大人占之:维熊维罴,男子之祥[19];
　　维虺维蛇,女子之祥[20]。

8　乃生男子,载寝之床,
　　载衣之裳,载弄之璋[21]。

276

其泣喤喤,朱芾斯皇[22],室家君王。

9 乃生女子,载寝之地,

　　载衣之裼[23],载弄之瓦[24]。

　　无非无仪[25],唯酒食是议,无父母诒罹[26]。

韵　读　1.干、山,寒部。苞、茂、好、犹,幽部。 2.祖、堵、户、处、语,鱼部。 3.阁、橐、铎部。除、去、芋,鱼部。 4.翼、棘、革,职部。飞、微部;跻,脂部。脂微合韵。 5.庭、楹、正、冥、宁,耕部。 6.簟、寝,侵部。兴、梦,蒸部。何、罴、蛇,歌部。 7.罴、蛇,歌部。祥、祥,阳部。 8.床、裳、璋、喤、皇、王,阳部。 9.地、瓦、仪、议、罹,歌部。

今　译　1 清清流水小溪涧,幽幽深远终南山。

　　绿竹叠翠根本固,青松挺拔上参天。

　　哥哥弟弟手足情,相亲相爱心相连,不耍奸谋不相骗。

2 继承先妣和先祖,筑成宫室墙百堵,向西向南开门户。

　　大家这里来居住,欢声笑语心情舒。

3 筑墙夹板牢牢绑,杵头筑土橐橐响。

　　从此风雨得免除,鸟雀耗子都走光,君子居住心舒畅。

4 堂屋端正如人立,棱角分明直如箭,

　　宽敞好似鸟翼展,富丽更比锦鸡艳,君子升堂心喜欢。

5 平正宽广数前厅,楹柱高大直又正。

　　白天宽敞又光明,夜间深处多清静,君子居住心安宁。

6 下铺草席上竹簟,晚上睡觉最安全。

　　这里睡来这里起,于是把我梦儿占。

　　好梦梦见啥物件?又是熊来又是罴,蛇和蜥蜴都出现。

7 太卜忙把梦来占,是熊是罴都吉祥,生个男孩多强壮。

　　蛇和蜥蜴也一样,生个女孩真漂亮。

8 倘若降生是男儿,让他睡在小床上,

277

让他穿上小衣裳,让他玩耍玉圭璋。

男儿哭泣声洪亮,朱红蔽膝多辉煌,不是国君便是王。

9. 倘若降生是女子,让她地下睡草席,

让她小被包身体,让她纺锤玩手里。

不惹是非不邪僻,家中酒食勤料理,别让父母担忧戚。

注 释 [1]《毛传》:"干,涧也。"《尔雅·释训》:"秩秩,清也。"《集传》:"斯,此也。"[2]《毛传》:"幽幽,深也。"《集传》:"南山,终南之山也。"[3]姚际恒《诗经通论》:"王雪山曰:'如,非喻,乃枚举焉尔。'此善于解虚字也。"《毛传》:"苞,本也。"[4]《通释》:"《广雅》:'犹,欺也。'诗盖谓兄弟相爱以诚,无相欺诈。"[5]《毛传》:"似,嗣也。"《郑笺》:"姒,先妣姜嫄也。祖,先祖也。"[6]《毛传》:"西向户,南向户也。"[7]《郑笺》:"爰,于也。于是居,于是处,于是言,于是语,言诸寝之中,皆可安乐。"[8]《毛传》:"约,束也。阁阁,犹历历也。"《集传》:"椓(zhuó),筑也。橐橐(tuó tuó),杵声也。"[9]王引之《经义述闻》卷六:"芋当读为宇,居也。"[10]《正义》:"跂翼则如人弭手直立,以喻屋壁上下正直也。"[11]《毛传》:"棘,棱廉也。"[12]《毛传》:"革,翼也。"[13]《郑笺》:"伊洛而南,素质五色皆备成章曰翚(huī)。"《正义》:"其斯革、斯飞,言檐阿之势似鸟飞也,翼言其体,飞象其势,各取喻也。"[14]《毛传》:"跻(jī),升也。"[15]《毛传》:"殖殖,言平正也。有觉,言高大也。"《郑笺》:"觉,直也。"[16]《郑笺》:"哙哙(kuài kuài),犹快快也。正,昼也。冥,夜也。"《集传》:"哕哕(huì huì),深广之貌。"[17]《郑笺》:"莞(guān),小蒲之席也。竹苇曰簟(diàn)。"[18]《尔雅·释兽》:"罴(pí)如熊,黄白文。"《集传》:"虺(huǐ),蛇属,细颈大头,色如文绶,大者长七八尺。"[19]徐锴《说文系传》:"祥之言详也。天欲降以祸福,先以吉凶之兆详申告语之也。"熊罴强壮有力,故为男子之兆。[20]虺蛇柔弱隐伏,故为女子之兆。[21]《毛传》:"半圭曰璋。"[22]《郑笺》:"皇,犹煌煌也。芾(fú)者,天子纯朱,诸侯黄朱。"[23]《释文》:"裼(tì),《韩诗》作禘,齐人名小儿被为禘。"[24]《毛传》:"瓦,纺砖也。"[25]林义光《诗经通解》:"仪读为俄,《广雅·释诂》:'俄,邪也。'"[26]《毛传》:"罹(lí),忧也。"《释文》:"诒,本又作贻,遗也。"《郑笺》:"妇人之事,惟议酒食尔,无遗父母之忧。"

190　无羊

歌颂周宣王复兴畜牧业,牧放得法,牲畜蕃多,牧人做了好梦。《诗序》:"《无羊》,宣王考牧也。"《郑笺》:"厉王之时,牧人之职废。宣王始兴而复之,至此而成,谓复先王牛羊之数。"四章,三十二句。

1　谁谓尔无羊?三百维群。
　　谁谓尔无牛?九十其犉[1]。
　　尔羊来思,其角濈濈[2]。
　　尔牛来思,其耳湿湿[3]。

2　或降于阿,或饮于池,或寝或讹[4]。
　　尔牧来思,何蓑何笠[5],或负其餱。
　　三十维物[6],尔牲则具。

3　尔牧来思,以薪以蒸[7],以雌以雄。
　　尔羊来思,矜矜兢兢[8],不骞不崩[9]。
　　麾之以肱,毕来既升[10]。

4　牧人乃梦:众维鱼矣,旐维旟矣[11]。
　　大人占之:众维鱼矣,实维丰年[12]。
　　旐维旟矣,室家溱溱[13]。

韵　读　1.群、犉,文部。濈、湿,缉部。 2.阿、池、讹,歌部。餱、具,侯部。 3.蒸、雄、兢、崩、肱、升,蒸部。 4.鱼、旟,鱼部。年、溱,真部。

今　译　1　谁说你家没有羊?一群就有三百只。
　　　　　　谁说你家没有牛?黑嘴黄牛逾九十。

279

你的羊群归来了,角儿挤挤聚一起。

你的牛群归来了,耳朵摇动在休息。

2　有的牛羊下山岗,有的饮水在池旁,有的躺下有的逛。

你的牧人来牧场,披上蓑衣戴斗笠,有的肩上背干粮。

牛羊毛色三十种,祭牲齐备质优良。

3　你的牧人已来临,饲草有粗也有精,公畜母畜喂不赢。

你的羊群下来了,争先恐后向前行,不会瘦弱不生病。

牧人伸臂一挥手,牛羊都来把栏升。

4　牧人做梦在夜里:蝗虫变鱼真稀奇,龟蛇旗变鸟隼旗。

太卜占梦说仔细:梦见蝗虫变成鱼,预兆丰年最吉利;

龟蛇旗变鸟隼旗,家庭兴盛人丁齐。

注　释　[1]《毛传》:"黄牛黑唇曰犉(rún,又 chún)。""三百"、"九十"并极言其多,不一定是实数。[2]《集传》:"王氏曰:濈濈(jí jí),和也。羊以善触为患,故言其和,谓聚而不相触也。"[3]《毛传》:"呞(sì)而动其耳,湿湿然。"胡承珙《后笺》:"湿湿,谓群牛皆呞而动耳,亦和聚之意。"[4]《毛传》:"讹,动也。"[5]吴闿生《诗义会通》:"何、荷同字,荷亦负也。"[6]《毛传》:"异毛色者三十也。"《正义》:"谓青赤黄白黑毛色别异者各三十也,祭祀之牲当用五方之色。"[7]《郑笺》:"粗曰薪,细曰蒸。"[8]《毛传》:"矜矜兢兢,以言坚强也。"[9]胡承珙《后笺》:"骞(qiān)谓羊不肥,崩则谓羊有疾。"[10]《毛传》:"肱(gōng),臂也。升,升入牢也。"[11]《通释》:"此诗众当为螽(zhōng)即螽之省借。螽,蝗也。……此诗二维字皆当训乃。螽乃鱼矣,谓螽化鱼。旐乃旟矣,亦谓旐易以旟。"[12]《传疏》:"实当作寔,寔,是也。"[13]《毛传》:"旐旟,所以聚众也。"《郑笺》:"溱溱(zhēn zhēn),子孙众多也。"

191　节南山

周大夫家父斥责执政大臣尹氏为政不平,任用小人,政治混乱,国家危殆。《诗序》:"大夫刺幽王也。"陈子展《直解》:"诗似刺师尹,《序》说'刺幽王',自是推本之词,以责重在王耳。"十章,六十四句。

1　节彼南山,维石岩岩[1]。
　　赫赫师尹[2],民具尔瞻。
　　忧心如惔[3],不敢戏谈。
　　国既卒斩[4],何用不监?

2　节彼南山,有实其猗[5]。
　　赫赫师尹,不平谓何?
　　天方荐瘥[6],丧乱弘多。
　　民言无嘉,憯莫惩嗟[7]。

3　尹氏大师,维周之氐[8]。
　　秉国之均[9],四方是维,
　　天子是毗,俾民不迷[10]。
　　不吊昊天[11],不宜空我师[12]!

4　弗躬弗亲,庶民弗信。
　　弗问弗仕,勿罔君子[13]。
　　式夷式已,无小人殆[14]。
　　琐琐姻亚,则无膴仕[15]!

5　昊天不佣[16],降此鞠讻[17]。
　　昊天不惠,降此大戾[18]。

君子如届,俾民心阕[19]。

君子如夷,恶怒是违[20]。

6 不吊昊天,乱靡有定。

式月斯生[21],俾民不宁。

忧心如酲[22],谁秉国成[23]?

不自为政,卒劳百姓。

7 驾彼四牡,四牡项领[24]。

我瞻四方,蹙蹙靡所骋[25]。

8 方茂尔恶,相尔矛矣[26]。

既夷既怿[27],如相酬矣。

9 昊天不平,我王不宁。

不惩其心,覆怨其正[28]。

10 家父作诵[29],以究王讻。

式讹尔心,以畜万邦[30]。

韵　读 1.岩、瞻、惔、谈、斩、监,谈部。 2.猗、何、瘥、多、嘉、嗟,歌部。 3.师、氏、毗、迷、师,脂部;维、微部。脂微合韵。 4.亲、信,真部。仕、子、已、殆、仕,之部。 5.佣、讻,东部。惠、戾、届、阕,质部。夷,脂部;违,微部。脂微合韵。 6.定、生、宁、酲、成、政、姓,耕部。 7.领,真部;骋,耕部。真耕合韵。 8.恶、怿,铎部。矛、酬,幽部。 9.平、宁、正,耕部。 10.诵、讻、邦,东部。

今　译 1 终南山,最峻险,乱石堆积人难攀。

尹氏太师势显赫,人民都在把你看。

满怀忧闷似火燃,不敢嬉笑不敢谈。

国家命运将绝断,你为什么看不见?

2 终南山,高又长,山边斜坡宽又广。

尹氏太师势显赫,为政不平怎么讲?

282

上天不断降灾荒,太多祸乱和死亡。
人民恨你无好话,怎能麻木不提防?

3 尹氏太师居要职,你在周家是柱石。
国家政权你掌握,天下要由你维持,
辅佐天子也靠你,人民方向不迷失。
可恨老天不仁慈,人民贫困无衣食。

4 国家政事不躬亲,人民对你不相信。
用人不问不审察,岂非存心骗贤臣?
办事公平可止乱,卑鄙小人莫接近。
凡是猥琐裙带亲,高官厚禄没有门。

5 老天实在不公平,降此大祸害人民。
老天实在太无恩,大灾大祸将降临。
君子如能尽职守,可使民心得平静。
君子做事能公道,人民怒火自会停。

6 老天实在太不仁,祸乱猖獗没法平。
祸乱月月都发生,人民生活不安宁。
满怀忧虑像酒醉,究竟谁人掌国柄?
上头不能自执政,最终苦害老百姓。

7 驾起四匹大公马,四匹马儿大肥颈。
放眼四方看一看,天地太窄难驰骋。

8 你今盛怒行为刁,目光只把刀矛瞧。
一旦开心气已消,频频举杯相酬劳。

9 老天实在不公平,使我国王不安宁。
我行我素不自省,反怨别人来规正。

10 家父作此诗一篇,追究王朝祸乱源。
愿你心回意能转,养育天下得平安。

注 释 [1]《毛传》:"节,高峻貌。岩岩,积石貌。"[2]《毛传》:"赫赫,显盛貌。师,大(tài)师,周之三公也。尹,尹氏,为大师。"[3]《毛传》:"惔(tán),燔也。"《释文》:"《韩诗》作炎。"[4]《毛传》:"卒,尽。斩,断。监,视也。"姚际恒《诗经通论》:"诗人愁苦,必用危言耸听,如曰'国既卒斩'及下篇'褒姒威之'是也,其实未斩、未威也。"[5]王引之《经义述闻》卷六:"猗疑当读为阿。……有实其阿者,言南山之阿实然广大也。阿为山隅,乃偏高不平之地,而其广大实实然,亦如为政不平之师尹,势位赫赫然也。"[6]《毛传》:"荐,重。瘥(cuō),病。"[7]吴闿生《诗义会通》:"民无嘉庆之言。憯(cǎn),曾。嗟,词也。"[8]《毛传》:"氐(dǐ),本也。"[9]《正义》:"秉持国之正平,居权衡之位。"[10]《集传》:"维,持。毗(pí),辅。……维持四方,毗辅天子,而使民不迷,是其职也。"[11]《郑笺》:"不善乎昊天,愬之也。"林义光《诗经通解》:"不吊,不淑也。……《书·费誓》'无敢不吊',《史记·鲁世家》作'无敢不善'。"[12]《毛传》:"空,穷也。"《郑笺》:"不宜使此人居尊官,困穷我之众民也。"[13]《郑笺》:"仕,察也。"苏辙《诗集传》:"罔,欺也。"王引之《经传释词》卷十:"勿,语助也。"[14]《毛传》:"夷,平也,用平则已。"式:助词,表示劝戒。《郑笺》:"殆,近也。"[15]《毛传》:"琐琐,小貌。两婿相谓曰亚。膴(wǔ),厚也。"《郑笺》:"琐琐昏姻妻党之小人,无厚任用之。"[16]《毛传》:"佣,均。"[17]《通释》:"讻当读如'日月告凶'之凶,谓凶咎也。鞠凶犹言极凶,与大戾同义,故皆为天所降。"[18]《郑笺》:"戾,乖。"[19]《毛传》:"届,极。阕(què),息。"《郑笺》:"届,至也。"阮元《毛诗补笺》:"君子如至其位,可使民恶怒之心止息。"[20]《毛传》:"违,去也。"《郑笺》:"如行平易之政,则民乖争之情去。"[21]《集传》:"祸乱与岁月增长。"[22]《毛传》:"病酒曰酲(chéng)。"[23]《通释》:"秉国成,即执国政也。"[24]《毛传》:"项,大也。"《郑笺》:"喻大臣自恣,王不能使也。"[25]《郑笺》:"蹙蹙(cù cù),缩小之貌。"[26]《诗缉》:"小人方茂其恶,谓盛怒时,则相视其矛戟,如欲持之以相杀伤。"[27]《郑笺》:"夷,悦也。"《集传》:"怿,悦也。"[28]《集传》:"尹氏犹不自惩创其心,乃反怨人之正己者。"[29]《集传》:"家,氏。父,字。周大夫也。"《诗缉》:"今曰:诵,歌诵也。"[30]《郑笺》:"讹,化。畜,养也。"

192 正月

讽刺周幽王宠信褒姒,任用小人,昏庸暴虐,王朝将灭。自伤孤立无援,无可奈何。《诗序》:"《正月》,大夫刺幽王也。"《毛传》:"有褒国之女,幽王惑焉,而以为后,诗人知其必灭周也。"十三章,九十三句。

1　正月繁霜[1],我心忧伤。
　　民之讹言[2],亦孔之将[3]。
　　念我独兮,忧心京京[4]。
　　哀我小心,瘐忧以痒[5]。

2　父母生我,胡俾我瘉[6]?
　　不自我先,不自我后。
　　好言自口,莠言自口[7]。
　　忧心愈愈[8],是以有侮。

3　忧心茕茕[9],念我无禄[10]。
　　民之无辜,并其臣仆[11]。
　　哀我人斯,于何从禄?
　　瞻乌爰止,于谁之屋?

4　瞻彼中林,侯薪侯蒸[12]。
　　民今方殆,视天梦梦[13]。
　　既克有定,靡人弗胜[14]。
　　有皇上帝,伊谁云憎?

5　谓山盖卑,为冈为陵[15]。
　　民之讹言,宁莫之惩[16]?

召彼故老,讯之占梦[17]。
具曰"予圣",谁知乌之雌雄?

6 谓天盖高,不敢不局。
谓地盖厚,不敢不蹐[18]。
维号斯言,有伦有脊[19]。
哀今之人,胡为虺蜴[20]。

7 瞻彼阪田[21],有菀其特[22]。
天之扤我[23],如不我克。
彼求我则,如不我得。
执我仇仇[24],亦不我力[25]。

8 心之忧矣,如或结之。
今兹之正,胡然厉矣[26]!
燎之方扬[27],宁或灭之。
赫赫宗周,褒姒灭之[28]。

9 终其永怀,又窘阴雨[29]。
其车既载,乃弃尔辅[30]。
载输尔载,"将伯助予"[31]。

10 无弃尔辅,员于尔辐[32]。
屡顾尔仆[33],不输尔载。
终逾绝险,曾是不意!

11 鱼在于沼[34],亦匪克乐。
潜虽伏矣,亦孔之炤[35]。
忧心惨惨[36],念国之为虐。

12 彼有旨酒,又有嘉肴。
洽比其邻[37],昏姻孔云[38]。
念我独兮,忧心殷殷[39]!

13 佌佌彼有屋[40],蓛蓛方有穀[41]。
民今之无禄,天夭是椓[42]。
哿矣富人[43],哀此惸独[44]!

韵 读　1.霜、伤、将、京、痒,阳部。 2.痡、后、口、口、愈、侮,侯部。 3.禄、仆、禄、屋,屋部。 4.蒸、梦、胜、憎,蒸部。 5.陵、惩、梦、雄,蒸部。 6.局,屋部;踏、脊、蜴,锡部。屋锡合韵。 7.特、克、则、得、力,职部。 8.结,质部;厉、灭、威,月部。质月合韵。 9.雨、辅、予,鱼部。 10.辐、意,职部;载,之部。之职通韵。 11.沼、炤,宵部。乐、虐,药部。宵药通韵。 12.酒,幽部;肴,宵部。幽宵合韵。云、殷,文部。 13.屋、穀、禄、椓、独,屋部。

今 译　1　夏历四月降大霜,我的心里多忧伤。
民间谣言四处起,纷纷传播很夸张。
想我一人太孤独,心烦意乱悲难藏。
小心翼翼多可怜,忧苦成疾损健康。

2　父母既然生下我,为啥让我受痛苦。
我生之前无灾祸,下一代里灾祸无。
好话从人口里出,坏话也从口里吐。
忧伤日甚心恍惚,无端更招人欺侮。

3　满怀忧伤难排遣,想我不幸多灾难。
庶民百姓本无辜,连及奴仆难过关。
可怜我们这些人,何处求福哪得安?
瞧那乌鸦往下飞,停在谁家屋檐边。

4　瞧那茂密森林中,粗柴细草一丛丛。
如今人民正遭难,老天实在太昏庸。
上帝一切已决定,谁也无法能战胜。
伟大上帝在苍穹,究竟你把谁人憎?

5　谁说高山低又平?实是高冈和大陵。

民间谣言四处起,为啥没人来澄清?
召来老臣多请教,又召太卜问吉凶。
都说自己最圣明,谁辨乌鸦雌或雄?

6 谁说老天多么高?站立不敢不弯腰。
谁说大地多么厚?步子不敢不迈小。
人们喊出这些话,都有道理可查考。
可怜如今世上人,怎做毒蛇把人咬?

7 瞧那坡上硗薄地,也有禾苗密又高。
老天存心折磨我,就怕压我不弯腰。
当初有事来相求,惟恐把我请不到。
去了不当一回事,不肯用我把我抛。

8 我的心里多忧伤,有如绳子打疙瘩。
请看今日朝中政,多么丑恶无办法!
燎原野火烧正旺,谁有本领能灭它。
首都镐京多强大,褒姒一笑它就垮。

9 心既忧伤多痛苦,又逢阴雨更受阻。
车上货物已装载,却把箱板抛在路。
待到东西撒落了,才请长者来帮助。

10 车上箱板别抛弃,车轮车辐要加固。
多多照顾你车夫,不要失落车中物。
这样才能把险度,为啥总是要疏忽。

11 鱼儿游在池塘里,不能快乐保平安。
就算潜伏在深渊,仍然看得很明显。
满怀忧愁多凄惨,国家政治太凶残。

12 他们家里有美酒,又有佳肴味道鲜。
左邻右舍拉关系,裙带亲戚相周旋。
想我孤单无依靠,忧心犹如烈火燃。

288

13　卑微小子有屋住,丑恶之徒多俸禄。

如今人民无幸福,天降灾难害人苦。

有钱阔佬很快乐,可怜穷汉太孤独。

注　释　[1]《毛传》:"正月,夏之四月。繁,多也。"《集传》:"谓之正月者,以纯阳用事,为正阳之月也。"[2]《郑笺》:"讹,伪也。"[3]《毛传》:"将,大也。"[4]《毛传》:"京京,忧不去也。"[5]《集传》:"瘋(shǔ)忧。幽忧也。痒(yáng),病也。"[6]《毛传》:"瘉,病也。"[7]《毛传》:"莠,醜也。"[8]《集传》:"愈愈,益甚之意。"[9]《毛传》:"茕茕(qióng qióng),忧意也。"[10]《集传》:"无禄,犹言不幸尔。"[11]《郑笺》:"言王既刑杀无罪,并及其家之贱者。"[12]《郑笺》:"林中,大木之处,而惟有薪蒸尔,喻朝廷宜有贤者而但聚小人。"[13]《集传》:"殆,危也。梦梦,不明也。"[14]《集传》:"及其既定,则未有不为天所胜者也。"[15]《通释》:"盖谓讹言以山为卑,而其实而为高冈,为高陵,以证其言之不实。"[16]《集传》:"惩,止也。"[17]《集传》:"故老,旧臣也。讯,问也。占梦,官名,掌占梦者也。"[18]《毛传》:"局,曲也。蹐(jí),累足也。"[19]《集传》:"其所呼号而为此言者,又皆有伦理而可考也。"[20]《集传》:"虺、蜴(yì),皆毒螫之虫也。"[21]《郑笺》:"阪田,崎岖墝埆之处。"[22]《集传》:"菀(yù),茂盛之貌。特,特生之苗也。"[23]《毛传》:"扤(wù),动也。"此为动摇、折磨之意。[24]《毛传》:"仇仇,犹謷謷也。"胡承珙《后笺》:"执我者,犹言待我矣。"[25]《通释》:"功力谓之力,用其力亦谓之力。不我力,即不我用。"[26]《集传》:"正,政也。厉,暴恶也。言我心之忧如结者,为国政之暴恶也。"[27]《郑笺》:"火田为燎。"[28]《集传》:"宗周,镐京也。褒姒,幽王之嬖妾,褒国女,姒,姓也。威(xuè),灭也。"[29]《毛传》:"窘,困也。"《传疏》:"怀,伤也。阴雨,以喻所遭多难。"[30]《传疏》:"辅者,挾舆之版。"[31]《郑笺》:"输,堕也。弃女车辅则堕女之载,乃请长者见助。"[32]《毛传》:"员(yún),益也。"[33]顾,照顾。《集传》:"顾,视也。仆,将车者。"[34]《毛传》:"沼,池也。"[35]《集传》:"炤(zhāo),明,易见也。"[36]《毛传》:"惨惨,犹戚戚也。"[37]《集传》:"洽、比,皆合也。"[38]《毛传》:"云,旋也。"方玉润《诗经原始》:"云,周旋之意。"[39]《毛传》:"殷殷然,痛也。"[40]《毛传》:"佌佌(cǐ cǐ),小也。"[41]《郑笺》:"穀,禄也。"《集传》:"蔌蔌(sù sù),窭陋貌,指王所用之小人也。"[42]《集传》:."天,祸。椓,害。"[43]王引之《经义述闻》卷六:"哿(gě)与哀为对文,哀者忧悲,哿者快乐也。"[44]惸(qióng):孤独。《广韵·清韵》:"惸,无兄弟也。"

193　十月之交

周大夫讽刺幽王宠褒姒,任小人,招致天灾人祸;谴责执政大臣皇父倒行逆施。《诗序》:"《十月之交》,大夫刺幽王也。"王先谦《集疏》:"三家当与毛同。"八章,六十四句。

1　十月之交[1],朔月辛卯。
　　日有食之[2],亦孔之丑。
　　彼月而微,此日而微[3]。
　　今此下民,亦孔之哀[4]。

2　日月告凶,不用其行[5]。
　　四国无政,不用其良。
　　彼月而食,则维其常;
　　此日而食,于何不臧[6]!

3　烨烨震电,不宁不令[7]。
　　百川沸腾,山冢崒崩[8]。
　　高岸为谷,深谷为陵[9]。
　　哀今之人,胡憯莫惩?

4　皇父卿士,番维司徒。
　　家伯维宰,仲允膳夫。
　　棸子内史,蹶维趣马。
　　楀维师氏[10],艳妻煽方处[11]。

5　抑此皇父[12],岂曰不时[13]?
　　胡为我作,不即我谋[14]?
　　彻我墙屋[15],田卒污莱[16]。

曰"予不戕,礼则然矣"[17]。

6 　皇父孔圣,作都于向[18]。
　　择三有事,亶侯多藏[19]。
　　不憖遗一老[20],俾守我王。
　　择有车马[21],以居徂向[22]。

7 　黾勉从事,不敢告劳。
　　无罪无辜,谗口嚣嚣[23]。
　　下民之孽,匪降自天。
　　噂沓背憎[24],职竞由人。

8 　悠悠我里[25],亦孔之痗[26]。
　　四方有羡[27],我独居忧。
　　民莫不逸,我独不敢休!
　　天命不彻[28],我不敢效我友自逸。

韵　读　1.卯、丑,幽部。微、微、哀,微部。 2.行、良、常、臧,阳部。 3.电、令,真部。腾、崩、陵、惩、蒸部。 4.士、宰、史,之部。徒、夫、马、处,鱼部。 5.时、谋、莱、矣,之部。6.向、藏、王、向,阳部。 7.劳、嚣,宵部。天、人,真部。 8.里、痗,之部。忧、休,幽部。彻,月部;逸,质部。月质合韵。

今　译　1　十月阳春日月交,十月初一是辛卯。
　　这天日食又发生,兆头实在很不好。
　　上月月亮光不明,这回太阳光又消。
　　如今天下老百姓,大难临头多烦恼。

　　2　日月亏蚀兆灾殃,运行不在轨道上。
　　四方国家政局坏,不用忠臣和贤良。
　　那次月亮被吞蚀,古今如此是正常。
　　现在太阳又被蚀,该是多么不吉祥!

3　雷声轰鸣电光闪,政治不良民不安。

　　大小江河都沸腾,山顶崩塌成平川。

　　高岸突然变深谷,深谷忽又成高山。

　　可恨当今执政者,不知警惕无忌惮。

4　执政卿士是皇父,番氏当上大司徒。

　　家伯断狱为太宰,仲允管厨是膳夫。

　　聚子当的是内史,蹶氏负责把马牧。

　　楀氏专职察朝政,褒姒伙同势如虎。

5　唉!这个皇父太刚愎,哪会自责说不是?

　　为何让我服劳役,不肯先和我商议。

　　拆我房屋毁我壁,良田荒芜未耕治。

　　还说我没伤害你,礼制本来该如此。

6　皇父自谓很聪明,他在向邑建都城。

　　挑选三卿任要职,家财亿万数不清。

　　老臣不愿留一个,让他守卫我王廷。

　　选择车马富豪家,迁往向邑自为政。

7　勤勉办事为王朝,不敢诉苦说辛劳。

　　我本无罪又无辜,逸人纷纷乱造谣。

　　下民都是自作孽,不是上天降灾妖。

　　当面谈笑背后恨,坏事都由坏人造。

8　忧愁苦闷九回肠,忧思成疾好凄凉。

　　四方个个有欢笑,独我一人多悲伤。

　　人们莫不安逸过,我无休息日夜忙。

　　天命无常难预料,不敢学人图舒畅。

注　释　[1]《郑笺》:"周之十月,夏之八月也。八月朔日,日月交会而日食。"朔:农历每月初一,地球上看不到月光,这种月相叫朔。[2]阮元《十月之交四篇属幽王说》:"梁虞鄺,隋张胄元、唐傅仁均、一行,元郭守敬并推定此日食在周幽王六年,十月建酉,辛卯朔日入食限,载在史志。今以雍正癸卯上推之,幽王六年十月辛卯朔(公元前776年9月6日),正入食限。"[3]《郑笺》:"微,谓不明也。"林兆丰《隶经剩义》:"匪特幽王六年十月朔,食入交限,即前一月望,食亦入交限。此日而食,指十月朔食言。彼月而食,又即指前一月望食言。"[4]《郑笺》:"君臣失道,灾害将起,故下民亦甚可哀。"[5]《郑笺》:"告凶,告天下以凶亡之征也。"《集传》:"行,道也。……不用其行者,月不避日,失其道也。"[6]《郑笺》:"臧,善也。"俞樾《群经平议》:"于即吁字……于何不臧,犹曰:于嗟乎何其不臧!"[7]《毛传》:"烨烨(yè yè),震电貌。震,雷也。"《郑笺》:"雷电过常,天下不安,政教不善之征。"《集传》:"令,善。"[8]《毛传》:"山顶曰冢。"王引之《经义述闻》卷六:"崒当读为猝。猝,急也,暴也。言山顶猝然崩坏也。猝崩与沸腾相对。"[9]《国语·周语上》:"幽王二年,西周三川皆震。……是岁也,三川(泾、渭、洛)竭,岐山崩。"[10]《郑笺》:"皇父、家伯、仲允,皆字。番、聚(zōu)、蹶(guì)、楀(jǔ),皆氏。……司徒之职,掌天下土地之图、人民之数。冢宰,掌建邦之大典,皆卿也。膳夫,上士也,掌王之饮食膳羞。内史,中大夫也,掌爵禄废置生杀予夺之法。趣马,中士也,掌王马之政。师氏,亦中大夫也,掌司朝得失之事。"[11]《毛传》:"艳妻,褒姒也。美色曰艳。炽,盛也。"[12]《郑笺》:"抑之言噫。"[13]《郑笺》:"女岂曰我所为不是乎?言其不自知恶也。"[14]《郑笺》:"女何为役作我,不先就与我谋?"[15]彻:通"撤"。[16]《集传》:"卒,尽也。污,停水也。莱,草秽也。"[17]《郑笺》:"戕(zāng),残也。……礼,下供上役,其道自然。"[18]向,地名,在今河南尉氏县。姚际恒《诗经通论》:"作都于向,即平王东迁之兆。"[19]《毛传》:"择三有事,有司,国之三卿,信维贪淫多藏之人也。"[20]《郑笺》:"慭(yìn)者,心不欲自强之辞也。"[21]《集传》:"有车马者,亦富家也。"[22]《通释》:"居者,语词。"[23]《郑笺》:"嚣嚣(áo áo),众多貌。"[24]《通释》:"言小人之情,聚则相合,背即相憎。"[25]《正义》:"悠悠乎可忧也。"《通释》:"朱彬曰:'悠悠我里,犹云悠悠我思',是也。"[26]《毛传》:"瘣,病也。"[27]《通释》:"《文选》李注引《韩诗·薛君章句》曰:'羡,愿也。'……愿羡有欣喜之义。"[28]《毛传》:"彻,道也。"黄焯《诗疏平议》:"经言天命不彻,犹言天命难知。"

194　雨无正

讽刺幽王任用小人,不听善言,天下动乱,祸国殃民。《诗序》:"《雨无正》,大夫刺幽王也。雨自上下者也。众多如雨,而非所以为政也。"《郑笺》:"王之所下教令,甚多而无正也。"七章,五十四句。

1　浩浩昊天,不骏其德[1],
　　降丧饥馑,斩伐四国[2]。
　　旻天疾威[3],弗虑弗图[4]。
　　舍彼有罪,既伏其辜[5]。
　　若此无罪,沦胥以铺[6]。

2　周宗既灭[7],靡所止戾[8]。
　　正大夫离居[9],莫知我勩[10]。
　　三事大夫,莫肯夙夜[11]。
　　邦君诸侯,莫肯朝夕。
　　庶曰"式臧",覆出为恶[12]。

3　如何昊天,辟言不信[13]?
　　如彼行迈,则靡所臻[14]。
　　凡百君子,各敬尔身。
　　胡不相畏,不畏于天?

4　戎成不退,饥成不遂[15]。
　　曾我暬御,憯憯日瘁[16]。
　　凡百君子,莫肯用讯[17]。
　　听言则答,谮言则退[18]。

5 哀哉不能言,匪舌是出[19],维躬是瘁。
　　哿矣能言,巧言如流,俾躬处休[20]。

6 维曰于仕,孔棘且殆[21]。
　　云不可使,得罪于天子。
　　亦云可使,怨及朋友。

7 谓尔迁于王都,曰予未有室家。
　　鼠思泣血[22],无言不疾[23]。
　　昔尔出居,谁从作尔室?

韵　读　1.德、国,职部。图、辜、铺,鱼部。 2.灭、勩,月部;戾,质部。月质合韵。夜、夕、恶,铎部。 3.天、信、臻、身、天,真部。 4.退、遂、瘁、[顇]、退,物部。 5.出、瘁,物部。流、休,幽部。 6.仕、殆、使、子、使、友,之部。 7.都、家、居,鱼部。血、疾、室,质部。

今　译　1　昊天广大远茫茫,纵有恩德不久长。
　　　　　降下死亡大饥荒,天下人民受损伤。
　　　　　昊天暴虐太不当,不愿考虑不思量。
　　　　　有罪之徒你放过,包庇罪恶瞒真相。
　　　　　无罪之人被冤枉,相与受苦遭祸殃。

　　　　2　镐京已经被灭亡,安身落脚没地方。
　　　　　长官大臣离职守,我的劳苦谁人想。
　　　　　三公大夫都失职,谁肯忠心为君王?
　　　　　还有国君和诸侯,莫肯早晚为国忙。
　　　　　只望改过用善良,谁知作恶更猖狂。

　　　　3　老天如此怎么成? 正经话儿你不听。
　　　　　就像人们走远路,没有目标胡乱行。
　　　　　公卿大夫诸君子,各自谨慎奔前程!
　　　　　为何彼此不尊敬,竟然不知畏天命?

4　战祸至今未消除，饥荒严重不顺遂。
　　只因我是侍御臣，忧愁日甚身憔悴。
　　所有在朝诸君子，闭口不言怕得罪。
　　说话中听受重用，谁敢批评遭斥退。

5　可恨有话不能讲，不是舌头有毛病，就怕自身遭祸殃。
　　小人嘴巧多欢畅，花言巧语如水淌，能做高官处安康。

6　大家都说去当官，荆棘丛生太危险。
　　要说事情不能干，得罪天子不好办。
　　要说能干也可以，朋友一定要埋怨。

7　让你迁移回王都，就说我没房屋住。
　　暗自忧愁血泪出，无话不被人嫉妒。
　　从前你离王都去，谁人帮你盖房屋？

注　释　[1]《毛传》:"骏,长也。"《集传》:"浩浩,广大貌。"[2]《毛传》:"谷不熟曰饥,蔬不熟曰馑。"《正义》:"斩伐,灭绝四方之国也。"[3]《集传》:"疾威,犹暴虐也。"《尔雅·释天》:"秋为旻天。"郭璞注:"旻犹愍也。愍万物凋落。"《传疏》:"旻(mín)天当依定本作昊天。"[4]《郑笺》:"虑、图皆谋也。"[5]王引之《经义述闻》卷六:"伏者,藏也,隐也。"[6]《集传》:"沦,陷。胥,相。……此无罪者,亦相与而陷于死亡,则何如哉。"铺,通"痡",痛苦。《韩诗》作"痛"。《后汉书·蔡邕传》李注引《诗》亦作"痛"。[7]《郑笺》:"周宗,镐京也。"[8]《毛传》:"戾,定也。"[9]《郑笺》:"正,长也。"《诗缉》:"正大夫,六官之长也。"《集传》:"此诗实正大夫离居之后,暬御之臣所作。"[10]《毛传》:"勩(yì),劳也。"[11]《集传》:"三事,三公也。大夫,六卿及中下大夫也。"何楷《诗经世本古义》:"六官之属,无肯夙夜勤王事者。"[12]《诗缉》:"庶几曰:王今改过用善,乃反出而为恶,威虐愈甚也。"[13]《毛传》:"辟,法也。"[14]《集传》:"臻(zhēn),至也。……如彼行往而无所底至也。"[15]《毛传》:"戎,兵也。遂,安也。"[16]《毛传》:"暬(xiè)御,侍御也。瘁(cuì),病也。"《集传》:"憯憯(cǎn cǎn),忧貌。"《后笺》:"毛以侍御训暬御,则当为左右亲近之臣。"[17]《通释》:"讯读如谇。《韩诗》:'谇,谏也。'"[18]《通释》:"闻顺从之言则答而进之;闻谮(zèn)毁之言则退而不答。"[19]《通释》:"《说文》:'痞,病也。'出当即痞之省借,言匪舌是病,惟躬是病也。"[20]《集传》:"使其身处于安乐之地。"[21]《毛传》:"于,往也。"何楷

《诗经世本古义》:"言人皆曰:往仕耳,殊不知仕途甚多荆棘,动辄遭刺,且有凶危也。"
[22]《郑笺》:"鼠,忧也。"《通释》:"泣而泪尽,真有流血者,因通言泣之甚者为泣血。"
[23]《毛传》:"无所言而不见疾也"。

195 小旻

讽刺周幽王惑于邪僻,不用良谋。《诗序》:"《小旻》,大夫刺幽王也。"孔颖达《正义》:"此篇唯刺谋事邪僻,不用贤者。"朱熹《集传》:"大夫以王惑于邪谋,不能断以从善,故作此诗。"六章,四十五句。

1 旻天疾威,敷于下土[1]。
  谋犹回遹[2],何日斯沮[3]?
  谋臧不从,不臧覆用。
  我视谋犹,亦孔之邛[4]。

2 潝潝訿訿[5],亦孔之哀。
  谋之其臧,则具是违;
  谋之不臧,则具是依。
  我视谋犹,伊于胡底[6]?

3 我龟既厌,不我告犹[7]。
  谋夫孔多,是用不集[8]。
  发言盈庭,谁敢执其咎[9]?
  如匪行迈谋,是用不得于道[10]。

4 哀哉为犹!匪先民是程[11],匪大犹是经[12]。

维迩言是听,维迩言是争。

如彼筑室于道谋,是用不溃于成[13]。

5　国虽靡止[14],或圣或否[15]。

民虽靡膴[16],或哲或谋,或肃或艾[17]。

如彼泉流,无沦胥以败[18]。

6　不敢暴虎,不敢冯河[19]。

人知其一,莫知其他。

战战兢兢,如临深渊[20],如履薄冰[21]。

韵　读　1. 土、沮,鱼部。从、用、邛,东部。 2. 哀、违、依,微部;厎,脂部。脂微合韵。 3. 犹、咎、道,幽部。集,依《韩诗》为就,协幽部。 4. 程、经、听、争、成,耕部。 5. 止、否、谋,之部。艾、败,月部。 6. 河、他,歌部。兢、冰,蒸部。

今　译　1　老天暴虐真残酷,降下灾祸遍国土。

政策邪僻全错误,何年何月能止住?

好的策略不听从,谋略不好反信服。

所用谋略依我看,毛病太多弊难数!

2　当面附和背后骂,小人当权实可悲。

国家政策定得好,实际行动全违背。

政策不好有错误,你却一切都听随。

我看政策问题多,究竟何处是依归?

3　我的灵龟已厌倦,不把吉凶来告诉。

出谋划策人不少,议论纷纷难作数。

满朝都是发言者,谁人敢把责任负?

譬如有事问路人,不得方向反糊涂。

4　政策可悲说不清,不法祖先无章程,治国大略不实行。

浅薄话儿专爱听,话儿浅薄偏爱争。

298

譬如盖屋问路人，人多嘴杂建不成。

5　尽管国家范围小，有人聪明有人拙。

人民虽然数量少，有的明智计谋多，有的严肃能治国。

为政譬如泉水流，莫使相与陷污浊。

6　不敢空手把虎伤，怎能徒步把河趟。

人们只知这一条，不懂其他易上当。

小心谨慎多提防，就像走近深渊旁，好比踩在薄冰上。

注　释　[1]《毛传》："敷，布也。"[2]《集传》："犹，谋。回，邪。通(yù)，辟。"吴闿生《诗义会通》："此篇以谋猷回通为主，而剀切反覆言之，最见志士忧国、忠悃勃郁之忱。所谓回通者，非必有奸邪不轨之行。第谋臧不用，不臧覆用，臧则具违，不臧具依，发言盈庭而莫执其咎，迄言是争，筑室道谋，斯则诗之所谓回通矣。"[3]《郑笺》："沮(jū)，止也。"[4]《毛传》："邛(qióng)，病也。"[5]《毛传》："潝潝(xī xī)然患其上，訿訿(zǐ zǐ)然思不称乎上。"《集传》："潝潝，相和也；訿訿，相诋也。"[6]《郑笺》："底(zhǐ)，至也。……行之时何所至乎？"[7]《郑笺》："犹，图也。卜筮数而渎龟，龟灵厌之，不复告其所图之吉凶。"[8]《集传》："集，成也。"[9]《传疏》："谁敢执者，言莫能任是过责。"[10]《左传·襄公八年》引此二句，杜预注："匪，彼也。行迈谋，谋于路人也。不得于道，众无适从。"[11]《集传》："先民，古之圣贤也。"《毛传》："程，法。"[12]《通释》："经，朱彬谓当训行，是也。匪大犹是经，犹云匪大道是遵循耳。遵循，皆行也。"[13]《毛传》："溃，遂也。"《集传》："如将筑室而与行道之人谋之，人人得为异论，其能有成也哉？"[14]《毛传》："靡止，言小也。"马瑞辰《通释》："《传》以'靡止'为小，则止宜训大矣。"[15]《集传》："圣，通明也。"[16]《集传》："肬，大也，多也。"[17]《毛传》："艾(yì)，治也。"[18]《郑笺》："王之为政者，如原泉之流，行则清，无相牵率为恶以自浊败。"[19]《毛传》："徒涉曰冯(píng)河，徒博曰暴虎。"[20]《毛传》："恐队(坠)也。"[21]《毛传》："恐陷也。"

196　小宛

大夫遭乱畏祸,告诫兄弟,要小心谨慎。朱熹《集传》:"此大夫遭时之乱,而兄弟相戒以免祸之诗。"六章,三十六句。

1　宛彼鸣鸠[1],翰飞戾天[2]。
　　我心忧伤,念昔先人。
　　明发不寐[3],有怀二人[4]。

2　人之齐圣[5],饮酒温克[6]。
　　彼昏不知,壹醉日富[7]。
　　各敬尔仪,天命不又[8]。

3　中原有菽[9],庶民采之。
　　螟蛉有子,蜾蠃负之[10]。
　　教诲尔子,式穀似之[11]。

4　题彼脊令[12],载飞载鸣。
　　我日斯迈,而月斯征[13]。
　　夙兴夜寐,无忝尔所生[14]。

5　交交桑扈[15],率场啄粟。
　　哀我填寡,宜岸宜狱[16]。
　　握粟出卜,自何能穀?

6　温温恭人,如集于木。
　　惴惴小心,如临于谷[17]。
　　战战兢兢,如履薄冰!

韵 读 1. 天、人、人，真部。 2. 克、富，职部；又，之部。之职通韵。 3. 采、子、负、子、似，之部。 4. 令，真部；鸣、征、生，耕部。真耕合韵。 5. 扈、寡，鱼部。粟、狱、卜、穀，屋部。 6. 木、谷，屋部。兢、冰，蒸部。

今 译

1　斑鸠鸟儿小不点，高高飞起上云天。
　我的心里多忧伤，想起从前老祖先。
　通宵达旦睡不着，把我二老来怀念。

2　凡是聪明睿智人，喝酒温和不昏乱。
　那些无知糊涂蛋，一旦酒醉更自满。
　各人威仪须谨慎，天命一去不复返。

3　原野大豆生长茂，平民采来作菜肴。
　螟蛉蛾儿有幼子，细腰蜂儿背回巢。
　好好教育下一代，继承祖德莫忘了。

4　瞧那鸟儿叫脊令，一边飞来一边鸣。
　我今日日向前进，你也月月忙远行。
　早起晚睡多努力，不要有辱你所生。

5　飞来飞去桑扈鸟，沿着场圃啄粟米。
　可怜我们穷苦人，要吃官司坐牢里。
　抓把粟米去问卦，哪里能够得吉利？

6　人们恭谨又温良，好比住在高树上。
　惴惴不安多小心，好像走近深谷旁。
　战战兢兢须提防，就像踩在薄冰上。

注 释 [1]《毛传》："宛(wǎn)，小貌。"陆玑《草木疏》："鸣鸠，斑鸠也。" [2]《毛传》："翰，高。戾，至也。" [3]《集传》："明发，谓将旦而先明开发也。" [4]《集传》："二人，父母也。" [5]王引之《经义述闻》卷六："齐圣，聪明睿智之称，与下文'彼昏不知'相对。齐者，知虑之敏也。" [6]《郑笺》："饮酒虽醉，犹能温藉自持以胜。"克：克制。 [7]《集传》："彼昏然而不知者，则一于醉而日甚矣。富，犹甚也。"《通释》："醉则日自盈满。正与温克相反。"[8]《毛传》:"又,复也。"《集传》:"言各敬慎尔之威仪,天命已去,将不复来,不可以不恐惧也。"[9]《毛传》:"菽,藿也。"《通释》:"藿对豆言,是为豆叶。"[10]《集传》:"螟蛉,桑上小青虫也。蜾蠃(guǒ luǒ),土蜂也,似蜂而小腰。"王夫之《诗经稗疏》:"盖蜾蠃之负螟蛉,与蜜蜂采花酿蜜以食正同。"[11]《郑笺》:"穀,善也。"《传疏》:"《传》于'似'字皆训为嗣。"[12]《集传》:"题,视也。脊令,飞则鸣,行则摇。"[13]《郑笺》:"迈、征,皆行也。"[14]《毛传》:"忝,辱也。"《集传》:"各求无辱于父母而已。"[15]《集传》:"交交,往来之貌。桑扈,窃脂也,俗呼青觜,肉食不食粟。"李明珍《本草纲目》卷四九:"桑扈,乃扈之在桑间者,其觜或淡白如脂,或凝黄如蜡,故古名窃脂,俗名蜡觜。浅色曰窃。陆玑谓其好盗食脂肉,殆不然也。"[16]《释文》:"填(tiǎn),《韩诗》作疹。疹,苦也。岸,《韩诗》作犴,音同。云乡亭之系曰犴,朝廷曰狱。"[17]《诗缉》:"温温然恭谨之人,无过可指,然处今之乱世如集于木而恐坠,如临于谷而恐陨。"

197 小弁

儿子无端被父亲放逐,非常悲伤痛苦。《诗序》:"《小弁》,刺幽王也。太子之傅作焉。"《毛传》:"幽王取(娶)申女,生太子宜咎。又说(悦)褒姒,生子伯服,立以为后,而放宜咎。"《孟子·告子下》:"《小弁》之怨,亲亲也。亲亲,仁也。"赵岐注:"伯奇仁人而父虐之,故作《小弁》之诗。"赵岐认为,《小弁》是宣王时尹吉甫之子伯奇为后母所谮,遭父放逐而作。八章,六十四句。

1 弁彼鸒斯[1],归飞提提[2]。
  民莫不穀,我独于罹[3]。
  何辜于天?我罪伊何?
  心之忧矣,云如之何!
2 踧踧周道,鞫为茂草[4]。

302

我心忧伤,怒焉如捣[5]。
假寐永叹[6],维忧用老。
心之忧矣,疢如疾首[7]?

3 维桑与梓,必恭敬止[8]。
靡瞻匪父,靡依匪母[9]。
不属于毛,不罹于里[10]。
天之生我,我辰安在[11]?

4 菀彼柳斯[12],鸣蜩嘒嘒[13]。
有漼者渊,萑苇淠淠[14]。
譬彼舟流,不知所届[15]。
心之忧矣,不遑假寐!

5 鹿斯之奔,维足伎伎[16]。
雉之朝雊[17],尚求其雌。
譬彼坏木[18],疾用无枝。
心之忧矣,宁莫之知!

6 相彼投兔,尚或先之[19]。
行有死人,尚或墐之[20]。
君子秉心,维其忍之。
心之忧矣,涕既陨之[21]!

7 君子信谗,如或酬之[22]。
君子不惠,不舒究之[23]。
伐木掎矣[24],析薪扡矣[25]。
舍彼有罪,予之佗矣[26]!

8 莫高匪山,莫浚匪泉[27]。
君子无易由言,耳属于垣[28]。
无逝我梁,无发我笱。

我躬不阅,遑恤我后[29]。

韵 读　1.斯、提,支部。罹、何、何,歌部。 2.道、草、捣(抩)、老、首,幽部。 3.梓、止、母、里、在,之部。 4.喁、湝、届,质部;寐,物部。质物合韵。 5.伎、雌、枝、知,支部。 6.先、墐、忍、陨,文部。 7.醮、究,幽部。掎、扡、佗,歌部。 8.山、泉、言、垣,寒部。笱、后,侯部。

今 译　1　那些乌鸦真快乐,成群结队飞回窝。
　　　　　人民无不生活好,我独遭逢忧患多。
　　　　　啥事得罪天老爷,究竟犯了啥罪过?
　　　　　满怀忧伤受折磨,叫我还能怎么做?

　　　　2　平平坦坦本大道,如今人稀长满草。
　　　　　我的心里多忧伤,痛苦好比棍棒捣。
　　　　　和衣躺下长叹息,长年忧愁人变老。
　　　　　心情苦闷无处诉,头痛发烧受煎熬。

　　　　3　屋前桑树和梓树,必须恭敬多维护。
　　　　　没有儿子不敬父,儿子怎能不靠母?
　　　　　好比羊皮袭一件,毛和里子不相附。
　　　　　上天把我生下来,为啥时乖又命苦?

　　　　4　杨柳青青随风扬,蝉儿不住声声唱。
　　　　　深深一片水潭边,芦苇繁密生长旺。
　　　　　好比船儿在水上,不知飘流到哪方。
　　　　　满腹忧愁心不安,无暇和衣躺一躺。

　　　　5　鹿儿飞跑为觅群,伸开四脚往前奔。
　　　　　雄性野鸡早上叫,声声啼叫求雌禽。
　　　　　譬如病树在山里,枝儿干枯叶不生。
　　　　　我的心里多忧愁,为啥无人知我情?

　　　　6　看那兔儿落了网,尚且有人把它放。

304

死人尸体躺路上，别人也会来埋葬。
君子你是啥心肠，如此残忍太不当。
我的心里好忧伤，眼泪涟涟往下淌。

7　君子爱把谗言信，如喝敬酒多有劲。
君子无爱无恩义，谣言根源不追寻。
砍树要用绳子引，劈柴还得纹理顺。
有罪之人你放弃，反把罪名加我身！

8　不是高的不算山，不是深的不算泉。
君子千万莫轻言，有人耳朵贴墙边。
不要走近我鱼梁，我的鱼篓莫开看。
我身尚且不见容，哪管死后如何变。

注　释　[1]《毛传》："弁(pán)，乐也。鸒(yù)斯，卑居。卑居，雅乌也。"[2]《毛传》："提提(shí shí)，群飞貌。"[3]《郑笺》："罹，忧也。"[4]《毛传》："踧踧(dí dí)，平易也。鞫，穷也。"《集传》："周道，大道也。"[5]《正义》："我心为之忧伤。怒(nì)焉悲闷，有如物之搗心也。"[6]《郑笺》："不脱冠衣而寐曰假寐。"[7]《郑笺》："疢(chèn)，犹病也。"[8]《毛传》："父之所树，己尚不敢不恭敬。"马瑞辰《通释》："怀父母，睹其树因思其人也。至后世，以'桑梓'为故里之称。"[9]瞻，敬仰。《集传》："瞻者，尊而仰之。依者，亲而倚之。"[10]罹，唐石经作"离"。林义光《诗经通解》："属(zhǔ)与离皆附著也。不属于毛不离于里，以裘为喻。古人衣裘以毛居外而以布为里。毛在外，故以喻父；里在内，故以喻母。"[11]《毛传》："辰，时也。"[12]《集传》："菀(yù)，茂盛貌。"[13]《毛传》："蜩(tiáo)，蝉也。嘒嘒(huì huì)，声也。"[14]《毛传》："漼(cuǐ)，深貌。渊渊(pèi pèi)，众也。"[15]《郑笺》："届，至也。"[16]《毛传》："伎伎(qí qí)，舒貌。"[17]《郑笺》："雊(gòu)，雉鸣也。"[18]《毛传》："坏，瘣(huì)也，谓伤病也。"[19]《郑笺》："相，视。投，掩。视彼人将掩兔，尚有先驱走之者。"《通释》："开创谓之先，开放亦谓之先。"[20]《正义》："墐(jìn)者，埋藏之名耳。"[21]《毛传》："陨(yǔn)，队(坠)也。"[22]《正义》："如有人以酒相酬，得即饮之。"[23]《郑笺》："惠，爱。"《集传》："究，察也。"[24]《诗缉》："《释文》云:掎(jǐ)，从后牵也。"《通释》："今伐木者惧其猝踣，其木杪多用绳以牵曳之，即伐木掎巅之遗制。"[25]《郑笺》："扡(chǐ)，谓观其理也。必随其理者，不欲妄挫折之，以言今王之遇太子，不如伐木析薪

305

也。"唐石经作"杝"。[26]《毛传》:"佗(tuó),加也。"[27]《毛传》:"浚,深也。"胡承珙《后笺》:"诗言无高而非山,无浚而非泉,山高泉深莫能穷测也。以喻人心之险犹山川。"[28]《传疏》:"将有说人属(zhǔ)耳于垣壁,以窥伺之也。"《后笺》:"君子苟轻易其言,耳属者必将迎合风旨而交构其间矣。"[29]《正义》:"我身尚不能自容,何暇忧我死之以后乎。"

198 巧言

讽刺周幽王听信谗言,小人厚颜无耻,搬弄是非,酿成祸乱。《诗序》:"《巧言》,刺幽王也。大夫伤于谗,故作是诗也。"《易林·随之夬》:"辩变白黑,巧言乱国,大人失福,君子迷惑。"六章,四十八句。

1 悠悠昊天,曰父母且[1]。
  无罪无辜,乱如此幠[2]!
  昊天已威,予慎无罪。
  昊天大幠,予慎无辜[3]。
2 乱之初生,僭始既涵[4]。
  乱之又生,君子信谗。
  君子如怒,乱庶遄沮[5];
  君子如祉[6],乱庶遄已。
3 君子屡盟,乱是用长。
  君子信盗,乱是用暴。
  盗言孔甘,乱是用餤[7]。

匪其止共,维王之邛[8]。

4 奕奕寝庙[9],君子作之。
　 秩秩大猷,圣人莫之[10]。
　 他人有心,予忖度之。
　 跃跃毚兔[11],遇犬获之。

5 荏染柔木[12],君子树之。
　 往来行言,心焉数之[13]。
　 蛇蛇硕言[14],出自口矣;
　 巧言如簧,颜之厚矣[15]？

6 彼何人斯？居河之麋[16]。
　 无拳无勇[17],职为乱阶[18]。
　 既微且尰[19],尔勇伊何？
　 为犹将多[20],尔居徒几何[21]？

韵 读 1.且、辜、幠,鱼部。威、罪,微部。幠、辜,鱼部。 2.涵、谈,谈部。怒、沮,鱼部。沮、已,之部。 3.盟、长,阳部。盗,宵部;暴,药部。宵药通韵。甘、餤,谈部。共、邛,东部。 4.作、莫、度、获,铎部。 5.树、数、口、厚,侯部。 6.麋、阶,脂部。何、多、何,歌部。

今 译 1 远大无边老天爷,说是下民父和母。
　　 人民无罪又无辜,降下大祸真残酷。
　　 老天实在太暴虐,我无罪过受屈辱。
　　 老天实在太傲慢,我受屈辱本无辜。

2 当初乱子刚发生,谗言容受即流行。
　 乱子再次兴起来,君子又把谗言听。
　 君子发怒斥谗佞,祸乱很快就会停。
　 君子如果用贤能。乱子迅速能平定。

3　君子盟誓太经常，所以祸乱越增长。
　　君子轻信盗贼话，祸乱就会更猖狂。
　　盗贼话儿甜如糖，祸乱增进不胜防。
　　小人不能尽职守，只会为王增祸殃。

4　宗庙宫殿大又高，原是先王亲手造。
　　国家大政真完善，都是圣人谋划好。
　　别人有啥坏心肠，我能一猜就知道。
　　好比狡兔迅速跳，遇到猎狗跑不了。

5　小小树儿多柔嫩，君子种植费辛苦。
　　流言传播无根据，心中分辨自有数，
　　骗人大话夸夸谈，都从谗人口里出，
　　花言巧语似吹簧，厚颜无耻不忍睹。

6　究竟他是什么人，住在大河水草旁。
　　没有力量没勇气，一切祸乱由他降。
　　小腿生疮脚又肿，你的勇气在哪方？
　　阴谋诡计大又多，多少党徒你豢养？

注　释　[1]《集传》："且(jū)，语词。悠悠，远大之貌。"[2]《毛传》："怃(hū)，大也。"[3]《郑笺》："已、大皆言甚也。昊天乎王甚可畏，王甚傲慢，我诚无罪而罪我。"[4]《集传》："涵，容受也。"《传疏》："僭，读为譖(zèn)。"李黼平《诗经紬义》："言此谮人数说于王之始，王既容受其言也。"[5]《毛传》："遄(chuán)，疾。沮(jǔ)，止。"[6]《毛传》："祉，福也。"《郑笺》："福者，福贤者，谓爵禄之也。"[7]《毛传》："惔(tán)，进也。"[8]《郑笺》："邛(qióng)，病也。小人好为谗佞，既不共其职事，又为王作病。"[9]《毛传》："奕奕(yì yì)，大貌。"《诗缉》："宫室后曰寝；前曰庙。"[10]《毛传》："莫，谋也。"《郑笺》："猷，道也。大道，治国之礼法。"《通释》："秩秩与大猷连文，即状其猷之大。"[11]《毛传》："毚(chán)兔，狡兔也。"《集传》："躍躍(tì tì)，跳疾貌。"[12]《毛传》："荏染(rěn rǎn)，柔意也。"[13]《集传》："数(shǔ)，辨也。"[14]《通释》："蛇蛇(yí yí)即訑訑之假借……盖大言欺世之貌。"[15]胡承珙《后笺》："诗以'悠悠昊天'发端，而取五章之'巧言'名篇，盖谗人之言非巧不入，诗人所深恶也。"[16]《毛传》："水草交谓之麋(méi)。"[17]《毛传》："拳,力也。"[18]《郑笺》："此人主为乱作阶,言乱由之来也。"[19]《毛传》："骭(gàn)疡为微,肿足为尰(zhǒng)。"[20]《郑笺》："犹,谋。将,大也。"[21]俞樾《群经平议》："居当训为蓄……尔居徒几何,言尔所蓄徒众几何人也。"

199　何人斯

谴责某人谗害自己,居心险恶,行踪诡秘,反复无常,决心与之绝交。《诗序》："《何人斯》,苏公刺暴公也。暴公为卿士而谮苏公焉,故苏公作是诗以绝之。"《郑笺》："暴也、苏也,皆畿内国名。"八章,四十八句。

1　彼何人斯？其心孔艰[1]。
　　胡逝我梁,不入我门？
　　伊谁云从？维暴之云[2]。

2　二人从行[3],谁为此祸？
　　胡逝我梁,不入唁我[4]？
　　始者不如今,云不我可[5]。

3　彼何人斯？胡逝我陈[6]？
　　我闻其声,不见其身[7]。
　　不愧于人？不畏于天？

4　彼何人斯？其为飘风[8]。
　　胡不自北？胡不自南？
　　胡逝我梁？只搅我心[9]。

309

5　尔之安行,亦不遑舍。
　　尔之亟行,遑脂尔车[10]?
　　壹者之来,云何其盱[11]?

6　尔还而入,我心易也[12]。
　　还而不入,否难知也[13]。
　　壹者之来,俾我祇也[14]。

7　伯氏吹壎,仲氏吹篪[15]。
　　及尔如贯,谅不我知[16]。
　　出此三物,以诅尔斯[17]。

8　为鬼为蜮[18],则不可得。
　　有靦面目,视人罔极[19]。
　　作此好歌,以极反侧[20]。

韵　读　1.艰、门、云,文部。 2.祸、我、可,歌部。 3.陈、身、人、天,真部。 4.风、南、心,侵部。 5.舍、车、盱,鱼部。 6.易,锡部;知、祇,支部。支锡通韵。 7.篪、知、斯,支部。 8.蜮、得、极、侧,职部。

今　译　1　究竟那是什么人?他的城府太艰深。
　　　　为啥经过我鱼梁,却不进入我家门?
　　　　试问他听谁的话,暴公说啥他都信。

　　　2　二人结伴相随行,酿成祸乱谁是根?
　　　　为啥经过我鱼梁,却不进门来慰问?
　　　　当初态度还算好,如今见我不顺心。

　　　3　究竟那是什么人?为啥穿过我前庭?
　　　　听听已有脚步声,看他却不见身影。
　　　　难道人前不惭愧,难道不怕天报应?

　　　4　究竟那是什么人?好比飘风形无定。

为啥不从北边走？为啥不从南边行？

为啥经过我鱼梁，扰乱我心不安宁？

5　车儿慢行不着慌，就没空闲放一放？

说你事急奔跑忙，偏能停车把油上。

前者你从我家过，我的心里多盼望。

6　回时你进我家门，交情依旧心舒畅。

回时我家你不进，是何居心难猜想。

前次你从我家过，使我生气病一场。

7　大哥把壎来吹起，二哥相和就吹篪。

你我好比一线穿，真的对我不深知？

摆出三牲猪狗鸡，对神发誓诅咒你。

8　你是鬼蜮害人精，无影无踪看不清。

俨然有副人面目，却比别人没准星。

写下这首好诗歌，追究小人反复情。

注　释　[1]《集传》："艰,险也。"[2]《毛传》："云,言也。"[3]《郑笺》："二人者,谓暴公与其侣也。"[4]《集传》："喑(yàn),吊失位也。"[5]《传疏》："始者尚可,不如今之不我可也。句中云字为语助。"[6]《集传》："陈,堂涂也,堂下至门之径也。"[7]《集传》："闻其声而不见其身,言其踪迹之诡秘也。"[8]《集传》："言其往来之疾若飘风然。"[9]《毛传》："搅,乱也。"[10]《传疏》："安徐而行,不暇舍息。亟疾而行,又暇脂车。言何人之行疾徐莫测。"[11]《集传》："盱,望也。"《传疏》："壹者犹言乃者。"《汉书·曹参传》颜注："乃者,谓曩日也。"[12]《集传》："还,反。易,说(悦)。"[13]《传疏》："否难知,难知也。言其心孔艰,不可测也。"[14]《毛传》："祇(qí),病也。"[15]《毛传》："土曰壎(xūn),竹曰篪(chí)。"《郑笺》："伯、仲,喻兄弟也。"谯周《古史考》："周幽王时,暴辛公善壎,苏成公善篪。"[16]《郑笺》："我与女俱为王臣,其相比次如物之在绳索之贯也。"《集传》："谅,诚也。"[17]《毛传》："三物,豕、犬、鸡也。"《集传》："刺其血以诅(zǔ)盟也。"[18]《毛传》："蜮(yù),短狐也。"[19]《集传》："觍(tiǎn),面见人之貌也。"《通释》："按古示字多借作视。极,中也。视人罔极,谓示人以罔中,即下文所谓反侧也。"[20]《毛传》："反侧,不正直也。"《正义》："反侧者,翻覆之意。"

《集传》:"是以作此好歌,以究极尔反侧之心也。"

200　巷伯

寺人孟子被谗而受宫刑,愤怒地诅咒进谗者会遭到报应。《诗序》:"《巷伯》,刺幽王也。寺人伤于谗,故作是诗也。"七章,三十五句。

1　萋兮斐兮,成是贝锦[1]。
　　彼谮人者,亦已大甚!
2　哆兮侈兮[2],成是南箕[3]。
　　彼谮人者,谁适与谋[4]?
3　缉缉翩翩[5],谋欲谮人。
　　慎尔言也,谓尔不信。
4　捷捷幡幡[6],谋欲谮言。
　　岂不尔受?既其女迁[7]。
5　骄人好好,劳人草草[8]。
　　苍天苍天!视彼骄人,矜此劳人!
6　彼谮人者,谁适与谋?
　　取彼谮人,投畀豺虎[9];
　　豺虎不食,投畀有北[10];
　　有北不受,投畀有昊[11]!
7　杨园之道,猗于亩丘[12]。

寺人孟子,作为此诗[13]。
凡百君子,敬而听之!

韵 读 1.锦、甚,侵部。 2.箕、谋,之部。 3.翩、人、信,真部。 4.幡、言、迁,寒部。 5.好、草,幽部。天、人、人,真部。 6.虎(豻)、谋,之部。食、北,职部。受、昊,幽部。 7.丘、子、诗、子、之,之部。

今 译 1 花样美丽颜色新,织成五彩贝锦纹,
那个诽谤造谣者,害人实在太过分!

2 张开嘴巴大又深,箕星高挂南天门。
那个诽谤造谣者,谁是他的主谋人?

3 叽叽咕咕往来频,阴谋诡计毁谤人。
劝你说话多留心,别人说你不可信。

4 喊喊喳喳嘴巴尖,挖空心思造谣言。
虽说一时上你当,到头就会把你嫌。

5 小人得志多喜欢,好人失意心里烦。
青天青天听我言,看那谗人真讨厌,这人失意多可怜!

6 那个造谣毁谤者,主谋究竟啥东西?
捉住那个造谣者,丢给虎豻去充饥;
豻狼虎豹不愿吃,丢到寒冷北方地;
寒冷北方不肯受,丢给老天去处理!

7 大路一条通杨园,紧紧靠着高地边。
我是宦官名孟子,起来作此诗一篇。
所有大人先生们,认真听我唱一遍!

注 释 [1]《毛传》:"萋、斐,文章相错也。贝锦,锦文也。"《郑笺》:"喻谗人集己过以成于罪,犹女工之集采色以成锦文。" [2]王引之《经义述闻》卷六:"哆(chǐ)、侈,皆张大之

313

貌。"[3]《毛传》:"南箕,箕星也。"《正义》:"箕,四星,二为踵,二为舌。"《史记·天官书》:"箕为敖客,曰口舌。"诗人以之起兴,象征谗人。[4]《集传》:"适,主也。谁适与谋,言其谋之阙也。"[5]《毛传》:"缉缉,口舌声。翩翩,往来貌。"[6]《毛传》:"捷捷犹缉缉也。幡幡(fān fān)犹翩翩也。"[7]《集疏》:"言仓卒之间岂不受尔之谗言而憎恶他人,既而知汝言不诚,亦将迁憎恶他人之心,转而憎恶汝矣。"[8]《毛传》:"好好,喜也。草草,劳心也。"[9]畀(bì):给予。曾运乾《毛诗说》:"豺虎当作虎豺,方合韵。"[10]《毛传》:"北方寒凉而不毛。"[11]《郑笺》:"付与昊天制其罪也。"[12]《集传》:"杨园,下地也。亩丘,高地也。以兴贱者之言或有补于君子也。"[13]《毛传》:"寺人而曰孟子者,罪已定矣,而将践刑,作此诗也。"《集传》:"寺人,内小臣。盖以谗被宫而为此官也。孟子,其字也。"

201 谷风

弃妇怨恨丈夫可与共患难而不可与共安乐。《后汉书·阴皇后纪》光武诏曰:"吾微贱之时,娶于阴氏,因将兵征伐,遂各别离。幸得安全,俱脱虎口。……'将恐将惧,维予与女。将安将乐,女转弃予。'风人之戒,可不慎乎,"此诗与《邶风·谷风》不仅篇名相同,文字内容亦多相似。《诗序》以为"朋友道绝"之诗。三章叠咏,十八句。

1 习习谷风[1],维风及雨。
   将恐将惧[2],维予与女。
   将安将乐,女转弃予。
2 习习谷风,维风及颓[3]。
   将恐将惧,置予于怀[4]。
   将安将乐,弃予如遗[5]。
3 习习谷风,维山崔嵬[6]。

无草不死,无木不萎[7]。

忘我大德,思我小怨。

韵 读 1.雨、惧、女、予,鱼部。 2.颓、怀、遗,微部。 3.嵬、萎,微部;怨,寒部。微寒合韵。

今 译 1　和暖东风微微起,阴雨连绵下不止。
　　　　　当初恐惧危难时,相依只有我和你。
　　　　　如今安乐生活好,你却把我来抛弃。

　　　　2　和暖东风微微起,忽成旋风吹不已。
　　　　　当初恐惧危难时,把我紧紧搂怀里。
　　　　　如今安乐生活好,弃我如丢烂东西。

　　　　3　山口大风刮不停,一直刮过高山顶。
　　　　　地上百草全枯死,山间树木尽凋零。
　　　　　忘了我的大恩情,只把小怨记分明。

注 释 [1]《郑笺》:"习习,和调之貌,东风谓之谷风。"[2]《传疏》:"将犹方也。"[3]《毛传》:"颓(tuí),风之焚轮者也。"[4]《郑笺》:"置我于怀,言至亲己也。"[5]《郑笺》:"如遗者,如人行道遗忘物,忽然不省存也。"[6]《毛传》:"崔嵬(cuī wéi),山巅也。"[7]《毛传》:"草木无有不死叶萎枝者。"

202　蓼莪

人民苦于徭役和贫困,哀痛父母生养自己,而不能终养以报恩。《诗序》:"《蓼莪》,刺幽王也。民人劳苦，孝子不得终养尔。"《郑笺》："不得终养者，二亲病亡之时，时在役所，不得见也。"六章，三十二句。

1　蓼蓼者莪[1]，匪莪伊蒿。
　　哀哀父母[2]，生我劬劳。

2　蓼蓼者莪，匪莪伊蔚[3]。
　　哀哀父母，生我劳瘁[4]。

3　瓶之罄矣，维罍之耻[5]。
　　鲜民之生[6]，不如死之久矣！
　　无父何怙？无母何恃？
　　出则衔恤，入则靡至[7]。

4　父兮生我，母兮鞠我[8]，
　　拊我畜我，长我育我，
　　顾我复我，出入腹我[9]。
　　欲报之德，昊天罔极[10]！

5　南山烈烈，飘风发发[11]。
　　民莫不穀[12]，我独何害？

6　南山律律，飘风弗弗[13]。
　　民莫不穀，我独不卒[14]！

韵　读　1.蒿、劳，宵部。 2.蔚、瘁，物部。 3.耻、久、恃，之部。恤、至，质部。 4.鞠、畜、育、复、腹，觉部。德、极，职部。 5.烈、发、害，月部。 6.律、弗、卒，物部。

今　译　1　莪蒿长得长又高，不是莪蒿是青蒿。
　　　　　　哀痛我的父和母，生儿育女太辛劳。

　　　　2　莪蒿长得高又肥，不是莪蒿却是蔚。
　　　　　　可怜我的父和母，生儿育女身憔悴。

316

3　小小瓶儿空荡荡,酒坛由此愧难当。
　　孤苦伶仃活世上,不如早日去死亡!
　　没有父亲依靠谁?没有母亲谁依傍?
　　出门心里含悲伤,进门不见爹和娘。

4　父啊辛勤生下我,母啊养我劳苦多,
　　抚摸我来爱护我,喂大我来教育我,
　　照顾我来挂念我,出出进进抱着我。
　　如今要报二老恩,老天无端降灾祸!

5　南山险峻难登上,暴风迅猛透骨凉。
　　别人都能养父母,我独为何遭灾殃?

6　南山高险难登上,暴风迅猛尘土扬。
　　别人都能养父母,我独无法去送葬!

注　释　[1]《毛传》:"蓼(lù),长大貌。"戴震《毛郑诗考证》:"按,莪,俗呼抱娘蒿,可知诗之取义矣。"[2]《郑笺》:"哀哀者恨不得终养父母,报其生长已之苦。"[3]《说文·艸部》:"蔚(wèi),牡蒿也。"[4]《郑笺》:"瘁,病也。"[5]《集传》:"瓶小罍(léi)大,皆酒器也。罄(qìng),尽。……瓶罄矣乃罍之耻,犹父母不得其所,乃子之责。"[6]《毛传》:"鲜(xiǎn),寡也。"胡承珙《后笺》:"鲜民犹言孤子,即下无父无母之谓。"[7]《郑笺》:"恤,忧。靡,无也。"[8]《毛传》:"鞠,养也。"[9]《郑笺》:"顾,旋视也。复,反覆也,腹,怀抱也。"何楷《诗经世本古义》:"自少至长,卷卷置之于怀,出入以之,不暂释也。鞠、拊、畜三事,次于生之后,皆以养言。育、顾、复三事,次于长之后,皆以教育言。出入腹我,则总括教养而言。"[10]王引之《经义述闻》卷六:"言我方欲报是德,而昊天罔极,降此鞠凶,使我不得终养也。"[11]《毛传》:"烈烈然难至也。"《集传》:"烈烈,高大貌。发发,疾貌。"飘风:暴起之风。[12]《郑笺》:"榖,养也。"《集传》:"榖,善也。"[13]《毛传》:"律律犹烈烈也,弗弗犹发发也。"《传疏》:"《玉篇》有碑字,云:'碑砨,危石。'《文选·七发》'上击下律'。注云:'律当为碑'。是律碑同字。故《传》云:'律律犹烈烈也。'"[14]《郑笺》:"卒,终也。我独不得终养父母,重自哀伤也。"

203　大东

谭国大夫讽刺西周王室为政不公,对东方臣民横征暴敛,搜刮无厌。《诗序》:"《大东》,刺乱也。东国困于役而伤于财,谭大夫作是诗以告病焉。"七章,五十六句。

1　有饛簋飧[1],有捄棘匕[2]。
　　周道如砥[3],其直如矢。
　　君子所履,小人所视[4]。
　　睠言顾之,潸焉出涕[5]!

2　小东大东[6],杼柚其空[7]。
　　纠纠葛屦,可以履霜。
　　佻佻公子[8],行彼周行。
　　既往既来,使我心疚[9]。

3　有冽氿泉[10],无浸获薪。
　　契契寤叹,哀我惮人[11]。
　　薪是获薪,尚可载也;
　　哀我惮人,亦可息也!

4　东人之子,职劳不来[12]。
　　西人之子,粲粲衣服[13]。
　　舟人之子,熊罴是裘[14]。
　　私人之子,百僚是试[15]。

5　或以其酒,不以其浆[16]。
　　鞙鞙佩璲[17],不以其长。
　　维天有汉[18],监亦有光。

跂彼织女[19],终日七襄[20]。

6 虽则七襄,不成报章[21]。
   睆彼牵牛,不以服箱[22]。
   东有启明,西有长庚[23]。
   有捄天毕,载施之行[24]。

7 维南有箕,不可以簸扬。
   维北有斗[25],不可以挹酒浆。
   维南有箕,载翕其舌[26]。
   维北有斗,西柄之揭[27]。

韵 读 1.匕、砥、矢、履、视、涕,脂部。 2.东、空,东部。霜、行,阳部。来、疚,之部。 3.泉、叹,寒部。薪、人、薪、人,真部。载,之部;息,职部。之职通韵。 4.来、裘,之部。服、试,职部。 5.浆、长、光、襄,阳部。 6.襄、章、箱、明、庚、行,阳部。 7.扬、浆,阳部。舌、揭,月部。

今 译 1 熟食一盘满满装,枣木勺儿弯又长。
       大路犹如磨刀石,平直好比箭一样。
       贵族阔步走路上,小民只能瞪眼望。
       回过头来看一看,眼泪汪汪沾衣裳!

     2 东方远近诸侯国,织布机上搜刮光。
       草鞋破了绳索绑,岂可穿来踩寒霜。
       年轻漂亮公子哥,逍遥走在大道上。
       时而过来时而往,看着心里添忧伤。

     3 旁出泉水凉又清,千万莫把柴草浸。
       忧思难眠自叹息,可怜我们穷苦人。
       砍下草木当柴薪,还可装车回家门;
       可怜我们穷苦人,也该休息暂安身!

319

4　东方国家穷子弟,日夜当差没慰劳。
　　西方贵族富儿郎,衣着鲜艳显骄傲。
　　西方贵族富家子,猎取熊罴多逍遥。
　　东方平民穷子弟,各种贱役都操劳。

5　有人送他醇美酒,他说味薄不如浆。
　　有人送他美玉佩,说它太短不够长。
　　九天之上有银河,用作镜子也有光。
　　织女星座三足立,一日七次移地方。

6　虽然七次移地方,不能往复织文章。
　　闪闪发亮牵牛星,不可用来驾车厢。
　　早上东方有启明,傍晚长庚在西方。
　　毕星有柄弯又长,挂在天边做模样。

7　南边天上有箕星,不可用来簸米糠。
　　北边天上有北斗,不可用来舀酒浆。
　　南边天上有箕星,缩着舌头把嘴张,
　　北边天上有北斗,高举把儿向西方。

注　释　[1]《毛传》:"饛(méng),满簋貌。飧(sūn),熟食,谓黍稷也。"陈奂《传疏》:"(两句)陈古以言今,亦兴体也。"东方贵族生活过去丰足如此,今则杼柚其空。[2]《毛传》:"捄(qiú),长貌。"《集传》:"捄,曲貌。棘匕,以棘为匕,所以载肉而升之於俎也。"[3]《集传》:"砥(dǐ),砺石,言平也。"[4]《集传》:"君子,在位。履,行。小人,下民也。"[5]《毛传》:"睠(juàn),反顾也。潸(shān),涕下貌。"《集传》:"今乃顾之而出涕者,则以东方之赋役,莫不由是而输于周也。"[6]惠周惕《诗说》:"小东大东,言东国之远近也。"[7]《集传》:"杼(zhù),持纬者也。柚(zhú),受经者也。"杼柚,指代织布机上的布帛。[8]《集传》:"佻佻(tiáo tiáo),轻薄不奈劳苦之貌。"王引之《经义述闻》卷六:"佻佻,当从《韩诗》作嬥嬥(tiǎo tiǎo)。嬥嬥,直好貌也。"[9]《通释》:"既往既来,谓数数往来,疲於道路。"《郑笺》:"疚(jiù),病也。"[10]《毛传》:"冽(liè),寒意也。侧出曰氿(guǐ)泉。"[11]《毛传》:"契契(qì qì),忧苦也。惮(dàn),劳也。"[12]《集传》:"来(lài),慰抚也。"[13]《毛传》:"粲粲,鲜盛貌。"[14]《郑笺》:"舟当作周,裘当作求,声相近故也。"于省吾《诗经新证》:"熊罴是求,系指田猎言。"[15]陈子展《雅颂选译》:"百僚,当指王公、大夫、士以下,皂、舆、隶、僚、仆、台、圉、牧之贱者。百僚,犹云百隶、百仆也。"[16]浆:一种带酸味的饮料。[17]《毛传》:"鞙鞙(juān juān),玉貌。璲(suì),瑞(宝玉)也。"[18]《毛传》:"汉,天河也。"《集传》:"维天之有汉,则庶乎其有以监我。"[19]《集传》:"跂,隅貌。织女,星名,在汉旁,三星跂然如隅也。"[20]《毛传》:"襄,反也。"胡承珙《后笺》:"亦谓从旦至暮,七更其次。"[21]戴震《毛郑诗考证》:"经纬有章,故曰报章。织女虽日更七次,有往无复,非实能成此丝缕往复之章。报者,复也,往来之谓也。"[22]《毛传》:"睆(huàn),明星貌。"《集传》:"服,驾也。箱,车箱也。"[23]《毛传》:"日且出,谓明星为启明,日既入,谓明星为长庚。"《集传》:"启明,长庚,皆金星也。"[24]《集传》:"天毕,毕星也。状如掩兔之毕。亦无实用,但施之行列而已。至是则知天亦无若我何矣。"[25]《正义》:"箕、斗并在南方之时,箕在南而斗在北,故言南箕北斗也。"[26]《集传》:"翕(xī),引也。舌、下二星也。"《诗缉》:"箕翕引其舌,若有所噬。"《通释》:"翕、吸,音同通用。"[27]《集传》:"斗西揭其柄,反若有所挹取于东。"王先谦《集疏》:末章"下四句与上四句虽同言箕斗,自分两义。上刺虚位,下刺敛民也。"

204 四月

大夫在外行役,遭遇变乱,有家难归,自诉忧苦。王先谦《集疏》:"此篇为大夫行役过时,不得归祭,怨思而作。"八章,三十二句。

1 四月维夏,六月徂暑[1]。
先祖匪人,胡宁忍予[2]?
2 秋日凄凄,百卉具腓[3]。
乱离瘼矣,爰其适归[4]。

321

3 冬日烈烈,飘风发发[5]。
   民莫不穀[6],我独何害!
4 山有嘉卉,侯栗侯梅[7]。
   废为残贼[8],莫知其尤[9]。
5 相彼泉水,载清载浊[10]。
   我日构祸[11],曷云能穀?
6 滔滔江汉,南国之纪[12]。
   尽瘁以仕,宁莫我有[13]。
7 匪鹑匪鸢,翰飞戾天[14]。
   匪鱣匪鲔,潜逃于渊[15]。
8 山有蕨薇,隰有杞桋[16]。
   君子作歌,维以告哀。

韵读 1.夏、暑、予,鱼部。 2.凄,脂部;腓、归,微部。脂微合韵。 3.烈、发、害,月部。 4.梅、尤,之部。 5.浊、穀,屋部。 6.纪、仕、有,之部。 7.天、渊,真部。 8.薇、哀,微部;桋,脂部。脂微合韵。

今译 1 夏历四月白日长,六月酷暑当骄阳。
       先祖难道是别人,为何忍心我遭殃?
     2 秋风萧瑟天气凉,百草凋零尽枯黄。
       世乱人离多病苦,回到哪里向哪方?
     3 冬日天冷草木残,狂风呼啸刺骨寒。
       人们莫不生活好,为啥我独遭灾难!
     4 山上草木好又多,栗树梅树长满坡。
       人们习惯为残害,没谁知道是罪过。
     5 瞧那泉水在山坡,有时清来有时浊。
       我今天天遭灾祸,何时能过好生活?

322

6　白浪滔滔江汉水,统领南方众河流。
　　鞠躬尽瘁为国事,没人和我做朋友!

7　那是大雕那是鸢,展翅高飞上云天。
　　那是黄鱼那是鲤,摆尾潜逃在深渊。

8　山上长有蕨和薇,杞树桋树洼地生。
　　君子写下这首歌,为诉心头忧伤情。

注释　[1]《郑笺》:"徂,犹始也。四月立夏矣,至六月乃始盛暑,兴人为恶亦有渐,非一朝一夕。"[2]王夫之《诗经稗疏》:"其云匪人者,犹非他人也。《颊弁》之诗曰:'兄弟匪他',义与此同。犹言'父母生我,胡俾我瘉'也。"[3]《毛传》:"凄凄,凉风也。卉,草也。腓(féi),病也。"《郑笺》:"凉风用事而众草皆病,兴贪残之政行而万民困病。"[4]《毛传》:"离,忧。瘼,病。适,之也。"[5]《郑笺》:"烈烈,犹栗烈也。发发,疾貌。言王为酷虐惨毒之政,如冬日之烈烈矣;其亟急行于天下如飘风之疾也。"[6]《集传》:"穀,善也。"[7]《郑笺》:"山有美善之草,生于梅栗之下,人取其实践践而害之,令不得蕃茂。喻上多赋敛,富人财尽,而弱民与受困穷。"[8]《毛传》:"废,忕(shì)也。"《正义》引《说文》:"忕,习也。"[9]《郑笺》:"尤,过也。"[10]王先谦《集疏》:"泉水本清,受染则浊。喻行役构祸,不能自洁也。"[11]《通释》:"构者,遘之假借,构祸犹云遇祸也。"[12]《集疏》:"诗人行役至江汉合流之地,即水起兴。言江汉为南国之纲纪,王朝反不能为天下之纲纪也。"[13]《通释》:"有,当读如相亲有之有。"[14]《毛传》:"鹑(tuán),雕也。雕鸢(yuān),贪残之鸟也。"《传疏》:"以喻贪残之人处于高位。"[15]《尔雅·释鱼》郭璞注:"鳣(zhuān)……今江东呼为黄鱼。"《吕氏春秋·季春纪》高诱注:"鲔,鱼似鲤而小。"《集传》:"鳣鲔(wěi),大鱼也。"《传疏》:"以喻今民不能逃避祸害,是大鱼之不如矣。"[16]《郑笺》:"此言草木尚各得其所,人反不得其所,伤之也。"

205　北山

士子怨恨大夫分配徭役不均,自己负担繁重,无法奉养父母。姚际恒《诗经通论》:"此诗为士者所作以怨大夫也。故曰'偕偕士子',曰'大夫不均',有明文矣。"六章,三十句。

1 陟彼北山,言采其杞。
  偕偕士子[1],朝夕从事。
  王事靡盬[2],忧我父母。

2 溥天之下[3],莫非王土。
  率土之滨[4],莫非王臣。
  大夫不均,我从事独贤[5]。

3 四牡彭彭,王事傍傍[6]。
  嘉我未老,鲜我方将[7];
  旅力方刚[8],经营四方。

4 或燕燕居息[9],或尽瘁事国。
  或息偃在床,或不已于行。

5 或不知叫号[10],或惨惨劬劳。
  或栖迟偃仰[11],或王事鞅掌[12]。

6 或湛乐饮酒,或惨惨畏咎[13]。
  或出入风议[14],或靡事不为[15]。

韵 读 1.杞、子、事、母,之部。 2.下、土,鱼部。滨、臣、均、贤,真部。 3.彭、傍、将、刚、方,阳部。 4.息、国,职部。床、行,阳部。 5.号、劳,宵部。仰、掌,阳部。 6.酒、咎,幽部。议、为,歌部。

今 译 1 登上那座北山头,我采枸杞满衣兜。
    身强力壮男子汉,日夜工作不得休。
    王家差事没个完,使我父母增忧愁。

  2 普天之下远和近,都是周王来君临。
    沿着国土四境内,无人不是周王臣。
    执政大夫不公平,我的工作独苦辛。

324

3 　四匹马儿奔跑忙,王家差事真紧张。

　　官家夸我还不老,赞我身体正健壮。

　　我的膂力正刚强,奔走四方理应当。

4 　有人安居把福享,有人辛苦为国忙。

　　有人休息躺床上,有人不停走四方。

5 　有人不知有征召,有人忧愁多辛劳。

　　有人悠闲睡大觉,有人忙得一团糟。

6 　有人欢乐饮美酒,有人担心祸临头。

　　有人出入发空论,有人事事亲动手。

注　释　[1]《毛传》:"偕偕,强壮貌。"[2]靡盬(gǔ),没有休止。[3]《集疏》:"三家溥(pǔ)作普。"[4]《毛传》:"率,循。"《正义》:"古先圣人谓中国为九州,……其外有瀛海环之,是地之四畔皆至水也。滨是四畔近水之处。"[5]《毛传》:"贤,劳也。"[6]《毛传》:"彭彭(bāng bāng)然不得息,傍傍然不得已。"[7]《毛传》:"将,壮也。"《郑笺》:"嘉、鲜,皆善也。王善我年未老乎?善我方壮乎?何独久使我也!"[8]《集疏》:"旅与膂同。"王念孙《广雅疏证》:"膂、力一声之转。今人犹呼力为膂力,古之遗语也。"[9]《毛传》:"燕燕,安息貌。"[10]《正义》:"不知叫号者,居家用逸,不知上有征发呼召者。"[11]《通释》:"偃仰,犹息偃、嬉乐之类,皆二字同义,偃亦仰也。"[12]《毛传》:"鞅掌,失容也。"《传疏》:"鞅掌失容,犹言仓皇失据耳。"[13]湛(dān),通"酖"。《说文·酉部》:"酖,乐酒也。"《郑笺》:"咎犹罪过也。"[14]《郑笺》:"风犹放也。"《通释》:"放议,犹放言也。"[15]沈德潜《说诗晬语》:"《鸱鸮》诗连下十予字,《蓼莪》诗连下九我字,《北山》诗连下十二或字,情至,不觉音之烦,辞之复也。"

206　无将大车

服役者于乱世中聊作旷达,表示要排除各种忧虑。三章叠咏,十二句。

1　无将大车,祇自尘兮[1]。

　　无思百忧,只自疧兮[2]。

2　无将大车,维尘冥冥[3]。

　　无思百忧,不出于颎[4]。

3　无将大车,维尘雍兮[5]。

　　无思百忧,只自重兮[6]！

韵　读　1.尘,真部;疧,支部。支真合韵。 2.冥、颎,耕部。 3.雍、重,东部。

今　译　1　载重大车不要扶,只会弄得一身土。

　　　　　莫想各种忧心事,只会伤身自吃苦。

　　　 2　不要扶着大车行,尘土飞扬迷眼睛。

　　　　　莫想各种忧心事,伤心过度失光明。

　　　 3　不要扶着大车行,尘土飞扬蔽天空。

　　　　　莫想各种忧心事,只会负担更加重！

注　释　[1]《郑笺》:"将犹扶进也。"《集传》:"大车,平地任载之车。"胡承珙《后笺》:"小人扶进大车而尘及己,君子扶进小人而病及己,故以为喻。" [2]《毛传》:"疧,病也。"当依唐石经作"疧(qí)。" [3]《郑笺》:"冥冥者,蔽人目明,合无所见也。" [4]《郑笺》:"思众小事以为忧,使人蔽暗不得出于光明之道。"《集传》:"颎与耿同,小明也。在忧中耿耿然不能出也。" [5]《郑笺》:"雍犹蔽也。"《释文》:"雍,字又作壅。"《集传》作"雝"。义并同。[6]《郑笺》:"重,累也。"

207　小明

世乱久役,官员欲归不能,忧苦哀怨,思念旧友,劝诫他们努力供职,结交正直,必得神灵保佑。《诗序》:"《小明》,大夫悔仕于乱世也。"五章,四十八句。

1　明明上天,照临下土。
　　我征徂西,至于艽野[1]。
　　二月初吉[2],载离寒暑[3]。
　　心之忧矣,其毒大苦[4]!
　　念彼共人[5],涕零如雨。
　　岂不怀归？畏此罪罟[6]。

2　昔我往矣,日月方除[7]。
　　曷云其还？岁聿云莫[8]。
　　念我独兮,我事孔庶[9]。
　　心之忧矣,惮我不暇[10]。
　　念彼共人,睠睠怀顾[11]。
　　岂不怀归？畏此谴怒。

3　昔我往矣,日月方奥[12]。
　　曷云其还？政事愈蹙[13]。
　　岁聿云莫,采萧穫菽[14]。
　　心之忧矣,自诒伊戚[15]。
　　念彼共人,兴言出宿[16]。
　　岂不怀归？畏此反覆[17]。

4　嗟尔君子,无恒安处[18]。

靖共尔位,正直是与。
神之听之,式穀以女[19]。

5　嗟尔君子,无恒安息。
靖共尔位,好是正直[20]。
神之听之,介尔景福[21]！

韵　读　1.土、野、暑、苦、雨、罟,鱼部。 2.除、暇、顾、怒,鱼部;莫、庶,铎部。鱼铎通韵。
3.奥、促、菽、戚、宿、覆,觉部。 4.处、与、女,鱼部。 5.息、直、福,职部。

今　译　1　光辉明亮天上日,普照天下达四极。
当日出征往西去,直达边疆荒凉地。
二月初旬已出发,如今寒来暑又离。
心里忧愁说不完,好比毒药苦难吃！
思念忠诚老同事,泪如雨下沾裳衣。
难道不想回家去？就怕法网担不起。

2　当日出发往边疆,四月良辰正相当。
啥时能够回家乡？年关将近尚无望。
想我孤单一个人,公事纷繁日夜忙。
心中烦闷多凄凉,终年劳苦没时光。
思念忠诚老同事,殷勤眷恋不能忘。
难道不想回家去？怕人怪罪乱开腔。

3　当日出发往边疆,风和日丽暖洋洋。
啥时能够回家乡？政事越来越紧张。
一年很快过完了,采蒿收豆又该忙。
心里忧愁没处说,自寻烦恼自担当。
念及忠诚老同事,起床漫步独惆怅。
难道不想回家去？怕人诬陷遭祸殃。

4 哎呀诸位老同事,不要居家常安逸。
   本职工作须做好,交结朋友要正直。
   神明听了这一切,定把福禄赐给你。
5 哎呀诸位老同事,不要居家常逍遥。
   本职工作须做好,正直君子要结交。
   神明听到这消息,赐你大福年寿高!

注 释 [1]《毛传》:"芃(qiú)野,远荒之地。"《正义》:"野是远称,芃盖地名。"[2]《集传》:"二月,亦以夏正数之,建卯月也。"《毛传》:"初吉,朔日也。"《传疏》:"朔日者,谓月朔之日,不必定在始一日,自一至十皆是也。"[3]《郑笺》:"至今则更夏暑冬寒矣。"离:经历。[4]《郑笺》:"忧之甚,心中如有毒药也。"[5]《集传》:"共(gōng)人,僚友之处者也。"[6]《毛传》:"罟,网也。"[7]《郑笺》:"四月为除。"[8]《集传》:"今未知何时可还,而岁已暮矣。"[9]《郑笺》:"孔,甚。庶,众也。"[10]《毛传》:"惮,劳也。"《正义》:"以事多劳我,不得有闲暇之时。"[11]《集传》:"睠睠(juàn juàn),勤厚之意。"《传疏》:"《大东传》:睠,反顾貌,重言曰睠睠。"[12]《毛传》:"奥(yù),煖也。"[13]《传疏》:"蹙(cù),促也。"[14]吕祖谦《诗记》:"董氏曰,采萧;所以祭也。穧菽,所以蓄也。"《传疏》:"萧,蒿也。菽,九谷中最后穧者。"[15]《毛传》:"戚,忧也。"[16]《郑笺》:"兴,起也。夜卧起宿于外,忧不能宿于内也。"[17]《郑笺》:"反覆,谓不以正罪见罪。"《集传》:"倾侧无常之意也。"[18]《集传》:"恒,常也。……无以安处为常。"[19]《集传》:"穀,禄也。以,犹与也。"[20]《郑笺》:"好,犹与也。"《集传》:"爱此正直之人。"[21]闻一多《诗经新义》:"匄、乞皆兼取、与二义,介字亦然。"

208 鼓钟

诗人在淮水边上观赏周乐,思念古圣先贤,倍增忧伤。方玉润《诗经原始》:"此诗循文按义自是作乐淮上,然不知其为何时、何代、何王、何事。《小序》漫谓刺幽王,已属臆断。……玩其词意,极为叹美周乐之盛,不禁有怀在昔淑人君子德不可忘,而至于忧心且伤也。此非淮徐诗人重观周乐以志欣慕之作,而谁作哉?"四章,前三章叠咏。二十句。

1 　鼓钟将将,淮水汤汤[1],忧心且伤。
　　淑人君子,怀允不忘[2]。

2 　鼓钟喈喈,淮水湝湝[3],忧心且悲。
　　淑人君子,其德不回[4]。

3 　鼓钟伐鼛[5],淮有三洲,忧心且妯[6]。
　　淑人君子,其德不犹[7]。

4 　鼓钟钦钦[8],鼓瑟鼓琴,笙磬同音[9]。
　　以《雅》以《南》[10],以籥不僭[11]。

韵　读　1.将、汤、伤、忘,阳部。　2.喈、湝,脂部。悲、回,微部。　3.鼛、洲、妯、犹,幽部。
4.钦、琴、音、南、僭,侵部。

今　译　1 编钟敲起响丁当,淮水奔腾向东方。心里忧愁又悲伤。
　　古代贤人和君子,实在念念不能忘。

2 编钟敲起声缭绕,淮水奔腾浪滔滔。心里忧愁又烦恼。
　　古代贤人和君子,品行端正道德高。

3 敲钟击鼓声悠悠,淮水中间有三洲。心里悲伤又忧愁。
　　古代贤人和君子,道德无瑕品行优。

4 编钟敲起声钦钦,又弹瑟来又弹琴,笙磬和谐真好听。
　　既有雅乐和南乐,排箫伴奏依次行。

注　释　[1]《集传》:"将将(qiāng qiāng),声也。汤汤(shāng shāng),沸腾之貌。" [2]《集传》:"淑,善。怀,思。允,信也。……思古之君子不能忘也。" [3]王先谦《集疏》:

"《说文》,'齰(xié),乐和齰也。'此喈(jiē)即'齰'之假借。"《说文·水部》:"湝(jiē),水流湝湝也。"苏辙《诗集传》:"始言汤汤,水盛也。中言湝湝,水流也。终言三洲,水落而洲见也。"[4]《毛传》:"回,邪也。"[5]《毛传》:"鼛(gāo),大鼓也。"[6]《郑笺》:"妯(chōu)之言悼也。"[7]《郑笺》:"犹当作愈。愈,病也。"[8]《集传》:"钦钦,亦声也。"[9]姚际恒《诗经通论》:"笙在堂上,磬在堂下,言堂上堂下之乐皆和也。"[10]《毛传》:"为雅为南也。"《集传》:"雅,二雅也。南,二南也。"[11]《正义》:"以为龠(yuè)舞,谓吹龠而舞也。"《集传》:"僭,乱也。"

209 楚茨

周王秋冬农事已成,祭祀祖先后私宴同姓诸臣的乐歌。首章谈丰收以后的祭祀,故又可以列为西周农事诗之一。姚际恒《诗经通论》:"此农事既成,王者尝、烝以祭宗庙之诗。"六章,七十二句。

1 楚楚者茨,言抽其棘[1]。
   自昔何为?我艺黍稷[2]。
   我黍与与,我稷翼翼[3]。
   我仓既盈,我庾维亿[4]。
   以为酒食,以飨以祀,
   以妥以侑[5],以介景福。

2 济济跄跄[6],絜尔牛羊,以往烝尝[7]。
   或剥或亨,或肆或将[8]。
   祝祭于祊[9],祀事孔明[10]。
   先祖是皇[11],神保是飨[12],孝孙有庆[13]。

331

报以介福,万寿无疆!

3 执爨踖踖,为俎孔硕[14],或燔或炙[15],
君妇莫莫[16],为豆孔庶[17]。
为宾为客,献酬交错[18]。
礼仪卒度,笑语卒获[19]。
神保是格[20],报以介福,万寿攸酢[21]!

4 我孔熯矣[22],式礼莫愆[23]。
工祝致告,徂赉孝孙[24]。
苾芬孝祀[25],神嗜饮食。
卜尔百福,如几如式[26]。
既齐既稷,既匡既敕[27]。
永锡尔极[28],时万时亿。

5 礼仪既备,钟鼓既戒[29]。
孝孙徂位[30],工祝致告[31]。
神具醉止,皇尸载起[32]。
鼓钟送尸,神保聿归。
诸宰君妇,废彻不迟[33]。
诸父兄弟,备言燕私[34]。

6 乐具入奏,以绥后禄[35]。
尔肴既将[36],莫怨具庆[37]。
既醉既饱,小大稽首[38]。
神嗜饮食,使君寿考。
孔惠孔时[39],维其尽之。
子子孙孙,勿替引之[40]。

韵　读　1.棘、稷、翼、亿、食、福,职部;祀、侑,之部。之职通韵。 2.跄、羊、尝、享、将、祊、明、皇、飨、庆、疆,阳部。 3.踏、硕、炙、莫、庶、客、错、度、获、格、酢、铎部。 4.熯、愆、寒部;孙,文部。寒文合韵。祀,之部;食、福、式、稷、敕、极、亿,职部。之职通韵。 5.备、戒,职部;告,觉部。职觉合韵。止、起,之部。归,微部;尸、迟、弟、私,脂部。脂微合韵。 6.奏、禄,屋部。将、庆,阳部。饱、首、考,幽部。尽、引,真部。

今 译　1　密密丛生野蒺藜,锄去杂草除荆棘。
　　　　　古人如此为什么? 我种高粱和黄米。
　　　　　我的黄米多茂密,我的高粱很整齐。
　　　　　我的粮仓已装满,我的谷囤千万计。
　　　　　用来蒸酒做饭食,进献神灵把祖祭,
　　　　　请尸安席又劝酒,用来祈求大福气。

　　　　2　态度端庄又恭敬,牛羊洗刷多干净,秋祭冬祭都举行。
　　　　　有的剥皮有的烹,摆上桌来端上厅。
　　　　　巫师祭神庙门里,仪式隆重又齐整。
　　　　　先祖到来很赞美,神保品尝真高兴,主祭孝孙有吉庆。
　　　　　神灵报答降大福,赐你万寿无止境!

　　　　3　厨师认真做菜肴,盛肉木豆大又高,肉要烧来肝要烤。
　　　　　主妇小心多辛劳,酒肉满桌真不少,招待客人态度好。
　　　　　宾主劝酒交错行,礼节仪式都周到,笑语得宜不喧闹。
　　　　　神灵大驾已光临,赐你大福相酬报,万寿无疆永不老!

　　　　4　我们态度很恭顺,礼节周到不越分。
　　　　　祝官代神来致辞:去把福禄赐孝孙。
　　　　　酒食馨香祭礼勤,神明享受多欢欣。
　　　　　百种福禄赐你身,祭祀及时合标准。
　　　　　行动整齐且快迅,态度端正又谨慎。
　　　　　神明赐你无量福,成万成亿多如林。

　　　　5　祭祀礼仪已齐备,钟鼓乐器同时鸣。

333

孝孙离开主祭位,祝官代尸告礼成。

神灵都已醉酩酊,皇尸起立来辞行。

打鼓敲钟送神尸,神保告归也起程。

诸位厨师和主妇,撤去祭品忙不停。

伯叔兄弟在一起,饮酒欢叙骨肉情。

6 移入寝宫乐齐奏,子孙安享祭后禄。

你的菜肴多美好,无人埋怨都庆祝。

酒已喝醉饭已饱,老幼叩头把话诉:

饭菜神灵都爱吃,使你长寿长享福。

祭祀适当又适时,已尽孝道合礼数。

但愿子孙能保持,永不废弃长如初。

注 释 [1]《集传》:"楚楚,盛密貌。茨,蒺藜也。抽,除也。"[2]《集传》:"古人何乃为此事乎,盖将使我于此艺黍稷也。"[3]《集传》:"与与、翼翼,皆蕃盛貌。"[4]《毛传》:"露积曰庾(yǔ)。"《郑笺》:"十万曰亿。"王引之《经义述闻》卷六:"亿亦盈也,语之转耳,此亿字但取盈满之义,非纪其数,与'万亿及秭'之意不同。"[5]《毛传》:"妥,安坐也。侑,劝也。"古人以尸代神,祭祀时,主人迎尸,请其安坐,并献上酒食,劝神享用。[6]《集传》:"济济跄跄,言有容也。"[7]《郑笺》:"冬祭曰烝,秋祭曰尝。"[8]《毛传》:"亨(pēng),饪之也。"《郑笺》:"有肆其骨体于俎者,或奉持而进之者。"[9]《毛传》:"祊(bēng),门内也。"[10]《郑笺》:"明犹备也,洁也。"[11]《郑笺》:"皇,暀也。先祖以孝子祀礼甚明之故,精气归暀之。"[12]《集传》:"神保,盖尸之嘉号,《楚辞》所谓灵保。"段玉裁《说文》注:"献于神曰享,神食其所享曰飨。"[13]《集传》:"孝孙,主祭之人也。庆,犹福也。"[14]《集传》:"爨(cuàn),灶也。踖踖(jí jí),敬也。俎(zǔ),所以载牲体也。"[15]《郑笺》:"燔(fán),燔肉也。炙(zhì),肝炙也。"[16]《毛传》:"莫莫,言清静而敬至也。"曾运乾《毛诗说》:"天子诸侯之妻称君妇,犹大夫士妻之称主妇。"[17]《毛传》:"豆,谓肉羞、庶羞也。"[18]《郑笺》:"始主人酌宾为献;宾既酌主人,主人又自饮酌宾曰酬。"[19]《集传》:"度,法度也。获,得其宜也。"[20]《毛传》:"格,来。"[21]《毛传》:"酢(zuò),报也。"《正义》:"报以大大之福。"[22]《毛传》:"熯(hàn),敬也。"于省吾《新证》:"熯即谨之本字。金文'觐'不从见,'勤'不从力。"[23]《郑笺》:"法式无过忒。"[24]《毛传》:"赉(lài),予也。"

334

《正义》:"致神之意以告主人。"《通释》:"《皋陶谟》百工即百官,工祝正对皇尸,为君尸言之,犹《书》言官占也。"[25]《郑笺》:"苾苾芬芬,有孝祀矣。"[26]《毛传》:"几,期。式,法也。"[27]《毛传》:"稷,疾。"《传疏》:"齐、稷、匡、敕,皆祭祀肃敬之意。"[28]《集传》:"极,至也。"指最好的福气。[29]《郑笺》:"戒诸在庙中者以祭礼毕。"[30]《郑笺》:"孝孙往位,君堂下西面位也。"[31]《集传》:"致告,祝传尸意,告利于主人,言孝子之利养成毕也。"[32]《郑笺》:"尸,节神者也。"[33]《郑笺》:"废,去也。尸出而可彻,诸宰撤去诸馔,君妇笾豆而已。不迟,以疾为敬也。"[34]《郑笺》:"祭祀毕,归(馈)宾客豆俎。同姓则留与之燕(宴),所以尊宾客亲骨肉也。"[35]《正义》:"祭时在庙,燕当在寝,故言祭时之乐皆复来入于寝而奏之,以安其从今以后之福禄。"[36]《尔雅·释诂》:"将,美也。"[37]《郑笺》:"同姓之臣无有怨者而皆庆君,是其欢也。"[38]《郑笺》:"小大,犹长幼也。"[39]《郑笺》:"惠,顺也。甚顺于理,甚得其时。"[40]《郑笺》:"愿子孙勿废而长行之。"《正义》:"欲使长行此礼,长得福禄。"

210 信南山

周王冬祭祖先的乐歌。田亩整齐,风雨调顺,年丰岁稔,祭祀祈福。姚际恒《诗经通论》:"此篇与《楚茨》略同。但彼篇言烝尝,此独言烝,盖言王者烝祭岁也。"六章,三十六句。

1 信彼南山[1],维禹甸之[2]。
  畇畇原隰[3],曾孙田之[4]。
  我疆我理,南东其亩[5]。

2 上天同云,雨雪雰雰[6]。
  益之以霢霂[7],既优既渥,
  既霑既足[8],生我百谷。

3 疆埸翼翼,黍稷彧彧[9]。

曾孙之穑,以为酒食,
畀我尸宾[10],寿考万年。

4 中田有庐,疆埸有瓜[11]。
是剥是菹[12],献之皇祖。
曾孙寿考,受天之祜[13]。

5 祭以清酒,从以骍牡[14],享于祖考[15]。
执其鸾刀[16],以启其毛,取其血膋[17]。

6 是烝是享[18],苾苾芬芬,祀事孔明[19]。
先祖是皇[20],报以介福,万寿无疆!

韵读 1.甸、田,真部。理、亩、之部。 2.云、雱,文部。霢、渥、足、穀,屋部。 3.翼、或、穑、食,职部。宾、年,真部。 4.庐、瓜、菹、祖、祜,鱼部。 5.酒、牡、考,幽部。刀、毛、膋,宵部。 6.享、明、皇、疆,阳部。

今译 1 终南山脉延绵长,大禹治水曾开荒。
高原洼地都平坦,曾孙耕作种稻粱。
画定田界整好地,垄亩南向或东向。

2 天上乌云密密布,瑞雪纷纷飘四处。
更加濛濛细雨下,雨量充沛好耕锄!
大地滋润水分足,生长百穀极丰富。

3 田边地界修整好,黄米高粱生长旺。
曾孙把它来收获,酿酒做饭甜又香,
献给神尸和来宾,祈求福寿万年长。

4 田中种植有萝卜,田边地头长瓜蔬。
剥的剥来腌的腌,献给伟大老先祖。
曾孙寿命长不老,皇天保佑赐福禄。

5 祭祀神灵用清酒,再献黄牛肥有膘,清酒牛肉敬祖考。

336

手中拿起鸾铃刀,拨开牺牲项下毛,取出牛血牛脂膏。

6　举行冬祭献佳肴,香气上达真芬芳,祭事办得很漂亮。
　　先祖到来多赞赏,降下大福作报偿,赐你大寿永无疆。

注　释　[1]曾运乾《毛诗说》:"信读如伸,长远貌。"吕祖谦《诗记》:"董氏曰:'南山,终南山也。'"[2]《毛传》:"甸(diàn),治也。"[3]《通释》:"昀昀(yún yún),田已均治之貌。"[4]《集传》:"曾孙,主祭者之称。曾,重也。自曾祖以至无穷,皆得称之也。"[5]《毛传》:"疆,画经界也。理,分地理也。"《集传》:"疆者,为之大界也。理者,定其沟塗也。亩,垄也。"[6]《正义》:"以云在于天上,雨从上下,故曰上天。"《集传》:"同云,云一色也,将雪之候如此。"《毛传》:"雰雰,雪貌,丰年之冬必有积雪。"[7]《毛传》:"小雨曰霡霂(mài mù)。"[8]《郑笺》:"优,润泽也。渥,饶洽也。"《集传》:"优、渥(wò)、霑(zhān)、足,皆饶洽之意也。"[9]《集传》:"埸(yì),畔也。翼翼,整饬貌。彧彧(yù yù),茂盛貌。"何楷《诗经世本古义》:"疆、埸皆田界之名。"[10]《郑笺》:"畀(bì),予也……至祭祀齐戒则以赐尸与宾。"[11]郭沫若《从周代农事诗论到周代社会》:"中田有庐与疆埸有瓜为对文,可知庐必然是芦字。《说文》:'芦,芦菔也。'《集传》:'于畔上种瓜,以尽地利。'"[12]《毛传》:"剥瓜为菹(zū)也。"《集传》:"菹,酢菜也。"[13]《郑笺》:"皇,君。祜(hù),福也。"[14]《集传》:"清酒,清洁之酒,郁鬯之属也。骍(xīng),赤色,周所尚也。"[15]《正义》:"享,献也。"[16]《毛传》:"鸾刀,刀有鸾者。"[17]《集传》:"启其毛以告纯也。"《郑笺》:"膋(liáo),脂膏也。血以告杀,膋以升臭。合之黍稷,实之于萧,合馨香也。"[18]《集传》:"烝,进也,或曰冬祭名。"[19]《郑笺》:"既有牲物而进献之,苾苾芬芬然香,祀礼于是则甚明也。"《诗缉》:"苾苾芬芬,香气上达也。"[20]《郑笺》:"皇之言暀也。"《正义》:"先祖之精魂于是美大之,报以大大之福。"

211　甫田

　　周王春夏祈穀于上帝,祭祀土地神、四方神和神农的乐歌。姚际恒《诗经通论》:"此王者

337

祭方社及田祖,因而省耕也。《诗》云:'或耘或耔',又云'以祈甘雨',皆夏时也。"四章,四十句。

1　倬彼甫田[1],岁取十千[2]。
　　我取其陈,食我农人,自古有年[3]。
　　今适南亩,或耘或耔[4],黍稷薿薿[5]。
　　攸介攸止,烝我髦士[6]。

2　以我齐明,与我牺羊[7],以社以方[8]。
　　我田既臧,农夫之庆[9]。
　　琴瑟击鼓,以御田祖[10],
　　以祈甘雨,以介我稷黍,以穀我士女[11]。

3　曾孙来止,以其妇子,馌彼南亩[12]。
　　田畯至喜,攘其左右[13],尝其旨否。
　　禾易长亩,终善且有[14]。
　　曾孙不怒,农夫克敏[15]。

4　曾孙之稼,如茨如梁[16]。
　　曾孙之庾,如坻如京[17]。
　　乃求千斯仓,乃求万斯箱。
　　黍稷稻粱,农夫之庆[18]。
　　报以介福,万寿无疆。

韵　读　1.田、千、陈、人、年,真部。亩、耔、薿、止、士,之部。 2.明、羊、方、臧、庆,阳部。鼓、阻、雨、黍、女,鱼部。 3.止、子、亩、喜、右、否、亩、有、敏,之部。 4.梁、京、仓、箱、粱、庆、疆,阳部。

今　译　1　大田一片广无垠,每年收粮千万斤。
　　　　　我取仓中陈谷子,一一分配养农民,从古都有好收成。

  今往南亩去视察,农人除草培禾根,黍稷茂盛密如林。
  庄稼长大得丰收,田官进献多殷勤。

2 黄米高粱满盆装,更有纯色大公羊,祭祀土地祭四方。
  我的田地收成好,赏赐农夫喜洋洋。
  弹奏琴瑟又打鼓,迎接田祖大驾降。
  祈求老天降甘雨,助我黍稷好成长,我家男女得抚养。

3 曾孙来到大田里,农夫带领妻和子,齐往南郊送饭食。
  田官看了心欢喜,取来左右饭和菜,尝尝好吃不好吃。
  禾苗茂盛长满田,又好又多难数计。
  曾孙不恼很满意,农夫敏捷多努力。

4 曾孙庄稼收成好,厚如屋盖又如桥。
  曾孙粮囤个个满,好比山丘堆积高。
  准备粮仓千百间,要求车厢成万套。
  黍稷稻粱都不少,赏赐农夫乐陶陶。
  神降大福作回报,万寿无疆永不消。

注　释　[1]《玉篇·人部》:"倬,明也,大也。"《通释》:"甫田为大田,则倬(zhuō)宜为大貌。"[2]《毛传》:"十千,言多也。"[3]《毛传》:"尊者食新,农夫良陈。"《郑笺》:"自古者丰年之法如此。"[4]《毛传》:"耘,除草也。耔(zǐ),雍(壅)本也。"[5]《集传》:"薿(nǐ),茂盛貌。"[6]《集传》:"烝,进也。髦(mào),俊也。"《集疏》:"黄山云:介当读如陈奂说,介,大也,言长大其黍稷也。止,至也,言至于得穀也。田畯,以农夫之俊者为之。……农夫献新,田畯致之。"[7]《集传》:"齐(zī)与粢同。《曲礼》曰:稷曰明粢。此言齐明,便文以协韵耳。牺羊,纯色之羊也。"[8]《郑笺》:"秋祭社与四方,为五谷成熟报其功也。"[9]《郑笺》:"臧,善也。我田事善,则庆赐农夫。"[10]《毛传》:"田祖,先啬也。"[11]《郑笺》:"介,助。穀,养也。"[12]曾运乾《毛诗说》:"王后无随王劝农之事,妇子自指农夫之妇子。"《集传》:"饁(yè),饷。"[13]《集传》:"攘(ràng),取。"[14]《通释》:"按易与移一声之转。"《说文》:"移,禾相倚移也。倚移读若阿那,为禾盛之貌。……此诗禾易当为禾移之假借,谓禾蕃竟亩也。"《集传》:"有,多。"[15]《传疏》:"言农夫能疾除其田,则曾孙不怒也。"[16]《郑笺》:"茨,屋盖也。"《诗缉》:"未刈之禾曰稼。其稼在田,由高处视之,则稼在下,而见甚密,故如屋茅。由平处视之,则稼在上,而见其高,故曰桥梁。"[17]《郑笺》:"庾(yǔ),露积谷也。"《集传》:"坻(chí),水中之高地也。京,高丘也。"[18]《郑笺》:"庆,赐也。年丰则劳赐农夫益厚,既有黍稷,加以稻粱。"

212 大田

周王祭祀田祖以祈年的乐歌。描写备耕、播种、除草、去虫、下雨、丰收等景象,对研究周代农业生产很有价值。《小雅》中的《楚茨》、《信南山》、《甫田》、《大田》与《周颂》中《载芟》、《良耜》内容多写农事,后人称之为农事诗。四章,三十四句。

1 大田多稼,既种既戒[1],既备乃事。
　以我覃耜[2],俶载南亩[3]。播厥百谷,
　既庭且硕,曾孙是若[4]。

2 既方既皁,既坚既好[5],不稂不莠[6]。
　去其螟螣,及其蟊贼[7],无害我田稚!
　田祖有神,秉畀炎火[8]。

3 有渰萋萋,兴雨祁祁[9]。
　雨我公田,遂及我私。
　彼有不获稚,此有不敛穧[10];
　彼有遗秉[11],此有滞穗,伊寡妇之利。

4 曾孙来止,以其妇子,
　馌彼南亩,田畯至喜。
　来方禋祀[12],以其骍黑[13],与其黍稷,

以享以祀,以介景福。

韵 读 1.戒,职部;事、亩,之部。之职通韵。硕、若,铎部。 2.皁、好、莠,幽部。螟、贼,职部。秭,脂部;火,微部。脂微合韵。 3.萋、祁、私、穉、穧,脂部。穗、利,质部。 4.止、子、亩、喜,之部。黑、稷、福,职部。

今 译 1 大田肥美庄稼多,选育良种修犁锄,各种准备都充足。
用我犁头最锋利,开始耕作在南亩,不误农时播百谷。
禾苗挺拔又苗壮,曾孙顺意心舒服。

2 庄稼抽穗结实早,谷粒饱满长得好,没有公禾狗尾草。
除去害虫螟和螣,蟊贼也都消灭掉,不许害我田中苗。
田祖有灵多保佑,投进烈火一把烧。

3 乌云兴起黑漆漆,春雨落下徐又密。
雨水降在公田里,同时落到我私地。
那儿晚禾没割尽,这里禾捆未拾起。
那儿遗下禾一把,这儿谷穗有遗弃,这些都是寡妇利。

4 曾孙来到大田里,农夫带着妻和子,
送饭到那南郊地,田官尝尝很欢喜。
四方神灵都祭祀,牲用黄牛黑羊豕,斋饭用的是黍稷。
献上祭品行祭礼,用来祈求大福气。

注 释 [1]《郑笺》:"将稼者必相地之宜而择其种,季冬命民出五种,计耦耕事,修耒耜,具田器,此之谓戒。"《集传》:"种(zhǒng),择其种也。戒,饬其具也。" [2]《毛传》:"覃(yǎn),利也。" [3]《集传》:"俶(chù),始。载,事。" [4]《毛传》:"庭,直也。"《郑笺》:"硕,大。若,顺也。" [5]《毛传》:"实未坚者曰皁(zào)。"《郑笺》:"方,房也,谓孚甲始生而未合时也。尽生房矣,尽结实矣,尽坚熟矣,尽齐好矣。" [6]《毛传》:"稂(láng),童粱。"陈子展《雅颂选译》:"稂,湖南农民谓之公禾。"《通释》:"今按《郑志·答韦曜问》:莠(yǒu)今何草?云今之狗尾也。" [7]《毛传》:"食心曰螟,食叶曰螣(tè),食根曰蟊,食节曰贼。"

341

[8]《郑笺》:"持之付与炎火,使自消亡。" [9]《毛传》:"渰(yǎn),云兴貌。萋萋,云行貌。祁祁,徐也。"《集传》:"萋萋,盛貌。云欲盛,盛则多雨;雨欲徐,徐则入土。"《释文》:"兴雨,本或作兴之。" [10]《通释》:"禾之幼者曰穉(zhì),禾之晚种者亦曰穉。此诗无害我田穉,谓幼禾也。彼有不获穉,谓后种后熟者也。"《传疏》:"不敛穧(jì),刈而未敛者也。" [11]《毛传》:"秉,把也。" [12]《郑笺》:"又禋祀四方之神祈报焉。"《左传·隐公十一年》杜预注:"絜(洁)斋以享,谓之禋祀。" [13]《毛传》:"骍,牛也。黑,羊豕也。"

213　瞻彼洛矣

赞美周王会诸侯于东都,戎服讲武,保卫家邦。朱熹《诗集传》:"此天子会诸侯于东都以讲武事,而诸侯美天子之诗。"三章叠咏,十八句。

1　瞻彼洛矣,维水泱泱[1]。
　　君子至止,福禄如茨[2]。
　　韎韐有奭[3],以作六师[4]。

2　瞻彼洛矣,维水泱泱。
　　君子至止,鞸琫有珌[5]。
　　君子万年,保其家室。

3　瞻彼洛矣,维水泱泱。
　　君子至止,福禄既同[6]。
　　君子万年,保其家邦。

韵　读　1.矣、止,之部。茨、师,脂部。泱,阳部。与二章遥韵。　2.矣、止,之部。珌、室,质部。
　　　　3.矣、止,之部。同、邦,东部。

今　译　1　看看那条洛河水，汪洋一片真宽广。

君王大驾已光临，福如屋盖多无量。

熟皮蔽膝赤又黄，六军振作练武忙。

2　看看那条洛河水，茫茫一片真宽广。

君王大驾已光临，刀鞘玉饰真漂亮。

君子寿命万年长，永保室家得安康。

3　看看那条洛河水，茫茫一片真宽广。

君王大驾已光临，福禄齐备世无双。

君王寿命万年长，永保家富国更强。

注　释　[1]《集传》："洛，水名，在东都，会诸侯之处也。泱泱（yāng yāng），深广也。"[2]《集传》："君子，指天子也。"《郑笺》："茨（cí），屋盖也。如屋盖，喻多也。"[3]《正义》："此韎韐（mèi gé）是蔽膝之衣耳。"《集传》："韎，茅蒐所染色也。韐，韠也。合韦为之，《周官》所谓韦弁，兵事之服也。奭（shì），赤貌。"[4]《集传》："作，犹起也。六师，六军也，天子六军。"[5]鞞，《正义》本作琫，唐石经作鞞。《集传》："鞞（bǐ），容刀之鞞，今刀鞘也。琫（běng），上饰。珌（bì），下饰。亦戎服也。"戴震《毛郑诗考证》："刀室曰削（俗作鞘），室口之饰曰琫，下末之饰曰鞞。珌，文饰貌。"[6]《集传》："同，犹聚也。"

214　裳裳者华

周王赞美诸侯才德兼备，车服美盛，文韬武略，无所不宜。朱熹《诗集传》："此天子美诸侯之辞。盖以答《瞻彼洛矣》也。"四章，二十四句。

1 裳裳者华,其叶湑兮[1]。
  我觏之子,我心写兮[2]。
  我心写兮,是以有誉处兮[3]。

2 裳裳者华,芸其黄矣[4]。
  我觏之子,维其有章矣[5]。
  维其有章矣,是以有庆矣。

3 裳裳者华,或黄或白。
  我觏之子,乘其四骆[6]。
  乘其四骆,六辔沃若。

4 左之左之,君子宜之。
  右之右之,君子有之[7]。
  维其有之,是以似之[8]。

韵 读 1.华、湑、写、写、处,鱼部。 2.黄、章、章、庆,阳部。 3.白、骆、骆、若,铎部。 4.左、宜,歌部。右、有、有、似,之部。

今 译 1 花儿朵朵多鲜明,叶儿青青真茂盛。
  我今见到这个人,心里实在很高兴。
  心里实在很高兴,有个安乐好家庭。

2 花儿朵朵多辉煌,颜色鲜艳似金黄。
  我今见到这个人,服饰华美有文章。
  服饰华美有文章,从此喜庆得吉祥。

3 色彩鲜明朵朵花,有黄有白都不差。
  我今见到这个人,驾着黑鬣白色马,
  驾着黑鬣白色马,六条缰绳有光华。

4 任职左辅主朝政,君子才德无不胜。

任职右弼掌戎兵,君子有德有才能。

君子有德有才能,祖宗事业得继承。

注 释 [1]《毛传》:"裳裳,犹堂堂也。湑(xǔ),盛貌。"《传疏》:"於华(花)言裳裳,於叶言湑,皆有盛义。"[2]《郑笺》:"觏,见也。之子,是子也。"《集传》:"则其心倾写而悦乐之矣。"[3]王引之《经义述闻》卷六:"誉处,安处也。"[4]《毛传》:"芸,黄盛也。"[5]《郑笺》:"章,礼文也。"《集传》:"章,文章也。有文章,斯有福庆矣。"[6]骆(luò):黑鬣的白马。[7]《毛传》:"左阳道,朝祀之事;右阴道,丧戎之事。"《通释》:"左之右之,宜从钱澄之(《间诗诗学》)说,谓左辅右弼。"[8]《毛传》:"似,嗣也。"《正义》:"此二德者,我先人维其并能有之,是以先王使其子孙嗣之。"

215　桑扈

赞扬"君子"为国家的屏障,能享受大福。朱熹《诗集传》:"此亦天子燕诸侯之诗。""君子"指诸侯。或以为"此诗当是天子燕诸侯,诸侯颂美天子之诗"。"君子"指周王。四章,十六句。

1　交交桑扈[1],有莺其羽[2]。
　　君子乐胥,受天之祜[3]。
2　交交桑扈,有莺其领。
　　君子乐胥,万邦之屏。
3　之屏之翰,百辟为宪[4]。
　　不戢不难[5],受福不那[6]。
4　兕觥其觩[7],旨酒思柔。
　　彼交匪敖,万福来求[8]。

韵 读 1.扈、羽、胥、祜,鱼部。 2.扈、胥,鱼部。领,真部;屏,耕部。真耕合韵。 3.翰、宪、难,寒部;那,歌部。歌寒通韵。 4.觩、柔、求,幽部;敖,宵部。幽宵合韵。

今 译

1　飞来飞去青雀鸟,羽毛鲜明颜色好。
　　君子快乐多逍遥,受天赐福真不少。

2　飞来飞去青雀鸟,颈项花纹真漂亮。
　　君子快乐喜洋洋,保卫万国是屏障。

3　他是屏障是栋梁,诸侯把他当榜样,
　　性情温和又谨慎,受天赐福无限量。

4　兕角杯儿长弯弯,斟下美酒香又甜。
　　不骄傲来不侮慢,福禄聚集千千万。

注 释　[1]《郑笺》:"交交,犹佼佼,往来飞貌。"《尔雅·释鸟》:"桑扈,窃脂。"郭璞注:"俗呼青雀。"[2]《毛传》:"莺然有文章。"[3]《集传》:"胥,语词。"《郑笺》:"祜(hù),福也。"[4]《毛传》:"翰,榦。宪,法也。"《郑笺》:"辟,君也。"朱鹤龄《诗经通义》:"今按,'之屏之翰,百辟为宪,'即'维周之翰,四国于蕃','文武吉甫,万邦为宪'也。从朱(熹)说甚安。"[5]《通释》:"按戁当读为戁。《说文》:'戁,和也。'又与辑通。……难当读为戁。《说文》:'戁,敬也。'不戁不难,言和且敬也,两'不'字皆语词。"[6]《毛传》:"那(nuó),多也。"[7]《集传》:"兕觥(gōng),爵也。觩(qiú),角上曲貌。思,语词也。"[8]王引之《经义述闻》卷六:"彼亦匪也,交亦敖也。……言乐胥之君子,不侮慢,不骄傲也。求与逑同。逑,聚也,谓福禄来聚也。"

216　鸳鸯

祝贺贵族新婚,长保福禄。"鸳鸯匹鸟,秣马为古迎亲之礼,诗的起兴都和新婚有关。"

(程俊英)四章,前二章,后二章各为叠咏。十六句。

1　鸳鸯于飞,毕之罗之[1]。
　　君子万年,福禄宜之[2]。
2　鸳鸯在梁,戢其左翼[3]。
　　君子万年,宜其遐福[4]。
3　乘马在厩,摧之秣之[5]。
　　君子万年,福禄艾之[6]。
4　乘马在厩,秣之摧之。
　　君子万年。福禄绥之[7]。

韵 读　1.罗、宜,歌部。 2.翼、福,职部。 3.秣、艾,月部。 4.摧、绥,微部。

今 译　1　鸳鸯鸟儿双双飞,捕它用网又用毕。
　　　　　祝贺君子寿万年,安享福禄永相宜。
2　鸳鸯双双在鱼梁,嘴巴插进左翅膀。
　　祝贺君子寿万年,安享福禄永不亡。
3　四匹马儿在马房,又喂草料又喂粮。
　　祝贺君子寿万年,助你福禄安享长。
4　四匹马儿拴马槽,又喂粮食又喂草。
　　祝贺君子寿万年,安享福禄永远好。

注 释　[1]《毛传》:"鸳鸯,匹鸟。"《集传》:"毕,小网长柄也。罗,网也。" [2]《通释》:"福禄宜之,犹言禄禄绥之,宜、绥皆安也。" [3]《郑笺》:"梁,石绝水之梁。戢(jí),敛也。敛其左翼,以右翼掩之。"《释文》:"戢,《韩诗》云'捷也',捷其噣于左也。"捷,插。 [4]《郑笺》:"遐,远也。远犹久也。" [5]《毛传》:"摧(cuò),莝也。秣(mò),粟也。"《释文》:"摧,刍也。秣,穀马也。" [6]《毛传》:"艾,养也。"《通释》:"《尔雅·释诂》:'艾,相

347

也.'艾之谓辅助之。"[7]《郑笺》:"绥,安也。"

217　頍弁

周王燕乐同姓诸臣。相见甚欢,但国亡无日,前途未卜,不免伤感凄凉。三章叠咏,三十六句。

1　有頍者弁[1],实维伊何?
　　尔酒既旨,尔肴既嘉[2]。
　　岂伊异人? 兄弟匪他[3]。
　　茑与女萝[4],施于松柏。
　　未见君子,忧心弈弈[5]。
　　既见君子,庶几说怿。
2　有頍者弁,实维何期[6]?
　　尔酒既旨,尔肴既时[7]。
　　岂伊异人? 兄弟具来[8]。
　　茑与女萝,施于松上。
　　未见君子,忧心怲怲[9]。
　　既见君子,庶几有臧[10]。
3　有頍者弁,实维在首。
　　尔酒既旨,尔肴既阜[11]。
　　岂伊异人? 兄弟甥舅。

如彼雨雪,先集维霰[12]。

死丧无日,无几相见。

乐酒今夕,君子维宴[13]。

韵 读　1.何、嘉、他,歌部。柏、弈、怿,铎部。 2.期、时、来,之部。上、怲、臧,阳部。 3.首、阜、舅,幽部。霰、见、宴,寒部。

今 译　1　头上高高戴皮帽,头戴皮帽为哪般?
你的美酒味道好,你的菜肴香又甜。
座中难道有外人? 都是兄弟同赴宴。
桑上寄生菟丝子,松柏树上相攀援。
没有见到君子时,满怀郁闷消散难。
如今已经见君子,我的心里多喜欢。

2　头上高高戴皮帽,头戴皮帽怎么了。
你的美酒香又甜,你的菜肴味道好。
难道座中有外人? 哥哥弟弟都来到。
桑上寄生菟丝草,爬上松柏相缠绕。
没有见到君子时,心里忧烦似火烧。
如今已经见君子,一切美好兴致高。

3　头上高高戴皮帽,头戴皮帽多晶莹。
你的美酒香且甜,你家菜肴多又精。
难道座中有外人? 不是兄弟即舅甥。
好比冬天要落雪,先下雪子寒气凝。
人生死丧难预料,能有几时叙亲情?
不如今夜开怀饮,君子宴会都尽兴。

注 释　[1]《毛传》:"颀(kuǐ),弁貌。弁(biàn),皮弁也。"[2]《郑笺》:"旨、嘉,皆美也。"

349

[3]《郑笺》:"岂有异人,疏远者乎?"王引之《经传释词》;"伊,有也。"《集传》:"匪他,非他人也。"[4]《毛传》:"茑(niǎo),寄生也。女萝,菟丝,松萝也。"施(yì):蔓延,攀援。[5]《集传》:"弈弈(yì yì),忧心无所薄也。"[6]《郑笺》:"何期(jī),犹伊何也。期,辞也。"[7]《毛传》:"时,善也。"[8]《郑笺》:"具,皆也。"[9]《毛传》:"恓恓(bǐng bǐng),忧盛满也。"[10]《毛传》:"臧,善也。"[11]《郑笺》:"阜,犹多也。"[12]《集传》:"霰(xiàn),雪之始凝者也。将大雨雪,必先微温,雪自上下,遇温气而搏谓之霰,久而寒胜,则大雪矣。"[13]严粲《诗缉》:"周亡无日,族人纵得见王,其能几乎?当急与族人饮酒相乐于今夕,盖王今维宜宴而已。言'今夕',谓未保明日之存亡,言'维宴',谓天下之事亦无可为,惟须饮耳。其辞甚迫矣,岂真望王宴乐之哉!"

218　车舝

这是一首咏新婚的诗。在新婚亲迎途中,诗人满怀喜悦和爱慕,赞扬新娘漂亮而有美德。《左传·昭公二十五年》:"叔孙婼如宋迎女,赋《车舝》。"朱熹《诗集传》:"此燕乐其新婚之诗。"五章,三十句。

1　间关车之舝兮[1],思娈季女逝兮[2]。
　匪饥匪渴,德音来括[3]。
　虽无好友,式燕且喜。

2　依彼平林,有集维鷮[4]。
　辰彼硕女[5],令德来教。
　式燕且誉,好尔无射[6]。

3　虽无旨酒,式饮庶几[7]。
　虽无嘉肴,式食庶几。

虽无德与女,式歌且舞。

4　陟彼高冈,析其柞薪。

析其柞薪,其叶湑兮[8]。

鲜我觏尔[9],我心写兮!

5　高山仰止,景行行止[10]。

四牡骓骓,六辔如琴[11]。

觏尔新昏,以慰我心。

韵　读　1.牵、逝、渴、括,月部。友、喜,之部。 2.鹝、教,宵部。誉,鱼部;射,铎部。鱼铎通韵。3.几、几,微部。女、舞,鱼部。 4.冈,阳部;薪,真部。真阳合韵。湑、写,鱼部。5.仰、行,阳部。琴、心,侵部。

今　译　1　车牵转动间关响,少女出嫁做新娘。

不是饥来不是渴,就盼美人结鸳鸯。

虽无众多好朋友,一起宴饮心欢畅。

2　平地树林多茂密,长尾野鸡树上栖。

漂亮姑娘及时嫁,带来美德好教益。

一起宴饮多欢乐,永远爱你不厌弃。

3　虽然酒味不太好,希望多喝别太少。

虽然桌上没佳肴,希望姑娘要吃饱。

虽无美德相配你,请你唱歌把舞跳。

4　登上那座高山腰,劈下柞树当柴烧。

劈下柞树当柴烧,树上枝繁叶又茂。

今日见你多美好,了却相思乐陶陶!

5　抬头仰望见高山,沿着大道向前奔。

四匹马儿跑不停,六条缰绳均如琴。

见到你这新娘子,安慰我心暖如春。

注　释　[1]《集传》:"间关,设辖声也。辖(xiá),车轴头铁也。"戴震《毛郑诗考证》:"车行则毂端铁与辖相切,有声间关然。" [2]《毛传》:"娈,美貌。"《郑笺》:"逝,往也。" [3]《毛传》:"括,会也。" [4]《毛传》:"依,茂木貌。平林,林木之在平地者也。"《诗缉》:"鷮(jiāo),长尾雉也。" [5]《毛传》:"辰,时也。" [6]《郑笺》:"射(yì),厌也。"誉:通"豫",欢乐。 [7]林义光《诗经通解》:"庶几,愿望之词。愿其饮食歌舞。" [8]《释文》:"湑(xū),茂盛也。"《通释》:"今按《汉广》有刈薪之句,《南山》有析薪之句,《豳风》之伐柯与娶妻同喻,《诗》中以析薪喻婚姻者不一而足。" [9]《郑笺》:"鲜,善。觏,见也。" [10]《集传》:"仰,瞻望也。景行(háng),大道也。" [11]《传疏》:"《四牡》传云:騑騑,行不止之貌。"《集传》:"如琴,谓六辔调和如琴瑟也。"

219　青蝇

斥责谗人祸国殃民。《诗序》:"《青蝇》,大夫刺幽王也。"《易林·豫之困》:"青蝇集藩,君子信谗。害贤伤忠,患生妇人。"朱熹《诗集传》:"诗人以王好听谗言,故以青蝇飞声比之,而戒王以勿听也。"三章叠咏,十二句。

1　营营青蝇,止于樊[1]。
　　岂弟君子[2],无信谗言。

2　营营青蝇,止于棘。
　　谗人罔极[3],交乱四国。

3　营营青蝇,止于榛。
　　谗人罔极,构我二人[4]。

韵 读 1.樊、言,寒部。 2.棘、国,职部。 3.榛、人,真部。

今 译 1 苍蝇乱飞嗡嗡响,落在院间篱笆上。
　　　　　和乐平易诸君子,莫信谗言和毁谤。
　　　　2 苍蝇乱飞嗡嗡响,落在庭前枣树上。
　　　　　谗人阴险没准则,搅得四方都遭殃。
　　　　3 苍蝇乱飞嗡嗡响,只只落在榛树上。
　　　　　谗人反复没准则,挑拨你我相冲撞。

注 释 [1]《集传》:"营营,往来飞声。"《毛传》:"樊,藩也。" [2]《郑笺》:"岂弟(kǎi tì),乐易也。" [3]《郑笺》:"极,犹已也。"何楷《诗经世本古义》:"罔极,谓阴险变幻,无所底极。人罔极,则其言亦罔极也。" [4]《郑笺》:"构,合也。合犹交乱。"《正义》:"构者,构合两端,令二人彼此相嫌,交更惑乱。二人,谓人君与见谗之人也。"魏源《诗古微》:"二人者,谓王与申后。"

220　宾之初筵

　　这是一首讽刺统治贵族饮酒无度、失礼败德的诗。汉代学者都以为卫武公作。《毛诗序》:"《宾之初筵》,卫武公刺时也。幽王荒废,媟近小人,饮酒无度,天下化之,君臣上下,沉湎淫液,武公既入而作是诗也。"《后汉书·孔融传》李贤注引《韩诗》则谓:"卫武公饮酒悔过也。"史载卫武公入相在平王之世,年已九十。方玉润《诗经原始》:"武公初入为王卿士,难免不预其宴。既见其如此无礼,而又未敢直陈君失,只好作悔过用以自警,使王闻之,或以稍正其失,未始非诗之力也。……武公主朝,正己以格君非,虽曰悔过,实以谲谏意耳。毛、韩二说,原未尝错。"全诗采用前后对比方法。前二章写大射燕饮的场面,典雅庄重,井井有条。后三章写醉酒的状态,行为轻薄乱喊乱叫。揭露了醉汉们的种种丑态。五章。七十句。

353

1 宾之初筵[1],左右秩秩[2]。
  笾豆有楚,肴核维旅[3]。
  酒既和旨,饮酒孔偕[4]。
  钟鼓既设,举酬逸逸[5]。
  大侯既抗[6],弓矢斯张。
  射夫既同。献尔发功[7]。
  发彼有的,以祈尔爵[8]。

2 籥舞笙鼓[9],乐既和奏。
  烝衎烈祖,以洽百礼[10]。
  百礼既至,有壬有林[11]。
  锡尔纯嘏,子孙其湛[12]。
  其湛曰乐,各奏尔能。
  宾载手仇,室人入又[13]。
  酌彼康爵,以奏尔时[14]。

3 宾之初筵,温温其恭[15]。
  其未醉止,威仪反反。
  曰既醉止,威仪幡幡[16]。
  舍其坐迁,屡舞僊僊[17]。
  其未醉止,威仪抑抑。
  曰既醉止,威仪怭怭[18]。
  是曰既醉,不知其秩[19]。

4 宾既醉止,载号载呶[20]。
  乱我笾豆,屡舞僛僛[21]。
  是曰既醉,不知其邮[22]。
  侧弁之俄[23],屡舞傞傞[24]。

既醉而出,并受其福。
醉而不出,是谓伐德[25]。
饮酒孔嘉,维其令仪[26]。
5 凡此饮酒,或醉或否。
既立之监,或佐之史[27]。
彼醉不臧,不醉反耻[28]。
式勿从谓[29],无俾大怠。
匪言勿言,匪由勿语。
由醉之言,俾出童羖[30]。
三爵不识,矧敢多又[31]?

韵 读　1.楚、旅,鱼部。旨、偕,脂部。设,月部;逸,质部。质月合韵。抗、张,阳部。同、功,东部。的、爵,药部。 2.鼓、祖,鱼部。礼,脂部;至,质部。脂质通韵。林、湛,侵部。能、又、时,之部。 3.筵、反、幡、迁、僊,寒部。抑、怭、秩,质部。 4.号、呶,宵部。傲、邮,之部。俄、傞,歌部。福、德,职部。嘉、仪,歌部。 5.否、史、耻、怠,之部。语、羖,鱼部。识,职部;又,之部。之职通韵。

今 译　1　客人开始入筵席,左右应接有礼仪。
笾豆陈设好秩序,鱼肉瓜果摆整齐。
酒味香醇又甜美,大家欢饮很统一。
钟鼓都已悬设好,往来敬酒依次递,
箭靶已经高高举,弓已张开箭已持。
射夫已经配成对,人人尽力献射艺。
箭箭射出中靶心,但求酒杯让给你。
2　籥舞吹笙又击鼓,音乐演奏很协调。
进献列列先祖考,配合百礼行得好。
百种礼节都周到,规模盛大真热闹。

神灵赐你大福气，子子孙孙乐陶陶。
　　人人快乐又欢喜，看谁射箭本领高。
　　客人已把对手找，主人相陪射一遭。
　　斟满那个大酒杯，献给胜者表慰劳。

3　客人开始入筵席，彬彬有礼很和善。
　　客人还未喝醉时，态度慎重又恭谦。
　　一旦已经喝醉了，行为不检态度变。
　　离开座位随处转，兴高采烈舞蹁跹。
　　有的喝酒还未醉，态度庄重又安闲。
　　一旦已经喝醉酒，行为轻薄胡乱缠。
　　这是真的喝醉了，正常礼仪都难辨。

4　客人已经喝醉了，有的喊来有的叫。
　　我的笾豆被打乱，手舞足蹈偏又倒。
　　这是真的喝醉了，行为错误全不晓。
　　头上皮帽歪着戴，没完没了把舞跳。
　　如果醉了就出去，大家受福真不少。
　　如果醉了还不走，就是缺德太不好。
　　饮酒本来很不错，只是应有好礼貌。

5　饮酒也有各种人，有的醉来有的醒。
　　设立酒监来监督，又立酒史记事情。
　　酗酒本来是坏事，不醉反说你不行。
　　不要跟着多劝酒，以免失礼瞎胡闹。
　　不该说的别乱说，没有根据别乱道。
　　依着醉汉胡乱言，会使公羊不长角。
　　酒过三杯就迷糊，劝他多喝哪能好？

注　释　[1]《郑笺》："筵，席也。"《集传》："初筵，初即席也。"　[2]《郑笺》："左右，谓折旋揖让也。"《毛传》："秩秩然,肃敬也。"《集疏》："韩说曰:言宾客初就筵之时,宾主秩秩皆敬谨也。"［3］《毛传》："楚,列貌。肴,豆实也。核,加笾也。旅,陈也。"［4］《郑笺》："众宾之饮酒又威仪齐一。"《集传》："和旨,调美也。孔,甚也。"［5］《毛传》："逸逸,往来有序也。"［6］《毛传》："大侯,君侯也。抗,举也。"《传疏》："侯,射侯也。"［7］《集传》："射夫既同,比其耦也。发,发矢也。"［8］《毛传》："的,质也。祈,求也。"《郑笺》："爵,射爵也。射之礼,胜者饮不胜者。"［9］《毛传》："秉籥(yuè)而舞,与笙鼓相应。"［10］《郑笺》："烝,进。衎(kàn),乐。洽(qià),合也。奏乐和必进乐其先祖。"［11］《集传》："壬,大。林,盛也。言礼之盛大也。"戴震《毛郑诗考证》："此以形容百礼既至,壬壬然盛大,林林然多而不乱。"［12］《郑笺》："纯,大也。嘏(gǔ),谓尸与主人以福也。湛(tān),乐也。"锡:赐。［13］《毛传》："手,取也。室人,主人也。主人请射于宾,宾许诺,自取其匹而射,主人亦入于次,又射以耦宾也。"［14］《毛传》："时,中者也。"《通释》："康、荒古通用……康爵义当为大。酌彼康爵,犹云酌彼大斗耳。"奏:献。时:善,指善射者。即向射中者表示祝贺。［15］《郑笺》："温温,柔和也。"［16］《毛传》："反反,言慎重也。幡幡,失威仪也。"［17］《集传》："迁,徙。屡,数。僊僊(xiān xiān),轩举之状。"程俊英《诗经注析》："僊僊,同躚躚,舞姿轻盈貌。"《通释》："舍其坐迁,盖谓舍其当坐当迁之礼耳。"［18］《毛传》："抑抑,慎密也。怭怭(bì bì),媟嫚也。"［19］《毛传》："秩,常也。"姚际恒《诗经通论》："以下三章皆言饮酒之失也。"［20］《毛传》："号呶(náo),号呼欢呶也。"［21］《毛传》："僛僛(qī qī),舞不能自正也。"［22］《集传》："邮与尤同,过也。"［23］《郑笺》："侧,倾。俄,倾貌。"［24］《毛传》："傞傞(cuō cuō),不止也。"《正义》："上言僊僊是舞之形貌,犹能自正;僛僛则不能自正;傞傞则非徒不正,又不能止,为差降也。"姚际恒《诗经通论》："傞傞,盘旋不休貌。"［25］《集传》："伐,害。"［26］《集传》："饮酒之所以甚美者,以其有令仪耳。"［27］《郑笺》："饮酒于有醉者,有不醉者,则立监使视之,又助以史使督酒,欲令皆醉也。"［28］《集传》："彼醉者所为不善而不自知,使不醉者反为之羞愧也。"［29］《通释》："勿从谓者,勿从而劝勤之使更饮也。"［30］《郑笺》："由,从也。"《郑笺》："羖羊之性,牝牡有角。"《集传》："童(gǔ)羖,无角之羖羊,必无之物也。"［31］《正义》引《春秋传》云:"臣侍君宴,过三爵,非礼也。"《集传》："识,记也。……女饮至三爵,已昏然无所记矣,况又敢多饮乎？又丁宁以戒之也。"《通释》："又即俏之假借,谓劝酒也。"

357

221 鱼藻

赞美周王建都镐京,生活安乐。方玉润《诗经原始》:"此镐民私幸周王都镐而祝其永远在兹之词也。然其体近乎风,所以为变雅欤?"三章叠咏,十二句。

1 鱼在在藻,有颁其首[1]。
  王在在镐,岂乐饮酒[2]。
2 鱼在在藻,有莘其尾[3]。
  王在在镐,饮酒乐岂。
3 鱼在在藻,依于其蒲。
  王在在镐,有那其居[4]。

韵 读 1.藻、镐,宵部。首、酒,幽部。 2.藻、镐,宵部。尾、岂,微部。 3.藻、镐,宵部。蒲、居,鱼部。

今 译 1 鱼在水藻把身藏,大头露出水面上。
  周王住在镐京城,快乐饮酒甜又香。
2 鱼儿藏在水藻下,水面露出长尾巴。
  周王住在镐京城,饮酒逍遥乐无涯。
3 鱼儿藏在水藻边,贴着蒲草四处穿。
  周王住在镐京城,住处美好又安全。

注 释 [1]《毛传》:"颁(fén),大首貌。鱼以依藻为得其性。"《郑笺》:"藻,水草也。" [2]《集传》:"岂(kǎi),亦乐也。"《传疏》:"镐(hào),镐京。" [3]《毛传》:"莘,长貌。" [4]《郑笺》:"那(nuó),安貌。"

222 采菽

诸侯朝见周王,周王给予各种赏赐,并祝福他们。姚际恒《诗经通论》:"大抵西周盛王,诸侯来朝,加以锡命之诗。"五章,四十句。

1 采菽采菽,筐之筥之[1]。
  君子来朝[2],何锡予之[3]?
  虽无予之,路车乘马[4]。
  又何予之?玄衮及黼[5]。

2 觱沸槛泉[6],言采其芹。
  君子来朝,言观其旂。
  其旂淠淠,鸾声嘒嘒[7]。
  载骖载驷,君子所届[8]。

3 赤芾在股[9],邪幅在下[10]。
  彼交匪纾[11],天子所予。
  乐只君子,天子命之。
  乐只君子,福禄申之[12]。

4 维柞之枝,其叶蓬蓬[13]。
  乐只君子,殿天子之邦[14]。
  乐只君子,万福攸同[15]。
  平平左右[16],亦是率从。

5 泛泛杨舟,绋纚维之[17]。
  乐只君子,天子葵之[18]。
  乐只君子,福禄膍之[19]。

优哉游哉,亦是戾矣[20]!

韵 读 1.筥、予、予、马、予、黼,鱼部。 2.芹、旂,文部。淠、嘒、驷、届,质部。 3.股、下、纾、予,鱼部。命,申,真部。 4.蓬、邦、同、从,东部。 5.维,微部;葵、膍,脂部;戾,质部。脂微质合韵。

今 译 1 采大豆呀采大豆,圆筥方筐来装下。
君子远道来朝见,天子用啥赏赐他?
虽然没啥赐给他,路车一辆四匹马。
此外又赐啥东西?黑袍画龙裳绣花。

2 泉水沸腾涌向前,采摘芹菜在泉边。
君子远道来朝王,车上旌旗已望见。
旌旗高高随风展,鸾铃阵阵响声连。
驾上三匹四匹马,君子到来气宇轩。

3 红色蔽膝围股上,下有绑腿斜着裹。
不骄傲来不怠惰,天子给予赏赐多。
君子心情多快乐,天子命他作辅佐。
君子心情多快乐,福上加福无灾祸。

4 柞树枝条一丛丛,叶儿繁茂郁葱葱。
君子心情多快乐,镇抚四方立大功。
君子心情多快乐,万般福禄都集中。
左右臣下都干练,君子命令能遵从。

5 杨木船儿水中漂,绳索系住不动摇。
君子心情多快乐,天子量才给犒劳。
君子心情多欢畅,神赐福禄量不少。
悠哉游哉度岁月,生活安定多美好!

360

注　释　[1]《郑笺》:"菽(shū),大豆也。"周代天子宴诸侯用牛、豕、羊三牲都杂蔬菜为羹,牛用菽,羊用苦(苦菜),豕用薇。[2]《毛传》:"君子,谓诸侯也。"[3]《通释》:"按锡与赐双声……锡即赐之假借。"[4]《集传》:"路车,金路以赐同姓,象路以赐异姓也。"路车:诸侯坐的车。[5]《郑笺》:"玄衮(gǔn),玄衣而画以卷龙也。"《集传》:"黼(fǔ),如斧形,刺之于裳也。"[6]《毛传》:"觱沸(bì fèi),泉出貌。槛泉,正出也。"[7]《毛传》:"浭浭(pèi pèi),动也。嘒嘒(huì huì),中节也。"[8]《传疏》:"届者,至也。君子所届者,君子至也。所,语词耳。"[9]《郑笺》:"芾(fú),太古蔽膝之象也。冕服谓之芾,其他服谓之鞸。"[10]《集传》:"邪幅,偪也。邪缠于足,如今行縢,所以束胫,在股下也。"[11]《毛传》:"纾(shū),缓也。"王引之《经义述闻》卷六:"彼交匪纾者,匪交匪纾也。匪交匪纾者,言来朝之君子不侮慢,不怠缓也。"[12]《毛传》:"申,重也。"《郑笺》:"天子赐之,神则以福禄申重之,所谓人谋鬼谋也。"[13]《毛传》:"蓬蓬,盛貌。"[14]《毛传》:"殿,镇也。"[15]《集传》:"为万福之所聚。"[16]《毛传》:"平平(pián pián),辩治也。"《集传》:"左右,诸侯之臣也。"[17]《通释》:"诗以绋缡(fú lí)平列,绋盖以麻为索,缡盖以竹为索。皆所以维舟也。"《集传》:"缡、维皆系也。"[18]《集传》:"葵,揆(kuí)也。揆,犹度也。"[19]《毛传》:"腌(pí),厚也。"[20]《郑笺》:"戾,止也。诸侯有盛德者,亦优游自安止于是。"《左传·襄公二十九年》杜预注:"戾,定也。"

223　角弓

讽刺周王不亲九族,好谗佞小人,而骨肉相怨。朱熹《诗集传》:"此刺王不亲九族,而好谗佞,使家族相怨之诗。"《汉书·刘向传》向上封事云:"幽厉之际,朝廷不和,转相非怨。诗人刺之曰:'民之无良,相怨一方。'"八章,三十二句。

1　骍骍角弓,翩其反矣[1]。
　　兄弟昏姻,无胥远矣[2]。

361

2 尔之远矣,民胥然矣。
　　尔之教矣,民胥傚矣。

3 此令兄弟,绰绰有裕[3]。
　　不令兄弟,交相为瘉[4]。

4 民之无良,相怨一方。
　　受爵不让,至于己斯亡[5]。

5 老马反为驹[6],不顾其后。
　　如食宜饇,如酌孔取[7]。

6 毋教猱升木,如塗塗附[8]。
　　君子有徽猷,小人与属[9]。

7 雨雪瀌瀌[10],见晛曰消[11]。
　　莫肯下遗,式居娄骄[12]。

8 雨雪浮浮,见晛曰流[13]。
　　如蛮如髦[14],我是用忧。

韵　读 1.反、远,寒部。 2.远、然,寒部。教、傚,宵部。 3.裕,屋部;瘉,侯部。侯屋通韵。 4.良、方、让、亡,阳部。 5.驹、后、饇、取,侯部。 6.木、属,屋部;附,侯部。侯屋通韵。 7.瀌、消、骄,宵部。 8.浮、流、忧,幽部。

今　译 1 角弓调整很方便,弓弦放松向外反。
　　　都是兄弟和亲戚,互相千万莫疏远。

2 你和兄弟相疏远,人民就都照样办。
　　你教人民做好事,大家也会跟着干。

3 这是善良好兄弟,相互宽容能包涵。
　　如果兄弟不良善,互相伤害生祸患。

4 有人行为不善良,互相指责怨对方。
　　贪图爵禄不谦让,到头自己也灭亡。

362

5　老马当作驹子养,后果如何他不想。
　　譬如吃饭须吃饱,好比喝酒要尽量。

6　莫教猴子树上爬,莫在泥上涂泥巴。
　　君子如有好办法,小人就会追随他。

7　大雪纷纷满天飘,太阳一出自然消。
　　小人不肯自谦让,自高自大耍骄傲。

8　大雪纷纷飘未休,太阳一出化水流。
　　小人愚昧如蛮夷,我为此事心忧愁。

注　释　[1]《集传》:"骍骍,弓调和貌。角弓,以角饰弓也。翩,反貌。弓之为物,张之则内向而来。弛之则外反而去。"程俊英《注析》:"这二句是兴诗人以角弓不可松弛,比喻兄弟昏姻不可疏远。"[2]《郑笺》:"胥,相也。"[3]《毛传》:"绰绰(chuò chuò),宽也。裕,饶。"[4]《毛传》:"瘉(yǔ),病也。"[5]《毛传》:"爵禄不以相让,故怨祸及之。"《传疏》:"已,谓已身也。亡,谓丧弃也。"[6]《毛传》:"已老矣,而孩童慢之。"《郑笺》:"此喻见老人反侮慢之,遇之如幼稚。"[7]《毛传》:"饫(yù),饱也。"何楷《诗经世本古义》:"言其准以得爵禄为快,如食者但知称其饫饱之欲,酌者但知求多取,曾不加斟量也。"[8]《毛传》:"猱(náo),猿属。塗,泥。附,著也。"《通释》:"猱性善升,塗性善附,皆以兴小人之性易于从善也。"[9]《集传》:"徽,美。猷,道。属(zhǔ),附也。……苟王有美道,小人将为善以附之。"[10]《郑笺》:"雨雪之盛瀌瀌然。"《鲁诗》《韩诗》作"麃麃"。[11]《毛传》:"晛(xiàn),日气也。"《释文》引《韩诗》作"曣晛",云:"日出也。"[12]《传疏》:"此遗字当亦训加。娄(lǚ),数也。莫肯下遗,式居娄骄,言小人之行不肯卑下加礼于人,惟数数骄慢好自用也。"[13]《毛传》:"浮浮,犹瀌瀌也。"《通释》:"流与消同义。《广雅》:'流,匕也。'匕即化字,谓消化也。"[14]《毛传》:"蛮,南蛮也。髦(máo),夷髦也。"《郑笺》:"今小人之行如夷狄,而王不能变化之,我用是为大忧也。"

224 菀柳

周大臣怨恨自己参政有功,却被撤职流放。吴闿生《诗义会通》:"此乃有功获罪之臣,作此以自伤悼。"三章,前二章叠咏。十八句。

1 有菀者柳,不尚息焉[1],
   上帝甚蹈,无自暱焉[2]。
   俾予靖之,后予极焉[3]。

2 有菀者柳,不尚愒焉[4]。
   上帝甚蹈,无自瘵焉[5]。
   俾予靖之,后予迈焉[6]。

3 有鸟高飞,亦傅于天。
   彼人之心,于何其臻[7]?
   曷予靖之?居以凶矜[8]。

韵 读 1.柳、蹈,幽部。息、暱、极,职部。 2.柳、蹈,幽部。愒、瘵、迈,月部。 3.天、臻、矜,真部。

今 译 1 虽说柳树茂又密,树下不可去休息,
    上帝变化太无常,切莫接近讨晦气。
    先前使我理国事,后来贬我到远地。

2 虽说柳树郁苍苍,树下不可去歇凉。
    上帝变化太无常,切莫接近招祸殃。
    先前使我理国事,后来却把我流放。

3 有只鸟儿高高飞,展翅直到九霄天。

那人心事太难测,将要行走到哪边?

为啥使我理国事?却叫无端遭凶险。

注释 [1]《毛传》:"菀(yù),茂木也。"《传疏》:"菀然之柳木,人可以休息之。兴者,以喻王者之朝,诸侯愿往之。"[2]《毛传》:"蹈,动也。暱(nì),近也。"《通释》:"动者,言其喜怒变动无常。"[3]《毛传》:"靖,治。极,至也。"《郑笺》:"俾,使。极,诛也。……后反诛放我。"[4]《毛传》:"愒(qì),息也。"[5]《郑笺》:"瘵(zhài),接也。"[6]《郑笺》:"迈,行也,行亦放也。"[7]《郑笺》:"傅、臻,皆至也。鸟之高飞,极至于天耳。幽王之心,于何所至乎?言其转侧无常,人不知其所届。"[8]《毛传》:"矜(jīn),危也。"《郑笺》:"居我以凶危之地,谓四裔也。"

225 都人士

诗人怀念京都人物,着重赞美京都男士的才德仪容,女子的娴雅美丽。朱熹《诗集传》:"乱离之后,人不复见昔日都邑之盛,人物仪容之美,而作此诗以叹息之。"五章,三十句。三家诗缺首章。

1 彼都人士,狐裘黄黄[1]。
  其容不改,出言有章[2]。
  行归于周,万民所望[3]。
2 彼都人士,臺笠缁撮[4]。
  彼君子女,绸直如发[5]。
  我不见兮,我心不说。
3 彼都人士,充耳琇实[6]。

彼君子女,谓之尹吉[7]。

我不见兮,我心苑结[8]。

4 彼都人士,垂带而厉[9]。

彼君子女,卷发如虿[10]。

我不见兮,言从之迈[11]。

5 匪伊垂之,带则有馀[12]。

匪伊卷之,发则有旟[13]。

我不见兮,云何盱矣[14]!

韵　读　1.黄、章、望,阳部。 2.撮、发、说,月部。 3.实、吉、结,质部。 4.厉、虿、迈,月部。
5.馀、旟、盱,鱼部。

今　译　1 京都人士真漂亮,狐皮袍子颜色黄。

仪容端庄有风度,话儿出口成文章。

行为举止合忠信,天下人民尽向往。

2 京都人士真漂亮,草笠布帽戴头上。

那位贵族女公子,满头青丝密又长,

我有多日见不到,心里忧愁不舒畅。

3 京都人士真聪明,充耳宝石亮晶晶。

那位贵族女公子,尹氏姞氏有芳名。

我有多日见不到,心里忧闷不得宁。

4 京都人士真美好,衣带下垂随风飘。

那位贵族女公子,发如蝎尾高高翘。

我有多时见不到,但愿日日随她跑。

5 不是有意要垂下,衣带本来长过腰。

不是有意要发卷,青丝自然向上翘。

我有多时见不到,心里如何不烦恼?

366

注　释　[1]《集传》:"都,王都也。黄黄,狐裘色也。"[2]《郑笺》:"其动作容貌既有常,吐口言语又有法度文章。"《集传》:"不改,有常也。"[3]《毛传》:"周,忠信也。"《集传》:"周,镐京也。"《正义》:"《左襄十四年传》引此诗'行归于周,万民所望'。二句,服虔曰:'逸诗也。《都人士》首章有之。'《礼记·缁衣》郑注云:'《毛诗》有之,三家则亡。'今《韩诗》实无此首章。"《集疏》:"细味全诗,二、三、四、五章'士''女'对文,此章单言'士'并不及'女',其词不类。且首章言'出言有章',言'行归于周,万民所望',后四章无一语照应,其义亦不类。是明明逸诗孤章,毛以首二句相类,强装篇首。观其取《缁衣》文作亦无谓甚矣。"[4]《集传》:"臺,夫须也。缁撮(cuō),缁布冠也,其制小,仅可撮其髻也。"严粲《诗缉》:"臺,莎草也。"[5]《释文》:"绸,密也。"《后笺》:"言其发之密直如此。古文倒装,故云其绸直者有如此之发也。"[6]《毛传》:"琇(xiù),美石也。"《郑笺》:"以美石为瑱。瑱,塞耳也。"《通释》:"按《孟子》充实之谓美。是实有美义。充耳琇实,犹《淇奥》诗'充耳琇莹'。《著》诗琼华、琼莹、琼英皆状其玉之美。草木有荣、有英、有华、有实,状玉之美曰莹、曰英、曰华,亦可曰实。其义一也。"[7]《郑笺》:"吉读为姞(jí),尹氏、姞氏,周室昏姻之旧姓也。"[8]《郑笺》:"苑(yù)犹屈也,积也。"[9]《集传》:"厉,垂带之貌。"[10]《郑笺》:"虿(chài),螫虫也,尾末揵然,似妇人发末曲上卷(quán)然。"服虔《通俗文》:"长尾为虿,短尾为蝎。"[11]《郑笺》:"迈,行也。"[12]《郑笺》:"伊,辞也。此言士非故垂此带也。带于礼自当有馀也。"[13]《毛传》:"旟(yú),扬也。"[14]《传疏》:"《卷耳》传:'盱(xū),忧也。'言忧伤之深也。"

226　采绿

丈夫逾期未归,妻子想念他,无心劳动,退想联翩。《诗序》:"《采绿》刺怨旷也。幽王之时多怨旷者也。"方玉润《诗经原始》:"幽王之时,政烦赋重,征夫久劳于外,逾时不归,故其室怨之如此。"四章,一、二章叠咏。十六句。

1　终朝采绿,不盈一匊[1]。
　　予发曲局[2],薄言归沐。
2　终朝采蓝,不盈一襜[3]。
　　五日为期,六日不詹[4]。
3　之子于狩,言韔其弓[5]。
　　之子于钓,言纶之绳[6]。
4　其钓维何?维鲂及鱮。
　　维鲂及鱮,薄言观者[7]。

韵读 1.绿、局、沐,屋部;匊,觉部。屋觉合韵。 2.蓝、襜、詹,谈部。 3.弓、绳,蒸部。 4.鱮、鱮、者,鱼部。

今译 1　整个早晨采荩草,采来一把也不满。
　　我的头发卷又乱,赶快回家洗一番。
2　整个早晨采靛草,采来不满一围腰,
　　约定五天人就来,如今六天仍不到。
3　这人打猎要上山,我去为他装弓箭。
　　这人钓鱼到河边,我去为他理钓线。
4　看他钓的是什么?既有鳊鱼也有鲢。
　　鳊鱼鲢鱼都钓到,眼里看着心里甜。

注释 [1]《毛传》:"两手曰匊(jū)。"《郑笺》:"绿,王刍也,易得之菜也。"《通释》:"绿者,菉之假借。此诗二章采蓝,蓝可以染青者也。则首章采绿亦以染草取兴。盖以草之染黄染青兴人之可善可恶耳。" [2]《毛传》:"局,卷也。" [3]《郑笺》:"蓝,染草也。"《毛传》:"衣蔽前谓之襜(chān)。" [4]《毛传》:"詹,至也。"姚际恒《诗经通论》:"六日,调笑之意。言本五日为期,今六日而不瞻见。只是过期之意,不必定泥为六日而咏也。" [5]《郑笺》:"之子,是子也,谓其君子也。于,往也。"《正义》:"韔其弓,谓射讫与之弛弓,纳于韔中也。"韔,弓袋。 [6]《集传》:"理丝曰纶。"《通释》:"纶为绳名,亦为纠绳之称。"[7]《集传》:"于其钓而有获也,又将从而观之。"

227　黍苗

歌颂周宣王大臣召伯虎经营申国,建设谢城,大功告成,胜利而归。刘玉汝《诗缵绪》:"此行者归而作此诗。其曰'我',故知为行者所作。曰'归哉'、'归处',曰'成之'、'有成',故知其归而作。《黍苗》为营谢方毕而归之诗,《崧高》为营谢既成,申伯出封之诗。"五章,二、三章叠咏。二十句。

1　芃芃黍苗,阴雨膏之[1]。
　　悠悠南行[2],召伯劳之。
2　我任我辇,我车我牛[3]。
　　我行既集,盖云归哉[4]。
3　我徒我御,我师我旅[5]。
　　我行既集,盖云归处。
4　肃肃谢功[6],召伯营之。
　　烈烈征师[7],召伯成之。
5　原隰既平,泉流既清[8]。
　　召伯有成,王心则宁[9]。

韵　读　1.苗、膏、劳,宵部。 2.牛、哉,之部。 3.御、旅、处,鱼部。 4.营、成,耕部。 5.平、清、成、宁,耕部。

今 译　1　蓬勃生长黍子苗，绵绵阴雨润如膏。
　　　　　　战士南行道路遥，幸有召伯来慰劳。
　　　　2　我们挑担又挽辇，我们驾车把牛牵。
　　　　　　我们任务已完成，大家都能把家还。
　　　　3　我们步行又驾车，又有师来又有旅。
　　　　　　我们任务已完成，都能回去能安居。
　　　　4　建成谢邑多严正，都是召伯来经营。
　　　　　　随行队伍真威武，都是召伯组织成。
　　　　5　平原洼地都平整，泉流疏浚水已清。
　　　　　　召伯功业已完成，周王心里得安宁。

注 释　[1]《毛传》："芃芃(péng péng)，长大貌。"《正义》："天以阴雨之泽膏润之。"[2]《毛传》："悠悠，行貌。"《正义》："使召伯营谢邑以定申伯之国，将徒役南行也。"《传疏》："南行，谢在周南也。"[3]《郑笺》："营谢转运之役，有负任者，有挽辇者，有将车者，有牵傍牛者。"[4]《郑笺》："集，犹成也。盖，犹皆也。"[5]《郑笺》："其士卒有步行者，有御兵车者，五百人为旅，五旅为师。"[6]《集传》："肃肃，严正之貌。谢，邑名。召伯所封国也。今在邓州信阳军(河南信阳市东)。功，工役之事也。"[7]《郑笺》："烈烈，威武之貌。"[8]《毛传》："土治曰平，水治曰清。"[9]《郑笺》："召伯营谢邑，相其原隰之宜，通其水泉之利。此功既成，宣王之心则安也。"

228　隰桑

妻子思念丈夫，想象见到丈夫时，将会多么快乐。朱熹《诗集传》："此喜见君子之诗……词意大概与《菁莪》相类。然所谓君子，则不知其何所指矣。"陈启源《毛诗稽古编》："《隰桑》

思君子,犹《丘中有麻》之思留子也。使编入《国风》,朱子定以为淫诗也。"四章,前三章叠咏。十六句。

1 隰桑有阿,其叶有难[1]。
　既见君子,其乐如何!
2 隰桑有阿,其叶有沃[2]。
　既见君子,云何不乐[3]!
3 隰桑有阿,其叶有幽[4]。
　既见君子,德音孔胶[5]。
4 心乎爱矣,遐不谓矣[6]?
　中心藏之,何日忘之!

韵读 1.阿、难、何,歌部。 2.沃、乐,药部。 3.幽、胶,幽部。 4.爱、谓,物部。藏、忘,阳部。

今译 1 洼地桑树多茂盛,桑叶满枝真柔嫩。
　　如今已见君子面,我的心里乐欣欣!
2 洼地桑树多美好,桑叶满枝真茂盛。
　　如今已见君子面,叫我如何不高兴!
3 洼地桑树多美好,桑叶满枝绿油油。
　　如今已见君子面,深情话儿记心头。
4 深深爱他在心上,为啥不肯对他讲?
　　真情一片心底藏,哪有一天把他忘!

注释 [1]《毛传》:"阿然,美貌。难(nuó)然,盛貌。" [2]《毛传》:"沃(wò),柔也。"《传疏》:"柔者,亦是美盛之意。" [3]何楷《诗经世本古义》:"其乐如何,云何不乐,又皆未有是事而假设之语。" [4]《毛传》:"幽,黑色也。" [5]《毛传》:"胶,固也。" [6]《集传》:"遐与何同。谓,犹告也。言我心中诚爱君子,而既见之,则何不遂以告之。"

371

229　白华

贵族妇女遭丈夫遗弃,孤独、苦恼、悲伤、怨恨,终于病倒。朱熹《诗集传》:"幽王娶申女以为后,又得褒姒,而黜申后,故申后作此诗。"《诗序》以为:"周人为之作是诗也。"八章,三十二句。

1　白华菅兮,白茅束兮[1]。
　　之子之远,俾我独兮。

2　英英白云,露彼菅茅[2]。
　　天步艰难,之子不犹[3]。

3　滮池北流[4],浸彼稻田。
　　啸歌伤怀,念彼硕人。

4　樵彼桑薪[5],卬烘于煁[6]。
　　维彼硕人,实劳我心!

5　鼓钟于宫,声闻于外。
　　念子懆懆,视我迈迈[7]。

6　有鹙在梁[8],有鹤在林。
　　维彼硕人,实劳我心!

7　鸳鸯在梁,戢其左翼[9]。
　　之子无良,二三其德[10]。

8　有扁斯石,履之卑兮。
　　之子之远,俾我疧兮[11]。

韵　读　1.菅、远,寒部。束、独,屋部。　2.茅、犹,幽部。　3.田、人,真部。　4.薪、人,真部。煁、心,侵部。　5.外、迈,月部。　6.林、心,侵部。　7.翼、德,职部。　8.卑、疧,支部。

今 译 1 白华草儿沤成菅,丝茅草儿捆成束。
这人远远离我去,叫我心里多孤独!

2 白云朵朵天上飘,滋润野地菅和茅。
如今命运太艰难,这人怎么不思考。

3 滮池之水向北流,灌溉稻田绿油油。
长啸高歌伤心怀,想念美人无时休。

4 砍下桑树做柴草,放进灶里烧火烤。
想起那个漂亮人,叫我心里真烦恼!

5 宫廷里面大钟响,钟声阵阵出宫墙。
心中想你多烦恼,你却发怒把我伤。

6 有只秃鹙在鱼梁,一群白鹤停树上。
想起那个漂亮人,叫我心里多忧伤!

7 鸳鸯双双在鱼梁,嘴巴插进左翅膀。
这人实在太不良,三心二意变花样。

8 垫脚石头扁又小,脚踩石上嫌不高。
这人远远离我去,叫我忧病难治疗。

注 释 [1]《毛传》:"白华,野菅(jiān)也,已沤为菅。"《集传》:"盖言白华与茅尚能相依,而我与子乃相去如此之远。"[2]《毛传》:"英英,白云貌。"《正义》:"英英之白云降露,润养彼可以为菅之白茅。"[3]《集传》:"天步,犹言时运也。犹,图也。"[4]王夫之《诗经稗疏》:"盖滮(biāo)池在咸阳县之南境,地在渭水之南,与今县治隔渭,故北流入镐,以合于渭。"[5]《郑笺》:"桑薪,薪之善者也。"《集传》:"樵,采也。"[6]《毛传》:"卬(áng),我。烘,燎也。煁(chén),烓(wēi)灶也。"《正义》:"烓者,无釜之灶。……犹今人之火炉也。"[7]《集传》:"懆懆(cǎo cǎo),忧貌。"《毛传》:"迈迈,不悦也。"[8]《毛传》:"鹙(jiū),秃鹙也。"[9]戢,收敛。[10]《集传》:"二三其德,则鸳鸯之不如矣。"[11]《毛传》:"疧(qí),病也。"一本作"痕"。

230 绵蛮

行役者疲劳不堪,又饥又渴,希望得到上级的照顾和关心。每章后四句为诗人愿望之词。《诗序》:"《绵蛮》,微臣刺乱也。大臣不用仁心,遗忘微贱,不肯饮食、教、载之,故作是诗也。"三章叠咏,二十四句。

1 绵蛮黄鸟,止于丘阿[1]。
   道之云远,我劳如何!
   饮之食之,教之诲之。
   命彼后车,谓之载之。

2 绵蛮黄鸟,止于丘隅[2]。
   岂敢惮行?畏不能趋[3]。
   饮之食之,教之诲之。
   命彼后车,谓之载之。

3 绵蛮黄鸟,止于丘侧。
   岂敢惮行?畏不能极[4]。
   饮之食之,教之诲之。
   命彼后车,谓之载之。

韵 读 1.阿、何,歌部。食,职部;诲、载,之部。之职通韵。 2.隅、趋,侯部。食,职部;诲、载,之部。之职通韵。 3.侧、极,职部。食,职部;诲、载,之部。之职通韵。

今 译 1 小小一只黄雀鸟,飞来落在半山腰。
           道路实在太遥远,我今行役多辛劳!

给他喝来给他吃,又加教诲又鼓励。
　　　命令副车停下来,让他坐上好休息。

2　小小一只黄雀鸟,飞来落在山角里。
　　岂敢害怕走远路? 就怕疾行赶不及。
　　给他喝来给他吃,又教诲来又鼓励。
　　命令副车停下来,让他坐上好休息。

3　小小一只黄雀鸟,飞来落在山旁边。
　　岂敢害怕走远路? 就怕不能到终点。
　　给他喝来给他吃,又教诲来又鼓励。
　　命令副车停下来,让他坐上好休息。

注　释　[1]《毛传》:"绵蛮,小鸟貌。"《郑笺》:"小鸟知止于丘之曲阿静安之处而托息焉。"陈廷杰《诗序解》:"始写小臣栖栖不遑宁处,而叹其不如鸟之止于丘焉。"[2]《郑笺》:"丘隅,丘角也。"[3]《集传》:"惮,畏也。趋,疾行也。"[4]《郑笺》:"极,至也。"

231　瓠叶

这是一首下层贵族宴会诗。主人烹肉备酒,宾主互相酬酢,尽一献之礼。朱熹《诗集传》:"此亦燕饮之诗。"王质《诗总闻》:"当为在野君子相见为礼。"四章叠咏,十六句。

1　幡幡瓠叶[1],采之亨之。
　　君子有酒,酌言尝之[2]。

2　有兔斯首[3],炮之燔之[4]。

　　　　君子有酒,酌言献之[5]。

3　有兔斯首,燔之炙之[6]。

　　　　君子有酒,酌言酢之[7]。

4　有兔斯首,燔之炮之。

　　　　君子有酒,酌言酬之[8]。

韵　读　1.亨(烹)、尝,阳部。 2.首、酒,幽部。燔、献,寒部。 3.首、酒,幽部。炙、酢,铎部。
　　　　4.首、炮、酒、酬,幽部。

今　译　1　瓠瓜叶儿翻向上,摘下叶来煮菜汤。
　　　　　君子家中有美酒,主人举杯先自尝。

　　　　2　有兔一只肥又圆,或煨或烧味道鲜。
　　　　　君子家中有美酒,斟来敬向客人献。

　　　　3　有兔一只肉儿嫩,或烧或烤香喷喷。
　　　　　君子家中有美酒,客人斟来敬主人。

　　　　4　有兔一只肉儿肥,又是烧来又是煨。
　　　　　君子家中有美酒,宾主共同干一杯。

注　释　[1]《毛传》:"幡幡(fān fān),瓠(hù)叶貌。" [2]《传疏》:"尝者,主人未献于宾,先自尝也。" [3]《正义》:"有兔之斯首,谓惟有一兔。"《集传》:"有兔斯首,一兔也,犹数鱼以尾也。" [4]吴闿生《诗义会通》:"炮者,裹烧之。燔者,加之于火也。" [5]《诗缉》:"献者,主人酌宾也。" [6]《毛传》:"炕火曰炙。"《正义》:"以物贯之而举于火上以炙之。" [7]《集传》:"酢(zuò),报也。宾既卒爵,而酌主人也。" [8]《毛传》:"酬,道饮也。"《郑笺》:"主人既卒酢爵,又酌自饮卒爵,复酌进宾,犹今俗之劝酒。"《通释》:"按古者合献、酢、酬为一献之礼。……此诗以庶人而行一献之礼。《笺》云'庶人依士礼',是也。'言'为语助词。"

376

232　渐渐之石

东征战士感叹征途险阻,军情紧急,艰苦备尝。《诗序》:"《渐渐之石》,下国刺幽王也。戎狄叛之,荆舒不至。乃命将率东征,役(兵士)久病于外,故作是诗也。"三章叠咏,十八句。

1　渐渐之石[1],维其高矣。
　　山川悠远,维其劳矣。
　　武人东征,不皇朝矣[2]。

2　渐渐之石,维其卒矣[3]。
　　山川悠远,曷其没矣[4]。
　　武人东征,不皇出矣[5]。

3　有豕白蹢,烝涉波矣[6]。
　　月离于毕,俾滂沱矣[7]。
　　武人东征,不皇他矣[8]。

韵　读　1.高、劳、朝,宵部。　2.卒、没、出,物部。　3.波、沱、他,歌部。

今　译　1　怪石嶙峋多险峭,坡又陡来峰又高。
　　　　　　山高水长路途遥,日夜行军多辛劳。
　　　　　　将士奉命去东征,紧急无暇待天晓。

　　　　2　怪石嶙峋堆满山,又陡又险难登攀。
　　　　　　山高水长路途远。哪年哪月能走完?
　　　　　　将士奉命去东征,无暇出险真艰难。

　　　　3　野猪蹄上白毛生,成群结队淌水行。

天边月亮近毕星,滂沱大雨下不停。
将士奉命去东征,他事无暇得照应。

注 释 [1]《毛传》:"渐渐(chán chán),山石高峻。"《释文》:"渐渐,亦作崭崭。"《说文系传》引《诗》作"碞碞之石"。[2]《传疏》:"武人,谓将率也。皇,暇也。朝音朝夕之朝。不皇朝,犹言无暇日耳。"《通释》:"古者战多以朝,诗言不遑朝者,其言东征急迫,言不暇至朝也。"[3]《通释》:"卒即崒之假借。《说文》:'崒,危高也。'"[4]《毛传》:"没,尽也。"[5]《集传》:"谓但谋深入,不暇谋出也。"胡承珙《后笺》:"谓石虽竟历,而山川长远,何时可尽,则入险而不暇出险,军行死地,劳困可知。"[6]《毛传》:"蹢(dí),蹄也。"《郑笺》:"烝,众也。"[7]《毛传》:"月离阴星则雨。"《集传》:"毕,星名。豕涉波,月离毕,将雨之验也。"《传疏》:"滂沱,《诗考》引《史记》作滂池。……大雨沛然下垂,积水成陂,是为滂池。"[8]《集传》:"此言久役又逢大雨,甚劳苦而不暇及他事也。"

233　苕之华

年荒岁饥,诗人伤叹日子难熬,生不如死。《诗序》:"《苕之华》,大夫闵时也。幽王之时,西戎、东夷,交侵中国,师旅并起,因之以饥馑。君子闵周室之将亡,伤己逢之,故作是诗也。"朱熹《诗集传》引陈氏曰:"此诗其辞简,其情哀,周室将亡,不可救矣,诗人伤之而已。"三章,十二句。

1　苕之华[1],芸其黄矣[2]。
　　心之忧矣,维其伤矣!
2　苕之华,其叶青青[3]。
　　知我如此,不如无生!

3 牂羊坟首[4]，三星在罶[5]。

人可以食，鲜可以饱。

韵　读　1.黄、伤，阳部。　2.青、生，耕部。　3.首、罶、饱，幽部。

今　译　1　凌霄藤上花开放，花儿正盛色金黄。

我的心里多烦恼，睹物思人情更伤！

2　凌霄藤上花凋零，花儿落尽叶儿青。

早知我命这样苦，不如当初不降生！

3　母羊体瘦大头脑，篓中惟见星光耀。

人们个个要吃饭，世乱无人可吃饱。

注　释　[1]《集传》："苕(tiáo)，陵苕也。《本草》云：即今之紫葳，蔓生，附于乔木之上，其华黄赤色，亦名凌霄。"[2]王引之《经义述闻》卷六："芸其黄矣，言其盛，非言其衰。……诗人之起兴，往往感物之盛而叹人之衰。"[3]青青(jīng jīng)，盛貌。[4]《毛传》："牂(zāng)羊，牝羊也。坟，大也。"《集传》："羊瘠则首大也。"[5]《集传》："罶(liǔ)，笱也。罶中无鱼则水静，但见三星之光而已。"

234　何草不黄

征夫怨叹自己奔走四方，形同野兽，不得与家人团聚。《诗序》："《何草不黄》，下国刺幽王也。四夷交侵，中国皆叛，用兵不息，视民如禽兽。君子忧之，故作是诗也。"朱熹《诗集传》："周室将亡，征役不息，行者苦之，故作此诗。"四章，十六句。

1　何草不黄？何日不行[1]？

何人不将[2],经营四方?

2　何草不玄[3]?何人不矜[4]?
　　哀我征夫,独为匪民?

3　匪兕匪虎[5],率彼旷野。
　　哀我征夫,朝夕不暇[6]。

4　有芃者狐[7],率彼幽草[8]。
　　有栈之车[9],行彼周道。

韵读　1.黄、行、将、方,阳部。 2.玄、矜、民,真部。 3.虎、野、夫、暇,鱼部。 4.狐、车,鱼部。草、道,幽部。

今译　1　什么草儿不枯黄?什么日子不奔忙?
　　　　　哪个男儿不出征,来往经营在四方?

2　什么草儿不凋零?哪个男子不单身?
　　可怜我们出征者,偏偏不被当作人?

3　那是野牛那是虎,天天奔走旷野间。
　　可怜我们出征者,从早到晚不得闲。

4　狐狸蓬松尾巴长,钻进深草把身藏。
　　大车车盖高高耸,往来走在大道上。

注释　[1]《郑笺》:"将率何日不行乎?言常行,劳苦之甚。"[2]《集传》:"将,亦行也。"[3]《传疏》:"上章言黄,下章言玄,黄玄,犹玄黄也。……马病谓之玄黄,草病亦谓之玄黄。"[4]《郑笺》:"无妻曰矜(guān),从役者皆过时不得归,故谓之矜。"[5]《通释》:"按匪、彼古通用。匪兕匪虎,犹言彼兕彼虎也。"[6]《正义》:"言我役人非是兕,非是虎,何为久不得归,常循彼空野之中,与兕虎禽兽无异乎?"[7]《集传》:"芃(péng),尾长貌。"《通释》:"芃犹蓬也,盖狐尾蓬松之貌。"[8]《传疏》:"幽,深也。"[9]《通释》:"此诗'有栈之车'与'有芃者狐',皆形容之词。据《说文》:'栈,尤高也。从山栈声。'则栈当为车高之貌。"

大　雅

　　《大雅》共三十一篇，是西周（公元前1046—公元前771）时期的作品，反映了周王朝的重大史实和政治变化。其中《生民》记后稷事迹，《公刘》记公刘迁豳事迹，《绵》记古公亶父迁岐事迹，《皇矣》记大王、王季、文王事迹，《思齐》记大任到大姒事迹，《文王》《灵台》记文王事迹，《大明》记王季和大任、文王和大姒结婚及武王伐纣事迹，《文王有声》记文王、武王事迹，《下武》记武王、成王事迹，都作于西周前期。《民劳》《板》《荡》《抑》《桑柔》是厉王（公元前877—前842）时诗，《云汉》《崧高》《烝民》《韩奕》《江汉》《常武》是宣王（公元前827—前782）时诗，《瞻卬》《召旻》是幽王（公元前781—前771）时诗，此外，《棫朴》《假乐》《泂酌》《卷阿》是对周王的歌功颂德，《旱麓》《既醉》《凫鹥》是祭祀诗，《行苇》是宴飨诗，大约都作于宣王以前。三十一篇都是王公贵族的创作，没有平民的作品。

235　文王

歌颂周文王受天命建立周朝,后王当以殷为鉴,效法文王。《诗序》:"《文王》,文王受命作周也。"朱熹《集传》:"周公追述文王之德,言周家所以受命而代商者,皆自于此,以戒成王。"七章,五十六句。

1　文王在上,於昭于天[1]。
　　周虽旧邦,其命维新[2]。
　　有周不显,帝命不时[3]。
　　文王陟降,在帝左右[4]。

2　亹亹文王,令闻不已[5]。
　　陈锡哉周[6],侯文王孙子。
　　文王孙子,本支百世[7]。
　　凡周之士[8],不显亦世[9]。

3　世之不显,厥犹翼翼[10]。
　　思皇多士,生此王国[11]。
　　王国克生,维周之桢[12]。
　　济济多士,文王以宁。

4　穆穆文王[13],於缉熙敬止[14]。
　　假哉天命[15],有商孙子。
　　商之孙子,其丽不亿[16]。
　　上帝既命,侯于周服[17]。

5　侯服于周,天命靡常。
　　殷士肤敏[18],祼将于京[19]。

厥作裸将,常服黼冔[20]。

王之荩臣[21],无念尔祖[22]。

6　无念尔祖,聿修厥德[23]。

永言配命,自求多福。

殷之未丧师[24],克配上帝,

宜鉴于殷,骏命不易[25]！

7　命之不易,无遏尔躬[26]。

宣昭义问,有虞殷自天[27]。

上天之载[28],无声无臭。

仪刑文王,万邦作孚[29]！

韵　读　1.天、新,真部。时、右,之部。 2.已、子、子、士,之部。世、世,月部。 3.翼、国,职部。生、桢、宁,耕部。 4.止、子,之部。亿、服,职部。 5.常、京,阳部。冔、祖,鱼部。 6.德、福,职部。帝、易,锡部。 7.躬,冬部;天,真部。冬真合韵。臭、孚,幽部。

今　译　1　文王天上有英灵,光辉照天最显明。

岐周虽然是旧邦,接受天命气象新。

周家前途无限好,天命周家长兴盛。

文王上升又下降,常伴上帝在天庭。

2　文王勤勉日夜忙,美好声誉永不亡。

施恩布德兴周邦,后世子孙都为王。

文王子孙相继传,嫡亲旁支百代昌。

周家群臣和贵族,也都世世显荣光。

3　世世代代都显贵,谋事小心多仔细。

美哉众多贤能士,生在这个王国里。

王国能把贤士生,都是周家骨干臣。

人材济济满朝廷,文王在天得安宁。

383

4　文王端庄行为正,光明磊落又恭敬。
　　天命伟大不可违,殷商子孙都信听。
　　殷商子孙数量多,成万成亿数不清。
　　上帝已经发命令,服从周邦为周民。

5　殷商称臣服周王,天命运行本无常。
　　殷商诸士多勤勉,助祭镐京登庙堂。
　　他们助祭行祼礼,仍然穿戴殷时装。
　　都是周王进用臣,牢记祖先不可忘。

6　怀念祖先别忘记,进德修业要努力。
　　天命永远须配合,自己多多求福气。
　　殷商未失民众时,行为也能配上帝。
　　殷商兴亡应借鉴,永保天命不容易!

7　永保天命不容易,不要丧失在你身。
　　美好声誉要发扬,殷朝兴亡有天命。
　　上帝做事不可测,既无气味也无声。
　　效法文王好榜样,天下信任又尊敬!

注　释　[1]《毛传》:"於(wū),叹辞。"[2]《集传》:"周邦虽自后稷始封,千有馀年,而其受天命,则自今始也。"[3]《集传》:"帝,上帝也。"《通释》:"时,当读为承……承者,美大之词。"林义光《诗经通解》:"时,持久也。"[4]《集传》:"盖以文王之神在天,一升一降,无时不在上帝之左右,是以子孙蒙其福泽,而君有天下也。"[5]《毛传》:"亹亹(wěi wěi),勉也。"《传疏》:"令闻不已,言善声闻之悠久也。"[6]《郑笺》:"哉,始。……乃由能敷恩惠之施,以受命造始周国,故天下君之。"于省吾《诗经新证》:"陈锡哉周,应读作陈锡在周。在犹于也。谓申锡于周也。"[7]《毛传》:"本,本宗也。支,支子也。"《郑笺》:"其子孙嫡为天子,庶为诸侯,皆百世。"[8]《毛传》:"士,世禄也。"[9]王引之《经传释词》卷三:"不显亦世,言其世之显也。不与亦皆语助耳。"《通释》:"亦世,即奕世也。奕世,即长世也。或亦训为累世。"[10]《郑笺》:"犹,谋。"《毛传》:"翼翼,恭敬。"[11]《集传》:"美哉,此众多之贤士,而生于此文王之国也。"[12]《毛传》:"桢,干也。"[13]《尔雅·释训》:"穆穆,敬也。"郭璞注:"容仪谨敬也。"

[14]《毛传》:"缉熙,光明也。"[15]《集传》"假,大。"[16]《毛传》:"丽,数也。"《通释》:"不亿即亿,犹云'子孙千亿'耳。"[17]《通释》:"服,训为臣服之服。"曾运乾《毛诗说》:"此倒文取韵例,顺文当作'侯服于周'。"[18]《集传》:"诸侯之大夫入天子之国曰某士,则殷士者,商孙子之臣属也。"于省吾《诗经新证》:"肤敏,乃黾勉的转语。"[19]《诗缉》:"祼(guàn),谓以鬯酒献尸,尸受酒而灌于地以降神也。行祼之礼,谓之祼将。"[20]《诗缉》:"服殷之常服,黼(fǔ)裳而冔(xǔ)冠也。黼裳,商周所同;冔冠,则商之制也。"[21]《毛传》:"荩(jìn),进也。"荩臣:进用之臣,指周王进用的殷商旧臣。[22]曾运乾《毛诗说》:"《尔雅·释训》:'勿念,勿忘也。'……念之训忘,犹乱之训治,徂之训存也。"[23]《集传》:"聿,发语。……言欲念汝祖,在于自修其德。"[24]《郑笺》:"师,众也。"[25]《集传》:"骏,大也。不易,言其难也。"[26]《毛传》:"遏,止。"[27]《集传》:"义,善也。问、闻通。有、又通。……又度殷之所以废兴者,而折之于天。"[28]《毛传》:"载,事。"[29]《毛传》:"孚,信也。"《郑笺》:"仪法文王之事,天下咸信而顺之。"仪刑:效法。

236　大明

周族史诗之一。叙述王季娶大任,文王娶太姒以及武王伐纣取胜的事迹。《诗序》:"《大明》,文王有明德,故天复命武王也。"马瑞辰《通释》:"《大明》盖对《小雅》有《小明》而言。"八章,五十六句。

1　明明在下,赫赫在上[1]。
　　天难忱斯,不易维王[2],
　　天位殷適,使不挟四方[3]。
2　挚仲氏任[4],自彼殷商,
　　来嫁于周,曰嫔于京[5]。

乃及王季,维德之行。
大任有身[6],生此文王。

3 维此文王,小心翼翼。
昭事上帝,聿怀多福[7]。
厥德不回,以受方国[8]。

4 天监在下,有命既集。
文王初载,天作之合[9]。
在洽之阳[10],在渭之涘。
文王嘉止,大邦有子[11]。

5 大邦有子,俔天之妹[12]。
文定厥祥[13],亲迎于渭。
造舟为梁[14],不显其光!

6 有命自天,命此文王,于周于京。
缵女维莘[15],长子维行,笃生武王[16]。
保右命尔,燮伐大商[17]。

7 殷商之旅,其会如林[18]。
矢于牧野[19],维予侯兴。
上帝临女[20],无贰尔心!

8 牧野洋洋[21],檀车煌煌[22],驷騵彭彭[23]。
维师尚父,时维鹰扬[24],凉彼武王[25]。
肆伐大商[26],会朝清明[27]。

韵 读　1.上、王、方,阳部。 2.商、京、行、王,阳部。 3.翼、福、国,职部。 4.集、合,缉部。涘、沚、子,之部。 5.妹、渭,物部。梁、光,阳部。 6.天、莘,真部。王、京、行、王、商,阳部。 7.旅、野、女,鱼部。林、心,侵部;兴、蒸部。侵蒸合韵。 8.洋、煌、彭、扬、王、商、明,阳部。

今 译　1　明明人事在下边,赫赫显应在上天。
　　　　　天命茫茫难相信,要当国王实在难,
　　　　　王位本属殷嫡子,教令不能四方传。

　　　　2　挚国任氏第二女,出生故土在商城,
　　　　　远行出嫁到周国,充当新娘在周京。
　　　　　她跟王季成夫妇,专做好事有美名。
　　　　　不久大任怀了孕,月满文王就出生。

　　　　3　就是这个周文王,恭敬谨慎又端庄。
　　　　　懂得如何敬上帝,招来福禄无限量。
　　　　　品德纯正不邪僻,四方归附民敬仰。

　　　　4　上天监察人间事,天命已经归周邦。
　　　　　文王当初即位时,上天为他找对象。
　　　　　她的家乡是合阳,就在渭水另一方。
　　　　　文王赞美多称扬,莘国有女真贤良。

　　　　5　莘国大姒多娇艳,好比天上女神仙。
　　　　　纳下聘礼定吉祥,文王迎亲渭水边。
　　　　　聚集船只做桥梁,大显光辉人人欢!

　　　　6　上帝有命从天降,命令降给周文王,建都周地兴周邦。
　　　　　莘国有女真漂亮,排行第一嫁文王,天降厚福生武王。
　　　　　上天保佑命令他,联合诸侯伐大商。

　　　　7　满山遍野殷商兵,旗帜招展密如林。
　　　　　武王牧野来誓师:惟我周朝一定兴。
　　　　　上帝日夜监视你,千万不要怀二心!

　　　　8　牧野地方多宽广,檀木兵车亮堂堂,四匹红马身强壮。
　　　　　三军统帅为尚父,好比雄鹰在飞翔,一心辅佐周武王,
　　　　　大举兴兵伐殷商,一朝天下都明亮。

387

注　释　[1]《诗缉》："明明在下,君之善恶不可掩也。赫赫在上,天之予夺为甚严也。"《传疏》："明明、赫赫,皆是形容文王之德。'在上'与'在下'对文,'下'为天之下,则'上'为天矣。"[2]《毛传》："忱,信也。"三家《诗》作"谌"或"訦"。《韩诗外传》："言为王之不易也。"[3]《集传》："天位,天子之位也。殷適(嫡),殷之适嗣也。挟,有也。"[4]《毛传》："挚(zhì)国任姓之中女也。"按挚国在今河南汝宁县。[5]《郑笺》："自殷商之畿内嫁为妇于周之京。"[6]《集传》："身,怀孕也。"大(tài)任:即挚仲氏任。[7]《集传》："怀,来。"[8]《毛传》："回,违也。"《郑笺》："方国,四方来附者。"[9]《集传》："载,年。合,配。"[10]洽(hé):也作"合"、"郃",水名,在今陕西合阳县。古莘国所在地。[11]《毛传》："嘉,美也。"《集传》："嘉,婚礼也。大邦,莘国也。子,大姒也。"[12]《说文·人部》："俔(qiàn),譬也。"《诗缉》："譬天之妹,尊之之辞也。"[13]《集传》："文,礼。祥,吉也。言卜得吉而以纳币之礼定其祥也。"[14]《正义》："孙炎曰:'造舟,比舟为梁也。'……比船于水,加板于上,即今之浮桥。"[15]《通释》："缵(zuǎn),当为䊹之假借。……䊹女谓好女。犹言淑女、硕女、静女,皆美德之称。诗言莘国有好女,倒其文则曰'缵女维莘'。"[16]《集传》："长子,长女,谓大姒也。行,嫁。笃,厚也。"[17]《毛传》："燮(xiè),和也。"吴闿生《诗义会通》："和犹会合。"[18]会:通"旝",旌旗也。[19]《尔雅·释言》："矢,誓也。"牧野:殷都朝歌郊外,在今河南省淇县西南。[20]《通释》："予为武王自指,则知女指所誓之众矣。临,谓神明监之。"[21]《毛传》："洋洋,广也。"[22]《集传》："檀,坚木,宜为车者也。煌煌,鲜明貌。"[23]《毛传》："骊马白腹曰骐。"《集传》："彭彭(bāng bāng),强盛貌。"[24]《集传》："师尚父,太公望为太师而号尚父也。鹰扬,如鹰之飞扬而将击,言其猛也。"[25]《毛传》："凉,佐也。"[26]《集传》："肆,纵兵也。"[27]《毛传》："会,甲也。不崇朝而天下清明。"《通释》："甲朝即一朝也。"

237　绵

周族史诗之一。记述古公亶父(大王)从豳迁岐,辟土地,建城郭宫室,开创周室基业。末尾写到文王继承大王遗烈,平夷狄,睦邻用贤,使周室日益强大。《诗序》："《绵》,文王之兴,本由大王也。"九章,五十四句。

1 绵绵瓜瓞[1],民之初生[2],自土沮漆[3]。
  古公亶父[4],陶复陶穴[5],未有家室。

2 古公亶父,来朝走马[6]。
  率西水浒,至于岐下,
  爰及姜女,聿来胥宇[7]。

3 周原膴膴[8],堇荼如饴。
  爰始爰谋[9],爰契我龟[10]:
  曰止曰时[11],筑室于兹。

4 迺慰迺止[12],迺左迺右。
  迺疆迺理[13],迺宣迺亩[14]。
  自西徂东,周爰执事[15]。

5 迺召司空,迺召司徒[16],俾立室家。
  其绳则直,缩版以载,作庙翼翼[17]。

6 捄之陾陾[18],度之薨薨[19],
  筑之登登,削屡冯冯[20]。
  百堵皆兴,鼛鼓弗胜[21]。

7 迺立皋门,皋门有伉[22]。
  迺立应门,应门将将[23]。
  迺立冢土[24],戎丑攸行[25]。

8 肆不殄厥愠[26],亦不陨厥问[27]。
  柞棫拔矣[28],行道兑矣[29]。
  混夷駾矣,维其喙矣[30]。

9 虞芮质厥成,文王蹶厥生[31]。
  予曰有疏附,予曰有先后,

389

予曰有奔奏,予曰有御侮[32]。

韵　读　1.瓞、漆、穴、室,质部。 2.父、马、浒、下、女、宇,鱼部。 3.饴、谋、龟、时、兹,之部。
4.止、右、理、亩、事,之部。 5.徒、家,鱼部。直、翼,职部;载,之部。之职通韵。
6.陾、薨、登、冯、兴、胜,蒸部。 7.伉、将、行,阳部。 8.愠、问,文部。拔、兑、驷、喙,月
部。9.成、生,耕部。附、后、侮,侯部;奏,屋部。侯屋通韵。

今　译　1　大瓜小瓜相连绵,周族祖先创业难,从杜迁到漆水边。
　　　　　　古公亶父不一般,掏挖窑洞挖地窖,没有房屋和宫殿。
　　　　2　古公亶父要立家,来时清早就赶马。
　　　　　　沿着豳西漆水岸,一直到达岐山下。
　　　　　　他和妻子姜氏女,为建宫室来勘察。
　　　　3　周原肥美不寻常,旱芹苦菜甜如糖。
　　　　　　认真规划细商量,刻龟占卜问吉祥:
　　　　　　神说此处可定居,就在这里建住房。
　　　　4　于是安心住这里,东西方向分仔细。
　　　　　　疆界区域规划好,疏通沟渠治田地。
　　　　　　从西到东阡陌分,人人干活都卖力。
　　　　5　召来司空同研究,又叫司徒共商议,如何安家建住室。
　　　　　　施工绳墨长又直,束好夹板筑墙壁,建成宗庙真整齐。
　　　　6　铲铲泥土盛进筐,填土板中薨薨响。
　　　　　　噔噔咚咚用力夯,乒乒乓乓在削墙。
　　　　　　百堵高墙都筑起,大鼓齐擂声势壮。
　　　　7　王城郭门已兴建,郭门高耸上连天。
　　　　　　王宫正门也修好,正门堂皇又庄严。
　　　　　　筑起土堆立社坛,国有大事齐向前。
　　　　8　对敌仇恨虽未消,邻国聘问也不停。

390

柞树白桵都剪除，往来道路已通行。

犬夷惊骇纷纷逃，劳累疲困病不轻。

9　虞芮争田事已平，文王感动其本性。

我有贤臣团结人，我有贤臣参国政，

我有贤臣宣德教，我有武将能制胜。

注　释　[1]《集传》："绵绵，不绝貌。大曰瓜，小曰瓞(dié)。瓜之近本初生者常小，其蔓不绝，至末而后大也。"[2]《毛传》："民，周民也。"戴震《毛郑诗考证》："生犹造也，追言周之初造。"[3]王引之《经义述闻》卷六："土，当从《齐诗》读为杜，古字假借耳。杜，水名。在汉右扶风杜阳县南。南入渭，今属麟游、武功二县。漆水在右扶风漆县西，北入泾，今属豳州。沮当为徂。徂，往也。"[4]《集传》："古公，号也；亶父，名也，或曰字也。"即太王，文王的祖父。[5]《毛传》："陶其土而复之，陶其土而穴之。"《传疏》："《毛传》读陶为掏。"[6]《正义》："避敌之难，其来以早朝之时，疾走其马。"[7]《毛传》："姜女，太姜也。胥，相。宇，居也。"刘向《新序》："太王爱厥妃，出入必与之偕。"[8]《毛传》："朊朊(wǔ wǔ)，美也。"《集传》："堇，乌头也。荼，苦菜，蓼属也。饴，饧(xíng)也。言周原土地之美，虽物之苦者亦甘。"[9]《通释》："始亦谋也。……爰始爰谋，犹言是究是图也。"[10]《通释》："言刻开之，灼而卜之。"[11]《集传》："可以止于是而定居矣。"《经义述闻》卷六："时亦止也，古人自有复语耳。"[12]《毛传》："慰，安也。"《集传》："左右，东西列之也。"[13]《集传》："疆谓画其大界，理谓别其条理也。"[14]《集传》："宣，或曰导其沟洫也。亩，治其田畴也。"[15]《集传》："周，遍也，言靡事不为也。"[16]《郑笺》："司空专营国邑，司徒掌徒役之事。"[17]《集传》："缩，束也。载，上下相承也。"《诗缉》："以绳缩束其筑板，板满筑讫，则升下于上，以相承载，作此宗庙翼翼然而整齐。"[18]《集传》："捄(jiù)，盛土于器也。陾陾(réng réng)，众也。"[19]《郑笺》："度，犹投也。"《正义》："其声薨薨然。"[20]《集传》："登登，相应声。冯冯(píng píng)，墙坚声。"《通释》："削屡即削去其墙之隆高者，使之平且坚也。"[21]《毛传》："鼛(gāo)，大鼓也，长一丈二尺。"《通释》："鼛鼓弗胜，特言工役之众，同时赴工，鼓不胜其击耳。"[22]《毛传》："王之郭门曰皋门。伉，高貌。"[23]《毛传》："王之正门曰应门。将将(qiāng qiāng)，严正也。"[24]《毛传》："冢(zhǒng)土，大社也。"[25]《集传》："戎丑，大众也。起大事，动大众，必有事乎社而后出，谓之宜。"[26]《集传》："殄(tiǎn)，绝。愠，怒。"[27]《郑笺》："小聘曰问。虽不绝去其恚恶恶人之心，亦不废其聘问邻国之礼。"[28]《郑笺》："棫(yù)，白桵也。"《传疏》："拔，读为跋，犹剪除也。"[29]《集传》："兑(duì)，通也。"[30]《毛传》：

391

"駾(tuì),突。喙(huì),困也。"《郑笺》:"混(kūn)夷,夷狄国也"。[31]《毛传》:"质,成也。成,平也。蹶(guì),动也。虞芮之君相与争田,久而不平,乃相谓曰:'西伯,仁人也,盍往质焉。'乃相与朝周。入其竟,则耕者让畔,行者让路;入其邑,男女异路,斑白不提挈;入其朝,士让为大夫,大夫让为卿。二国之君,感而相谓曰:'我等小人,不可以履君子之庭。'乃相让以所争田为闲田而退。天下闻之而归者四十余国。"虞、芮,均古国名。虞在今山西平陆县东北,芮(ruì)在今山西芮城县西。陈启源《毛诗稽古编》:"成,乃邻国结好之称。"[32]《毛传》:"率下亲上曰疏附,相道前后曰先后,喻德宣誉曰奔奏,武臣折冲曰御侮。"

238　棫朴

歌颂周文王能任用贤人,郊祭天神,征伐诸侯,治理四方。《诗序》:"《棫朴》,文王能官人也。"汪龙《毛诗异义》:"国之大事在祀与戎,举此二者以明贤才之用。"五章,二十句。

1　芃芃棫朴[1],薪之槱之[2]。
　　济济辟王[3],左右趣之。

2　济济辟王,左右奉璋[4]。
　　奉璋峨峨[5],髦士攸宜[6]。

3　淠彼泾舟,烝徒楫之[7]。
　　周王于迈,六师及之[8]。

4　倬彼云汉,为章于天[9]。
　　周王寿考,遐不作人[10]?

5　追琢其章,金玉其相[11]。

勉勉我王,纲纪四方[12]。

韵 读 1.櫹,幽部;趣,侯部。幽侯合韵。 2.王、璋,阳部。峨、宜,歌部。 3.楫、及,缉部。
4.天、人,真部。 5.章、相、王、方,阳部。

今 译 1 白桵枣树枝叶扬,劈作柴烧火势旺。
　　　　　君王仪态多端庄,左右群臣奔走忙。

　　　　2 君王仪态最端庄,左右群臣捧玉璋。
　　　　　手捧玉璋貌堂堂,俊士安排最恰当。

　　　　3 泾水船儿顺流行,众人划桨齐用劲。
　　　　　周王挥师去伐崇,六军跟随军容盛。

　　　　4 天上银河广又亮,布满天空成文章。
　　　　　周王年寿长无疆,培育人才安家邦!

　　　　5 雕琢修饰成文章,质如金玉最精良。
　　　　　我王勤奋又努力,条理分明治四方。

注 释 [1]《毛传》:"芃芃(péng péng),木盛貌。" [2]《说文·木部》:"櫹(yǒu),积木燎之也。"《郑笺》:"祭皇天上帝及三辰(日、月、星),则聚积以燎之。" [3]《集传》:"济济,容貌之美也。"辟王:君王,指周文王。 [4]《郑笺》:"祭祀之礼,王祼(guàn),以圭瓒(zǎn)。诸臣助之,亚祼,以璋瓒。"《通释》:"《白虎通义》曰:'璋以发兵何?璋半圭,位在南方,阳极而阴始,起兵亦阴也,故以发兵也。'是璋古用以发兵。" [5]《毛传》:"峨峨,壮盛也。" [6]《毛传》:"髦,俊也。"髦士:指助祭诸侯与卿士。 [7]《毛传》:"淠(pì),舟行貌。"《集疏》:"军舟浮泾而行,众徒鼓楫(jí),水声淠淠然也。" [8]《春秋繁露·四祭》:"周王于迈,六师及之,此文王之伐崇也。"《毛传》:"天子六军。"《郑笺》:"二千五百人为师。" [9]《说文·人部》:"倬(zhuō),箸大也。"《毛传》:"云汉,天河也。"《集传》:"章,文章也。" [10]《郑笺》:"文王是时九十馀矣,故云寿考。"《正义》:"作人者,变旧造新之意。" [11]《毛传》:"追,雕也。"《正义》:"王肃曰:以兴文王圣德,其文如雕琢矣,其质如金玉矣。"陈启源《毛诗稽古编》:"章,周王之文也。相,周王之质也。追琢者其文,比其修饰也。金玉者其质,比其精纯也。" [12]《郑笺》:"我王,谓文王也。以网罟喻为政,张之为纲,理之为纪。"勉勉:勤勉努力。

239　旱麓

歌颂周文王祭祀祖先得福。《诗序》:"《旱麓》,受祖也。周之先祖,世修后稷、公刘之业,大王、王季申以百福千禄焉。"魏源《诗古微》:"《旱麓》,美文王祭祖受祜也。"六章,二十四句。

1　瞻彼旱麓[1],榛楛济济[2]。
　　岂弟君子,干禄岂弟[3]。
2　瑟彼玉瓒,黄流在中[4]。
　　岂弟君子,福禄攸降。
3　鸢飞戾天,鱼跃于渊[5]。
　　岂弟君子,遐不作人?
4　清酒既载[6],骍牡既备。
　　以享以祀,以介景福。
5　瑟彼柞棫,民所燎矣[7]。
　　岂弟君子,神所劳矣[8]。
6　莫莫葛藟,施于条枚[9]。
　　岂弟君子,求福不回[10]。

韵读　1.济、弟,脂部。 2.中、降,冬部。 3.天、渊、人,真部。 4.载、祀,之部。备、福,职部。
　　　5.燎、劳,宵部。 6.藟、枚、回,微部。

今 译 1 瞧那旱山山脚底,榛树楛树最茂密。
君子和乐又平易,求得福禄心欢喜。

2 鲜洁玉柄金勺子,郁香黄酒盛勺里。
君子和乐又平易,大福大禄降给你。

3 鸢子高高飞上天,鱼儿跳跃在深渊。
君子和乐又平易,培育人才多贡献。

4 清酒已经摆上了,黄色公牛已备好。
祭祀神灵齐献上,祈求大福快来到。

5 柞树白桵洁又鲜,人们焚烧祭上天。
君子和乐又平易,神灵抚慰保平安。

6 茂茂密密野葡萄,爬满树干和枝条。
君子和乐又平易,求福从不违正道。

注 释 [1]旱:山名。在今陕西南郑县。《集传》:"麓,山足也。"[2]《集传》:"榛,似栗而小。楛(hù),似荆而赤。济济,众多也。"[3]《毛传》:"干,求也。"《集传》:"岂弟(kǎi tì),乐易也。"[4]《郑笺》:"瑟,洁鲜貌。"《集传》:"玉瓒,圭瓒也。以圭为柄,黄金为勺,青金为外,而朱其中也。黄流,郁鬯也。酿秬黍为酒,筑郁金煮而和之。"[5]《郑笺》:"鸢,鸱之类,鸟之贪恶者也。飞而至天,喻恶人远去,不为民害也。鱼跳跃于渊中,喻民喜得所。"[6]《集传》:"载,在尊也。"[7]燎:同"尞"。《说文·火部》:"尞,紫祭天也。"[8]《郑笺》:"劳,劳来,犹言佑助。"[9]《集传》:"莫莫,盛貌。"施(yì):蔓延。《韩诗》作"延"。[10]《郑笺》:"不回者,不违先祖之道。"

240　思齐

赞美文王善于修身、齐家、治国,同他祖母和母亲的教育、妻子的帮助是分不开的。《诗序》:"《思齐》,文王所以圣也。"《集传》:"此亦歌文王之德,而推本言之。"五章,二十四句。

1　思齐大任[1],文王之母。
　　思媚周姜[2],京室之妇。
　　大姒嗣徽音,则百斯男[3]。

2　惠于宗公[4],神罔时怨,神罔时恫[5]。
　　刑于寡妻[6],至于兄弟,以御于家邦[7]。

3　雝雝在宫,肃肃在庙[8]。
　　不显亦临,无射亦保[9]。

4　肆戎疾不殄,烈假不瑕[10]。
　　不闻亦式,不谏亦入[11]。

5　肆成人有德,小子有造[12]。
　　古之人无斁,誉髦斯士[13]。

韵　读　1.母、妇,之部。音、男,侵部。 2.公、恫、邦、东,东部。妻、弟,脂部。 3.宫,冬部;临,侵部。冬侵合韵。庙,宵部;保,幽部。宵幽合韵。 4.式,职部;入,缉部。职缉合韵。 5.造,幽部;士,之部。之幽合韵。

今　译　1　大任端庄又谨慎,她是文王老母亲。
　　　　周姜为人最可爱,大王妻子住京城。
　　　　大姒继承好名声,百个儿子先后生。

　　　　2　文王孝顺敬先公,神灵满意无怨恨,神灵放心无伤痛。

396

他用礼法待妻子,一视同仁对弟兄,治理全国都遵从。

3　和和气气在宫廷,宗庙祭礼更恭敬。
　　临朝理事最清明,不知厌倦保百姓。

4　大的祸乱已肃清,害人瘟疫不发生。
　　好的意见都采纳,逆耳忠言也能听。

5　如今成人品德好,小孩也都能深造。
　　文王教育不知倦,英才辈出个个高。

注　释　[1]《毛传》:"齐(zhāi),庄。"《集传》:"思,语词。"大任,王季之妻。[2]《集传》:"媚,爱也。周姜,大王之妃大姜也。"周姜:文王的祖母。[3]《毛传》:"大姒,文王之妃也。"《郑笺》:"徽,美也。嗣大任之美音,谓续行其善教令。"《集传》:"百男,举成数而言其多也。"[4]《郑笺》:"惠,顺也。"《正义》:"宗公,宗庙先公也。"[5]《毛传》:"恫(tōng),痛也。"《通释》:"'时'与'所'古同义通用。"[6]《毛传》:"刑,法也。寡妻,適妻也。"[7]《郑笺》:"御,治也。"《集疏》:"刑寡妻,至兄弟,以御家邦,即身修、家齐、国治之道也。"[8]《毛传》:"雝雝,和也。肃肃,敬也。"《集传》:"言文王在闺门之内则极其和,在宗庙之中则极其敬。"[9]《释文》:"射(yì),毛音亦,厌也。"《通释》:"临者,临视之义。保者,保守之义。"[10]《郑笺》:"厉、假皆病也。瑕,已也。"《集传》:"戎,大也。疾,犹难也。大难,如羑里之囚,及昆夷、猃狁之属也。殄,绝。"《通释》:"蛊假亦一声之转……诗两不字皆句中助词。肆戎疾不殄(tiǎn)也,即言戎疾殄也;烈假不瑕,即言厉蛊之疾已也。"[11]王引之《经传释词》卷十:"不,语词。不闻,闻也;不谏,谏也。式,用也。入,纳也。言善言则用之,进谏则纳之。"[12]《集传》:"故一时人材,皆得其所成就。"[13]《毛传》:"古之人无厌于有名誉之俊士。"《集传》:"古之人,指文王也。"《集疏》:"言古之人教士无厌致,故能使斯士皆成为誉髦也。"

241　皇矣

周族史诗之一。从大王开辟岐山,大伯王季德行美好,写到文王伐密伐崇取得胜利。

《诗序》:"《皇矣》,美周也。天监代殷莫若周。周世世修德,莫若文王。"此诗是周族史诗中篇幅最长的一篇。八章,九十六句。

1 皇矣上帝,临下有赫[1]。
 监观四方,求民之莫[2]。
 维此二国,其政不获[3]。
 维彼四国。爰究爰度[4]。
 上帝耆之[5],憎其式廓[6]。
 乃眷西顾,此维与宅[7]。

2 作之屏之,其菑其翳[8]。
 修之平之,其灌其栵[9]。
 启之辟之,其柽其椐[10]。
 攘之剔之,其檿其柘。
 帝迁明德,串夷载路[11]。
 天立厥配,受命既固[12]。

3 帝省其山,柞棫斯拔,松柏斯兑[13]。
 帝作邦作对,自大伯王季[14]。
 维此王季,因心则友[15];
 则友其兄,则笃其庆[16],载锡之光。
 受禄无丧,奄有四方。

4 维此王季[17],帝度其心。
 貊其德音[18],其德克明。
 克明克类[19],克长克君。
 王此大邦,克顺克比[20]。
 比于文王,其德靡悔。
 既受帝祉,施于孙子。

5 帝谓文王:无然畔援[21],
 无然歆羡,诞先登于岸[22]。
 密人不恭[23],敢距大邦,侵阮徂共[24]。
 王赫斯怒,爰整其旅,以按徂旅[25];
 以笃于周祜,以对于天下[26]。

6 依其在京[27],侵自阮疆[28],陟我高冈。
 无矢我陵[29],我陵我阿;
 无饮我泉,我泉我池。
 度其鲜原[30],居岐之阳,在渭之将[31]。
 万邦之方,下民之王。

7 帝谓文王:予怀明德[32]。
 不大声以色,不长夏以革[33]。
 不识不知,顺帝之则。
 帝谓文王:询尔仇方,同尔兄弟[34]。
 以尔钩援,与尔临冲,以伐崇墉[35]。

8 临冲闲闲,崇墉言言[36]。
 执讯连连,攸馘安安[37]。
 是类是祃[38],是致是附[39],四方以无侮。
 临冲茀茀[40],崇墉仡仡[41]。
 是伐是肆[42],是绝是忽[43],四方以无拂[44]。

韵 读 1.赫、莫、获、度、廓、宅,铎部。 2.屏、平,耕部。翳,脂部;栵,月部。脂月合韵。辟、剔,锡部。椐、柘,鱼部;柽、椐,铎部。鱼铎通韵。 3.拔、兑,月部。对,物部;季,质部。质物合韵。兄、庆、光、丧、方,阳部。 4.心、音,侵部。类,物部;比,脂部。物脂合韵。悔、祉、子、之部。 5.援、羡、岸,寒部。恭、邦、共,东部。怒、旅、旅、祜、下,鱼部。 6.京、疆、冈,阳部。阿、池,歌部。阳、将、方、王,阳部。 7.德、色、革、则,职部。王、方、兄,阳部。衝、墉,东部。 8.闲、言、连、安,寒部。附、侮,侯部。茀、仡、忽、拂,物部。

399

今 译　1　伟大上帝有圣灵,临视人间最分明。
观察天下四方地,探求人民可安定。
想起夏商两朝末,国家政教不得行。
寻思四方诸侯国,治理天下谁能胜。
上帝认真察岐周,有心增大它封境。
于是回头向西看,可让大王此地停。

2　砍掉杂树把地整,枯木死树除干净。
修枝剪叶很认真,灌木繁茂新枝生。
开出空地辟地坪,河柳椐树都砍平。
恶木一定要剔除,山桑柘树能长成。
上帝升迁明德人,犬夷疲困仓忙行。
天立周王与己配,政权稳固国家兴。

3　上帝察看岐山岭,柞树棫树除干净,松柏挺拔郁青青。
上帝兴周使配天,太伯王季是先行。
这位王季品德好,友爱兄弟是天性。
王季友爱他兄长,于是多多得福庆,上天赐他大光明。
受天福禄不丧失,拥有天下真荣幸。

4　这个王季是圣人,天生思想合准绳。
名声清静无瑕疵,美德能使是非明。
是非善恶能分清,能为师长能为君。
王季统领这大国,慈爱百姓上下亲。
一直到了周文王,品德美好无悔恨。
已受上帝大福祉,千秋万代传子孙。

5　上帝告诉周文王:不可跋扈莫张狂,
不可贪婪存妄想,先据高位靠自强。
密须国人不恭敬,竟敢抗拒我大邦,侵阮到共太嚣张。

400

文王勃然大发怒,整饬军队上战场,入侵敌人得阻挡。

周家福气大增长,安定天下保四方。

6　京地我军势力强,班师归来自阮疆,登上高山向远望。

不许陈兵我山冈,丘陵山坡属我邦;

不许饮我泉中水,是我泉水我池塘。

肥美平原测量好,大家安居岐山阳,住处靠近渭水旁。

你是万国好榜样,天下归心人向往。

7　上帝告诉周文王:我今赋你好品德。

不要疾言和厉色,莫仗夏楚和鞭革。

好像无识又无知,顺应上帝旧法则。

上帝告诉周文王:邻邦意见须征得,兄弟国家要联合。

爬城钩梯准备好,还有临车和衝车,崇国城墙定攻克。

8　临车衝车向前进,崇国城墙高入云。

拿问俘虏连续干,杀敌割耳徐徐行。

出师祭天又祭旗,招抚余敌安人民,四方不敢来欺凌。

临车衝车真强盛,崇国城墙摇不停。

纵兵攻击势无阻,顽敌定要杀干净,四方无人敢违命。

注　释　[1]《郑笺》:"临,视也。大矣天之视天下,赫然甚明。"《集传》:"赫,威明也。"[2]《毛传》:"莫,定也。"[3]《郑笺》:"获,得也。"《集传》:"二国,夏商也。不获,谓失其道也。"[4]《集传》:"究,寻。度,谋。……彼夏商之政既不得矣,故求于四方之国。"林义光《诗经通解》:"究度四国,谓就四方之国而究度之,以求可作民主之人。究度之者,天也。"[5]耆:通"稽",考察。[6]《集传》:"憎,当作增。式廓,犹言规模也。"[7]《集传》:"于是乃眷然顾视西土,以此岐周之地,与大王为居宅也。"[8]《毛传》:"木立死曰菑(zī),自毙为翳。"《集传》:"作,拔起也。屏,去之也。"王引之《经义述闻》卷六:"作读为柞。《载芟》传:除木曰柞。"[9]《经义述闻》卷六:"枫读为烈。烈,櫱(niè)也,斩而复生者也。"[10]《集传》:"启、辟,芟除也。柽,河柳也,似杨,赤色,生河边。椐(jù),樻也,肿节,似扶老,可为杖者也。"[11]《郑笺》:"串夷即混夷,西戎国名也。"《集传》:"明德,谓明德之君,即太王也。"《通释》:"诗谓帝迁明德,串(guàn)夷

401

则瘠败罢惫而去,故曰载路。"[12]《诗缉》:"王者配天,天将立之以为配,使周家王天下,其受命坚固不易也。"[13]《毛传》:"兑,易直也。"[14]《毛传》:"对,配也。"《郑笺》:"作,为也。天为邦,谓兴周国也。作配,谓为生明君也。"大伯:即太伯,古公亶父(太王)长子。王季:即季历,太王少子,文王姬昌的父亲。[15]《集传》:"因心,非勉强也。"[16]《郑笺》:"笃,厚。"庆:福。[17]王季,《左传·昭公二十八年》《礼记·乐记》并作"文王"。[18]《毛传》:"心能制义曰度。"《郑笺》:"德正应和曰貊(mò)。"[19]《集传》:"克明,能察是非也。克类,能分善恶也。"[20]《集传》:"顺,慈和遍服也。比,上下相亲也。"[21]《集传》:"无然,言不可如此也。"《郑笺》:"畔援,犹跋扈也。"[22]《毛传》:"无是贪羡。岸,高位也。"《正义》:"岸是高地,故以喻高位。"[23]密:古国名,在今甘肃灵台县。[24]《毛传》:"国有密须氏,侵阮,遂往侵共。"阮、共:古国名,都在今甘肃泾川县。[25]《毛传》:"旅,师。按,止也。"[26]《传疏》:"对为遂,遂又为安。《孟子》云:'文王一怒而安天下之民。'即其义也。"[27]《经义述闻》卷六:"依,兵盛貌。依其者,形容之辞。言文王之众,依然其在京地也。依之言殷也。"[28]戴震《毛郑诗考证》:"疑侵当作寑兵之寑,息兵也。"《通释》:"寑自阮疆是追述其息兵于阮疆之始。"[29]《毛传》:"矢,陈也。"[30]《郑笺》:"鲜,善也。"[31]《毛传》:"将,侧也。方,则也。"[32]《毛传》:"怀,归也。"[33]《通释》:"声以色,犹云声与色也。夏以革,犹云夏与革也,不大声以色者,不导之以政也。声谓发号施令,色谓象魏县书之类。不长夏以革者,不齐之以刑也。夏谓夏楚,朴作教刑也。革谓鞭革,鞭作官刑也。"[34]《毛传》:"仇,匹也。"《通释》:"仇方,即与国也。弟兄则谓同姓。兄弟:当依《后汉书·伏湛传》《太平御览》兵部六十七作"弟兄"。[35]《毛传》:"钩,钩梯也,所以钩引上城者。临,临车也。墉,城也。"《集传》:"临,临车也,在上临下者也。冲,冲车也,从旁衝突者也。皆攻城之具也。崇,国名,在今京兆府鄠县(陕西户县)。"[36]《毛传》:"闲闲,动摇也。言言,高大也。"[37]《集传》:"连连,属续貌。馘(guó),割耳也。军法获者不服,则杀而献其左耳。安安,不轻暴也。"[38]《尔雅·释天》:"是类是祃(mà),师祭也。"《礼记·王制》:"天子将出,类乎上帝,祃于所征之地。"[39]《集传》:"致,致其至也。附,使之来附也。"[40]《集传》:"茀茀(fú fú),强盛也。"[41]《集疏》:"《韩》说曰:仡仡(yì yì),摇也。"[42]《毛传》:"肆,疾也。"《集传》:"肆,纵兵也。"[43]《毛传》:"忽,灭也。"[44]《释文》引王肃:"拂,违也。"

402

242 灵台

记述周文王建造灵台,并在其中观赏音乐。《孟子·梁惠王上》引此诗曰:"文王以民力为台为沼,而民欢乐之,谓其台曰灵台,谓其沼曰灵沼。乐其有麋鹿鱼鳖。古之人与民偕乐,故能乐也。"《毛》《郑》分五章,《集传》分四章,二十句。

1 经始灵台[1],经之营之。
  庶民攻之[2],不日成之。
  经始勿亟[3],庶民子来[4]。
2 王在灵囿,麀鹿攸伏[5]。
  麀鹿濯濯,白鸟翯翯[6]。
  王在灵沼[7],於牣鱼跃[8]。
3 虡业维枞[9],贲鼓维镛[10]。
  於论鼓钟[11],於乐辟雍[12]。
4 於论鼓钟,於乐辟雍。
  鼍鼓逢逢[13],蒙瞍奏公[14]。

韵 读 1.营、成,耕部。亟,职部;来,之部。之职通韵。 2.囿、伏,职部。濯、翯、跃,药部。 3.枞、镛、钟、雍,东部。 4.钟、雍、逢、公,东部。

今 译 1 灵台开始来建造,认真设计巧经营。
  百姓一齐动手干,几日不到就落成。
  工程本来不急迫,百姓踊跃更有劲。
2 周王游览在灵园,鹿儿悠闲躺里边。
  母鹿体壮自在游,白鹤肥大毛羽鲜。

周王来到灵池上,满池鱼儿蹦跳欢。

3　架上大板崇牙隆,悬挂大鼓和大钟。
敲钟声音多和谐,君王离宫乐融融。

4　敲钟声音多和谐,君王离宫乐融融。
鼍皮大鼓咚咚响,乐师奏乐祝成功。

注释　[1]《毛传》:"经,度之也。"《诗缉》:"经度而始为之,言创建也。"《集传》:"灵台,文王之所作也。谓之灵者,言其倏然而成,如神灵之所为也。"按灵台故址在今陕西西安市西秦渡镇。[2]《毛传》:"攻,作也。"[3]《郑笺》:"亟(jí),急也。"[4]俞樾《群经平议》:"子者,滋也。……言文王宽假之,而庶民益来也。"[5]《毛传》:"囿(yòu),所以域养禽兽也。麀(yōu),牝也。"《集传》:"伏,安其所处不惊扰也。"[6]《集传》:"濯濯(zhuó zhuó),肥泽貌。翯翯(hè hè),洁白貌。"[7]《毛传》:"沼(zhǎo),池也。"《集传》:"灵沼,囿之中有沼也。"[8]《集传》:"牣(rèn),满也。"《集传》:"鱼满而跃,言多而得其所也。"[9]《集传》:"虡(jù),植木以悬钟磬,其横者曰栒(sǔn)。业,栒上大板,刻之捷业如锯齿者也。枞(cōng),业上悬钟磬处,以采色为崇牙,其状枞枞然者也。"崇牙:业上的锯齿。《正义》:"悬钟磬之处,又以彩色为大牙,其状隆然,谓之崇牙。"[10]《毛传》:"贲,大鼓也。镛,大钟也。"[11]《集传》:"论,伦也,言得其伦理也。"於(wū):叹美之词。[12]戴震《毛郑诗考证》:"此诗灵台、灵沼、灵囿与辟雍连称,抑亦文王之离宫乎?"[13]《毛传》:"逢逢(péng péng),和也。"[14]《集传》:"有眸子而无见曰矇,无眸子曰瞍(sǒu)。古者乐师皆以瞽者为之,以其善听而审于音也。"《通释》:"公、功、工,古同声通用。……此诗奏公,亦谓奏厥成功,此王所谓功成作乐也。"

243　下武

歌颂周武王有圣德,能继承先王功业。《诗序》:"《下武》,继文也。武王有圣德,复受天命,能昭先人之功焉。"六章,二十句。

1　下武维周[1],世有哲王。
　　三后在天,王配于京[2]。

2　王配于京,世德作求[3]。
　　永言配命,成王之孚[4]。

3　成王之孚,下土之式[5]。
　　永言孝思,孝思维则[6]。

4　媚兹一人,应侯顺德[7]。
　　永言孝思,昭哉嗣服[8]。

5　昭兹来许[9],绳其祖武[10]。
　　於万斯年,受天之祜[11]。

6　受天之祜,四方来贺。
　　於万斯年,不遐有佐[12]。

韵　读　1.王、京,阳部。 2.求、孚,幽部。 3.式、则,职部。 4.德、服,职部。 5.许、武、祜,鱼部。 6.贺、佐,歌部。

今　译　1　周邦后人能继承,代代都有明君生。
　　　　　三位先王在天庭,武王配天在镐京。

　　　2　武王配天在镐京,追求先祖好德行。
　　　　　配合天命能长保,完成王业可信任。

　　　3　完成王业可信任,百姓学他做好人。
　　　　　他能永远行孝道,效法先王遵祖训。

　　　4　爱此武王人一个,能担重任顺德行。
　　　　　他能永远行孝道,继承王业多光明。

405

5 光明磊落后来人,祖宗事业能继承。
    千秋万载把国享,受天福禄永不停。
6 享受老天赐福多,四方诸侯来朝贺。
    千秋万载把国享,哪无贤臣来辅佐。

注 释　[1]《毛传》:"武,继也。"《郑笺》:"后人能继先祖者,维有周家最大。"吕祖谦《吕氏家塾读诗记》:"下者,继上之辞也。"[2]《毛传》:"三后,大王、王季、文王也。王,武王也。"《郑笺》:"京,镐京也。"[3]《诗缉》:"以其于先世之德,能起而求之,善继述也。"屈万里《诗经诠释》:"作,则也。"[4]《毛传》:"成王,成是王业也。"《郑笺》:"孚,信也。"[5]《毛传》:"式,法也。"《郑笺》:"王道尚信,则天下以为法,勤行之。"[6]《毛传》:"则其先人也。"《郑笺》:"子孙以顺祖考为孝。"[7]《毛传》:"一人,天子也。"《集传》:"一人,谓武王。"《郑笺》:"媚,爱。能当此顺德,谓能成其祖考之功也。"[8]《集传》:"明哉其嗣先王之事也。"[9]《毛传》:"许,进。"《通释》:"来犹后也,后犹嗣也,来许,犹云后进。"[10]《集传》:"绳,继。武,迹也。"[11]《郑笺》:"祜(hù),福也。"[12]《集传》:"遐何通。佐,助也。盖曰岂不有助乎云尔。"

244　文王有声

赞美文王迁丰,武王迁镐,有利于周王朝的巩固和发展。《诗序》:"《文王有声》,继伐也。武王能广文王之声,卒其伐功也。"程俊英《诗经注析》:"此诗所颂两次定都,都是周王朝极关键的大事,所以亦含有史诗的因素。不过它叙事的分量太轻,着重于称扬颂美,因此现在通常不把它列在周史诗之中。"八章,四十句。

1 文王有声,遹骏有声[1],
    遹求厥宁,遹观厥成[2]。文王烝哉[3]!

2　文王受命，有此武功[4]。
　　既伐于崇，作邑于丰[5]。文王烝哉！

3　筑城伊淢，作丰伊匹[6]。
　　匪棘其欲[7]，遹追来孝[8]。王后烝哉[9]！

4　王公伊濯，维丰之垣[10]。
　　四方攸同，王后维翰[11]。王后烝哉！

5　丰水东注，维禹之绩[12]。
　　四方攸同，皇王维辟[13]。皇王烝哉！

6　镐京辟雍[14]，自西自东，
　　自南自北，无思不服。皇王烝哉！

7　考卜维王，宅是镐京[15]。
　　维龟正之[16]，武王成之。武王烝哉！

8　丰水有芑，武王岂不仕[17]？
　　诒厥孙谋，以燕翼子[18]。武王烝哉！

韵　读　1.声、声、宁、成，耕部。烝，蒸部。与以下各章遥韵。 2.功、丰，东部。 3.淢(洫)、匹，质部。欲，屋部；孝，幽部。幽屋合韵。 4.垣、翰，寒部。 5.绩、辟，锡部。 6.雍、东，东部。北、服，职部。 7.王、京，阳部。正、成，耕部。 8.芑、仕、谋、子，之部。

今　译　1　文王有个好名声，名声盛大人人称。
　　　　　惟求天下民安宁，终见国家事业成。文王真是好国君！

2　文王接受上天命，建立武功有威名。
　　邘崇两国已讨伐，又建丰邑作都城。文王真是好国君！

3　筑城又挖护城河，丰邑规模要相当，
　　不是急于图私欲，孝顺祖先兴周邦。文王真是好国君！

4　文王功业真伟大，筑成丰邑百丈墙。
　　天下四方都统一，周家文王为栋梁。文王真是好君王！

407

5　丰水奔流向东方,大禹功绩不可量。

天下四方都统一,君临天下作榜样。武王真是好君王!

6　镐京建成太学堂,四方诸侯来瞻仰。

无论东西或南北,谁人敢不服周邦?武王真是好君王!

7　武王占卜问上苍,建都镐京可吉祥?

神龟有灵作决定,武王建成功辉煌。武王真是好君王!

8　水芹长满丰水旁,武王岂是无事忙?

传下谋略为子孙,保佑后代享国长。武王真是好君王!

注　释　[1]《郑笺》:"骏,大。"《传疏》:"全《诗》多言曰聿,唯此篇四言遹(yù),遹即曰聿,为发语之词。"[2]《集传》:"文王之有声也,甚大乎其有声也。盖以求天下之安宁,而观其成功耳。"《集疏》:"在文王之意,祗求庶民之安。至武王伐纣胜殷,始观厥成功。"[3]《传疏》:"《释文》引《韩诗》云:'烝,美也。'烝哉,即君哉,美叹之词。"[4]《郑笺》:"武功,谓伐四国及崇之功也。"[5]俞樾《群经平议》:"于崇之于当作邘,亦国名也。"《史记·周本纪》:"(文王)伐崇侯虎,而作丰邑,自岐下而徙都丰。"丰(豐)在今陕西西安市西户县秦杜镇。[6]《毛传》:"淢(xù),成沟。"《释文》引《韩诗》作"洫"。《传疏》:"《传》云成沟,犹城池。"《郑笺》:"方十里曰成。文王受命而犹不自足,筑丰邑之城,大小适与成匹,大于诸侯,小于天子之制。"[7]《郑笺》:"此非以急成从己之欲。"[8]《传疏》:"犹言追孝于前人也。遹,发声。来,语助。"[9]《诗缉》:"尊称文王为王后,诚得人君之道也。"[10]《毛传》:"濯,大。"《集传》:"公,功也。……王之功所以著明者,以其筑此丰之垣故尔。"[11]《毛传》:"翰,幹也。"天下都以文王为桢幹。[12]《郑笺》:"昔尧时洪水,而丰水亦汜滥为害。禹治之,使入渭,东注于河,禹之功也。"[13]《集传》:"皇王,有天下之号,指武王也。辟,君也。"[14]《集传》:"镐京,武王所营也,在丰水东,去丰邑二十五里。张子曰:'镐京辟雍,武王之学也。'"[15]《郑笺》:"考,犹稽也。宅,居也。稽疑之法,必契灼龟而卜之。"[16]《郑笺》:"龟则正之,谓得吉兆。"《集传》:"正,决也。"[17]《毛传》:"仕,事也。"《集传》:"言丰水犹有芑,武王岂无所事乎?"[18]《郑笺》:"燕,安也。"《正义》:"诒犹传下也。"《礼记·表记》孔疏申郑说:"翼,助也。"《诗缉》:"翼,辅翼之翼。"《传疏》:"上言孙,下言子,皆互文以就韵耳。"

245　生民

周族史诗之一。记述周族始祖后稷诞生的神奇以及他在农业生产上的巨大智慧和贡献。《诗序》:"《生民》,尊祖也。后稷生于姜嫄,文武之功起于后稷,故推以配天焉。"八章,七十二句。

1　厥初生民,时维姜嫄[1]。
　　生民如何?克禋克祀,以弗无子[2]。
　　履帝武敏,歆[3]。
　　攸介攸止[4],载震载夙[5]。
　　载生载育,时维后稷。

2　诞弥厥月,先生如达[6]。
　　不坼不副[7]。无灾无害,以赫厥灵[8]。
　　上帝不宁,不康禋祀[9],居然生子。

3　诞寘之隘巷,牛羊腓字之[10]。
　　诞寘之平林,会伐平林。
　　诞寘之寒冰,鸟覆翼之[11]。
　　鸟乃去矣,后稷呱矣[12]!
　　实覃实訏,厥声载路[13]。

4　诞实匍匐,克岐克嶷[14]。
　　以就口食[15]。艺之荏菽,
　　荏菽旆旆[16],禾役穟穟,
　　麻麦幪幪,瓜瓞唪唪[17]。

5　诞后稷之穑,有相之道[18]。

409

茀厥丰草[19]，种之黄茂[20]。

实方实苞[21]，实种实褎[22]；

实发实秀，实坚实好[23]。

实颖实栗[24]，即有邰家室[25]。

6　诞降嘉种，维秬维秠，维穈维芑[26]。

恒之秬秠[27]，是获是亩。

恒之穈芑，是任是负，以归肇祀[28]。

7　诞我祀如何？或舂或揄[29]，或簸或蹂[30]；

释之叟叟，烝之浮浮[31]；

载谋载惟[32]，取萧祭脂；

取羝以軷[33]，载燔载烈，以兴嗣岁[34]。

8　卬盛于豆，于豆于登[35]，其香始升。

上帝居歆[36]，胡臭亶时[37]！

后稷肇祀[38]，庶无罪悔，以迄于今。

韵　读　1.民、禋，真部；嫄，寒部。真寒合韵。祀、子、敏、止，之部。夙、育，觉部；稷，职部。职觉合韵。　2.月、达、害，月部。灵、宁，耕部。祀、子，之部。　3.字，之部；翼，职部。之职通韵。林、林，侵部。去、呱、訏，鱼部；路，铎部。鱼铎通韵。　4.匍、嶷、食，职部。旆，月部；穟，物部。月物合韵。幪、唪，东部。　5.道、草、茂、苞、褎、秀、好，幽部。栗、室，质部。　6.秠、芑，秠、亩、负、祀，之部。　7.揄，侯部；蹂、叟、浮，幽部。幽侯合韵。惟，微部；脂，脂部。脂微合韵。軷、烈、岁，月部。　8.登、升，蒸部；歆、今，侵部。蒸侵合韵。时、祀、悔，之部。

今　译　1　周族始祖由谁传？邰氏女子叫姜嫄。

这人怎样生下来？姜嫄虔诚祭上天，求子为把后嗣延。

踩了上帝脚趾印，忽然情动心喜欢。

神灵大大降福祉，十月怀胎最诚虔。

生下孩子抚养大，就是后稷老祖先。

410

2 十月怀胎孕期满,头胎生子易如羊。
胞衣不裂也不破,临产无灾无祸殃,显示灵异不寻常。
上帝莫非心不安,享受祭祀不欢畅?居然生下小儿郎!

3 把他放在小巷里,牛羊庇护来喂养。
把他放在树林中,樵夫砍树把他藏。
把他放在寒冰上,大鸟覆盖用翅膀。
鸟儿展翅飞去了,后稷呱呱哭声长!
他的声音长又大,布满大路传四方。

4 后稷开始学爬行,能识事物真聪明。
寻求食物能吃饱,播种大豆耐艰辛。
大豆生长密如林,谷子抽穗实沉沉。
大麻麦子多茂盛,大瓜小瓜累累生。

5 后稷庄稼种得好,生产得法有窍门。
杂草及时铲除尽,选择良种很认真。
种子发芽苗渐生,开头低矮后长成。
逐渐拔节又抽穗,禾秆坚实又匀称。
穗儿下垂粒儿饱,定居邰地真高兴。

6 上天赐与好种子,既有黑黍又有秠,还有赤穈和白芑。
遍种良种秠和秠,穀熟收割堆满地。
赤穈白芑满地堆,又挑又背用力气,归来始把神灵祭。

7 我们祭祀怎么样,或舂穀来或舀粮,或搓米来或扬糠;
淘米去糠嗖嗖响,蒸饭热气阵阵扬;
同出主意共商量,焚蒿和脂气味香;
冬祭路神用公羊,烧肉烤肉都供上,祈求来年更兴旺。

8 我将祭品豆里盛,又有木豆又有登,香气开始向上升。
上帝安享很开心,祭品味道香喷喷!
后稷始行祭天礼,没有过错无悔恨,从古流传到如今。

411

注　释　[1]《郑笺》:"言周之始祖,其生之者,是姜嫄也。"《集传》:"姜嫄,炎帝后,姜姓,有邰氏女,名嫄,为高辛氏之世妃。"《通释》:"姜嫄相传为无夫而生子,以姜嫄为帝譽妃者误也。"[2]《郑笺》:"克,能也。弗之言祓也。"[3]《集传》:"履,践也。帝,上帝也。武,迹。敏,拇。歆,动也,犹惊异也。"闻一多《姜嫄履大人迹考》:"上言禋祀,下言履迹,是履迹乃祭祀仪式之一部分,疑即一种象征的舞蹈。所谓帝,实即代表上帝之神尸。"[4]《毛传》:"介,大也。止,福禄所止也。"[5]《集传》:"震,娠,夙,肃也。"[6]《集传》:"弥,终也,终十月之期也。先生,首生也。达,小羊子。羊子易生,无留难也。"[7]《通释》:"不坼不副,盖谓其胞衣之不坼裂也。"[8]《毛传》:"赫,显也。"[9]《集传》:"上帝岂不宁乎?岂不康我之禋祀乎?"《传疏》:"康,乐也。"[10]腓(féi):通"庇",庇护。《说文·子部》:"字,乳也。"[11]《毛传》:"大鸟来,一翼覆之,一翼藉之。"[12]《毛传》:"后稷呱呱(gū gū)然而泣。"[13]《毛传》:"覃(tán),长。訏(xū),大。"《集传》:"载,满也。满路,言其声之大也。"[14]《集传》:"匍匐,手足并行也。"《毛传》:"岐,知意也。嶷(ní),识也。"[15]《通释》:"就之言求也。"[16]《集传》:"艺,树也。荏(rěn)菽,大豆也。旆旆(pèi pèi),枝旟扬起也。"[17]《毛传》:"穟穟(suì suì),苗好美也。幪幪(měng měng)然,茂盛也。唪唪(běng běng)然,多实也。"《说文·禾部》"颖"、"穟"两字下引《诗》均作"禾颖穟穟"。段玉裁注:"役者,颖之假借,古支耕合韵之理也。"[18]《毛传》:"相,助也。"[19]《毛传》:"茀,治也。"[20]《集传》:"黄茂,嘉谷也。"《通释》:"五穀通可谓之黄。"[21]《通释》:"方为谷始吐芽,苞则渐含包矣。"[22]《郑笺》:"褎(yòu),枝叶长也。"《通释》:"程氏曰'种,出地短'是也。'褎(yòu),苗渐长'是也。"[23]《郑笺》:"发,发管时也。"《通释》:"发为茎之高发,秀则已成穗矣。坚谓茎坚……好谓均好。"[24]《郑笺》:"栗,成就也。"《集传》:"颖,实繁硕而垂末也。栗,不秕也。"[25]《毛传》:"邰(tái),姜嫄之国也。"按邰又作台,在今陕西武功县。[26]《毛传》:"秬(jù),黑黍也。秠(pī),一稃二米也。糜(mén),赤苗也。芑(qǐ),白苗也。"[27]《集传》:"恒(gèng),遍也,谓遍种之也。"[28]《集传》:"任,肩任也。负,背负也。既成则负而栖之于亩,任负以归,以供祭祀。"《毛传》:"肇,始也。始归郊祀也。"[29]《通释》:"揄(yóu)者,舀之假借。"[30]《毛传》:"或簸糠者,或蹂黍(米)者。"[31]《毛传》:"释,淅米也。叟叟(sōu sōu),声也。浮浮,气也。"[32]《毛传》:"穀熟而谋,陈祭而卜。"[33]《毛传》:"羝(dī)羊,牡羊也。軷(bá),道祭也。"[34]《毛传》:"傅火曰燔。贯之加于火曰烈。"《後笺》:"古人穀熟而祭,遂更祈来岁之事。"[35]《毛传》:"卬,我也。木曰豆,瓦曰登。豆荐菹醢也。登,大羹也。"于省吾《诗经新证》:"古人祭祀时,设豆于俎几之上,祭者跪拜于神主之前,执燔烈之肉以上盛于豆,故曰'卬盛于豆'。"[36]《集传》:"居,安也。鬼神食气曰歆(xīn)。"[37]《通释》:"胡臭,谓芳臭之大。……亶时,犹云诚善也。"[38]《郑笺》:"后稷肇祀上帝于郊。"

246　行苇

　　周族统治者宴请族人宾客,并举行射箭比赛。朱熹《集传》:"疑祭毕而燕父兄耆老之诗。"毛、郑八章,章四句。朱熹《集传》四章,章八句,共三十二句。

1　敦彼行苇,牛羊勿践履[1]。
　　方苞方体[2],维叶泥泥[3]。
2　戚戚兄弟[4],莫远具尔[5]。
　　或肆之筵,或授之几[6]。
3　肆筵设席,授几有缉御[7]。
　　或献或酢[8],洗爵奠斝[9]。
4　醓醢以荐[10],或燔或炙。
　　嘉肴脾臄[11],或歌或咢[12]。
5　敦弓既坚[13],四鍭既钧[14]。
　　舍矢既均[15],序宾以贤。
6　敦弓既句[16],既挟四鍭。
　　四鍭如树,序宾以不侮[17]。
7　曾孙维主,酒醴维醹[18]。
　　酌以大斗,以祈黄耇[19]。
8　黄耇台背,以引以翼[20]。

寿考维祺[21]，以介景福。

韵　读　1. 苇，微部；履、体、泥，脂部。脂微合韵。　2. 弟、尔、几，脂部。　3. 席、酢，铎部。御、
　　　　　斝，鱼部。　4. 炙、臄、咢，铎部。　5. 坚、钧、均、贤，真部。　6. 句、锾、树、侮，侯部。
　　　　　7. 主、醹、斗、耇，侯部。　8. 背、翼、福，职部；祺，之部。之职通韵。

今　译　1　芦苇成堆生路旁，莫叫牛羊去踩伤。
　　　　　　　苇草发芽初成长，叶儿柔嫩生机旺。
　　　　　2　戚戚相关好兄弟，彼此亲近莫远离。
　　　　　　　有人负责铺筵席，有人负责摆案几。
　　　　　3　铺筵设席又摆几，侍者相继忙不已。
　　　　　　　主人敬酒客答礼，洗杯置盏轮番递。
　　　　　4　肉汁肉酱端上来，有的烧来有的烤。
　　　　　　　牛肚牛舌是佳肴，唱歌击鼓兴致高。
　　　　　5　雕弓全都坚有劲，四支箭头已调整。
　　　　　　　放手射出中靶心，宾位排列看本领。
　　　　　6　雕弓拉开如月满，四个箭头搭上弦。
　　　　　　　箭箭射出立靶心，排列宾位不轻慢。
　　　　　7　曾孙是个好主人，米酒味道香又清。
　　　　　　　斟来美酒一大斗，祈求黄发老寿星。
　　　　　8　黄发驼背老年人，前头导引两旁扶。
　　　　　　　高寿百岁真吉利，老天赐你大幸福。

注　释　[1]《毛传》："敦(tuán)，聚貌。行(háng)，道也。"《郑笺》："敦敦然道旁之苇，牧牛羊
者勿使蹢履折伤之。"[2]《通释》："苇之初生，如竹笋之含苞，故曰方苞。体，当读如
'无以下体'之体，谓成茎也。"[3]《集传》："泥泥，柔泽貌。"[4]《毛传》："戚戚，内相
亲也。"[5]《集传》："具，俱也。尔与迩同。"《汉书·文三王传》引此两句颜师古注：
"尔，近也。言王之族亲情无疏远，皆昵近也。"[6]《郑笺》："年稚者为设筵而已，老者

加之以几。"[7]《郑笺》："缉,犹续也。御,侍也。兄弟之老者,既为设重席、授几,又有相续代而侍者。"[8]《集传》："进酒于客曰献,客答之曰酢。"[9]《毛传》："斝(jiǎ),爵也。夏曰盏,殷曰斝,周曰爵。"《集传》："主人又洗爵酳客,客受而奠之,不举也。"[10]《传疏》："以肉作酱谓之醢(hǎi)。肉酱有汁谓之醓(tǎn)醢。"[11]《集传》："臄(jué),口上肉也。"吴闿生《诗义会通》："脾(pí),析牛百叶也。"[12]《毛传》："歌者,比于琴瑟也。徒击鼓曰咢。"[13]《集传》："敦、雕通,画也。"[14]《集传》："镞(hóu),金镞翦羽矢也。钧,参亭也。谓参分之,一在前,二在后,三订之而平者,前有铁重也。"[15]《集传》："均,皆中也。"[16]《集传》："句(gòu),彀通,谓引满也。"[17]《集传》："如树,如手就树之,言贯革而坚正也。不侮,敬也。……射以中多为隽,以不侮为德。"[18]《集传》："曾孙,主祭者之称。今祭毕而燕,故因而称之也。"《传疏》："小麹多米曰醴(lǐ)。……"《说文》："醹(rú),厚酒也。"[19]《传疏》："酌以大斗者,言挹取酒醴,用大斗以注尊中。"《毛传》："祈,求也。黄耇(gǒu),老人之称。"[20]《郑笺》："台之言鲐也,大老则背有鲐文。既告老人,及其来也,以礼引之,以礼翼之。在前曰引,在旁曰翼。"[21]《毛传》："祺(qí),吉也。"

247 既醉

周代统治者祭祀祖先时,祝官代表神尸向主祭者表示祝福。林义光《诗经通解》："此诗为工祝奉尸命以致嘏于主人之辞。"陈子展《直解》："《既醉》,叙述西周盛时,王者祭毕飨燕,而公尸祝福之诗。"八章,三十二句。

1　既醉以酒,既饱以德[1]。
　　君子万年,介尔景福[2]。
2　既醉以酒,尔肴既将[3]。
　　君子万年,介尔昭明[4]。

3 昭明有融,高朗令终[5]。
   令终有俶[6],公尸嘉告[7]。

4 其告维何?笾豆静嘉。
   朋友攸摄,摄以威仪[8]。

5 威仪孔时,君子有孝子[9]。
   孝子不匮,永锡尔类[10]。

6 其类维何?室家之壸[11]。
   君子万年,永锡祚胤[12]。

7 其胤维何?天被尔禄[13]。
   君子万年,景命有仆[14]。

8 其仆维何?厘尔女士。
   厘尔女士,从以孙子[15]。

韵　读 1.德、福,职部。 2.将、明,阳部。 3.融、终,冬部。俶、告,觉部。 4.何、嘉、仪,歌部。 5.时、子,之部。匮、类,物部。 6.壸,文部;年、胤,真部。真文合韵。 7.禄、仆,屋部。 8.士、士、子,之部。

今　译 1 你的美酒我已醉,你的恩惠已饱受。
   君子长寿万万岁,赐你大福永不休。

2 你的美酒已喝醉,你的菜肴真有味。
   君子长寿万万岁,赐你光明大智慧。

3 光明智慧照四方,善始善终令名扬。
   善终必有好开始,神尸祝你万年昌。

4 神尸祝辞说的啥?食品精美质量好。
   朋友纷纷来助祭,助祭庄严有礼貌。

5 祭祀礼节很合时,主人又是好孝子。
   孝子孝心无穷尽,赐你好处永不止。

6 那些好处怎么样？家室光大天下平。
君子寿命万年长，赐你子孙大福庆。

7 子孙后嗣又如何？天赐福禄多如林。
主人寿命长万春，天降大命附你身。

8 大命附你又怎生？赐你女子和男丁。
赐你女子和男丁，子孙代代都旺盛。

注　释　[1]《集传》："德,恩惠也。"[2]《集传》："君子,谓王也。尔,亦指王也。"[3]《郑笺》："肴,谓牲体也。"《通释》："将、臧声相近,臧为美,将亦美也。"[4]《郑笺》："昭,光也。"《正义》："与之以昭明之道,谓使之政教常善,永作明君也。"[5]《毛传》："融(róng),长。朗,明也。"何楷《诗经世本古义》："言其明高出,足以照临四方,所谓居上克明也。"[6]《毛传》："俶(chù),始也。"《集传》："盖欲善其终者,必善其始。"[7]《郑笺》："公尸以善言告之,谓嘏辞也。"[8]《毛传》："言相摄佐者以威仪也。"朋友:指群臣。[9]《通释》："有,又也。言君子又为孝子也。"[10]《毛传》："匮(kuì),竭。类,善也。"《传疏》："尔,尔孝子。言孝子有不竭之善,则祖考之神,长予孝子以善也。"[11]《毛传》："壸(kǔn),广也。"[12]《集传》："祚(zuò),福禄也。胤(yìn),子孙也。"《传疏》："祚胤,胤祚也。永锡祚胤,言长予子孙以福禄也。"[13]《郑笺》："天覆被女(汝)以禄位,使禄临天下。"[14]《毛传》："仆,附也。"[15]《毛传》："厘,予也。"俞樾《古书疑义举例》卷一："女士者,士女也。孙子者,子孙也。皆倒文以协韵。"

248　凫鹥

祭祀次日,主人设宴酬谢神尸。赞美酒菜丰美,福禄来降。朱熹《集传》："此祭之明日,绎而宾尸之乐。"范处义《诗补传》："《既醉》《凫鹥》皆祭毕燕饮之诗。然《既醉》乃诗人托公尸告嘏以颂祷,《凫鹥》则诗人专美公尸之燕饮。"五章叠咏,十三句。

1 　凫鹥在泾[1],公尸来燕来宁[2]。
　　　尔酒既清,尔肴既馨[3]。
　　　公尸燕饮,福禄来成[4]。
2 　凫鹥在沙,公尸来燕来宜[5]。
　　　尔酒既多,尔肴即嘉。
　　　公尸燕饮,福禄来为[6]。
3 　凫鹥在渚,公尸来燕来处。
　　　尔酒既湑[7],尔肴伊脯[8]。
　　　公尸燕饮,福禄来下。
4 　凫鹥在潀[9],公尸来燕来宗[10]。
　　　既燕于宗,福禄攸降。
　　　公尸燕饮,福禄来崇[11]。
5 　凫鹥在亹[12],公尸来止熏熏[13]。
　　　旨酒欣欣。燔炙芬芬[14]。
　　　公尸燕饮,无有后艰。

韵 读 1.泾、宁、清、馨、成,耕部。 2.沙、宜、多、嘉、为,歌部。 3.渚、处、湑、脯、下,鱼部。
4.潀、宗、宗、降、崇,冬部。 5.亹、熏、欣、芬、艰,文部。

今 译 1 　野鸭鸥鸟河中停,神尸赴宴多安宁。
　　　你的美酒清又醇,你的菜肴香又清。
　　　神尸赴宴来品尝,福禄大大助你成。
2 　野鸭鸥鸟沙滩上,神尸赴宴来歆享。
　　　你的美酒好又多,你的菜肴美又香。
　　　神尸赴宴来品尝,助你福禄长安康。

418

3　野鸭鸥鸟在洲渚,神尸赴宴来暂住。
　　你的美酒已滤清,你的佳肴有干脯。
　　神尸赴宴来品尝,为你降下大福禄。

4　野鸭鸥鸟港汊中,神尸赴宴位居尊。
　　已在宗庙设酒席,福禄降临你家门。
　　神尸赴宴来品尝,福禄重叠降你身。

5　野鸭鸥鸟在峡门,神尸赴宴醉醺醺。
　　美酒饮来欣欣乐。烧肉烤肉香喷喷。
　　神尸赴宴来品尝,从此太平无艰辛。

注　释　[1]《集传》:"凫(fú),水鸟,如鸭者。鹥(yī),鸥也。"《传疏》:"泾,水中也。"[2]《传疏》:"燕,燕饮也。"宁,安也。[3]《毛传》:"馨,香之远闻也。"[4]《通释》:"来成,犹言来崇,成亦重也。"[5]《通释》:"凡神歆其祀通谓之宜。"[6]《郑笺》:"为犹助也。助成王也。"[7]《传疏》:"尔酒既湑(xǔ),犹云尔酒既清矣。"[8]《说文·肉部》:"脯,干肉也。"[9]《毛传》:"潨(zhōng),水会也。"[10]《毛传》:"宗,尊也。"李樗、黄壎《毛诗集解》:"来居尊位也。"[11]《毛传》:"崇,重也。"[12]《集传》:"亹(mén),水流峡中,两岸如门也。"[13]何楷《诗经世本古义》:"熏熏,当依《说文》作醺醺,谓尸醉也。"[14]《毛传》:"欣欣然,乐也。芬芬,香也。"俞樾《毛诗平议》:"窃疑经文熏熏、欣欣当互易,公尸来止欣欣,言公尸之和悦也。……旨酒熏熏,言酒香也。"

249　假乐

歌颂周天子有美德,受福于天,政通人和。《诗序》:"《假乐》,嘉成王也。"但《鲁诗》以为"美宣王",何楷《诗经世本古义》以为"祭武王",朱熹《集传》以为"答前篇《凫鹥》之诗。"前人于此诗迄无定论。四章,二十四句。

1 假乐君子[1]，显显令德。
　　宜民宜人[2]，受禄于天。
　　保右命之，自天申之[3]。
2 干禄百福，子孙千亿[4]。
　　穆穆皇皇[5]，宜君宜王，
　　不愆不忘，率由旧章[6]。
3 威仪抑抑，德意秩秩[7]。
　　无怨无恶，率由群匹[8]。
　　受福无疆，四方之纲[9]。
4 之纲之纪，燕及朋友[10]。
　　百辟卿士，媚于天子[11]。
　　不解于位，民之攸墍[12]。

韵　读 1.子,之部;德,职部。之职通韵。人、天、命、申,真部。 2.福、亿,职部。皇、王、忘、章,阳部。 3.抑、秩、匹,质部。疆、纲,阳部。 4.纪、友、士、子,之部。位、墍,物部。

今　译 1 周王美好多快乐,品德显著又高尚。
　　　　能安人民用贤良,接受福禄自天降。
　　　　上天命令保佑他,多多赐福国兴旺。
2 求得福禄上百样,子子孙孙千亿强。
　　　　相貌堂堂德行美,宜做国君宜做王。
　　　　没有错误不忘本,遵循祖先旧典章。
3 仪容美好又端庄,言语政令也正常。
　　　　没有怨恨无憎恶,常与群臣共商量。
　　　　受天赐福大无疆,统治四方明纪纲。
4 建立法度统四方,朋友群臣得安康。

420

诸侯卿士都来到,衷心爱戴我君王。

尽忠职守不懈怠,人民归心国运长。

注　释　[1]《毛传》:"假,嘉也。"[2]《毛传》:"宜民宜人,宜安民,宜官人也。"[3]《传疏》:"申之,言申之以福也。"[4]《郑笺》:"干,求也。"《论衡·儒增》:"百与千,数之大者也。实欲言十则言百,百则言千也。是与《书》言'协和万邦'《诗》曰:'子孙千亿'同一意也。"[5]《集传》:"穆穆,敬也。皇皇,美也。"[6]《郑笺》:"愆(qiān),过也。率,循也。"《正义》:"不过误,不遗忘。"《孟子·离娄》引此诗释曰:"遵先王之法而过者,未之有也。"[7]《毛传》:"抑抑,美也。秩秩,有常也。"何楷《诗经世本古义》:"言语、教令、声名,皆可称德音,此德音指言语也。"[8]《集传》:"又能无私怨恶以任众贤。"《传疏》:"此群匹为群臣。"《通释》:"此诗上章'率由旧章'为法祖,此章'率由群匹'为从众。"[9]《郑笺》:"成王能为天下之纲纪,谓立法度以理治之也。"[10]《集传》:"燕,安也。朋友,亦谓诸臣也。"[11]《郑笺》:"媚,爱也。"《左传·隐公三年》杜预注:"卿士,王卿之执政者。"[12]《集传》:"解(xiè),怠。"《通释》:"《方言》:'塈(xì),归也。'民之攸塈,谓民之所息,即谓民之所归。"

250　公刘

周族史诗之一。记述周族祖先公刘带领族人由邰迁豳的史实。从出发、择地写到建设、定居,层次分明。对人物情节的描写也极精彩,为周族史诗中杰出之作。六章,六十句。

1　笃公刘[1],匪居匪康。
　　迺场迺疆,迺积迺仓[2]。
　　迺裹糇粮,于橐于囊[3],思辑用光[4]。
　　弓矢斯张,干戈戚扬[5],爰方启行[6]。

421

2 笃公刘,于胥斯原[7]。
　既庶既繁,既顺迺宣,而无永叹[8]。
　陟则在巘,复降在原[9]。
　何以舟之[10]?维玉及瑶,鞞琫容刀[11]。

3 笃公刘,逝彼百泉,瞻彼溥原[12]。
　迺陟南冈[13],迺觐于京。
　京师之野[14],于时处处,于时庐旅[15],
　于时言言,于时语语[16]。

4 笃公刘,于京斯依[17]。
　跄跄济济[18],俾筵俾几,既登乃依。
　乃造其曹,执豕于牢[19]。
　酌之用匏[20]。食之饮之,君之宗之[21]。

5 笃公刘,既溥既长[22]。
　既景迺冈,相其阴阳[23],观其流泉。
　其军三单[24],度其隰原,彻田为粮[25]。
　度其夕阳,豳居允荒[26]。

6 笃公刘,于豳斯馆[27]。
　涉渭为乱[28],取厉取锻[29],
　止基迺理[30],爰众爰有[31]。
　夹其皇涧,溯其过涧[32]。
　止旅乃密[33],芮鞫之即[34]。

韵　读　1.康、疆、仓、粮、囊、光、张、扬、行,阳部。 2.原、繁、宣、叹、巘、原,寒部。瑶、刀,宵部。 3.泉、原,寒部。冈、京,阳部。野、处、旅、语,鱼部。 4.依、依,微部;济、几,脂部。脂微合韵。曹、牢、匏,幽部。饮,侵部;宗,冬部。侵冬合韵。 5.长、冈、阳、粮、阳、荒,阳部。泉、单、原,寒部。 6.馆、乱、锻,寒部。理、有,之部。涧、涧,寒部。密、即,质部。

422

今　译　1　忠厚诚实好公刘,不敢居住图安康。
　　　　　　　整理田地划疆界,积好穀物修好仓。
　　　　　　　准备干粮细细裹,盛满小袋和大囊,百姓团结国有光。
　　　　　　　张弓上箭武装好,干戈斧钺都带上,开始出发向前方。

　　　　2　忠厚诚实好公刘,察看豳原这地方。
　　　　　　　人口众多物产富,民心归顺民情畅,没有叹息无怨望。
　　　　　　　公刘登上小山岗,又复下到平原上。
　　　　　　　身上佩带啥东西?腰悬美玉和宝石,佩刀玉鞘闪金光。

　　　　3　忠厚诚实好公刘,前去那个百泉旁,远望平原宽又广。
　　　　　　　于是登上南山岗,京地一切都在望。
　　　　　　　在那京师原野上,人人安居建新房,临时暂住也便当。
　　　　　　　说的说来谈的谈,欢声笑语喜洋洋。

　　　　4　忠厚诚实好公刘,率领大家住京邑。
　　　　　　　群臣端庄有威仪,使人铺筵又摆几,客来登席把几依。
　　　　　　　接着又把猪神祷,捉猪牢中做佳肴。
　　　　　　　酌酒就用葫芦瓢。给他吃来给他喝,尊为君长多荣耀。

　　　　5　忠厚诚实好公刘,开垦土地宽又长。
　　　　　　　测定日影登山岗,勘察南北辨阴阳,观看流泉向哪方。
　　　　　　　三军轮番来驻防,测量低地和高原,整治田地好种粮。
　　　　　　　又到山西去测量,豳地实在太宽广。

　　　　6　忠厚诚实好公刘,建造宫室在豳地。
　　　　　　　驾船横渡过渭水,磨石碫石都采集。
　　　　　　　定居基址已治理,这里人多物品齐。
　　　　　　　皇涧两岸已住满,沿着过涧人也密。
　　　　　　　大家定居都安心,又向河湾深处移。

注　释　[1]《毛传》:"笃,厚也。公刘居于邰而遭夏人乱,迫逐公刘。公刘乃辟中国之难,遂平西戎而迁其民邑于豳居焉。"[2]《毛传》："迺场迺疆,言修其疆埸也。迺积迺仓……国有仓积也。"[3]《毛传》："小曰橐(tuó),大曰囊。"[4]《毛传》："思辑用光,言民相与和睦而显于时也。"《诗缉》："此辑(jí)亦聚集之也。思以敛集其民而光显其国。"[5]《毛传》："戚,斧也。扬,钺也。张其弓矢,秉其干戈戚扬。"《郑笺》："公刘之去邰,整其师旅,设其兵器。"[6]《集传》："方,始也。爰始启行,而迁都于豳焉。"[7]《毛传》："胥,相。"[8]《通释》："按宣之言通也,畅也。言民心既顺其情,乃宣畅也。"《集传》："庶、繁,居之者众也。顺,安。宣,徧,言居之徧也。"[9]《毛传》："巘(yǎn),小山别于大山也。"《集疏》："公刘之相此原也,由原而升巘,复下在原,言反复之,重居民也。"[10]《毛传》："舟,带也。"《通释》："带周于身,故舟得训带。"[11]姚际恒《诗经通论》："维玉及瑶(yáo),言佩玉也。鞞(bì)琫(běng)容刀,言佩刀也。鞞,刀鞘也。琫,刀上玉饰。"[12]《郑笺》："逝,往。瞻,视。溥(pǔ),广。"[13]《传疏》："山脊曰冈。冈即豳山之冈。豳山在百泉之南,故曰南冈。"[14]《集传》："京师,高丘而众居也。董氏曰:所谓京师者盖起于此,其后世因以所都为京师也。"《通释》："吴斗南曰:京者,地名。师者,都邑之称,如洛邑亦称洛师之类。"[15]《集传》："时,是也。处处,居室也。庐,寄也。旅,宾旅也。"[16]《广雅·释训》："言言语语,喜也。"[17]《郑笺》："公刘之居此京,依而筑宫室。"《传疏》："言于豳之大地,依之以立国也。"[18]《郑笺》："跄跄(qiāng qiāng)济济,士大夫之威仪也。"[19]《集传》："俾,使也,使人为之设筵几也。登,登筵也。依,依几也。"《集疏》："造者,祰之假借,《说文》:'祰,告祭也。'盖凡告祭通曰造也。"《通释》："曹者,禂之省借。《艺文类聚》引《说文》:'祭豕先曰禂'。乃造其曹,谓将用豕而先祭豕先,犹将差马而先告马祖也。"[20]《郑笺》："酌酒以匏(páo)为爵。"[21]《郑笺》："宗,尊也。公刘虽去邰国来迁,群臣从而君之尊之,犹在邰也。"[22]《郑笺》："既广其地之东西,又长其南北。"[23]《正义》："既以日影定其经界,乃复登彼山脊之冈而视其阴阳寒暖所宜。"[24]《毛传》："单,相袭也。"[25]《毛传》："彻,治也。"[26]《毛传》："山西曰夕阳。荒,大也。"[27]《毛传》："馆,舍也。"[28]《集传》："乱,舟之截流横渡者也。"[29]《传疏》："锻乃碫之假借字。……厉、碫者,䃺砻之石也。"[30]王力先生《古代汉语》："止基,居处的基址。"[31]《集传》："众,人多也。有,财足也。"[32]《毛传》："皇,涧名也。溯,向也。过,涧名也。"[33]《毛传》："密,安也。"[34]《郑笺》："芮(ruì)之言内也。水之内曰隩(yù),水之外曰鞫(jū)。……涧水之内外而居,修田事也。"《正义》："此则来者愈众,并水之内曲、外曲而皆居之。"

424

251 泂酌

歌颂统治者爱护人民，能得民心。篇幅短小，三章皆以兴句开头。方玉润《诗经原始》："其体近乎《风》，匪独不类《大雅》，且并不似《小雅》之发扬蹈厉、剀切直陈者。"三章叠咏，十五句。

1　泂酌彼行潦，挹彼注兹[1]，可以餴饎[2]。
　　岂弟君子，民之父母[3]。

2　泂酌彼行潦，挹彼注兹，可以濯罍[4]。
　　岂弟君子，民之攸归。

3　泂酌彼行潦，挹彼注兹，可以濯溉[5]。
　　岂弟君子，民之攸墍[6]。

韵读　1.兹、饎、子、母，之部。 2.兹、子，之部。罍、归，微部。 3.兹、子，之部。溉、墍，物部。

今译　1　远远前去舀流水，大器舀来小器装，可以蒸饭做酒浆。
　　　　　君子和乐又平易，为民父母好榜样。

　　　2　远远前去舀流水，大器舀来装小器，用它可把祭器洗。
　　　　　君子和乐又平易，人民都来归附你。

　　　3　远远前去舀流水，大器舀来小器盛，可把祭器洗干净。
　　　　　君子和乐又平易，人民休息得安宁。

注释　[1]《毛传》："泂(jiǒng)，远也。行潦(lǎo)，流潦也。"《郑笺》："远酌取之，投大器之中，又挹(yì)之注于此小器。" [2]《集传》："餴(fēn)，蒸米一熟，而以水沃之，乃再蒸也。饎(chì)，酒食也。" [3]《吕氏春秋·不屈》："《诗》曰：'恺悌君子，民之父母。'恺者,大也。悌者,长也。君子之德长且大者,则为民父母。"[4]《毛传》:"濯(zhuó),涤也。罍(léi),祭器。"[5]《毛传》:"溉,清也。"《正义》:"谓洗之使清洁。"[6]《郑笺》:"塈(xì),息也。"

252　卷阿

周王率群臣出游卷阿,诗人歌颂周王求贤用士。《诗序》:"《卷阿》,召康公戒成王也。言求贤用吉士也。"《竹书纪年》载"成三十三年游于卷阿,召康公从。"但学者认为《竹书纪年》不一定可靠。十章,五十四句。

1　有卷者阿[1],飘风自南[2]。
　　岂弟君子,来游来歌,以矢其音[3]。

2　伴奂尔游矣,优游尔休矣[4]。
　　岂弟君子,俾尔弥尔性[5],似先公酋矣[6]。

3　尔土宇昄章[7],亦孔之厚矣。
　　岂弟君子,俾尔弥尔性,百神尔主矣[8]。

4　尔受命长矣,茀禄尔康矣[9]。
　　岂弟君子,俾尔弥尔性,纯嘏尔常矣[10]。

5　有冯有翼,有孝有德[11],以引以翼[12]。
　　岂弟君子,四方为则。

6　颙颙卬卬[13],如圭如璋[14],令闻令望。
　　岂弟君子,四方为纲[15]。

7　凤皇于飞,翙翙其羽,亦集爰止[16]。

蔼蔼王多吉士[17],维君子使,媚于天子[18]。

8 凤皇于飞,翙翙其羽,亦傅于天。

蔼蔼王多吉人,维君子命,媚于庶人[19]。

9 凤皇鸣矣,于彼高冈。

梧桐生矣,于彼朝阳[20]。

菶菶萋萋,雝雝喈喈[21]。

10 君子之车,既庶且多[22]。

君子之马,既闲且驰。

矢诗不多,维以遂歌[23]。

韵 读 1.阿、歌,歌部。南、音,侵部。 2.游、休、酋,幽部。 3.厚、主,侯部。 4.长、康、常,阳部。 5.翼、德、翼、则,职部。 6.卬、璋、望、纲,阳部。 7.止、士、使、子,之部。 8.天、人、命、人,真部。 9.鸣、生,耕部。冈、阳,阳部。萋、喈,脂部。 10.车、马,鱼部。多、驰、多、歌,歌部。

今 译 1 山坡弯曲蜿蜒长,旋风吹来自南方。

君子和乐又平易,前来游玩把歌唱,陈献诗歌兴致昂。

2 风流潇洒你游历,悠闲自在你休息。

君子和乐又平易,让你一生多尽力,祖先功业要承继。

3 你的土地和封疆,无边无际最宽广。

君子和乐又平易,让你一生寿命长,天下百神你主张。

4 你受天命最久长,赐你福禄享安康。

君子和乐又平易,让你一生百事昌,大福大禄你常享。

5 你有助手有贤相,孝敬祖先有德望,前头导引左右帮。

君子快乐又平易,你是天下好榜样。

6 态度温和志气昂,好比玉圭和玉璋,名声美好传四方。

君子快乐又平易,你是四方好榜样。

427

7 雄凤雌凰在飞翔,百鸟相随哕哕响,一起落在好地方。
　　贤士济济聚一堂,听命君子不违抗,爱戴天子不敢忘。

8 雄凤雌凰在飞翔,百鸟相随哕哕响,一起飞到云天上。
　　贤人济济聚一堂,听命君子不违抗,爱护百姓好心肠。

9 雄凤雌凰和谐鸣,双双落在高山顶。
　　梧桐树儿冉冉生,东山坡上迎日影。
　　枝叶苍苍多茂盛,雝雝喈喈真好听。

10 君子有车可以坐,装饰华美数量多。
　　君子有马可以驾,技艺熟练能奔波。
　　献上诗篇不算少,为谢君王唱成歌。

注　释　[1]《毛传》:"卷,曲也。"《郑笺》:"大陵曰阿。有大陵卷然而曲。"[2]《毛传》:"兴也。飘风,回风也。"《郑笺》:"兴者,喻王当屈体以待贤者,贤者则猥来就之,如飘风之入曲阿然。"[3]《毛传》:"矢,陈也。"君子:指贤者。[4]《郑笺》:"伴奂,自纵驰之意也。"《集传》:"伴奂、优游,闲暇之意。"[5]《后笺》:"弥者,尽也。弥其性,即尽其性也。"王国维《与友人论诗书中成语书》:"弥性即弥生,犹言永命矣。"[6]《毛传》:"似,嗣也。酋,终也。"《郑笺》:"嗣先君之功而终成之。"[7]《传疏》:"土宇,犹言封畿也。"《集传》引或说:"版当作版,版章犹封疆也。"[8]《传疏》:"《孟子·万章》篇云:'使之主祭而百神享之。'所谓'百神尔主'也。"[9]《郑笺》:"茀,福也。"[10]《郑笺》:"纯,大也。予福曰嘏(gǔ),使女大受神之福以为常。"[11]《毛传》:"有冯有翼,道可凭依以为辅翼也。"《郑笺》:"翼,助也。"《通释》:"有冯有翼,犹云有辅有翼也。……王尚书曰:'《尔雅》:善父母为孝。推而言之,则为善德之通称。'此诗有孝有德,亦泛言有善有德,不必专指孝亲言。"[12]《集传》:"引,导其前也。翼,相其左右也。"[13]《毛传》:"颙颙(yóng yóng),温貌。卬卬,盛貌。"[14]《集传》:"如圭如璋,纯洁也。"[15]《郑笺》:"纲者能张众目。"[16]《郑笺》:"翙翙(huì huì),羽声也。……凤皇往飞翙翙然,亦与众鸟集于所止。众鸟慕凤皇而来,喻贤者所在,群士皆慕而往仕也。"[17]《毛传》:"蔼蔼(ǎi ǎi),犹济济也。"[18]《集传》:"媚,顺爱也。"《郑笺》:"王之朝多善士蔼蔼然,君子在上位者率化之,使之亲爱天子,奉职尽力。"[19]陈启源《毛诗稽古编》:"诗十章凡十言君子,而其六则言岂弟。《笺》《疏》皆目大臣,即《叙》所谓贤也。《叙》所谓吉士,则经文之蔼蔼吉士、蔼蔼吉人也。能信任大贤,处之

428

尊位,则众贤满朝矣。"[20]《毛传》:"山东曰朝阳。"姚际恒《诗经通论》:"诗意本是高冈朝阳。梧桐生其上,而凤凰栖于梧桐之上鸣焉。今凤凰言高冈,梧桐言朝阳,互见也。"[21]《集传》:"菶菶(běng běng)萋萋,梧桐生之盛也。雝雝喈喈,凤凰鸣之和也。"[22]俞樾《群经平议》:"多当读为侈。……庶以车之数言,侈以车之制言。《考工记·舆人》曰:'饰车欲侈。'《晏子春秋·外篇》曰:'公乘侈舆。'是其证也。"[23]《毛传》:"不多,多也。王使公卿献诗以陈其志,遂为工师之歌焉。"《郑笺》:"矢,陈也。我陈此诗不复多也。"

253　民劳

借劝诫同僚以讽刺周王。诗中反复强调人民生活劳苦,要求安定,谆谆告诫统治者要警惕和防止奸佞小人,制止寇虐暴行。《诗序》:"《民劳》,召穆公刺厉王也。"朱熹《集传》以为"乃同僚相戒之辞。"五章叠咏,五十句。

1　民亦劳止,汔可小康[1]。
　　惠此中国,以绥四方[2]。
　　无纵诡随[3],以谨无良。
　　式遏寇虐,憯不畏明[4]。
　　柔远能迩[5],以定我王。

2　民亦劳止,汔可小休。
　　惠此中国,以为民逑[6]。
　　无纵诡随,以谨惛怓[7]。
　　式遏寇虐,无俾民忧。
　　无弃尔劳[8],以为王休[9]。

3 民亦劳止,汔可小息。
  惠此京师,以绥四国。
  无纵诡随,以谨罔极[10]。
  式遏寇虐,无俾作慝[11]。
  敬慎威仪,以近有德[12]。

4 民亦劳止,汔可小愒[13]。
  惠此中国,俾民忧泄。
  无纵诡随,以谨丑厉[14]。
  式遏寇虐,无俾正败[15]。
  戎虽小子,而式弘大[16]。

5 民亦劳止,汔可小安。
  惠此中国,国无有残。
  无纵诡随,以谨缱绻[17]。
  式遏寇虐,无俾正反。
  王欲玉女,是用大谏[18]。

韵 读 1.康、方、良、明、王,阳部。 2.休、逑、忧、休,幽部;恼,宵部。幽宵合韵。 3.息、国、极、慝、德,职部。 4.愒、泄、厉、败、大,月部。 5.安、残、绻、反、谏,寒部。

今 译 1 人民实在太劳苦,但求可以稍安康。
  爱护京师老百姓,安抚诸侯定四方。
  诡诈欺骗莫纵任,谨防小人行不良。
  掠夺暴行应制止,不怕坏人手段强。
  远近人民都爱抚,安我国家保我王。

2 人民实在太劳苦,但求可以稍休息。
  爱护京城老百姓,可使人民得聚集。
  诡诈欺骗莫纵任,谨防喧哗争讼起。

掠夺暴行应制止,莫使人民添忧戚。
不弃前功更努力,为使君王得福气。

3 人民实在太劳苦,但求可以稍歇息。
爱护京城老百姓,安抚天下四方地。
诡诈欺骗莫纵容,反复小人须警惕。
掠夺暴行应制止,莫让邪恶得兴起,
仪容举止要谨慎,亲近贤德正自己。

4 人民实在太劳苦,但求可以歇一歇。
爱护京城老百姓,人民忧愁得发泄。
诡诈欺骗莫纵任,警惕丑恶防奸邪,
掠夺暴行应制止,莫使国政变恶劣。
你虽年轻经历浅,作用巨大很特别。

5 人民实在太劳苦,但求可以稍舒服。
爱护京城老百姓,国家安定无残酷。
诡诈欺骗莫纵任,小人巴结别疏忽。
掠夺暴行应制止,莫使政权遭颠覆。
衷心爱戴君王你,深切劝谏为帮助。

注 释 [1]《郑笺》:"汔(qì),几也。康、绥,皆安也。"于省吾《诗经新证》:"求可以小安,非有希于郅治之隆也。其意婉而讽矣。" [2]《郑笺》:"惠,爱也。"《毛传》:"中国,京师也。"《正义》:"京师者,诸夏之根本。根本既安,枝叶亦安。" [3]苏辙《诗集传》:"诡随者,不顾是非而妄从人也。"王引之《经义述闻》卷七:"诡随,谓谲诈欺谩之人也。" [4]《毛传》:"憯(cǎn),曾也。"俞樾《群经平议》:"言为寇虐者,必遏(è)止之,不以其高明而畏之也。" [5]《通释》:"按能与柔义相近。柔之义为安为善,能亦安也善也。" [6]《毛传》:"遒(qiú),合也。"《郑笺》:"遒,聚也。" [7]《郑笺》:"惛怓(hūn náo),犹喧哗也,谓好争者也。" [8]《郑笺》:"劳,犹功也。" [9]《尔雅·释言》:"休,庆也。" [10]《集传》:"罔极,为恶无穷极之人也。" [11]《毛传》:"慝(tè),恶也。" [12]《集传》:"有德,有德之人也。"姚际恒《诗经通论》:"末二句,教之以近君子也。" [13]《毛传》:"愒(qì),息也。" [14]《郑笺》:"厉,恶也。"《通释》:"醜、厉二字同义。醜、亦恶也。"［15］《经义述闻》卷七："正,当读为政。寇虐之徒,败坏国政,遏之则政不败矣。"［16］《郑笺》："戎,犹女(汝)也。式,用也。弘,犹广也。"方玉润《诗经原始》："言女(汝)身虽微而所系甚重,不可不谨,盖深责之之词也。"［17］《正义》："缱绻(qiǎn quǎn),牢固相着之意。《集传》："缱绻,小人之固结其君者也。"［18］《集传》："王欲以汝为玉而宝爱之。"阮元《王欲玉女解》："诗言玉女者,畜女也。畜女者,好女也。好女者,臣悦君也。召穆公言:王乎,我正惟欲好女畜女,不得不用大谏也。"

254　板

告诫同僚要敬畏天命,体恤人民,团结贵族,实际上是劝谏周王。《诗序》："《板》,凡伯刺厉王也。"朱熹《集传》以为"亦同僚相戒之诗,责之益深切耳。"魏源《诗古微》："《板》,凡伯刺厉王,托讽僚友也。上篇欲其畏民嵒,此诗欲其畏天命焉。"八章,六十四句。

1　上帝板板[1],下民卒瘅[2]。
　　出话不然[3],为犹不远[4]。
　　靡圣管管[5],不实於亶[6]。
　　犹之未远,是用大谏。

2　天之方难,无然宪宪[7]。
　　天之方蹶,无然泄泄[8]。
　　辞之辑矣,民之洽矣[9]。
　　辞之怿矣,民之莫矣[10]。

3　我虽异事,及尔同僚[11]。
　　我即尔谋,听我嚣嚣[12]。

我言维服,勿以为笑[13]。

先民有言:"询于刍荛[14]。"

4 天之方虐,无然谑谑。

老夫灌灌,小子蹻蹻[15]。

匪我言耄,尔用忧谑[16]。

多将熇熇,不可救药[17]。

5 天之方怀,无为夸毗[18]。

威仪卒迷,善人载尸[19]。

民之方殿屎[20],则莫我敢葵[21]。

丧乱蔑资[22],曾莫惠我师[23]。

6 天之牖民[24],如壎如篪,

如璋如圭,如取如携[25]。

携无曰益[26],牖民孔易。

民之多辟,无自立辟[27]。

7 价人维藩[28],大师维垣[29]。

大邦维屏,大宗维翰[30]。

怀德维宁,宗子维城[31]。

无俾城坏,无独斯畏[32]。

8 敬天之怒,无敢戏豫。

敬天之渝[33],无敢驰驱[34]。

昊天曰明,及尔出王[35]。

昊天曰旦,及尔游衍[36]。

韵 读 1.板、瘅、然、管、亶、远、谏,寒部。 2.难、宪,寒部。蹶、泄,月部。辑、洽,缉部。怿、莫,铎部。 3.事、谋,之部;服,职部。之职通韵。僚、嚣、笑、荛,宵部。 4.虐、谑、蹻、谑、熇、药,药部。 5.怀、毗、迷、尸、屎、葵、资、师,脂部。 6.篪、圭、携,支部。益、易、辟、辟,锡部。 7.藩、垣、翰,寒部。屏、宁、城,耕部。坏、畏,微部。 8.怒、豫,鱼部。

433

渝、驱,侯部。明、王,阳部。旦、衍,寒部。

今 译　1　上帝行为太荒诞,天下人民都遭难。
　　　　　光说好话不实践,制定策略眼光浅。
　　　　　目无圣人自称贤,没有诚意胡乱言。
　　　　　政策制定没远见,所以深切来谏劝。

　　　　2　上天正在降灾难,不要这样空喜欢。
　　　　　上天正在降动乱,不要喋喋多语言。
　　　　　政治教令能和缓,人民就会抱成团。
　　　　　政治教令若败坏,百姓遭殃不得安。

　　　　3　我们虽然职事异,毕竟和你是同僚。
　　　　　我来和你同商量,一听我言显骄傲。
　　　　　我的话儿是事实,不要以为开玩笑。
　　　　　古人有话讲得好:"要向樵夫多请教。"

　　　　4　上天正在肆残暴,不要嬉笑瞎胡闹。
　　　　　老夫态度很诚恳,小子神气耍骄傲。
　　　　　非我年老话糊涂,你把忧患当玩笑。
　　　　　要知坏事做多了,烈火焚烧无救药。

　　　　5　上天正在发脾气,不要卑躬又屈膝。
　　　　　君臣威仪尽迷乱,贤人闭口如神尸。
　　　　　人民痛苦正呻吟,无人对我敢怀疑。
　　　　　死丧祸乱生计无,没人施惠去救济。

　　　　6　上天诱导老百姓,好像吹壎和吹箎,
　　　　　好像玉璋和玉圭,好像取物提东西。
　　　　　如提东西无阻碍,教导百姓就容易。
　　　　　如今人民多邪僻,不可自把邪僻立。

　　　　7　善人好比是篱笆,人民大众是围墙。

434

大国诸侯是屏障，同姓宗族是栋梁。

为政有德国家安，君王嫡子是城墙。

莫使城墙遭破坏，不要孤立自慌张。

8　上天发怒要敬仰，不敢嬉戏图欢畅。

老天变故要敬畏，不敢放纵太狂妄。

上天眼睛很明锐，随你出入共来往。

上天眼睛很明亮，随你一道在游逛。

注　释　[1]《毛传》："板板，反也。上帝，以称王也。"[2]《集传》："卒，尽。瘅(dān)，病。"[3]《毛传》："话，善言也。"[4]《郑笺》："犹，谋也。"[5]《郑笺》："王无圣人之法度，管管然以心自恣。"[6]《毛传》："亶(dǎn)，诚也。"《郑笺》："不能用实于诚信之言，言行相违也。"[7]《毛传》："宪宪，犹欣欣也。"[8]《毛传》："蹶(guì)，动也。"《通释》："泄泄(yì yì)，实多言之貌。"[9]《毛传》："辑，和。洽，合。"《郑笺》："辞，辞气，谓政教也。"[10]《通释》："怿，朱彬读为斁。《说文》：'斁，败也。'莫，朱彬读为瘼，训病，谓四者兼善恶言。词和则民合，词败则民病。"[11]《集传》："同僚，同为王臣也。"《左传·文公七年》："同官为寮。"[12]《毛传》："嚣嚣(áo áo)，犹警警(áo áo)也。"《郑笺》："警警然不肯受。"《集传》："嚣嚣，自得不肯受言之貌。"[13]《郑笺》："服，事也。我所言乃今之急事。"《传疏》："言我言有可说之道，无以为笑也。"[14]《毛传》："刍荛(chú ráo)，薪采者。"《集传》："先民，古之贤人也。"[15]《毛传》："谑谑(xuè xuè)然喜乐。灌灌，犹款款也。跷跷(jiǎo jiǎo)，骄貌。"[16]《毛传》："八十曰耄。"《集传》："非我老耄而妄言，乃汝以忧为戏也。"[17]《毛传》："熇熇(hè hè)然，炽盛也。"《郑笺》："多行熇熇惨毒之恶，谁能止其祸。"《诗缉》："积恶愈多，将熇熇然如火之炽盛，不可救止而药治之也。"[18]《毛传》："悌(qí)，怒也。夸毗(kuā pí)，以体柔人也。"《正义》引孙炎曰："夸毗，屈己卑身以柔顺人也。"[19]《正义》："尸，谓祭时之尸，以为神像，故终祭而不言。"[20]《毛传》："殿屎(xī)，呻吟也。"[21]《郑笺》："葵，揆也。"《正义》："无有揆度而知其然。"[22]《毛传》："蔑，无。资，财。"[23]《郑笺》："不肯惠施以赒赡众民，言无恩也。"[24]《正义》："牖(yǒu)与诱，古字通用。"《传疏》："牖者，诱之假借。"[25]《毛传》："如壎(xūn)如篪(chí)，言相和也；如璋如圭，言相合也；如取如携，言必从也。"《正义》："壎篪俱是乐器，其声相和。半圭为璋，合二璋则成圭。"[26]益：通"隘"，阻碍。[27]《集传》："今民既多邪辟矣，岂可又自立邪辟以道之邪？"[28]《毛传》："价(jiè)，善也。"《集传》："价，大也，大德之人也。"

435

[29]《通释》:"大师宜为大众。大师维垣,犹云众志成城也。"[30]《集传》:"大宗,强族也。"姚际恒《诗经通论》:"大宗,君之宗族也。"[31]《郑笺》:"宗子,王之適(嫡)子也。"《集传》:"宗子,同姓也。言是六者,皆君之所恃以安,而德其本也。"[32]《诗缉》:"勿使此城有坏,无至于独居而可畏惧也。"[33]《郑笺》:"渝,变也。"[34]《毛传》:"驰驱,自恣也。"[35]《传疏》:"王读与往同,此谓假借也。"[36]《毛传》:"且,明。"《郑笺》:"昊天在上,人仰之,皆谓之明,常与女出入往来,游溢相从,视女所行善恶,可不慎乎?"

255 荡

伤叹厉王无道,周室将亡。设为文王指责殷纣之词,意在借古讽今。《诗序》:"《荡》,召穆公伤周室大坏也。厉王无道,天下荡荡,无纲纪文章,故作是诗也。"朱熹《集传》:"诗人知厉王之将亡,故为此诗,托于文王所以嗟叹殷纣者。"《诗缉》:"此诗托言文王叹商,特借秦为喻耳。"八章,六十四句。

1 荡荡上帝[1],下民之辟[2]。
  疾威上帝[3],其命多辟。
  天生烝民,其命匪谌[4]。
  靡不有初,鲜克有终。

2 文王曰:咨,咨女殷商[5]!
  曾是强御[6],曾是掊克[7];
  曾是在位[8],曾是在服[9]。
  天降滔德,女兴是力[10]。

3 文王曰:咨,咨女殷商!

而秉义类,强御多怼[11]。

流言以对,寇攘式内[12]。

侯作侯祝,靡届靡究[13]。

4　文王曰:咨,咨女殷商!

女炰烋于中国[14],敛怨以为德[15]。

不明尔德,时无背无侧[16]。

尔德不明,以无陪无卿[17]。

5　文王曰:咨,咨女殷商!

天不湎尔以酒[18],不义从式[19]。

既愆尔止,靡明靡晦。

式号式呼,俾昼作夜[20]。

6　文王曰:咨,咨女殷商!

如蜩如螗[21],如沸如羹。

小大近丧,人尚乎由行[22]。

内奰于中国[23],覃及鬼方[24]。

7　文王曰:咨,咨女殷商!

匪上帝不时,殷不用旧。

虽无老成人,尚有典刑[25]。

曾是莫听,大命以倾[26]!

8　文王曰:咨,咨女殷商!

人亦有言:颠沛之揭[27],

枝叶未有害,本实先拨[28]。

殷鉴不远,在夏后之世[29]!

韵　读　1.帝、辟、帝、辟、锡部。谌、侵部;终、冬部。冬侵合韵。 2.克、服、德、力、职部。商,阳部,与以下各章遥韵。 3.类、怼、对、内、物部。祝,觉部;究,幽部。幽觉通韵。 4.国、德、德、侧,职部。明、卿,阳部。 5.式,职部;止、晦,之部。之职通韵。呼,鱼部;夜,铎部。鱼铎通韵。 6.蟥、羹、丧、行、方,阳部。 7.时、旧,之部。刑、听、倾,耕部。 8.揭、害、拨、世,月部。

今 译　1　上帝败法乱纷纷,却是天下百姓君。
　　　　　上帝行为太暴虐,政令邪僻真可恨。
　　　　　上天生下众百姓,他的命令不可信。
　　　　　人们开头都不错,很少能有好结果。

　　　　2　文王长叹开口说:叹你殷商殷纣王!
　　　　　如此暴虐太强梁,如此聚敛乱贪赃!
　　　　　如此居官在高位,如此执政太荒唐。
　　　　　天生这种傲慢人,你们助他兴风浪。

　　　　3　文王长叹开口说:叹你殷商殷纣王。
　　　　　当用忠贞善良士,反任暴虐招怨望。
　　　　　流言蜚语相继来,寇盗抢夺生内堂。
　　　　　百姓天天诅咒你,无穷无尽遭灾殃。

　　　　4　文王长叹开口说:叹你殷商殷纣王。
　　　　　你在国中乱咆哮,怨声载道仍逞强。
　　　　　不明自己品德坏,前后左右无贤良。
　　　　　你的品德不自明,没有三公无卿相。

　　　　5　文王长叹开口说:叹你殷商殷纣王。
　　　　　上天叫你别酗酒,从而效法不应当。
　　　　　仪容举止失常态,白天黑夜贪酒浆。
　　　　　大喊大叫瞎嚷嚷,昼夜颠倒太荒唐。

　　　　6　文王长叹开口说:叹你殷商殷纣王!
　　　　　怨声载道如蝉噪,又似开水和滚汤。
　　　　　大官小吏快灭亡,人们还是老主张。

国内人民都愤怒,怒火延伸到远方。

7　文王长叹开口说:叹你殷商殷纣王。
　　不是上帝不善良,殷商不用旧典章。
　　虽然没有老成人,尚有成法作榜样。
　　这些你都不肯听,国家将灭命将亡!

8　文王长叹开口说:叹你殷商殷纣王。
　　古人曾经这样讲:树木倒下根朝上,
　　枝叶没有受损伤,根儿断绝已遭殃。
　　殷商借鉴不太远,想想夏桀怎样亡!

注　释　[1]《毛传》:"上帝,以托君王也。"《郑笺》:"荡荡,法度废坏之貌。"[2]《毛传》:"辟(bì),君也。"[3]《集传》:"疾威,犹暴虐也。"《郑笺》:"辟(pì),邪辟也。"[4]《集传》:"烝,众。谌(chén),信也。"[5]《毛传》:"咨(zī),嗟也。"《集传》:"殷商,纣也。"[6]《毛传》:"强御,强梁御善也。"《集传》:"强御,暴虐之臣也。"[7]《毛传》:"掊(póu)克,自伐而好胜人也。"《集传》:"掊克,聚敛之臣也。"[8]《郑笺》:"女曾任用是恶人,使之处位执职事也。"[9]《毛传》:"服,服政事也。"《集传》:"服,事也。"[10]《毛传》:"滔,慢。"《郑笺》:"女群臣又相与而力为之,言竞于恶。"[11]《集传》:"义,善。怼(duì),怨。当用善类,而反任此暴虐多怨之人。"《传疏》:"义、类皆善也。"[12]《集传》:"流言,浮浪不根之言也。"朱彬《经传考释》:"内、入古通用。"吴闿生《诗义会通》:"或采流言以中伤贤人。……如此则寇贼生乎内。"[13]《毛传》:"作、祝,诅也。届,极。究,穷也。"《集传》:"作,读为诅。诅祝,怨谤也。"《郑笺》:"日祝诅求其凶咎无极已。"[14]《郑笺》:"炰烋(páo xiāo),自矜气健之貌。"《文选·魏都赋》注引作"咆哮"。[15]《集传》:"多为可怨之事,而反自以为德也。"[16]《毛传》:"背无臣,侧无人也。"[17]《毛传》:"无陪贰也,无卿士也。"[18]《说文·水部》:"湎(miǎn),湛于酒也。"[19]《毛传》:"义,宜也。"《郑笺》:"式,法也。"[20]《郑笺》:"愆(qiān),过也。"《诗缉》:"尔之容止既自取愆过,又无明无晦,而饮酒不息,叫号喧呼,使昼作夜,荒乱甚矣。"[21]《集传》:"蜩(tiáo)、螗(táng),皆蝉也。"[22]《集传》:"小者大者几于丧亡矣,尚且由此而行,不知变也。"[23]《毛传》:"不醉而怒曰奰(bì)。"《集体》:"奰,怒。"[24]《集传》:"覃(tán),延也。鬼方,远夷之国也。言自近及远,无不怨怒也。"[25]《郑笺》:"老成人,谓若伊尹、伊陟、臣扈之属。虽无此臣,犹有常事故法可案用也。"[26]《集传》:"乃无听用之者,是以大命倾覆而不可救也。"

[27]《集传》:"颠沛,仆拔也。揭,本根蹶起之貌。" [28]《郑笺》:"拨,犹绝也。"
[29]《郑笺》:"此言殷之明镜不远也,近在夏后之世,谓汤诛桀也。后武王诛纣。今之王者,何以不用为戒?"

256　抑

卫武公不满意朝政昏乱,写诗自警,并劝谏周王要勤政修德,谨言慎行,不能沉湎酒色,自以为是。《诗序》:"《抑》,卫武公刺厉王,亦以自警也。"《国语·楚语上》:"昔卫武公年数九十有五矣,犹箴儆于国曰:自卿以下至于师长士,苟在朝者,无谓我老耄而舍我,必恭恪于朝,朝夕以交戒我。闻一二之言,必诵志以纳之,以训导我……于是乎作《懿》,戒以自儆也。"韦昭注:"昭谓《懿》诗,《大雅·抑》之篇也。"后人或以此诗为铭箴之祖。十二章,一百一十四句。

1　抑抑威仪,维德之隅[1]。
　　人亦有言:靡哲不愚。
　　庶人之愚,亦职维疾。
　　哲人之愚,亦维斯戾[2]。

2　无竞维人[3],四方其训之[4]。
　　有觉德行[5],四国顺之。
　　訏谟定命,远犹辰告[6]。
　　敬慎威仪,维民之则。

3　其在于今,兴迷乱于政[7]。
　　颠覆厥德,荒湛于酒。
　　女虽湛乐从,弗念厥绍[8]。
　　罔敷求先王,克共明刑[9]。

440

4 肆皇天弗尚[10],如彼泉流,无沦胥以亡[11]。
夙兴夜寐,洒扫廷内,维民之章。
修尔车马,弓矢戎兵;
用戒戎作[12],用遏蛮方[13]。

5 质尔人民,谨尔侯度,用戒不虞[14]。
慎尔出话,敬尔威仪,无不柔嘉[15]。
白圭之玷[16],尚可磨也;
斯言之玷,不可为也。

6 无易由言,无曰苟矣。
莫扪朕舌[17],言不可逝矣。
无言不雠[18],无德不报。
惠于朋友,庶民小子。
子孙绳绳,万民靡不承[19]。

7 视尔友君子,辑柔尔颜,不遐有愆[20]。
相在尔室,尚不愧于屋漏[21]。
无曰"不显,莫予云觏"。
神之格思[22],不可度思,矧可射思[23]!

8 辟尔为德[24],俾臧俾嘉。
淑慎尔止,不愆于仪[25]。
不僭不贼,鲜不为则[26]。
投我以桃,报之以李。
彼童而角,实虹小子[27]。

9 荏染柔木[28],言缗之丝[29]。
温温恭人,维德之基。
其维哲人,告之话言[30],顺德之行。
其维愚人,覆谓我僭,民各有心[31]。

10　於呼小子,未知臧否[32]。

匪手携之,言示之事。

匪面命之,言提其耳。

借曰未知,亦既抱子。

民之靡盈,谁夙知而莫成[33]?

11　昊天孔昭,我生靡乐。

视尔梦梦,我心惨惨[34]。

诲尔谆谆,听我藐藐[35]。

匪用为教,覆用为虐[36]。

借曰未知,亦聿既耄[37]。

12　於乎小子,告尔旧止[38]。

听用我谋,庶无大悔。

天方艰难,曰丧厥国[39]。

取譬不远,昊天不忒[40]。

回遹其德,俾民大棘[41]。

韵　读　1. 隅、愚,侯部。疾、戾,质部。 2. 训、顺,文部。告,觉部;则,职部。职觉合韵。 3. 政、刑,耕部。酒,幽部;绍,宵部。幽宵合韵。 4. 尚、亡、章、兵、方,阳部。寐、内,物部。 5. 度,铎部;虞,鱼部。鱼铎通韵。仪、嘉、磨、为,歌部。 6. 舌、逝,月部。雠、报,幽部。友、子,之部。绳、承、蒸部。 7. 颜、愆,寒部。漏、觏,侯部。格、度、射、铎部。 8. 嘉、仪,歌部。贼、则,职部。李、子,之部。 9. 丝、基,之部。言,寒部;行,阳部。寒阳合韵。僭、心,侵部。 10. 子、否、之、事、之、耳、子,之部。盈、成,耕部。 11. 昭、乐、教、耄,宵部;乐、藐、虐,药部。宵药通韵。 12. 子、止、谋、悔,之部。难、远,寒部。国、忒、德、棘,职部。

今　译　1　仪容美好行为谨,品德端庄思想正。

古人有话说得好:大智若愚头脑清。

一般人们显得笨,也许天生有毛病。

智者好像不聪明,那是害怕遭罪名。

2　为政最强是得人,四方诸侯有教训。
国君德行很正大,天下人民都归顺。
雄才大略定方针,大政及时告人民。
仪容举止能谨慎,人民效法把你尊。

3　形势发展到如今,国政完全乱纷纷。
君臣德行都败坏,沉溺酒色发了昏。
只知纵情贪欢乐,祖宗事业不关心。
先王治道不讲求,执行法度不认真。

4　如今皇天不保佑,好像泉水向下流,相与灭亡万事休。
应当早起晚睡觉,洒扫堂屋要讲求,为民表率须带头。
车辆马匹准备好,弓箭兵器要整修。
预防战事将发生,驱逐蛮夷功千秋。

5　努力安定你人民,遵守法度要认真,警惕事故突然生。
发表言论要谨慎,行为举止须恭敬,无不美好得安宁。
白色玉版有斑点,尚可琢磨使干净。
言论如果有差错,要想挽回不可能。

6　不要轻率乱发言,莫说做事可随便。
无人把我舌头拴,言语出口收回难。
言语不会无反应,施德总是有福添。
朝中诸臣要友爱,平民百姓须照看。
子孙谨慎不怠慢,万民顺从国家安。

7　见你朋友君子来,态度和蔼开笑颜,小心莫把过错犯。
瞧你一人在室内,面对神明无愧惭。
莫说室内不明显,无人能把我看见。
神灵来去无踪影,何时降临猜测难,哪能心里就厌烦!

8　努力修明你德行,使它完美无伦比。

443

言谈举止要慎重,切莫马虎失礼仪。

不犯错误不害人,人们无不效法你。

有人赠我一只桃,回报他用一只李。

羊羔无角说有角,实是惑乱你小子。

9 有株树木很柔韧,安上丝弦可做琴。

态度温和谦恭人,品德高尚根基深。

如果那人很聪明,善言劝告他能听,顺应道德能实行。

如果此人天性笨,反而说我不可信,人不相同各有心。

10 啊呀小子太年轻,好事坏事分不清。

不但用手相搀扶,而且教你办事情。

不但当面教育你,提着耳朵叫你听。

若说年幼无知识,已把儿子抱在身。

为人能够不自满,谁会早知却晚成?

11 老天在上最明昭,我的生活多烦恼。

看你糊涂不懂事,我的心里实在焦。

谆谆耐心教导你,你不听信耍骄傲。

不肯把它作教训,反而当成开玩笑。

若说你还没知识,七老八十年已高。

12 啊呀你这年轻人,告你先王旧典章。

你能听我用我谋,庶几没有大懊丧。

上天正在降灾难,国势危险快灭亡。

打个比方不算远,上天赏罚无差爽。

你的品行若邪僻,会让百姓太紧张。

注 释 [1]《毛传》:"抑抑,密也。隅,廉也。"《郑笺》:"人密审于威仪抑抑然,是其德必严正也。"《汉刘熊碑》引《诗》作"维德之偶"。[2]《毛传》:"戾,罪也。"《郑笺》:"贤者而为愚,畏惧于罪也。"[3]《郑笺》"竞,强也。人君为政,无强于得贤人。"[4]《毛传》:

"训,教也。"[5]《集传》:"觉,直大也。"[6]《毛传》:"訏(xū),大。谟,谋。犹,道。辰,时。"《集传》:"大谋,谓不为一身之谋,而有天下之虑也。辰告,谓以时播告也。"[7]俞樾《群经平议》:"兴与举同义。……兴迷乱于政,言皆迷乱于政也。"[8]《集传》:"湛(dān)乐从,言惟湛乐之是从也。绍,谓所承之绪也。"《通释》:"虽与唯,二字古通用。"[9]《毛传》:"共,执。刑,法也。"[10]王引之《经义述闻》卷七:"《尔雅》:'尚,右也。'言皇天不右助之也。"[11]《集传》:"沦,陷。胥,相。"《经义述闻》:"周之君臣,将相率而底于败亡也。"[12]《诗缉》:"故修治其车马及弓矢戎兵之器,用以此戒备兵事之起。"[13]《毛传》:"遏(tì),远也。"[14]《集传》:"质,平也,定也。侯度,诸侯所守之法度也。"《郑笺》:"平女万民之事,慎女为君之法度,用备不臆度而至之事。"[15]《郑笺》:"柔,安。嘉,善也。"[16]《毛传》:"玷(diàn),缺也。"[17]《毛传》:"扪(mén),持也。"《集传》:"言不可轻易其言,盖无人为我执持其舌者。"《说苑·丛谈》:"口者,关也。舌者,机也。出言不当,四马不能追也。"[18]《集传》:"雠,答。"[19]《郑笺》:"绳绳,戒也。"《集传》:"承,奉也。"[20]《毛传》:"辑,和也。"《集传》:"言视尔友于君子之时,和柔尔之颜色,其戒慎之意,常若自省曰:岂不至于有过乎?"[21]《毛传》:"西北隅谓之屋漏。"《郑笺》:"不惭愧于屋漏,有神见人之为也。"[22]《毛传》:"格,至也。"[23]《郑笺》:"矧(shěn),况。射(yì),厌也。"[24]《通释》:"辟,亦明也。为当为语助词。辟尔为德,犹云明尔德也。"[25]《郑笺》:"止,容止也。……又当善慎女之容止,不可过差于威仪。"[26]《集传》:"僭(jiàn),差。贼,害。则,法也。"[27]《毛传》:"童,羊之无角者也。而角,自用也。虹,溃也。"《集传》:"彼谓不必修德而可以服人者,是牛羊之童者而求其角也,亦徒溃乱汝而已,岂可得哉?"[28]《传疏》:"荏(rěn)染,柔意也。柔木,椅桐梓漆也。"[29]《毛传》:"缗(mín),被也。"[30]《毛传》:"话言,古之善言也。"[31]《集传》:"僭(jiàn),不信也。民各有心,言人心不同,愚智相越之远也。"[32]《释文》:"臧,善也。否(pǐ),恶也。""吁",一本作"乎"。[33]《集传》:"人若不自盈满,能受教戒,则岂有既早知而反晚成者乎?"[34]《毛传》:"梦梦,乱也。惨惨,忧不乐也。""惨"为"懆"之误。[35]《毛传》:"藐藐然,不入也。"[36]《通释》:"按虐之为言谑也。……诗盖言不用其言为教令,反用其言为戏谑耳。"[37]《集传》:"耄,老也,八十九十曰耄。"[38]《郑笺》:"止,辞也。"[39]《郑笺》:"故出艰难之事,谓下灾异,生兵寇,将以灭亡。"[40]《集传》:"忒(tè),差。"[41]《传疏》:"回遹(yù),邪僻也。棘,急也。"

257　桑柔

周厉王卿士芮良夫哀叹厉王昏庸暴虐,任用非人,人民痛苦,国家将亡。《诗序》:"《桑柔》,芮伯刺厉王也。"《左传·文公十三年》:"周芮良夫之诗曰:'大风有隧,贪人败类,听言则对,诵言如醉。'"王符《潜夫论·遏利》:"昔周厉王好专利,芮良夫谏而不入,退赋《桑柔》之诗以讽。"《史记·周本记》:"厉王即位三十年,好利,近荣夷公,大夫芮良夫谏厉王曰……厉王不听。"芮良夫为畿内诸侯,周王卿士。此诗大约作于周厉王流彘之初。十六章,一百二十句。

1　菀彼桑柔,其下侯旬[1]。
　　捋采其刘,瘼此下民[2]。
　　不殄心忧[3],仓兄填兮[4]!
　　倬彼昊天,宁不我矜[5]。

2　四牡骙骙,旟旐有翩[6]。
　　乱生不夷,靡国不泯[7]。
　　民靡有黎[8],具祸以烬。
　　於乎有哀,国步斯频[9]!

3　国步蔑资[10],天不我将[11]。
　　靡所止疑[12],云徂何往。
　　君子实维,秉心无竞。
　　谁生厉阶?至今为梗[13]!

4　忧心殷殷,念我土宇[14]。
　　我生不辰,逢天僤怒[15]。
　　自西徂东,靡所定处。
　　多我觏痻,孔棘我圉[16]。

5 为谋为毖,乱况斯削[17]。
　　告尔忧恤[18],诲尔序爵[19]。
　　谁能执热,逝不以濯[20]?
　　其何能淑?载胥及溺[21]。

6 如彼溯风,亦孔之僾[22]。
　　民有肃心,荓云不逮[23]。
　　好是稼穑,力民代食[24]。
　　稼穑维宝,代食维好。

7 天降丧乱,灭我立王。
　　降此蟊贼,稼穑卒痒[25]。
　　哀恫中国[26],具赘卒荒[27]!
　　靡有旅力,以念穹苍。

8 维此惠君,民人所瞻。
　　秉心宣犹[28],考慎其相[29]。
　　维彼不顺,自独俾臧[30]。
　　自有肺肠,俾民卒狂[31]。

9 瞻彼中林,甡甡其鹿[32]。
　　朋友已谮,不胥以穀[33]。
　　人亦有言:进退维谷[34]。

10 维此圣人,瞻言百里。
　　维彼愚人,覆狂以喜[35]。
　　匪言不能,胡斯畏忌[36]。

11 维此良人,弗求弗迪。
　　维彼忍心,是顾是复[37]。
　　民之贪乱,宁为荼毒[38]!

12 大风有隧,有空大谷[39]。

维此良人,作为式榖。

维彼不顺,征以中垢[40]。

13　大风有隧,贪人败类[41]。

　　听言则对,诵言如醉[42]。

　　匪用其良,覆俾我悖。

14　嗟尔朋友,予岂不知而作[43]?

　　如彼飞虫,时亦弋获[44]。

　　既之阴女,反予来赫[45]!

15　民之罔极,职凉善背[46]。

　　为民不利,如云不克。

　　民之回遹,职竞用力[47]。

16　民之未戾[48],职盗为寇。

　　凉曰不可[49],覆背善詈[50]。

　　虽曰匪予,既作尔歌[51]。

韵　读　1.柔、刘、忧,幽部。旬、民、填、天、矜,真部。 2.瘼、夷、黎,脂部;哀,微部。脂微合韵。翩、泯、烬、频,真部。 3.将、往、竞、梗,阳部。 4.殷、辰、瘽,文部。宇、怒、处、圉,鱼部。 5.愍、恤,质部。削、爵、濯、溺,药部。 6.风、心,侵部。僾,物部;逮,质部。质物合韵。穧、食,职部。宝、好,幽部。 7.王、痒、荒、苍,阳部。贼、国、力,职部。 8.瞻、谈部;相、臧、肠、狂,阳部。谈阳合韵。 9.林、罯,侵部。鹿、榖、谷,屋部。 10.里、喜、能、忌、之部。 11.迪、复、毒,觉部。 12.谷、榖,屋部;垢,侯部。侯屋通韵。 13.隧、类、对、醉、悖,物部。 14.作、获、赫,铎部。 15.极、背、克、力,职部。 16.可、詈、歌,歌部。

今　译　1　桑叶柔嫩生长旺,树荫广布好乘凉。

　　不断捋采叶稀疏,下民受害苦难当。

　　心烦意乱愁不断,丧乱凄凉已久长!

　　老天在上最高明,不肯怜我我心伤。

448

2　四马奔驰忙不停,旌旗飘扬耀眼明。
　　祸乱发生不太平,四方无不乱纷纷。
　　人民中间丁壮少,都遭祸乱成灰烬。
　　呜呼哀哉真可叹,国家命运急又紧!

3　国家贫穷资财光,老天不肯把我养。
　　要想安身无处住,说走不知往哪方。
　　君子认真细思量,心地端正不争强。
　　是谁生出这祸根?至今作梗把人伤!

4　心中隐隐多痛苦,想我家乡地和屋。
　　我的出生不逢时,碰上老天大发怒。
　　无论从西到东边,哪有地方可居住?
　　我遭祸乱多无数,边疆紧急出事故。

5　为国谋划能谨慎,祸乱状况可减轻。
　　教你国事应忧虑,封官授职要细心。
　　有人手持灼热物,不用水洗怎能成?
　　如此为政岂能好,大家都将命归阴。

6　就像人们逆风跑,呼吸困难受不了。
　　人民都有进取心,形势使他做不到。
　　爱好耕种和收获,人民出力养阔佬。
　　耕种收获是个宝,阔佬白吃也很好。

7　天降灾祸和死亡,想要灭我所立王。
　　降下蟊贼诸害虫,庄稼全部遭了殃。
　　哀痛我们国中人,灾祸不断田尽荒!
　　大家疲病无力量,只有诚心念上苍。

8　这是顺理好君王,人民拥戴共敬仰。
　　心地光明有智谋,选择辅佐很周详。
　　那是蛮横无理君,自谓一切都贤良。

另有一副坏心肠,逼使人民都发狂。

9　瞧那郊外树林中,成群结队是麋鹿。
　　朋友彼此不信任,不能善意相帮助。
　　古人有话说得好:进退尽都是绝路。

10　这个圣人好眼力,高瞻远瞩能百里。
　　那些愚人目光浅,行为颠狂瞎欢喜。
　　不是有话不能说,为啥如此有畏忌?

11　这些心地善良人,不求禄位不钻营。
　　那些忍心为恶者,反复瞻顾求恩宠。
　　民心思乱非本意,只因暴政害人凶!

12　大风刮来迅且猛,来自空空大山洞。
　　只有这个善良人,行为美好人称颂。
　　惟有那些悖理者,终日走在污垢中。

13　大风迅猛呼呼吹,贪婪小人害同类。
　　话儿好听愿应对,忠言逆耳就装醉。
　　不用忠良贤德辈,反说我是老悖晦。

14　哎呀你我是朋友,你辈行为我不知?
　　好比鸟儿空中飞,有时射中被人执。
　　我来本为庇护你,反而发怒把我叱!

15　人民所以行不轨,执政刻薄多背理。
　　乱做不利人民事,就怕不能得胜利。
　　百姓行为多邪僻,因为执政施暴力。

16　人民动荡不安定,执政为盗有贼行。
　　诚恳劝说不可做,背地乱骂不认情。
　　虽说有人诽谤我,已作此歌望你听。

注　释　[1]《毛传》:"菀(wǎn),茂貌。旬,阴均也。"《传疏》:"阴均者,言荫依普遍也。"[2]《毛传》:"刘,爆烁而希也。瘼(mò),病也。"[3]《郑笺》:"殄(tiǎn),绝也。"[4]《毛传》:"填(chén),久也。"《集传》:"仓兄(chuàng kuàng),与怆怳同,悲闵之意也。"[5]《郑笺》:"倬(zhuō),明大貌。昊天乃倬然明大而不矜哀下民。"[6]《毛传》:"骙骙(kuí kuí),不息也。鸟隼曰旟,龟蛇曰旐(zhào)。"[7]王引之《经义述闻》卷七:"泯,乱也。承上乱生不夷言之,故曰靡国不乱耳。"[8]《经义述闻》卷七:"黎者,众也,多也。言民多死于祸乱,不复如前日之众多,但留馀烬耳。"[9]《毛传》:"频,急也。"《集传》:"步,犹运也。"[10]《通释》:"蔑资,即无资也。"[11]《郑笺》:"将,犹养也。"《通释》:"天不我将,犹言天不扶助我耳。"[12]《毛传》:"疑,定也。"[13]《毛传》:"竞,强。厉,恶。梗,病也。"《集传》:"谁实为此祸阶,使至今为病乎?盖曰祸有根源,其从来也久矣。"[14]《集传》:"土,乡。宇,屋。"[15]《毛传》:"僤(dàn),厚也。"[16]《集传》:"觏,见。瘽(mín),病。棘,急。圉(yǔ),边也。"[17]《毛传》:"毖(bì),慎也。"《通释》:"乱况,犹乱状也。诗盖言在上者如善其谋,慎其事,乱状斯能削减耳。"[18]《郑笺》:"恤,亦忧也。"[19]《郑笺》:"我语女以忧天下之忧,教女以次序贤能之爵。"《集传》:"序爵,辨别贤否之道也。"[20]《毛传》:"濯所以去热也。"《通释》:"执热,即治热,亦即救热。言谁能救热而不以濯也"。[21]《集传》:"不然,则其何能善哉?相与入于陷溺而已。"[22]《毛传》:"溯(sù),向。僾(ài),唈。"《集疏》:"喻王政所及,民皆如彼向疾风者,为之唈然短气。"[23]《郑笺》:"肃,进。"《毛传》:"荓(pēng),使也。"[24]《毛传》:"力民代食,代无功者食天禄也。"[25]《郑笺》:"虫食苗根曰蟊(máo),食节曰贼。卒,尽。痒(yáng),病也。"[26]《郑笺》:"恫(tōng),痛也。"[27]《毛传》:"赘(zhuì),属。"《传疏》:"'具赘卒荒',承上文'降此蟊贼,稼穑卒痒'言之,犹云饥馑荐臻耳。"[28]《通释》:"秉心宣犹,言其持心明且顺也。"[29]《集传》:"相,辅。……考择其辅相,必众以为贤,而后用之。"[30]《集疏》:"不顺与惠君对举,不顺即不惠也。"林义光《诗经通解》:"自独俾臧,使已独利也。"[31]《郑笺》:"自有肺肠,行其心中之所欲,乃使民尽迷惑如狂。"[32]《毛传》:"牲牲(shēng shēng),众多也。"[33]《郑笺》:"潛(zèn),不信也。穀,善也。"[34]《毛传》:"谷,穷也。"[35]《集传》:"愚人不知祸之将至,而反狂以喜,今用事者盖如此。"[36]《集传》:"我非不能言也,如此畏忌何哉?言王暴虐,人不敢谏也。"[37]《毛传》:"迪,进也。"《传疏》:"弗求弗迪,言不干进也。彼忍心之人,惟是瞻顾反覆,无常德也。"[38]《郑笺》:"贪,犹欲也。"《集传》:"民不堪命,所以肆行贪乱。"[39]《郑笺》:"大风之行,有所从来,必从大空谷之中,言贤愚之所行,各由其性。"《经义述闻》卷七:"隧(suì)之言迅疾也。有隧,形容其迅疾也。有空,亦形容大谷之词也。"[40]胡承珙《后笺》:"案中垢,言垢中也。犹中林、中谷之比。谓不顺之人,其行如在垢中。垢,尘垢也。"[41]《郑笺》:"类,等夷也。"贪人:指荣夷公之类。《史记·

周本纪》:"厉王即位三十年,好利近荣夷公。芮良夫谏不听,卒以荣公为卿士。"[42]《通释》:"听言,谓顺从之言,即誉言也。……诵言,即讽谏之言也。诗言贪人好誉而恶谏,闻誉言则答,闻谏言则如醉。"[43]《郑笺》:"而,犹女(汝)也。我岂不知女所行者恶与?"[44]《正义》:"虫是鸟之大名,故羽虫三百六十,而凤凰为之长。"《集传》:"言己之所言或亦有中,犹曰千虑而一得也。"[45]《郑笺》:"之,往也。口距人谓之赫。我恐女见弋获,既往覆阴女,谓启告之以患难也。"[46]《郑笺》:"民之行失其中者。"《毛传》:"凉,薄也。"[47]《郑笺》:"言民之行维邪者,主由为政者遂用强力相尚故也。"[48]《毛传》:"戾,定也。"[49]林义光《诗经通解》:"凉曰不可者,正告之以不可也。"[50]《郑笺》:"善,犹大也。"[51]匪:通"诽",诽谤。《传疏》:"此芮伯自明其歌诗以讽刺厉王也。"

258 云汉

这是周宣王祈神求雨的祷词,反映了当时旱灾的严重和宣王愁苦焦急的心情。《诗序》:"《云汉》,仍叔美宣王也。宣王承厉王之烈,内有拨乱之志,遇灾而惧,侧身修行,欲销去之。天下喜于王化复行。百姓见忧,而作是诗也。"方玉润《诗经原始》:"此一篇禳旱文也。……而篇中所言,乃王自祷词耳。"《竹书纪年》:"宣王二十五年……大旱,王祷于郊庙,遂雨。"八章,八十句。

1 倬彼云汉,昭回于天[1]。
　王曰:於乎!何辜今之人[2]?
　天降丧乱,饥馑荐臻[3]。
　靡神不举,靡爱斯牲[4]。
　圭璧既卒,宁莫我听[5]?
2 旱既大甚,蕴隆虫虫[6]。

不殄禋祀,自郊徂宫[7]。

上下奠瘞,靡神不宗[8]。

后稷不克[9],上帝不临。

耗斁下土[10],宁丁我躬[11]!

3 旱既大甚,则不可推[12]。

兢兢业业,如霆如雷。

周馀黎民,靡有孑遗[13]。

昊天上帝,则不我遗[14]。

胡不相畏?先祖于摧[15]!

4 旱既大甚,则不可沮[16]。

赫赫炎炎[17],云我无所[18]。

大命近止[19],靡瞻靡顾。

群公先正[20],则不我助。

父母先祖,胡宁忍予?

5 旱既大甚,涤涤山川[21]。

旱魃为虐,如惔如焚[22]。

我心惮暑,忧心如熏!

群公先正,则不我闻[23]。

昊天上帝,宁俾我遁[24]?

6 旱既大甚,黾勉畏去[25]。

胡宁瘨我以旱,憯不知其故[26]。

祈年孔夙,方社不莫[27]。

昊天上帝,则不我虞[28]。

敬恭明神,宜无悔怒?

7 旱既大甚,散无友纪[29]。

鞫哉庶正,疚哉冢宰[30]!

趣马师氏,膳夫左右[31]。

靡人不周[32],无不能止[33]。

瞻卬昊天,云如何里[34]!

8　瞻卬昊天,有嘒其星[35]。

大夫君子,昭假无赢[36]。

大命近止,无弃尔成[37]。

何求为我,以戾庶正[38]!

瞻卬昊天,曷惠其宁[39]?

韵　读　1.天、人、臻,真部。牲、听,耕部。　2.甚、临,侵部;虫、宫、宗、躬,冬部。冬侵合韵。 3.推、雷、遗、遗、畏、摧,微部。　4.沮、所、顾、助、祖、雨,鱼部。　5.川、焚、熏、闻、遁,文部。　6.去、故、虞、怒,鱼部;莫、铎部。鱼铎通韵。　7.纪、宰、右、止、里,之部。　8.星、赢、成、正、宁,耕部。

今　译　1　浩浩银河高又亮,光华运转在天上。

周王仰天长叹息:今人犯了啥罪状?

死亡祸乱从天降,连年不断生饥荒。

没有神灵不祭祀,哪敢吝惜牛豕羊?

圭璧礼玉已用尽,为啥不肯听我讲!

2　旱灾已经太严重,暑气熏蒸热难当。

不绝祭祀常烧香,郊祭庙祭两不忘。

奠酒埋玉祭天地,没有神明不祭享。

后稷救灾不能胜,上帝不来救死亡。

田土破败成灾难,为啥正当我身上!

3　旱灾已经太严重,要想消除不得行。

战战兢兢心恐惧,如遇霹雳和雷声。

周地剩馀老百姓,几乎个个都死净。

454

昊天上帝岂无情，不愿过问我死生。
大家怎能不害怕，祖先祭祀无继承！

4 旱情已经太严重，没有办法可阻挡。
骄阳似火暑气腾，要想容身没地方。
死亡大限将临头，瞻前顾后两渺茫。
历代公卿百官神，不肯为我来相帮。
自己父母先祖灵，怎肯忍我遭灾荒。

5 旱情已经太严重，山光河涸草木尽。
旱魃为恶太可恨，好比大火遍地焚。
我心害怕酷热天，忧愁难忍如烟熏。
历代公卿百官神，丝毫不肯来过问。
昊天上帝岂不闻，为啥叫我陷穷困。

6 旱情已经太严重，努力祈祷把灾除。
为啥降旱坑害我？左思右想不知故。
祈祷丰年都很早，祭祀方社也不暮。
昊天上帝岂胡涂，不愿考虑来相助。
我对神明很恭敬，神明不应有恼怒！

7 旱灾已经太严重，人人散乱法纪无。
公卿百官办法穷，宰相痛苦亦无补！
趣马师氏都祈雨，膳夫左右齐帮助。
没有一人不赈灾，无人叫难敢停住。
抬头向上望苍天，我的心里多忧苦！

8 仰望昊天万里晴，点点繁星亮晶晶。
所有大夫诸君子，诚心祭告无毛病。
死亡大限虽临近，继续前功莫稍停。
祈雨岂是为了我，为安群众与公卿！
抬头向上问苍天，啥时惠赐我安宁？

注　释　[1]《毛传》:"回,转也。"《郑笺》:"云汉,谓天河也。昭。光也。……精光转运于天。"倬彼:倬倬,浩大貌。[2]《郑笺》:"辜(gū),罪也。"[3]《毛传》:"荐,重。臻,至也。"[4]《郑笺》:"求于群神无不祭也,无所爱于三牲。"《礼记·王制》郑注:"举,犹祭也。"[5]《集传》:"圭璧,礼神之玉也。卒,尽也。宁,犹何也。"周人堆柴焚玉以祭天,埋玉于土以祭地,沉玉于水以祭水神,藏玉以祭人鬼。[6]《通释》:"蕴隆,谓暑气郁积而隆盛。虫虫,则热气熏蒸之状也。"[7]《集传》:"殄(tiǎn),绝也。郊,祀天地也。宫,宗庙也。"[8]《毛传》:"上祭天,下祭地。奠其礼,瘗(yì)其物。宗,尊也。国有凶荒,则索鬼神而祭之。"[9]《集传》:"言后稷欲救此旱灾而不能胜也。"[10]《郑笺》:"斁(dù),败也。"[11]《毛传》:"丁,当也。"[12]《毛传》:"推,去也。"[13]《集传》:"孑(jié),无右臂貌。遗,馀也。言大乱之后,周之馀民,无复有半身之遗者。"[14]《通释》:"遗,当读如问遗之遗。……与人相恤问亦谓之遗。"[15]《集传》:"摧,灭也。言先祖之祀将自此而灭也。"[16]《毛传》:"沮(jǔ),止也。"[17]《毛传》:"赫赫,旱气也。炎炎,热气也。"[18]《集传》:"无所,无所容也。"[19]《毛传》:"大命近止,民近死亡也。"[20]《正义》:"正者,长也。先世为官之长,又与群公相配,故知是百辟卿士也。"[21]《毛传》:"涤涤,旱气也。"《集传》:"涤涤,言山无木,川无水,如涤而除之也。"[22]《毛传》:"魃(bá),旱神也。惔(tán),燎之也。"三家《诗》"惔"作"炎"。[23]《通释》:"闻,当读问。问,犹恤问也。"[24]《通释》:"遯(dùn)、屯古同声。当读如屯难之屯。又遯困亦同声。宁俾我遯,犹云乃使我困也。"[25]《郑笺》:"黾勉,急祈祷也。欲使所尤畏者去。"《通释》:"畏去,谓苦此旱而恶去之也。"[26]《集传》:"瘨(diān),病。憯(cǎn),曾。《传疏》:"言何病我以旱,曾不知其故也。"[27]《郑笺》:"我祈丰年甚早,祭四方与社又不晚。"《礼记·月令》:"孟冬,天子乃祈来年于天宗。"郑玄注:"天宗,谓日月星辰也。"[28]《郑笺》:"虞,度也。"王引之《经义述闻》:"虞,助也。"[29]《通释》:"友者,有也。……谓群臣散无有纪也。"[30]《集传》:"鞫(jū),穷也。庶正,正官之长也。疚,病也。冢宰,又众长之长也。"[31]《毛传》:"趣马不秣,师氏驰其兵。"《集传》:"趣马,掌马之官。师氏,掌以兵守王门者。膳夫,掌食之官也。"[32]《毛传》:"周,救也。"《郑笺》:"周当作赒。王以诸臣困于食,人人赒救之。"[33]《集传》:"无有自言不能,而遂止不为也。"[34]《郑笺》:"里,忧也。"[35]《毛传》:"嘒,众星貌。"[36]《正义》引王肃曰:"大夫君子,公卿大夫也。昭其至诚于天下,无敢有私赢之而不敷散。昭假:诚心祭告。《通释》:"《广雅》爽,赢并训为过。过谓过差。无赢(yíng),犹言无爽,无爽犹言无差忒耳。"[37]《集传》:"虽人今死亡将近,然不可以弃其前功。"[38]《毛传》:"戾,定也。"《传疏》:"言今我求雨,何独为我躬,亦欲定庶正救灾之成功而已。"[39]《集传》:"果何时而惠我以安宁乎。"

259 崧高

周宣王封申伯于谢,并大加赏赐。尹吉甫写这首诗为申伯送行。朱熹《集传》:"宣王之舅申伯出封于谢,而尹吉甫作诗以送之。"八章,六十四句。

1 崧高维岳[1],骏极于天。
  维岳降神,生甫及申[2]。
  维申及甫,维周之翰。
  四国于蕃,四方于宣[3]。

2 亹亹申伯,王缵之事[4]。
  于邑于谢[5],南国是式[6]。
  王命召伯:"定申伯之宅;
  登是南邦,世执其功[7]。"

3 王命申伯:"式是南邦!
  因是谢人,以作尔庸[8]。"
  王命召伯:"彻申伯土田[9]。"
  王命傅御:"迁其私人[10]。"

4 申伯之功,召伯是营。
  有俶其城[11],寝庙既成。
  既成藐藐[12]。王锡申伯:

四牡跻跻[13],钩膺濯濯[14]。

5　王遣申伯:路车乘马。
　　"我图尔居,莫如南土[15]。
　　锡尔介圭,以作尔宝。
　　往近王舅[16],南土是保!"

6　申伯信迈[17],王饯于郿。
　　申伯还南,谢于诚归[18]。
　　王命召伯:"彻申伯土疆[19]。
　　以峙其粻,式遄其行[20]。"

7　申伯番番[21],既入于谢,徒御啴啴[22]。
　　周邦咸喜:戎有良翰[23]!
　　不显申伯,王之元舅,文武是宪[24]。

8　申伯之德,柔惠且直。
　　揉此万邦[25],闻于四国。
　　吉甫作诵,其诗孔硕,
　　其风肆好[26],以赠申伯。

韵　读　1.天、神、申,真部。翰、蕃、宣,寒部。 2.事,之部;式,职部。之职通韵。伯、宅,铎部。邦、功,东部。 3.邦、庸,东部。田、人,真部。 4.营、城、成,耕部。藐、跻、濯,药部。 5.马、居、土,鱼部。宝、舅、保,幽部。 6.郿,脂部;归,微部。脂微合韵。疆、粻、行,阳部。 7.番、啴、翰、宪,寒部。 8.德、直、国,职部。硕、伯,铎部。

今　译　1　嵩山高大是中岳,巍峨耸立入云层。
　　　　中岳嵩山降神灵,申伯甫侯二人生。
　　　　是那申伯和甫侯,周家栋梁最有名。
　　　　保卫四方诸侯国,宣扬教化天下宁。

　　　 2　申伯做事最勤敏,周王委他继重任。

建设城邑在谢地,南国奉他作准绳。

周王命令召伯虎,去为申伯建新城。

建成国家在南方,世世代代掌国政。

3 周王下令给申伯,要为南国做楷模。

依靠谢地老百姓,新的城墙快建筑。

周王又命召伯虎,去为申伯治田土。

王命太傅和侍御,家臣迁去一起住。

4 申伯迁谢大工程,召伯奉命来经营。

城墙高大又厚实,宗庙寝殿都建成。

寝庙已成多漂亮,王对申伯行赐赏。

四匹马儿多雄壮,胸前带饰闪金光。

5 王送申伯去谢城,路车四马真漂亮。

仔细考虑你住处,天下莫比南土强。

赐你大圭尺二长,作为国宝永收藏。

我的娘舅放心去,确保南土万里疆!

6 申伯决定要起程,王在郿地来饯行。

申伯要回南方去,决心回去住谢城。

天子命令召伯虎:"申伯疆土要划清。

路上干粮准备好,日夜兼程马不停。"

7 申伯勇武貌堂堂,已进谢邑这地方,随从士卒喜洋洋。

全国人民都欢喜:你是国家好栋梁!

申伯高贵显荣光,周王舅父不平常,文德武功作榜样。

8 申伯具有好德行,温和仁爱又端正。

安抚诸侯服万国,天下四方传美名。

吉甫作了这首诗,意义重大语言精。

它的声音非常好,赠给申伯表欢庆。

459

注 释 [1]崧(sōng)高:嵩山,五岳之一,在河南省登封县。"三家诗""崧"作"嵩"。《尔雅·释山》:"泰山为东岳,华山为西岳,霍山(衡山)为南岳,恒山为北岳,嵩高为中岳。"[2]《郑笺》:"申,申侯也。甫,甫侯也。皆以贤知入为周之桢干之臣。"蔡邕《司空杨公碑》:"昔在申吕,匡佐周宣,《崧高》作颂,《大雅》扬言。"[3]《郑笺》:"四国有难,则往扞御之,为之藩屏;四方恩泽不至,则往宣畅之。"[4]《郑笺》:"亹亹(wěi wěi),勉也。缵(zuǎn),继也。"《集传》:"使之继其先世之事也。"[5]《正义》:"申伯先封于申,本国近谢;今命为州牧,故改邑于谢。谢:今河南唐河县南。[6]《集传》:"式,使诸侯以为法也。"[7]《毛传》:"登,成也。"《郑笺》:"世世执其政事传子孙也。"《集传》:"言使申伯后世常守其功也。"[8]《毛传》:"庸,城也。"[9]《集传》:"彻,定其经界,正其赋税也。"[10]《集传》:"私人,家人也。"[11]俞樾《群经平议》:"有俶,形容其厚也。"《说文·人部》:"俶,善也。"[12]《毛传》:"藐藐,美貌。"《礼记·月令》郑玄注:"凡庙,前曰庙,后曰寝。"[13]《毛传》:"跻跻(jiǎo jiǎo),壮貌。"[14]钩膺:套在马胸前和颈上的带饰。《毛传》:"濯濯(zhuó zhuó),光明也。"[15]《正义》:"因告之曰:我谋度汝之所居,无如谢邑之最善。"[16]《郑笺》:"近(jì),辞也。声如彼记之子之记。"《集传》:"近,郑音记。按《说文》从辵从丌,今从斤,误。"《传疏》:"往辺王舅,言王舅往耳。"[17]《郑笺》:"迈,往也。申伯之意不欲离王室,王告之复重,于是意解而信行。"郿:地名,在今陕西省眉县东北。[18]《郑笺》:"谢于诚归,诚归于谢。"《正义》:"诚心归于南国。古人之语多倒,故申明之。诚归者,决意不疑之词。"[19]《正义》:"令申伯至国之时,不与四邻争讼也。"《集传》:"彻,定其经界,正其赋税也。"[20]《集传》:"峙(zhì),积。粻(zhāng),粮。遄(chuán),速也。"[21]《毛传》:"番番(bō bō),勇武貌。"[22]《毛传》:"啴啴(tān tān),喜乐也。"[23]《郑笺》:"周,遍也。申伯入谢,遍邦内皆喜曰:'女乎有善君也。'相庆之言。"[24]《传疏》:"元舅,大舅也。宪,法也。文武是宪,言申伯既有文德,又有武功,足为法于天下也。"[25]《集传》:"揉,治也。"[26]《集传》:"风,声。"胡承珙《后笺》:"此章言诵,又言诗,又言风,三者有别,诵者可歌之名。……诗则其本篇之词,风则其词中之意。"

260 烝民

周宣王派仲山甫至齐筑城,尹吉父写诗送别,赞美仲山甫才高德美,宣王能任贤使能。

朱熹《集传》:"宣王命樊侯仲山甫筑城于齐,而尹吉甫作诗以送之。"姚际恒《诗经通论》:"《三百篇》说理始此,盖在宣王之世矣。"八章,六十四句。

1 天生烝民,有物有则[1]。
  民之秉彝,好是懿德[2]。
  天监有周,昭假于下[3],
  保兹天子,生仲山甫[4]。

2 仲山甫之德,柔嘉维则。
  令仪令色,小心翼翼。
  古训是式,威仪是力。
  天子是若,明命使赋[5]。

3 王命仲山甫:式是百辟!
  缵戎祖考,王躬是保。
  出纳王命,王之喉舌[6]。
  赋政于外,四方爰发[7]。

4 肃肃王命,仲山甫将之[8]。
  邦国若否[9],仲山甫明之。
  既明且哲,以保其身[10]。
  夙夜匪解,以事一人[11]。

5 人亦有言:柔则茹之[12],刚则吐之。
  维仲山甫,柔亦不茹,刚亦不吐;
  不侮矜寡,不畏强御[13]。

6 人亦有言:德輶如毛,民鲜克举之[14]。
  我仪图之[15],维仲山甫举之,爱莫助之[16]。
  衮职有阙[17]。维仲山甫补之。

7 仲山甫出祖[18],四牡业业[19]。

征夫捷捷[20],每怀靡及[21]。

四牡彭彭,八鸾锵锵[22]。

王命仲山甫,城彼东方[23]。

8 四牡骙骙,八鸾喈喈。

仲山甫徂齐,式遄其归[24]。

吉甫作诵,穆如清风[25]。

仲山甫永怀,以慰其心。

韵 读 1.则、德,职部。下、甫,鱼部。 2.德、则、色、翼、力,职部。若、铎部;赋,鱼部。鱼铎通韵。 3.考、保,幽部。舌、外、发,月部。 4.将、明,阳部。身、人,真部。 5.茹、吐、甫、茹、吐、寡、御,鱼部。 6.举、图、举、助、补,鱼部。 7.业、捷,叶部;及、缉部。缉叶合韵。彭、锵、方,阳部。 8.骙、喈、齐,脂部;归,微部。脂微合韵。风、心,侵部。

今 译 1 上天生下众百姓,事物一定有法则。

人人保持共同性,就是爱好这美德。

老天监察我周家,诚心祭祀在下国。

保佑这个周天子,生下山甫是贤哲。

2 仲山甫有好品德,温和善良是准则。

仪表端正颜色好,谨慎小心不自得。

先王遗训能遵循,言行力求合规格。

天子用心作选择,让他传命发政策。

3 天子命令仲山甫,要为诸侯作准绳!

祖先事业你继承,保卫王身得安宁。

王命出入你掌管,喉舌之臣责不轻。

你向诸侯发政令,天下各地都响应。

4 天子命令很威严,山甫认真去执行。

国家形势好或歹,山甫都能认识清。

既明道理又懂事,保持自己好名声。

日夜辛劳不懈怠,侍奉天子保太平。

5 古人有话这样说:软的东西吃下肚,硬的东西往外吐。

世间只有仲山甫,软的东西不乱吃,东西再硬也不吐。

鳏寡孤独不欺侮,不怕强暴和歹徒。

6 古人有话这样道:道德品行轻如毛,人们很少能举高。

认真思考细揣度,做到只有仲山甫,可惜无人能帮助。

龙袍上面有破损,只有山甫能修补。

7 山甫出行把路祭,四马高大强有力。

征夫敏捷动作疾,纵有私情难顾及。

四匹马儿奔驰急,八只鸾铃响声齐。

周王命令仲山甫,前去东方建城邑。

8 四匹马儿向前行,八只鸾铃响不停。

山甫动身去齐国,但望迅速早回程。

吉甫写下这首歌,美如清风暖人心。

山甫临行多思念,聊以此歌表慰问。

注 释 [1]《毛传》:"烝,众。物,事。则,法。"胡承珙《後笺》:"有物指天,有则指人之法天。"[2]《毛传》:"彝(yí),常。懿,美也。"《传疏》:"民之秉好性善也。"[3]昭假:诚心祭告。[4]仲山甫:周宣王大臣,鲁献公次子,封于樊(今河南济源县)。[5]《通释》:"此诗天子是若,亦谓天子是择,择能而使之。……明命使赋,即谓使仲山甫布其明命。"[6]《集传》:"喉舌,所以发言也。"[7]《郑笺》:"以布政于畿外,天下诸侯于是莫不发应。"[8]肃肃:《齐诗》作"赫赫",威严。《毛传》:"将,行也。"[9]《郑笺》:"若,顺也。若否,犹臧否,谓善恶也。"[10]《正义》:"以此明哲,择安去危而保全其身,不有祸败。"[11]《集传》:"解(xiè),怠也。一人,天子也。"《鲁诗》《韩诗》"解"作"懈"。[12]《释文》引《广雅》:"茹(rú),食也。"[13]《正义》:"不侮不畏即是不茹不吐,既言其喻,又言其实以充之。"[14]《郑笺》:"犹(yóu),轻。德甚轻,然而众人寡能独举之以行者。"[15]《通释》:"仪、图二字同义,皆度也。古人自有复语耳。"[16]《郑笺》:"爱,惜也。"《通释》:"隐者见之不真,凡举物者皆有形,而德之举也无形。凡有形者可助,而无形者不可助,故曰'爱莫助之。'"[17]《集传》:"衮(gǔn)职,王职也。天子龙衮,不敢斥言王阙,故曰衮职有阙也。"俞樾《群经平议》:"职读曰识。识犹适也。衮职有阙者,衮适有阙也。"[18]《郑笺》:"祖者,将行犯軷之祭也。"[19]《集传》:"业业,高大也。"[20]《毛传》:"捷捷,疾也。"[21]《郑笺》:"怀私为每怀。"《正义》引王肃云:"仲山甫虽有柔和明知之德,犹自谓无及。"[22]《郑笺》:"彭彭(bāng bāng),行貌。锵锵。鸣声。"[23]《毛传》:"东方,齐也。"[24]《毛传》:"遄(chuán),疾也。"[25]《正义》:"以清微之风化养万物,故以比清美之诗,可以感益于人也。"

261　韩奕

赞美韩侯朝周受赐,娶妻归韩,并被任命为统率北方诸侯的方伯。朱熹《集传》:"韩侯初立来朝,始受王命而归,诗人作此以送之。"六章,七十二句。

1　奕奕梁山,维禹甸之[1]。
　　有倬其道,韩侯受命[2]。
　　王亲命之:"缵戎祖考[3]!
　　无废朕命,夙夜匪解。
　　虔共尔位[4],朕命不易[5]。
　　榦不庭方[6],以佐戎辟。"
2　四牡奕奕,孔修且张[7]。
　　韩侯入觐[8],以其介圭,入觐于王。
　　王锡韩侯:淑旂绥章[9]。
　　簟茀错衡[10];玄衮赤舄,钩膺镂锡[11]。
　　鞹鞃浅幭[12],鞗革金厄[13]。

3 韩侯出祖,出宿于屠[14]。

显父饯之,清酒百壶。

其肴维何?炰鳖鲜鱼。

其蔌维何[15]?维笋及蒲。

其赠维何?乘马路车[16]。

笾豆有且,侯氏燕胥[17]。

4 韩侯取妻,汾王之甥[18],蹶父之子[19]。

韩侯迎止,于蹶之里。

百两彭彭,八鸾锵锵,不显其光。

诸娣从之,祁祁如云[20]。

韩侯顾之,烂其盈门[21]。

5 蹶父孔武,靡国不到。

为韩姞相攸,莫如韩乐[22]。

孔乐韩土:川泽訏訏,鲂鱮甫甫,麀鹿噳噳[23],

有熊有罴[24],有猫有虎[25]。

庆既令居,韩姞燕誉[26]。

6 溥彼韩城,燕师所完[27]。

以先祖受命,因时百蛮[28]。

王锡韩侯:其追其貊[29]。

奄受北国[30],因以其伯。

实墉实壑,实亩实籍[31]。

献其貔皮[32],赤豹黄罴。

韵 读 1.甸、命、命、命,真部。道、考,幽部。解、易、辟、锡,锡部。 2.张、王、章、衡、锡,阳部。韔、月部;厄,锡部。月锡合韵。 3.祖、屠、壶、鱼、蒲、车、且、胥,鱼部。 4.子、止、里,之部。彭、锵、光,阳部。云、门,文部。 5.到,宵部;乐,药部。宵药通韵。土、訏、甫、噳、虎、居、誉,鱼部。6.完、蛮,寒部。貊、伯、壑、籍,铎部。皮、罴,歌部。

今　译　1　梁山巍峨高又大,大禹曾经治理它。
朝廷政令很清明,韩侯受命保国家。
周王亲自下命令,继承祖业须听话。
我的命令不可废,早晚勤勉莫浮夸。
坚守职位须切记,命令不得乱变化。
讨伐不朝诸侯国,辅佐君王治天下。

2　四匹马儿真强壮,身又高来体又长。
韩侯秋天来朝见,手捧朝版大圭璋,从容上堂拜周王。
王赐韩侯啥东西,锦绣龙旗有文章。
车上文席花车衡,黑色龙袍红鞋帮。
马胸马头装饰美,浅色虎皮覆轼上,马勒金环真漂亮。

3　韩侯行前祭路神,出京来到屠地住。
显父为他来饯行,席上清酒有百壶。
摆的菜肴有些啥?团鱼清蒸鲜鱼煮。
吃的蔬菜有什么?新鲜竹笋和香蒲。
什么东西来赠送?四匹马儿和大路。
菜肴丰盛花色多,诸侯赴宴尽欢呼。

4　韩侯娶妻不平常,她是厉王外甥女,蹶父家中小女郎。
韩侯亲自去迎接,到达蹶邑大街上。
百辆彩车彭彭响,八只鸾铃响叮当,车水马龙显荣光。
陪嫁妹子相随去,好像彩云在飞扬。
韩侯三次回头望,满门灿烂真辉煌。

5　蹶父威武见识高,没有地方他不到。
他替韩姞找住所,只有韩地最美妙。
韩邑土地很安乐:河流湖泊宽又好,
鳊鱼鲢鱼都肥大,母鹿公鹿聚山腰。

466

林中还有熊和罴,山猫老虎也不少。

庆贺已得好住处,韩姞安居乐陶陶。

6 四周宽广是韩城,燕地大众修筑成。

用你先祖受封礼,百蛮都唯你是听。

周王下令赐韩侯,追貊两国你统领。

北方小国都包括,地区首长你担承。

挖好壕沟修好城,治田收税按规定。

进贡当地白狐皮,豹皮熊皮件件精。

注 释 [1]《毛传》:"奕奕(yì yì),大也。甸(diàn),治也。禹治梁山,除水灾。宣王平大乱,命诸侯。"梁山:在今河北省固安县。[2]《释文》:"倬(zhuō),明貌。"《毛传》:"受命,受命为侯伯也。"黄焯《毛诗郑笺平议》:"'有倬其道'二句就宣王言,言宣王之道倬然著明,故能使北国之韩侯入觐受命也。"韩:国名,成王封其弟于此,在今河北固安县东南。[3]《集传》:"缵(zuǎn),继。"[4]《毛传》:"虔,固。共(gōng),执也。"[5]《正义》:"我之所命女者,不得改易而不行。"[6]《传疏》:"干不庭方,言四方有不直者则正之,侯伯得专征伐也。"[7]《毛传》:"修,长。张,大。"[8]《郑笺》:"诸侯秋见天子曰觐。"[9]王引之《经义述闻》卷七:"绥者,文貌。……所画于旗,交龙日月之章,绥然有文,古曰绥章。"[10]《正义》:"茀(fú)者,车之蔽。簟(diàn)者,席之名。言簟,正是用席为蔽也。"[11]钩膺:套在马胸前的带饰。镂钖(yáng):马额上的刻金饰物。[12]《毛传》:"鞹(kuò),革。鞃(hóng),轼中也。浅,虎皮浅毛也。幭(miè),覆轼也。"[13]《集传》:"鞗(tiáo)革,辔首也。金厄(è),以金为环,缠搤辔首也。"[14]《毛传》:"屠,地名也。"胡承珙《后笺》:"此即汉之杜陵,在周京之东南。"[15]《毛传》:"蔌(sù),菜肴也。"[16]《毛传》:"人君之车曰路车,所驾之马曰乘马。"[17]《郑笺》:"且(jū),多貌。胥,皆也。其笾豆且然,荣其多也。"《集传》:"侯氏,觐礼诸侯来朝者之称。胥,相也,或曰语辞。"[18]《郑笺》:"汾(fén)王,厉王也。"《集传》:"厉王流于彘,在汾水之上,故时人以目王焉。"[19]《毛传》:"蹶(guì)父,卿士也。"[20]《释文》:"妻之女弟为娣(dì)。"《集传》:"诸娣,诸侯一娶九女,二国媵之,皆有娣侄也。祁祁,徐靓也。如云,众多也。"[21]《毛传》:"顾之,曲顾,道义也。"古代娶亲,男子到女家亲迎,有三次回顾之礼。《郑笺》:"烂烂,粲然鲜明且众多之貌。"[22]《郑笺》:"相,视。攸,所也。蹶父甚武健,为王使于天下,国国皆到。为其女韩侯夫人姞(jié)氏视其所居,韩国最乐。"[23]《毛传》:"訏訏(xǔ xǔ),大也。甫甫然,大也。噳噳

(yǔ yǔ)然,众也。"[24]《尔雅·释兽》:"羆(pí),如熊,黄白文。"[25]《通释》:"猫,盖今俗称山猫者。"[26]《集传》:"燕,安。誉,乐也。"[27]《集传》:"溥,大也。燕,召父之国也。"[28]《传疏》:"以,犹用也。以先祖受命,言韩侯先祖,亦受命为周侯伯,因以策命韩侯。……谓韩侯为百蛮之长。"[29]《毛传》:"追、貊(mò),戎狄国也。"[30]《毛传》:"奄,抚也。"[31]《郑笺》:"筑治是城,浚修是壑(hè),井牧是田亩,收敛是赋税。"《集传》:"籍,税也。"一本作"藉"。[32]《正义》:"《释兽》云:貔(pí),白狐。"

262　江汉

周宣王命令召伯虎讨伐淮夷,建立武功,受到赏赐。《诗序》:"《江汉》,尹吉甫美宣王也。能兴衰拨乱,命召公平淮夷。"朱熹《诗集传》指出此诗与古器物铭文相似。郭沫若《两周金文辞大系考释·召伯父殷》:"《大雅·江汉》之篇,与存世《召伯虎簋铭》之一,所记乃同时事。"六章,四十八句。

1　江汉浮浮,武夫滔滔[1]。
　　匪安匪游,淮夷来求[2]。
　　既出我车,既设我旟。
　　匪安匪舒,淮夷来铺[3]。

2　江汉汤汤,武夫洸洸[4]。
　　经营四方,告成于王。
　　四方既平,王国庶定。
　　时靡有争,王心载宁。

3　江汉之浒[5],王命召虎[6]:
　　式辟四方,彻我疆土。

匪疚匪棘,王国来极[7]。

于疆于理,至于南海。

4　王命召虎:来旬来宣[8]。

文武受命,召公维翰。

无曰予小子,召公是似[9]。

肇敏戎公,用锡尔祉[10]。

5　厘尔圭瓒[11],秬鬯一卣[12],告于文人[13]。

锡山土田,于周受命,自召祖命[14]。

虎拜稽首:"天子万年[15]。"

6　虎拜稽首,对扬王休[16]。

作召公考[17],天子万寿!

明明天子,令闻不已。

矢其文德,洽此四国[18]。

韵　读　1.浮、滔、游、求,幽部。车、旟、舒、铺,鱼部。 2.汤、洸、方、王,阳部。平、定、争、宁,耕部。 3.浒、虎、土,鱼部。棘、极,职部。理、海,之部。 4.宣、翰,寒部。子、似、祉,之部。 5.人、田、命、命、年,真部。 6.首、休、考、寿,幽部。子、已,之部。德、国,职部。

今　译　1　长江汉水浪滔滔,将士东征士气高。

不图安逸非闲游,为把淮夷来征讨。

我军战车已出动,我军战旗迎风飘。

不敢苟安贪舒适,讨伐淮夷除强暴。

2　长江汉水涌巨浪,将士威武又雄壮。

东征西讨定四方,频将捷报告周王。

四方叛乱已讨平,王国安定无灾殃。

时局太平战事息,我王安宁心舒畅。

3　在那长江汉水边,周王下令召伯虎:

469

　　　　为我开辟四方地,精心治理好疆土。

　　　　不扰民来不急躁,要以王国为楷模。

　　　　划定疆界理田地,直到南海都归附。

　4　周王命令召伯虎,负责巡视和宣抚。

　　　　文王武王受天命,召公辅政是台柱。

　　　　莫说自己年纪轻,召公事业你担负。

　　　　赶快努力建大功,定会赐你大幸福。

　5　赐你玉柄黄铜勺,芬芳黑黍酒一樽。

　　　　祭告先祖文王神,赐你田土和山林。

　　　　来到岐周受封命,仍用召祖旧时礼。

　　　　召虎下拜忙叩头:"天子万寿永无期。"

　6　召虎下拜忙叩首,称颂周王品德优。

　　　　铸造青铜召公簋,祝贺天子万年寿。

　　　　明德显著周天子,美好声誉永不已。

　　　　施行礼乐和教化,协调天下四方地。

注　释　[1]《毛传》:"浮浮,众强貌。滔滔,广大貌。"王引之《经义述闻》卷七:"谨案,《经》当作'江汉滔滔,武夫浮浮'。《传》当作'滔滔,广大貌;浮浮,众强貌'。"[2]《通释》:"来求,谓讨治之。"[3]《郑笺》:"不自安、不舒行者,主为来伐讨淮夷也。"铺:通"搏",讨伐。[4]《毛传》:"洸洸(guāng guāng),武貌。"[5]《郑笺》:"浒(hǔ),水涯也。"[6]《毛传》:"召虎,召穆公也。"[7]《集传》:"疚(jiù),病。棘,急也。极,中之表也。居中而为四方所取正也。"《郑笺》:"极,中也。非可以兵病害之也,非可以兵急躁切之也,使来于中国受政教之中正而已。"[8]《通释》:"是来旬为巡视之遍,来宣为宣布之遍。"[9]《毛传》:"似,嗣。"《传疏》:"言尔无以予小子之故,惟尔祖召公之是嗣也。"[10]《毛传》:"肇,谋。敏,疾。戎,大。"胡承珙《后笺》:"公与功同。"于省吾《诗经新证》:"始谋大事,用锡尔福祉也。"[11]《毛传》:"厘,赐也。"《集疏》:"玉瓒者,器名也,所以灌鬯(chàng)之器也,以圭饰其柄。"[12]《郑笺》:"秬鬯,黑黍酒也。谓之鬯者,芬香条鬯也。"[13]《集传》:"文人,先祖之有文德也,谓文王也。"[14]《郑笺》:"自,用也。宣王欲尊显召虎,故如岐周,使虎受山川土田之赐,命用其祖召康公受封之礼。"[15]《正义》:"言使天子得万年之寿。"[16]《郑笺》:"对,答。休,美。"[17]郭沫若《周代彝器进化观》:"考乃簋之假借字。"[18]《毛传》:"矢,施也。"《集传》:"劝其君以文德,而不欲其极意于武功。"《传疏》:"洽(qià),读为协。《孔子闲居》引《诗》作协。洽、协同声。"

263　常武

赞美周宣王亲征徐国,平定叛乱。朱熹《集传》:"宣王自将以伐淮北之夷,而命卿士之谓南仲⋯⋯字皇父者,整治其从行之六军,修其戎事,以除淮夷之乱,而惠此南方之国,诗人作此以美之。"六章,四十八句。

1　赫赫明明[1],王命卿士,
　　南仲大祖,大师皇父[2]:
　　整我六师,以修我戎[3];
　　既敬既戒,惠此南国[4]。

2　王谓尹氏,命程伯休父[5]:
　　左右陈行,戒我师旅。
　　率彼淮浦[6],省此徐土[7]。
　　不留不处[8],三事就绪[9]。

3　赫赫业业,有严天子[10]。
　　王舒保作,匪绍匪游[11]。
　　徐方绎骚[12],震惊徐方。
　　如雷如霆,徐方震惊。

4 王奋厥武,如震如怒[13]。
  进厥虎臣[14],阚如虓虎[15]。
  铺敦淮濆[16],仍执丑虏[17]。
  截彼淮浦[18],王师之所。

5 王旅啴啴[19],如飞如翰[20],
  如江如汉,如山之苞,如川之流。
  绵绵翼翼[21],不测不克,濯征徐国[22]。

6 王犹允塞,徐方既来[23]。
  徐方既同,天子之功。
  四方既平,徐方来庭[24]。
  徐方不回[25],王曰还归。

韵　读　1.祖、父,鱼部。戒、国,职部。 2.父、旅、浦、土、处、绪,鱼部。 3.业,叶部;作,铎部。叶铎合韵。游、骚,幽部。霆、惊,耕部。 4.武、怒、虎、虏、浦、所,鱼部。 5.啴、翰、汉,寒部。苞、流,幽部。翼、克、国,职部。 6.塞,职部;来,之部。之职通韵。同、功,东部。平、庭,耕部。回、归,微部。

今　译　1　威武英明周宣王,亲命卿士为大将。
　　　　太祖庙中命南仲,太师皇父讨徐方。
　　　　整顿六师军威扬,修好兵器着好装。
　　　　提高警惕严戒备,爱护百姓安南邦。

　　2　宣王告诉尹吉甫,程伯休父听将令。
　　　　部署队伍左右行,告诫我军仔细听。
　　　　沿着淮水两旁地,认真巡视徐国境。
　　　　诛杀首恶安良民,三卿尽职责任明。

　　3　仪表堂堂气宇轩,宣王神武又威严。
　　　　王师从容开向前,不敢闲逛稍迟延。

徐军未战阵已乱,震惊徐国君臣间。

声势浩大如雷霆,徐方震惊心胆寒。

4 宣王奋发多威武,好比雷霆大震怒。

派出冲锋敢死队,威猛如同咆哮虎。

陈兵布阵淮水边,就捕敌方众俘虏。

截断淮水敌人路,王师驻地真坚固。

5 王家军队斗志昂,好比雄鹰在飞翔。

好比江汉滔滔水,好比群山气势壮,好比大河掀巨浪。

军容整肃气势壮,不可测量不可胜,要对徐国大扫荡。

6 宣王谋略真可靠,徐方归降已来到。

徐方已经来会合,天子亲征建功劳。

四方已经全平定,徐方也来朝王了。

徐方不敢再违抗,王命班师回王朝。

注　释　[1]《毛传》:"赫赫然,盛也。明明然,察也。"[2]《正义》:"言王命南仲于太祖,谓于太祖之庙命南仲也。……先为卿士,今命以为大将。太师皇父,在'太祖'之下,则于太祖之庙始命以为太师。"《通释》:"皇父实为尹氏,即二章所云'王谓尹氏'也。"《竹书纪年》:"幽王元年,王锡太师尹氏皇父命。"[3]《集传》:"戎,兵器也。"[4]《郑笺》:"敬之言警也。警戒六师之众,以惠淮浦之旁国,谓敕以无暴掠为之害也。"[5]《集传》:"程伯休父,周大夫。"[6]《郑笺》:"率,循也。"[7]《郑笺》:"省视徐国之土地叛逆者。"徐:古国名,伯夷之后。故城在今安徽泗县北。[8]《传疏》:"畱,古刘字。……刘,杀也。处,犹安止也。两'不'字皆发声也。"[9]姚际恒《诗经通论》:"谓分主六军之三事大夫无一不尽职以就绪也。"吴闿生《诗义会通》:"三事,三卿也。"[10]《集传》:"赫赫,显也。业业,大也。严,威也。"[11]《毛传》:"舒,徐也。保,安也。"《郑笺》:"作,行也。绍,缓也。"《集传》:"言王舒徐而安行也。"[12]《毛传》:"绎,陈(阵)。骚,动也。"《传疏》:"言未战而徐方之军陈已动乱失次矣。"[13]《正义》:"既到淮浦,临阵将战,王乃奋扬其威武,其状如天之震雷,其声如人之勃怒其色,言严威之可惧也。"[14]《传疏》:"虎臣,即虎贲氏,启行之元戎也。"[15]《集传》:"阚(hǎn),奋怒之貌。虓(xiāo),虎之自怒也。"[16]《集传》:"铺,布也。"《郑笺》:"敦,当作屯。"[17]《毛传》:"仍,就。"[18]方玉润《诗经原始》:"谓断绝其出入之路也。"

[19]《毛传》:"啴啴(tān tān)然,盛也。"[20]《毛传》:"疾如飞,鸷如翰。"《正义》:"若鹰鹯之类,挚击众鸟者也。"[21]《毛传》:"绵绵,靓(静)也。翼翼,敬也。"《通释》:"皆状其兵之盛状耳。"[22]《集传》:"不测,不可知也。不克,不可胜也。"《毛传》:"濯,大也。"《郑笺》:"今又以大征徐国,言必胜也。"[23]《集传》:"犹,道。允,信。塞,实。"《集疏》:"言王道信充实,远人自服。"[24]《毛传》:"来王庭也。"[25]《郑笺》:"回,犹违也。还归,振旅也。"

264 瞻卬

讽刺周幽王宠褒姒,信用奸邪,逐贤良,倒行逆施,国将灭亡。《诗序》:"《瞻卬》,凡伯刺幽王大坏也。"朱熹《集传》:"此刺幽王嬖褒姒、任奄人以致乱之诗。"七章,六十二句。

1 　瞻卬昊天[1],则不我惠。
　　孔填不宁,降此大厉[2]。
　　邦靡有定,士民其瘵[3],
　　蟊贼蟊疾[4],靡有夷届[5]。
　　罪罟不收,靡有夷瘳[6]。

2 　人有土田,女反有之。
　　人有民人,女覆夺之。
　　此宜无罪,女反收之[7]。
　　彼宜有罪,女覆说之[8]。

3 　哲夫成城[9],哲妇倾城。
　　懿厥哲妇,为枭为鸱[10]。

474

妇有长舌,维厉之阶[11]。

乱匪降自天,生自妇人。

匪教匪诲,时维妇寺[12]。

4 鞫人忮忒,谮始竟背[13]。

岂曰不极,伊胡为慝[14]?

如贾三倍,君子是识[15]。

妇无公事[16],休其蚕织。

5 天何以刺?何神不富[17]?

舍尔介狄,维予胥忌[18]。

不吊不祥,威仪不类[19]。

人之云亡,邦国殄瘁[20]。

6 天之降罔[21],维其优矣[22]。

人之云亡,心之忧矣!

天之降罔,维其几矣[23]。

人之云亡,心之悲矣!

7 觱沸槛泉[24],维其深矣。

心之忧矣,宁自今矣?

不自我先,不自我后。

藐藐昊天[25],无不克巩[26]。

无忝皇祖,式救尔后[27]!

韵 读 1.惠、疾、屈,质部;厉、瘵,月部。质月合韵。收、瘳,幽部。 2.田、人,真部。有,之部;收,幽部。之幽合韵。夺、说,月部。 3.城、城,耕部。鸱、阶,脂部。天、人,真部。诲、寺,之部。 4.忒、背、极、慝、识、织,职部;倍,之部。之职通韵。 5.刺、狄,锡部。富,职部;忌,之部。之职通韵。祥、亡,阳部。类、瘁,物部。 6.罔、亡、罔、亡,阳部。优、忧,幽部。几、悲,微部。 7.深、今,侵部。先、天,真部。后、后,侯部;巩,东部。侯东通韵。

今 译 1 抬起头来望昊天,不肯对我施恩情。
天下长久不太平,大祸降临在人境。
国家无法得安定,士卒人民都累病。
好比蟊贼害禾稼,没完没了不得宁。
罪恶之网不收起,人民苦难永难停。

2 别人有了好土田,你却占有搞盘剥。
别人有了老百姓,你又强行去抢夺。
这人本是无辜者,你要把他来捕捉。
那人本应有罪过,你却替他来开脱。

3 聪明男子建成城,聪明女人使城倾。
可恨此妇太聪明,变成枭鸱发恶声。
女人多嘴舌头长,祸乱都由她造成。
祸乱不是从天降,大都由于妇人生。
王行暴政无人教,就因爱把妇人听。

4 诬告害人多诡计,先行诽谤后背弃。
难道这样还不够,为啥作恶不肯息?
商人唯求三倍利,主持政事岂相宜?
妇人不肯做女工,停止养蚕和纺织。

5 上天为啥施责罚?神灵怎不赐福祥?
披甲夷狄你不管,反而怨我骂我娘。
天灾人祸不忧虑,人君威仪尽丧亡。
忠臣贤士都离去,国家困病多灾殃。

6 上天降下罪恶网,多如牛毛密如雨。
忠臣贤士都离去,我的心里多忧虑。
上天降下罪恶网,灾难临近无处藏。
忠臣贤士都逃亡,我的心里多忧伤。

476

7　槛泉泉水涌不息,泉水源头深无底。

我的心中多忧戚,难道只从今日起?

我生之前无灾祸,我生之后灾祸已。

高远无边老天爷,一切无不可畏忌。

伟大祖先不可辱,子孙后代应救济。

注　释　[1]《毛传》:"昊天,斥王也。"指周幽王。《释文》:"卬,音仰,本亦作仰。"[2]《毛传》:"填(chén),久。厉,恶也。"《集传》:"厉,乱也。"[3]《毛传》:"瘵(zhài),病。"[4]《正义》:"蟊(máo)贼者,害禾稼之虫,蟊疾是害禾稼之状。"[5]《郑笺》:"届,极。"[6]《毛传》:"瘳(chōu),愈也。"[7]《毛传》:"收,拘收也。"[8]《毛传》:"说(tuō),赦也。"[9]《毛传》:"哲,知(zhì)也。"[10]《郑笺》:"懿,有所伤痛之声也。……枭(xiāo)、鸱(chī),恶声之鸟,喻褒姒之言无善。"[11]王念孙《广雅疏证》卷四:"阶,犹因也。"[12]《毛传》:"寺,近也。"《郑笺》:"又非有人教王为乱,语王为恶者,是惟近爱妇人,用其言故也。"[13]《毛传》:"忮(zhì),害。忒(tè),变也。"林义光《诗经通解》:"鞠(jū),读为告,告、鞠古同音。告人忮忒者,告人之言两歧而差忒也。潜始竟背者,虚妄于始而背之于终也。"[14]《郑笺》:"慝(tè),恶也。"严粲《诗缉》:"其为恶岂曰不极至乎?何故为慝恶而不已也。"[15]林义光《诗经通解》:"识读为职,识与职古通用。言如贾利三倍之人而主君子之事。"[16]王引之《经义述闻》卷七:"今按公事即功事,休其蚕织即无功事也。"[17]《毛传》:"刺,责。富,福。"《集传》:"言天何用责王,神何用不富王哉?凡以王信用妇人之故也。"[18]《郑笺》:"乃舍女被甲夷狄来侵犯中国者,反与我相怨。"[19]《集传》:"吊,闵也……今王遇灾而不恤,又不谨其威仪。"《集疏》:"王傲情不修威仪,望之不似人君。"[20]《郑笺》:"天下邦国将尽穷困。"[21]《传疏》:"罔,古网字。天之降罔,犹言天降罪罟耳。"[22]《毛传》:"优,渥也。"[23]《郑笺》:"几,近也。"[24]《集传》:"觱沸(bì fèi),泉涌貌。槛泉,泉正出也。"[25]《集传》:"然而祸乱之极适当此时,盖已无可为者。"[26]于省吾《诗经新证》:"无不克巩,应读为无不可恐,恐、畏同训。"[27]《集传》:"幽王苟能改过自新而不忝皇祖,则天意可回,来者犹必可救,子孙亦蒙其福矣。"

265 召旻

讽刺周幽王任用小人,胡作非为,朝政败坏,国土日削,将致灭亡。《诗序》:"《召旻》,凡伯刺幽王大坏也。"朱熹《集传》:"此刺幽王任用小人,以致饥饥侵削之诗也。"七章,四十一句。

1 旻天疾威[1],天笃降丧。
　昊我饥馑[2],民卒流亡,我居圉卒荒[3]!
2 天降罪罟,蟊贼内讧。
　昏椓靡共,溃溃回遹,实靖夷我邦[4]。
3 皋皋訿訿[5],曾不知其玷[6]。
　兢兢业业,孔填不宁,我位孔贬[7]。
4 如彼岁旱,草不溃茂[8],如彼栖苴[9]。
　我相此邦,无不溃止[10]。
5 维昔之富,不如时。
　维今之疚,不如兹[11]。
　彼疏斯稗,胡不自替[12],职兄斯引[13]?
6 池之竭矣,不云自频[14]?
　泉之竭矣,不云自中[15]?
　溥斯害矣[16],职兄斯弘,不灾我躬。
7 昔先王受命,有如召公[17],日辟国百里[18]。
　今也日蹙国百里[19],於乎哀哉!
　维今之人,不尚有旧[20]!

韵　读　1. 丧、亡、荒,阳部。 2. 讧、共、邦,东部。 3. 玷、贬,谈部;业,叶部。叶谈通韵。 4. 茂,幽部;止,之部。之幽合韵。 5. 富,职部;时、疚、兹,之部。之职通韵。替,质部;引,真部。真质通韵。 6. 竭、竭、害,月部。频,与上章替、引协韵。中、躬,冬部;弘,蒸部。蒸冬合韵。 7. 里、里、哉、旧,之部。

今　译
1　老天暴虐太疯狂,接连不断降死亡。
　　饥饿使我多伤病,人民颠沛离家乡,内地边疆尽荒凉。

2　老天降下罪恶网,奸贼内部乱嚷嚷。
　　阉宦小人不称职,纷乱邪恶太嚣张,阴谋灭亡我家邦。

3　相互诽谤又欺骗,竟然不知是缺点。
　　言行小心又谨慎,很久心里不自安,我的职位大黜贬!

4　好比那年有旱象,百草生长不茂畅,好比枯草挂树上。
　　我看这个国家里,无不混乱将灭亡!

5　昔日富足今日穷,如今贫病此更凶。
　　该吃粗粮吃细粮,为啥不肯自退让?国家祸乱更增长!

6　池塘里面水尽干,岂不起自池外边。
　　山里泉水水流断,岂不起自泉中间。
　　灾害已经很普遍,祸乱更加大蔓延,哪能不把我牵连?

7　从前先王受天命,贤臣召公掌国政,国土每天开百里。
　　如今日日受侵凌,呜呼形势令人惊!
　　如今国家当权者,是否还有旧章程?

注　释　[1]《尔雅·释天》:"秋为旻(mín)天。"《郑笺》:"天,斥王也。" [2]《郑笺》:"瘨(diān),病也。" [3]《集传》:"居,国中也。圉(yǔ),边垂也。" [4]《郑笺》:"昏椓(zhuó),皆奄人也。……刑奄之人无肯共其职事者,皆溃溃然惟邪是行,皆谋夷灭王之国。"《传疏》:"靡,不也。不共,言不恭职事也。" [5]《通释》:"皋当读为谇。《玉篇》:'谇,相欺也'。"《集传》:"訾訾(zǐ zǐ),务为谤毁也。"《通释》:"皋皋訾訾,皆极言小人谗毁人之状。" [6]《郑笺》:"玷(diàn),缺也。"《集传》:"言小人在位,所为如

479

此,而王不知其缺。"[7]《毛传》:"贬,坠也。"《集传》:"填(chén),久也。至于戒敬恐惧,甚久而不宁者,其位乃更见贬黜。"[8]《毛传》:"溃,遂也。"《郑笺》:"溃茂之溃当作彙。彙,茂也。"林伯桐《毛诗识小》:"谓草木不得畅遂而茂盛也。"[9]《集传》:"栖苴(chá),水中浮草栖于木上者,言枯槁无润泽也。"[10]《郑笺》:"溃,乱也。"《集传》:"相,视。"[11]《集传》:"疚(jiù),病。……言昔之富未尝若是之疚也,而今之疚又未有若此之甚也。"[12]《集传》:"疏,粝也。粺(bài),则精矣。替,废也。"《集疏》:"彼宜食疏粝之小人,反在此食精粺。何不早自废退,免致妨贤害国。"[13]《毛传》:"兄(kuàng),兹也。引,长也。"《郑笺》:"乃兹复主长此为乱之事乎?责之也。"[14]《毛传》:"频,厓也。"《郑笺》:"频,当作滨。厓犹外也。"《正义》:"以喻人见王政之丧乱矣,岂不言曰由其外之群臣无贤以佐之故也!"[15]《毛传》:"泉水从中以益者也。"泉水枯竭从泉中间开始,以喻国家动乱由朝廷内部腐败开始。[16]《郑笺》:"溥(pǔ),犹遍也。"[17]《郑笺》:"先王,谓文王、武王时也。言有如者,时贤臣多,非独召公也。"[18]《集传》:"所谓'日辟国百里'云者,言文王之化自北而南,至于江汉之间,服从之国日以益众。"[19]《毛传》:"蹙(cù),促也。"犬戎入侵,诸侯叛变,国土日削。[20]《集传》:"今世虽乱,岂不犹有旧德可用之人哉?言有之而不用耳。"

周　颂

　　《周颂》三十一篇，大都是西周统治者用于祭祀的乐歌。其中《思文》祀后稷，《清庙》《维天之命》《维清》《雝》祀文王，《执竞》祀武王和成王、康王，《昊天有成命》祀成王，《有瞽》《潜》祀先祖，《天作》《时迈》祀山川，《噫嘻》《丰年》《载芟》《良耜》报祭祈谷，《丝衣》宴神尸，《烈文》《振鹭》《载见》《有客》赞助祭诸侯，《臣工》戒农官。《我将》《武》《赉》《般》《酌》《桓》为《大武》乐歌的一至六章，主要歌颂武王。《闵予小子》《访落》《敬之》《小毖》为成王自警。《周颂》产生于武、成、康、昭四朝（公元前1046—前977），大都是贵族的作品，也有的可能出于史官或乐师之手。

266　清庙

　　周王在宗庙中祭祀文王的乐歌。歌颂文王德行光明,后人要永远奉行文王德教,报答文王在天之灵。《诗序》:"《清庙》,祀文王也。"《郑笺》:"清庙者,祭有清明之德者之宫,谓祭文王也。天德清明,文王象焉,故祭之而歌此诗也。"《正义》:"《礼记》每云升歌《清庙》,然则祭宗庙之盛,歌文王之德,莫盛于《清庙》。"一章,八句。

於穆清庙,肃雝显相[1]。
济济多士,秉文之德[2]。
对越在天,骏奔走在庙[3]。
不显不承,无射於人斯[4]!

韵　读　无韵。

今　译　啊,宗庙美好多清静,助祭恭敬又和平。
　　　　　执事整齐有威仪,文王德教谨奉行。
　　　　　报答文王在天灵,迅速奔走在庙庭。
　　　　　光大继承先祖业,人民不厌都崇敬。

注　释　[1]《毛传》:"於(wū),叹辞也。穆,美也。肃,敬。雝(yōng),和。相,助也。" [2]《郑笺》:"济济之众士,皆执行文王之德。"《集传》:"多士,与祭执事之人也。" [3]王引之《经义述闻》卷七:"对越,犹对扬,言对扬文武在天之灵也。"《尔雅·释诂》:"骏,速也。"《正义》:"庙中奔走,以疾为敬。" [4]《毛传》:"不见厌于人矣。"《传疏》:"《孟子·滕文公篇》引《书》曰:'丕显哉文王谟,丕承哉武王烈。'《释词》云:'显哉承哉,赞美之词。丕,发声。'是也。"

267 维天之命

祭祀文王的乐歌。歌颂文王德行纯美,子孙要好好继承,忠实奉行。《诗序》:"《维天之命》,太平告文王也。"《传疏》:"《书·雒诰·大传》云:'周公摄政,六年制礼作乐,七年致政。'《维天之命》,制礼也。《维清》,作乐也。《烈文》,致敬也。三诗并列,正与《大传》节次合。然则《维天之命》,当作于(成王)六年(公元前1037年)之末矣。"一章,八句。

> 维天之命,於穆不已[1]。
> 於乎不显,文王之德之纯[2]!
> 假以溢我[3],我其收之。
> 骏惠我文王[4],曾孙笃之[5]。

韵 读 收,幽部;笃,觉部。幽觉通韵。

今 译 想来天道有一定,庄严肃穆永不停。
多么显著又光明,文王德行真纯净。
嘉言善道告诫我,我当接受好继承。
遵循先祖文王德,子子孙孙都力行。

注 释 [1]《释文》引《韩诗》:"维,念也。"《郑笺》:"命犹道也。天之道於(wū)乎美哉。"[2]《集传》:"纯,不杂也。"[3]《毛传》:"假,嘉。溢,慎。"《传疏》:"假以溢我,言以嘉言善道戒慎于我也。"[4]《通释》:"惠,顺也。骏,当为驯之假借,驯亦顺也。"[5]《郑笺》:"曾,犹重也。自孙之子而下事先祖皆称曾孙。是言曾孙欲使后王皆厚行之,非惟今也。"

268 维清

祭祀文王的乐歌。歌颂文王征伐有功,为建立周家天下奠定了基础。《诗序》:"《维清》,奏象舞也。"《郑笺》:"象舞,象用兵时刺伐之舞,武王制焉。"文王在位七年,灭密灭崇,三分天下有其二。成王时作此诗以歌颂其征伐的武功。一章,五句。

维清缉熙[1],文王之典。
肇禋,迄用有成[2],维周之祯[3]。

韵　读　典、禋,真部。成、祯,耕部。

今　译　多么清静又光明,文王真是好典型。
开始祭天行征伐,直到武王功业成,这是周家大吉庆。

注　释　[1]《郑笺》:"缉熙(jí xī),光明也。"《毛传》:"典,法也。" [2]《毛传》:"肇(zhào),始。禋(yīn),祀。"《郑笺》:"文王受命始祭天而征伐也。"《传疏》:"言文王始行禋祀,至武王伐纣,用能有此成功也。" [3]《毛传》:"祯(zhēn),祥也。"《郑笺》:"征伐之法,乃周家得天下之吉祥。"

269 烈文

周成王祭祀祖先时诚勉助祭诸侯的乐歌。《诗序》:"《烈文》,成王即政,诸侯助祭也。"

《郑笺》："新王即政，必以朝享之礼祭于祖考，告嗣位也。"诗当作于周公摄政七年，致政成王之时，即公元前1036年。一章，十三句。

> 烈文辟公[1]，锡兹祉福[2]。
> 惠我无疆，子孙保之[3]。
> 无封靡于尔邦[4]，维王其崇之[5]。
> 念兹戎功，继序其皇之[6]。
> 无竞维人[7]，四方其训之[8]。
> 不显维德，百辟其刑之。
> 於乎，前王不忘[9]！

韵 读 公、邦、功，东部；疆、皇，阳部；崇，冬部。东阳冬合韵。人，真部；训，文部；刑，耕部。真文耕合韵。王、忘，阳部。

今 译 武功文德众诸侯，先王赐你大福祥。
从今永远热爱我，子孙长保世代昌。
别让你国受大累，王将重重给封赏。
想起这些大功劳，务要继承和发扬。
得到贤人最重要，四方归顺无违抗。
你们德行能昭明，天下诸侯都模仿。
啊！武王功德不能忘！

注 释 [1]《通释》："烈文二字平列，烈言其功，文言其德。"[2]《通释》："成王即位，遍祭列祖，则祉福宜谓列祖锡之。"[3]《郑笺》："惠，爱也。"《传疏》："盖言诸侯皆能训(驯)顺我周，故长保其子孙世世获福也。"[4]《毛传》："封，大也。靡，累也。"《郑笺》："无大累于女国，谓诸侯治国无罪恶也。"[5]《郑笺》："崇，厚也。"[6]继序：继承(前人的功业)。《集传》："皇，大也。"[7]《郑笺》："无强乎维得贤人也。"[8]训：通"顺"。[9]《正义》："成王之前，惟武王耳。故知前王武王。"

270 天作

周王祭祀岐山的乐歌。岐山是太王发祥地,宗周名山,故祭之。诗中歌颂太王、文王开辟岐山的功劳。明季本《诗说解颐》:"此盖祀岐山之乐歌。按《易·升·六四·爻》:'王用享于岐山。'是周本有岐山之祭。"方玉润《诗经原始》:"《天作》,享岐山也。"一章,七句。

天作高山[1],大王荒之[2]。
彼作矣,文王康之[3]。
彼徂矣岐,有夷之行,子孙保之[4]。

韵　读　荒、康、行,阳部。

今　译　上天造立这高山,太王开始来开荒。
太王开创功劳大,文王继续来发扬。
岐山本来多险阻,如今道路平又广,子孙永保代代昌。

注　释　[1]《毛传》:"作,生也。"《郑笺》:"高山,谓岐山也。"《正义》:"作者,造立之言,故为生也。"[2]严粲《诗缉》:"治荒为荒,犹治乱为乱也。今言开荒,即始辟之意也。"[3]杨树达《小学述林》卷六:"作,始也。康,当读为庚。天作高山,太王垦辟其芜秽,彼为之始,而文王赓续治之。"[4]《后汉书·西南夷传》引作"彼岨者岐。"《集传》:"徂,险僻之意也。夷,平。行,路也。"杨树达《小学述林》卷六:"虽彼险阻之岐山亦有平易之道路也。夫先人创业之难如此,子孙其善保之哉。"

271　昊天有成命

周王祭祀成王的乐歌。歌颂他能继承文王武王事业,发扬光大,天下太平。《国语·周语下》叔向引此诗曰:"是道成王之德也。成王,能明文昭,能定武烈者也。"贾谊《新书·礼容》:"文王有大德而功未就,武王有大功而治未成,及成王成嗣,仁以临民,故称昊天焉。"高亨认为此诗是《大武》乐曲第一章。一章,七句。

昊天有成命[1],二后受之[2]。
成王不敢康[3],夙夜基命宥密[4]。
於缉熙,单厥心[5],肆其靖之[6]!

韵　读　无韵。

今　译　老天早已有明命,文王武王来受领。
　　　　　成王不敢图安逸,早晚奉持很勤敬。
　　　　　文武事业更光明,成王继续尽了心,是以天下能太平。

注　释　[1]《通释》:"古文明、成二字同义,成命,犹言明命。"[2]《毛传》:"二后,文、武也。"[3]《集传》:"成王,名诵,武王之子也。"[4]于省吾《诗经新证》:"夙夜基命宥密,应读作夙夜其命有勉,言昊天既有成命,文武受之,成王不敢安逸,早夜有勉于其命。"[5]於(wū):叹词。缉熙:光明。此用为动词。《集传》:"是能继续光明文武之业而尽其心。"[6]《郑笺》:"谓夙夜自勤,至于太平。"

487

272　我将

武王出兵伐殷,祭祀上天和文王,祈求他们保佑。现代学者或以为《大武》乐歌第一章。《诗序》:"《我将》,祀文王于明堂也。"陈奂《传疏》:"此宗祀文王配天之乐歌。"陆侃如《诗史》:"据《左传·宣公十二年》所载楚庄王的话,知道《武》《桓》《赉》三篇均在其中。但还有三成呢?我们想大约即《我将》《酌》《般》三篇。"一章,十句。

> 我将我享[1],维羊维牛[2],维天其右之[3]。
> 仪式刑文王之典[4],日靖四方[5]。
> 伊嘏文王,既右飨之[6]。
> 我其夙夜,畏天之威,于时保之。

韵　读　牛、右,之部。方、王、飨,阳部。

今　译　我把祭品敬献上,既有牛来又有羊,老天保佑来品尝。
效法文王好榜样,每日谋划安四方。
伟大圣明周文王,保佑后王受祭飨。
我将日夜勤国政,敬畏老天大威灵,保卫国家长太平。

注　释　[1]《郑笺》:"将,犹奉也。"《毛传》:"享,献也。"[2]一本作"维牛维羊"。[3]李黼平《毛诗紬义》:"惟天在上,其以此右劝之乎。"[4]《集传》:"仪、式、刑,皆法也。"[5]《毛传》:"靖,谋也。"[6]《传疏》:"伊,发语词。嘏(gǔ)与假同。嘏,大也。"王引之《经义述闻》卷七:"言大哉文王,既佑助后王而飨其祭也。"

273　时迈

　　武王克商后,巡视四方,祭祀山川百神的乐歌。《诗序》:"《时迈》,巡守告祭柴望也。"《正义》:"武王既定天下,而巡行其守土诸侯。至于方岳之下,乃作告至之祭,为柴望之礼(焚柴祭天,望祭山川)……(周公)述其事而为此歌焉。"一章,十五句。

　　　　时迈其邦[1],昊天其子之[2],实右序有周[3]。
　　　　薄言震之,莫不震叠[4]。
　　　　怀柔百神[5],及河乔岳[6]。
　　　　允王维后！明昭有周,式序在位[7]。
　　　　载戢干戈,载櫜弓矢[8]。
　　　　我求懿德,肆于时夏[9]。允王保之！

韵　读　无韵。

今　译　按时巡视诸侯国,上天让我为君王,保佑周家国运昌。
　　　　周王声威震天下,无不震动受惊慌。
　　　　祭祀四方山川神,来到黄河泰山上。
　　　　周王真是好君王。周家德行最光明,百官依次行奖赏。
　　　　干戈武器都收藏,良弓利箭装进囊。
　　　　我求先王好德行,遍施华夏各地方,周王保持永不忘。

注　释　[1]《集传》:"迈,行也。邦,诸侯之国也。"[2]严粲《诗缉》:"有天下曰天子。子之,谓使之为王也。"[3]《通释》:"实右序有周,犹言实佑助有周也。右、序二字同义。"

[4]《毛传》:"震,动。叠,惧。"《郑笺》:"其兵所征伐,甫动之以威,则莫不动惧而服者,言其威武又见畏也。"[5]《毛传》:"怀,来。柔,安。"《诗缉》:"杨氏曰:所谓怀柔百神者,言合祭四方山川之神,故曰百神。"[6]《毛传》:"乔,高也。高岳,岱宗也。"[7]《正义》:"俊乂之人,用次第处位。"[8]《毛传》:"戢(jí),聚。櫜(gāo),韬。"《正义》:"内(纳)弓于衣谓之韬。"《郑笺》:"王巡狩而天下咸服,兵不复用。"[9]《郑笺》:"懿,美。肆,陈也。"《集传》:"夏,中国也。言求懿美之德以布陈于中国。"

274 执竞

合祭武王、成王、康王的乐歌。歌颂三王功德广大,神灵降福,永世不匮。朱熹《集传》:"此祭武王、成王、康王之诗。"一章,十四句。

执竞武王[1],无竞维烈[2]。
不显成康,上帝是皇[3]。
自彼成康,奄有四方,斤斤其明[4]。
钟鼓喤喤,磬管将将,降福穰穰,
降福简简,威仪反反[5]。
既醉既饱,福禄来反[6]。

韵　读　王、康、皇、康、方、明、喤、将、穰,阳部。简、反、反,寒部。

今　译　自强不息周武王,功业伟大世无双。
成王康王有明德,上帝欣赏多赞扬。
自从成王和康王,拥有天下治四方,洞察一切最明亮。

490

钟鼓齐鸣响喤喤,磬管合奏声铿锵,福禄为你多多降。

福禄大大降下来,言行恭谨又大方。

神灵酒醉饭已饱,再降福禄报周王。

注　释　[1]《毛传》:"执,持也。"《郑笺》:"竞,强也。"[2]《毛传》:"烈,业也。"《集传》:"言武王持其自强不息之心,故其功烈之盛,天下莫得而竞。"[3]《毛传》:"皇,美也。"[4]《毛传》:"斤斤,明察也。"[5]《毛传》:"喤喤,和也。将将(qiāng qiāng),集也。穰穰(rǎng rǎng),众也。简简,大也。"《郑笺》:"反反,顺习之貌。"[6]《毛传》:"反,复也。"王符《潜夫论·正列》:"此言人德义茂美,神歆享醉饱,乃反报之以福也。"《传疏》:"君臣醉饱,礼无违者,以重得福禄也。"

275　思文

周王郊祭始祖后稷以配天的乐歌。《诗序》:"《思文》,后稷配天也。"三家无异义。《传疏》:"此南郊祀天之乐歌也。后稷为周始封之祖,故既立为太祖庙,而又于南郊之祀配天。"一章,八句。

思文后稷[1],克配彼天。
立我烝民[2],莫匪尔极[3]。
贻我来牟[4],帝命率育[5]。
无此疆尔界[6],陈常于时夏[7]。

韵　读　稷、极,职部。天、民,真部。

今　译　先祖后稷有文德,能与上天相比并。

　　　　使我百姓能吃饱,无不赖你大德行。

　　　　大麦小麦留给我,天命普遍养人民。

　　　　不要彼此分疆界,农政中国都施行。

注　释　[1]《集传》:"思,语辞。文,言有文德也。"[2]《郑笺》:"立当作粒。后稷播殖百谷,烝民乃粒,万邦作乂。"[3]《集传》:"盖使我烝民得以粒食者,莫非其德之至也。"[4]《集传》:"来,小麦。牟(móu),大麦也。"[5]《集传》:"率,遍。育,养也。乃上帝之命,以此遍养下民者。"[6]《传疏》:"无此疆尔界者,言后稷布种之功尽天下之疆界,无有此尔也。"[7]《通释》:"陈常于时夏,谓陈农政于中夏也。"

276　臣工

　　周成王春耕籍田,告诫群臣忠于职守,重视稼穑。首四句告诫群臣百官,接着四句告诫农官(保介),中间四句祈求上帝赐予丰收。末三句命令农夫准备收割。开后世帝王诫敕一类文体。一章,十五句。

嗟嗟臣工[1],敬尔在公。

王厘尔成[2],来咨来茹[3]。

嗟嗟保介[4],维莫之春,

亦又何求?如何新畬[5]?

於皇来牟,将受厥明[6]。

明昭上帝,迄用康年。

命我众人[7]，庤乃钱镈[8]，奄观铚艾[9]。

韵　读　工、公，东部。茹、畲，鱼部。其余无韵。

今　译　哎呀在朝众官吏，努力认真办公事。
王把成法赐给你，多来商量多请示。
哎呀你们众田官，现在已是暮春时。
究竟还有啥要求？生田熟田怎种植？
小麦大麦多肥美，收成一定了不起。
光明伟大好上帝，赐我丰收年年是。
命令我的众农民，备好锄头和铲子，眼看收割就开始。

注　释　[1]《毛传》："嗟嗟(jiē jiē)，敕之也。工，官也。"[2]《集传》："厘，赐也。成，成法也。"[3]《郑笺》："咨，谋。茹(rú)，度也。"[4]郭沫若《由周代农事诗论到周代社会》："保介，应该就是后来的田畯，也就是田官。"[5]《毛传》："田二岁曰新，三岁曰畲(yú)。"[6]《集传》："於(wū)皇，叹美之辞。来牟，麦也。"《通释》："《尔雅·释诂》：'明，成也。'古以年丰穀熟为成。"[7]《集传》："众人，甸徒也。"[8]《毛传》："庤(zhì)，具。钱(jiǎn)，铫。镈(bó)，耨。"[9]《集传》："铚(zhì)，获禾短镰也。艾(yì)，获也。"《通释》："奄为久，又为遽，义以相反而相成。"

277　噫嘻

成王春祭祈穀，命令农官率领农民播种百穀，开垦私田，大规模参加劳动。《诗序》："《噫嘻》，春夏祈谷于上帝也。"《正义》："经陈播种耕田之事，是重穀为之祈祷，戒民使勤农业，故作者因其祷祭而述其农事。"一章，八句。

噫嘻成王[1]！既昭假尔[2]。

率时农夫[3]，播厥百谷。

骏发尔私[4]，终三十里。

亦服尔耕，十千维耦[5]。

韵 读 无韵。

今 译 啊，英明伟大周成王，已表诚心告上天。
率领这些农夫们，播种百谷要争先。
赶快开发你私田，三十里内都种遍。
大家一起来耕作，万人成对在田间。

注 释 [1]《郑笺》："噫嘻，有所多大之声也。"[2]昭假：祷告。程俊英《诗经注析》："昭假，人的诚敬上达于神。尔，语气词。"[3]《集传》："时，是。"[4]《毛传》："私，民田也。"《郑笺》："骏，疾。欲民之大发其私田耳。"[5]《集传》："耦(ǒu)，二人并耕也。"方玉润《诗经原始》："窃意诗言'三十里'者，一望之地也。言'十千维耦'者，万众齐心合作也。一以见其人之众，一以见其地之宽，非有成数在心中。"

278　振鹭

周王宴请来朝助祭诸侯时演奏的乐歌，赞扬客人的美好威仪和德行。《诗序》："《振鹭》，二王之后来助祭也。"《郑笺》："二王，夏、殷也，其後杞也，宋也。"一章，八句。

振鹭于飞,于彼西雝[1]。
我客戾止,亦有斯容[2]。
在彼无恶,在此无斁[3]。
庶几夙夜,以永终誉[4]!

韵　读　雝、容,东部。恶、斁、夜,铎部;誉,鱼部。鱼铎通韵。

今　译　一群白鹭在飞翔,落到西郊水池旁。
我的贵客来到了,仪容高洁真漂亮。
他在本国无人怨,来到此地人敬仰。
希望早晚勤国事,美名长保天下扬。

注　释　[1]《毛传》:"振振,群飞貌。雝,泽也。"《传疏》:"诗以鹭之在泽,兴客之朝周。宾位在西,故曰西。"[2]《集传》:"客,谓二王之後。夏之後杞,商之後宋,于周为客。天子有事膰焉,有丧拜焉者也。"《传疏》:"戾(lì),至也。斯,此也。此,鹭也。言客有此洁白之容也。"[3]《郑笺》:"在彼,谓居其国无怨恶之者;在此,谓其人来朝,人皆爱敬之,无厌之者。"《释文》:"斁(yì),厌也。"[4]《郑笺》:"永,长也。誉,声美也。"《传疏》:"永、终,皆长也。以永终誉,犹云以介景福也。"

279　丰年

周王于秋收後祭祀祖先用的乐歌。《诗序》:"《丰年》,秋冬报也。"蔡邕《独断》:"《丰年》,烝尝秋冬之所歌也。"一章,七句。

丰年多黍多稌。亦有高廪[1]，万亿及秭[2]。
为酒为醴，烝畀祖妣[3]。
以洽百礼，降福孔皆[4]。

韵 读 秭、醴、妣、礼、皆，脂部。

今 译 丰年黍子稻穀多。高大粮仓一座座，成万成亿建满坡。
酿成清酒和甜酒，进献先祖先祖婆。
百般祭礼都齐备，普降幸福无灾祸。

注 释 [1]《毛传》："稌(tú)，稻也。廪(lǐn)，所以藏盛之穗也。"《释文》："廪，仓也。"
[2]《毛传》："数万至万曰亿，数亿至亿曰秭(zǐ)。"《郑笺》："万亿及秭，以言穀数多。"
[3]《郑笺》："烝，进。畀(bì)，予也。" [4]《集传》："洽(qià)，备。皆，遍也。"

280 有瞽

周王合奏各种乐器于宗庙，向祖先神灵汇报。《诗序》："《有瞽》，始作乐而合乎祖也。"《正义》："谓周公摄政六年，制礼作乐，一代之乐功成，而合诸乐器于太祖之庙奏之，告神以知和否。诗人述其事而为此歌焉。"一章，十三句。

有瞽有瞽[1]，在周之庭。
设业设虡，崇牙树羽[2]。
应田县鼓[3]，鞉磬柷圉[4]。

既备乃奏,箫管备举。

喤喤厥声,肃雝和鸣,先祖是听。

我客戾止,永观厥成[5]。

韵 读 瞽、虡、羽、鼓、圉、举,鱼部。庭、声、鸣、听、成,耕部。

今 译 盲目乐师人不少,共同奏乐在周庙。
钟鼓架子设置好,崇牙上面饰羽毛。
小鼓大鼓与悬鼓,鞉磬柷圉排一道。
已经齐备就演奏,还有笛子和排箫。
声音和谐又嘹亮,雍容闲雅好技巧,先祖神灵都听到。
我的贵宾已光临,看完演奏称奇妙。

注 释 [1]《集传》:"瞽,乐官无目者也。"[2]《集传》:"树羽,置五彩之羽于崇牙之上也。"业、虡(jù)、崇牙,见《大雅·灵台》篇注。[3]《毛传》:"应,小鞞也。田,大鼓也。县(xuán)鼓,周鼓也。"[4]《集传》:"鞉(táo),如鼓而小,有柄,两耳,持其柄摇之,则旁耳还自击。磬,石磬也。柷(zhú),状如漆桶,以木为之,中有锥连底,挏之令左右击以起乐者也。圉(yǔ),亦作敔,状如伏虎,背上有二十七龃铻刻,以木长尺栎之,以止乐者也。"[5]《集传》:"成,乐阕也。"一曲终了为成。

281 潜

周王祭于宗庙,献鱼以求福。《诗序》:"《潜》,季冬荐鱼,春献鲔也。"季本《诗说解颐》:

"此周王荐鱼于寝庙之乐歌也。"一章,六句。

猗与漆沮[1],潜有多鱼[2]。
有鳣有鲔,鲦鲿鰋鲤[3]。
以享以祀,以介景福。

韵 读 沮、鱼,鱼部。鲔、鲤、祀,之部;福,职部。之职通韵。

今 译 漆水沮水真美丽,鱼多深藏河水里。
既有鳇鱼有鲟鱼,白鲦黄颊鲇和鲤。
用来献上供祭礼,求神赐与大福气。

注 释 [1]《郑笺》:"猗(yī)与,叹美之言也。"《正义》:"漆、沮(jū),自豳历岐周以至丰镐。"[2]严粲《诗缉》:"潜,王氏曰:深也。"《集传》:"潜……藏之深也。"[3]《郑笺》:"鳣(zhān),大鲤也。鲔(wěi),鱼鲒(luò)也。鲦(tiáo),白鲦也。鰋(yán),鲇也。鲿(cháng),黄颊鱼。"

282　雝

周武王祭祀文王,祭毕撤去祭品时唱的乐歌。《论语·八佾》:"三家者以《雝》彻。"何晏《集解》引马曰:"《雝》,《周颂·臣工》篇名,天子祭于宗庙,歌之以彻祭。"《仪礼·地官·小师》:"彻歌,大飨亦如之。"郑玄注:"於有司彻而歌《雝》。其大飨飨诸侯之来朝者,彻器亦歌《雝》。"朱熹《诗序辩说》:"此但为武王祭文王而彻俎之诗,而后通用于他庙耳。"一章,十六句。

有来雝雝,至止肃肃[1]。
相维辟公[2],天子穆穆。
於荐广牡[3],相予肆祀[4]。
假哉皇考!绥予孝子[5]。
宣哲维人,文武维后[6]。
燕及皇天[7],克昌厥后。
绥我眉寿[8],介以繁祉[9]。
既右烈考,亦右文母[10]。

韵 读 雝、公,东部。肃、穆,觉部。牡、考,幽部。祀、子,之部。人、天,真部。后、后,侯部。寿、考,幽部。祉、母,之部。

今 译 客人和悦心舒畅,严肃恭敬到庙堂。
诸侯公卿来助祭,武王肃穆又端庄。
进献肥美大牺牲,助我祭品摆妥当。
皇考文王真伟大,保我孝子得安康。
为人通达多智慧,文武兼备好君王。
上天平安无灾变,子孙后代得繁昌。
赐我平安寿命长,予我福禄多无疆。
既劝烈考受祭享,又劝文母来品尝。

注 释 [1]《郑笺》:"雝雝,和也。肃肃,敬也。"[2]《集传》:"相,助祭也。辟公,诸侯也。"《尔雅·释训》:"穆穆,敬也。"[3]《集传》:"广牡,大牲也。"[4]《郑笺》:"百辟与诸侯又助我陈祭礼之馔。"[5]《集传》:"假,大也。皇考,文王也。绥,安也。"[6]《集传》:"宣,通。哲,知。此美文王之德,宣哲则尽人之道,文武则备君之德。"[7]《毛传》:"燕,安也。"[8]林义光《诗经通解》:"绥,读为遗。"[9]《郑笺》:"繁,多也。"[10]《通释》:"此诗右亦当读为侑劝之侑。……且诗以烈考与文母对举,文母为太姒,则烈考为文王无疑。"

499

283 载见

　　周成王即位,率诸侯祭祀武王的乐歌。《诗序》:"《载见》,诸侯始见乎武王庙也。"《正义》:"周公居摄七年而归政成王。成王即政,诸侯来朝,于是率之以祭武王之庙。诗人述其事而为此歌。"一章,十四句。

　　载见辟王[1],曰求厥章[2]。
　　龙旂阳阳,和铃央央。
　　鞗革有鸧[3],休有烈光。
　　率见昭考[4],以孝以享[5]。
　　以介眉寿,永言保之,思皇多祜。
　　烈文辟公,绥以多福,俾缉熙于纯嘏[6]。

韵　读　王、章、阳、央、鸧、光、享,阳部。考、寿、保,幽部。祜、嘏,鱼部。

今　译　诸侯开始朝君王,考求礼仪旧典章。
　　　　交龙旗帜多明亮,车旗铃铛响叮当。
　　　　饰金笼头马缰绳,华丽美好闪光芒。
　　　　相率朝见武王庙,敬献祭品行祭享。
　　　　祈求寿命能久长,永保子孙得安康,大福大禄多多降。
　　　　有功有德众诸侯,神灵多多赐福禄,使我光明福长享。

注　释　[1]《毛传》:"载,始也。"《郑笺》:"诸侯始见君王,谓见成王也。"[2]《郑笺》:"求其章者,求其车服礼仪之文章制度也。"《集传》:"章,法度也。"[3]《毛传》:"阳阳,言有文章也。"《郑笺》:"交龙为旂。鞗(tiáo)革,辔首也。"《集传》:"轼前曰和,旂上曰铃。央央、有鸧(qiāng),皆声和也。"[4]《毛传》:"昭考,武王也。"《集传》:"庙制:太祖居中,左昭右穆。周庙文王当穆,武王当昭。故书称穆考文王,而此诗及《访落》皆谓武王为昭考。"[5]《通释》:"此诗以孝以享,犹《潜》诗以享以祀,皆二字同义,合言之则曰孝享。"[6]《郑笺》:"俾,使。纯,大也。天子受福曰大嘏(gǔ)。"《集传》:"是皆诸侯助祭有以致之,使我得继而明之,以至于纯嘏也。盖归德于诸侯之辞。"

284　有客

微子来朝,周王朝对他表示赞扬和挽留。《诗序》:"《有客》,微子来见祖庙也。"《公羊传·隐公三年》何休《解诂》:"王者封二王之后,地方百里,爵称公,客待之而不臣也。《诗》云:'有客宿宿,有客信信。'"一章,十二句。

有客有客[1],亦白其马[2]。
有萋有且,敦琢其旅[3]。
有客宿宿,有客信信[4]。
言授之絷,以絷其马[5]。
薄言追之[6],左右绥之。
既有淫威[7],降福孔夷[8]。

韵　读　马、且、旅、马,鱼部。追、绥、威,微部;夷,脂部。脂微合韵。

今　译　有客有客好名声,驾着白马来王庭。
态度恭谨仪容美,随从选择也精明。
一宿两宿客莫走,三天四天望客停。

501

给他一条绊马绳,拴住马脚别让乘。
将要离去送别他,左右安慰心意诚。
先王既有大德行,多多给你降福庆。

注释 [1]《正义》:"客止一人,而重言有客有客,是丁宁殊异,以尊大之。"《集传》:"客,微子也。周既灭商,封微子于宋,以祀其先王,而以客礼待之,不敢臣也。"[2]《毛传》:"殷尚白也。"《礼记·檀弓上》:"殷人尚白,戎事乘翰,牲用白。"郑注:"翰,白色马也。"[3]《毛传》:"萋且(jū),敬慎貌。"《集传》:"敦琢,选择也。旅,其卿大夫从行者也。"[4]《尔雅·释训》:"有客宿宿,言再宿也。有客信信,言四宿也。"[5]《郑笺》:"絷(zhí),绊也。"《集传》:"絷其马,爱之不欲其去也。"[6]《郑笺》:"追,送也。"[7]《通释》:"按《广雅》:'威,德也。'……既有淫威,犹云既有大德耳。"[8]《集传》:"夷,易也,大也。"《通释》:"降福孔夷,犹云降福孔大耳。"

285　武

歌颂周武王消灭殷商的功业。为《大武》乐歌第二章。《诗序》:"《武》,奏《大武》也。"《吕氏春秋·古乐》:"武王伐殷……克之于牧野,归,乃荐俘馘于京太室,乃命周公为作《大武》。"朱熹《集传》:"周公象武王之功,为《大武》之乐。"一章,七句。

於皇武王!无竞维烈[1]。
允文文王!克开厥后。
嗣武受之,胜殷遏刘[2],耆定尔功[3]。

韵读　无韵。

今 译 多么伟大周武王,丰功伟业世无双。
文德显著周文王,后人基业他开创。
武王继承受天命,制止杀戮胜殷商,终成大功美名扬。

注 释 [1]《集传》:"於(wū),叹辞。皇,大。"《郑笺》:"无疆乎其克商之功业。" [2]《毛传》:"刘,杀。"《郑笺》:"举兵伐殷而胜之,以止天下之暴虐而杀人者。" [3]《毛传》:"耆(qí),致也。"《集传》:"言武王无竞之功,实文王开之,而武王嗣而受之,胜殷止杀,以致定其功也。"

286　闵予小子

武王死后,成王丧满即位,告祭祖庙,思念父祖,自我诫勉。《诗序》:"《闵予小子》,嗣王朝于庙也。"《郑笺》:"嗣王者,谓成王也。除武王之丧,将始执政,朝于庙也。"朱熹《集传》:"成王免丧,始朝于先王之庙,而作此诗也。"一章,十一句。

闵予小子,遭家不造[1],嬛嬛在疚[2]。
於乎皇考!永世克孝[3]。
念兹皇祖[4],陟降庭止[5]。
维予小子,夙夜敬止。
於乎皇王,继序思不忘[6]!

韵 读 造、考、孝,幽部;疚,之部。幽之合韵。庭、敬,耕部。王、忘,阳部。

503

今　译　可怜我这年轻人,家门遭丧太不幸,孤苦无依忧成病。

啊,伟大先父周武王,终生能把孝道行。

追念皇祖周文王,英灵上下在朝廷。

想我嗣位年纪轻,早晚办事应恭敬。

啊,文王武王请放心,继承大业永记清。

注　释　[1]《郑笺》:"闵,悼伤之言也。"《集传》:"予小子,成王自称也。"《通释》:"不造犹不善,不善犹不淑也。……不淑犹云不祥,谓遭凶丧也。"[2]《集传》:"嬛(qióng)与茕同,无所依怙之意。疚(jiù),哀病也。"《韩诗》作"惸",《说文》及《汉书·匡衡传》作"茕"。[3]《集传》:"永世,终身也。"[4]《郑笺》:"思此君祖文王。"[5]《郑笺》:"陟降,上下也。"《集传》:"承上文言武王之孝,思念文王,常犹见其陟降于庭。"[6]《郑笺》:"於乎皇王,叹文王武王也。"《毛传》:"序,绪也。"《传疏》:"绪、业一义之引申。"

287　访落

成王执政初年,与群臣议事于宗庙,祷告武王。《诗序》:"《访落》,嗣王谋于庙也。"朱熹《集传》:"成王既朝于庙,因作此诗,以道延访群臣之意。"一章,十二句。

访予落止[1],率时昭考[2]。
於乎悠哉!朕未有艾[3]。
将予就之[4],继犹判涣[5]。
维予小子,未堪家多难。
绍庭上下,陟降厥家[6]。

休矣皇考[7]！以保明其身。

韵　读　止、哉、之、子，之部；考，幽部。之幽合韵。艾，月部；涣，寒部。月寒通韵。下、家，鱼部。

今　译　执政开始我咨询，遵循武王行德政。
啊！任务重大道路远，我无阅历少才能。
助我实行先王法，继续谋求大业成。
想我如今年纪轻，王室多难难担承。
继续上下在朝廷，升降家中从未停。
武王神灵真英明，保佑我身得安宁。

注　释　[1]《毛传》："访，谋。落，始。"《集传》："谋，问也。"《传疏》："谋者，谋于庙也。……始者，始即政也。"[2]《毛传》："率，循。时，是。"[3]《集传》："然其道远矣，予不能及也。"《尔雅·释诂》："艾，历也。"《通释》："历当读为阅历之历。"[4]《郑笺》："扶将我就其典法而行之。"[5]《通释》："继犹判涣，言当谋其大者。"[6]《郑笺》："绍，继也。"《集传》："则亦继其上下于庭，陟降于家。""上下""陟降"均指武王言。[7]《郑笺》："休，美也。"《正义》："上言昭考，此言皇考，皆指武王也。"

288　敬之

成王警戒自己要敬天勤学，希望群臣辅助。《诗序》："《敬之》，群臣进戒嗣王也。"林义光《诗经通解》："按诗言'维予小子'，又言'示我显德行'，则是嗣王告群臣，非群臣戒嗣王也。"一章，十二句。

敬之敬之！天维显思[1]。
命不易哉！无曰高高在上。
陟降厥士[2]，日监在兹。
维予小子，不聪敬止[3]。
日就月将，学有缉熙于光明[4]。
佛时仔肩[5]，示我显德行[6]。

韵 读 之、思、哉、士、兹、子、止，之部。将、明、行，阳部。

今 译 小心警惕莫忘记，天道运行最明显。
保持天命不容易，莫说高高在上面。
事物由它定升降，每日监视这下边。
想我这个年轻人，敢不听从不恭敬？
日有成就月有进，学习积渐向光明，
群臣辅我担大任，示我治国好德行。

注 释 [1]《通释》："敬之本义即警也。……敬之敬之，犹云戒之戒之。"《集传》："显，明也。"
[2]《毛传》："士，事也。" [3]《通释》："按《广雅》：'聪，听也。不为语词。不聪敬止，谓听而警戒也。'" [4]《集传》："将，进也。"《通释》："《说文》：'缉，绩也。'绩之言积。当为积渐广大，以至于光明。" [5]《郑笺》："佛（bì），辅。时，是。仔肩，任也。"
[6]《后笺》："尚赖群臣示以明显之德行耳。"

289　小毖

成王诛杀管蔡、消灭武庚以后,警戒自己,要防患于开始。《诗序》:"《小毖》,嗣王求助也。"《郑笺》:"毖,慎也。天下之事当慎其小,小时而不慎,后为祸大。故成王求忠臣早辅助己为政,以救患难。"本诗与《闵予小子》《访落》《敬之》在《周颂》中自成一组,有人认为是一篇诗的四章,乃周成王所作悔过告庙的诗。一章,八句。

予其惩,而毖后患[1]。
莫予荓蜂[2],自求辛螫[3]。
肇允彼桃虫,拚飞维鸟[4]。
未堪家多难,予又集于蓼[5]!

韵　读　鸟、蓼,幽部。

今　译　我要警惕受教训,更要小心防后患。
　　　　　没人使我没人牵,全由自己寻苦难。
　　　　　开始以为小鹪鹩,忽成大鸟飞上天。
　　　　　家多祸患受不了,又陷困境更难堪。

注　释　[1]《毛传》:"毖(bì),慎也。"《集传》:"惩(chéng),有所伤而知戒也。"成语"惩前毖后"源于此。段玉裁《毛诗故训传定本》:"疏于'而'字断句,各本皆云《小毖》一章八句。" [2]《毛传》:"荓(pēng)蜂,摩曳也。"胡承珙《后笺》:"摩曳者,谓牵引而使之也。" [3]《传疏》:"辛螫(shì),《释文》引《韩诗》作辛赦,云:'赦,事也。'辛事,谓辛苦之事也。" [4]《集传》:"桃虫,鹪鹩,小鸟也。拚(fān),飞貌。"《传疏》:"拚,疑作翻。" [5]《集传》:"蓼(liǎo),辛苦之物也。"《集疏》引黄山云:"又集于蓼,正指淮夷之继叛。"

290　载芟

周王冬祭祖先的乐歌。诗中记述一年的农事过程。《诗序》:"《载芟》,春籍田而祈社稷也。"魏源《诗古微》:"《载芟》,腊先祖五祀也。"高亨《周颂考释》:"此篇亦天子烝祭宗庙所奏之乐歌。"一章,三十一句。

载芟载柞,其耕泽泽[1]。
千耦其耘,徂隰徂畛[2]。
侯主侯伯,侯亚侯旅,侯强侯以[3]。
有嗿其馌,思媚其妇[4],有依其士[5]。
有略其耜,俶载南亩[6]。
播厥百谷,实函斯活[7]。
驿驿其达,有厌其杰[8]。
厌厌其苗,绵绵其麃[9]。
载获济济[10],有实其积,万亿及秭[11]。
为酒为醴,烝畀祖妣,以洽百礼[12]。
有飶其香[13],邦家之光。
有椒其馨,胡考之宁[14]!
匪且有且,匪今斯今,振古如兹[15]!

韵　读　柞、泽,铎部。耘、畛,文部。伯,铎部;旅,鱼部。鱼铎通韵。以、妇、士、耜、亩,之部。活、达、杰,月部。苗、麃,宵部。济、秭、醴、妣、礼,脂部。香、光,阳部。馨、宁,耕部。且,鱼部;兹,之部。鱼之合韵。

今　译　铲除杂草把树砍,耕得田土松又软。

农夫千对把草锄,来到洼地小路边。

家长带着大儿子,老二、晚辈跟后面,丁壮雇工都向前。

工馀大家同吃饭,农妇态度多温柔,农夫身强体又健。

我的犁头最锋利,开始翻耕向阳田。

百样谷种播下去,粒儿饱满生机旺。

幼苗纷纷出了土,先出禾苗肥又壮。

庄稼生长好茂密,细细中耕锄草忙。

开始收获人数多,粮食堆积满禾场,成万上亿难计量。

酿成清酒和甜酒,进献先妣和先王,配合祭祀礼百样。

蒸成米饭喷喷香,国家大大添荣光。

美酒远远溢芬芳,祝福长寿得安康。

农活不自今日始,收成岂止今年强,从古到今都这样。

注 释 [1]《毛传》:"除草曰芟(shān),除木曰柞(zé)。"《郑笺》:"载,始也。和耕之,则泽泽(shì shì)然解散。"[2]《集传》:"隰(xí),为田处也。畛(zhěn),田畔也。"[3]《毛传》:"主,家长也。伯,长子也。亚,仲叔也。旅,子弟也。"《郑笺》:"强,有馀力者。以,谓闲民,今时佣赁也。"[4]《集传》:"噉(tǎn),众饮食声也。馌(yè),馈也。媚,顺。"[5]《正义》:"士者,男子之称。"王引之《经义述闻》卷七:"依亦壮盛之貌。言农夫壮盛,足任耕作。"[6]《毛传》:"略,利也。"《集传》:"俶(chù),始。载,事也。"[7]《郑笺》:"实,种子也。函,含。活,生也。"[8]《集传》:"驿驿,苗生貌。达,出土也。"《鲁诗》作"绎绎"。《毛传》:"有厌其杰,言杰苗厌然强壮也。"[9]《郑笺》:"苗之得气足者,先长为杰,故曰有厌。及气至则众苗齐足,故曰厌厌。"《正义》引孙炎曰:"绵绵,言详密也。"《毛传》:"麃(biāo),耘也。"[10]《集传》:"济济,人众貌。"[11]方玉润《诗经原始》:"积,露积也。"露积之粮,实实然广大也。《郑笺》:"万亿及秭,言其多也。"[12]《郑笺》:"烝,进。畀(bì),予。洽(qià),合也。"[13]《毛传》:"苾(bì),芬香也。"[14]《毛传》:"椒,犹苾也。胡,寿也。"三家《诗》"椒"作"馥"。[15]《毛传》:"且,此也。……振,自也。"《集传》:"非独此处有此稼穑之事,非独今时有丰年之庆,盖自极古以来,已如此矣。"

291　良耜

周王于秋收后以新谷祭祀社(土地神)稷(穀神)的乐歌,记述一年的农事活动。《诗序》:"《良耜》,秋报社稷也。"一章,二十三句。

畟畟良耜,俶载南亩。
播厥百穀,实函斯活[1]。
或来瞻女[2],载筐及筥,其饟伊黍[3]。
其笠伊纠[4],其镈斯赵[5],以薅荼蓼[6]。
荼蓼朽止,黍稷茂止。
穫之挃挃,积之栗栗[7]。
其崇如墉,其比如栉[8],以开百室。
百室盈止,妇子宁止。
杀时犉牡,有捄其角[9]。
以似以续[10],续古之人。

韵　读　耜、亩,之部。女、筥、黍,鱼部。纠、蓼、朽、茂,幽部;赵,宵部。幽宵合韵。挃、栗、栉、室,质部。盈、宁,耕部。角、续,屋部。

今　译　好好犁头利又尖,开始翻耕向阳田。
百样谷种播下去,籽含生机发芽全。
有人前来看望你,筐儿方方篮儿圆,送的都是黄米饭。
斗笠有绳结项下,锄头锋利使用便,田间杂草都铲完。
田间杂草已腐烂,禾苗茂盛生长欢。

挥镰收割嚓嚓响,谷物众多运不完。

堆堆粮食高如城,密集好比篦一般,打开粮仓成百间。

百间粮仓全装满,老婆儿女心里安。

杀此黄毛黑嘴牛,牛儿双角长又弯,

继续祭祀如往年,祖先传统莫间断。

注释 [1]《正义》:"畟畟(cè cè),文连良耜,则是刃利之状。""俶载"三句见前篇。[2]《郑笺》:"瞻,视也。有来视女,谓妇子来馌者也。"[3]《传疏》:"饟(xiāng),犹馌也。"送给田中耕作的人吃的食物。[4]姚际恒《诗经通论》:"谓以绳纠结于项下也。"[5]《正义》:"镈(bó)是锄头。"《毛传》:"赵,刺也。"胡承珙《后笺》:"盖刺者,锋利之谓。"[6]《释文》:"薅(hāo),拔田草也。"《集传》:"荼,陆草。蓼(liǎo),水草。"[7]《毛传》:"挃挃(zhì zhì),穫声也。栗栗,众多也。"[8]《毛传》:"墉(yōng),城也。"《集传》:"梐(zhì),理发器,言密也。"[9]《毛传》:"黄牛黑唇曰犉(rún)。"《集传》:"捄,曲貌。"[10]《传疏》:"似,读与嗣同。续亦嗣也。《传》训以似,谓嗣前岁;以续,谓续往事。言嗣续前岁已往之事也。"

292 丝衣

祭祀次日举行宴会以酬谢"神尸"的乐歌。《诗序》:"《丝衣》,绎宾尸也。高子曰:灵星之尸也。"《郑笺》:"绎,又祭也。天子诸侯曰绎,以祭之明日。卿大夫曰宾尸,与祭同日。"《传疏》:"此绎祭宾尸之乐歌也。"朱熹《集传》:"此亦祭而饮酒之诗。"一章,九句。

丝衣其紑,载弁俅俅[1]。

自堂徂基[2],自羊徂牛,鼐鼎及鼒[3]。

兕觥其觩[4]，旨酒思柔。
不吴不敖，胡考之休[5]！

韵　读　纴、基、牛、鼒，之部；觩、柔、休，幽部。之幽合韵。

今　译　丝衣洁静又鲜明，头戴皮帽很端正。
自从堂上到门坎，察看羊牛诸牺牲，还有大鼎和小鼎。
兕角杯儿弯弯形，斟满美酒柔又清。
不敢喧哗不傲慢，降我长寿多吉庆。

注　释　[1]《毛传》："丝衣，祭服也。纴(fóu)，洁鲜貌。"《郑笺》："载，犹戴也。俅俅(qiú qiú)，恭顺貌。"《集传》："弁，爵弁也。士祭于王之服。" [2]《通释》："基者，畿之假借。……畿之言期，限也。期、基古同音，故畿可借作基。"《韩诗》"徂"作"来"，至也。 [3]《毛传》："大鼎谓之鼐(nài)，小鼎谓之鼒(zī)。" [4]见《小雅·桑扈》注[7]。 [5]《传疏》："不吴者，言不谨哗也。不敖者，言不傲慢也。"《集传》："不喧哗，不怠敖，故能得寿考之福。"

293　酌

歌颂武王伐商而有天下，建立丰功伟绩。为《大武》乐歌第五章。《诗序》："《酌》，告成《大武》也。言能酌先祖之道以养天下也。"陈奂《传疏》："《维天之命》，礼成告文王，此乐成告武王。乐莫大于《大武》，故云告成《大武》也。"王质《诗总闻》："寻诗无酌字，亦无酌意。恐'铄'是'妁'字。陆(德明)氏曰：'酌，字亦作汋。'与'酌'同意。而与'妁'同形。恐初传是'妁'字，已而渐渐作'汋'，又渐渐作'酌'。"一章，八句。

512

於铄王师[1]，遵养时晦[2]。
时纯熙矣，是用大介[3]。
我龙受之[4]，蹻蹻王之造[5]。
载用有嗣，实维尔公允师[6]！

韵 读 无韵。

今 译 武王军队真辉煌，奉命取此殷昏王。
一时普天都光明，国泰民安大吉祥。
应天顺人受天下，武王功业四海扬。
一代一代有继承，效法武王好榜样。

注 释 [1]《毛传》："铄，美。"《集传》："於(wū)，叹辞。铄(shuò)，盛。"[2]《毛传》："遵，率。养，取。晦，昧也。"《正义》："率此师以取是晦昧之君，谓诛纣以定天下。"[3]《郑笺》："纯，大。"《集传》："熙，光。"《通释》："按纯熙，谓大光明也。武王既攻取晦昧，于时遂达大光明。犹《绵》之诗云'会朝清明'也。《尔雅·释诂》：'介，善也。'大介，即大善。大善。犹大祥也。"[4]《毛传》："龙，和也。"《传疏》："凡应天顺人谓之和。"[5]《毛传》："蹻蹻(jiǎo jiǎo)，武貌。"《集传》："造，为。……蹻蹻然王者之功。"[6]《集传》："其所以嗣之者，亦维武王之事是师尔。"《集疏》："尔既荷天宠，又得人和，信可为后世师法矣。"

294　桓

歌颂武王灭商，平定四方，五谷丰登，天下太平。为《大武》乐歌第六章。《诗序》：

"《桓》,讲武类祃也。桓,武志也。"《郑笺》:"类也祃也,皆师祭也。"《正义》:"谓武王将欲伐殷,陈列六军,讲习武事,又为类祭于上帝,为祃祭于所征之地,治兵祭神,然后克纣。至周公成王太平之时,诗人追述其事而为此歌焉。"一章,九句。

绥万邦,娄丰年[1],天命匪解[2]。
桓桓武王,保有厥士。
于以四方,克定厥家[3]。
於昭于天,皇以间之[4]。

韵 读 无韵。

今 译 武王诛暴安天下,年年喜获好收成,天命在周不会停。
威风凛凛周武王,拥有朝士多贤能。
用来镇抚四方国,周家天下得安定。
武王光辉照天上,天命代殷坐朝廷。

注 释 [1]《郑笺》:"绥,安也。娄(lǚ),亟。诛无道,安天下,则亟有丰熟之年。阴阳和也。"《正义》:"僖十九年《左传》云:'昔周饥,克殷而年丰。'是伐纣之后,即有丰年也。"[2]《集传》:"然天命之于周,久而不厌也。"[3]《集传》:"桓桓,武貌。……此桓桓之武王保有其士而用之于四方,以定其家。"[4]《毛传》:"间(jiàn),代也。"《集传》:"言君天下以代商也。"《传疏》:"於昭于天,皇以间之,言武王之德昭著于天,故天以武王代殷也。《皇矣·序》云:'天监代殷莫若周',此其义也。"

295　赉

武王克商后,祭祀文王,封赏功臣,布告诸侯。为《大武》乐歌第三章。《诗序》:"《赉》,大封于庙也。赉,予也,言所以锡予善人也。"《郑笺》:"大封,武王伐纣时,封诸臣有功者。"《正义》:"谓武王既伐纣,于庙中大封有功之臣以为诸侯。"一章,六句。

文王既勤止,我应受之[1]。敷时绎思[2]。
我徂维求定,时周之命[3]。於绎思[4]!

韵读　止、之、思,之部。定、命,耕部。

今译　文王创业太劳勤,我当好好来担承。施政连续不能停。
伐商惟求天下定,周王命令须奉行。啊,应当继续文王政。

注释　[1]《毛传》:"勤,劳。应,当。"《传疏》:"我,我武王也。"[2]姚际恒《诗经通论》:"敷,布也,施也。时,是也。绎,连续不绝意。思,语辞。布施是政,使之续而不绝,不敢倦而中止也。"[3]《传疏》:"徂,往也,往伐殷也。定,安也。"《通释》:"时与承一声之转。……周受天命,而诸侯受封于庙者,又将受命于周。时周之命,即承周之命也。"[4]《集传》:"於(wū),叹辞。"姚际恒《诗经通论》:"於绎思,又重申己与诸侯始终无倦勤之意。"

296 般

武王巡狩,祭祀山川,天下一统,心中喜乐。为《大武》乐歌第四章。《诗序》:"《般》,巡守而祀四岳河海也。般(pán),乐也。"陈奂《传疏》:"《般》《时迈》皆巡守之诗。《时迈》告祭天,《般》则望祀山川也。"一章,七句。

於皇时周[1]!
陟其高山,堕山乔岳[2],允犹翕河[3]。
敷天之下,裒时之对[4]。时周之命!

韵 读 无韵。

今 译 啊,周家天下多辉煌!
登临那座高山上,小山大山都在望,合祭黄河真顺当。
普天之下诸神灵,聚集一起报周王。周家命运定久长!

注 释 [1]《正义》:"皇,美也。於(wū)乎美哉是周家也。"[2]《集传》:"高山,泛言山耳。堕(duò),则其狭而长者。乔,高也。岳,则其高而大者。"[3]《毛传》:"翕(xī),合也。"《郑笺》:"河言合者,河自大陆之北敷为九,祭者合为一。"《通释》:"按《尔雅·释言》:'猷,若也。'猷、犹古通用。……是知允犹即允若。允若,即允顺也。"[4]《集传》:"裒(póu),聚也。对,答也。"

鲁　颂

　　周武王死,成王年幼,周公摄政七年,还政于成王。成王封周公长子伯禽于鲁(今山东曲阜)。"成王以周公有大勋劳于天下,故赐伯禽以天子之礼乐,鲁于是乎有《颂》,以为庙乐。其后又作诗以美其君,亦谓之《颂》。"(朱熹《集传》)《鲁颂》四篇,作于春秋时期,都是歌颂鲁僖公的。鲁僖公(公元前659—前627年在位)为周公旦十八世孙,"能遵伯禽之法",曾随齐国伐楚(见《左传·僖公四年》)、征淮夷(见《左传·僖公十三年、十六年》),是鲁国较有作为的一位国君。跟《周颂》不同,"此虽借名为颂,而体实国风,非告神之歌,故有章句也。"(《駉·诗序·正义》)

297　駉

歌颂鲁僖公有远见,兼重农牧,养马多,善服役。《诗序》:"《駉》,颂僖公也。僖公能遵伯禽之法,俭以足用,宽以爱民。务农重穀,牧于坰野。鲁人尊之。于是季孙行父请命于周,而史克作是颂。"四章,叠咏。三十二句。

1　駉駉牡马[1],在坰之野[2]。
　　薄言駉者! 有驈有皇,
　　有骊有黄[3],以车彭彭[4]。
　　思无疆,思马斯臧[5]!

2　駉駉牡马,在坰之野。
　　薄言駉者! 有骓有駓,
　　有骍有骐[6],以车伾伾[7]。
　　思无期,思马斯才[8]!

3　駉駉牡马,在坰之野。
　　薄言駉者! 有驒有骆,
　　有骝有雒[9],以车绎绎[10]。
　　思无斁,思马斯作[11]!

4　駉駉牡马,在坰之野。
　　薄言駉者! 有骃有騢,
　　有驔有鱼[12],以车祛祛[13]。
　　思无邪,思马斯徂[14]!

韵　读　1.马、野、者,鱼部。皇、黄、彭、疆、臧,阳部。 2.马、野、者,鱼部。駓、骐、伾、期、才,之

518

部。3.马、野、者,鱼部。骆、雒、绎、敖、作,铎部。 4.马、野、者、騢、鱼、祛、邪、徂,鱼部。

今 译　1　马儿高大又肥壮,远郊野外去牧放。
　　　　　要问良马有几种:既有骊来又有皇。
　　　　　骊马纯黑赤马黄,驾起车来力量强。
　　　　　深谋远虑无限量,但望马儿都优良。

　　　　2　马儿肥壮好身体,马群牧放远郊地。
　　　　　要问良马有几种:苍白骓马黄白駓,
　　　　　还有骍马青黑骐,驾起车来有力气。
　　　　　深谋远虑无限期,但望马儿好质地。

　　　　3　马儿肥壮真不错,放在远郊近山坡。
　　　　　要问良马有几种:青黑駰马白色骆,
　　　　　赤色骝马黑色雒,驾起车来快如梭。
　　　　　深谋远虑不觉倦,但望马儿都振作。

　　　　4　马儿肥壮强有劲,郊野放牧远离城。
　　　　　要问良马有几种:红白騢马灰白駰,
　　　　　驔呀鱼呀也有名,驾起车来脚步轻。
　　　　　深谋远虑无邪僻,但望马儿能疾行。

注　释　[1]《毛传》:"駉駉(jiōng jiōng),良马腹干肥张也。"《传疏》:"牡马,谓壮大之马。犹四马之称四牡,不必读为牝牡之牡也。" [2]《毛传》:"坰(jiōng),远野也。邑外曰郊,郊外曰野,野外曰林,林外曰坰。"《郑笺》:"必牧于坰野者,辟民居与良田也。" [3]《广韵·青韵》:"駉,骏马也。"薄言:助词。《毛传》:"骊马白胯曰驈(yù),黄白曰皇,纯黑曰骊(lí),黄骍曰黄。" [4]《毛传》:"彭彭(bāng bāng),有力有容也。"《集疏》:"以,用也。用车以驾。" [5]《郑笺》:"臧,善也。"《集疏》:"思无疆者,言僖公思虑深微,无有疆畔,即牧马之法亦皆尽善,致斯蕃庶。" [6]《毛传》:"苍白杂毛曰骓(zhuī),黄白杂毛曰駓(pī),赤黄曰骍(xīn),苍祺曰骐(qí)。" [7]《毛传》:"伾伾(pī pī),有力也。"《正义》:"此章言戎马,戎马贵多力,故云伾伾有力。" [8]《集传》:"才,材力也。"《集

519

疏》:"思无期,思虑远长无有期限。即马亦多成材也。"[9]《毛传》:"青骊驎曰骓(tuó),白马黑鬣曰骆(luò),赤身黑鬣曰骍(liù),黑身白鬣曰雒(luò)。"[10]《毛传》:"绎绎,善走也。"[11]《郑笺》:"斁(yì),厌也。"《集疏》:"思无斁者,思之详审,无有厌倦。"《集传》:"作,奋起也。"[12]《毛传》:"阴白杂毛曰骃(yīn),彤白杂毛曰騢(xiá),豪骭曰驔(diàn),二目白曰鱼。"[13]《毛传》:"祛祛(qū qū),强健也。"[14]《郑笺》:"徂,犹行也。……牧马使可走行。"《集疏》:"思无邪者,思之真正无有邪曲。"

298　有駜

歌颂鲁僖公君臣勤于公事,五谷丰收,饮酒欢乐。《诗序》:"《有駜》,颂僖公君臣之有道也。"朱熹《集传》:"此燕饮而颂祷之辞也。"吴闿生《诗义会通》:"但言燕饮之乐,而君臣有道之义自见言外。"三章,叠咏。二十七句。

1　有駜有駜,駜彼乘黄[1]。
　　夙夜在公,在公明明[2]。
　　振振鹭,鹭于下[3]。
　　鼓咽咽[4],醉言舞。
　　于胥乐兮[5]!

2　有駜有駜,駜彼乘牡。
　　夙夜在公,在公饮酒。
　　振振鹭,鹭于飞。
　　鼓咽咽,醉言归。
　　于胥乐兮!

3　有驸有驸,驸彼乘骃[6]。

　　夙夜在公,在公载燕。

　　自今以始,岁其有[7]。

　　君子有穀,诒孙子[8]。

　　于胥乐兮!

韵　读　1.黄、明,阳部。鹭、下、舞,鱼部。乐,药部。与二、三章遥韵。 2.牡、酒,幽部。飞、归,微部。 3.骃、燕,寒部。始、有、子,之部。

今　译　1　多么肥壮又高大、驾上四匹黄骠马。

　　早晚忙碌在公家,办公勤勉无闲暇。

　　一群白鹭振翅飞,忽而上升忽而下。

　　鼓儿敲得咚咚响,酒醉起舞兴难罢。

　　啊,大家心里乐开花。

2　多么高大多肥壮,四匹公马不寻常。

　　早晚忙碌在公堂,公堂里面把酒尝。

　　一群白鹭振翅飞,白鹭高高飞向上。

　　鼓儿敲得咚咚响,酒醉饭饱人散场。

　　啊,大家心里喜洋洋。

3　多么强壮多有劲,四匹青马驾车行。

　　早晚忙碌在公庭,公庭宴饮多高兴。

　　打从如今开了头,年年都有好收成。

　　君子好善得吉庆,遗留子孙来继承。

　　啊,大家心里喜盈盈。

注　释　[1]《毛传》:"驸(bì),马肥强貌。马肥强则能升高进远,臣强力则能安国。"《传疏》:"乘黄,四黄马。驸者,群臣所乘四黄马之貌。" [2]《郑笺》:"早起夜寐,在于公之所。"《通释》："明、勉一声之转,明明即勉勉之假借,谓其在公尽力也。"[3]《集传》："振振,群飞貌。鹭,鹭羽,舞者所持,或坐或伏,如鹭之下也。"[4]《毛传》："咽咽(yīn yīn),鼓节也。"《集传》："咽与渊同,鼓声之深长也。"[5]《集传》："胥,相也。醉而起舞,以相乐也。"《传疏》："于,发声。"[6]《毛传》："青骊曰骃(xuān)。"[7]《集传》："有,有年也。"[8]《郑笺》："穀,善。诒,遗也。"

299　泮水

歌颂鲁僖公能继承祖先事业,整修泮宫,征服淮夷,建立文治武功。《诗序》："《泮水》,颂僖公能修泮宫也。"《集传》："此饮于泮宫颂祷之辞也。"八章,前三章叠咏。六十四句。

1　思乐泮水[1],薄采其芹[2]。
　　鲁侯戾止[3],言观其旂。
　　其旂茷茷,鸾声哕哕[4]。
　　无小无大,从公于迈[5]。

2　思乐泮水,薄采其藻。
　　鲁侯戾止,其马蹻蹻[6]。
　　其马蹻蹻,其音昭昭[7]。
　　载色载笑[8],匪怒伊教。

3　思乐泮水,薄采其茆[9]。
　　鲁侯戾止,在泮饮酒。
　　既饮旨酒,永锡难老[10]。
　　顺彼长道,屈此群丑[11]。

4 穆穆鲁侯,敬明其德。
　　敬慎威仪,维民之则。
　　允文允武,昭假烈祖[12]。
　　靡有不孝,自求伊祜[13]。

5 明明鲁侯[14],克明其德。
　　既作泮宫,淮夷攸服。
　　矫矫虎臣,在泮献馘[15]。
　　淑问如皋陶,在泮献囚[16]。

6 济济多士,克广德心。
　　桓桓于征,狄彼东南[17]。
　　烝烝皇皇,不吴不扬[18]。
　　不告于讻[19],在泮献功。

7 角弓其觩,束矢其搜[20]。
　　戎车孔博,徒御无斁[21]。
　　既克淮夷,孔淑不逆[22]。
　　式固尔犹,淮夷卒获[23]。

8 翩彼飞鸮[24],集于泮林。
　　食我桑黮,怀我好音[25]。
　　憬彼淮夷,来献其琛[26]:
　　元龟象齿,大赂南金[27]。

韵　读　1.芹、旂,文部。茷、哕、大、迈,月部。 2.藻、跻、跻、昭、笑、教,宵部。 3.茆、酒、酒、老、道、丑,幽部。4.德、则,职部。武、祖、祜,鱼部。 5.德、服、馘,职部。陶、囚,幽部。
6.心、南,侵部。皇、扬,阳部。讻、功,东部。 7.觩、搜,幽部。博、斁、逆、获,铎部。
8.林、黮、音、琛、金,侵部。

今　译　1　大家游乐泮水滨,我在水中采水芹。

鲁侯大驾要光临,旗帜隐隐已看清。
车上旌旗随风展,铃儿叮当响不停。
无论大官和小官,跟随僖公向前行。

2 游乐泮水兴致高,我在水中采水藻。
鲁侯大驾已来到,马儿强健气势豪。
马儿强健气势豪,随行人多声音高。
鲁侯和颜面带笑,不发怒气耐心教。

3 游乐泮水久停留,采摘莼菜忙不休。
鲁侯大驾已光临,泮宫里面饮美酒。
美酒已经举杯饮,祝君长生不老寿。
顺着大道向前走,收服醜类不用愁。

4 庄严肃穆鲁僖公,恭敬勤勉品德好。
言行举止有礼貌,光辉榜样人人效。
真正能文又能武,先祖神灵诚祭告。
遵循祖训无不孝,大福一定能求到。

5 勤勉努力鲁僖公,能修品德讲法度。
已把泮宫建设好,淮夷人民都归服。
武臣矫矫如猛虎,献敌左耳泮水处。
审讯得法似皋陶,就在泮宫献俘虏。

6 朝臣济济有修养,能把善心来推广。
威风凛凛去出征,平定东南势力强。
声势盛大军容壮,没有喧哗无叫嚷。
宽待俘虏不穷究,泮宫献功无夸张。

7 角弓弯弯硬又强,百箭发出嗖嗖响。
兵车坚固数量多,战士英勇斗志昂。
淮夷已经征服了,不再违命变善良。
坚决执行你谋略,淮夷终于得扫荡。

8　翩翩飞来猫头鹰,落在泮水旁边林。
　　吃了我的桑上果,给我送来好声音。
　　如今淮夷有觉悟,献来珍宝表诚心。
　　既有大龟和象牙,还有美玉南方金。

注 释　[1]《毛传》:"泮(pàn)水,泮宫之水也。天子辟雍,诸侯泮宫。"《释文》:"泮宫,诸侯之学也。泮,半也。半有水,半无水也。"[2]《郑笺》:"芹,水菜也。"[3]《毛传》:"戾,来。"《集传》:"戾,至也。"止:语气词。[4]《集传》:"茷茷(pèi pèi),飞扬也。哕哕(huì huì),和也。"[5]《郑笺》:"于,往。迈,行也。……臣无尊卑,皆从君行而来。"[6]《毛传》:"其马蹻蹻(jiǎo jiǎo),言强盛也。"[7]严粲《诗缉》:"其声音昭昭然明亮。"[8]《毛传》:"色温润也。"[9]《集传》:"茆(mǎo),凫葵也。叶大如手,赤圆而滑,江南人谓之莼菜者也。"[10]《郑笺》:"已饮美酒而长赐其难使老。难使老者,最寿考也。"《诗缉》:"则天与之难老之福。"[11]《集传》:"长道,犹大道也。屈,服也。"《毛传》:"屈,收。醜,众也。"群醜:一群醜类,蔑称淮夷。[12]《郑笺》:"信文矣,为修泮宫也。信武矣,为伐淮夷也。"昭假:诚心祭告。[13]《郑笺》:"靡有不孝,谓僖公无事不法效其祖,非谓国人效僖公也。"祜(hù):福。[14]王引之《经义述闻》卷七:"明、勉一声之转。故古多谓勉为明,重言之则曰明明。"[15]《郑笺》:"矫矫(jiǎo jiǎo),武貌。馘(guó),所格者之左耳。"[16]《郑笺》:"淑,善也。囚,所俘获者。僖公既伐淮夷而反,在泮宫使武臣献馘,又使善听狱之吏如皋陶者献囚。"[17]《毛传》:"桓桓,威武貌。"《郑笺》:"狄,当作剔。剔,治也。东南斥淮夷。"[18]《集传》:"烝烝皇皇,盛也。不吴不扬,肃也。"[19]《传疏》:"不告于讻,言不穷治凶恶,唯在柔服之而已。"[20]《集传》:"觓(qiú),弓健貌。五十矢为束,或曰百矢也。搜,矢疾声也。"[21]《传疏》:"博,犹众也。"《郑笺》:"徒行者、御车者皆敬其事,又无厌倦也。"《集传》:"无斁(yì),言竞劝也。"[22]《传疏》:"淑,善也。不逆,言率从也。"[23]《郑笺》:"犹,谋也。"《传疏》:"固,安也,定也。获,亦克也。"[24]《毛传》:"翩,飞貌。鸮(xiāo),恶声之鸟也。"[25]《毛传》:"黮,桑实也。"《郑笺》:"怀,归也。"[26]《集传》:"憬(jǐng),觉悟也。琛(chēn),宝也。"[27]俞樾《群经平议》:"赂,当读为璐……大璐,犹《尚书·顾命篇》大玉耳。……从玉贝之字,古或相通。"

300　閟宫

歌颂鲁僖公能继承祖业,振兴鲁国,恢复疆土,修筑宗庙。《诗序》:"《閟宫》,颂僖公能复周公之宇也。"朱熹《集传》:"时盖修之,故诗人歌咏其事,以为颂祷之词。而推本后稷之生,而下及于僖公耳。"九章,一百二十句。

1　閟宫有侐[1],实实枚枚[2]。
　　赫赫姜嫄,其德不回[3]。
　　上帝是依[4],无灾无害,弥月不迟[5]。
　　是生后稷,降之百福。
　　黍稷重穋[6],稙穉菽麦[7]。
　　奄有下国[8],俾民稼穑。
　　有稷有黍,有稻有秬[9]。
　　奄有下土,缵禹之绪[10]。

2　后稷之孙,实维大王,
　　居岐之阳,实始翦商[11]。
　　至于文武,缵大王之绪。
　　致天之届[12],于牧之野。
　　无贰无虞[13],上帝临女。
　　敦商之旅,克咸厥功[14]。
　　王曰"叔父!建尔元子[15],俾侯于鲁。
　　大启尔宇[16],为周室辅。"

3　乃命鲁公,俾侯于东。
　　锡之山川,土田附庸[17]。

周公之孙,庄公之子[18]。
龙旂承祀,六辔耳耳[19]。
春秋匪解,享祀不忒[20]:
皇皇后帝,皇祖后稷。
享以骍牺,是飨是宜[21],降福既多。
周公皇祖,亦其福女。

4　秋而载尝,夏而楅衡[22]。
白牡骍刚[23],牺尊将将[24]。
毛炰胾羹[25],笾豆大房[26]。
万舞洋洋,孝孙有庆。
俾尔炽而昌,俾尔寿而臧。
保彼东方,鲁邦是常[27]。
不亏不崩,不震不腾。
三寿作朋[28],如冈如陵。

5　公车千乘,朱英绿縢[29],二矛重弓。
公徒三万,贝胄朱綅[30],烝徒增增[31]。
戎狄是膺,荆舒是惩[32],则莫我敢承[33]。
俾尔昌而炽,俾尔寿而富。
黄发台背,寿胥与试[34]。
俾尔昌而大,俾尔耆而艾[35]。
万有千岁,眉寿无有害[36]!

6　泰山岩岩,鲁邦所詹[37]。
奄有龟蒙,遂荒大东[38]。
至于海邦,淮夷来同[39]。
莫不率从,鲁侯之功!

7　保有凫绎,遂荒徐宅[40]。

至于海邦,淮夷蛮貊。

及彼南夷[41],莫不率从。

莫敢不诺,鲁侯是若[42]!

8　天锡公纯嘏[43],眉寿保鲁。

居常与许[44],复周公之宇。

鲁侯燕喜,令妻寿母[45]。

宜大夫庶士[46],邦国是有[47]。

既多受祉,黄发儿齿[48]。

9　徂来之松,新甫之柏[49]。

是断是度,是寻是尺[50]。

松桷有舄,路寝孔硕[51],新庙奕奕[52]。

奚斯所作[53],孔曼且硕,万民是若[54]!

韵　读　1.枚、回、依,微部;迟,脂部。脂微合韵。稷、福、麦、国、穑,职部;穆,觉部。职觉合韵。黍、秬、土、绪,鱼部。　2.王、阳、商,阳部。武、绪、野、处、女、旅、父、鲁、宇、辅,鱼部。3.公、东、庸,东部。子、祀、耳,之部。解、帝,锡部。忒、稷,职部。牺、宜、多,歌部。祖、女,鱼部。　4.尝、衡、刚、将、羹、房、洋、庆、昌、臧、方、常,阳部。崩、腾、朋、陵,蒸部。　5.乘、縢、弓、增、膺、惩、承,蒸部;绳,侵部。蒸侵合韵。炽、富、背、试,职部。大、艾、岁、害,月部。　6.岩、詹,谈部。蒙、东、邦、同、从、功,东部。　7.绎、宅、貊,铎部。邦、从,东部。诺、若,铎部。　8.嘏、鲁、许、宇,鱼部。喜、母、士、有、祉、齿,之部。9.柏、度、尺、舄、硕、奕、作、硕、若,铎部。

今　译　1　姜嫄神宫多静寂,殿高屋大人迹稀。

光明伟大姜嫄氏,品德端正不邪僻。

上帝依恋眷顾她,没有伤害无灾异,怀孕十月不延期。

生下儿子是后稷,天降百种大福气。

黍稷成熟有早晚,豆麦种植时不一。

拥有小国本在邰,教会人民稼穑事。

528

既有高粱和黍子,还有水稻黑小米。

终于拥有天下地,大禹事业得承继。

2　后稷有个好孙子,古公亶父号大王。

住在岐山向阳地,开始准备灭殷商。

到了文王和武王,大王事业得发扬。

奉行天意灭殷纣,就在牧野摆战场。

莫怀二心莫欺诈,上帝监察在头上。

殷商队伍全俘获,能成大功世无双。

成王开口叫叔父,封立你的大儿子,使为诸侯在鲁邦。

大大开拓你土疆,辅卫周室作屏障。

3　成王下令给鲁公,建立侯国地在东。

赐他高山和大川,还有土田和附庸。

周公远孙鲁僖公,庄公儿子是英雄。

打着龙旗承祭祀,六条缰绳把马控。

春秋祭祀不懈怠,祭祀完备无漏洞。

上帝光明又伟大,还有后稷老祖宗。

献上牺牲黄色牛,神灵享受兴味浓,降你幸福有多种。

伟大先祖周公旦,也将赐你福无穷。

4　秋天尝祭未开场,夏天设栏把牛养。

公牛有白也有黄,牛形酒尊多漂亮。

生烤乳猪肉片汤,盛满笾豆和大房。

文舞武舞排场大,孝顺儿孙有福享。

使你兴旺又昌盛,使你长寿获吉祥。

安定东方那片土,保卫鲁国国运长。

不亏损来不崩溃,不沸腾也不震荡。

三寿和你做朋友,稳如丘陵和山冈。

5　鲁公兵车有千辆,绿绳缠弓红缨矛,长矛成对弓成双。

鲁公步卒有三万,红线缀贝饰盔上,大军人多势力强。

北狄西戎受打击,荆舒两国遭重创,无人敢与鲁国抗。

使你昌盛又兴旺,使你长寿又富强。

老人驼背头发黄,寿高还把重任扛。

使你昌盛又强大,使你年高又寿长。

千年万岁活下去,高寿长享无灾殃。

6　泰山高峻多险峰,位在鲁国国境中。

龟山蒙山都属鲁,一直延伸到远东。

还有海滨各国家,淮夷也都来朝贡。

无人胆敢不服从,功劳应归鲁僖公。

7　保有凫山和峄山,徐国也在控制中。

直到海滨各国家,淮夷蛮貊都相同。

还有那些南夷国,没有谁人不服从。

无人胆敢不听话,顺从鲁侯态度恭。

8　天赐鲁公大福气,安享高寿保鲁地。

据有常许两边邑,周公疆土复统一。

鲁侯宴饮多欢喜,祝福老母和贤妻。

团结大夫众贤士,国家长保不分离。

既受天赐多福祉,返老还童长新齿。

9　徂徕山上松树多,新甫山上柏树长。

砍的砍来劈的劈,用寻用尺细丈量。

松木椽子直又大,建成正殿多宽敞,新修宗庙真漂亮。

奚斯作成诗一首,长篇巨制好文章,万民满意齐赞扬。

注　释　[1]《郑笺》:"閟(bì),神也。姜嫄神所依,故庙曰神宫。"《毛传》:"侐(xù),清静也。" [2]《毛传》:"实实,广大也。"《释文》:"枚枚,《韩诗》云:闲暇无人之貌也。" [3]《郑笺》:"赫赫乎显著姜嫄也。"《集传》:"回,邪也。" [4]《集传》:"依,犹眷顾也。"

[5]《郑笺》:"弥(mí),终也。……终人道十月而生子,不迟晚。"[6]《正义》:"《七月·传》曰:后熟曰重,先熟曰穋(lù)。"[7]《毛传》:"先种曰稙(zhí),后种曰稺(zhì)。"[8]《集传》:"奄有下国,封于邰也。"[9]《郑笺》:"秬(jù),黑黍也。"[10]《毛传》:"绪,业也。"《释文》:"缵(zuǎn),继也。"《传疏》:"缵禹之绪,言禹有平治水土之业,后稷继而起,教民稼穑也。"[11]《郑笺》:"翦,断也。大王自豳徙居岐阳,四方之民咸往归之,于时而有王迹。"翦,《说文》作戬(jiǎn)。[12]《传疏》:"《笺》:'届,极也。'古极、殛通。致天之届,犹云致天之罚耳。"[13]《广雅·释诂二》:"虞,欺也。"[14]《通释》:"此诗敦亦当读屯。屯,聚也。犹《商颂》'裒荆之旅',裒亦聚也。盖自聚其师旅为聚,俘虏敌之士众,亦为屯聚之也。'克咸厥功',犹云克备厥功,亦即克成厥功也。"[15]《集传》:"叔父,周公也。元子,鲁公伯禽也。"[16]《毛传》:"宇,居也。"这里指领土,疆域。[17]《集传》:"附庸,犹属城也,小国不能自达于天子,而附于大国也。"《礼记·明堂位》:"封周公于曲阜,地方七百里。"郑玄注:"上公之封地方五百里,加鲁以四等之附庸方百里者二十四……得七百里。"[18]《毛传》:"周公之孙,庄公之子,谓僖公也。"[19]《毛传》:"耳耳然,至盛也。"[20]《集传》:"忒(tè),过差也。"[21]《郑笺》:"天亦飨之宜之。"[22]《集传》:"尝,秋祭名。楅衡(fú héng),施于牛角,所以止触也。"[23]《集疏》:"刚者,牨之借字。《说文》:'牨,特也。牛父也。'驲刚犹言驲牡。"[24]《集传》:"牺尊,画牛于尊腹也。或曰,尊作牛形,凿其背以受酒也。"《正义》:"将将(qiāng qiāng)然而盛美也。"[25]《毛传》:"毛炰(páo),豚也。胾(zì),肉。羹,大羹,铏羹也。"[26]《集传》:"大房,半体之俎,足下有跗,如堂房也。"[27]《郑笺》:"保,安。常,守也。"[28]《通释》:"三寿,犹三老也。"《生经》:"上寿者百二十,中寿百年,下寿八十。"[29]《毛传》:"朱英,矛饰也。縢(téng),绳也。"[30]《毛传》:"贝胄,贝饰也。朱绿,以朱绿(qīn)缀之。"《通释》:"古制盖以五百乘为一军。此诗'公车千乘',谓次国二军也。"[31]《毛传》:"增增,众也。"[32]《通释》:"赵注《孟子》曰:膺,击也。"《郑笺》:"惩,艾也。"《正义》:"惩、艾(yì)皆创,故为艾也。"[33]《郑笺》:"僖公与齐桓举义兵,北当戎与狄,南艾荆及群舒,天下无敢御之也。"《集传》:"承,御也。"[34]《郑笺》:"黄发台背,皆寿征也。"《集传》引王氏曰:"寿者相与为公用也。"[35]《礼记·曲礼》:"五十曰艾,六十曰耆(qí)。"《方言》卷四:"艾,长老也。东齐鲁卫之间,凡尊老谓之叟,亦谓之艾。"[36]《郑笺》:"眉寿,秀眉,亦寿征。"[37]《正义》:"泰山之高岩然。"《毛传》:"詹(zhān),至也。"[38]龟:山名,在今山东新泰县西南。蒙:山名,在今山东蒙阴县南。《郑笺》"大东,极东也。"《集传》:"荒,奄也。"奄有:据有。[39]《通释》:"诸侯殷见天子曰同,小国会朝大国亦曰同。"[40]凫(fú):山名,在今山东邹县西南。绎:山名,也作峄(yì),在今山东邹县东南。《集传》:"宅,居也,谓徐国也。"徐,徐戎,在今江苏徐州。[41]《诗缉》:"若淮夷

531

也,南夷之蛮也,东夷之貊(mò)也,又及彼南方之夷荆楚也。"[42]《郑笺》:"诺(nuò),应辞也。"《毛传》:"若,顺也。"[43]《郑笺》:"纯,大也。受福曰嘏(gǔ)。"[44]《毛传》:"常、许,鲁南鄙、西鄙。"《尔雅·释言》:"居,据也。"[45]《郑笺》:"僖公燕饮于内寝,则善其妻,寿其母,谓为之祝庆也。"妻:指僖公妻声姜。母:指僖公之母成风。[46]《郑笺》:"与群臣宴,则欲与之相宜,亦祝庆也。"[47]《郑笺》:"有,犹长有也。"[48]《正义》:"舍人曰:'老人发白复黄也。'"《集传》:"儿(ní)齿,齿落更生细者,亦寿征。"[49]徂来:山名,也作徂徕,在山东泰安县东南。新甫:山名,也叫梁山,在泰山旁。[50]《通释》:"按,度(duó)者,劚之假借。《说文》:'劚,判也。'"《诗缉》:"于是用八尺之寻,十寸之尺以量之。"[51]《毛传》:"桷(jué),榱也。舄(xì),大貌。……路寝,正寝也。"[52]《郑笺》:"奕奕(yì yì),姣美也。修旧曰新。新者,姜嫄庙也。"[53]《传疏》:"奚斯,公子奚斯,即鲁大夫公子鱼也。"《文选·西都赋序》:"奚斯颂鲁。"李善注引《韩诗·薛君章句》:"言其新庙奕奕然盛,是诗公子奚斯所作也。"[54]《集传》:"曼,长。硕,大也。万民是若,顺万民之望也。"

商　颂

　　《商颂》五篇,《那》《烈祖》《玄鸟》三篇各一章,是祭祀殷商祖先的乐歌。体制似《周颂》;《长发》《殷武》是歌颂宋襄公伐楚取得胜利,篇幅较长,体制似《雅》。其产生时代,古文《诗》说是商代保存下来的。《国语·鲁语》:"闵马父曰:昔正考父校商之名《颂》十二篇于周太师,以《那》为首。"《诗序》:"微子至于戴公,其间礼乐废坏。有正考父者,得《商颂》十二篇于周之太师,以《那》为首。"《正义》:"正考甫是孔子七世之祖。"今文三家《诗》说是春秋宋国作品。宋是商的后裔,《商颂》就是《宋颂》。《史记·宋微子世家》:"襄公之时,修行仁义,欲为盟主。其大夫正考父美之,故追道契、汤、高宗殷所以兴,作《商颂》。"魏源《诗古微》:"《商颂》实宋颂也。亦颂之变也,周文商质,而周之《颂》反质于商,商之《颂》反侈于周,《长发》《殷武》二诗尤盛,与宣王诸《雅》无异焉。其差优于鲁者,《那》《烈祖》《玄鸟》颂先王,异于《鲁颂》之谈生君也。故《国语》谓正考父校商名《颂》于周太师,三家《诗》皆以正考父作于襄公之世,'汤孙'皆美襄公。"皮锡端、王先谦、王国维等学者都坚持宋诗说。《商颂》叙事流畅,韵律和谐,比《周颂》进步。认为《商颂》是春秋宋诗是比较可靠的。

301　那

宋君祭祀殷先祖成汤的乐歌。着重描写演奏音乐的盛况。魏源《诗古微》："《那》，美襄公祀成汤也。周人尚臭，殷人尚声。'嘉客'，谓附庸助祭之国，两言'汤孙'，皆谓襄公也。"一章，二十二句。

猗与那与[1]！置我鞉鼓[2]。
奏鼓简简，衎我烈祖[3]。
汤孙奏假，绥我思成[4]。
鞉鼓渊渊，嘒嘒管声[5]。
既和且平[6]，依我磬声。
於赫汤孙！穆穆厥声[7]。
庸鼓有斁，万舞有奕[8]。
我有嘉客，亦不夷怿[9]。
自古在昔，先民有作[10]。
温恭朝夕，执事有恪[11]。
顾予烝尝，汤孙之将[12]。

韵　读　与、鼓、祖，鱼部。成、声、平、声声，耕部。斁、奕、客、怿、昔、作、夕、恪，铎部。尝、将，阳部。

今　译　多么美好多堂皇，拨浪鼓儿安堂上。
　　　　　鼓儿敲起咚咚响，烈祖成汤心欢畅。
　　　　　汤孙奏乐来祭告，赐我太平大福祥。
　　　　　拨浪鼓儿响咚咚，箫管声声多清亮。

534

音节调谐又和畅,玉磬配合更悠扬。

啊,汤孙英名真显赫,歌声美妙绕屋梁。

敲钟击鼓响铿锵,文舞武舞好排场。

我有嘉宾来助祭,无不欢乐喜洋洋。

自从古代我先王,已把礼乐制妥当。

早晚温和又恭敬,小心谨慎做事忙。

冬祭秋祭神赏光,汤孙至诚奉酒浆。

注 释 [1]《通释》:"按,猗、那二字叠韵,皆美盛之貌。通作猗傩、阿难。草木之美盛曰猗傩,乐之美盛曰猗那,其义一也。"[2]《毛传》:"鞉(táo)鼓,乐之所成也。"《郑笺》:"置,读曰植,植鞉鼓者,为楹贯而树之。"[3]《毛传》:"烈祖,汤,有功烈之祖也。"《集传》:"衎(kàn),乐也。"[4]《集传》:"汤孙,主祭之时王也。假与格同,言奏乐以格于祖考也。"奏假:进告神灵,招请神灵到来。《通释》:"绥我思成,犹云贻我福,与《烈祖》'赉我思成'句法正同。亦谓赉我福也。"《传疏》:"绥,安。成,平。……安享我太平之福也。"[5]《集传》:"哕哕(huì huì),清亮也。"[6]《国语·周语下》:"声应相保曰和,细大不踰曰平。"[7]《集传》:"穆穆,美也。"[8]《毛传》:"大钟曰庸,致致(yì yì)然,盛也。"《通释》:"《说文》:'奕,大也。'万为大舞,故奕为大貌,闲亦大也。"[9]《毛传》:"夷,说(yuè)也。"[10]《毛传》:"先王称之曰自古,古曰在昔。有作,有所作也。"[11]《毛传》:"恪(kè),敬也。"[12]《传疏》:"烝尝,时祭也。"《集传》:"将,奉也。言汤其尚顾我烝尝哉,此汤孙之所奉者。致其丁宁之意,庶几其顾之也。"

302 烈祖

宋君祭祀殷先祖成汤的乐歌。酒馔丰盛,神赐多福。《诗序》:"《烈祖》,祀中宗也。"朱熹《诗序辨说》:"详此诗,未见其为祀中宗。而末言汤孙,则亦祀成汤之诗耳。"王质《诗总闻》:"前诗声也,所言皆音乐。此诗臭也,所言皆饮食也。商尚声,亦尚臭,二诗当是各一节。《那》奏声之诗,此荐臭之诗也。"一章,二十二句。

嗟嗟烈祖!有秩斯祜[1]。
申锡无疆,及尔斯所[2]。
既载清酤,赉我思成[3]。
亦有和羹,既戒既平[4]。
鬷假无言,时靡有争[5]。
绥我眉寿,黄耇无疆[6]。
约𫐐错衡,八鸾鸧鸧[7]。
以假以享,我受命溥将[8],
自天降康,丰年穰穰[9]。
来假来飨,降福无疆[10]。
顾予烝尝,汤孙之将[11]!

韵　读　祖、祜、所,鱼部。成、平、争,耕部。疆、衡、鸧、享、将、康、穰、飨、疆、尝、将,阳部。

今　译　啊,烈烈先祖神在上,不断降下大福祥。
无穷无尽多赐赏,到达时君这地方。
先祖神前设清酒,赐我太平福寿康。
还有五味红烧肉,陈设齐备又适当。
默默向神来祭告,执事肃穆无争嚷。
神灵赐我百年寿,满头黄发寿无疆。
车毂裹皮辕雕花,八个鸾铃响叮当。
祭告神灵献祭品,我受天命广又长。
太平幸福从天降,今年丰收多米粮。
神灵光临受祭飨,降下幸福无限量。

冬祭秋祭神赏光,汤孙至诚奉酒浆。

注　释　[1]《郑笺》:"祜,福也。"王引之《经义述闻》卷七:"秩,大貌。"[2]《毛传》:"申,重也。"《集传》:"尔,主祭之君,盖自歌者指之也。斯所,犹言此处也。"[3]《毛传》:"赉(lài),赐也。"赉我思成,见上诗注[4]。[4]《郑笺》:"和羹者,五味调腥熟得宜。"《通释》:"诗承和羹言,戒当训备。……济其不及,以泄其过,此诗所谓平也。"[5]《集传》:"鬷(zōng),《中庸》作奏,正与上篇义同。盖古声奏、族相近,族声转平而为鬷耳。无言、无争,肃敬而齐一也。"鬷假。同"奏假"。[6]《传疏》:"眉寿、黄耇皆寿征,言安我以无疆之福寿也。"[7]《诗缉》:"其车以皮缠约其軧(qí),又有文错之衡,其八鸾之声锵锵(qiāng qiāng)然和。"皮锡瑞《诗经通论》:"此当属宋君之车,上公虽非同姓亦得乘金辂,周制驾四,故八鸾。"[8]《集传》:"溥,广。将,大也。"《集疏》:"飨,谓献酒使神飨之也。诸侯助祭者来升堂,来献酒,神灵又下与我以长久之福也。"[9]《郑笺》:"天于是下平安之福使年丰。"《集传》:"穰穰(ráng ráng),多也。"[10]《释文》:"假,音格。王云:至也。"《集传》:"假之而祖考来假,享之而祖考来飨,则降福无疆矣。"[11]"顾予"两句同前诗注[12]。

303　玄鸟

宋君祭祀殷代祖先的乐歌。契由天生,子孙昌盛。《诗序》:"《玄鸟》,祀高宗也。"朱熹《集传》:"此亦祭祀宗庙之乐,而追叙商人之所由生,以及其有天下之初也。"一章,二十二句。

天命玄鸟,降而生商[1],宅殷土芒芒[2]。
古帝命武汤,正域彼四方[3]。
方命厥后,奄有九有[4]。
商之先后,受命不殆[5],在武丁孙子。

537

武丁孙子,武王靡不胜[6]。

龙旂十乘,大糦是承[7]。

邦畿千里,维民所止[8],肇域彼四海[9]。

四海来假,来假祁祁[10]。

景员维河[11],殷受命咸宜,百禄是何[12]。

韵 读 商、芒、汤、方,阳部。有、殆、子,之部。胜、乘、承,蒸部。里、止、海,之部。祁,脂部;河、宜、何,歌部。脂歌合韵。

今 译 上天命令燕子降,来到人间生商王,住居殷地广茫茫。
古时上帝命成汤,征服天下治四方。
遍告天下众诸侯,九州全都归商邦。
从前商朝诸先王,接受天命无灾殃,武王孙子有福祥。
武王孙子多贤良,武丁国事能担当。
大车十辆龙旗扬,满载黍稷供祭享。
国家疆土上千里,人民安居好地方,始有四海大边疆。
四海诸侯来朝商,来朝人多纷且忙。
景山四周绕黄河,殷受天命最适当,承担多福长无疆。

注 释 [1]《郑笺》:"降,下也。天使燕下而生商者,谓燕遗卵,娀氏之女简狄吞之而生契。"《楚辞·天问》:"简狄在台,喾何宜? 玄鸟至贻,女何嘉?"王逸注:"简狄,帝喾之妃也。玄鸟,燕也。简狄侍帝于台上,有飞燕堕遗其卵,喜而吞之,因生契。"[2]《毛传》:"芒芒,大貌。"《集传》:"宅,居也。"[3]《通释》:"古帝犹言昊天上帝。"《集传》:"武汤,以其有武德号之也。正,治也。"于省吾《诗经新证》:"正当读为征。……正域彼四方,宜当读为征有彼四方。"[4]《郑笺》:"方命其君,谓遍告诸侯也。"《毛传》:"九有,九州也。"《通释》:"方,犹旁也。旁之言溥也,遍也。"[5]《集传》:"言商之先后,受天命不危殆,故今武丁孙子犹受其福。"[6]《毛传》:"胜,任也。"王引之《经义述闻》卷七:"窃疑经文两言'武丁',皆'武王'之讹,而'武王靡不胜'则'武丁'之讹。盖商之先君

538

受命不殆者,在汤之孙子,故曰'在武王孙子'。武王孙子,犹《那》与《烈祖》之言汤孙也。汤之孙子有武丁者,绳其祖武,无所不胜任,故曰'武王孙子,武丁靡不胜'。传写者上下互讹耳。"《集传》:"武丁,高宗也。"[7]《集传》:"龙旂,诸侯所建交龙之旂也。"《郑笺》:"大糦(chì),黍稷也。……奉承黍稷而进之者。"[8]《毛传》:"畿(jī),疆也。"《郑笺》:"止,犹居也。"[9]《通释》:"肇域彼四海,域亦应读为有,言始有彼四海地也。"[10]《郑笺》:"假,至也。祁祁,众多也。"[11]《集传》:"或曰:景,山名,商所都也。……《春秋传》亦曰'商汤有景亳之命'是也。员与下篇幅陨义同,盖言周也。河,大河也。言景山四周皆大河也。"[12]《郑笺》:"百禄是何,谓当担负天之多福。"

304　长发

宋君祭祀成汤,以伊尹配享。歌颂商的祖先契、相土和成汤,宣称从契开始即有受天命的祯祥。《诗序》:"《长发》,大禘也。"苏辙《诗集传》:"大禘,宗庙之禘也。故其诗历言商之先君,又及其卿士伊尹。伊尹盖与祭于禘也。"王先谦《集疏》:"此或亦祀成汤之诗。诗本亦主祀成汤而以伊尹从祀。其历述先世,著商业所由开,非皆祀之。否则宋为诸侯,礼不得禘帝喾,又安得及有娀乎?"七章,五十一句。

1　濬哲维商,长发其祥[1]。
　　洪水芒芒,禹敷下土方[2]。
　　外大国是疆,幅陨既长[3]。
　　有娀方将,帝立子生商[4]。

2　玄王桓拨[5],受小国是达,受大国是达[6]。
　　率履不越,遂视既发[7]。
　　相土烈烈,海外有截[8]。

3　帝命不违,至于汤齐[9]。

汤降不迟,圣敬日跻[10]。

昭假迟迟,上帝是祇[11]。帝命式于九围[12]。

4 受小球大国,为下国缀旒[13],何天之休[14]。

不竞不绒[15],不刚不柔。

敷政优优,百禄是遒[16]。

5 受小共大共,为下国骏庬[17],何天之龙[18]。

敷奏其勇,不震不动。

不戁不竦[19],百禄是总。

6 武王载旆,有虔秉钺[20]。

如火烈烈,则莫我敢曷[21]。

苞有三蘖,莫遂莫达[22],九有有截。

韦顾既伐,昆吾夏桀[23]。

7 昔在中叶,有震且业[24]。

允也天子,降予卿士。

实维阿衡,实左右商王[25]。

韵 读 1.商、祥、芒、方、疆、长、将、商,阳部。 2.拨、达、达、越、发、烈、截,月部。 3.违、围,微部;齐、迟、跻、迟、祇,脂部。脂微合韵。 4.球、旒、休、绒、柔、优、遒,幽部。 5.共、庬、龙、勇、动、竦、总,东部。 6.旆、钺、烈、曷、蘖、达、截、伐、桀,月部。 7.叶、业,叶部。子、士,之部。衡、王,阳部。

今 译 1 深谋明智是商王,上天久已现祯祥。

古时洪水涌茫茫,大禹治理遍四方。

外与大国定疆界,幅员由此广且长,

有娀女儿正长大,上帝立子生殷商。

2 始祖玄王真英明,受理小国能行令,受理大国也都成。

遵守礼法不过分,遍察教令尽施行。

540

相土治国有威严,四海畏服很齐整。

3 不敢违背上帝命,成汤能与天相并。

成汤降生正当时,圣明恭谨日上升。

诚心祭告久不停,只把上帝来爱敬。帝令示范九州城。

4 接受小法和大法,表率诸侯做榜样,承蒙老天赐福祥。

既不竞争不贪求,也不示弱不逞强。

施行政令多宽和,百般福禄聚一堂。

5 接受小法和大法,下国都在庇护中,承蒙老天赐荣宠。

施展才能显英勇,既不震惊不摇动。

也不害怕不惶恐,百般福禄都聚拢。

6 汤王出征旌旗扬,手拿大斧多刚强。

好比猛火熊熊炎,无人胆敢来阻挡。

一棵老树三枝杈,不许杈上枝叶长,九州一齐归殷商。

韦顾两国已讨平,昆吾夏桀都扫荡。

7 从前商代中世时,国力强大有威势。

成汤真是天之子,上天降下贤卿士。

他是伊尹号阿衡,辅佐商王把国治。

注 释 [1]《毛传》:"濬(jùn),深。"《郑笺》:"长,犹久也。……久发见其祯祥矣。"[2]《集传》:"方,四方也。"《传疏》:"芒芒,犹汤汤(shāng shāng)也。"[3]《毛传》:"诸夏为外。"《传疏》:"禹有天下曰夏,故畿内为夏,畿外为诸夏也。"《集传》:"幅,犹言边幅也。陨读作员,谓周也。"[4]《毛传》:"有娀(sōng),契(xié)母也。将,大也。契生商也。"尧封契于商,后成汤以为天下号。[5]《毛传》:"玄王,契也。"《集传》:"玄者,深微之称。或曰:以玄鸟降而生也。王者,追尊之号。"《集疏》:"《韩》拨作发……桓拨二字平列。训桓为武,训发为明,言玄王有英明之姿。"[6]《郑笺》:"始尧封之商为小国,舜之末年乃益其土地为大国,皆能达其教令。"[7]《集传》:"率,循。履,礼。言契能循礼不过越。"《郑笺》:"遂,犹遍也。发,行也。……乃遍省视之,教令则尽行也。"[8]《毛传》:"相土,契孙也。烈烈,威也。"《郑笺》:"截,整齐也。……其威武之盛烈烈然,四海之外率服,截尔整齐。"[9]《毛传》:"至汤与天心齐。"《通释》:"帝命不违,即不违帝命之倒文。诗总括相土以下诸君,谓商之先君不违天命,至汤皆齐一。"[10]《郑笺》:"降,下。"《集传》:"降,犹生也。……应期而生,适当其时。"《毛传》:"不迟,言疾也。跻(jī),升也。"[11]《集传》:"迟迟,久也。祗(zhī),敬也。昭假于天,久而不息。唯上帝是敬。"[12]《集传》:"式,法也。九围,九州也。"[13]《集传》:"下国,诸侯国也。"王引之《经义述闻》卷七:"球、共,皆法也。球读为捄,共读为拱。"《通释》:"缀旒(zhuì liú)并言,比喻汤为下国表则也。"[14]《集传》:"何,荷。"休:福。[15]《通释》:"绿(qiú)对竞言,从《广雅》训求为是。争竞者多骄,求人者多谄,竞、求二义,相对成文。"[16]《毛传》:"优优,和也。遒(qiú),聚也。"敷政:《齐诗》作"布政"。[17]《毛传》:"共,法。"《集疏》:"鲁骏厖(máng),作'骏蒙',齐作'恂(xún)蒙'。"《通释》:"骏与恂,厖与蒙,古并声近通用。……为下国恂蒙,犹云为下国庇覆耳。"[18]《郑笺》:"龙,当作宠。宠,荣名之谓。"[19]《毛传》:"戁(nǎn),恐。竦,惧也。"[20]《毛传》:"武王,汤也。旆,旗也。"《经义述闻》卷七:"《韩诗外传》引《诗》并作'武王载发',《说文》则作'武王载坺'。发,正字也。旆、拔皆借字也。发,谓起师伐桀也。"《通释》:"'虔'之本义原取勇猛……有虔,正形容强武之貌。"[21]《郑笺》:"其威势如猛火之炎炽。"《集传》:"曷、遏通。"[22]《毛传》:"苞,本。蘖(niè),馀也。"《集传》:"言一本生三蘖也。本则夏桀,蘖则韦也、顾也、昆吾也,皆桀之党也。"《通释》:"遂与达,皆草木生长之称。莫遂莫达,以喻三国不能复兴。"[23]《郑笺》:"韦、豕韦,彭姓也。顾、昆吾皆己姓也。三国党于桀恶,汤先伐韦、顾,克之,昆吾、夏桀则同时诛也。"韦:又叫豕韦,夏时小国,在今河南省滑县。顾:又作鼓,夏时小国,在今山东鄄城县。昆吾:夏时附属国,在今河南省濮阳县。《传疏》:"按夏商之际,昆吾最强盛。顾在其东,豕韦在其西。汤伐韦顾,锄其与党,而昆吾已成孤国之形……桀因败绩西走定陶,于是夏桀已亡,汤归商邱即天子位。"[24]《郑笺》:"震,威也。"《尔雅·释诂》:"业,大也。"《通释》:"中叶宜指汤时。盖自殷有天下言,则汤为开创之君。自玄王立国言,则汤为中叶矣。"[25]《毛传》:"阿衡,伊尹也。左右,助也。"

305　殷武

宋君祭祀殷高宗武丁。歌颂他伐荆楚,服诸侯,修官室,中兴殷道。《诗序》:"《殷武》,祀高宗也。"《正义》:"高宗前世,殷道中衰,官室不修,荆楚背叛。高宗有德,中兴殷道,伐荆楚,修官室。既崩之后,子孙美之,追述其功,而歌此诗也。"六章,三十七句。

1　挞彼殷武[1],奋伐荆楚。
　　罙入其阻,裒荆之旅[2]。
　　有截其所,汤孙之绪[3]。

2　维女荆楚,居国南乡。
　　昔有成汤,自彼氐羌,
　　莫敢不来享[4],莫敢不来王,曰商是常[5]!

3　天命多辟,设都于禹之绩[6]。
　　岁事来辟,勿予祸适,稼穑匪解[7]。

4　天命降监,下民有严[8]。
　　不僭不滥[9],不敢怠遑。
　　命于下国[10],封建厥福。

5　商邑翼翼,四方之极[11]。
　　赫赫厥声,濯濯厥灵[12]。
　　寿考且宁,以保我后生[13]。

6　陟彼景山,松柏丸丸[14]。
　　是断是迁,方斫是虔[15]。
　　松桷有梴,旅楹有闲[16],寝成孔安[17]。

韵 读　1.武、楚、阻、旅、所、绪,鱼部。 2.乡、汤、羌、享、王、常,阳部。 3.辟、绩、辟、适、解,锡部。 4.监、严、滥,谈部;遑,阳部。谈阳合韵。国、福,职部。 5.翼、极,职部。声、灵、宁、生,耕部。 6.山、丸、迁、虔、梴、闲、安,寒部。

今 译　1　殷王武丁真威武,奋勇挥师伐荆楚。

深入敌人险阻地,大败敌军捉俘虏。

王师到处齐平服,汤孙功业胜往古。

2　你们荆楚蛮夷国,一直住在我南方。

往昔成汤势力强,就是僻远如氐羌,

谁人敢不来进贡,谁人敢不来朝王?都说尊尚我殷商。

3　上天命令众诸侯,禹治之地把都设。

年年有事来朝见,宽容不愿施谴责,切莫松懈误稼穑。

4　老天在上监四方,下民恭敬很端庄。

不越礼制不放荡,不敢怠惰把业荒!

天子命令诸侯国,大大建立你福祥。

5　商都整齐又兴旺,它是四方好榜样。

他有赫赫好名声,他的神灵显光芒。

商王长寿又安康,保我子孙万代昌。

6　登上高高景山冈,满山松柏郁苍苍。

又是锯断又是运,斫成柱子削成梁。

松木椽子大又长,屋檐楹柱多粗壮,寝庙建成神安康。

注 释　[1]《毛传》:"殷武,殷王武丁也。"《传疏》:"高宗都亳,殷则称殷,挞伐则称武。故《传》谓'殷武'为殷王武丁也。"《通释》:"挞(tà),盖勇武之貌。" [2]《郑笺》:"俘虏其士众。"王引之《经义述闻》卷七:"郑曰'俘虏其士众',则是读裒为俘也。于义为长。"《传疏》:"裒(póu),即俘字。" [3]《郑笺》:"绪,业。"《集传》:"尽其平地,使截然齐一,皆高宗之功也。" [4]《郑笺》:"氐羌,夷狄国,在西方者也。享,献也。世见曰王。"苏辙《诗集传》:"既克之,则告之曰:尔虽远居我国之南耳,昔成汤之世,虽氐羌犹莫敢

544

不来朝。"[5]俞樾《群经平议》:"常当作尚。"[6]《毛传》:"辟,君。"《集传》:"多辟,诸侯也。言天命诸侯,各建都于禹所治之地。"[7]《郑笺》:"来辟,犹来王也。"《经义述闻》卷七:"祸读为过。《广雅》:'适、过,责也。'谪与适通。勿予过谪,言不施谴责也。"《集疏》:"但令其岁时来王,不施过责,惟告之以劝民稼穑而已。"[8]《毛传》:"严,敬也。"[9]《通释》:"此承上文下民有严,谓民之畏法,故不敢僭滥。"[10]《通释》:"命,谓教令也,谓施教令于下国也。"[11]《毛传》:"商邑,京师也。"《白虎通·京师》:"夏曰夏邑,商曰商邑,周曰京师。"《传疏》:"李贤《后汉书》注引《韩诗》文云:'翼翼然,盛也。'四方之极:三家《诗》作"四方之则"。[12]《正义》:"濯濯乎光明者,其见尊敬如神灵也。"[13]《集传》:"后生,谓子孙后嗣也。"[14]《集传》:"景山,山名,商所都也。"《毛传》:"丸丸,易直也。"[15]《通释》:"方犹是也。或言方,或言是,互文以见参错。……虔,犹伐也、刈也。……方斫(zhuó)是虔,是削伐木于作室之际。"[16]桷(jué):方形的椽子。《毛传》:"梴(chán),长貌。"俞樾《群经平议》:"旅,当读为梠。《说文·木部》:'梠,楣也。'楣与楹相接,故梠楹并言。"《正义》:"闲为楹之大貌。"[17]《集传》:"寝,庙中之寝也。安,所以安高宗之神也。"